PETITS RÉVEILLONS ENTRE AMIS

Les nouvelles de cet ouvrage ont été précédemment publiées dans les recueils suivants, parus aux éditions Charleston : *Y aura-t-il trop de neige à Noël ?*, *Noël et préjugés* et *Noël Actually*.

10, place des Cinq-Martyrs-du-Lycée-Buffon
75015 Paris – France
www.editionscharleston.fr

ISBN : 978-2-36812-716-2

Maquette : Patrick Leleux PAO

Pour suivre notre actualité, rejoignez-nous sur Facebook (Editions.Charleston), sur Twitter (@LillyCharleston) et sur Instagram (@LillyCharleston) !

PETITS RÉVEILLONS ENTRE AMIS

par

Isabelle Alexis
Tonie Behar
Adèle Bréau
Sophie Henrionnet
Marianne Levy
Marie Vareille

25 comédies romantiques avant Noël

CHARLESTON

Sommaire

Crush et Crash

*

Isabelle Alexis

— Et donc, continua Nicole en levant sa coupe et en remontant son bustier pailleté, à la vie, à l'amour, à nous, notre si jolie famille ! Je suis tellement heureuse qu'on soit tous réunis, ce soir ! Avoir mes deux filles : ma Charlotte si talentueuse, Stan, son mari, gendre idéal, grand avocat, et leurs petites jumelles si adorables, Augustine et Cerise, dont les derniers bulletins trimestriels de sixième sont affichés sur notre frigo, si vous voulez aller les voir, j'ai fait une photocopie, enfin une famille parfaite ! Et… je peux le dire ? En plus, ma Charlotte a eu une augmentation la semaine dernière dans sa boîte et…

— Maman arrête, rougit Charlotte, tandis que l'auditoire applaudissait avec une coupe de champ' dans une main, ce qui n'était pas très pratique mais détenait l'avantage de ne pas faire trop de bruit.

— Et l'autre, reprit Nicole, mon Audrey, qui n'a pas encore de famille, qui est au chômage, mais surtout qui n'est toujours pas là. Mais quelle heure est-il ? Bon sang, qu'est-ce qu'elle fabrique encore ? Patrick ? gémit Nicole en se retournant vers son mari.

— J'ai appelé deux fois, ça ne répond pas, avoua l'homme qui partageait sa vie depuis quarante ans. Elle doit être dans sa salle de bains ou je ne sais où… Elle n'entend pas à cause du sèche-cheveux ou de sa musique un peu forte. Ça s'est déjà produit, ne t'inquiète pas, elle va arriver.

***

Au même moment, à des kilomètres de là, dans un commissariat de l'Essonne, un des agents de permanence en cette nuit de Noël ôtait les menottes dans le dos d'Audrey. Elle se massa les poignets et tenta d'essuyer d'un revers de manche le sang étalé sur ses joues.

— T'as le droit à un coup de fil, lui lança l'agent.

***

— Bref, poursuivit Nicole avec son toast interminable, tandis que Stan s'éclipsait discrètement aux toilettes. À la vie, à notre famille, à la naissance de Jésus qui guide nos vies… À mes filles, si un jour on revoit la deuxième.

— À quelle heure on donne les cadeaux ? demanda Cerise.

— Plus tard, chérie ! Et…

C'est là que son téléphone sonna dans son sac rouge Lancel. Nicole se précipita en reposant sa coupette sur la table basse. Tout le monde avala son champagne sans trinquer, treize minutes qu'ils le tenaient à la main, c'était suffisant…

— Qu'est-ce que c'est que ce numéro ? demanda Nicole, angoissée.

Elle décrocha. L'assemblée vit ses yeux s'écarquiller.

— Oh, ce n'est pas vrai ! Pas encore ! Où ça ? Stan ! criat-elle. Stanislas !

Son gendre sortit de la salle de bains en s'essuyant les mains.

— Oui ?

— Stan, c'est Audrey. Elle a recommencé !

— OK, j'y vais. Elle est où ?

— Un commissariat dans l'Essonne, je note l'adresse… Attends…

Charlotte, la sœur aînée, leva les yeux au ciel, exaspérée.

— Et ça continue !

— Que se passe-t-il ? murmura Yves, le nouveau boyfriend de Martine.

La sœur de Nicole, divorcée depuis vingt ans, s'entichait souvent d'hommes récemment séparés ou veufs et très souvent dépressifs. Martine était une infirmière dans l'âme.

— Ma nièce est une animaliste activiste, expliqua-t-elle. Elle fait des actions, avec son association, dans les abattoirs pour libérer les animaux ou y planquer des caméras, ça dépend. Elle finit assez souvent au poste. Heureusement pour elle, il y a un avocat dans la famille qui s'y colle à chaque fois pour la libérer.

***

Dans sa voiture, Stan inspira et soupira. Oui, il était heureux de partir, et de prendre l'air, ce soir. Non, ils n'étaient pas la famille parfaite comme le pensait Nicole, peut-être l'avaient-ils été, ou peut-être qu'elle n'existait pas, en réalité. La veille, il avait découvert des mails qui sortaient du cadre professionnel entre Charlotte et son patron. Totalement par hasard, il cherchait un truc anodin sur l'iPad, or maintenant tous les appareils de la maison étaient connectés entre eux et il était tombé sur des mails bizarres, des « Tu me manques ! », « Tellement hâte de te voir… » et l'apogée : « Mon cœur bondit à l'idée de te voir demain en réunion », envoyée par Charlotte *herself*. Voilà ! Mamie Nicole, pour la famille parfaite, tu repasseras ! Dès que Nicole employait cette expression devant l'autre sœur, Audrey, pour la culpabiliser un peu, l'activiste répondait : « Je suis d'accord, on dirait une vraie pub pour un détergent ! » Certes, il allait y retourner à ce réveillon, il n'avait rien dit de ses découvertes à son épouse, on ne se dispute pas la veille de Noël, encore moins le soir même en famille, mais cette escapade inattendue le comblait d'aise. Il allait chercher Audrey, l'opposée de sa sœur, et ce pour la quatrième fois. Et s'il lui envoyait : « Ma chère Audrey, mon cœur bondit à l'idée de venir te chercher dans ton donjon, monter les marches quatre à quatre, me battre avec le dragon, et te sauver… » pour que sa femme tombe dessus en cherchant un truc dans la tablette ? Le iCloud, c'est la fin du couple, le Bluetooth, tous ces appareils connectés entre eux, mais ils sont cons chez Apple ou ils sont tous hyper fidèles ? Audrey était aussi franche et drôle que sa sœur était renfrognée et méprisante. Charlotte était une donneuse de leçons, enrobée de certitudes. C'était idiot de s'en rendre compte au bout de douze ans de mariage, mais l'ambiance devenait de pire en pire, ces derniers temps, et toute conversation, de plus en plus âpre. Si Stan émettait le moindre doute ou reproche la concernant, Charlotte se plongeait dans l'édito du *Nouvel Obs*, lui signifiant une fin de non-recevoir. Elle pouvait faire la gueule des semaines entières. Sur un mois, il leur arrivait de communiquer juste un seul week-end.

Stan respira mieux soudainement, comme après avoir retenu son souffle trop longtemps, la fenêtre ouverte malgré les quatre degrés de cette fin décembre, le groupe Queen à fond dans son Audi… Oh, c'était bon !

***

— Je ne comprends pas, commenta l'agent de police face à Audrey, parce qu'en plus, l'adjoint au maire vous a reçus. Il vous a promis des caméras dans cet abattoir. C'était quoi encore ce sitting épouvantable devant la mairie ? Tous recouverts de sang des pieds à la tête, vos pancartes avec des images horribles, des slogans, je préfère ne pas en parler… Vous avez vraiment fait peur aux gosses qui sortaient de la fête des cadeaux…

— On n'y croit plus, à ses promesses, articula Audrey. Cet abattoir doit fermer maintenant, et ce qu'on veut de toute façon, c'est l'abolition pure et dure de l'holocauste animalier…

— Waouh, les grands mots !

— Naître pour être tué, ça s'appelle la naixtermination, poursuivit Audrey. L'élevage-esclavage intensif et son lot de tortures quotidiennes doivent être abolis maintenant. Purement et simplement. Pour toujours.

— Ben zut, et mon chateaubriand béarnaise ? osa le flic.

— Carre-le-toi dans ton cul…

— Reparle-moi encore comme ça et je te jure…

— Bonsoir tout le monde ! s'exclama Stan en entrant dans le commissariat. Allez, c'est Noël, on s'aime tous et on se pardonne…

— Bonsoir maître, dit l'agent de police en le reconnaissant. Ce coup-ci, le patron de l'abattoir a porté plainte : coups et blessures, séquestration, annonça le flic en se levant pour serrer la main de Stan. Elle et les gens de son assoce ont ligoté les pauvres employés rou…

— Psychopathes, tortionnaires, tueurs en série, termina Audrey.

— J'allais dire : les pauvres employés roumains. Bref, il y a trois cochons qui se sont tirés, on ne sait même pas où ils sont…

— Bon, trancha Stan, je m'occupe d'elle. Toute sa famille l'attend pour le réveillon. Vous avez commencé le procès-verbal ?

— Elle est multirécidiviste. Ça va mal finir, elle va être condamnée, dit l'agent de permanence en secouant la tête. Elle a mis un coup de pistolet à étourdir dans l'arcade d'un des gars, là-bas…

— Pistolet à étourdir qui ne sert strictement à rien, si ce n'est à faire encore plus de mal à la bête, il n'étourdit rien du tout, précisa l'activiste, le regard mauvais.

— Sur l'employé, ça a pas mal marché pourtant, répliqua le flic en relisant des dépositions. Il est resté vingt minutes dans les pommes, il y a dix témoins…

— Je lui ai mis un bon coup dans sa gueule avec la crosse…

— Tais-toi, je t'en supplie, ne dis plus rien, Audrey ! ordonna Stan.

« Fais valoir ton droit au silence, comme le fait si bien ta sœur », pensa-t-il.

***

Au réveillon, au milieu du salon cosy, Nicole faisait passer le plat de saucisses cocktail sur lesquelles Martine se jetait littéralement.

— Alors, s'exclama Nicole en s'asseyant et en tirant un peu sur sa jupe, comment vous vous êtes rencontrés, demanda-t-elle à sa sœur, avec, euh… ?

— Yves, se re-re-présenta ce dernier.

— Avec monsieur Yves.

— Je te l'ai déjà dit ! s'écria Martine en se resservant du champagne. Yves est mon ostéopathe…

— Ah oui, c'est ça ! Tu me l'as dit cet après-midi au téléphone, mais le traiteur me parlait en même temps…

— Yves vient juste de divorcer, expliqua Martine en lui posant une main consolatrice sur le genou.

— Ah voilà, c'est ça. Oh, je suis désolée, compatit Nicole.

— C'est la vie, lâcha l'ostéopathe qui pouvait être philosophe à ses heures.

— Le divorce a été prononcé il y a quinze jours et sa femme est partie avec les enfants fêter ça sur un paquebot aux Bahamas.

— Fêter ça ? reprit Nicole, intriguée.

— Eh oui, raconta Martine, c'est ce qu'elle a écrit sur son Facebook : « Divorce officiellement prononcé avec le boulet. Trop contente. Me casse en croisière. Youpiiiiii ! »

— Ah oui, ah, quand même… désolée, lâcha Nicole.

— Il n'y a pas de mal, émit Yves en passant une main sur son crâne chauve. Disons que… Je n'ai pas toujours été frétillant comme gars, mais là, je pense sombrer dans des abîmes…

— Ah zut, murmura Nicole.

— Mais non, il va mieux depuis qu'il a rencontré sa Titine, hein, mon bouchon ? affirma Martine.

— J'en doute pas, déclara Nicole, un peu inquiète. Martine est la joie de vivre incarnée. Elle va vous redonner le moral. Reprenez donc des saucisses cocktail avant que ma fille n'arrive, s'il vous plaît… Vite, vite. Si jamais elle voit qu'on a mangé du cochon, animal à qui elle fait des câlins comme si c'était un chaton, elle peut tous nous crever un œil avec un couteau à beurre. Et ce, sans froncer un sourcil…

— J'en ai bouffé dix-huit, avoua Martine.

— D'accord, comprit Yves en se penchant sur l'assiette, ça veut dire que le menu de ce soir va être sans viande ? Sans dinde ou chapon…

— Exact ! Et sans huîtres ni saumon, renchérit Martine.

— Et, euh…, il y aura quoi, sans vouloir être indiscret ? demanda Yves.

— Je vous conseille de boire, en fait, lâcha Patrick.

— Non, chéri, ne dis pas de bêtises, enfin ! susurra Nicole dans sa direction. En plus, si monsieur conduit, imagine s'il termine notre soirée dans un platane…

— Mon rêve, balança Yves qui avait entendu, les yeux s'évadant on ne sait où.

Nicole et Patrick se regardèrent.

— Excusez-moi, vous prenez des antidépresseurs en ce moment ? s'inquiéta Nicole. Non, parce que je dois le savoir.

Je ne peux pas vous servir du champagne rosé ou du chablis comme je le fais depuis une heure parce que si vous le mélangez avec des médocs… Et si, en plus, vous avez l'intention de ramener ma sœur, alors là…

Yves esquissa un drôle de geste avec sa main, accompagné d'un mouvement d'épaule désabusé et totalement désespéré. On aurait dit Michel Houellebecq à qui on annonçait qu'il venait de se prendre une nouvelle fatwa.

— La mort rôde de toute façon, à quoi bon s'angoisser, ça se finira mal pour tout le monde, alors bon, tôt ou tard…, murmura le récent divorcé qui n'avait pas l'air de « fêter ça », lui.

— Quoi ? se redressa Nicole.

Elle qui avait fait un super beau discours sur la vie, la joie, les enfants, le bonheur et le petit Jésus ; il n'avait rien retenu, ce crâne d'œuf !

— Au pire, j'ai un abonnement Uber, ma choute, annonça Martine, qui, elle, n'avait pas prévu de finir dans un platane, ce soir.

— Au pire, tu dors là ! décréta Nicole.

***

— Waouh ! cria Audrey dans la voiture, les bras en l'air, alors que Stan venait de démarrer. Ah, j'étais persuadée que j'allais y passer la nuit ! T'as réussi à me sortir de là, encore une fois ! T'es trop fort !

— Ouais, euh, ce serait pas mal que tu ralentisses un peu les actions chocs animalistes…

— T'es le meilleur, le mascu ! s'enthousiasma Audrey. Normal, on est les meilleurs aussi dans notre domaine, les abolitionnistes.

— Oui, euh, à ce propos…

— T'as même réussi à faire sortir tous les militants de notre association ! Oh, s'il te plaît, deviens notre avocat officiel !

— Oui, euh… je… Comment elle s'appelle déjà, cette assoce ?

— L'AEMPRASMH ! Tu le sais bien depuis le temps !

— Ah oui, c'est ça. Rappelle-moi ce que ça veut dire, déjà…

— L'Animal Est une Merveille Par Rapport Aux Sous-Merdes Humaines.

— Bien sûr. Tout à fait. Écoute, je le note. Tiens, essuie-toi, lui dit Stan en lui tendant un Kleenex qu'il venait de sortir de la poche intérieure de sa doudoune. C'est quoi, ce que tu as sur le visage ?

— Du sang d'intestins de cochon qu'on a trouvé sur place à l'abattoir.

— Hé oui… La dernière fois, t'en avais pas…

— Seulement quand on décide de faire un sitting ou une manif avec discours, en plus des actions choc…

— Ça sent un peu fort, confessa Stan tout en lui jetant quelques coups d'œil sur le côté.

— Quoi ? Le sang de boyaux de porc ? demanda Audrey en se regardant dans le miroir passager qu'elle venait d'abattre.

— Oui.

— Tu te souviens la première fois qu'on s'est vus, au resto, en famille ? demanda Audrey en s'essuyant. Quand la Charlotte nous a présenté « officiellement » son fiancé ?

— Oui, se remémora Stan.

— T'avais pris un boudin-purée, enfoiré ! Intestins de porc, c'est ce que j'ai sur la tronche ! Toi, t'en bouffes !

— Oui, et pourtant, ça n'a pas du tout la même odeur, je te jure !

— Tu t'en rappelles vraiment de ce déj, un dimanche midi chez Lipp ? rit Audrey en se regardant dans le petit miroir tout en se frottant la joue – le sang, séché depuis des heures, ne partait pas vraiment.

— Comme si c'était hier…

— Je t'ai haï et méprisé immédiatement avec ton double boudin : celui de ton assiette et celui que t'allais épouser…

— Oui, c'était formidable ! dit Stan.

— Arrête ! Après, en te connaissant, je t'ai trouvé cool, et surtout j'aimais bien ton humour… Je me disais : comment ce mec peut être amoureux de la psychorigide qui écoute de l'opéra allemand sur Radio Classique ?

— Justement à ce propos, il semblerait que…

— Je n'ai pas le temps de repasser chez moi prendre une douche ? Dis-moi ?

— Ben, c'est-à-dire que ta mère t'attend. T'es déjà super en retard…

— Je sais, je ne pensais pas que j'allais encore me faire une garde à vue !

— Tu te débarbouilleras chez tes parents, dit Stan, ou pas d'ailleurs, tu peux dîner comme ça…

— Ouais, de toute façon, je n'ai pas de robe, je n'ai pas de chaussures qui font mal aux pieds, je n'ai pas de cadeaux pour tes gamines ni pour personne, je suis en fin de droits aux assedics…

— Pas grave, dit Stan.

***

Au réveillon, chez Nicole et Patrick, Charlotte accosta son père.

— Papick, faut que je te parle…

(Quand on a un papa qui s'appelle Patrick, on lui donne du Papick depuis toujours.)

Charlotte entra dans la cuisine, suivie de son père, puis elle se retourna sans parvenir à enlever la main de son nez.

— Ça sent quoi, ici ? On se croirait à marée basse en Bretagne…

— Ce sont les petits fours aux algues. Ta mère a commandé un traiteur d'herbivores. Tu sais, ils appellent ça…

— Vegan. Oh, la vache, ça sent fort ! Je ne vais pas pouvoir avaler ça !

— Moi non plus, je conseille à tout le monde de s'enfiler quelques godets avant, histoire de s'anesthésier un peu le palais…

— Papick, commença Charlotte sans oser le regarder dans les yeux, je veux divorcer !

— Oh non, ma Lolotte, ne me dis pas ça !

— Je ne peux plus le voir et il ne peut plus me blairer !

— Quoi ? Mais enfin, ce n'est peut-être qu'un mauvais moment, il y a des hauts et des…

— Ces douze ans de mariage furent une conversation passionnante et ininterrompue, mais aujourd'hui, elle est terminée, Papick. On n'arrive plus à communiquer… Et on n'en a plus envie, en plus. *It's over…*

— Oh non, ne me dis pas ça, ma Lolotte. Tu ne sais pas où ta mère a planqué le rhum ? J'ai besoin d'une rasade de marin. Quand j'y repense, il n'y aura plus que ta mère et moi, mariés depuis quarante ans ?

— Quoi ? Dans toute la France ?

— Mais non, Lolotte, dans la famille…

— Ah oui, pardon. Oh, sûrement…

La sonnerie de la porte d'entrée mit fin aux confidences père-fille et « la délinquante » fit son apparition.

— C'est bon, j'ai rien ! L'opération « Ouvrons les abattoirs pour les fermer à jamais » s'est bien passée ! cria Audrey en entrant, suivi de son avocat de beau-frère, tandis que Nicole tenait la porte – ou plutôt se retenait à elle, en découvrant sa fille peinturlurée à l'hémoglobine. Un peu de commissariat, un peu de menottes dans le dos, une nouvelle déposition, une de plus, ils ont de quoi écrire ma bio, les keufs, mais sinon ça va, dit-elle en ôtant son blouson.

Tout le monde découvrit sa blouse jaune fluo sur laquelle était écrit en lettres noires : STOP ANIMAL HOLOCAUST.

Les jumelles se précipitèrent pour observer Tata-tarée avec son sang partout.

— Trop stylé, dit Cerise.

— Grave, renchérit l'autre, on se croirait dans *The Walking Dead*...

Charlotte bondit :

— Ne me dites pas que vous avez vu cette série, elle est interdite aux moins de seize ans, je ne plaisante pas, les filles !

— Mais non, Maman, juste des petits bouts...

« Comme tous les appareils sont connectés, pensa Stan, ordinateurs, tablettes, portables, tout le monde voit tout... Le iCloud, la mort de l'innocence de vos filles de douze ans, en plus de votre couple. »

Nicole détailla le visage de sa fille, barbouillé de sang séché :

— Quand je pense que tout à l'heure, j'ai dit à Charlotte que je trouvais qu'elle avait trop de blush sur les joues, toi, je ne sais plus quoi te dire...

— Ben dis rien, lâcha Audrey.

Elle se précipita vers le fauteuil où trônait sa tante Martine.

— Joyeux Noël, ma chérie ! s'écria Martine. Hou, ne m'embrasse pas, c'est pas la peine ! Tiens, je te présente Yves, mon nouveau compagnon.

Audrey serra la main du nouvel élu et regarda autour d'elle.

— Et Jacqueline ? demanda-t-elle en pensant à la troisième sœur, son autre tante, qu'elle ne voyait pas dans le salon.

— Elle n'a pas eu trop envie de venir cette année, avoua Martine.

— Quoi ? Encore à cause de moi ? Elle ne s'en est pas remise de cette histoire, l'année dernière ?

— Bah ma chérie, comment te dire...

— Mais quoi encore ? s'énerva Audrey. Elle arrive avec du foie gras et...

— Elle ne se rappelait plus, la pauvre, pour une fois qu'elle venait ! s'écria Martine, prenant la défense de sa sœur.

— Impossible pour moi de voir ma famille bouffer de la souffrance et de l'agonie. L'agonie ne se digère pas. Humain, tu dois connaître la torture dans ton assiette...

— J'entends bien, mais de là à balancer son foie gras de chez Fauchon par la fenêtre du cinquième…, soupira Martine.

— Oui, je sais, mais c'est vraiment ce qu'il faut faire pour enlever les mauvaises ondes, sinon notre karma est noir comme du goudron.

— Du coup, elle est retournée au réveillon de son club de Scrabble, cette année, déclara Martine.

— Tout le monde passe à table ! cria Nicole. Il y a des petits sablés aux algues, des blinis, euh… sans saumon, des muffins fourrés aux épinards, un gratin de courgettes, un splendide risotto quinoa à la tomate de Provence…

— Beuuurkh…

Nicole se retourna pour voir ses petites filles, Augustine et Cerise, se mettre les doigts dans la bouche, comme si elles vomissaient de concert.

— Je propose qu'on mette directement la bûche au chocolat sur la table pour les petites, intervint Patrick.

Nicole approuva, Martine aussi.

— Oui, on a qu'à tous commencer par la bûche, on vomira dans l'ordre comme ça ! dit cette dernière en s'appuyant sur le dossier de sa chaise. Sinon, quelle jolie table ! J'aime beaucoup tes petites décorations ! Félicitations, Nicole !

À table, la vedette du jour, qui avait tout de même failli passer son réveillon au trou, répondait avec moult détails et une certaine satisfaction aux questions dont tout le monde la pressait. Audrey était en conférence de presse, Charlotte était invisible. D'ailleurs, Audrey l'aurait juré, sa sœur envoyait des textos sous la table…

— Activiste animaliste antispéciste, c'est un *full time job*, lança Audrey à la tablée. Figurez-vous que j'ai officiellement demandé à Stan qu'il devienne notre avocat attitré parce qu'en plus, je suis assez occupée avec mon autre assoce…

— Ah, parce qu'il y en a une autre ? demanda Martine.

— Oui, mon autre association féministe militante : la MACPOC !

— Ça veut dire quoi, déjà ?

— Mort À la Couillocratie Patriarcale Oppressive et Capitaliste !

L'assemblée s'arrêta, la fourchette suspendue.

— J'en ai les testicules qui rétrécissent, émit Yves qui reniflait tous les sablés aux algues un par un dans son assiette.

Sans relever la confession sur ce détail anatomique, Charlotte enchaîna, hautaine :

— Une association qui commence par : Mort à…

— Oui, normalement : c'est « Collectif contre », « Lutte contre ». Nous, on a mis directement « Mort à… », ça va plus vite. Au fait, j'ai une page Facebook qui réunit mes deux combats : Féministes Animalistes Radicales SANG Frontières, vous l'avez tous likée, j'espère ?

— Maman ne veut plus qu'on te suive sur Instagram, lâcha Augustine, sa petite nièce.

À côté d'elle, Cerise recrachait son muffin aux épinards qu'elle venait de goûter en pensant que c'était du sucré.

— Ah non, ces photos d'animaux dans les abattoirs, j'en pouvais plus ! s'exclama Charlotte.

— Si tu continues à acheter, tu participes à la chaîne, répliqua Audrey. C'est fou ça, hein ? Tout le monde bouffe du thon, personne ne supporte de voir l'océan rouge sang…

— Ainsi est fait le monde, dit son père, fataliste.

— Ben non, justement, non, lâcha Audrey.

— Animaliste et féministe, c'est drôle, dit Yves, je ne les aurais pas imaginés ensemble, ces…

Il préféra ne pas terminer cette phrase.

— Ça va très bien ensemble, expliqua Audrey. C'est la suite logique, les deux sont complémentaires. Dès qu'on se libère de l'aliénation du patriarcat, on cesse d'être zoophage…

Cette phrase fut suivie d'un joli silence analytique, les convives tentant de la comprendre. Yves renonça aux algues et s'empara du plat de quinoa.

— Et puis, il faut dire ce qui est, annonça Audrey, mettant fin au silence, ce n'est pas la joie en ce moment. On se porte très mal, et ce, pour mes deux combats. D'un côté, l'élevage-esclavage s'intensifie et de l'autre, les femmes perdent des droits élémentaires dans certains coins de la France. C'est un cauchemar.

— Je suis d'accord avec ça. Qu'est-ce que vous comptez faire ? s'enquit Martine.

— Pfff, dans l'idéal ? demanda Audrey.

— Oui.

— L'idéal serait de tuer tout le monde.

Yves fut pris d'une quinte de toux et envoya une pluie de quinoa sur la nappe.

— Tous les oppresseurs : les religieux arriérés mentaux, les machistes gynéphobes, les tortionnaires, les esclavagistes, et tous les lobbyistes de l'agroalimentaire, expliqua Audrey. Bah oui, on régresse à cause d'eux, on ne s'en sort pas à cause d'eux et on ne peut pas discuter avec eux, donc…

— Qui reprend du gratin ? demanda Nicole. Ma fille est un peu extrémiste, s'excusa-t-elle.

— Un peu ? reprit Charlotte.

L'assemblée émit un petit rire poli.

— En fait, c'est un avocat pénaliste qu'il te faudrait, murmura Stan à son oreille.

— Tu crois ?

— Oui, et même un de la Cour pénale internationale de La Haye, si t'as prévu de faire un génocide…

— Non, mais tu vois ce que je veux dire, Stan, il est à refaire ce monde. Il faut le détruire et le reconstruire…

— Je comprends tout à fait, murmura l'avocat à son oreille. Je t'aiderai pour tout ce que tu voudras…

Audrey le regarda, ébahie, comme si elle le voyait pour la première fois.

— Je déteste la souffrance animale, ajouta Stan.

— Ne dis pas ça, chuchota Audrey. Je suis tombée amoureuse de tous les hommes qui ont prononcé cette phrase.

En face, Charlotte les fusillait du regard. Que signifiaient ces messes basses emplies de complicité et de tendresse ? Stan lui rendit son regard, plein de défiance. Charlotte comprit qu'il savait, il était au courant de la romance qu'elle vivait actuellement avec son patron. Comment avait-il pu l'apprendre ? Elle n'en avait aucune idée. D'ailleurs, Charlotte ne savait pas elle-même comment cette *love affair* avait pu lui tomber dessus, un beau matin, alors que son patron, chemise ouverte et dents ultra-blanches, venait de la complimenter pour son intelligence et son sens du management devant toute son équipe. Petit Cupidon était arrivé et *bim !*, flèche fatale.

Stan ne fut pas mécontent de son regard. Charlotte venait de comprendre et elle allait moins la ramener maintenant. Néanmoins, une certaine tension s'installa autour de la table, les convives réalisant qu'il y avait de l'eau dans le gaz dans la famille parfaite. Stan se leva et demanda à la tablée de l'excuser.

— Sinon, tu comptes te trouver un vrai boulot, un jour ? demanda Charlotte, profitant de l'absence de son défenseur pour humilier sa sœur.

— Ouais, c'est prévu…

— Elle n'arrête pas de se faire virer de partout, raconta Charlotte. Elle a été vendeuse dans une parfumerie, elle a jeté les crèmes qui avaient été testées en labo sur des animaux…

— Je ne les ai pas jetées, juste planquées dans le tiroir du bas au lieu de les mettre en vitrine.

— Après, elle a travaillé comme réceptionniste dans un très bel hôtel et là encore…

— La patronne est arrivée un jour avec un manteau de fourrure ignoble, c'était du renard argenté, j'ai juste dit : « Gare ton cheval dehors, Cruella ! » et elle l'a mal pris…

— Tout le monde ne peut pas avoir des relations idylliques avec son patron, déclara Stan en revenant s'asseoir. C'est même assez rare. C'est une chance, continua-t-il en observant Charlotte. Ça se passe bien, toi, n'est-ce pas ?

demanda Stan à sa femme en resservant du vin blanc à Audrey. En ce moment, elle reste jusqu'à vingt et une heures au bureau quand tout le monde est parti à dix-sept heures…

Charlotte ne répondit pas. Un silence ombrageux s'installa, rompu par deux petites notes annonçant un texto. Charlotte prit son portable, resté sur ses genoux, et jeta un coup d'œil rapide.

— C'est lui ? C'est ton patron ? s'enquit Stan. Il te souhaite un joyeux Noël en famille ? C'est ça ? Il te dit qu'il pense à toi ?

Silence et chape de plomb.

— C'est quand les cadeaux ? demanda Cerise, en bout de table.

— Maintenant ! crièrent synchro les grands-parents.

— *Thank God!* murmura Martine.

— Purée, quelle tension ici, fit Yves, redonne-moi un demi-Xanax avec du chablis.

— Arrête, dit Martine en se levant, suivie de toute la tablée.

— Ils ne vont pas faire long feu ensemble, ces deux-là, murmura Yves. Super dangereux de divorcer d'un avocat. La hyène enragée, l'avocate de ma femme, a réussi à lui refiler mon vieux bateau de pêche, dont elle se foutait comme d'une guigne…

Patrick et Nicole partirent dans leur chambre et revinrent avec tous les cadeaux qu'ils installèrent au pied du sapin. Les jumelles hurlèrent de bonheur en découvrant leur nouvel iPhone. Patrick sembla heureux du super blouson d'aviateur offert par sa femme. En revanche, Nicole fut surprise de découvrir une Cocotte-Minute.

— Le cadeau sexiste par excellence, interféra Audrey.

— Tu m'as dit que tu n'aimais plus l'autre, se justifia Patrick.

— C'est vrai, concéda Nicole.

— Papick ! Pour Noël, quand même, le sermonna Audrey alors que Stan lui remettait quelque chose dans les mains.

— Désolé, je n'avais pas d'idée pour cette année, s'excusa Patrick.

Mais les surprises ne s'arrêtèrent pas là. Audrey déballa le cadeau de Stan et fut sidérée de découvrir un bijou Cartier. Un magnifique bracelet agrafe en or jaune. Il était splendide. Audrey n'osait même pas le toucher et resta hébétée devant l'écrin.

— C'est trop, parvint-elle à dire.

— Pour une fois, on est d'accord, répondit Charlotte en déchirant nerveusement le papier d'un objet rectangulaire, offert par son mari, pour découvrir le dernier roman de Jean d'Ormesson : *Je dirais malgré tout que cette vie fut belle*.

Charlotte crut halluciner : un bracelet Cartier pour Audrey et un livre pour elle. Elle comprit, le souffle coupé. Quand Stan s'était éclipsé tout à l'heure, il avait échangé les petites cartes avec les noms sur les cadeaux. Audrey se retrouvait avec son bracelet et elle avec son bouquin. Charlotte soupesa, l'air ahuri, le pavé de Jean d'O. comme une brique qu'on venait de lui jeter en travers du visage, tandis que Stan passait le bracelet autour du poignet d'Audrey. Comme si cela ne suffisait pas, Audrey passa ses deux bras autour du cou de Stan. La famille médusée n'osait comprendre ce qu'il se déroulait sous ses yeux. La palme du déni fut attribuée à Nicole qui, devant une Charlotte dont la mine était défigurée par la colère et l'humiliation, s'écria :

— Oh, quelle chance ! Jean d'Ormesson, j'adore !

Le pire était que Stan entourait maintenant Audrey, les bras sur ses reins ; les deux ne se lâchaient plus, la tête d'Audrey posée dans le cou de Stan, ils se balançaient doucement et tendrement les yeux fermés, se foutant des regards obliques, comme aurait dit Brassens.

— Il reste de la bûche ! cria Nicole qui ne savait plus quoi faire pour que les convives regardent ailleurs.

Même Yves avec son énorme puzzle de trois mille pièces sur les genoux, offert par Martine pour les longues soirées d'hiver, n'arrivait pas à détacher les yeux du nouveau couple. Il en était de même pour Martine, son parfum dans les mains.

— Dior, j'adore ! réitéra Nicole.

Seules les jumelles, obsédées par leurs portables qu'elles découvraient, ne captaient rien de l'ambiance étrange. Quand elles partirent dans la chambre des grands-parents pour les recharger, Stan en profita, releva doucement la tête d'Audrey et l'embrassa sur les lèvres, très sensuellement.

— Sinon, il y a de la glace dans le congèle ! hurla Nicole. Si quelqu'un veut… Euh, vanille, je crois…

— Et pistache aussi, cria Patrick à son tour. Vous voulez qu'on mette un peu de musique ?

— Non, c'est bon, ne vous fatiguez pas, dit Charlotte en se levant. Les filles, on s'en va ! annonça-t-elle en allant les chercher dans la chambre.

Audrey se désengagea des bras de son… Elle ne savait plus. Sauveur, avocat, beau-frère, prince charmant ? Elle était comme sonnée.

Tandis que Charlotte revenait avec les filles, Nicole glissa sa petite enveloppe dans la poche arrière du jean d'Audrey. Elle lui donnait quelques billets du Père Noël.

— C'est ça, paie-la en plus, marmonna Charlotte, c'est vrai qu'elle le mérite ! Exploit sur exploit, elle nous aura fait ! Quant à toi, ce n'est pas la peine de rentrer, dit-elle en arrivant à la hauteur du galocheur.

— J'en avais pas l'intention, répliqua Stan.

— Non, mes enfants, allons, allons ! Mettons tout ça à plat et on réfléchira demain à la situation, commença Patrick.

— Pas la peine, le coupa Charlotte. Les filles, dites au revoir ! Donne-moi les clés de la voiture, ordonna-t-elle à Stan.

— Quand je pense, dit Nicole en prenant Audrey par le bras, que tu appelles toutes les femmes du monde tes sœurs.

« Mes sœurs de combat par-ci, mes sœurs par-là… » Tu ne parles que de sororité alors que t'en as une en vrai, de sœur, et tu la…

— Conchies ? Oui, la vie est mal faite.

— Je raccompagne Audrey chez elle, annonça Stan.

— Mais qu'est-ce qu'il vous prend ce soir, Stanislas ? s'enquit Nicole d'un ton suppliant.

— Ça alors, ça m'a requinqué cette soirée ! avoua Yves à Martine, tandis que les jumelles embrassaient tout le monde, surtout leur père, assez étonnées d'entendre qu'il allait passer un peu de temps chez Tata.

— Ah bon ? dit Martine.

Tout le monde sursauta en entendant la porte claquer très sèchement.

— C'est la première fois que j'assiste à un réveillon où un type arrive avec sa femme et repart avec sa frangine, ça me remonte le moral, tu ne peux pas savoir… Viens, on va marcher un peu, je suis en joie, je ne sais pas pourquoi.

Martine et Yves ayant pris congé, Nicole s'adressa à sa fille et à celui qui était toujours son gendre.

— C'était quoi ce cirque ?

— J'ai un crush pour Stan, avoua Audrey.

— Et t'as vu le crash avec ta sœur ? répondit Nicole.

— J'assume les deux, intervint Stan en mettant sa doudoune sur les épaules d'Audrey. Le crush et le crash.

Il déposa un léger baiser sur ses lèvres.

— Ah, je ne m'y ferai jamais ! s'écria Patrick en détournant la tête, dégoûté.

— Moi pareil, dit Nicole qui avait fermé les yeux en grimaçant, vous allez réparer vos crushs et vos crashs et revenir avec la normale…

— Avec la fille normale, tu veux dire, Maman ?

— Non, que ça revienne à la normale, que tout rentre dans l'ordre, quoi… Qu'est-ce que j'ai dit ? Vous rentrez comment ?

— J'ai un abonnement de taxi. Je viens d'en appeler un…

— Le mascu a tout prévu ! cria Audrey.

— Ne vous inquiétez pas, Nicole, que je sois avec l'une ou avec l'autre de vos filles, on sera toujours la famille parfaite. Joyeux Noël, Nicole !

— Au revoir, Papa ! cria Audrey, tandis que Stan la prenait par la main et l'entraînait devant l'ascenseur.

Patrick referma la porte et observa sa femme.

— Un désastre, cette famille, lâcha Nicole.

Une fois dehors, Stan entoura Audrey de ses bras. Il la plaqua contre le mur de l'immeuble et l'embrassa de nouveau.

— Stan, dit doucement Audrey, les yeux toujours fermés.

— Oui…

— Je crois qu'on a mis un beau bordel.

— Je crois…

— Après ça, je me demande ce qu'on va faire pour le réveillon du Nouvel An…

— On a une semaine pour réfléchir.

Il l'embrassa de nouveau. Sans bruit et en douceur, quelques flocons commencèrent à tomber autour d'eux.

***

Dans l'Essonne, la neige tombait aussi. Dans une rue déserte, l'on pouvait discerner trois cochons, récemment rescapés d'une mort certaine, assis sagement sous un abri de bus comme s'ils l'attendaient…

Y aura-t-il trop de neige à Noël ?

*

Tonie Behar

Ce n'est pas que j'aime tout contrôler, comme me le reproche parfois mon fiancé Henri, mais je préfère que certaines choses se passent exactement comme je l'ai prévu. Et par-dessus tout, le réveillon de Noël. Parce que j'adore Noël. Pour moi, c'est la fête du « froid dehors et chaud dedans ». J'ai des envies de forêts enneigées, de flocons de givre sur la fenêtre alors que je suis douillettement chez moi, avec un thé parfumé et un sapin décoré comme ceux de chez Saks sur la Cinquième Avenue. Il est vrai que j'ai grandi à New York, où l'on voue un culte à « Christmas » comme si c'était le Dieu de l'hiver, du shopping et du Coca-Cola.

Cette année, pour la première fois depuis très longtemps, je passe les fêtes à Paris. Le cabinet d'avocats où je collabore à Manhattan m'a envoyée me former aux méthodes françaises de gestion de divorce dans son bureau parisien. C'est là que j'ai rencontré Henri qui travaille au département des fusions et acquisitions. Nous sommes les deux seuls Noirs du cabinet, exactement comme Barack et Michelle Obama, mes héros vivants. Même si, je dois l'avouer, Henri est un peu moins sexy que le président.

Ce soir, bien que je sois loin de ma famille, j'ai décidé de passer le plus parfait des réveillons. Et je dois dire que je suis fière du résultat : un feu flambe dans la cheminée, une couverture en fausse fourrure est jetée sur le canapé, le grand sapin scintille en rouge et or et des bougies couleur miel sont allumées un peu partout. J'habite un appartement sous les toits mais on dirait vraiment que je vis dans un chalet – sauf qu'au lieu des monts enneigés du Montana, j'aperçois le Sacré-Cœur ! J'ai contemplé avec satisfaction ma jolie table dressée pour deux : nappe blanche parsemée d'étoiles, chandelles et couronne de houx. Il ne manque plus qu'Henri qui doit arriver à vingt heures pile. À huit heures moins dix, je lui ai envoyé un texto pour lui demander de ne pas oublier la neige pour le dessert ! Une plaisanterie entre nous. On espère qu'il neigera à minuit pour que notre réveillon soit vraiment merveilleux et on se blottira sous ma grosse couette aux draps blancs comme de la poudreuse.

À vingt heures, j'ai entendu sonner à l'interphone et, sur l'écran de surveillance, j'ai vu Henri caché derrière un énorme bouquet de fleurs blanches. J'ai composé le code pour ouvrir et je me suis précipitée devant le miroir une dernière fois pour m'assurer que j'étais telle que je l'avais souhaité. Sans fausse modestie, ce soir, Beyoncé n'a qu'à bien se tenir, Nina est dans la place ! Mes cheveux lissés et d'une adorable couleur miel foncé me tombent au milieu du dos, ma robe fourreau rouge moule mes formes exactement où il faut. Mes escarpins me font le pied cambré. J'ai même poussé le style jusqu'à me faire un nail art de Noël. Mes ongles rouges sont tous ornés de flocons blancs ! Ma devise : « Dieu est dans les détails. » Je ne laisse jamais rien au hasard. C'est trop dangereux. Et puis je me suis postée devant l'ascenseur pour accueillir Henri. Mais ce n'est pas lui qui en est sorti.

C'est un inconnu, avec un bonnet noir, des yeux verts et la peau blanche. Autant dire que ça m'a fait un choc. Puis j'ai compris que c'était un livreur et qu'Henri me faisait porter des fleurs ! Ça m'a surprise parce que ce n'est pas un grand romantique. C'est plutôt le genre à s'acheter du pop-corn au cinéma et oublier de m'en proposer. Mais c'est Noël après tout, les miracles arrivent.

— Je viens pour la neige, a dit l'inconnu en me dévisageant avec un peu trop d'insistance.

— C'est trop mignon ! ai-je dit en détaillant le bouquet (des chrysanthèmes, vraiment ?). C'est Henri qui vous envoie ?

— Non, c'est Antoine Paoli. Vous en voulez deux grammes, c'est ça ?

— Pardon ?

— Vous n'êtes pas Edwige Morel ?

— Ah non ! C'est ma voisine ! Vous vous êtes trompé d'étage ! Elle habite au sixième et moi, je suis au septième !

J'ai masqué ma déception sous un sourire. J'aurais a-do-ré qu'Henri m'offre ces fleurs. Puis je me suis consolée en me disant qu'elles étaient bonnes pour le cimetière.

— Entrez dans l'ascenseur, je vais vous faire descendre.

Mon appartement a une particularité : l'ascenseur arrive directement chez moi. C'est d'ailleurs ce qui m'a fait craquer le jour où je l'ai visité. Il a des murs en pente, on se cogne la tête contre les mansardes, on étouffe en été et on se gèle en hiver, mais il a une vue sublime sur les toits de Paris et l'ascenseur s'ouvre dans le salon. Du coup, il faut activer un système de sécurité digne d'une banque suisse pour rejoindre – ou quitter – mon septième ciel. J'ai donc composé mes différents codes pour que ce type dégage avant l'arrivée d'Henri ; mais ça n'a pas marché.

— Dépêchez-vous, j'ai plein d'autres livraisons !

J'avais envie de lui dire que c'était moi qui étais pressée de me débarrasser de lui, mais je me suis retenue parce qu'il bosse le soir de Noël, ce qui est très courageux. J'ai à nouveau tapé les codes, puis j'ai commencé à m'énerver sur tous les boutons. Comme rien ne se passait, j'ai tiré la sonnette d'alarme. On a entendu un sifflement étrange et tout s'est éteint.

— Qu'est-ce qu'il se passe ? a demandé le livreur.

— Je ne sais pas trop… on dirait qu'il ne marche plus.

— Je vous ai vu trafiquer les boutons d'une manière bizarre.

— Pas du tout !

— Laissez-moi regarder !

— Vous n'y arriverez pas mieux que moi !

Je déteste les hommes qui pensent être mieux qualifiés que les femmes pour résoudre un problème mécanique. Le mec a tripoté les touches sans plus de succès.

— Ouais. Où est le compteur électrique ?

— Dans la cuisine.

On a marché à tâtons dans l'appart. J'avais mis des bougies partout, mais ça n'a pas empêché le type de se cogner la tête contre une poutre en jurant « putain de bordel de merde ». Aidé de la torche de son smartphone, il a regardé le tableau électrique.

— Poussez-vous ! ai-je ordonné.

Puis j'ai tenté de faire repartir l'électricité. En vain.

— Les plombs n'ont pas sauté, c'est une panne de courant. Il y a un autre moyen de sortir de l'appart ? Un escalier de service ?

— Je n'ai pas la clé de la porte de service. Elle est au Portugal avec la femme de ménage ! Elles reviennent le 3 janvier…

J'ai conscience que ma voix est montée très haut dans les aigus en prononçant ces mots, alors que je suis plutôt connue pour garder mon self-control, mais il faut me comprendre : j'ai une dinde pas cuite au four, *La vie est belle* de Capra dans mon lecteur DVD, *Let it snow* de Frank Sinatra dans mon iPhone et un inconnu dans mon salon. Pour couronner le tout, mon fiancé doit arriver dans les dix secondes et ne pourra peut-être pas monter. Le téléphone du livreur a sonné.

— Oui, Edwige. Je suis bloqué au septième étage. Vous avez de l'électricité chez vous ? Non plus ? Je règle ça et je vous rappelle dans deux minutes.

Puis il m'a regardée et m'a demandé si j'avais un sac et une corde.

— Vous voulez lui livrer les fleurs par la fenêtre ? Je ne sais pas si j'en aurai un assez grand.

— Rien à foutre des fleurs, c'est juste pour pas me faire repérer par la caméra de surveillance. C'est pour la neige. Un sac en plastique suffira.

Ce faisant, je l'ai vu sortir une grosse enveloppe kraft de l'intérieur de sa veste. Il en a extirpé deux petits sachets de plastique transparent contenant une espèce de poudre blanche de la consistance du talc.

— Vous voyez, c'est tout petit !

— Qu'est-ce que c'est que ça ?!

Mais je connaissais déjà la réponse. Et soudain l'horrible vérité m'est apparue. J'étais coincée chez moi, dans le noir, le soir du réveillon, avec un dealer de cocaïne.

— Alors ? Une corde ? Un sac ?

— Vous ne croyez pas qu'on devrait plutôt s'occuper de l'électricité ? Mon fiancé doit arriver d'une minute à l'autre (et j'adorerais que vous dégagiez de ma vue le plus vite possible).

— Réglons les problèmes les uns après les autres. Sinon la cliente ne va pas me lâcher et je risque d'avoir mon oncle sur le dos. Il vaut mieux éviter.

Je n'ai pas aimé. Pas du tout. D'abord, je déteste que quelqu'un décide de l'ordre des priorités à ma place. Ensuite, il y avait cette menace à peine voilée dans ses derniers mots. Mon cerveau a fabriqué une dizaine de scénarios parmi lesquels me faire arrêter pour complicité de trafic de drogue et passer le reste de mes jours en prison était le moins terrifiant. J'ai beaucoup d'imagination. C'est pour ça que j'ai besoin de contrôler les événements. Je me suis donc mise à chercher une corde assez longue pour atteindre l'étage inférieur, ce qui n'a pas été évident. J'ai fini par trouver le bolduc orné de flocons scintillants que j'avais acheté pour emballer mes cadeaux de Noël.

— Sans déconner ! Vous n'avez pas plus ridicule ?

— Moi aussi, j'aurais préféré une corde. Pour vous pendre avec !

— Ah, je vois. Vous êtes ce genre.

— Quel genre ?

— Chiante.

J'ai pris sur moi, très fort, pour ne pas en rajouter. Je connais ce genre d'individus dangereux. Il ne faut pas les énerver. Quoique celui-là avait l'air plutôt inoffensif avec ses yeux vert sapin, ses cheveux légèrement bouclés et son sourire ironique. Mais il faut se méfier des types charmants. J'en croise tous les jours dans mon bureau et croyez-moi, ils sont capables du pire quand il s'agit d'emmerder leur future ex-femme. Je lui ai donc sèchement rétorqué que c'était tout ce que j'avais. Il a fixé le ruban à un vieux sac en plastique.

— Attendez ! ai-je dit en lui tendant un mignon shopping bag orné d'un sapin. C'est Noël, après tout !

— Vous êtes une grande malade !

Mais il a ri et a changé le sac. Puis il a appelé sa cliente pour lui dire de se poster à la fenêtre : elle devrait d'abord lui remettre l'argent. Il a commencé à faire descendre le sac. Un froid polaire s'est engouffré dans la pièce. J'étais quasi sûre que ma voisine allait refuser de payer avant d'avoir la marchandise (c'est du moins ce que j'aurais fait, dans le cas hautement improbable où j'aurais été contrainte de recevoir une livraison de coke par la fenêtre. Mais de un, je ne me drogue pas, et de deux, jamais je ne laisserais mon argent se balancer à cinquante mètres du sol), mais il faut croire que nous sommes tous différents, car le mignon shopping bag est remonté et celui qu'il faut bien appeler « le dealer » a promptement glissé une liasse de billets dans la poche de son jean. Ensuite la cocaïne a emprunté le même chemin que la monnaie et la fenêtre s'est refermée.

— Bon. Maintenant, réfléchissons bien. Comment je vais pouvoir me tirer d'ici ? Montrez-moi si on peut passer par le toit.

Je trouve que ce mec a une façon de prendre la direction des opérations vraiment pénible, d'autant plus qu'il est sur mon territoire. J'étais en train de lui expliquer que ce n'était même pas la peine d'y penser – on n'est pas à New York et il n'y a pas d'échelle de secours sur les immeubles haussmanniens – quand mon téléphone a sonné. C'était Henri !

— Mon cœur, je suis désolée ! me suis-je écriée. C'est une petite panne de rien du tout. Je vais arranger ça dans cinq minutes et on pourra célébrer notre réveillon !

— Euh… Nina, attends ! a dit Henri. J'aurai un peu de retard.

— Combien de temps ?

— Hum… je ne suis pas encore à Paris, en fait. J'ai passé l'après-midi dans la maison de campagne de mon pote Simon et il y a des embouteillages…

J'ai pris une profonde inspiration et je lui ai demandé où il était exactement.

— Je ne suis pas encore tout à fait parti… Je pense être là dans une heure, deux maximum.

J'ai regardé ma montre et j'ai réalisé qu'il était neuf heures ! Il avait déjà une heure de retard et s'imaginait que j'allais encore l'attendre cent vingt minutes de plus ? C'est alors que j'ai entendu des rires derrière lui. Des rires féminins.

— Tu es sûr que tu es avec Simon ?

— On est plusieurs, en fait… des copains à lui. Écoute, je suis désolé, je me suis laissé entraîner, on a un peu bu, on s'amuse… enfin, tu sais ce que c'est.

— Non, je ne sais pas, explique-moi.

— Ce n'était pas prévu, mais une chose entraînant l'autre…

— Tu es à un autre réveillon, c'est ça ?

— En quelque sorte… mais si tu veux, j'arrive !

— Non ! Et surtout, ne viens plus jamais !

J'ai raccroché en ayant l'impression de m'être pris une avalanche en plein cœur. J'ai contemplé mon beau sapin, mes bougies, les guirlandes lumineuses qui n'éclairaient plus rien, le feu qui se mourait dans l'âtre et je me suis sentie horriblement seule. Seule comme jamais je ne l'avais été. J'allais hurler, casser quelque chose, j'allais…

— Si je peux me permettre, ce mec est un connard. Abandonner sa meuf le soir de Noël, il n'a aucun honneur ou quoi ? Il se prend pour qui ?

J'allais oublier le dealer ! Mais il était toujours là, planté au milieu du salon, avec sa coke dans une poche et ses billets dans une autre.

— Dire que je ne suis pas allée voir mes parents à New York pour passer Noël avec lui !

Et là, à ma grande honte, j'ai commencé à pleurer. Ça a été plus fort que moi, mais à l'idée de mon père, ma mère, mon frère et ma sœur, de notre appartement de Manhattan si chaleureux, le chagrin a pris le dessus. Dans ma famille, Noël est magique. Quand nous sommes tous réunis, il y a quelque chose dans l'air qui nous fait croire que ce soir-là, les hommes peuvent être meilleurs, les anges se manifester et les choses s'arranger. Au lieu de ça, je suis toute seule à Paris, abandonnée comme une plage en hiver. L'inconnu a fait un pas vers moi et je me suis retrouvée à renifler contre son épaule.

— Ne vous inquiétez pas. Bientôt, vous allez vous rendre compte que c'est un mal pour un bien. Vous ne pouviez pas rester avec un con pareil ! a-t-il murmuré en me tapotant le dos.

Le moment était sans doute inapproprié, mais j'ai remarqué qu'il sentait bon.

— Ce n'est pas du tout ce que j'avais prévu pour Noël ! ai-je pleurniché.

— Et vous n'aimez pas que les choses ne se passent pas comme prévu ?

— Non !

— Il faut parfois savoir prendre la vie comme elle vient.

— Mais comment ?

— Eh bien, par exemple… vous avez faim ?

Évidemment, j'ai dit non. Je sais que ça partait d'un bon sentiment, mais ce mec est chez moi depuis moins d'une heure et c'est lui qui m'invite à dîner.

— Parce que moi, j'ai la dalle…

J'ai levé les yeux jusqu'à la dernière galaxie visible et poussé un soupir à faire tourner les ailes du Moulin Rouge, puis je lui ai dit que j'allais voir ce que je pouvais faire, vu que ma dinde n'avait pas eu le temps de cuire ! Dans le réfrigérateur, j'ai trouvé du saumon fumé, des blinis, du tarama, de la salade, du fromage, une bûche et du champagne. J'ai tout mis sur un plateau. Entre-temps, il avait ranimé le feu et rapatrié les bougies près de la table basse pour qu'on y voie un peu plus clair. J'ai déposé mon butin et gobé un blini parce que je mourais de faim. C'est plus fort que moi, le chagrin m'affame. Le dealer a débouché le champagne et l'a versé dans des flûtes. On a trinqué. Puis il m'a tendu la main :

— Bonsoir, Ange Paoli.

Je la lui ai serrée et j'ai répondu :

— Nina Samba.

— Ravi de faire votre connaissance.

— Pas moi. Ce soir, je ne peux pas être ravie. Désolée.

On a mangé en silence et oui, tout était délicieux, comme je l'avais prévu.

— Votre Henri, là… vous êtes vraiment amoureuse de lui ?

J'ai vidé ma flûte avant de répondre.

— Il est comme moi, il est avocat…

— Et vous avez prévu de vous marier avec un avocat, c'est ça ?

— Je sais ce que vous pensez, mais ce n'est pas si débile. Quand on anticipe, on évite les risques. Je n'aime pas l'imprévu, je déteste les surprises. Quand j'étais toute petite, mes parents ont quitté Brazzaville pour venir en France. Et ensuite, quand j'ai eu dix ans, on a déménagé pour New York. J'ai haï être déracinée comme ça. Deux fois, j'ai dû apprendre à m'adapter et donc à prévoir…

— Oui, mais on ne peut pas toujours tout contrôler. La preuve.

Son téléphone a sonné. Il a sursauté et a murmuré « Merde ! Mon oncle ! » et je me suis vue morte au fond de la Seine avec un rocher autour du cou.

— Désolé, tonton Anto, je suis coincé chez une cliente à Montmartre. Il y a une panne de courant et je ne peux pas quitter les lieux. Je t'expliquerai… Ben non, je ne peux pas les faire… Je sais que c'est emmerdant… C'est pas la peine de t'énerver ! Envoie Enzo récupérer la dope, je la lui enverrai par la fenêtre et il pourra faire les livraisons. Je sais que je t'ai donné ma parole. Mais tonton, c'est Noël !

Il m'a balancé un clin d'œil avec un sourire à faire se pâmer tout un pensionnat.

— Merci, tonton ! J'attends Enzo. Oui, on se voit demain à Figari.

Ange a raccroché et a dit :

— Mon cousin arrive.

Puis il a continué à s'empiffrer tranquillement de bûche au chocolat. Je crois que je n'ai jamais rencontré quelqu'un d'aussi détendu que lui.

— Comment on devient dealer ?

— Ah ! Mais je ne suis pas dealer ! Je fais ça ce soir pour dépanner mon oncle. Tous ses gars sont en famille avec leurs gosses. Et pour les Corses, Noël, c'est sacré. Comme je ne suis pas marié, je n'ai pas d'enfant, mon oncle m'a demandé d'assurer les livraisons de la soirée.

— Mais ton oncle, lui, il est…

— Un homme d'affaires avec des activités très diversifiées.

— Mais alors, qu'est-ce que tu fais dans la vie ?

— Je suis avocat.

J'avoue, sur le moment, je n'ai pas compris s'il parlait sérieusement, j'en suis restée muette. Ange a éclaté de rire.

— Je plaisante ! C'était pour voir ta réaction à l'idée qu'on serait professionnellement compatibles ! Je suis loueur de bateaux. J'ai une flotte que je loue aux vacanciers pendant la saison.

Pour la quatrième fois de la soirée, la sonnerie du téléphone nous a interrompus.

— Oh cousin ?! T'es là ? Cinq minutes ? OK, je te prépare la came.

Il s'est tourné vers moi et a demandé :

— Il reste du bolduc ?

Il en restait. Je suis une fille prévoyante et j'achète toujours plutôt trop que pas assez. Ange a pris sa grosse enveloppe et cette fois, on l'a enveloppée dans un sac plastique bien moche mais solide qu'on a accroché au bolduc. Puis on a ouvert la fenêtre. Le cousin était en bas, casqué de noir, à califourchon sur sa moto. Ange a commencé à dérouler le ruban. On voyait le sachet qui descendait doucement le long de la façade en ballottant au-dessus du vide. À voir la taille du paquet, je me disais qu'il y en aurait pour tout Paris.

— Merde ! c'est trop court !

— Laisse tomber la neige ! a crié le cousin.

Ange a lâché le ruban. On a vu le sac chuter rapidement et atterrir… sur le balcon du deuxième étage.

— Oh merde ! Merde ! Putain de bordel de merde !

— J'ai l'impression que vous êtes en train de perdre votre calme légendaire.

— Oh putain ! Putain ! Putain !

— Détendez-vous ! J'ai le numéro de la voisine !

— Cette fois, il va me tuer. Il va me massacrer. Je vais mourir ! Adieu le monde.

Pendant qu'il perdait ses nerfs, j'ai dégainé mon téléphone et appelé la voisine du deuxième étage. J'ai son numéro, car je garde parfois son chat Natova.

— Allô, madame Levy ? C'est Nina. Je suis désolée de vous déranger le soir de Noël.

— Est-ce que j'ai un nom à fêter Noël ? Chez moi, c'est Hanoukka. La fête des Lumières ! Que je passe dans le noir, soit dit en passant. Chez toi non plus, il n'y a pas de courant ?

— Non, justement ! Je ne peux plus sortir de chez moi. C'est pourquoi j'ai un petit service à vous demander : est-ce que pouvez aller sur votre balcon ?

— Par cette caillance ?

— J'ai fait tomber un paquet ! Si vous pouviez avoir la gentillesse de le ramasser et de le jeter au jeune homme qui se trouve juste sous votre fenêtre. C'est son cadeau de Noël.

— C'est bien parce que ma chatte t'apprécie et que je m'emmerde comme un macchabée avec cette panne.

C'est ainsi que Mme Levy est sortie de son lit pour envoyer de ses mains innocentes un sac plein de cocaïne au dealer casqué qui attendait en bas de chez elle. Celui-ci a enfourché sa moto et a fait vrombir son moteur, comme un sombre Père Noël partant livrer ses cadeaux maléfiques. Ange a poussé un immense soupir de soulagement.

— Oh putain ! Merci, tu m'as sauvé la vie !

— J'ai cru comprendre.

On a refermé la fenêtre. Il m'a aidée à rapporter les assiettes vides à la cuisine. Quand tout a été débarrassé, on s'est à nouveau posés devant le feu qui crépitait joyeusement. Les bougies diffusaient un parfum de miel et de pin, leurs flammes dansantes faisaient scintiller les boules dorées du sapin. J'ai pensé à Henri qui avait eu la noirceur d'âme de me planter justement ce soir. Quelle horrible façon de dire à quelqu'un qu'il ne l'intéresse pas assez. Pourquoi m'avoir laissé organiser ce réveillon ? Puis j'ai réalisé qu'il n'avait sans doute pas prémédité son geste. Il s'était simplement rendu compte qu'une soirée avec des inconnu(e)s le tentait plus qu'un tête-à-tête avec moi. C'était trop triste. Je me suis demandé comment j'avais pu m'aveugler à ce point. À force de vouloir faire entrer ma vie dans des cases, je suis passée à côté des signes les plus évidents ! Ange m'a resservi du champagne et m'a demandé ce que j'avais prévu pour la suite de ma soirée parfaite.

— Regarder un film de Noël en DVD ! ai-je grimacé.

— Encore raté !

Il a bu une gorgée de champagne.

— Mais on n'a pas besoin de télé ! On a le plus beau spectacle du monde juste sous nos yeux ! Tu es déjà montée sur le toit ?

— Oh non !

Il s'était levé et me tendait la main. Avec ses boucles brunes et les flammes qui se reflétaient dans ses yeux verts, il était la tentation incarnée.

— Allez ! Laisse entrer un peu d'improvisation dans ta vie !

— Non et non, pas question ! C'est super dangereux.

Mais il avait déjà ouvert la fenêtre et installé une chaise devant. Il s'est tourné vers moi pour me demander si je n'avais pas d'autres chaussures. J'ai regardé mes escarpins avec regret, puis je suis allée me chercher une paire de baskets. J'en ai profité pour enfiler un jean et un gros pull, puis j'ai attrapé la couverture en fausse fourrure en me disant qu'on risquait d'en avoir besoin. Finalement, ce n'était pas très compliqué d'enjamber la fenêtre et d'escalader le toit. Il suffisait de ne pas regarder en dessous ! On s'est calés entre deux cheminées, la couverture sur nos épaules telle une tente chaude et protectrice. L'air était d'une pureté de cristal, comme si le froid extrême avait tué toutes les particules de pollution, et aucun nuage n'avait le culot de dissimuler les étoiles. Elles scintillaient glorieusement dans la nuit marine et Paris s'étalait devant nous, avec ses avenues illuminées et ses guirlandes de fenêtres éclairées. Juste en face se dressait le Sacré-Cœur, blanc, gonflé et crémeux comme un triple cupcake.

— C'est magique ! a murmuré Ange, traduisant exactement ce que je ressentais.

— Rien ne s'est passé comme je le souhaitais et pourtant, je passe un réveillon complètement dingue !

— La vie nous offre des cadeaux qu'il faut savoir accepter. Je me laisse toujours porter par elle.

Une fumée légère au parfum de bois brûlé s'échappait doucement de la cheminée à notre droite. On s'est emmitouflés un peu plus chaudement sous la couverture.

— Tu n'étais pas aussi serein tout à l'heure, quand tu avais peur de te faire descendre !

Il a éclaté de rire.

— J'avoue !

— Je peux me permettre un conseil d'avocate ? Si tu ne veux pas mener le même genre de vie que ton oncle, n'accepte jamais de faire un job pour lui, même pour rendre service. Il faut établir une frontière claire et infranchissable entre ses affaires et les tiennes.

— Merci, maître Samba. Je m'en souviendrai.

On est restés un long moment silencieux, à simplement contempler la ville à nos pieds et le ciel sur nos têtes. Les cloches du Sacré-Cœur se sont mises à sonner et au même moment, il a commencé à neiger doucement.

— Il est minuit ! C'est le moment de faire un vœu ! a dit Ange.

J'ai fermé les yeux et je me suis aperçue avec surprise que je n'avais pas d'idée. Je ne désirais rien d'autre que ce que j'étais en train de vivre à ce moment précis. Le reste n'existait pas. J'ai ouvert les paupières et j'ai vu le regard d'Ange fixé sur moi.

— J'ai besoin de toi pour que mon vœu se réalise.

— C'est quoi ?

J'étais en train de me dire qu'il y avait des paillettes dorées dans le vert sombre de ses prunelles quand il m'a embrassée. Des flocons de neige qui voletaient autour de nous se sont mêlés à notre baiser. Les lèvres d'Ange étaient fraîches et sa bouche chaude. Mon cœur a failli exploser, mon corps s'est embrasé. Ça fait près de trente ans que je suis sur Terre, mais jamais un simple baiser ne m'a fait cet effet à la fois glacé et brûlant. J'ai enroulé mes bras autour de son cou et on a continué à s'embrasser avidement, sous la danse lente des flocons, jusqu'à ce qu'une fine couche de neige ait recouvert notre plaid. Autour de nous, tout était devenu blanc. Alors on s'est laissé glisser le long du toit et on est entrés chez moi par la fenêtre, comme des voleurs. Une fois la crémone refermée, je me suis rendu compte que je claquais des dents. On a bu du champagne devant le feu. La couverture en fourrure était trempée, je suis allée chercher ma couette et on s'est posés sur le canapé. Je me suis demandé comment je pouvais être plus à l'aise avec Ange en une seule soirée qu'avec Henri au bout de toute une année, quand on a basculé, enlacés sur mes coussins « Keep calm and love Christmas », j'ai arrêté de chercher la réponse.

On s'est endormis sur le canapé, blottis l'un contre l'autre, enveloppés dans la couette comme dans un nuage.

J'ai été réveillée par la sonnerie stridente de mon téléphone fixe. La batterie du portable avait dû rendre l'âme dans la nuit. L'écran affichait 6 h 10. J'ai décroché, encore mal réveillée.

— Nina, c'est moi, tu me fais monter ?

— Henri ?

— Je suis vraiment désolé ! Laisse-moi me faire pardonner. Je me suis senti tellement con à minuit, j'ai pensé à toi, toute seule, avec ton sapin…

— L'ascenseur marche ?!

— Ben, évidemment !

Je ne sais pas pourquoi j'ai composé le code au lieu de le laisser moisir en bas. J'ai entendu la machinerie se mettre en marche et je me suis regardée dans le miroir pour voir de quoi j'avais l'air. Contrairement à ce que je craignais, je n'avais pas une mine de zombie. J'ai passé la main dans mes cheveux et Henri est sorti de l'ascenseur. Pas très frais, je dois l'avouer : les yeux pochés, le teint fané, la chemise froissée. Lui qui met toujours un point d'honneur à être impeccable. Il a fait un pas vers moi, les bras grands ouverts.

— Amour !

— Connard !

— C'est qui, lui ? Putain mais il a dormi là ?

J'en ai déduit qu'il avait découvert Ange sur le canapé.

— Bonjour, Ange Paoli. Je suis venu livrer la neige…

Il était à côté de moi et souriait à Henri de toutes ses dents. La nuit ne lui avait pas fait perdre sa manie de toujours vouloir prendre les choses en main. J'ai souri à mon tour et continué sur le même ton :

— … Et de fil en aiguille, on a un peu bu, on s'est amusés… enfin, tu sais ce que c'est. Ce n'était pas prévu, mais une chose en entraînant une autre…

Henri avait la tête du type qui vient de se faire rouler dessus par un camion.

— Mais tu es une grosse salope !

— Ah, pas d'insultes ! a grondé Ange en serrant les poings.

— Pas de violence non plus ! ai-je rappelé.

— Même pas un tout petit peu ? Parce que là, il le mérite !

— Bon, d'accord, un tout petit peu.

Mon poing est parti tout seul, avec un uppercut qui l'a envoyé directement dans l'ascenseur.

— Mais j'allais le faire ! a râlé Ange, frustré.

J'ai composé le code et Henri est parti vivre sa vie loin de moi. On s'est tapés dans la main comme des vieux potes, puis Ange a dit qu'il avait un avion à prendre. Je me suis contentée de hocher la tête mais j'ai eu un peu de mal à avaler ma salive. Fin de la parenthèse enchantée. Ange avait été envoyé chez moi pour rendre mon réveillon moins triste. Sa mission était accomplie. Il a enfoncé son bonnet noir sur ses cheveux et s'est approché, tout près de moi, si près que je respirais à nouveau son parfum. Il a enroulé ses bras autour de ma taille. Ses lèvres se sont approchées de mon oreille. Mon ange a chuchoté :

— Ça te dirait de continuer à fêter Noël au soleil ? Parce qu'il y a un avion pour Figari qui part dans une heure…

C'était encore lui qui prenait l'initiative, mais juste pour cette fois, j'ai dit oui.

Le marché de Noël

*

Adèle Bréau

Il avait tout décoré des semaines à l'avance, comme chaque année. Sur le guéridon de l'entrée trônait la crèche, celle-là même que ma sœur et moi sortions de sa boîte plusieurs semaines avant Noël, santon par santon, avant de les disposer avec une infinie précaution sur le rocher feint de l'épais papier brun tacheté de blanc que nous achetions au bazar du coin de la rue. Là-bas, tout le monde nous connaissait. Un papa seul avec ses deux petites filles, ça ne courait pas les rues, à l'époque. Alors les dames du quartier nous chouchoutaient, nous couvraient de cadeaux. « Je vous ai mis un petit paquet de fraises, monsieur Marsac, pour les petites. Et une petite bouteille de vin blanc, pour vous. Faut pas se laisser aller, hein. Elle va revenir. »

Notre maman était partie un matin. Elle s'était levée, avait peigné ses longs cheveux blonds pendant que je la regardais, émerveillée comme chaque fois par cette féminité confondante, ces yeux qui s'étiraient en amande, et qu'elle ornait de khôl, de paillettes, de fards irisés, fronçant légèrement les sourcils devant son miroir en ouvrant joliment sa bouche.

Silencieuse, j'assistais à ce spectacle maintes fois recommencé mais dont je ne me lassais pas, pas plus que de ces histoires de princesses qu'elle nous racontait chaque soir, au moment du coucher.

— Encore, maman, encore, *Persillon Persillette* !

— Mais tu la connais par cœur.

Ce matin-là de décembre, elle avait tout fait comme tous les autres matins. Enfilé son soutien-gorge cœur-croisé, sa culotte sur sa belle peau blanche, une robe portefeuille qui moulait sa poitrine fière, tapé dans ses mains en criant à tue-tête que vite, les filles, on allait être en retard à l'école. Alors, ma grande sœur Lalie et moi, nous avions sauté dans nos chaussures à bride, mis nos manteaux et claqué la porte alors que clignotait encore dans le salon la guirlande multicolore du sapin. C'était une féerie, cette maison, au moment de Noël. Plus que quelques jours et nous allions enfin nous retrouver tous les quatre. Nous préparerions le repas au son des chants exagérément enjoués de la cassette « Fête », que j'avais passée un temps infini à concocter, attendant fébrilement, le doigt sur le bouton « Rec », que mes radios préférées veuillent bien passer autre chose que Images ou Vanessa Paradis. Puis nous mangerions en essayant de ne pas trop penser à l'après, ce moment où nous irions nous coucher et où nous tenterions de rester éveillées, cette année, pour choper papa et maman en train de disposer les cadeaux autour de l'arbre. À moins qu'il ne s'agisse vraiment du Père Noël mais je n'étais plus sûre. J'avais six ans et demi. À l'école, des rumeurs bruissaient, je ne voulais pas les écouter, pour rester encore un peu dans le cocon confortable de l'enfance, des rêves, de la magie de cette soirée spéciale où nous nous aimions tant. Devant l'école, elle nous avait embrassées comme d'habitude, en déposant du rouge sur nos joues, avant de lécher un de ses index pour nous le retirer, provoquant nos cris d'effroi. Elle nous avait fait coucou avec sa main, emmitouflée dans son manteau de fourrure, et nous ne l'avions jamais revue.

— Papa ! C'est moi !

J'avais toujours ma clé. À près de quarante ans, j'habitais dans l'immeuble de mon père. Beaucoup de mes amis et petits amis s'étaient offusqués d'une telle proximité à mon âge, mais c'était ainsi, il m'était impossible de le laisser seul. Lalie, elle, habitait à Londres. Elle avait suivi son banquier de mari et s'occupait avec bonheur de leur jolie maison blanche sur trois étages, dont l'entretien, ajouté à la logistique consistant à balader leurs deux enfants de l'école à leur multitude d'activités extrascolaires, occupait une grande partie de son temps. Nous nous appelions pourtant tous les jours, bien que son quotidien différât tant du mien qu'il m'était le plus souvent très difficile de compatir à ce qu'elle appelait des « galères pas possibles ». Mais c'était ainsi. Du jour où maman était partie, Lalie avait pris sa place. Elle m'avait élevée, ne cédant, dès les premiers instants, à aucun abattement. Mâchoires serrées, le regard fier, Lalie restait un être insondable pour le commun des mortels. Moi seule connaissais ses failles, moi qui avais partagé sa chambre jusqu'à un âge avancé, percevant parfois, la nuit, déchirant le silence, son chagrin trop longtemps enfoui.

Il était de dos, son éternel chandail posé sur ses épaules un peu tombantes, la calvitie aujourd'hui bien installée, penché sur une grosse dinde qu'il peinait à fourrer. À la radio, les Grandes Gueules de RMC tenaient leur rôle : faire oublier à leurs auditeurs les soucis du quotidien en débriefant avec une bonne humeur communicative des résultats sportifs et autres transferts récents auxquels je ne comprenais pas grand-chose. Ils riaient et parlaient fort, si bien que, lorsque je m'approchai de lui, mon père sursauta.

— Ah, ma chérie, tu es là, je ne t'avais pas entendue rentrer.

Je l'embrassai dans le cou. Il sentait Eau sauvage, et cette institution olfactive me rassura. Matthieu m'avait quittée trois semaines auparavant pour retourner avec sa femme – les fêtes –, je ne gagnais pas un rond, n'avais pas d'enfants et une famille manchote, mais au moins mon papa n'avait pas changé d'odeur, et on mangerait de la dinde à Noël.

— Ils arrivent quand ?

— Qui ça ?

— Lalie et Bill Gates.

— Ah non, Catherine. Pas de ça ce soir. On ne parle ni d'argent, ni de politique, ni d'éducation…

— Ni de cul, je sais.

Et je souris parce que je savais qu'il était gêné, et admiratif à la fois devant cette audace qu'il m'enviait autant qu'elle l'effrayait. Qu'allait-il advenir de moi ? Puis soudain, manifestement paniqué, il s'écria :

— Le fromage !

— Quoi, le fromage ?

— J'ai complètement oublié le fromage ! Le brie à la truffe de ta sœur. Il n'y en aura plus, c'est certain. Je le commande toujours à l'avance.

— Enfin, papa, ça n'est pas très grave. Et puis je peux y aller, moi, chercher ce foutu brie.

Papa faisait non, non de la tête. C'était toujours ainsi. Le matériel, les habitudes, ça le confortait dans l'idée d'avoir bien agi avec nous, de ne pas avoir failli dans notre éducation. Alors, sans ce brie, que devenait-il ? Un égoïste, un père indigne. Un briseur de magie.

J'enfilai mon manteau et partis vers le marché. Dehors, ça scintillait de partout. Les vendeurs de marrons faisaient leur boulot, se cramant les doigts pour distribuer, enfin, des monceaux de cornets brûlants à des familles souriantes qui, le reste de l'année, les ignoraient royalement. Le Père Noël changeait de tête à tous les coins de rue, devant l'air effaré des enfants. Les gens couraient à droite, à gauche, affolés, suant dans leurs doudounes, leurs écharpes, et les mille et une couches qu'ils avaient superposées parce qu'il faisait froid. Pourtant, il n'avait pas neigé, comme l'année dernière, et puis celle d'avant, ça ne se faisait plus, aurait-on dit. Sous le hall bruyant du marché couvert, les guirlandes de mauvais goût trônaient, fières, au-dessus des devantures opulentes. On allait bâfrer, ce soir, et on avait le droit. Au diable le sans gluten, le sans viande, le sans gras, le sans rien parce qu'on avait récemment décidé que pour être heureux il fallait se priver de tout, et que c'était comme ça. Merde, où était ce fromager ? Il ne fallait pas se tromper, sinon papa serait furieux. Ah oui, forcément, celui où il y avait la queue, dans laquelle, docilement, je me glissai pleine d'espoir. Puis, bâillant d'ennui, je relevai la tête vers le maître des lieux, qui gueulait comme pas possible, faisant hurler de rire son auditoire, manifestement tout acquis à sa cause, car oui, le crémier, comme on disait lorsque j'étais petite fille, celui-là même qui avait ce soir le pouvoir d'anéantir ou de transporter le moral de mon père, était un grand beau gosse. Le cou recouvert de tatouages qui lui chatouillaient l'oreille, le sourire en coin, des cheveux bruns qui s'échappaient trop souvent de l'espace où il tentait, d'un petit coup d'épaule, de les coincer, le bellâtre incongru devait avoir dans les trente ans. Trente-cinq, peut-être. Absolument fascinée, comme la tripotée de mères de famille qui n'avaient d'yeux que pour lui, je ne pus décrocher mon regard de celui qui maniait avec dextérité les grosses mottes souvent malodorantes et qui, entre ses doigts, devenaient quasiment charnelles. Puis ce fut mon tour.

— Bonsoir.

— Bonsoir, je dis.

Et puis c'est tout. Je souris, bêtement, avant qu'un type mal luné ne me sorte brusquement de ma torpeur adolescente.

— Bon, on y va, là ? C'est pas comme si on avait pas tous mille choses à faire, hein.

— Laissez à mademoiselle le temps de choisir, monsieur. Ma collègue va s'occuper de vous. Qu'est-ce qui vous ferait plaisir ?

Et dans ces yeux cette douceur, alors que tout, autour de moi, s'était arrêté. Les ampoules qui clignotaient, le bruit assourdissant des chants de Noël qui résonnaient sous le chapiteau, les gamins qui trépignaient d'impatience, la chaleur et l'heure qui tournait dangereusement. Il fallait que je me reprenne, tout ça était d'un ridicule fort gênant.

— Euh… du brie. Je voudrais du brie à la truffe. Pour ma sœur. Elle adore ça.

— Ah mais on n'en a plus. Ça se commande longtemps à l'avance, vous savez.

— Non.

— Quoi, non ?

— Non, je ne savais pas. Mais… je fais comment, moi, maintenant ?

Et il réfléchit. Me fixant de ses yeux si noirs qu'il était impossible d'y sonder quoi que ce soit.

— Vous pouvez attendre une petite demi-heure ?

— Oui… non, ça dépend. Enfin, c'est pour le brie ?

Il explosa de rire, alors que je piquais un fard et que mes oreilles s'échauffaient comme elles ne l'avaient pas fait depuis l'école élémentaire.

— Bien sûr ! J'en ai planqué chez moi. Si c'est pour votre sœur, je veux bien vous en donner un peu.

Puis, chuchotant en me faisant un clin d'œil :

— N'en parlez pas aux flics, je ne voudrais pas avoir d'ennuis.

Dix-neuf heures, j'envoyai un message à mon père :

Aurai un peu de retard mais ai trouvé brie pour Melinda Gates.

Puis j'attendis, calée contre le mur, pendant qu'il continuait le ballet fascinant de ses doigts fins, attrapant les disques appétissants, saisissant un long couteau pour découper des tranches qu'il enveloppait précautionneusement dans du papier doré, pesant, tendant avec une égale bonne humeur la machine à carte bleue, tapant dans ses mains pour redonner du courage à l'équipe, et d'ailleurs c'était qui, celle-là, la fille avec laquelle il travaillait ? Sa femme ? Sa sœur ? Une simple collègue qui fantasmait sur lui ? De temps en temps, il me lançait des regards, pour vérifier que j'étais là, et m'assurer qu'il en avait bientôt fini, que je l'aurais, mon brie, qu'il ne fallait pas que je m'inquiète. Mais je ne m'inquiétais pas, j'étais bien, dans la chaleur rassurante de ce petit théâtre festif et joyeux où le temps semblait s'être arrêté, comme si le reste du monde pouvait ne jamais m'atteindre.

— On y va ?

Il avait enfilé un blouson de cuir, et me tendait un casque. Enfin, où habitait-il ? J'étais persuadée, je ne sais pas pourquoi, que nous irions à côté, pas loin, dans une rue adjacente, comme s'il était évident qu'il habitait en face de son lieu de travail, dans ce quartier pourtant bien trop onéreux et guindé pour un gars comme lui.

— Mais… euh… c'est loin ? Non, parce que mon père m'attend.

Mon père m'attend. Quelle gourde.

— Ne t'inquiète pas.

Alors je montai sur la moto de cet inconnu tatoué vendeur de produits laitiers, comme si c'était la chose la plus normale du monde. Un 24 décembre. Et moi si prompte à me faire des films, à m'imaginer que mon voisin de palier avait secrètement envie de me découper en rondelles la nuit venue, je n'avais pas peur. Au contraire, je me blottis contre le blouson qui crissait sous ma joue, ravie de sentir l'air glacial gifler mon visage. Parfois, il tournait la tête et me disait des mots que je n'entendais pas. La ville défilait, les magasins allaient fermer, dans les foyers éclairés que je tentais de découvrir aux feux rouges, on n'allait pas tarder à réveillonner. Lalie et les enfants avaient dû investir la maison, et râler de mon absence. Papa les aurait rassurés, certainement, tout en se jetant au cou de ces petits-enfants qu'il ne voyait que trop rarement. Pierre était certainement descendu à la cave choisir les vins que nous dégusterions tous ensemble, avant d'ouvrir, une à une, les bouteilles pour les faire « respirer ». Autour du sapin, Thaïs et Gabriel disposeraient bientôt leurs souliers, confiants, le Père Noël passerait, comme chaque année, ils avaient été sages. Mais si.

— Et voilà.

La ruelle était sombre, et le quartier m'était inconnu. Nous descendîmes de moto alors que la tension érotique devenait palpable et mon chauffeur-sauveur d'un soir me prit la main. Je tressaillis au contact de cette peau contre la mienne, plus que si nous avions brusquement collé nos deux corps nus l'un contre l'autre. Il fallait que je me calme. Et dans la pénombre, il murmura :

— Benjamin.

— Catherine.

Puis :

— Viens.

Nous nous enfonçâmes dans une courette ornée d'une multitude de lampions. Des cris retentissaient de lofts bobos qui abritaient ces vies qui m'étaient inconnues. En passant, Benjamin adressait de petits signes de sa main libre, gardant la seconde fermement cramponnée à la mienne. J'étais fière, bêtement, d'accompagner ce type au potentiel érotique scandaleusement développé. Puis il sortit un trousseau de clés de sa poche de jean et nous entrâmes chez lui. Il faisait sombre. Et, à peine la porte refermée, je sus que ce Noël serait différent de tous les autres. Lentement, Benjamin fit glisser ma veste sur le sol en même temps que la sienne, et caressa ma joue. Je sentais son souffle contre mon cou, alors qu'il chuchota à mon oreille :

— Je peux ?

Vive le vent, vive le vent, vive le veeeent d'hiver. Au loin, ce chant enfantin perçait le brouhaha, contrastant avec le silence rompu par nos deux souffles joints.

Je fis oui de la tête, consciente de l'absolue absurdité de cette situation. Après tout, on n'avait qu'une vie, et qu'est-ce qui m'empêchait de céder à la tentation ? Je n'avais pas peur. Alors nos lèvres se frôlèrent, et je ressentis à nouveau cette décharge électrique qui m'avait secouée à la seconde où nous nous étions touchés. Prise d'une envie folle, je saisis son tee-shirt, dévoilant un torse musclé, dont le tatouage, que j'avais aperçu dans son cou, ornait tout le flanc droit. Dans l'obscurité, je peinais à en discerner les contours mais m'en moquais pas mal. À son tour, il fit glisser mon jean, balança mon chemisier sans ménagement et agrippa mes cuisses qui s'enroulèrent tout naturellement autour de sa taille. Comme si je ne pesais rien, ce qui était loin d'être le cas, il me transporta dans sa chambre. Le lit était défait, les draps froissés, et je préférais ne pas imaginer quelle autre femme avait pu y dormir récemment. Je n'allais quand même pas être jalouse. Je ne le connaissais même pas, ce type dont les grognements se faisaient de plus en plus intenses. Et le moment où nous serions délivrés de cette tension approchait, alors je poussais un soupir de soulagement qui ne cachait rien du plaisir qu'il me donnait. À travers la fenêtre restée entrouverte, un courant d'air glacé se faufilait en même temps que le murmure du bonheur alentour, dans ces maisonnées occupées à unir leur solitude, pour une soirée au moins, que certains redoutaient, que beaucoup appréciaient encore, quel que soit leur âge, et leur cynisme feint. Et au moment de jouir ensemble, je serrai fort cet homme qui libérait en moi tout ce que j'avais trop longtemps tu, cette tristesse d'enfant abandonnée, de femme qui devait rester courageuse, sérieuse, forte toujours, parce qu'il fallait bien que la vie continue, et que papa ne souffre pas de notre chagrin de gamines. Alors les larmes coulèrent sur mes joues. Chaudes, lourdes, elles s'échappaient en un flot continu qui me vidait de ce désespoir enfoui.

— Tu pleures ?

— Non. Enfin oui. Mais ça me fait du bien. Vraiment.

Il ne répondit rien, ce dont je lui sus gré, continuant de me serrer dans ses bras alors que ma mue s'accomplissait, et que je recouvrais peu à peu une respiration normale, et la conscience qu'il allait bien falloir en finir avec cette parenthèse enchantée.

— Alors, ce fromage ? je dis, pour rompre ce silence et libérer mon ange de Noël.

Visiblement un peu déçu, il se leva pendant que j'admirais une nouvelle fois son corps délié, me retenant de lui sauter à nouveau dessus. Je devais rentrer.

Sur le chemin du retour, nous ne prononçâmes pas un mot, nous contentant de nous sourire aux feux rouges, lorsqu'il tournait la tête vers moi, et que j'avais l'impression de voir dans ses yeux autre chose, peut-être, qu'un regard amusé de bête à chagrins.

En bas de l'immeuble, alors que je ne savais quelle attitude adopter, les premiers flocons se mirent à tomber. Doucement, d'abord, virevoltant autour de nos deux visages ébahis de gosses planqués sous l'apparence d'adultes. Puis plus drus, épais. Enveloppés par ce rideau de neige, nous rîmes enfin sans pouvoir nous arrêter, provoquant les coups d'œil amusés et bienveillants des passants qui nous souriaient. Ah, les amoureux, profitez, va.

— Joyeux Noël, Catherine.

— Joyeux Noël, Benjamin.

Et la moto s'enfuit dans la nuit.

Lorsque j'entrai dans l'appartement, les doigts engourdis par le froid et le corps ébranlé par cette étreinte folle, la chaleur du foyer m'envahit, en même temps que ma famille se blottissait contre moi.

— Alors, qu'est-ce que tu faisais ?

— Tu nous manquais !

— Enfin, tu es là.

— T'es belle, dis donc.

— Ah, ma chérie, alors, tu l'as trouvé, ce brie ?

— Zut… Le brie.

La théorie du pingouin

*

Sophie Henrionnet

1er décembre

Je ferme la porte, jette les clés en direction du guéridon repeint quelques mois plus tôt, les observe hésiter un instant, puis basculer évidemment dans le vide. Un petit bruit métallique accompagne la chute, rompant un silence étourdissant. Mon regard glisse jusqu'au calendrier de l'Avent que, comme une gamine, je me suis offert il y a quelques jours : désormais, c'est de vingt-cinq verres de mojitos, voire d'une pleine cruche dont j'aurais besoin pour Noël.

Alexandre n'est parti que depuis quelques jours et déjà son absence emplit l'espace tout entier. Le vide des placards crève les yeux, l'absence des fauteuils club partis avec lui est effarante, dans chaque mètre carré de l'appartement, le moindre signe que notre vie commune n'est plus qu'un lointain souvenir me fait le même effet que lorsque j'entends Patrick Sébastien chanter, c'est-à-dire un curieux mélange de honte et de malaise. #killme

Chacun y est allé de son commentaire réconfortant. « Un pauvre type » d'après Cécile, « crétin et inculte » selon Carole, « pas très stylé » a dit Hervé, « un parfait abruti, oui ! » à en croire mon père. Alexandre peut bien être maintenant le croisement d'un caniche nain et d'un suricate albinos, il s'est sauvé avec Mademoiselle Plus et la France entière sait pertinemment qu'il ne reviendra pas. #célibataire

Je constate une fois de plus que la théorie du pingouin, élaborée par mes soins lorsque j'étais en cinquième B et que Grégoire Peltier m'avait larguée devant toute la classe, est toujours d'actualité : je me retrouve encore seule sur un bout de banquise qui ne va pas manquer de dériver. Depuis mes douze ans, je me suis toujours fait larguer. Oui, même en rêve, l'inverse ne s'est jamais produit. Je peux bien m'autoflageller et me morfondre, c'est moi qui ai délibérément poussé Mademoiselle Plus à postuler chez Fouquet et fils, présenté Mademoiselle Plus à mes amis, et insisté pour que Mademoiselle Plus dîne régulièrement chez nous.

— Un peu de compassion, mon cœur : elle s'ennuie toute seule…, ai-je répété des soirs durant à Alexandre.

J'accroche mon manteau dans le couloir, laisse mes épaules s'affaisser et mon front rencontrer le mur que je heurte à plusieurs reprises avec un entrain à la fois modéré et régulier. Même m'apitoyer correctement sur mon sort est une tâche trop difficile pour moi. #médiocrité

Alors que je m'écroule sur le canapé, la porte d'entrée s'ouvre avec fracas.

— Cette fois, Pauline, je ne repars pas ! J'ai acheté de quoi tenir un siège, hors de question que je m'empiffre seule.

Tatiana est aussi blonde que je suis brune, aussi sexy que je me trouve ordinaire et je sais de source sûre qu'elle ne s'est jamais retrouvée dans la position du pingouin. Ma voisine de palier a les bras chargés de sacs qu'elle vide sur la table basse en déblatérant :

— Pas de chips ou de mini-saucisses ! Radis, carottes, choux-fleurs et rien qu'une petite sauce allégée.

Mon estomac gargouille, je m'étale sur le sofa en mimant une pendaison. #enviedegras

— Crois-moi, Pauline, tu me remercieras ! Mais comme je ne suis pas un monstre, j'ai apporté de quoi faire des mojitos.

La grande blonde file dans la cuisine. Dans un bruit de vaisselle qu'on déménage, elle lance :

— Ce n'était pas le grand amour non plus, ne prétends pas le contraire. Je dirais même qu'Alexandre t'a rendu service.

Non, je ne peux même pas me payer le luxe de prétendre le contraire, ou de me rouler sur le tapis en cognant le sol de mes petits poings rageurs sous prétexte que j'ai perdu l'homme de ma vie. Tatiana et les autres ont raison, Alexandre était souvent pénible, pas vraiment spirituel, de moins en moins sportif, et de plus en plus autocentré. #grosnaze

Tatiana pose un peu trop brusquement deux verres sur le plateau de la table basse et, comme elle aurait lancé des fléchettes sur une cible, y fiche deux pailles.

— Je suis certaine que tu en es consciente.

Je me redresse, ôte mes escarpins, étends les orteils avec soulagement, puis saisis un verre. Trois gorgées plus tard, j'acquiesce.

— En fait, c'est la situation globale qui me désole.

Tatiana lève les yeux au ciel.

— Alexandre est tombé dans les filets de Mademoiselle Plus, et alors ? Dans quelques mois, au mieux elle le relâchera dans le grand large et il se fera bouffer, puis recracher par des requins vegans, au pire il s'échouera sur une plage mazoutée comme un vieux thon pas frais : ce n'est plus ton problème !

— Et mon amour-propre ? Tu as pensé à mon amour-propre ? Il m'a quand même abandonnée avec moins d'hésitation que pour son premier téléphone !

— Ton amour-propre ? Joker, tu veux bien ? Vois le bon côté des choses : tu as un bon job, une famille sympa et des copines en or !

Un détail me revient en mémoire.

— En parlant de job, je ne sais vraiment pas ce qui m'a pris.

Tatiana blanchit, ce qui, étant donné son teint porcelaine de départ, défie les lois du nuancier Pantone.

— Ne me dis pas que tu as insulté Fouquet Père ! Ou même Fils ?

Je termine mon cocktail d'un trait, encore sous le choc de ma propre décision.

— Je ne pouvais me résoudre à croiser Mademoiselle Plus tous les jours.

— Tu as démissionné ?

— Bien sûr que non, je ne suis pas demeurée. Tout du moins, pas totalement.

J'inspire profondément avant de me lancer. La nouvelle est toute récente et je n'en ai personnellement pas encore pris la pleine mesure.

— Fouquet était très content des derniers résultats de la boîte. Il a pris conscience que j'y étais pour beaucoup et m'a promue directrice de secteur.

Tatiana se met à glousser comme une dinde qui ne sait pas encore qu'elle a été désignée volontaire pour le réveillon.

— C'est absolument génial !

— Sans doute, dis-je en malmenant avec application les glaçons qui gisent au fond du verre.

— Il y a un « mais », n'est-ce pas ?

Je hoche la tête lentement.

— Il y a effectivement un « mais ». En contrepartie, je dois me rendre trois mois en Italie pour implanter une antenne de la boîte.

Tatiana éclate de rire.

— J'ai eu peur qu'il t'ait demandé de te montrer reconnaissante, si tu vois ce que je veux dire, ou que tu te retrouves mutée au Trukistan ! Trois mois en Italie, c'est une opportunité en or massif !

— Je dois y être dans trois jours.

Ma voisine s'arrête net de piailler, déconfite, comme la dinde de tout à l'heure qui viendrait d'apprendre qu'elle a été désignée volontaire pour le réveillon.

— C'est… rapide, c'est vrai. Mais globalement très positif.

— Ce n'est ni Milan, ni Rome, ni Florence. Je vais me retrouver à Sienne, au beau milieu de l'hiver.

Je liste les priorités : prévenir mes proches, tenter de sous-louer mon appartement, faire mes valises, étendre mon forfait téléphonique et faire le plein de camembert.

— Rien d'insurmontable, commente Tatiana. Cette expérience te permettra sans doute de faire le point.

Je visualise un bout de banquise en pleine Toscane, celui-ci se craquelle sous l'effet de la chaleur plus clémente qu'à Paris, le pingouin meurt dans d'atroces souffrances, des orques se disputent sa dépouille. #exagération

Je saisis un radis et le fais rouler entre mes doigts en promettant au pot de glace planqué dans le congélateur de le retrouver dès que Tatiana aura passé le seuil de l'appartement.

— Vu le cahier des charges, je ne peux pas envisager un aller-retour même express durant les fêtes de Noël.

Tatiana me tapote le bras avec compassion.

— Une fille de mon service est victime d'une sombre histoire de dégât des eaux, je peux lui proposer ton appart ! Et arrête de prendre cet air de koala constipé, veux-tu, ça ne changera rien.

— Si tu le dis…, dis-je en pensant qu'on sous-estime certainement les soucis de constipation qu'éprouvent à coup sûr les koalas.

— Allez ! Imagine rien qu'une seconde la Toscane à Noël ! Donne-moi une seule raison de ne pas partir.

La dinde aux marrons de ma mère (internationalement reconnue pour son taux de carbonisation), les parties de poker familiales (qui se terminent toujours en faits divers), mon appartement coquet (empli de souvenirs et d'odeurs déprimantes). Non. Même en cherchant bien, rien qui ne tienne la route. #findumonde

— Et si je promettais de te rendre visite ? achève ma voisine.

— Sérieusement ?

— J'ai cinq jours à prendre avant le 31 décembre et mes parents comptent passer les fêtes de fin d'année chez ma sœur aux Maldives.

Je ferme les yeux, m'adosse au canapé et visualise la scène. Un délicieux appartement non loin de la Piazza Del Campo, les rues de la vieille cité illuminées, les antipastis, des litres de spritz et Tatiana qui me rejoint pour faire la fête. #dolcevita

— Vendu, dis-je en levant une main que Tatiana claque avec entrain.

5 décembre

Le spritz. Heureusement qu'il y a le spritz parce que pour le moment, les autres éléments publicitaires ne sont pas au rendez-vous. #arnaque

Dire que mon appartement est insalubre serait se montrer excessivement positif, voire sous l'emprise d'une drogue quelconque. Ce matin, trois souris se sont fait la malle avec mon paquet de céréales. Vous avez bien lu : trois. Pas une ni deux, non : une véritable bande organisée vit dans mon salon, genre mafia italienne avec un parrain, et tout. Enfin j'imagine.

J'ose à peine déballer mes affaires dans l'espoir que Fouquet Père, Fils, la mère Michel, le Père Fouras ou n'importe qui accepte de me reloger. En même temps, trois de mes bagages bloqués sont à Venise (sic) et étant donné l'état de propreté des lieux, mes vêtements sont bien mieux roulés en boule dans mon bagage à main que sur des étagères aussi peuplées de moutons que l'est le Larzac.

Je file des coups de pied au pingouin qui ne cesse de me rendre visite en ricanant : focus sur le travail. Parlons-en, du travail… Je ne sais pas ce qui m'a pris d'accepter cette mission (la promesse de poste ? L'augmentation ? La place de parking ? Ne plus croiser Mademoiselle Plus ?) Bon, OK, je sais très bien ce qui m'a poussée à accepter cette mission, mais je regrette cette décision autant que le piercing au nombril fait en cachette l'année de mes seize ans. #infection

Tout d'abord, je prends conscience chaque jour un peu plus que la mention « italien courant/professionnel », qui ne paraissait pas être un si gros mensonge il y a six ans sur mon CV à Paris, s'avère dramatiquement problématique ici et maintenant. Quand j'ai voulu acheter des « gato », la vendeuse de l'épicerie a planqué son chat. Non, décidément, une langue vivante pratiquée au cours de quelques week-ends festifs ne suffit pas à la compréhension de mon nouvel environnement. Ce matin, lorsque j'appelle le bureau en panique, expliquant que je ne peux me débrouiller seule sur le terrain, que tout cela n'est ni fait pour moi ni réaliste, Fouquet Père me propose l'aide d'un dénommé Raymond. Raymond ? Récemment recruté pour des raisons de quotas d'âge que j'imagine aisément, il a, paraît-il, une certaine expérience de l'Italie. Il se chargera d'un certain nombre de points depuis les bureaux parisiens. Je raccroche soulagée : je ne suis plus seule sur ma gondole (non, il n'y a pas de lagune à Sienne, je le sais pertinemment, c'est une image, merci).

7 décembre

Raymond assure un max, on sent qu'il a de la bouteille (j'ai mentionné que j'appréciais le spritz ?). Tous les problèmes que je lui soumets sont résolus plus rapidement que je ne mets de temps à les lui exposer. Il a une voix chaleureuse, certes un peu paternaliste, et sait me remotiver quand le désespoir (ou le pingouin) vient toquer à la porte de mon appartement miteux. Appartement auquel je vais devoir me faire : le Père Fouras et la Mère Michel n'ont pas bougé le petit doigt, et je ne parle même pas de la famille Fouquet. #dommagepauline

Mon astucieux collègue parisien a déniché des locaux pratiques et peu chers via une agence tenue par l'un de ses cousins, un comble quand on pense que sur place, j'ai enchaîné les visites infructueuses. Il a publié une annonce dans le but de recruter une secrétaire et je pense avoir déniché la perle rare. Je peux me consacrer à mes tâches principales étant donné qu'il gère les aspects pratiques de la mise en place de l'agence. #youpitralala

Lorsque Tatiana m'appelle et prend sa voix de crécelle, je saisis de suite que malgré tous les ennuis desquels Raymond m'a tirée, le curseur de la journée va dégringoler en zone catastrophe.

— Ne panique pas : j'ai vérifié, elle est assurée.

Je comprends que ma voisine ne parle ni de sa mère ni de sa cousine espagnole et encore moins de sa prof de yoga hyperlaxe.

— Accouche, dis-je en m'ajustant spontanément à son canal et en explosant mes propres tympans au passage.

— Les pompiers viennent de partir. Je te fais la promesse qu'à ton retour, l'appartement sera habitable, même si ce n'est pas gagné d'avance.

J'apprends au passage que la collègue de Tatiana n'a pas un problème avec les dégâts des eaux, mais que, plus raisonnablement, l'ensemble du parc immobilier parisien en a un avec elle.

— Sixième sinistre ?!

— Elle se faisait couler un bain… Puis elle s'est souvenue qu'elle avait rendez-vous chez le coiffeur.

Adieu, veaux, vaches, cochons, poneys et licornes. J'embrasse ma triste et sombre chambre du regard et étouffe un sanglot. #RIPmonF2

Lorsqu'en fin de journée, Raymond s'interroge sur les raisons de ma mauvaise humeur, je n'hésite pas longtemps avant de lui parler du tsunami ultra-localisé et de ma pénurie de camembert. J'en viens tout naturellement à lui raconter ma vie dans les grandes lignes, je raccroche deux heures plus tard pas du tout avancée pour ce qui est des questions professionnelles, mais réconfortée et hilare étant donné la dérision avec laquelle Raymond analyse ma vie. #reconnaissance

9 décembre

Je me fais au rythme italien. Cette ville est incroyable et j'ai enfin la sensation de me fondre dans ce décor de cinéma grandeur nature. Je me régale matin, midi et soir et les quelques kilos perdus consécutivement au départ d'Alexandre ne sont plus qu'un lointain souvenir. #tantpis

Je fais amie-amie avec les souris qui ont l'air d'avoir un gros faible pour les céréales au chocolat. Faisant contre mauvaise fortune bon cœur, je dépose un petit tas chaque matin près de l'endroit que j'imagine être leur quartier général. Nous cohabitons ainsi pour le moment, chacun son territoire. #trêvedenoël

Je ne suis pas peu fière de mes initiatives professionnelles et celles-ci semblent satisfaire la direction. L'agence commence à prendre forme et je suis donc un peu plus sereine qu'à mon arrivée.

Octavia est fabuleuse, la jolie secrétaire prend quantité d'initiatives et ne rechigne pas à la tâche. Fouquet Père m'a conseillé de recruter un représentant italien, j'ai retenu Flavio qui semble fiable, sexy et sérieux. #pragmatisme

Je pense de moins en moins à Alexandre. Preuve s'il en est une, mon estomac ne fait qu'un seul salto lorsque je constate que son statut Facebook passe de « rien » (deux ans de vie commune avec moi) à « en couple avec des cœurs » (quinze jours avec Mademoiselle Plus). #mêmepasmal #enfinpresque #spritz #deuxheuresdetéléphoneavecraymond

13 décembre

Oyez ! Oyez ! Tout arrive ! Je viens de récupérer les trois valises coincées à Venise. Elles vont bien, merci, et ont même vu pas mal de pays (Rome, Milan, Bruxelles (?), Venise, Prague (?), Sienne).

Pas croisé les souris depuis deux jours, je commence à me faire du mouron. Point philosophie du jour : serais-je à ce point désespérée que je tisse sans m'en rendre compte des liens avec la vermine ? Raymond dit que c'est impossible : je broie simplement du noir et vais finir par reprendre du poil de la bête (sic) quand je me déciderai à arrêter de planter des aiguilles dans de vieilles photos d'Alexandre.

Fouquet Père est ravi du premier rapport que je lui ai envoyé. Il se dit rassuré par le marché et a validé le développement de l'antenne italienne. D'après ce que dit Raymond, l'ambiance au siège est plus que tendue : Fouquet Fils a rendu son tablier, le marché des lunettes de toilettes autonettoyantes ne passera pas par lui, il veut se consacrer pleinement à la fauconnerie, sa nouvelle passion. #jenesuispeutêtrepaslecasleplusdésespéré

Même si je m'adapte de mieux en mieux, je compte les jours : dans dix semaines, je serai à Paris. Raymond prétend qu'à la toute fin de mon contrat, je m'accrocherai au spritz, à la mozzarella di buffala et au moindre risotto qui traîne pour ne pas rentrer. #80dodos

16 décembre

Il neige ! Bon, OK, trois flocons, mais ça compte tout de même, non ? J'ai pris quelques photos, balancé lesdits clichés sur Instagram (32 cœurs), Facebook (25 pouces en l'air, 4 cœurs, et 1 waouh (ma grand-mère a toujours été un chouïa excessive dans ses réactions)), et dans un mail à Raymond.

Les souris ne sont pas revenues. Ça m'ennuie de le reconnaître, mais je suis inquiète à leur sujet. Si les souris passent l'arme à gauche chez moi, comment vais-je finir ? Dévorée par des pingouins ? Raymond trouve que j'ai une légère tendance à l'exagération.

J'ai surpris Octavia avec Flavio en pleines heures sup. Flavio, très sport, m'a présenté spontanément sa démission afin que je ne me retrouve pas dans une situation délicate. Dans la foulée, un mail du siège m'informe que d'ici quelques jours, un consultant parisien viendra m'épauler.

Sur les conseils de Raymond, j'ai arrêté le vaudou sur les photos d'Alexandre. Soyons honnêtes, c'est plutôt par la force des choses, les clichés étant beaucoup trop abîmés désormais. Raymond dit que je termine ainsi un cycle et que tel le phénix, je vais renaître de mes cendres. #diplomatie

Le camembert me manque cruellement mais impossible d'en trouver ici, même sous le manteau. Qu'à cela ne tienne, je reste positive et viens de décider de louer une voiture pour le week-end. Je vais me la jouer phénix en road trip : à moi la campagne italienne saupoudrée de blanc !

18 décembre

Week-end idyllique. La Toscane, la sérénité retrouvée, je suis presque devenue maître zen. À mon retour, je constate que les souris n'ont pas touché aux trois tas de céréales (chocolat, chocolat-miel, pépites de chocolat) positionnés près du trou. Soucieuse de tirer cette histoire au clair, je file interroger mes voisins de palier, tout en réalisant que je n'ai pas pris la peine de me présenter depuis mon arrivée.

Au 2A, Mona m'attrape par le bras et me colle sur une chaise bancale dans une cuisine fossilisée. Une heure et une bouteille de lambrusco plus tard, je sais tout de sa vie, mais pas si elle a vu la moindre queue de rongeur dans son appartement.

Quand le voisin du 2C ouvre, je manque de me trouver mal. Un Mister Italie 2005 ultra gominé se met à rire devant mes questions sur les souris. Non, il n'a tué aucun être vivant, mais si j'ai d'autres interrogations, il y répondra volontiers. #pento

Cette drague trop facile et libidineuse me met mal à l'aise. J'ai soudain le mal du pays, envie de me faire chouchouter et que les souris rentrent au bercail. J'appelle aussitôt Raymond qui trouve une fois encore les mots qui m'apaisent avant de m'informer que la personne censée remplacer Flavio va débarquer sous peu.

20 décembre

Je suis dévastée : Tatiana ne me rejoindra ni pour Noël ni pour le jour de l'an et pour cause : ses parents lui offrent les billets d'avion pour un réveillon aux Maldives. Je ne peux lui en vouloir, j'aurais fait le même choix à sa place. Toujours est-il que je me sens assez proche du pingouin dérivant sur un glaçon au milieu d'une piscine de spritz. #métaphore

Pour couronner le tout, Raymond a eu la bonne idée de tomber malade. Impossible de lui parler, son répondeur répète à l'envi un message à peine audible débordant de plates excuses. Il m'agace. Comment vais-je survivre sans ses précieux conseils ? #conspiration

J'ai enfin retrouvé les souris. Ces ingrates se sont mises à préférer les barils de protéines de Mister Italie catégorie gonflette qui s'est mis à hurler comme une fillette en découvrant les intruses dans son placard au petit matin.

Un mail de Fouquet me demande d'accueillir le remplaçant de Flavio à l'aéroport. Assez mignon dans son genre,

Romain n'est pas du genre bavard, ce qui m'arrange grandement. Tandis que dans le taxi, je malmène mon téléphone pour tenter de joindre Raymond, le jeune homme abandonne l'espoir que je fasse la conversation et scrute la fenêtre. Lorsque nous passons enfin le seuil de l'agence, je comprends au regard d'Octavia qu'elle ne fera qu'une bouchée de mon collaborateur. Je lève les yeux au ciel et me réfugie dans mon bureau, abandonnant la nouvelle recrue aux mains de la mante religieuse.

Je dois joindre Raymond ! Qui va me remonter le moral alors que je m'apprête à passer le réveillon le plus glauque que la Terre ait porté ? Qui va me faire rire et dédramatiser ? #achevezmoi

23 décembre

Tatiana envoie des tonnes de photos de cocotiers.

Mes parents m'ont fait parvenir un colis plein de victuailles 100 % made in France, mais ont oublié le camembert. #traîtrise

Les souris, l'air de rien, sont revenues taper dans mes céréales. Étant donné la période de l'année, je choisis de ne pas me montrer rancunière, il y a suffisamment de conflits dans le monde.

Le courant ne semble pas passer si bien que ça entre Romain et Octavia. Pour être plus précise, je pense qu'il l'a rembarrée. La belle Italienne lui jette des regards assassins en marmonnant. À part ça, mon collègue s'y entend niveau boulot. Je respire un peu et apprécie de déléguer.

À l'ouest, rien de nouveau. Le répondeur de Raymond annonce qu'il est saturé et sa boîte mail renvoie un message d'erreur. Lorsque je questionne Romain sur le sujet, il paraît étonné : Fouquet ne m'a donc pas informée que sa venue induisait la fin du fabuleux tandem Raymond/Pauline ? Une profonde tristesse m'envahit, de celles qu'on prend de plein fouet et qui étonnent de par leur caractère suffoquant. Je ne sais pas grand-chose de cet homme, seulement depuis mes premiers pas sur le sol italien, il m'a véritablement tenu la main. Je ne sais pas s'il a les cheveux gris ou blancs, s'il est petit ou grand, mais il m'a plus qu'épaulée ces dernières semaines. Soudain la tristesse fait place à la colère : pourquoi ne donne-t-il pas signe de vie ? #mondecruel

24 décembre

Dans mon appartement un peu moins miteux à force de décoration, un mini sapin déplumé clignote vaillamment.

Cette fois, il neige à gros flocons et je me promets d'aller fouler la Piazza Del Campo, coquille géante toute blanche, au petit matin.

Je dispose des céréales aux pépites de chocolat contre la plinthe, tandis que Sinatra entonne des chants de Noël depuis mon enceinte. Je repense à ce satané pingouin, à Tatiana qui m'assurait que cette parenthèse italienne me permettrait de réfléchir, à mes parents, mes oncles et tantes réunis autour d'une dinde cramée, mais savoureuse, qui s'apprêtent à s'entretuer gaiement autour d'un jeu de société. Je n'ai à cet instant qu'une envie, celle de m'arracher les yeux et de finir d'une traite la bouteille de champagne déjà bien entamée.

Des bruits me tirent de mes pensées. On toque à la porte, j'hésite à ouvrir, pensant que vu mon karma actuel, je suis bien partie pour avoir droit à un serial killer de Noël, mais finis par m'y résoudre quand Sinatra reprend *Let it Snow* un cran plus fort.

— Romain ?

— Bonsoir, Pauline.

Je réalise que je n'ai même pas proposé à mon collègue de prendre un verre depuis son arrivée. Dans un timide sourire, il me tend un sac plastique.

— Joyeux Noël, ajoute-t-il avant de filer dans le couloir.

Interloquée, je fouille sans attendre le sac et m'immobilise.

— Attends !

Romain se fige dans les escaliers. Dans ma main droite un camembert coulant à souhait, dans celle de gauche un pingouin en plastique.

Mon cerveau se met en branle.

— Romain ?

Mon cœur se met soudain à battre plus que de mesure.

— Romain… Aymond ?

Il se retourne enfin et me décoche un sourire complice.

— R. Aymond en personne.

Je ne sais si c'est l'odeur du camembert ou le fait de réaliser que « mon Raymond » se tient à quelques mètres de moi, mais mon estomac enchaîne quelques saltos.

Le temps de remettre en place toutes les pièces du puzzle, je le rejoins dans l'escalier et lui tends une main.

— Tu sais que ça porte malheur de manger un camembert seul à Noël ?

Romain esquisse un demi-sourire et attrape ma main.

— Je ne le savais pas, mais je ne suis pas prêt à prendre un tel risque.

Demain, nous serons au moins deux pingouins à fouler la Piazza Del Campo.

Keep calm & love Christmas

*

Marianne Levy

Sam Miller voulait la peau de Frank Sinatra. Il lui souhaitait une mort lente. Si possible atrocement douloureuse. Une agonie humiliante. Sur la scène du plus grand casino de Las Vegas. Au milieu d'une troupe de danseuses à demi-nues déguisées en sapins de Noël à paillettes. Qui s'époumoneraient en chœur au son des trompettes de l'orchestre : « *Goodbye Frankie, goodbyeeeeee!* »

Sam savait que Sigmund Freud aurait trouvé qu'il avait un gros problème.

Il aurait eu raison.

Et pas seulement parce que Frankie était déjà mort depuis dix-huit ans… Rêver éveillé d'un truc pareil pour un psychanalyste renommé, c'était limite une faute professionnelle.

Mais le Dr Samuel Miller n'y pouvait rien, depuis qu'il avait débarqué à l'aéroport JFK, Sinatra le suivait à la trace. Dans l'aérogare submergée par l'hystérie collective des passagers, dans le taxi qui le conduisait vers Manhattan, dans le lobby de l'hôtel Pierre, face à Central Park, où il avait posé ses valises.

Sinatra, encore et toujours. Avec Santa. Ses rennes. Son lait de poule. Ses flocons de neige. Et son bonheur dégoulinant. Attention, Sam n'avait pas de souci avec le principe du bonheur.

C'est le bonheur que Frankie lui souhaitait qui lui tapait sur le système.

« La vie est injuste », se dit Sam en remontant la Cinquième Avenue. Le crooner aux yeux clairs se prenait pour quelqu'un d'autre. Mais c'était un peu sa faute aussi. Sinatra avait-il vraiment besoin de faire croire à la Terre entière que les miracles de Noël existent ? Que la paix régnera un jour dans le monde ? Ou qu'une *blind date* pouvait être autre chose qu'une séance de torture assez proche du raffinement de l'Inquisition espagnole ?

Pour sa défense, Frankie n'avait jamais été présenté à la sœur de Sam, Imogene.

Sinon, il serait devenu psy et pas chanteur.

À la descente de l'avion, Sam se l'était juré, il avait traversé l'Atlantique pour la dernière fois. Huit heures de vol au-dessus d'un océan très, très profond, peuplé d'espèces non encore identifiées mais probablement carnivores, et peut-être même méchantes, c'est extrêmement long pour un claustrophobe. Surtout quand il faut supporter la conversation d'un voisin de siège en déni d'alcoolisme qui insiste pour boire dans votre verre tout le vin que l'hôtesse vous sert et glisse pour vous rassurer : « *No stress.* De toute façon, les *dates* à New York, c'est *Hunger Games* pour tout le monde. Bienvenue en Amérique ! »

Parvenu à la hauteur de la Quatre-vingt-neuvième Rue, Sam s'arrêta au passage piéton. *WALK* lui suggéra le feu. Il obéit en pensant qu'après huit années de torture organisées par sa sœur le soir à la table du réveillon (Lucia/Rosa/Linda/Patricia/Adriana/Georgia/Lucia une deuxième fois/Miranda), il ne devait pas culpabiliser. Il avait gagné le droit de détester Noël, la dinde et les miracles de sexe féminin du 24 décembre quels que soient leur prénom, leur silhouette ou la nature exacte de leur pathologie psychiatrique.

***

Il y avait un truc qu'elle adorait juste un peu moins que le jour de Noël. C'était la liste qu'elle lisait à haute voix au chauffeur du taxi qui remontait péniblement Park Avenue dans la circulation anarchique. Malgré la lueur des phares, une nuit noire encerclait la voiture et la neige, qui tombait en flocons par paquet, l'empêchait de distinguer les autres véhicules. Seul le volume hystérique des klaxons indiquait que, comme elle, la moitié de Manhattan avait décidé de passer le réveillon quelque part au chaud dans un immeuble de l'Upper East Side.

Dans le rétroviseur, elle voyait bien que le chauffeur était totalement imperméable à la magie de Noël. Mais elle poursuivait sa lecture parce que le 24 décembre est le jour ou jamais pour rendre les gens heureux.

Même malgré eux.

Il ne le savait pas mais il avait besoin de la liste de Noël de Lisa : *45 trucs à faire à New York avant le 26 décembre au soir pour être certain de se réveiller heureux le 27 décembre au matin.*

— Allez, on y met du sien ! insista-t-elle. Numéro 33 : faire quinze fois le tour de la patinoire de Central Park avec des guêtres en mohair rose, à contresens et de préférence au bras d'un sosie de Jack Nicholson années soixante-dix… Euh, dans votre cas à vous, évidemment, les guêtres sont très facultatives, bien entendu, et pour Jack, c'est à vous de voir…

***

— Bonsoir, docteur Miller ! lança le garçon d'ascenseur, contraint de porter un chapeau où étaient plantés des bois de renne en peluche synthétique – la coiffe officielle de Noël des employés du 1081, Cinquième Avenue où il travaillait.

Pour des raisons professionnelles, le 24 décembre, Alexeï était donc toujours relativement malheureux et, un peu, entamé par la vodka qu'il planquait dans sa poche intérieure.

— Bonsoir, Alexeï ! répondit Sam en lui serrant la main.

« Pauvre gars », pensa-t-il. Lui vivait l'enfer une fois par an, alors qu'Alexeï tentait de survivre dans un immeuble de grands malades toute l'année. Des bobos de l'Upper East Side, une espèce rare, dans un îlot peuplé de gourous de la finance et de mastodontes de l'immobilier. Des résidents rebelles qui avaient renoncé au classicisme pour prouver que, de ce côté aussi de Central Park, on en connaissait un rayon en matière de révolution…

Ils entendaient rivaliser avec les artistes qui avaient choisi leur camp, celui de John Lennon et du Dakota Building, donc de l'Upper West Side. L'ascenseur géré par Alexeï ressemblait ainsi à un revival permanent de Woodstock. L'addiction aux sacs Chanel avait juste remplacé les pétards. Et Frank Sinatra (toujours lui, évidemment), qui susurrait que Santa allait débarquer en ville sous peu, avait piqué la place de Jimi Hendrix. Mais le spectacle n'était jamais décevant.

Sam pénétra dans la cabine d'ascenseur. Il tomba sur son reflet dans le miroir. Il ressemblait à un Britannique claustrophobe en smoking à queue-de-pie sur le point de se faire dépecer par une mante religieuse portant un prénom en A et choisie pour lui par Imogene. Sam se demanda si sa vie amoureuse aurait été différente s'il avait été un potentiel remplaçant du sosie de Hugh Grant au lieu de vaguement ressembler à Colin Firth…

Une fois de plus, Sam tiendrait le coup grâce à Ida Berkowitz. Chaque année, la révolutionnaire en chef de l'immeuble venait squatter en pyjama de soie rose fuchsia griffé Hermès le réveillon *british* d'Imogene. En bonne activiste de quatre-vingt-sept ans, elle se déplaçait exclusivement en skate-board, fumait le cigare cubain et avait choisi le mot *fuck* comme slogan officiel.

Chaque année, dès l'entrée, elle lui donnait un bon coup de coude, puis lui glissait :

— Vous êtes conscient, jeune homme, que sur votre front, il y a écrit adepte du sexe trimestriel ?

Chaque année, Sam s'étouffait :

— Pardon, madame ?

Et, chaque année, elle le reprenait :

— Ida, chéri, Ida. C'est très, très mauvais pour la santé, le sexe trimestriel, et pas uniquement pour le système cardio-vasculaire ! Vous devriez envisager d'accélérer la cadence.

Sam bafouillait qu'il n'y pouvait rien, il était un romantique, il adorait faire la cour et rêvait de danser toute la nuit joue contre joue avec une fille qui aurait l'élégance de Ginger Rogers. Mais, en 2016, à l'heure des LOL, de Tinder et de la généralisation des plans à trois, son horizon sentimental était forcément un peu bouché.

Ida hochait la tête compatissante et ajoutait :

— *Fuck*, Sam Miller, vous l'avez traumatisée dans la petite enfance, votre sœur ? Pourquoi elle vous en veut à ce point-là ? en désignant avec son couteau la *blind date* de l'année.

Ida passait ensuite la soirée à faire la liste de toutes les raisons pour lesquelles il devrait envisager le suicide médicalement assisté s'il avait le malheur de quitter le réveillon au bras de la fille avec laquelle Imogene avait décidé de l'accoupler.

***

L'œil furibard du chauffeur de taxi indiquait que son implosion n'était plus qu'une question de secondes. *Sérieusement, elle pensait qu'il avait la putain de tête du gars qui fait des ronds comme un poisson dans un bocal sur une patinoire surchargée comme un train express aux heures de pointe par moins dix degrés, tout ça pour fêter la naissance d'un type dans une putain d'étable ?!*

Sérieusement, Lisa le pensait. Elle aurait même été prête à le convaincre jusqu'au petit matin, si elle n'avait pas déjà été attendue ailleurs à cause d'une petite annonce dégotée dans le *New York Times.*

Pour représentation unique

Recherche comédienne d'une trentaine d'années. Compétences requises : anglophile malgré l'invention du pudding, la crise de la vache folle et le Brexit. Incollable sur Noël. Optimiste contagieuse. Connaissant les fondamentaux de l'œuvre de Sigmund Freud. Ressemblance avec Ginger Rogers serait un plus considérable.

Elle n'avait pas d'opinion définitive sur le pudding, elle était végétarienne et elle savait bien que les Londoniens avaient largement voté pour le maintien dans l'Union européenne. Lors du casting téléphonique, elle avait rapidement prouvé qu'elle connaissait bien la recette du lait de poule et le CV de l'inventeur du calendrier de l'Avent. Elle avait insisté sur le fait qu'elle était convaincue que tout irait mieux demain. Elle potasserait Freud. Elle était blonde aux yeux bleus. Elle avait été engagée. Elle passerait donc le réveillon à bosser mais serait plus riche de mille dollars le lendemain. Trois mois de loyer de sa sous-loc' à Brooklyn. Une fortune pour une actrice fraîchement débarquée à New York.

Finalement, le taxi pila devant un auvent dissimulé par la neige. Le compteur réclamait trente dollars. Lisa grimaça. Pour ce prix-là, elle aurait pu s'offrir une séance de réflexologie plantaire, un bagel au caramel et l'épisode de Noël de *Friends* (numéro 12 sur sa liste).

Apparemment, on attendait d'elle un miracle.

Elle se présentait donc en robe de fée.

***

Alexeï savait. Et Sam savait qu'Alexeï savait. Il le lisait dans son sourire au minimum narquois. Possiblement sadique. Peut-être même pathologique. Son sourire hurlait qu'il avait déjà fait monter sa *blind date* et que le réveillon de Noël 2016 s'annonçait inoubliable. Sam se demanda comment Imogene avait pu faire pire que l'année précédente. Puis, il visualisa le *Christmas pudding* qu'elle servait pour le dessert et il se rappela que le pire n'avait jamais de limites avec Imogene.

Réconforté à l'idée que cette année serait la dernière, il se détendit un peu. Il venait en finir avec le stupide pari qu'il avait fait avec sa sœur. « Les miracles de Noël n'existent pas ? » lui avait-elle lancé, le soir de ses trente ans. « Non, les miracles de Noël n'existent pas ! » avait-il répondu, formel. « On parie ? » avait-elle demandé. « On parie ! » avait dit Sam.

Si Imogene avait raison, si les miracles de Noël existaient, les clés du cottage familial dans le Kent seraient pour toujours à elle. *Qui y a-t-il de plus miraculeux que de réussir à sauver de la solitude un futur vieux garçon ?* Depuis, sa vie privée était devenue l'unique obsession de sa sœur.

Sam jeta un œil à sa montre. Après la bûche, il offrirait à Imogene une victoire par forfait. Et dans trois heures, le vieux garçon qu'il était devenu ressortirait du 1081, Cinquième Avenue en homme libre. Il se rendrait à l'hôtel Pierre où il réaliserait son plus grand fantasme de Noël. Engloutir un poulet frit sauce barbecue avec les doigts en tête-à-tête avec Ginger Rogers et Fred Astaire.

Il décida donc d'ignorer Alexeï. Et, stoïque, il regarda les portes de l'ascenseur se refermer.

— Attendez ! lança une voix.

Des talons martelaient le marbre du hall. Le liftier appuya sur *open*. Une blonde déguisée en Cendrillon déboula dans la cabine. « La magie de Noël, cette escroquerie… » pensa Sam.

— Merci, je suis hyper à la bourre. La neige… Ah la neige, je kiffe ! Comme New York à Noël, ça me rend dingue ! J'adore les sapins, aussi. J'ai même passé l'après-midi à observer des gens choisir le leur. C'est hyper émouvant comme expérience ! C'est le numéro 14 sur ma liste. Ma liste spéciale bonheurs de Noël. Oui, je suis une fille à listes. Je suis aussi actrice, enfin je fais de mon mieux… Ce soir, c'est Noël et je bosse… Faut bien payer son loyer ! Au fait, je m'appelle Lisa !

Elle avait le débit d'une mitraillette et appuyait tous les mots avec ses mains. Elle était le genre de fille qui termine ses phrases par trois cent cinquante points d'interrogation. Cela plairait aux enfants chez qui elle venait sûrement donner une représentation.

Le sourire d'Alexeï s'accentua. Sam savait qu'il savait qu'il était excédé. Sam était excédé, c'est vrai, mais aussi sidéré. Cette fille n'avait vraiment pas de bol. En plus d'être chômeuse à trois quarts temps (actrice à NYC), et gentille chez Disney, le quart restant (actrice à NYC), elle était démente limite pathologique. Il se dit qu'il devrait lui suggérer le nom de l'un de ses confrères. Ce serait sa B.A. de Noël. Il se demanda si les B.A. de Noël comptaient triple. Et si bientôt il rencontrerait enfin une fille qui ne commencerait pas toutes ses phrases par MDR et n'essayerait pas de le transformer en *sex toy* dès le premier verre.

Alors qu'il fouillait dans les contacts de son téléphone, il lui sembla que l'ascenseur ralentissait. Un bruit sourd résonna dans la cabine. Sam saisit la manche du manteau du clone de Cendrillon. Il allait accuser le réflexe pour excuser son geste déplacé. Mais l'ascenseur stoppa net. Un grincement lugubre coupa la parole à Frank Sinatra en plein refrain. Comme si la cabine, d'accord avec Sam, avait voulu hurler : « Ta gueule, Santa Claus ! »

Ils étaient suspendus dans le vide, retenus par un câble entre le dix-septième et le dix-huitième étage. Beaucoup trop d'étages et pas assez de mètres carrés pour un claustrophobe. La panique l'envahit. Les doigts toujours crispés sur la manche de la fille, il parvint à articuler :

— Alexeï, je crois que c'est le moment de déclencher l'alarme.

Il entendit Alexeï bouger. Le parfum de la vodka pure envahit l'ascenseur. Il entendit Alexeï déglutir.

— Vodka, docteur Miller ? suggéra le liftier.

Sam fit non de la tête. Son thermostat intérieur allait exploser. Il faisait déjà quarante-cinq degrés sous son smoking. Il songea à la mort affreuse qui l'attendait en bas. Il visualisa son beau-frère penché sur sa tombe qui murmurait : « Pas de bol, Sam, pour une fois qu'elle était chouette, la fille ! » Il visualisa ensuite son propre ectoplasme furax sortir du cercueil et lui mettre son poing dans la gueule. Puis, il imagina qu'il forçait sa sœur à bouffer sa dinde bio de six kilos à la petite cuillère. Vingt bouchées pour chaque malade qu'elle lui avait présentée depuis toutes ces années.

Pour se calmer, il s'imagina en train de faire l'amour souple comme un dieu à Ginger Rogers sous les yeux admiratifs de Fred Astaire. « Dites, vous en tenez une belle forme pour un type qui passe ses journées assis à écouter des gens allongés, vous avez pris un donut au petit déj ? Non, je sais, ne me dites rien, vous bouffez bio !? » Sam s'entendit répondre : « Par principe, Fred, je ne bouffe pas, je me nourris et là, j'essaie de faire un peu correctement l'amour à Ginger. Ce qui nécessite un minimum de concentration. » « OK, vieux, conclut Fred, essayez d'être à la hauteur. »

Sam se dit qu'en fait, il avait besoin d'alcool. Il saisit la flasque d'Alexeï et avala une longue gorgée de vodka.

Une voix grésilla dans l'interphone. Che Guevarette, habillée en Hermès rend hommage à Woodstock, venait à leur secours. Il était sauvé. Ginger ne saurait jamais que, même en s'appliquant, il n'avait aucune chance d'arriver à la cheville de Fred.

— Allô, allôôôô. Vous m'entendez ? hurla Ida Berkowitz.

— Oui, joyeux Noël ! répondit Cendrillon.

— Madame Berkowitz, c'est Samuel Miller, nous sommes coincés entre le dix-septième et le dix-huitième étage, pouvez-vous s'il vous plaît prévenir le portier pour qu'il intervienne d'urgence ?

— … Sam. Ah… c'est vous, Sam.

— Oui, madame Berkowitz, c'est moi, Sam et je… enfin, nous avons besoin de vous.

Aucune réponse ne sortit de l'interphone.

— Madame Berkowitz, vous êtes toujours là ?

— Ida, chéri, Ida.

— Ida, vous êtes toujours là ?

— Oui.

— Vous le prévenez ?

— Non.

— Non ?!

— J'aimerais beaucoup pouvoir vous faire plaisir, malheureusement ceci est un détournement d'ascenseur. Un acte politique, Sam. Croyez-moi, jeune homme, je suis bien désolée que cela tombe sur vous. Mais cet immeuble dépense chaque année dix mille dollars en décorations de Noël. Ce triomphe consternant de la société de consommation doit cesser ! Nous devons revenir aux vraies valeurs. Avec une somme pareille, on pourrait, par exemple, investir au sous-sol dans une petite plantation d'herbe qui rend les gens heureux et le sexe plus que trimestriel, si vous voyez ce que je veux dire, Sam.

Il voyait très bien ce qu'elle voulait dire mais ne souhaitait pas qu'elle aborde plus en détail sa vie privée devant le clone de Cendrillon qui présentait aussi une ressemblance troublante avec Ginger Rogers. Il avala une nouvelle rasade de vodka. Alexeï, inquiet du risque de pénurie d'alcool alors que la captivité s'annonçait longue, lui arracha la flasque de la main.

Sam poursuivit :

— Je suis absolument d'accord avec vous, madame Berkowitz. Si cela ne tenait qu'à moi, j'effacerais même le 24 décembre du calendrier.

— Mais vous êtes un grand dingo, vous ! Vous feriez quoi ? intervint la blonde.

— J'effacerais le 24 décembre du calendrier, dit Sam en entrouvrant les yeux.

Elle était dingue mais charmante. Comment s'appelait-elle ? Ah oui, Lisa. Il se demanda pourquoi sa sœur ne lui présentait jamais des dingues aussi jolies qu'elle. Elle l'aurait gagné depuis longtemps, son pari… Puis il se rappela que, de toute manière, il n'aurait aucune chance en raison de son statut de « type à caser ».

Type à caser, à trente-huit ans, c'est un handicap lourd. L'équivalent de malade au stade terminal version *Highlander*, c'est-à-dire qui ne crève jamais. Au début, les amis ont pitié, puis ils s'agacent, avant de finir par changer de trottoir et de numéro de téléphone. Type à caser diplômé de Cambridge, adepte des claquettes, allergique au principe du téléphone portable, fan des gilets en tweed et du cinéma d'avant 1950, c'était carrément suspect. Pour essayer de se mettre au vingt et unième siècle, il avait tenté un selfie. Sa cravate floue apparaissait au premier plan et, au second, on devinait sa grimace de lapin paniqué pris dans les phares d'un camion de quarante tonnes qui n'aurait pas le temps de freiner.

— Mademoiselle, Noël est une histoire que les gens se racontent pour croire que le bonheur existe au moins une fois par an. L'espérance de vie moyenne d'un homme européen est de soixante-dix-huit ans, si on arrondit. Ça fait soixante-dix-huit occasions de trop de croire que le bonheur existe, justifia Sam.

— Par hasard, vous ne seriez pas LE spécimen masculin capable de pousser au suicide l'inventeur du Valium ? Laissez-moi deviner, je parie que vous n'avez jamais regardé le soleil se lever sur le ferry de Staten Island en picorant des framboises fraîches ?

Totalement désinhibé par la vodka, Sam répliqua :

— Aaah, la liste de tous les petits bonheurs sur Terre, il ne manquait que cela. Et maintenant, vous allez me suggérer de faire l'amour dans une rizière à l'aube sous une fine pluie et ensuite de danser nu pour remercier le dieu de la fertilité, je suppose ?

— J'aurais pu, mais non, je le ferai pas puisque d'après Ida, vous avez un rythme sexuel bien en deçà de la moyenne si l'on se base sur les dernières statistiques mondiales, évidemment, riposta Cendrillon/Ginger/Lisa.

Il avait envie de répondre qu'il fallait être atteinte pour tenir des comptes pareils, et encore plus atteinte pour s'en souvenir, mais il demanda :

— Et comment savez-vous cela ?

— Oh, mon dernier boulot… J'ai joué un ovule tout mignon dans une pub pour des préservatifs bio. C'était pas hyper évident comme rôle, j'ai dû faire des recherches.

— Je vous crois sur parole. Et ce soir, votre boulot donc, c'est Cendrillon ? Magnifique !

— Mouais, même si le scénario est tristounet. L'idée est de sauver un prince charmant grognon…, dit-elle, songeuse.

— Ils sont devenus ultra subversifs chez Walt Disney, dites donc, commenta Sam.

— Pour revenir à notre sujet, le nombre moyen de rapports est de 110 par adulte et par an. Autant dire que votre contribution aux 192,5 millions d'orgasmes qui font trembler le globe terrestre chaque année est totalement minus…, conclut-elle en plantant ses yeux dans les siens.

Quinze degrés de plus sous le smoking.

La chemise de Sam était trempée.

— Et, bien sûr, vous connaissez un remède miracle, lança-t-il sarcastique pour retrouver un peu de dignité.

— Un remède miracle ? Non, désolée. Personne ne peut rien pour quelqu'un qui refuse par principe l'existence de la magie de Noël.

Sam allait répondre, mais la cabine émit un nouveau gémissement sinistre. Il desserra son nœud papillon. Il dit adieu au flegme britannique. Et s'effondra lamentablement sur le sol.

— Madaaame Berkowitz, vous ne pouvez pas faire ça ! C'est illégal et extrêmement dangereux, gémit Sam. Vous prenez le risque de nous retrouver semi-conscients et complètement déshydratés demain matin !

Un rire joyeux sortit de l'interphone.

— Ça vous fait rire ? geignit Sam.

— Oui, ça me fait rire, car, contrairement à vous, je suis née en 1930, j'ai donc largement eu le temps d'apprendre à être prévoyante. Regardez donc sous le banc !

Cendrillon se pencha plus rapidement que lui. Elle trouva un panier qui contenait un dîner de fête pour deux personnes. C'était déjà ça.

— Ida, vous êtes d'enfer ! s'enthousiasma Lisa. Un pique-nique réveillon de Noël entre le dix-septième et le dix-huitième étage d'un immeuble de la Cinquième Avenue, je l'ajoute immédiatement sur ma liste !

— De rien, chérie, de rien, répondit la vieille dame.

— Vous vous joignez à nous, Alexeï ? demanda Lisa en ouvrant un pot de tarama.

— À nous ? Il est hors de question que j'accepte de participer à ce simulacre ridicule de réveillon ! hurla Sam dont le teint virait au bleu nuance panique.

Cendrillon/Ginger éclata de rire. Sous la couche d'anxiété qui l'étouffait, il sentit monter en lui une irrésistible envie de l'embrasser comme dans les films en noir et blanc. De lui donner le genre de baiser définitif qui vient juste avant que ne surgisse *The End* en belles lettres anglaises sur le grand écran.

— Simulacre ? C'est très étonnant comme mot dans la bouche d'un gars de votre âge. Vous conduisez une voiture à cheval et faites vos mots croisés à la lampe à pétrole, aussi ?

Sam blêmit encore davantage. Ses poumons manquaient d'air. Il suffoquait. Lisa arracha la bouteille de Taittinger Brut des mains d'Alexeï. Elle tendit une coupe à Sam.

— La vodka plus le champagne, très mauvaise idée…, parvint-il à articuler.

— Buvez ! insista-t-elle.

Il vida la coupe d'un trait. Il tenta de se relever. Il tituba. Il s'effondra à nouveau. La brume envahit son cerveau. Il lui sembla que Lisa/Cendrillon/Ginger chuchotait : « Tu veux danser avec moi, chéri ? Et après quelques rendez-vous, on pourrait essayer de faire quelque chose pour améliorer tes statistiques. Ne t'inquiète pas, les plans à trois, moi non plus, ce n'est pas du tout mon truc… »

Et il perdit connaissance.

***

Une caresse délicieuse tentait de le ramener à la vie. On lui pinçait le nez un peu fort. Mais des lèvres d'une douceur inouïe faisaient ventouse sur les siennes. Il entrouvrit les yeux et se demanda s'il n'allait pas revoir son jugement sur les miracles de Noël.

Ginger Rogers lui roulait une pelle.

— Hé, ho ! faudrait pas abuser des bonnes choses non plus, lui dit-elle.

— Même si je voulais, je ne pourrais pas, car je suis déjà à moitié mort…

— Ça, c'est impossible !

— Impossible ?

— C'est impossible, car mourir ne figure pas sur ma liste *45 trucs à faire à New York avant le 26 décembre au soir pour être certain de se réveiller heureux le 27 décembre au matin*. Et comme votre contribution aux 192,5 millions d'orgasmes sur Terre est très modeste, c'est sûr que vous méritez vraiment d'être un peu heureux !

Sam se détendit. Son visage dessina ce qu'il pouvait offrir de mieux comme sourire.

— Dites, vous croyez aux miracles de Noël, n'est-ce pas ? murmura Sam dont le cœur retrouvait peu à peu un rythme cardiaque acceptable.

— Ah mais non. Mais non, pas du tout ! Moi, je crois qu'on n'est jamais mieux servi que par soi-même. Pourquoi vous croyez que je me fais une liste ? Et d'ailleurs, sur votre liste à vous, il y a quoi ?

— Ma liste ? Oh là là, non, je ne fais jamais de liste !

— Détendez-vous, c'est pas une question piège, insista Lisa. Disons les choses autrement. Votre rêve le plus fou, alors ?

Sam bafouilla. Avant d'être coincé pendant une heure et trente-sept minutes dans cinq mètres carrés, de devenir dépendant au cocktail vodka/champagne, d'être réanimé par les lèvres les plus douces qu'il ait effleurées, il aurait répondu sans hésiter : danser toute la nuit avec la déesse des comédies musicales… Mais, soudain, il était tenté de répondre : faire un vœu avec une coupe de champagne sur le huitième banc du parc du pont de Brooklyn en regardant le jour se lever sur Manhattan (numéro 45 de sa liste à elle).

— Alors ? insista-t-elle.

— Vous allez vous moquer…

— Moi ? Jamais je ferais un truc pareil.

— OK, réussir un numéro de claquettes avec Ginger Rogers.

Elle resta trop longtemps silencieuse.

— Ah… je vois. Vous êtes le genre de gars qui craque pour Ginger Rogers, lâcha-t-elle, consternée.

— Je ne savais pas que ce genre existait mais oui, je suis ce genre de gars, répondit Sam, qui s'en voulait à mort d'avoir révélé son secret.

Maintenant, c'était cuit. Jamais elle n'accepterait de le revoir. Quand l'ascenseur redémarrerait, elle se rendrait à son réveillon et lui, au sien.

The End.

Sans baiser passionné. Ni belles lettres anglaises.

Juste A+.

The End, version 2016.

***

— Sam, c'est Imo !

La voix de sa sœur confirma la triste réalité.

— Imo ?

— Oui, c'est moi, Sam. Tout va s'arranger. J'ai négocié longuement avec Mme Berkowitz et nous avons fini par trouver un accord. J'ai promis d'appuyer son projet de plantation un peu spéciale.

— N'essayez même pas de m'escroquer, Imogene. Nous n'avons jamais parlé d'appuyer mais de faire passer, c'est très différent, dit une voix derrière elle.

— Faire passer, d'accord, madame Berkowitz. En tout cas, Sam, nous t'attendons pour dîner.

La cabine grinça, puis recommença à s'élever.

— Alexeï, s'il vous plaît, arrêtez l'ascenseur !

Le liftier appuya sur stop. Sam respira un grand coup.

— Imogene, j'ai deux nouvelles pour toi. Enfin, trois plutôt. Un : les miracles de Noël n'existent pas. Deux : je vais demander à Alexeï de me redescendre au rez-de-chaussée et, comme nous venons de vider une flasque de vodka à deux, nous sommes un peu intimes et il acceptera. Trois : tu as gagné ton pari. Je sais ce n'est pas la victoire par K-O que tu attendais. Mais la maison est à toi !

***

Assis sur le banc numéro huit, Sam fixait le pont de Brooklyn et guettait le premier rayon du soleil. Il avait apporté une bouteille de champagne. La Grosse Pomme avait réveillonné. Elle prenait tout son temps pour se réveiller. Les gratte-ciel s'allumaient en désordre.

C'était sublime.

Peu à peu, le parc s'anima. Un couple de jeunes parents, tiré du lit par un garçonnet qui voulait tester son tricycle de pompier, lui sourit. Sam leur rendit un sourire forcément un peu triste. Puis, il détourna la tête pour se reconcentrer sur l'horizon.

C'est là qu'il l'aperçut. Un peu plus loin, une blonde hilare en robe de fée s'appliquait à danser comme Ginger Rogers.

— Pas de commentaires, s'il vous plaît ! Vous noterez que je fais de mon mieux, dit-elle.

— Je ne commente pas, j'admire ! répondit Sam en se demandant si son taux d'alcool était redescendu ou s'il prenait ses rêves pour la réalité.

Les pas de Lisa avaient la grâce d'une bourrée paysanne interprétée par un rugbyman en fin de troisième mi-temps. Et ils auraient sûrement provoqué la grève illimitée de Fred Astaire.

Mais Sam s'en fichait, il allait applaudir quand même.

Lisa stoppa net son mouvement, déboula vers le banc et désigna la bouteille de champagne.

— Grouillez, le jour se lève, faites votre vœu ! dit-elle. Pour que ça marche, il faut trinquer. Maintenant !

Il fit sauter le bouchon et ferma les yeux.

— Vous attendez quoi, là, exactement ? l'interrompit Lisa.

— Qu'est-ce que j'attends ? Je ne sais pas, moi..., dit Sam, un peu affolé.

Elle attendait qu'il n'attende pas quelque chose. Que ne devait-il pas attendre ? Que le soleil illumine complètement Manhattan ?

— Votre sœur avait vraiment raison, vous vous débrouillez comme un manche avec Noël.

— Imogene, vous connaissez Imogene ? répliqua Sam sous le choc.

Elle dit oui, soudain terriblement gênée.

— Alors, votre boulot de Noël, le prince grognon à sauver... c'était moi ?! bredouilla-t-il, atterré.

— C'était vous.

Sam venait de recevoir la confirmation officielle que les miracles n'existaient pas. Sa sœur était vraiment prête à tout pour gagner son pari. Même à recourir au mirage de Noël. Il aurait pu garder les clés du cottage dans le Kent.

Abasourdi, il se leva.

— Attendez…, le retint Lisa. Vous oubliez votre bouteille.

— Elle est à vous, je vous la laisse, c'est un cadeau.

Il fit quelques pas.

— J'ai démissionné direct en arrivant chez votre sœur, vous savez. J'ai rendu mon tablier de Cendrillon. J'en voulais plus de son boulot à la con, lui lança Lisa.

Sam Miller aurait voulu continuer à marcher vers la sortie du parc. Comme un scientifique rationnel de renommée mondiale digne de ce nom.

Mais il se retourna :

— Et votre loyer ?

— La magie de Noël n'a pas de prix…

Elle souriait, le nez congelé, en grelottant dans sa robe de fée. Il quitta son pardessus et le déposa sur ses épaules. Ses boucles blondes s'illuminèrent soudain sous un rayon de soleil plus costaud que la couche de nuages.

Elle dit :

— Merci.

Il répondit :

— Je vous en prie.

Elle continua :

— Alors, vraiment, vous ne voyez toujours pas ?

— Je suis dans ce que l'on appelle une obscurité totale, confirma Sam.

— Bon, je n'ai vraiment pas le choix, je vais être obligée de vous ouvrir les yeux… En gros, pour espérer être heureux, vous avez deux options : prier pour que les miracles finissent par exister…

— Ou ?

— Vous pencher, m'embrasser et être heureux tout de suite. Mais bon, c'est à vous de voir…

Sam trancha rapidement. Il l'embrassa durant soixante et une secondes. Un baiser plus long que le plus long baiser de l'histoire du cinéma. Qui lui permit ainsi d'améliorer la performance de Faye Dunaway dans *L'Affaire Thomas Crown*. Ce qui, du même coup, faisait de lui un type aussi charmant que Steve McQueen.

Ravie, Lisa se mit à chantonner *Let it snow*.

Autour d'eux, des flocons commencèrent à virevolter.

Sam Miller n'en revenait pas.

Il pensa : « Merci Frankie ! Joyeux Noël, vieux ! »

Cap ?

*

Marie Vareille

Le loquet tournait dans le vide, je secouai la poignée comme une alcoolique son shaker à cocktail. Rien. Avec un rire nerveux, je tapai sur la porte.

— Chantal ! Je suis coincée !

Pas de réponse.

D'un seul coup, l'électricité des Galeries Parisiennes fut coupée. Prise de panique, je vidai le contenu de mon sac à main sur le sol. Mes doigts fébriles tâtonnèrent dans l'obscurité à la recherche de la forme rassurante et de la texture lisse de mon ange gardien, puis je me souvins. Je n'avais plus d'iPhone : j'étais en putain de digital detox depuis la veille.

Merveilleux.

Samedi 24 décembre, vingt heures, j'étais enfermée dans le noir et dans une cabine d'essayage des très prestigieuses Galeries Parisiennes, déguisée en Mère Noël, sans téléphone portable, avec une bouteille de Moët & Chandon et un paquet de chewing-gums à la chlorophylle pour tenir jusqu'au lundi 26 au matin. J'avais dû être Hitler dans une vie antérieure pour me taper un karma aussi pourri.

Je poussai un soupir et, de découragement, me laissai glisser le long de la paroi.

***

— Vous vous placez en haut des escalators et vous vaporisez le parfum vers chaque client qui passe en disant : « Cannelle, pain d'épices, délices de Noël par Legrand, Parfumeur d'Intérieur Parisien depuis 1924. »

— Vous êtes sûre que je n'ai pas besoin d'un L ? Je me sens serrée dans le M, avais-je répondu en tirant sur la fourrure blanche qui bordait ma minijupe rouge.

— Mais non, Valentine, vous faites tout à fait X-mas spirit.

Chantal de Fontanelle m'avait collé un flacon dans les mains et indiqué la croix sur le sol où je devais me tenir, dans le costume d'une Mère Noël qui aurait soit prévu d'arrondir ses fins de mois au bois de Boulogne, soit taillé du huit ans et demi.

Bienvenue dans le X-mas spirit version 2016 : la Mère Noël est passée en mode cougar, bientôt ce sera le tour de la Vierge Marie.

Au bout d'une demi-journée d'essai, j'étais embauchée jusqu'au 24 décembre. J'avais annoncé à mes parents que j'avais trouvé un CDD aux Galeries Parisiennes tout en me gardant bien de leur préciser que le CDD en question consistait à asperger de force et de parfum tous les passants, le tout déguisée en prostituée lapone. C'était passé comme une lettre à la poste, jusqu'à ce que ma sœur décide de venir me rendre visite, hier, le 23 décembre.

— Valentine ?! avais-je entendu.

Dans un réflexe de défense tout professionnel, je lui avais vaporisé en pleine tête toute la magie cannelle-pain-d'épices de Noël.

— Arrête, ça empeste ! s'était exclamée Anne-Sophie, convainquant ma seule cliente potentielle de la journée qui étudiait pourtant le flacon avec intérêt de le reposer sur l'étagère. Qu'est-ce que tu fiches ici dans cette tenue ? On dirait que tu fais le tapin !

— Exactement, je fais le tapin de Noël.

— Qu'est-ce que tu racontes ? m'avait répondu ma sœur, les yeux ronds.

— Maman t'a pas dit ? J'ai été embauchée comme… catin de Noël !

J'avais éclaté de rire et les sourcils parfaitement épilés de ma grande sœur s'étaient dangereusement rapprochés l'un de l'autre.

— Tu sais, on se fait beaucoup de soucis pour toi, Valentine.

— C'était une blague, catin, tapin de Noël, comme un sapin quoi, sauf que là…

— Je t'attends à la sortie.

Elle avait tourné les talons et j'avais soupiré : le monde serait-il un jour prêt pour mon humour ravageur ?

Anne-Sophie m'avait harponnée à la sortie des Galeries Parisiennes et tirée par le bras jusqu'au Starbucks comme une gamine désobéissante à la sortie de la maternelle. Officiellement, elle s'inquiétait de savoir comment se passait mon nouveau travail, qui, comble de l'ironie pour un travail dit « nouveau », se terminait le lendemain. Officieusement, elle venait négocier ma présence au repas familial de Noël.

Je déteste Noël, je déteste la notion de famille et je déteste par-dessus tout fêter Noël en famille. Tous les ans, je m'enferme chez moi avec une bouteille de tequila et l'intégrale de *Game of Thrones* du 24 décembre dix-huit heures au 25 décembre minuit et je me repasse en boucle les épisodes où on aperçoit les fesses de Jon Snow. Voilà ma conception d'un joyeux Noël.

— Je croyais que tu avais trouvé un vrai travail ?

La tête baissée sur mon smartphone, j'envoyais des textos à ma copine Ashley pour la prévenir que je serais en retard au bar où elle m'attendait.

— J'ai un vrai travail : je suis commerciale pour parfum d'intérieur, avais-je marmonné en expédiant à Ashley une émoticône qui lève les yeux au ciel.

— Écoute, tu devrais venir : Jérôme a invité un collègue qui est seul pour Noël, célibataire et…

— Tu veux dire que non seulement on célébrera cette fête stupide qui provoque chaque année un pic de suicides et le meurtre de milliers de sapins innocents mais qu'en plus, j'aurai le plaisir d'être prise dans un guet-apens amoureux avec un des collègues passionnés d'assurances de Jérôme ? N'en dis pas plus, tu m'as convaincue, Anne-Sophie.

Émoticône qui se suicide, suivie d'émoticône qui pleure de rire.

— Tu n'es pas capable de passer trois minutes sans ton téléphone, Valentine, c'est une véritable addiction. Tu as déjà entendu parler de digital detox ?

— C'est quoi ce délire, encore ?

J'avais envoyé à Ashley les mots « digital detox » accompagnés d'un nombre un peu excessif de points d'interrogation. Anne-Sophie avait levé les yeux au ciel.

— Un jour, Valentine, l'amour viendra frapper à ta porte et tu ne l'entendras pas parce que tu seras en train de jouer à Candy Crush.

— Pour info, les mecs qui viennent frapper à ta porte, c'est pas l'amour, c'est des témoins de Jéhovah.

— Très drôle. Franchement, il est temps que tu grandisses, je sais que ça a été difficile pour toi, mais sache qu'en France, une femme sur quatre…

— Bien sûr que je peux me passer de mon téléphone, avais-je coupé agressivement, préférant encore le sujet de mon addiction aux nouvelles technologies à celui que ma sœur essayait d'aborder.

— Je parie que tu es incapable de passer vingt-quatre heures sans.

— Bien sûr que si !

Avec un sourire aussi inquiétant qu'une convocation au commissariat, elle m'avait tendu sa main aux ongles manucurés, en profitant pour faire admirer à l'intégralité du Starbucks sa bague de fiançailles hors de prix.

— Cap ?

J'étais restée tétanisée. Ma grande sœur m'avait dit « Cap », ce qui, à vingt-huit ans comme à cinq ans et demi, avait toujours eu sur moi l'effet d'une formule magique. Ces trois lettres m'avaient notamment convaincue d'avaler un scarabée vivant (six ans), d'offrir à Lucie Lambert un shampoing camomille dont j'avais remplacé le contenu par de la crème dépilatoire (neuf ans et demi), de franchir le rideau de perles d'un sex-shop pour demander un vibromasseur rétroéclairé (douze ans trois quarts) et de rouler une pelle à mon prof de philo (dix-sept ans).

— Tu fais chier, putain, avais-je marmonné.

J'avais avalé une gorgée de mon Mocha Blanc Cranberry spécial Noël et je lui avais livré mon meilleur ami d'une main tremblante. Je m'étais consolée en songeant que cette défaite aurait au moins le mérite de m'éviter le sempiternel « Tu devrais voir un psy, tu fais une dépression » qui concluait toutes nos conversations depuis deux ans.

— Tu fais une dépression, tu devrais voir un psy, avait-elle répondu en se levant, on t'attend après-demain à midi pile !

Le lendemain était mon dernier jour de CDD et j'étais restée après la fermeture du magasin pour récupérer mon solde de tout compte. En me tendant mon chèque, Chantal m'avait dit :

— C'est Noël, vous pouvez choisir quelque chose dans le magasin et vous l'aurez à moitié prix.

Je m'étais décidée pour une bouteille de champagne, puis j'avais regardé autour de moi et mes yeux étaient tombés sur une robe dorée, longue et fluide. Le genre de robe importable, même pour Sharon Stone à Cannes. Prise d'une impulsion subite, j'avais dit :

— Je peux essayer la robe dans la vitrine ?

— Honnêtement, je préférerais que vous l'essayiez dans la cabine d'essayage, m'avait-elle répondu.

Chantal de Fontanelle venait-elle de faire une blague ? Son téléphone avait sonné et elle avait décroché. J'étais partie essayer la robe et avais constaté avec philosophie que je ressemblais à une grosse saucisse scintillante. J'étais ensuite retournée m'enfermer dans la cabine pour enfiler à nouveau mon costume de Mère Noël, puisque j'avais laissé mes affaires au vestiaire du personnel. Il faut croire qu'entre-temps, Chantal de Fontanelle avait tout simplement oublié mon existence.

***

— Chantal ! hurlai-je de nouveau en tapant sur la porte en bois.

Quelque part, une cloche sonna neuf coups. Une heure que le magasin était fermé, tout le monde était rentré chez lui.

En désespoir de cause, je me décidai pour une action constructive : ouvrir le champagne.

— Joyeux Noël, Valentine, marmonnai-je en buvant une gorgée au goulot.

La cloche sonna dix heures, j'avais faim et quasiment fini la bouteille. Je regrettais presque de n'avoir pas accepté ce réveillon. Mes parents, ne me voyant pas arriver et avec leur lucidité habituelle, auraient imaginé que j'étais morte, égorgée par un serial killer schizophrène qui m'aurait confondue avec une dinde de Noël. Ils auraient prévenu la police qui m'aurait libérée. Mais j'étais probablement la seule personne sur Terre dont l'absence un 24 décembre n'inquiétait personne, et il fallait bien admettre que c'était en partie de ma faute.

Sous l'influence d'une subite poussée d'adrénaline (ou de l'excès de champagne), je me levai et me jetai de toutes mes forces sur la porte. Je rebondis comme une balle de ping-pong et vins m'écrouler sur le sol.

— Aïe ! Putain de bordel de merde de chiottes !

Cette fois, je me mis à pleurer en massant mon bras endolori. Je haïssais Noël. Je haïssais les Galeries Parisiennes et le parfum d'intérieur.

Puis, d'un coup, je me figeai de stupeur : je venais d'entendre frapper à la porte de la cabine. Je m'arrêtai tout net de sangloter. Avais-je bien entendu ? J'avais dû rêver. Je m'apprêtais à reprendre mes activités là où j'en étais (me moucher dans mon bonnet de Mère Noël) quand j'entendis très distinctement une voix masculine dire :

— Il y a quelqu'un ?

Quand on est enfermé dans une cabine d'essayage en pleine nuit et qu'un inconnu louche vous demande s'il y a quelqu'un, il n'y a qu'une chose raisonnable à répondre :

— Non, il n'y a personne, dis-je d'une voix ferme.

Raclement de gorge perplexe derrière la porte.

— Que faites-vous là ? Qui êtes-vous ?

— Je suis la Mère Noël et je réveillonne, répondis-je d'une voix acide.

Silence.

— Fort bien. Joyeux Noël alors, dit-il.

Stupéfaite, j'entendis ses pas s'éloigner.

— Hé ! Attendez !

Les pas s'arrêtèrent.

— Oui ?

Il avait une voix grave dans laquelle je crus déceler une pointe d'amusement et un léger accent britannique. Je décidai qu'un accent aussi sexy que celui de Hugh Grant était la preuve d'un bon fond et pris une voix suppliante :

— Je suis enfermée, je n'arrive plus à sortir, vous ne voulez pas essayer de m'ouvrir la porte ?

Il y eut un silence, un léger soupir.

— C'est Noël, poursuivis-je, si vous ne m'aidez pas, je mourrai probablement de froid, de faim et de désespoir. On ne peut pas laisser tomber quelqu'un à Noël, c'est interdit… S'il vous plaît, Dieu ou le Père Noël vous a probablement envoyé pour me sauver, ne refusez pas le destin qui vous a mis sur mon chemin.

J'avais vraiment bu trop de champagne. L'homme derrière la porte eut un rire grave.

— Très bien, écartez-vous de la porte, je vais l'enfoncer.

Je me recroquevillai au fond de la cabine et protégeai ma tête.

— Allez-y !

Il y eut un violent craquement, la porte céda et je fus aveuglée par le faisceau d'une lampe de poche.

— Surprenant : vous êtes réellement la Mère Noël, constata mon sauveur avec flegme en promenant la lumière de sa torche sur mon costume rouge et blanc.

— Enlevez-moi ça de la figure, dis-je en me redressant tout en tentant de me protéger les yeux avec mon bras.

Il baissa la lampe.

— Désolé.

Je ne pouvais pas voir son visage dans l'obscurité.

— Merci, grommelai-je.

Avec toute la dignité (c'est-à-dire aucune) que me permettaient ma tenue et la bouteille de champagne avalée à jeun, je me levai et m'avançai d'un pas décidé vers la sortie.

— Où allez-vous ?

— Appeler la police, histoire que quelqu'un vienne me sauver. D'ailleurs, je ne comprends pas pourquoi l'alarme ne s'est pas déclenchée…

Je me dirigeai vers le bureau de Chantal et décrochai son téléphone. Pas de tonalité. Je sautai devant la caméra de surveillance comme un hanneton sur un trampoline. Rien.

L'homme me rejoignit à ce moment-là, son visage toujours dans l'ombre.

— J'ai coupé l'alarme et le téléphone, et si vous êtes en possession d'un téléphone portable, je vous saurais gré de ne pas alerter qui que ce soit et à plus forte raison la police.

Téléphone portable ! Je retournai méthodiquement tous les tiroirs du bureau de Chantal à la recherche d'un téléphone, un tam-tam, un Minitel ou un pigeon voyageur, bref ! n'importe quel moyen de communiquer avec l'extérieur. Nouvel échec.

Désespérée, je m'affalai dans son fauteuil et me mis à pleurer. Après un instant d'hésitation, l'inconnu s'assit à côté de moi.

— Je n'ai pas l'intention de vous faire du mal, je voudrais juste que vous attendiez quelques heures avant de signaler notre présence…

Comme je ne répondais pas, il poursuivit plus gentiment :

— Vous avez l'air de beaucoup pleurer…

— Avant ce soir, je n'avais pas pleuré depuis vingt-six mois, répondis-je en reniflant, mais j'enchaîne vraiment les tuiles aujourd'hui.

Il y eut un silence.

— Vingt-six mois, c'est précis, fit-il remarquer.

— Qu'est-ce que vous faites ici, vous ? demandai-je pour changer de sujet.

— Je suis venu cambrioler la caisse. Voyez-vous, le directeur des Galeries Parisiennes garde dans son coffre au dernier étage l'intégralité des recettes de Noël.

Il avait dit ça comme il aurait dit « je suis venu acheter du Saint-Nectaire ». Tout allait bien.

— Vous êtes un criminel !

— Je préfère le terme gentleman cambrioleur : je ne vole qu'aux escrocs et je reverse la moitié de mes gains à l'Unicef.

— Non seulement vous êtes un criminel mais en plus, vous êtes fou.

— Absolument pas. Sachez que le propriétaire des Galeries Parisiennes a construit sa fortune en détournant les fonds d'une association visant à scolariser des enfants en Somalie qui a fermé à cause de lui. Je ne fais donc que rendre à César ce qui lui appartient, enfin en l'occurrence aux Somaliens.

— Vous devriez aller voir un psy, Robin des Bois.

— Il faut simplement que nous attendions jusqu'à trois heures du matin.

— Si vous me prenez en otage, je porterai plainte. Et d'abord, pourquoi trois heures ?

— Parce qu'il a prévu de rejoindre sa maîtresse à deux heures trente, après son réveillon en famille, ils passeront donc aux choses sérieuses vers trois heures, ce qui me laisse une bonne demi-heure sans qu'il se connecte au système de surveillance privé de son bureau que je n'ai malheureusement pas réussi à pirater.

— Aux choses sérieuses ?

Je le vis sourire dans le noir.

— Que voulez-vous qu'un homme fasse chez sa maîtresse à trois heures du matin ? Installer la crèche ?

— Vous êtes fou.

— Vous l'avez déjà dit, reprit-il d'une voix amusée, permettez-moi toutefois de vous faire remarquer que ce n'est pas moi qui ai décidé de passer mon réveillon déguisé en Mère Noël enfermée dans une cabine d'essayage, seul en compagnie d'une bouteille de champagne.

— C'est une longue histoire et j'ai faim.

— Très bien, nous n'avons qu'à réveillonner ensemble et vous me raconterez ça.

Il manifestait une telle assurance qu'après une seconde de réflexion, je m'entendis lui répondre :

— Je ne réveillonne pas, c'est contre mes principes, mais j'accepte un dîner.

Et après tout, ce n'était pas comme si j'avais eu quoi que ce soit de mieux à faire.

Vingt minutes plus tard, nous avions colonisé la table la mieux placée du Café Parisien au dernier étage des Galeries. Nous pouvions admirer d'un côté la vue sur les toits de la capitale et de l'autre le sapin de Noël illuminé qui se dressait au centre du magasin, seul rescapé, avec les vitrines, de la coupure nocturne d'électricité. J'avais déniché une dizaine de bougies au rayon déco et lui avait dévalisé le rayon gastronomie : foie gras, sauternes, saumon fumé sur blinis, fromages fins, panettone et biscuits à la cannelle recouvraient la nappe blanche. Si je n'avais pas été en compagnie d'un cambrioleur à la santé mentale douteuse, j'aurais presque trouvé le cadre romantique.

Il m'avança une chaise avec une petite courbette.

— Mademoiselle.

Je m'assis et dépliai ma serviette devant l'élégant service en porcelaine.

— Vous savez que des gens font la queue une heure pour boire un thé ici, dis-je en examinant les initiales gravées sur ma fourchette en argent.

Je pouvais enfin voir son visage. Une barbe de quelques jours dessinait une ombre sur ses joues pâles. Ses cheveux châtains dans lesquels il passait régulièrement une main élégante se dressaient en bataille sur son crâne. Dans la lumière oscillante des bougies, je ne pus déterminer si ses yeux étaient bleus ou verts.

Il pencha la tête sur le côté, me fit un demi-sourire et nous servit deux verres de sauternes.

— J'ai l'impression que vous m'examinez sous toutes les coutures, je vous plais ?

Le caractère direct de la question me déstabilisa et je ne pus retenir un petit rire.

— Vous m'intéressez.

— Vous, vous me plaisez, dit-il avec détachement, surtout quand vous riez.

— Vous êtes direct.

— Je déteste perdre du temps, nous en avons si peu.

— Si vous espérez conclure avant trois heures, je préfère vous prévenir que ça n'arrivera pas, rétorquai-je en me servant du foie gras.

Il sourit de nouveau, son regard caressa mon visage et s'arrêta sur mes lèvres.

— Je ne parlais pas de ce soir, mais du temps en général : la vie est courte, il faut en profiter. Vous ne trouvez pas ça romantique, vous, un réveillon aux chandelles, Paris sous la neige, le sapin de Noël illuminé…

— Hmmm, je ne sais pas où vous avez vu de la neige, il pleut et je déteste Noël.

— On ne peut pas détester Noël, il n'y a rien à détester : on se fait beau, on mange bien, on voit sa famille, ses amis, on ne travaille pas…

— Pas du tout, on caille, on fait une crise de foie et on remet sur le tapis toutes les vieilles disputes familiales des années précédentes, c'est vraiment pas mon truc.

— C'est quoi votre truc, alors ?

Je haussai les épaules.

— Je n'ai pas de truc.

— Pas de truc ? Tout le monde a un truc. Si vous pouviez avoir n'importe quoi pour Noël, vous demanderiez quoi ?

— Rien.

— Je suis le Père Noël, choisissez un cadeau, je vous offre tout le magasin.

— Puisque je vous dis que je ne veux rien.

— Et si, en guise de cadeau, je vous proposais de revenir vingt-six mois en arrière et de changer le passé ?

Je sursautai et le dévisageai avec méfiance, mon blini au tarama à la main.

— Pourquoi vingt-six mois spécifiquement ?

— Vous avez avoué que la dernière fois que vous aviez pleuré, c'était il y a vingt-six mois ? Je peux vous demander pourquoi ?

— Rien de grave.

— Vous pleurez une fois en vingt-six mois et ce n'est pas pour quelque chose de grave ?

— Je devais avoir un bébé. Je l'ai perdu.

« Perdu ». Comme on perd un trousseau de clés, un ticket de bus, une partie de Candy Crush, son sang-froid, la tête et la mémoire.

Il y eut un silence.

— C'est grave, non ?

Je haussai les épaules.

— Une femme sur quatre fait une fausse couche en France.

— Le père ?

— Parti.

— Ah.

— Comme vous dites.

Il hésita, porta le verre à ses lèvres. Les flammes des bougies se reflétaient dans ses yeux. Il s'essuya la bouche avec sa serviette. J'avais sérieusement cassé l'ambiance.

— Bon, vu que vous n'allez pas m'offrir un bébé, je propose que vous alliez piquer une boîte de macarons au stand Ladurée, ce sera mon cadeau de Noël.

— Techniquement, si c'est ce que vous voulez, je peux très bien vous offrir un bébé, répondit-il avec sérieux.

Je pouffai.

— Et où et comment comptez-vous m'offrir un bébé ?

— Au troisième, rayon literie, quant au comment, je pense que vous pouvez deviner.

Je fus prise d'un irrépressible fou rire.

— Dois-je en déduire que vous acceptez ?

Une étincelle de malice plutôt séduisante était apparue dans ses yeux clairs.

— Certainement pas.

— Pourquoi ?

— Vous n'imaginez quand même pas que je vais coucher avec vous ici, sans protection en plus ?!

— C'est Noël, on dîne à la lueur des bougies, en tête à tête à la table la plus courue de la capitale, Paris scintille, vos yeux aussi, on peut difficilement imaginer plus romantique qu'une nuit d'amour au rayon literie des Galeries Parisiennes.

— Ça n'a rien de romantique, c'est sordide !

Pour me donner une contenance, j'avalai une nouvelle gorgée de vin.

— Sordide ? répéta-t-il avec une étrange douceur. Laissez-moi deviner dans quel contexte vous trouveriez ma proposition acceptable : disons que lundi, je vous invite à dîner, je fais semblant de ne pas avoir envie de coucher avec vous, je prends votre numéro. J'attends trois jours pour vous rappeler, on va au ciné voir un navet. À la sortie, je fais semblant de ne pas avoir aimé pour avoir l'air intello alors que j'ai pleuré tout le long, vous me dites que vous avez froid, je vous prête mon écharpe, vous trouvez ça romantique, je vous embrasse, j'embrasse très bien, soit dit en passant, je fais semblant d'oublier de la récupérer, on échange sur cette écharpe des textos aussi sincères qu'un programme électoral, des messages qu'on relit dix fois pour éviter les fautes d'orthographe, on se revoit, on retourne au restaurant, je vous propose un dernier verre chez moi, vous faites semblant de croire que tout ce que je veux faire avec vous, c'est effectivement boire un verre, on couche ensemble avec une capote, on attend quatre mois, on fait un test pour vérifier nos MST respectives, vous commencez la pilule, on couche ensemble sans capote, de temps en temps on se dispute sur des sujets essentiels comme l'étagère que j'ai montée à l'envers et qui dépasse de l'encadrement de la porte, on attend un, deux ans, peut-être même trois, et on commence enfin à discuter d'un bébé alors que vous m'avez dit, pas plus tard qu'il y a trois minutes, que vous saviez déjà que c'était ce que vous vouliez.

J'ai ri, c'était plus fort que moi, il avait quelque chose de flamboyant dans son enthousiasme. Il avait le panache d'un mousquetaire, la grandeur d'un chevalier de la Table ronde fourvoyé dans les tourments du vingt et unième siècle.

C'est alors qu'il m'a tendu la main et, le regard provocant et rempli de promesses, il a dit :

— Cap ?

Et peut-être que c'était l'alcool, les lumières sur les toits de Paris, la magie de Noël, mais je n'ai pas réfléchi et j'ai pris sa main dans la mienne. Au rayon literie, nous avons choisi un lit à côté de la fenêtre. Il a changé les draps d'exposition pendant que j'allumais les bougies. C'est vrai qu'il embrassait bien. Il a insisté pour que je garde mon bonnet de Mère Noël. Dans notre empressement, nous avons brisé un flacon de parfum « Délices de Noël » Legrand. On s'est endormis au petit matin, épuisés et le corps moite dans les effluves de cannelle et de pain d'épices. J'ai regardé l'aube se lever sur les toits de zinc encore luisants de pluie, blottie contre lui et le souvenir de notre nuit. Il n'a jamais vidé le coffre du directeur général et je n'ai jamais eu mes macarons Ladurée, mais pour la première fois depuis trois ans, je me suis dit que finalement, Noël, ce n'était pas si mal.

Il s'est réveillé, les cheveux en bataille et le sourire aux lèvres. En plein jour, il me plaisait encore plus qu'en pleine nuit.

— Tu veux venir déjeuner chez mes parents ? ai-je demandé sans réfléchir.

Aussitôt j'eus envie de me baffer. Quelle fille normale invite son coup d'un soir à un déjeuner de Noël familial ?

— OK, a-t-il répondu comme si c'était une proposition tout à fait raisonnable, mais passons au rayon chocolats, pour ne pas arriver les mains vides.

Ravie, je sautai du lit et commençai à me rhabiller.

— Si ma sœur te pose la question, dis-lui qu'on s'est rencontrés sur Candy Crush.

— Je n'y manquerai pas, en revanche, je ne pourrai pas rester pour le dessert : je rentre à Londres par l'Eurostar de seize heures.

— Oh.

Je me sentis idiote, tout à coup. Terriblement déçue.

— Un magasin de cravates à dévaliser pour le Jour de l'an, expliqua-t-il en s'étirant.

— Super, dis-je sans aucune conviction.

Il enfila son boxer, puis se tourna vers moi.

— D'ailleurs, tu pourrais venir…

Je restai immobile, mon bonnet rouge à la main, hésitant entre assumer le sourire idiot qui s'imposait sur mes lèvres et lui sauter au cou.

— Venir à Londres ? Pour voler des cravates ?

Il me fit un clin d'œil.

— Oui… Alors ? Cap ?

UN AN APRÈS…

Une partie de plaisir

*

Isabelle Alexis

Mais non, pas encore ! Recevoir l'invitation pour le réveillon de Noël chez sa belle-famille, alors qu'on est parti avec la sœur de sa femme la dernière fois, est toujours une partie de plaisir. Stan n'en revenait pas du mail de Nicole. Un mail trop gentil. Une cordiale invitation comme si de rien n'était. Les quelques lignes mielleuses sentaient le traquenard à plein nez.

Après le crush et crash de l'an passé, Stanislas n'avait pas réintégré le domicile conjugal. Il s'était pris un deux pièces non loin de chez Audrey qu'il voyait régulièrement. Il lui laissait sa vie d'activiste tout en n'étant jamais loin. Chez lui, il avait arrangé une belle chambre, avec deux mezzanines pour ses jumelles qu'il voyait un week-end sur deux et pendant les vacances scolaires. Bien qu'ils ne soient pas encore divorcés, Charlotte tenait à faire comme si c'était le cas. Au cabinet, son patron, ravi qu'il soit séparé, avait organisé un pot au bureau ; Stan avait levé sa coupe devant ses collègues souriant, c'était moderne de fêter ses ruptures, ça venait des USA… Par la suite, heureux de cette nouvelle disponibilité, le boss lui avait refilé le double de dossiers.

Stan s'était plongé dans le travail jusque tard dans la nuit, oubliant les remontrances de Charlotte et ses sempiternels « À quelle heure tu comptes venir te coucher ? ». À présent, il travaillait aussi tard qu'il le fallait et venait de passer associé dans son cabinet, au mois de mai dernier.

Côté cœur, il était officiellement avec Audrey même s'ils n'habitaient pas ensemble. Heureusement, car en plus de ses deux chats et de son petit cocker, Audrey vivait maintenant avec quatre lapines obèses génétiquement modifiées, sauvées d'un laboratoire de recherche agroalimentaire. Labo qui avait évidemment porté plainte contre Audrey et ses amis, puisqu'ils avaient défoncé la porte à coups de pied-de-biche pour en sortir vingt-sept lapines de cages bien trop petites dans lesquelles elles croupissaient sans même pouvoir se retourner. L'équipe de *Boucherie Abolition* les avait installées dans des refuges pour animaux et Audrey en avait gardé quatre dans son appartement, en attendant qu'un refuge puisse les accueillir. Le pire, c'est qu'elle dormait avec. La plainte du labo contre Audrey et ses amis avait atterri sur le bureau de Stan, bien sûr.

Sa « fiancée-animaliste », comme il aimait l'appeler, venait chez lui deux fois par semaine. Lorsque Stan n'avait pas les jumelles, il leur arrivait de partir en week-end dans des relais châteaux en Touraine, où elle faisait toujours quelques esclandres dans le restaurant gastronomique devant le menu, à propos de cette « satanée bouffe de spécistes ».

La nouvelle vie de Stan lui plaisait beaucoup. On pouvait la résumer de la manière suivante : « Jamais avec mais jamais sans. » Ce n'était pas si mal, tout compte fait…

***

Du côté de chez Charlotte

Elle aurait volontiers mis des coups de poing dans les murs. Elle avait la sensation de s'être fait avoir de tous les côtés. Un an plus tôt, son coup de cœur pour Antoine Setton, son patron, qui dirigeait un site de vente aux enchères d'œuvres d'art sur Internet, et pour qui elle travaillait depuis dix-huit mois, s'était soldé par un abîme existentiel. Il l'avait complimentée devant tout le monde, lui avait envoyé des messages adorables par textos, auxquels elle répondait encore plus « gentiment ». Elle était allée jusqu'aux terribles : « Tu me manques », « Hâte de te voir demain », etc. C'était on ne peut plus vrai, la pauvre ressentait des papillons dans le ventre dès qu'il franchissait la porte chaque matin, tout sourire… Tout ça pour quoi ? Ce type avait appris par cœur *Comment manager ses troupes*, oui. Toute la boîte était tombée amoureuse de lui, maraboutée par sa voix, ses encouragements perpétuels, la mise en valeur de ses salariés et ils avaient tous oublié de lui facturer leurs heures supplémentaires. Il accomplissait un management à l'américaine, ultra-moderne, où tout le monde se tutoyait et ne cessait de valoriser les compétences des uns et des autres. Et Charlotte s'était envolée. De toute la boîte, c'était elle qui avait pris le plus cher. Elle s'était mise à l'idolâtrer, ne pensait qu'à lui, ne voyait plus que lui, alors qu'à la maison, Stan devenait un peu plus encombrant chaque jour. Tout ça pour quoi ? Devant l'absence de réaction du bel Antoine, Charlotte avait pris les devants et avait fini par lui avouer sa flamme. C'était début mars. Voilà six mois qu'ils flirtaient professionnellement. Mais seulement professionnellement. Et côté vie privé, Charlotte ressentait encore la morsure de l'humiliation en songeant à Stan, parti avec Audrey à Noël, devant toute la famille réunie. Elle attendait donc sa revanche. *Allez, Antoine, c'est le jour, c'est le moment ou jamais, propose-moi un verre, un dîner, un week-end, je t'en supplie…* Mais l'entrepreneur, portant mal son nom à ce moment-là, restait muet et rien d'excitant, hors horaires de bureau, ne se profilait à l'horizon. Lasse d'attendre, Charlotte avait fait irruption dans son bureau à 19 h 22, un mercredi, et lui avait lancé, sans même prendre la peine de fermer la porte : « Je crois que je t'aime ! » Antoine avait répondu : « Merci. » Puis il lui avait parlé d'une dame à Charleville-Mézières, dont l'arrière-arrière-grand-mère avait été proche de Napoléon III et de l'impératrice Eugénie, ils avaient découvert plein de choses intéressantes dans sa maison. Il y avait bon nombre de tableaux, de meubles d'époque à racheter pour le site. Antoine en était sûr, les enchères allaient décoller, il allait faire un bénéfice à cinq chiffres au moins. D'ailleurs, si Charlotte pouvait se rendre elle-même sur place, histoire de faire l'inventaire du grenier et prendre des photos… Charlotte avait accepté, le cœur et les neurones paralysés, et était partie le lendemain avec Armando, un Portugais qui sillonnait la France pour la société d'Antoine, et lui rapportait des *maravilhas* (merveilles). Dans la fourgonnette, avec Armando, Charlotte avait enfin réalisé : quand vous dites « je t'aime » à quelqu'un, est-ce qu'il vous envoie *illico presto* à Charleville-Mézières en camionnette avec un Portugais qui sent l'ail ?

Force était de constater…

Ce n'était pas le râteau de l'année, non… C'était celui de la décennie. Voire du siècle.

Mais, aussi étrange que cela puisse paraître, Charlotte ne renonçait pas, bien au contraire. Il soufflait le chaud et le froid ? On ne savait jamais sur quel pied danser avec lui ? Il devenait un défi à relever ? *Parfait, continue comme ça, Antoine, ça m'excite ! Tu m'excites comme jamais et comme personne.*

Par la suite, Charlotte avait tout de même soupiré d'aise quand elle avait appris que Stan avait loué un appartement de son côté et ne s'était pas installé chez Audrey. Ouf, c'était déjà ça ! Elle envoyait régulièrement à Stan les factures du psychologue consulté pour les jumelles, « traumatisées à vie d'avoir vu Papa embrasser Tata et partir avec elle ». En réalité, Augustine et Cerise n'avaient rien vu de tout ça mais Charlotte tenait à ce qu'elles continuent leur très coûteuse thérapie. Avec sa sœur Audrey, Charlotte avait coupé les ponts, déjà bien bringuebalants auparavant. Elle suivait les aventures de sa désormais rivale sur Facebook et Instagram.

En fait, elle était au courant de tout. En juin, quand Audrey avait posté toute une série de photos sur la manif de L214 pour la fermeture des abattoirs, Charlotte avait posté une photo de son carpaccio qu'elle mangeait, seule dans une brasserie, près de chez elle. Audrey avait commenté sa photo avec moult bras d'honneur jaunes et des émoticônes éclair. Ce qui rendait folle l'épouse abandonnée, c'était les photos de week-end dans des relais châteaux luxueux, où elle y découvrait Stan et Audrey, enlacés, tout sourire, devant des piscines ou même des montgolfières. Charlotte imprimait toutes les photos et les plaçait dans le dossier « Divorce où il devra même me laisser un de ses testicules ».

Dans ces moments *down*, si elle avait été honnête avec elle-même, Charlotte aurait pu avouer qu'il lui manquait affreusement. On n'efface pas douze ans de vie commune d'un coup d'éponge et puis, il fallait bien en convenir : la poursuite d'Antoine ne donnait pas de résultats satisfaisants. Une chimère totale : *Tu crois que tu vas l'avoir et au moment où tu penses y être arrivée, hop ! Tout est à recommencer depuis le début. Sisyphe, le gars ! Ça fait un an, réfléchis, ma pauvre fille ! Quel type normalement constitué attend un an avant de passer à l'acte ? Il t'aime ? Oui, comme une bonne employée, une bonne responsable des achats corvéable à merci,* criait une petite voix en elle. Et si Stanislas revenait à la maison et reprenait sa place de père et d'époux ? Certes, Charlotte avait eu la tête ailleurs durant un moment, mais maintenant (qu'elle commençait à être bien désillusionnée) tout pouvait rentrer dans l'ordre. Et si c'était le cas pour elle, il pouvait en être de même pour Stan…

Nicole, la mère des deux « sœurs Bolen » version bobo parisienne du vingt et unième siècle, encourageait ce rétablissement des choses, bien sûr. Charlotte revenait à la raison, au moins une ! Il était temps ! Et l'escapade de Stan, parenthèse incompréhensible, avait plus que duré et devait cesser au plus vite. Stanislas devait réintégrer son foyer. Point barre. Alors

Nicole eut une idée : et si tout pouvait se régler là où cela avait commencé ? Au réveillon de Noël ?

Papick n'en était pas sûr du tout, mais Nicole lui demanda de ne pas faire acte d'ingérence. Heureuse de son idée, Nicole envoya un mail d'invitation à Stan pour le réveillon de Noël qui s'annonçait…

— Courage, fuyons ! cria Audrey. Allons nager avec les dauphins, à l'autre bout du monde !

— J'en rêve, chérie, répondit Stan, mais…

Les choses n'étaient pas si simples. Hors de question que les jumelles passent un Noël sans parents ni grands-parents. La tradition ne s'écroulerait pas, elle ! Après avoir harcelé Stan durant trois matinées au téléphone, Nicole eut gain de cause. Stan viendrait… Mais avec Audrey à son bras. Nicole ne pouvait pas refuser, bien entendu, même si pour une fois, elle aurait préféré qu'Audrey ait programmé de s'enchaîner toute la nuit dans un abattoir Charal. Elle appela son aînée pour la prévenir. Stan et Audrey avaient l'intention de se pointer bras dessus, bras dessous, comme un petit couple. Charlotte s'y attendait, mais avala néanmoins sa biscotte de travers et toussa sur ses belles photos d'œuvres d'art.

Si Stan continuait à s'afficher sans vergogne avec Audrey, avec qui Charlotte allait-elle venir au réveillon ? Hors de question d'arriver toute seule comme une malheureuse, une désespérée désireuse de faire revenir son mari après un faux pas qu'elle n'avait même pas commis, en plus ! La lose intégrale. Pour Stan et Audrey, c'était Charlotte qui avait ouvert les hostilités et tous deux pensaient qu'elle vivait une belle aventure avec son Antoine. Quand c'est vrai, les incriminés nient. Là, c'était faux, mais Charlotte ne l'aurait pas avoué sous la torture. Pire que l'adultère : le ridicule, le râteau, le « Euh, en fait, j'y ai cru un moment… Et puis au final, ben euh… Rien ».

Vivre un amour non réciproque était déjà en soi une torture, si en plus il fallait se mettre à le détailler et le commenter en famille…

Mais alors, que faire ? Que raconter pour justifier l'absence d'Antoine ? Qui pourrait-elle trouver pour rendre Stan fou de jalousie ? Pour impressionner Audrey ?

Elle évacua rapidement l'idée d'un bel escort-boy. Pas devant ses filles, pas dans une famille catholique, ou ce qu'il en restait, un soir de Noël. En plus, sur leur site, ces prostitués mâles annonçaient qu'ils doublaient leurs tarifs pour le réveillon. Six cents euros au lieu de trois cents. Ah, les petites putes !

Non, je ne suis pas désespérée à ce point-là..., pensa Charlotte.

Elle eut beau retourner la situation dans tous les sens, la seule chose qui en avait un, c'était qu'Antoine vienne avec elle au réveillon familial.

Le lendemain, Charlotte se jeta à l'eau. Il fallait tout lui dire. Elle savait qu'Antoine, divorcé, bénéficiait de la garde alternée. En entendant le directeur commercial discuter à la machine à café, elle apprit que son patron aurait ses enfants la deuxième semaine de Noël, pour le premier de l'an. Ils étaient en famille avec leur mère pour le 24. Le bel allumeur n'avait peut-être rien de prévu ? Quoi qu'il en soit, elle y vit un signe des anges et inspira, expira profondément devant son ordinateur. Elle allait se fendre d'un beau mail, lancer son invitation, rester sincère.

From Charlotte @Antoine.
Antoine,
Il y a un an, mon mari est tombé par hasard sur un échange de mails chaleureux entre nous deux et en est arrivé à la conclusion très hâtive que nous avions une liaison. Pour me signifier sa désapprobation, il s'est mis à courtiser ma sœur à table, lui a offert un bracelet Cartier (qui m'était destiné, j'en suis sûre) et a fini par l'embrasser à pleine bouche devant toute la famille avant de s'enfuir avec elle. Il n'est pas revenu depuis. Ils n'habitent pas sous le même toit mais continuent à se voir et passent même

certains week-ends dans des châteaux luxueux. Il se trouve que ma mère les a invités pour le réveillon cette année, car nos jumelles étant encore petites (treize ans), il est de bon ton qu'elles soient avec leurs parents et grands-parents pour Noël. Si la dulcinée de mon mari n'avait pas été ma sœur, elle n'aurait pas été invitée, mais là, en l'occurrence, on ne peut rien faire…
Cette année, j'ai refusé plusieurs invitations, dont le mariage d'une de mes cousines, sachant qu'ils y étaient, mais je ne peux échapper au réveillon de Noël, j'espère que tu comprends… C'est pourquoi je te demande humblement de m'accompagner, même si au final, il ne se passe rien entre nous. Si tu acceptes de jouer le jeu (mon chevalier servant), je renonce à ma prime de fin d'année et te promets un chiffre d'affaires exceptionnel (comme celui de cette année, pour lequel je suis déjà pour beaucoup !).
Bien amicalement
Professionnellement comme toujours.
Charlotte

PS : Ma sœur est une végan intégriste, activiste-animaliste, multirécidiviste. (L'autre jour, mon père se demandait si elle n'était pas fichée S, pour te dire…) Donc, il n'y aura pas de chair animale chez ma mère qui se soumet à l'idéologie d'Audrey quand cette dernière vient dîner. Il vaut mieux, car elle a balancé un foie gras de chez Fauchon par la fenêtre il y a deux ans. Je préfère te prévenir. J'espère que tu aimes tout ce qui est boulgour, tofu, quinoa, lentilles, fèves, haricots, etc., elle ne bouffe que ça.

Dix-sept minutes plus tard, elle put lire :

From Antoine @Charlotte.
Voilà une proposition à laquelle je ne m'attendais pas. À vrai dire, j'ai dû lire trois fois ton mail. J'ai un réveillon-poker chez mon meilleur ami, le soir du 24. Mais je vais

l'annuler. Tu garderas ta prime, quoi qu'il arrive. Je suis ravi de découvrir ta famille…

Oh my God ! C'est donc un oui, ça ? Par la suite, elle lui donna son adresse, lui demandant d'être en bas de chez elle à vingt heures. Il accepta. Charlotte se sentit surexcitée. Quoi qu'il arrive, elle devait être au maximum de sa beauté. Seraient là, autour d'une même table : un ex, peut-être (re)présent ou un autre peut-être futur. Charlotte ne savait plus trop, mais immédiatement lui vint à l'esprit : coupe/couleur/brushing et pourquoi pas un peu d'acide hyaluronique dans les rides du lion. Et une robe ! Une sublime robe à couper le souffle à tout le monde ! Cela dit, l'année dernière, Audrey s'était pointée ensanglantée avec un gilet jaune fluo sur lequel était écrit « Stop Animal Holocaust » et ça ne l'avait pas empêchée de se tirer avec son mari à la fin du repas… Oui, mais elle, Charlotte, il valait mieux qu'elle mise sur beauté/douceur/séduction/glamour/princesse, etc.

***

Nicole papillonnait entre ses invités, embrassait de manière trop empressée Cerise et Augustine, riait un peu fort, finissait ses coupes de champagne un peu vite, recomptait les cadeaux au pied du sapin et semblait assez nerveuse. Cela n'échappait pas à Audrey, bien habillée cette fois, ni à Stan. Les invités étaient les mêmes que l'an passé. Nicole avait invité sa sœur Martine et Yves, son compagnon, un dépressif-trop-angoissé qui cherchait souvent à mélanger, à l'abri des regards, ses bêtabloquants avec du chablis, ce qui le mettait sur un petit nuage. Évidemment, personne ne l'évoquait mais tout le monde attendait l'arrivée de Charlotte, et surtout du fameux Antoine, dont tout le monde avait tellement entendu parler mais que personne n'avait jamais vu. Le couple-attraction de la soirée se faisait désirer.

Nicole rejoignit son mari dans la cuisine. Papick, qui arborait un beau collier de barbe blanche cette année, étalait sur du pain grillé un faux fromage à base de tofu.

— Ce n'est pas une bonne idée, j'en suis persuadée ! murmura-t-elle.

— Quoi donc ? demanda Patrick.

— Bah d'arriver avec un gars quand on veut récupérer son mari !

— Arrête ! On en a déjà parlé ! Charlotte a dit que si elle venait seule, ça faisait pauvresse, les mains jointes en demande !

— Pfff !

— Alors, Nicole ? Vous ne nous faites pas votre beau discours de fin d'année, ce soir ? questionna Stan en entrant dans la cuisine et en déboutonnant son col de chemise trop serrée.

— Si, si, mais j'attends votre femme, mon cher gendre.

— Mon ex-femme !

— Non, votre femme. Et pourquoi êtes-vous débraillé comme en fin de soirée ? On n'a pas commencé…

— J'ai chaud ! Je peux me déboutonner quand même ! Un petit bisou, belle-maman ? quémanda Stan en passant à côté d'elle.

— Non !

Nicole s'empara du plateau de petits grillés au (faux) fromage à proposer aux invités quand subitement l'interphone sonna. Nicole cria et lâcha le plateau, les toasts se répandirent au sol.

— Merdum ! Je m'y ferai jamais à cet interphone, s'excusa Nicole. Bon, continuez à faire des petits toasts, on a du houmous de toute façon, dit-elle en direction de Patrick qui ramassait ses petits grillés au sol, aidé par Stan.

Elle se dirigea dans le couloir et tout le monde l'entendit hurler « Cinquième étage » comme si sa fille aînée ne le savait pas…

L'entrée d'Antoine et de Charlotte évoqua à tous la montée des marches au festival de Cannes. Charlotte, que tout le monde s'attendait à voir avec une longue natte et des lunettes puisqu'elle n'avait pas changé de look depuis la quatrième, arborait de longs cheveux lissés, dégradés dans tous les tons caramel, de l'auburn au blond. *Son coiffeur-coloriste a dû y passer la journée*, songea Audrey, stupéfaite. On aurait dit Jennifer Aniston à la fin de *Friends*. Elle n'avait plus de lunettes mais une longue robe rouge, décolletée dans le dos, qui mettait en valeur une taille de guêpe grâce à toutes les calories perdues depuis douze mois à courir derrière…

Antoine, quant à lui, était en smoking. Carrément ! Ses cheveux noirs coiffés en arrière faisaient ressortir un regard vert clair assez rieur, et un sourire craquant.

Tous les invités les saluèrent chaleureusement, Nicole s'excusant presque qu'Antoine soit si élégant :

— C'est juste un dîner familial, vous savez, mais merci infiniment… mais fallait pas ! s'exclama-t-elle en riant nerveusement, tandis qu'elle serrait la main du nouveau venu.

— En plus, il n'y a ni huîtres, ni viande, ni fromage, l'informa à son tour Patrick en le saluant.

En apercevant les yeux écarquillés de Stan et d'Audrey, Charlotte jubila. Elle nota son entrée et lui adjugea un 18 sur 20. Les jumelles se précipitèrent dans les bras de leur mère en hurlant :

— T'es trop belle ! Mais qu'est-ce que t'as fait à tes cheveux ?

Sa tante Martine vint l'embrasser en la complimentant, et puis Yves, son compagnon, ne put s'empêcher de lancer :

— Et dire que je me rappelais à peine de vous, l'an passé ! Là, c'est *waouh* !

Martine lui balança un coup de coude pour qu'il arrête. Stan et Audrey saluèrent le couple *a minima* et sans aucune effusion, contrairement aux autres.

Néanmoins, tout le monde observa avec attention la poignée de main Stan/Antoine.

Bien sûr, Nicole prit place dans le salon et se lança dans son petit discours annuel :

— Ce soir, je voudrais féliciter mes petites-filles Cerise et Augustine qui ont eu le tableau d'honneur au premier trimestre, cette année, alors qu'elles vivent un moment particulièrement douloureux puisque leur papa, qu'elles aiment tant, les a abandonnées…

— Ça y est, c'est parti, murmura Audrey.

— Oui, alors euh… Il n'est pas loin, leur papa, coupa Stan. Il est même là, dit-il en levant la main.

Rire dans le salon.

— Ça va, Nicole, arrêtez avec ça ! enchaîna Stan. S'il vous plaît ! Mes filles vont très bien, je les vois, on s'adore, on fait les devoirs ensemble et on est parfaitement organisés ! Tout va bien, merci !

Nicole fut stupéfaite que son gendre, qui l'avait mise en veilleuse depuis tant d'années, ose l'ouvrir et lui répondre devant toute la famille.

Famille qui semblait approuver Stanislas en plus ! Bravo !

— Bien ! Puisque tout est parfait, passons à table, dit-elle sèchement.

Elle n'en revenait pas de l'attitude de Stan. Elle avait voulu mettre Charlotte en valeur et la vit au fond du salon en train de rire et de taper délicatement sa coupe de champ' contre celle d'Antoine. *Ok, tout ça pour rien*, pensa Nicole, déconfite.

La table était très belle et joliment décorée de petites guirlandes, de rennes, de boules rouges, etc. Avec un invité en plus, ils étaient un peu plus serrés que l'année précédente. Les invités découvraient leurs places : Audrey et Stan face à Charlotte et Antoine. Martine et Yves face à Nicole et Patrick. Les jumelles en bout de table. Stanislas racla un peu sa chaise, tandis qu'Audrey venait de susurrer à son oreille :

— Je ne le pensais pas si beau, le fameux Antoine, il est classe, non ?

Stan resta de marbre. Entre sa belle-mère qui tentait tout pour le culpabiliser et le nouveau mec de sa femme super classe… *Oui, une vraie partie de plaisir*, pensa-t-il.

— Tu trouves ? répondit Stan en s'asseyant. C'est le smoke qui fait ça ?

— Avoue que tu ne le voyais pas comme ça, lança Audrey en prenant place à ses côtés.

— Je ne le voyais pas du tout, à vrai dire…

— Vous avez trouvé facilement une place pour vous garer ? demanda Papick à Antoine.

— Oh oui, on est juste en bas, répondit-il en dépliant sa serviette.

— On a prié saint Expedit, sourit Charlotte. Le saint des affaires pressées, des causes urgentes et du…

— Parking ? coupa Stan.

— Saint Expedit était connu comme le viatique des voyageurs, affirma sèchement Charlotte. En tout cas, ça marche…

— Tant mieux, dit Stan, comme vous étiez déjà bien en retard, si en plus vous aviez tourné une plombe ! Vous avez quoi comme bagnole, Antoine ?

— Une Aston Martin…

— Ah oui, d'accord, je vois le genre, commenta Stan.

— Et vous ?

— Oh, quelque chose de beaucoup moins prétentieux mais qui roule. J'en suis content.

Oh non, le combat de la testostérone est lancé, songea Audrey.

— Qui veut une belle salade aux noix, pommes et grenade ? s'écria Nicole en apportant un énorme saladier.

— Elle est magnifique, applaudit Audrey. Tout ce que j'aime.

— J'avais peur qu'il y ait à nouveau les petits fourrés aux algues de l'année dernière…, gémit Yves.

— Non, non, dit Nicole.

— Tant mieux, j'ai fait une crise d'angoisse ce matin, rien qu'en y repensant…

Subitement, Augustine et Cerise se levèrent et se mirent à distribuer une petite feuille et un stylo à chacun.

— On doit faire un jeu, expliqua Augustine. Ça s'appelle le jeu du bilan, chacun doit dire ce qu'il a aimé cette année, mais il doit aussi ajouter ce qu'il aimerait changer ou avoir pour l'année qui vient. Après, on ramasse les petits mots et on doit trouver qui les a écrits…

— Qu'est-ce que c'est que ça ? interrogea Stan. C'est vos profs qui vous ont demandé de faire ça ?

— Mais non…

— Surtout que ça me paraît un peu intime, comme jeu, dit Martine, la serviette devant sa bouche, effaçant une grimace. Je ne suis pas fan de la grenade, c'est quand même vachement amer…

— Vous pouvez écrire ce que vous voulez, pas forcément des trucs privés, expliqua Cerise. Allez-y, trois, quatre lignes chacun et on ramasse dans deux minutes !

— Punaise, se plaignit Yves en passant une main sur son crâne chauve, dire que je commençais juste à me détendre.

Il s'empara du stylo et poussa un peu son assiette. Tout le monde se mit à écrire. Deux minutes plus tard, les jumelles récoltaient les petits bouts de papier pliés. Elles les mélangèrent dans le bol qui avait hébergé les amandes et noix de cajou.

— Alors, j'en prends un, déclara Cerise.

Elle lut à voix haute :

« Cette année, j'ai aimé qu'on change de président, l'ancien me sortait par les trous de nez. J'ai aimé les week-ends en Bretagne avec mon compagnon et tous les sites que l'on a visités, l'année prochaine j'aimerais découvrir la ville de Florence où je ne suis pas encore allée. »

— Euh, la Bretagne, je dirais… Martine.

— Bravo ! s'exclama cette dernière.

— J'en prends un autre, annonça Augustine en plongeant sa main dans le bol.

« J'adore ma famille, mais pour elle, cette année fut celle du chaos. J'espère que tout va rentrer dans l'ordre, que chacun va retrouver la raison et réintégrer son domicile conjugal pour reprendre une vie normale. »

— Euh, réfléchit Cerise, ça, c'est Mamie, c'est sûr…

— Effectivement, avoua Nicole.

— C'est quoi, une vie normale ? demanda Audrey.

— Alors, j'en prends un autre, enchaîna Cerise.

« Cette année, j'ai adoré ma nouvelle vie, mon nouvel appartement et être passé associé dans mon cabinet, j'espère une seule chose : continuer comme ça le plus longtemps possible. »

— Ça, c'est Papa !

— Vrai, dit Stan.

— Je crois que vous avez votre réponse, Nicole, dit Antoine.

Nicole eut pour Stan un regard à geler l'enfer.

Cerise déplia un autre petit papier :

« Bizarrement cette année fut moins pourrie que prévu, c'est pourquoi, comme disait Cioran : "Ne nous suicidons pas tout de suite. Il y a encore quelqu'un à décevoir." »

Toute une partie de la table éclata de rire.

— Sympa, dit Martine en se tournant vers son compagnon.

— Je suis content que vous ayez reconnu mon style, approuva Yves.

Il se pencha néanmoins vers Martine pour y déposer un baiser sur sa joue.

— « Cette année, je remercie le ciel pour ma bonne santé et mon absence de quadruple pontage, contrairement à tous mes copains en ce moment. Je souhaite que cela continue l'an prochain et encore très longtemps », lut à son tour Augustine. Euh… ça, je pense que c'est… Papick ?

— Exact ! confirma ce dernier. Rien n'est plus important que la santé.

— C'est fou, ça. Tu ne penses vraiment qu'à toi, il n'y a rien à faire ! balança Nicole.

— Mais non, mais pas du tout…

— T'es qu'un égoïste !

— « Cette année fut assez belle sur un plan personnel mais pas du tout sur un plan militant, je souhaite que la cause animale soit enfin prise au sérieux et que la violence faite aux femmes soit reconnue : Grande cause nationale. Il serait temps ! » lut Augustine.

— Audrey ! s'écria toute la tablée.

— On ne peut rien vous cacher, fit l'intéressée.

Cerise s'empara de l'avant-dernier papier qu'il restait.

— « Cette année, j'ai monté un beau dossier de divorce contre mon mari, ça n'a pas été trop dur, vu qu'il inonde Internet de photos où il se pavane en bonne compagnie. Mais la bonne nouvelle, c'est qu'aussitôt divorcée, je me remarie avec Antoine ici présent qui m'a fait sa demande. »

Toutes les têtes se tournèrent vers Charlotte qui se coupait une belle part de brioche aux champignons et truffe.

— Eh oui, lâcha-t-elle, en la posant dans son assiette, jubilant de l'effet de son annonce.

Tout le monde s'arrêta pour l'observer et scruter Antoine, sauf Stan qui venait d'avaler de travers son vin blanc et d'entamer une belle quinte de toux…

— Et… donc, voilà…, dit le fiancé pris de court, le rose aux joues. Si tout se passe bien, donc… voilà !

— Antoine est lui-même divorcé et a deux fils, annonça Charlotte.

— On va avoir comme des frères, alors ? demanda Augustine.

— Et… donc, voilà, dit Antoine.

— Ils ne sont pas trop cons ? demanda Cerise.

— Non, non, ça va. Ils sont cool, répondit Antoine. Et ils ont votre âge, à peu près.

Audrey resta les yeux écarquillés de longues secondes sans savoir quoi dire…

— Elle bluffe, chuchota Nicole à Papick pendant ce temps-là. Tout ça pour énerver l'autre. Remarque, ça lui fait les pieds, il le mérite, avec son insolence. T'as vu sur quel ton il me parle, maintenant ? Et toi, tu ne dis rien évidemment, c'est vrai que tu penses qu'à toi…

— Quoi ?

— Non, rien, excuse-moi. Dès qu'on parle d'autre chose que de toi… Il n'y a plus personne.

— M'enfin Nicole, t'arrêtes, oui ? s'agaça Patrick.

— Et le dernier mot ? s'enquit Stan. C'est celui d'Antoine, donc.

— Ah oui, dit Cerise, en le dépliant : « Cette année, je suis ravi des bons résultats de ma société, en grande partie grâce à Charlotte à qui je prévois un avenir radieux à mes côtés, pour l'année qui vient et les suivantes… »

Martine et Yves se mirent à applaudir, suivis de toute la tablée, à l'exception de Nicole, droite et figée, et de Stan, avachi contre le dossier de sa chaise et qui faisait tournoyer son verre.

— T'as vraiment écrit ça ? chuchota Charlotte à son voisin.

— J'avais prévu de te faire passer directrice de marketing, répondit Antoine sans se départir de son sourire figé.

— Donc si tu deviens notre beau-père, tu nous as apporté des cadeaux ? demanda Cerise.

— Euh, je vais… ! s'exclama Antoine. J'attendais de mieux vous connaître pour les choisir. Mais j'en ai un pour votre maman.

Il sortit de sa poche un petit paquet serré d'un ruban blanc et le posa devant Charlotte. Un bracelet Cartier.

— Comme tu m'as dit que ta sœur en avait eu un au Noël dernier, je t'en offre un pour cette année… Ça m'a donné l'idée, je ne savais pas quoi prendre d'autre, murmura-t-il à son oreille en lui mettant autour du poignet.

Très émue, Charlotte le remercia en déposant un léger baiser sur sa bouche. Ainsi leur premier baiser eut-il lieu en famille.

— Il y a de la bûche ! cria Nicole.

Les filles se précipitèrent pour aller ouvrir leurs cadeaux, puisque Antoine venait de lancer le top départ. Pendant que les uns et les autres découvraient leurs présents, Audrey s'approcha de Charlotte.

— On va se reparler cette année, j'espère, commença Audrey.

— J'espère aussi.

— Tu m'as manqué…

— Toi aussi.

Les deux sœurs s'enlacèrent longuement, puis, séchant leurs larmes, elles comparèrent leurs bracelets, Audrey portant toujours celui de Stan au poignet. Ils n'étaient pas identiques, mais se ressemblaient.

Pendant ce temps-là, dans la cuisine, Nicole tournait autour de son mari qui sortait les assiettes à dessert.

— Je ne comprends pas, elle m'avait dit qu'elle songeait à se remettre avec Stan. En réalité, elle n'est venue que pour l'humilier…

— Avec ce qu'elle a pris l'année dernière, répondit Patrick. Je trouve qu'elle se venge drôlement bien, notre grande fille. Elle doit tenir ça de toi. Et puis, je le trouve très bien, son gars.

— C'est vrai qu'il offre de beaux bijoux, contrairement à certains…

— Ah ça y est, tu n'aimes pas mon cadeau ?

— Si. *Les 1 001 remèdes de grand-mère*, qui n'a pas rêvé d'avoir ce gros livre chez soi ?

Une heure plus tard, les convives prenaient congé. Les jumelles restant dormir chez leurs grands-parents, Audrey repartit avec Stan qui lança un « Félicitations » très sec au couple vedette de la soirée.

Une fois seule dans la voiture avec Antoine, Charlotte soupira et éclata de rire :

— Je te remercie d'avoir joué le jeu… vraiment ! C'était génial !

— Le coup du mariage, je ne m'y attendais pas. Tu n'y es pas allée de main morte, déclara Antoine, les sourcils relevés, tandis qu'il démarrait.

— J'avais juste envie de leur en mettre plein la vue et c'est fait ! Merci pour ton aide précieuse.

— Toute ta famille croit que tu vas te marier, maintenant…

— Le temps que le divorce soit prononcé, ça va prendre de longs, longs mois… Je pourrais toujours leur dire qu'on s'est engueulés, que j'ai découvert que tu mettais des chaussettes avec des tongs, l'été, n'importe quoi… L'important, c'était CE réveillon. Je ne peux pas passer ma vie à me faire humilier ! Et avec toi, en dehors de ce soir, je n'ai pas que des souvenirs brillants non plus…

— Hein ?

— Oui, oh ! La fois où je t'ai dit que je t'aimais, tu m'as dit merci et tu m'as envoyée à Charleville…

— Oui, je peux expliquer ça. À l'époque, j'avais une copine. Il se trouve qu'elle est passée me voir au bureau, ce soir-là. On avait commencé à se chauffer un peu et pour te la faire simple, elle était en petite tenue quand tu as fait irruption dans mon bureau et elle a juste eu le temps de se cacher dessous…

— Il y avait une fille à moitié à poil sous ton bureau quand je t'ai fait ma déclaration ?

— Oui, mais j'en étais malade parce que tu me plaisais beaucoup aussi… Par la suite, j'ai vu que tu me faisais la tête et je n'ai rien osé te dire non plus…

— Magnifique ! Et t'es toujours avec elle ?

— Non, c'est fini depuis un mois… Bon, mais vu qu'on a commencé par la fin tous les deux, par le mariage et la présentation à la famille, est-ce que tu accepterais de dîner avec moi, demain soir ?

La voiture ralentit. Ils approchaient de l'immeuble de Charlotte.

— Et d'ailleurs, poursuivit Antoine, comme on met les débuts à la fin et inversement, puis-je te dire que je te trouve très belle ce soir ?

— Comme on fait tout dans le désordre, est-ce qu'on pourrait pas coucher ensemble ce soir et dîner demain ? Je n'ai jamais eu autant de désir pour quelqu'un que ce soir…

Antoine arrêta la voiture et l'embrassa fougueusement.

Le réveillon était presque parfait

*

Tonie Behar

Je l'avais pourtant prévenu à plus de vingt reprises, mais chaque fois que mon père s'approchait de la fenêtre, il se cognait à la poutre et criait « aouch ! » sur un ton qui traduisait à la fois l'incompréhension et un profond sentiment d'injustice. Pour la vingtième fois, il m'a demandé comment je pouvais habiter un endroit pareil. Pour la vingtième fois, je lui ai montré la vue que m'offrait le salon, la mer de toits de zinc qui s'étalait à perte de vue, la masse blanche du Sacré-Cœur étincelant dans la nuit glacée comme un palais de sucre.

— OK ! OK ! m'a-t-il répondu, l'air de moins en moins convaincu.

Pour sa grande carcasse new-yorkaise, vivre sous les combles dans un appartement datant de près de deux siècles était un concept absolument incongru.

Ils avaient tous débarqués deux jours plus tôt, ma mère, mon père, mon frère aîné Kani, ma sœur cadette Kim, pour passer Noël avec moi à Paris. J'étais allée les accueillir à Roissy et m'étais jetée dans leurs bras avec un soulagement sans borne. Le souvenir de mon précédent réveillon de Noël me faisait encore dresser les cheveux sur la tête.

Ma mère s'est approchée de mon père, lui a doucement frotté le front et, se hissant sur la pointe des pieds, a déposé un baiser léger sur la petite bosse provoquée par la rencontre répétée de sa tête avec la poutre traîtresse. Les bracelets de ma mère ont cliqueté. Mon père a fermé les yeux pour savourer la caresse, comme un gros chat prêt à ronronner, puis il lui a attrapé la main au vol et a baisé ses doigts fins recouverts de bagues. Elle en porte à chaque doigt, des bijoux baroques qui lui donnent une allure folle.

— Cet appartement est parfait, Luke, et Nina en a fait un vrai chalet de Noël.

J'ai souri à ma mère, complice et assez fière de moi, car j'avoue, je m'étais surpassée pour leur offrir un *home sweet home* de Christmas digne de ce nom. Cinq chaussettes de feutrine rouge remplies à craquer de petits cadeaux étaient accrochées sur le miroir au-dessus de la cheminée où flambait un bon feu. Mon sapin s'étirait jusqu'au plafond et ses branches étaient habillées d'une dentelle lumineuse formée de plusieurs guirlandes savamment entremêlées. Des bougies d'ambiance avec leurs flammes dansantes dans leurs photophores dorés parfumaient la pièce de senteurs épicées et sur mon canapé trônaient mes fameux coussins brodés « Keep calm and love Christmas ». Mon père s'y est posé précautionneusement, a étendu ses (très) longues jambes sur la table basse et s'est servi un *whisky on the rocks* avec un soupir de bien-être.

Ma petite sœur Kimia, que tout le monde appelle Kim, s'était accaparée ma chambre. Étendue de tout son long sur ma couette, ses différents appareils électroniques autour d'elle et ses lunettes sur le nez, elle pianotait fiévreusement sur le clavier de son ordinateur. Comme tous les membres de la famille, elle a le boulot chevillé au corps, mais je crois qu'elle a développé une hypertrophie du chromosome « acharnement ». Kim travaille dans la finance, chez l'un des plus grands courtiers de New York et elle n'arrête jamais. Même à moi, elle me fait peur. « L'argent ne dort pas, lui », est sa phrase préférée, arguant qu'il y a toujours un endroit dans le monde où le soleil est levé et les cours de la Bourse activés. Nos parents nous ont élevés dans l'esprit que nous devons être les meilleurs, voire un cran au-dessus des meilleurs, car en qualité de Noirs et d'émigrés, nous savons que les autres ne se pousseront jamais pour nous faire de la place. Donc, la place, il faut qu'on la prenne, au prix d'un travail acharné. C'est ainsi que mon père, doté à la naissance du chromosome « la science c'est facile », a quitté le Congo à vingt-cinq ans pour un laboratoire de recherche français où on lui a tellement mis de bâtons dans les roues qu'il a finalement décidé de s'installer à New York. Là, on ne demande aux scientifiques rien d'autre que des résultats et il a enfin pu exprimer la pleine mesure de son talent. Il est aujourd'hui un des chercheurs les plus reconnus dans le domaine de la physique des plasmas.

— Nina ! Tu as reçu un texto ! a hurlé Kim à travers l'appartement.

Je me trouvais dans la cuisine avec mon frère et ma mère pour préparer le risotto à la truffe demandé par Kani (ou plutôt : il m'avait appelée tous les jours pour *exiger* un risotto à la truffe), or c'est un plat qui requiert de rester devant sa casserole et de touiller sans s'arrêter tout en versant du bouillon louche par louche. Je tournais, ma mère et mon frère sirotaient un verre de vin blanc (mon frère me surveillant d'un œil) et nous discutions à bâtons rompus de l'un de nos sujets préférés, à savoir notre aversion sans fond pour le nouveau président des États-Unis.

— Qui est-ce ? ai-je demandé.

— Un certain Ange Paoli.

— Je lui répondrai plus tard ! ai-je crié à ma sœur.

— C'est ton fameux Christmas Angel ? a demandé ma mère avec curiosité

— Lui-même.

— Il est à Paris ?

— J'espère pour lui qu'il se trouve en Corse !

J'ai ajouté une louche de bouillon dans la casserole sans pouvoir m'empêcher de sourire. Je n'y peux rien, je souris toujours quand je pense à Ange, à ses yeux verts, son sourire clair, ses textos à l'humour ravageur et… oh ! ai-je déjà mentionné son torse très musclé ?

— Attention ! Ton risotto est en train d'accrocher !

Mon frère a versé une louche de bouillon et m'a pris la cuillère en bois des mains pour décoller vigoureusement les précieux grains de riz du fond de la casserole. Kani est végétarien, gourmet, légèrement maniaque, et surtout il adore les truffes. Autant dire que pour lui, la réussite du plat principal de notre dîner de Noël était primordiale.

— Laisse, je m'en occupe ! a-t-il lancé en se postant devant la casserole.

— C'est bon, pas la peine de t'énerver !

— Je crois que Kane a vraiment *besoin* de se positionner sur le risotto, occupons-nous du saumon et des blinis, a suggéré ma mère en employant diplomatiquement le surnom que mon frère adorait.

— C'est déjà prêt. J'ai aussi préparé la salade ! ai-je grommelé d'un ton boudeur. Et regarde, je t'ai acheté du gouda à la truffe chez mon fromager !

— Yummi ! Merci, petite sœur.

Kani m'a gratifiée d'un de ses câlins géants qui me consolaient de tout quand j'étais petite. Pendant longtemps, j'ai considéré mon frère comme un des mecs les plus cool de la Création et rien ne pouvait affaiblir mon admiration pour lui. Quand il est devenu médecin après un siècle et demi d'études, je suis tombée malade pour être sa première patiente. Enfin, c'est ce que dit Kim : je me suis fabriqué une angine pour que mon frère puisse la guérir.

Kane a râpé chirurgicalement la truffe au-dessus du plat de risotto fumant.

— À table !

Je dois dire qu'une fois de plus, la soirée s'est déroulée aussi délicieusement que je l'avais imaginée – et préparée. Nous avons bu du champagne et dégusté une bûche de chez Michalak, et rien que pour la chantilly au chocolat, cela valait la peine d'avoir traversé tout Paris. C'est le moment qu'ont choisi mes parents pour évoquer mon retour à New York. Mon contrat arrive bientôt à son terme et je dois prendre une décision. Soit je reste à Paris pour de bon, soit je rentre aux États-Unis retrouver la place qui m'attend au sein du cabinet d'avocats Bernstein McGregor & Santos. Inutile de dire que ma famille milite lourdement pour mon retour au bercail. Quant à moi, j'hésite. Il est vrai que je préfère la France d'Emmanuel Macron à l'Amérique de Donald Trump, mais New York restera toujours New York et j'ai l'impression que c'est là mon véritable *home sweet home*...

À minuit, nous nous sommes échangé nos cadeaux. Mes parents m'ont offert une paire de chaussures de chez Bergdof, mon frère mon parfum préféré et ma sœur le coffret DVD des comédies romantiques de Nora Ephron. J'ai dévoilé les cadeaux typiquement parisiens que j'avais recherchés toute l'année pour chacun d'eux. Nous étions tous affalés les uns contre les autres au fond du canapé, face au feu et, entourée des quatre personnes que j'aime le plus au monde, je me disais que ce réveillon était parfait... enfin presque parfait ! Car je me suis soudain rappelée le texto d'Ange auquel je n'avais pas répondu et me suis précipitée dans ma chambre. Mon écran affichait une photo de lui coiffé du bonnet rouge et blanc de Santa Klaus, accompagné d'un message :

Joyeux Noël !
Ton marchand de neige préféré

Ce clin d'œil à notre rencontre, pile un an plus tôt, m'a fait sourire. Je me suis allongée sur mon lit pour textoter tranquillement.

Merry Christmas ! J'espère qu'il n'y aura pas trop de neige à Noël pour toi cette année !

Il n'a pas répondu dans les dix secondes comme à son habitude, alors j'ai photographié la manucure spéciale que je m'étais fait faire quelques jours plus tôt : des ongles couleur bleu glacier ornés d'un flocon central. J'étais sûre de le faire réagir parce qu'il adore me taquiner sur ma manie du nail art, c'est même devenu une blague récurrente entre nous, mais il ne m'a pas balancé une de ses vannes caustiques dont il a le secret. Apparemment, il n'était pas prêt pour une de nos joutes SMS. Agacée, j'ai posté une photo de l'ongle de mon majeur bien tendu pour qu'il comprenne combien je goûtais peu ce silence inhabituel, mais même cette provocation n'a pas eu d'effet. Prise d'un mauvais pressentiment, j'ai appelé son numéro. Le « allô » que j'ai entendu au bout du fil n'était pas le sien.

— Qui est à l'appareil ? Je veux parler à Ange Paoli.

— Agent Lefebvre, commissariat du VIIIe arrondissement. M. Paoli a été interpellé dans la soirée. Il est actuellement interrogé.

— Je suis son avocate. Dites-lui de ne pas s'inquiéter, j'arrive !

D'un seul coup, j'étais très calme. J'ai rapidement enfilé une doudoune, mon écharpe et mes gants, attrapé mes clés de voiture, glissé mon téléphone dans mon sac. J'ai composé les codes pour appeler l'ascenseur et j'ai prévenu mes parents que je devais m'absenter pour une urgence professionnelle.

— Si jamais il y a un souci, une coupure d'électricité ou une panne d'ascenseur, la clé de la porte de service est dans le premier tiroir de la cuisine à droite ! Je suis joignable sur mon portable.

— Que se passe-t-il ? a demandé mon père.

— Mon ange de Noël est dans la merde.

Tout en conduisant, j'ai fait le bilan de la situation. Ange avait rempilé, j'en étais sûre et certaine. Malgré mes conseils, il avait dû accepter de rendre service à son oncle et faire la tournée des livraisons de cocaïne du soir du réveillon. Et il s'était fait arrêter. Une goutte de sueur glacée a dégouliné le long de ma nuque. Arrestation pour trafic de drogue, il allait prendre cher. Tout dépendait de la quantité de C qu'on avait trouvée sur lui. Pourrais-je faire passer ça pour de la consommation personnelle ? Au-delà de trois grammes, il était cuit. Surtout si les flics faisaient le lien avec son oncle. S'appeler Paoli et avoir de la coke sur soi… mauvais combo. J'ai senti mes paumes devenir moites sur le volant. Tous les services de police savaient que le milieu corse avait la main sur le trafic de cocaïne et les cercles de jeu. Pour ne rien arranger, la neige s'était mise à tomber. Les flocons tourbillonnaient devant mon pare-brise, je n'y voyais pas à deux mètres. J'ai activé mes essuie-glaces et me suis arrêtée avec soulagement au feu rouge. J'ai fermé les yeux. La neige virevoltante me renvoyait à ce même soir de Noël, un an plus tôt. Ange et moi nous étions embrassés sur le toit de mon immeuble, puis nous avions fait l'amour devant le feu, à la lumière des bougies. Pour m'être repassé le film des dizaines de fois, je savais que cela avait été la nuit la plus parfaite de toute mon existence… Même si notre histoire s'était arrêtée net au petit matin.

Je n'avais finalement pas pris l'avion un an plus tôt. À la dernière minute, l'idée de m'envoler vers une destination inconnue, vers une famille inconnue, avec un quasi inconnu m'avait fait paniquer. J'aime planifier mes déplacements. Ange s'était efforcé de me faire apprécier l'imprévu, mais j'avais déjà largement eu ma dose. Je nous avais donc offert un magnifique baiser d'adieu avant de décliner poliment sa proposition. Dire qu'il avait bien pris la chose serait excessif. Il m'avait mitraillée du regard en levant bien haut le majeur de sa main droite, pendant que les portes de l'ascenseur se refermaient sur lui. Il ne m'avait plus donné signe de vie.

Deux jours plus tard, je m'envolais pour New York afin d'échapper au Nouvel An sinistre qui m'attendait : passer la soirée chez moi en tête-à-tête avec une bouteille de vodka en pensant aux différentes manières de trucider Henri le traître. J'en avais profité pour savourer les derniers jours de mon héros Barak Obama à la présidence. Le 20 janvier, Donald Trump devenait officiellement le 45e président des États-Unis, et dans la foulée, je décidais de prolonger mon contrat parisien d'un an – même si cela impliquait de croiser mon ex tous les jours.

Finalement, je n'avais pas tué Henri. Je me contentais de le fusiller de mes yeux revolver chaque fois que je le croisais dans les couloirs du cabinet et il me dévisageait avec un regard de cocker attendant que je lui donne un sucre. Nous en étions là de nos échanges oculaires quand un soir, une vraie blonde, avec un nez pointu d'aristo, était venue le chercher au bureau. Il était reparti en lui tenant la main, la colonne vertébrale étirée au maximum et le menton tellement levé qu'il avait gagné quinze centimètres. Cela m'a-t-il blessée ? Pas vraiment. Je veux dire, qui peut supporter ça sans broncher à part une vache sacrée de Birmanie ? Sans doute pour regonfler une *self esteem* aussi à plat qu'un pneu crevé, je suis sortie quelque temps avec un dénommé Arthur qui se prétendait graffeur alors qu'il était plutôt graphiste. Et puis, un soir d'avril, j'ai envoyé un texto à Ange Paoli.

Cela faisait longtemps que cela me démangeait. Chaque fois que je pensais à lui, je me sentais mal à l'aise. Il avait été exemplaire jusqu'au bout alors que j'avais repris une parole donnée, ce qui ne me ressemblait pas. Tout à coup, il m'avait paru très important de m'excuser. Je me souviens que j'étais allongée sur mon lit, en train d'étudier le dossier du client avec lequel j'avais rendez-vous le lendemain matin, quand ma main avait saisi mon smartphone et mes pouces commencé à taper un long message d'excuses dans lequel je lui expliquais la panique qui m'avait saisie face à cette décision irréfléchie et combien l'idée de devoir faire ma valise en cinq minutes sans savoir exactement ce que je devais emporter m'avait tétanisée ; sans compter que mon tee-shirt préféré n'était pas repassé, que je ne savais plus où étaient rangées mes lunettes de soleil, que je n'avais pas le temps d'enlever mon vernis à ongles alors que porter des flocons de neige en Corse était d'un ridicule achevé. Après un moment d'hésitation, j'avais finalement ajouté que je ne savais pas l'accueil que m'aurait réservé sa famille et que je n'étais pas prête à affronter la moindre once d'hostilité le jour de Noël… même si je ne doutais pas qu'ils étaient des gens charmants, mais sait-on jamais ce qu'il peut se passer dans la vie.

J'avais soigneusement relu mon message, corrigé les fautes, modifié une formule ou deux, puis je l'avais envoyé, la conscience enfin tranquille. Au moins les yeux kalachnikov et le doigt d'honneur d'Ange avaient reçu une explication.

Ange avait répondu dans les dix secondes en me demandant de ne pas insulter sa famille, car les Corses ont un sens aigu de l'hospitalité. Il m'avait assuré que j'aurais été reçue comme une reine si je ne m'étais pas pris la tête sur des trucs aussi absurdes que mon vernis ou mon tee-shirt. Il avait bien compris que je m'étais dégonflée et me remerciait d'avoir pris la peine, QUATRE MOIS plus tard, de m'en excuser.

J'avais alors éteint la lumière et m'étais roulée en boule sous ma couette, furieuse contre cet abruti qui ne comprenait rien à ma délicatesse de caractère. À ma grande surprise, le « dong » d'un nouveau texto avait retenti dans le noir quelques minutes plus tard. J'avais récupéré mon téléphone à tâtons sur la table de nuit. Ange ajoutait que j'avais raté le meilleur déjeuner de Noël de toute mon existence. Il faisait tellement beau qu'ils avaient mangé dehors, en *tee-shirt* et *lunettes de soleil*, précisait-il, le tout accompagné d'une ligne de smiley soleil. J'avais répondu par un smiley qui rit aux larmes et m'était endormie, un smiley aux lèvres.

Depuis, avec Ange, nous échangeons régulièrement des textos. Au début, on s'en envoyait un de temps en temps, et puis le rythme s'est accéléré, et depuis la rentrée, nos échanges sont quasi quotidiens. On discute surtout le soir. C'est mon moment de détente après une longue journée de boulot. J'aime nos conversations SMS, car Ange s'y révèle beaucoup plus sensible et profond que son allure de playboy des plages ne le laisse supposer. Il évoque rarement son métier, si ce n'est pour m'envoyer des photos de lui bronzé, en tee-shirt ou même torse nu, sur des bateaux de toutes sortes, comme s'il était en vacances perpétuelles, ce qui, pour une accro au boulot comme moi, est assez troublant. Il me décrit les beautés de son île. Selon lui, il n'existe rien de plus merveilleux que la baie de Porto-Vecchio au petit matin, il paraît que la mer est rose pâle comme une soie sauvage. Il me parle des torrents de montagne, des parfums du maquis, de la vieille maison familiale en pierres sèches (une ancienne bergerie), des courses de bolides marins sur la mer étincelante, et aussi des réunions de famille dans un petit village où, étrangement, on ne voit que des berlines Mercedes classe S noires alignées sous le soleil. Il a suggéré plusieurs fois de nous revoir, mais je n'ai jamais vraiment répondu. Il est évident qu'Ange et moi n'avons aucun avenir ensemble, lui sur son île, moi en ville, lui sur ses bateaux, moi dans mes bureaux, or je ne peux m'empêcher d'être troublée par son humour, son charme, son détachement, et cette façon très amusante de perdre les pédales quand les choses ne se passent pas comme il le voudrait.

Le feu est passé au vert et j'ai appuyé sur l'accélérateur. Peut-être devais-je contacter Me Horowitz, le plus brillant avocat de droit pénal du cabinet ? Il avait pris la défense de plusieurs politiciens corrompus, il pouvait bien défendre un livreur de cocaïne occasionnel. Si la situation d'Ange était vraiment mauvaise, il serait plus qualifié que moi pour le représenter... Arrivée avenue du Général-Eisenhower, je me suis garée n'importe comment et me suis précipitée à l'intérieur du commissariat central.

— Je suis l'avocate d'Ange Paoli, je souhaite voir mon client, ai-je lancé à l'agent préposé à l'accueil.

Celui-ci a levé sur moi des yeux bleus et son visage poupin avant de m'annoncer dans un sourire qu'Ange Paoli était toujours interrogé par le commissaire Allard.

— Il a dû abandonner son repas en famille pour rappliquer en vitesse, autant dire qu'il est bien décidé à lui faire cracher le morceau.

Je m'essuyai les paumes sur ma jolie jupe en mousseline. Qu'avaient donc mes mains à être moites ce soir ? Par ce froid ?

— Je peux savoir de quoi il est soupçonné exactement ?

Le jeune homme, un gamin d'à peine vingt ans vu sa peau encore traumatisée par des traces d'acné juvénile, a roulé des yeux ronds comme des soucoupes.

— C'est votre client et vous ne savez même pas qu'Ange Paoli est le plus grand organisateur de parties de poker clandestines de Paris ? On joue gros avec lui, très gros. Et maintenant, il risque gros, très gros !

— Mais enfin, mon client est loueur de bateaux !

— Couverture ! a lancé le jeune homme.

— En plus, il ne vit pas à Paris, mais en Corse, à Porto-Vecchio.

— Couverture ! a-t-il répété, l'air inspiré.

J'ai soufflé profondément par le nez, comme me l'avait enseigné ma prof de yoga. L'idée générale était de rester calme. Dans ma tête défilaient les photos d'Ange au volant de ses bolides de luxe, souriant et nonchalant, sur fond de mer turquoise. Couverture ? Vraiment ?

— Pouvez-vous me dire, monsieur l'agent, dans quelles circonstances il a été arrêté ?

— En pleine partie de poker, dans un appartement privé du quartier. On les a tous mis dans le panier à salade et direct au poste. Une belle prise. Un beau cadeau de Noël pour le commissaire Allard !

— À ma connaissance, il n'est pas interdit par le Code pénal de jouer au poker dans le cadre familial ou amical.

— Ah oui, mais ce n'était pas amical ! On frise le blanchiment d'argent là, ma petite dame.

— Appelez-moi maître, ai-je répliqué sèchement.

Mon cerveau moulinait comme un mixeur. Quelque chose ne collait pas. Ange ne POUVAIT PAS être ce voyou, roi des tripots clandestins. Ça ne ressemblait pas du tout au profil du mec avec qui j'entretenais une relation par textos depuis huit mois. Et pourquoi, dans ce cas, aurait-il accepté de livrer de la coke à des particuliers dans Paris à visage découvert à Noël dernier ? C'était beaucoup trop risqué. À moins que sa reconversion ne soit très récente…

— Depuis quand exerce-t-il cette activité, selon vous ?

— Ah je ne sais pas exactement, mais pfff ! Oui, je dirais longtemps.

— Longtemps, genre plus d'un an ?

— Genre plus de dix ans, malheureuse ! Euh, pardon, malheureux maître !

J'allais dire que mon client était victime d'un malentendu monumental quand la porte menant aux bureaux s'est ouverte. J'en ai alors vu sortir Ange, escorté de plusieurs policiers.

— Encore toutes nos excuses, monsieur Paoli.

— Pas de souci, commissaire Allard. L'erreur est humaine. Simplement, la prochaine fois que vos équipes arrêtent un Ange Paoli, assurez-vous qu'il s'agit du bon !

— Nous savons qu'un Paoli peut en cacher un autre ! Mes amitiés à votre oncle…, a grincé le commissaire en lui lançant un regard irrité. Je vais rentrer chez moi avant que ma femme ne me tue, terminer la dinde cuisinée par mon père et le vin choisi par mon fils. Voulez-vous qu'on vous appelle un taxi ?

— Pas la peine ! Je suis en voiture, je le ramènerai !

Les policiers se sont tournés vers moi.

— Je suis son avocate ! ai-je ajouté pour tout expliquer.

Un éclair de surprise incrédule a traversé les prunelles vertes d'Ange, puis il m'a souri. Dans mon cœur, c'était la fonte des glaces. En un an, j'avais oublié combien il était craquant, combien son sourire s'étirait irrésistiblement vers ses fossettes et comme sa mèche retombait divinement sur son front. Il a soufflé vers le haut pour la relever et s'est approché de moi sans pouvoir arrêter de sourire.

— Maître Samba ! Merci de vous être déplacée.

— J'ai fait aussi vite que j'ai pu.

Il a plongé son regard dans le mien avec une petite moue moqueuse.

— Hum… Je me demande à quel moment vous seriez arrivée si vous aviez pris votre temps ! Mais j'imagine qu'une sortie au commissariat n'était pas *prévue* au programme de la soirée.

— Effectivement, j'étais en plein dîner de famille.

— Ah ! Je vois. New York a débarqué. Comment me faire pardonner ?

— Sortons d'ici ! Ma voiture est devant.

Pendant que je roulais vers Montmartre, il m'a expliqué qu'il était tranquillement en train de jouer au poker chez des amis quand les flics avaient fait irruption, puis les avaient plaqués au mur en leur demandant leurs papiers. L'excitation avait atteint son comble quand ils avaient découvert son nom. On les avait fait grimper *illico* dans le panier à salade, direction le poste, puis collés en cellule en attendant la venue du commissaire.

— À les voir, ils avaient gagné l'Euromillion : ils dansaient le hip-hop devant la cellule. Allard est arrivé super excité, sa serviette de table encore à la main. Il a grave déchanté dès qu'il m'a vu. Je n'étais pas du tout celui qu'il recherchait, vu que c'est un gros lascar de cinquante-six ans. Ça ne l'a pas empêché de me cuisiner et de me poser mille questions sur mon oncle. J'ai vraiment flippé, je te jure. Je m'en suis sorti en restant très calme et en remettant sans cesse leur erreur sur le tapis.

On a remonté la rue des Abbesses déserte en roulant tout doucement, la neige voletait autour de l'habitacle, on était dans une bulle, complètement isolés du reste du monde.

— C'est fatigant, parfois, d'être un Paoli.

Il a prononcé son nom à la corse, en insistant sur le « o » et en glissant sur le « i » final, j'ai trouvé ça terriblement sexy.

— Au fait, je ne t'ai pas demandé où il fallait que je te dépose.

— Je suis descendu à l'Hôtel Particulier, juste à côté de chez toi.

— Tiens, c'est drôle, ma famille aussi !

Je me suis garée devant l'hôtel. Nous sommes restés silencieux un long moment, à regarder les flocons s'accumuler sur le pare-brise.

— Qu'est-ce que tu faisais à Paris, ce soir ? Des livraisons pour ton oncle ?

— Pas du tout, je suis venu pour te voir. Je pensais t'appeler demain. Je voulais te parler. Sérieusement.

Je me suis efforcée de prendre un air complètement détaché alors que mon cœur battait la chamade.

— Ah oui ? ai-je dit en bougeant les cheveux.

— Je voulais te dire que j'ai pensé à toi tous les jours de toute l'année. Chaque soir, je me précipitais chez moi comme un fou pour t'écrire. Tous mes amis te diront que ça ne me ressemble pas du tout, du tout ! J'ai envie d'être avec toi, Nina. Tout le temps, pas seulement par écrans interposés entre vingt-trois heures et minuit.

J'ai eu très chaud, tout à coup, puis très froid. Je me suis mise à claquer des dents, en même temps que mes mains se couvraient de sueur. J'ai allumé le chauffage et fait marcher les essuie-glaces pour qu'il ne voie pas mes yeux se remplir de larmes. Puis je me suis retrouvée dans ses bras, joue contre joue, lèvres contre lèvres.

— Mais c'est impossible. Tu vis à Porto-Vecchio… et je vais sans doute retourner à New York.

Ange m'a lâchée pour se repositionner sur le siège passager. Pendant un moment, on n'a plus entendu que le bruit des essuie-glaces qui couinaient sur le pare-brise.

— Tu comptais me le dire quand ?

— Je n'ai pas encore pris ma décision, mais c'est dans le champ des possibles.

C'est alors qu'on a toqué contre la fenêtre. Une main a essuyé la neige accumulée sur la vitre arrière et on a vu apparaître quatre visages souriants. Nous sommes descendus de la voiture. En une fraction de seconde, nous étions cernés.

— Il a une vraie tête d'ange de Noël, a dit ma mère, puis elle a ajouté : Bonsoir, je suis Elaya, la mère de Nina.

— Bonsoir, Lukenga Samba, a dit mon père en lui broyant la main, mais tout le monde m'appelle Luke. J'espère que ma fille vous a sorti de la merde.

— Euh, oui…

— Bonsoir, moi, c'est Kim. La petite sœur. On n'en pouvait plus d'attendre Nina, alors on a décidé de rentrer à l'hôtel.

— Bonsoir, je suis Kane, le grand frère. Désolé, il ne reste plus de risotto à la truffe, mais il y a du champagne au frais.

— Ravie de vous avoir rencontré, a dit ma mère.

— Euh, oui…, a répété Ange.

Je me suis demandé où étaient passées sa repartie et sa nonchalance habituelles, mais elles avaient dû aller se coucher. Mes parents se sont éloignés serrés l'un contre l'autre. Kimia m'a adressé un clin d'œil approbateur. Je les ai tous vus disparaître derrière la grille noire de l'hôtel.

— Ils sont cool, a dit Ange.

— Je trouve aussi.

— Ça tombe bien. Parce que je n'aurais pas supporté une once d'hostilité de leur part… vu que je vais peut-être bientôt m'installer à New York !

J'ai enroulé mes bras autour de son cou.

— Nous sommes des Congolo-new-yorkais, chez nous, l'hospitalité, c'est sacré ! ai-je murmuré avant de l'embrasser.

On a descendu lentement la rue Lepic en se tenant la main. Montmartre sous la neige ressemblait à un tableau d'Utrillo.

— Tu sais qu'il y a beaucoup de Corses à New York. Nous avons même une association, l'ACNY ! Il faudrait que je les contacte. Je me demande si on peut louer des bateaux sur l'Hudson River… ou peut-être même dans les Hamptons.

— Ça devrait pouvoir se faire, mon Ange.

J'ai levé le nez vers mon petit appart sous les toits, les guirlandes du sapin clignotaient comme pour nous inviter à monter. Là-haut, il y avait du champagne au frais et mon lit au chaud. J'ai composé le code et l'ascenseur nous a emmenés au septième ciel.

Le Brie de Noël

*

Adèle Bréau

— Je vous pose ça où ?

Catherine sursauta. Comme chaque année à la même période, elle avait mal dormi. En pleine nuit, elle s'était réveillée, et avait tenté de démêler les pensées qui l'avaient assaillie, s'enroulant les unes aux autres pour ne plus former qu'une grosse boule angoissante qui l'avait tenue éveillée plusieurs heures jusqu'à l'aube. La nappe ! Avait-elle bien lavé la nappe ? Et les couverts, d'ailleurs, en avaient-ils assez ? Combien étaient-ils ? Papa, Lalie, Pierre, les enfants… Non, les enfants mangeraient à côté, sur une petite table. À Noël, on n'avait pas envie de s'enquiquiner avec les adultes, mais plutôt de jouer avec ses cadeaux. Et les cadeaux, justement. En avait-elle fini ? Quelle plaie de devoir trouver une idée originale pour tout ce petit monde dans un temps aussi restreint. D'autant qu'elle n'avait plus beaucoup de temps pour traîner dans les magasins.

— Mettez ça là, sous le Père Noël et les guirlandes. On s'en occupera plus tard. Il y a du frais, aussi ?

— Les bries à la truffe. Vot' mari nous en a recommandé une pleine caisse.

« Votre mari. » Une nouvelle fois, elle savoura autant qu'elle accueillit avec une certaine curiosité ce terme qu'elle entendait si fréquemment aujourd'hui. Pourtant, elle n'était pas mariée, bien sûr. Mais pour tout cet aréopage qui évoluait maintenant autour d'elle – les autres commerçants, les coursiers, les clients –, elle était « la petite dame » de Benjamin. Qui eut cru, alors qu'elle se morfondait, célibataire, persuadée de finir seule avec son papa à enchaîner les parties de Scrabble jusqu'à la maison de retraite – ce qui, par ailleurs, avait quelque chose d'assez rassurant pour ne pas dire réjouissant –, qu'elle se retrouverait un an plus tard, jour pour jour, en couple, heureuse et amoureuse, choyée et enviée par tout le quartier, avec un beau fromager ? Certainement pas elle qui, depuis le lycée, enchaînait les galères sentimentales toutes plus rocambolesques les unes que les autres. Encore moins son entourage découragé, qui semblait avoir fait une croix sur le potentiel avenir amoureux de l'attachante gaffeuse de la famille.

Eh bien les miracles arrivaient ! Le miracle de Noël, songeait-elle chaque matin, lorsqu'elle se réveillait, lovée contre le corps chaud de Benjamin, parcourant d'un doigt encore timide les tatouages qui sillonnaient son corps, dans son petit studio qu'ils ne quittaient plus. Oh, bien sûr, les choses n'avaient pas été simples. Après leur brève rencontre le soir du réveillon, elle pensait ne jamais le revoir. Il était une apparition, un dernier cadeau de la vie avant la quarantaine. Elle était partie chercher ce fichu fromage que Lalie exigeait de manger pour Noël parce que, venue de Londres tout exprès pour passer en famille les fêtes avec eux, ce détail gastronomique revêtait une importance plus grande encore que celle de retrouver ses proches. Et son destin avait ce soir-là été bouleversé, comme le narrait la désormais « légende familiale ». « Encore, tata, raconte comment tu as rencontré tonton Benjamin ! » Ce soir, Thaïs et Gabriel, ses effrayants neveu et nièce parfaitement bilingues, exigeraient leur histoire. Et comme chaque fois, sous le regard amusé de leurs parents, elle déroulerait cette rencontre incroyable qui avait chamboulé sa vie tranquille. Elle édulcorerait son récit, évidemment, échangeant des clins d'œil avec Benjamin. Comme elle, il gardait surtout en mémoire la tension folle qui avait uni leurs corps ce soir-là, alors qu'autour d'eux scintillaient lampions et guirlandes, que les foyers se réchauffaient, que les enfants trépignaient et que, partout, on se réunissait pour fêter Noël.

C'est elle qui avait « craqué ». Après cette aventure, elle avait passé des jours entiers au fond de son lit, à dérouler le petit film de ces minutes magiques, à plaquer le pull immonde qu'elle portait ce soir-là contre ses narines pour sentir, encore, l'odeur de Benjamin avant qu'elle ne s'enfuie. Et puis elle avait trouvé un prétexte, et était retournée au magasin. Il était absent ce jour-là. Parti en congé après le rush des fêtes.

— Je peux lui laisser un message ? avait demandé la petite vendeuse que Catherine avait immédiatement suspectée d'être sa petite amie, sa maîtresse, sa sex-friend.

— Non, non.

Alors elle était repartie se blottir contre la cheminée, chez son père adoré, à contempler d'un air morne le sapin qui clignotait. *Paf, paf, tic tic tic.* C'était idiot, ces petites ampoules et leur concert frénétique. Ça l'avait énervée, elle qui pourtant adorait ça. Et tout ce tintouin ! Les cadeaux, la crèche, les loupiotes, les chocolats. Pour la première fois depuis des années, elle n'avait plus su apprécier cette période bénie qu'elle affectionnait tant, malgré leur histoire, et ce départ subit de leur maman un soir de Noël, qu'ils avaient mis des années à oublier. Mais l'avaient-ils vraiment oublié ?

Et puis un soir, il avait été là. En bas de l'immeuble, sur sa moto. Il neigeait encore. Oui, cette année-là, il avait beaucoup neigé. Il était assis sur le petit banc en bas de l'immeuble devant lequel il l'avait déposée. Son corps s'était emballé comme jamais. *Paf, paf, tic tic tic*, comme le sapin, il ne savait plus où donner du rythme. Ce qu'elle devait avoir l'air godiche, avec son pantalon de yoga bariolé flambant neuf, elle qui ne faisait jamais de yoga – Lalie avait cru bon de glisser dans son soulier cet accessoire tendance qui avait, disait-elle, changé sa vie. Enroulée tel un nem dépressif dans un grand manteau informe, hirsute à force d'avoir traîné sur leurs épaules à tous, la tête enfoncée dans un gros bonnet à pompon. Et elle avait repensé aux conseils de sa mère : « Toujours sortir dans la rue parfaitement pomponnée. » Pourquoi fallait-il toujours qu'elle se croie plus maligne que les autres ? Elle avait bien failli partir en courant, mais le ridicule d'une telle réaction lui ayant paru plus grand encore que celui de son étrange dégaine, elle s'était avancée vers lui.

— Tu me cherchais ? avait-il simplement chuchoté, de cette voix chaude qui l'avait fait frissonner.

— Oui.

— Alors ? Vous allez fermer ou pas ?

Zut, le livreur. Elle l'avait oublié. Comme la ribambelle de clients qui attendaient, impatients, qu'elle vienne aider Roman au comptoir. Le pauvre était débordé. Benjamin avait dû s'absenter pour quelques heures, afin d'aider le père de Catherine à monter sa nouvelle bibliothèque – quelle idée, se faire livrer une bibliothèque Ikea un soir de Noël ! Aussi avait-elle proposé de le remplacer à la fromagerie. Elle l'avait fait quelques fois, mais jamais lorsqu'il y avait tant de monde. Le bruit, sous l'auvent du marché couvert, était assourdissant bien qu'agréable. Partout, on entendait des chants de Noël, des clochettes. Les enfants souriaient et ouvraient des yeux comme des soucoupes en pensant aux heures à venir pendant que leurs parents s'inquiétaient, comme elle cette nuit, de savoir s'ils n'avaient rien oublié.

— Oui, quelques jours en janvier. Nous partons en Thaïlande. Mais chut, c'est une surprise.

— Ouah ! Bah dites donc, ça marche bien, le fromage.

Elle sourit bêtement parce qu'elle ne voulait pas rentrer dans la polémique. C'est elle qui avait « cassé » son PEL pour offrir à son amoureux ce beau voyage dont ils rêvaient tous les deux. Catherine avait préparé une petite carte avec des photos de l'hôtel où, dans quelques jours, ils siroteraient des cocktails colorés devant la mer en se réchauffant au soleil du bout du monde. L'été à Noël, ça devait être complètement fou, après la douceur des excès de l'hiver.

— Allez, bonnes fêtes ! Et à l'année prochaine.

Le type marqua un temps d'arrêt, avant d'éclater de rire, ça marchait à tous les coups, cette blague un peu débile qu'elle sortait à tous les clients.

— Ah, ah, bah oui. On se revoit après la Saint-Sylvestre ! Et mes amitiés au patron. Prenez-en bien soin.

Et elle se lança dans l'arène. « Bonjour madame, qu'est-ce que je vous sers ?... Voilà... Je vous laisse passer en caisse avec mon collègue ? Bon réveillon. Tenez, un petit bonbon pour le gentil garçon. Tu as été sage ? Qu'est-ce que tu as commandé au Père Noël ?... Nos camemberts ? Les meilleurs, évidemment. Je vous en choisis un pour ce soir ? Avec un beaufort, très bon choix. »

Catherine saisissait les énormes morceaux de fromage avec dextérité. Elle adorait ça, attraper un petit papier blanc, découper une belle tranche bien nette, et la déposer dessus. La peser, enrouler le morceau de fromage dans la feuille épaisse et l'étiqueter. Dans les sacs qu'elle tendait, on aurait dit de charmants paquets cadeaux qui attendaient qu'on les découvre, ébahi, ce qui ne manquait jamais d'arriver. La fromagerie des frères Barrot était la meilleure du marché. En témoignait la file qui continuait de s'allonger jusque devant le vendeur d'acras lequel, ce soir, faisait grise mine.

— Bonjour, est-il possible de m'empaqueter la jolie fromagère ?

Elle rougit jusqu'aux oreilles. Benjamin surgit de nulle part, dans la foule, alors que tous les regards se tournaient vers lui. Les mères de famille, elles aussi, rosirent devant tant de sex-appeal, et scrutèrent avec curiosité et envie la chanceuse à laquelle était adressée cette demande. Beaucoup, sembla-t-il à Catherine, firent des moues comme pour dire : « Qu'est-ce qu'elle a de plus ? » Mais elle s'en fichait complètement. Ce type sublime était, pour une raison absolument inexplicable, fou d'elle. Il n'y avait qu'à voir le regard amoureux dont il la couvait derrière le comptoir, avant de se glisser avec souplesse derrière elle, de lui pincer les fesses et d'enfiler en quelques secondes un tablier pour les seconder. Quand il était là, le comptoir prenait des airs de fête. On aurait dit qu'une troupe entière de comédiens ou d'artistes talentueux avait pris place devant cette assemblée pourtant peu encline à perdre son temps. Devant lui, le public se taisait, envoûté par cette aura et cette bonne humeur perpétuelle qui emportaient tout sur son passage.

Catherine l'observa, attendrie. Au même instant, Benjamin fronça les sourcils et plongea sa main dans sa poche pour consulter son téléphone, ce qu'il ne faisait pourtant jamais au travail. « Surtout quand tu es là, qu'est-ce qui pourrait bien être urgent au point de ne pouvoir attendre quelques heures ? » lui disait-il souvent. Allergique aux nouvelles technologies, il avait même choisi de ne posséder qu'un téléphone ancienne génération, à clapet, qui ne recevait pas les mails et ne comportait aucune de ces applications que Catherine jugeait débiles. Pour cette raison-là aussi, la jeune femme était tombée éperdument amoureuse de cet ange de Noël surgi une nuit de fête.

Et pourtant, en consultant l'écran de l'antiquité qui lui servait de téléphone, Benjamin eut un air soucieux que Catherine ne lui connaissait pas. Il le referma toutefois et reprit sa représentation auprès de ce public acquis à sa cause.

— On se prend un petit verre de vin ?

— Non, merci. Je préfère garder mon potentiel alcoolique à son top pour ce soir.

— J'ai hâte de voir ça. Penses-tu nous faire un petit strip-tease comme l'autre soir, quand tu as fini par t'écrouler endormie en culotte sur notre canapé ?

— Ça n'est pas très gentil, ça, monsieur le fromager, de se moquer des pauvres femmes pompettes. Et puis, ce n'est pas « notre » canapé mais « ton » canapé.

— Catherine, tu habites quasiment chez moi.

— Oui, mais je ne tiens en rien à avoir un quelconque lien d'appartenance avec cette abominable chose râpée et inconfortable.

— Ça n'est pas ce que tu disais l'autre soir !

Roman avait pris le relais au magasin le temps qu'ils aillent déjeuner en amoureux dans le petit restaurant du marché couvert. Là, les commerçants avaient leurs habitudes. Tout le monde se connaissait, se souriait. On prenait des nouvelles des enfants, des amis. C'était une grande famille que Catherine avait peu à peu découverte, et qui l'avait rapidement acceptée. À part cette garce d'Elsa, la boulangère, qui ne se remettait manifestement pas de sa liaison avec Benjamin, deux ans auparavant. Son décolleté non plus, qui n'en finissait pas de prendre l'air pour attirer les regards, ou plutôt celui de Benjamin, malgré des températures dignes de l'ère glaciaire.

À nouveau, le téléphone de Benjamin vibra. Cette fois-ci, c'était un appel, ce qui pour le coup n'arrivait jamais. Il haïssait plus que tout parler dans « cette machine », et ne s'en servait qu'en cas d'absolue nécessité, pour annoncer un retard ou lui donner rendez-vous. Et pourtant, cette fois-ci, sans même vérifier l'identité de celui ou celle qui cherchait à le joindre, il attrapa l'engin vibrant et déclara :

— Je te laisse cinq minutes. Commande pour moi, je te fais confiance.

Puis il partit dans la rue pour téléphoner. Il ne fumait même pas, quel besoin avait-il de parler loin d'elle ?

— Bonjour, jolie dame, qu'est-ce que je vous sers aujourd'hui ?

— Hein, euh… Je… Je n'ai pas encore regardé.

— Oh ben c'est simple, c'est sur l'ardoise. Je vous mets une douzaine d'huîtres et deux dos de cabillaud aux palourdes ?

— Qu… Oui, oui, très bien.

— Qu'est-ce qu'il fait, le beau gosse ? Il t'a laissée toute seule ? Il est déjà retourné à ses mottes malodorantes ?

— Non, il téléphone. Il arrive.

Sans surprise, le garçon éclata de rire.

— Il… téléphone ? Alors ça… je savais que Noël apportait son lot de surprises mais là, ça tient du miracle. Il te prépare une surprise ?

— J'en doute…

De loin, elle observait Benjamin qui parlait dans le combiné, l'air grave, en mordillant sa lèvre inférieure. Alors Catherine sentit qu'elle perdait pied. Tout autour de lui, elle avait l'impression que les femmes étaient aux aguets, prêtes à lui bondir dessus. Au même moment surgit de nulle part Elsa qui se posta sans gêne à son côté alors qu'il était encore en pleine conversation. Lorsqu'il raccrocha, il se rendit compte de sa présence et entreprit de bavarder avec elle, après l'avoir embrassée, « pour Noël », arguerait-il sans doute si elle lui faisait une scène de jalousie. Mais non, elle ne ferait pas ça, elle se l'était juré. Garde ton calme, Catherine, cet homme t'aime. Même si… À présent, Elsa faisait glisser son épais gilet le long de ses épaules, découvrant cette énorme paire de seins qui était une des légendes du marché. Catherine sentit sa gorge se nouer à la vision de ces deux jeunes gens si beaux dans le décor de fête qui les entourait, comme irradiant parmi les guirlandes, les boules colorées, les angelots idiots et la musique festive qui conférait à cette scène douloureuse des airs de comédie romantique… Le supplice, heureusement, prit fin lorsque Benjamin délaissa son irrésistible interlocutrice pour la rejoindre.

— Tu as pu commander ?

— Tu parles, j'ai eu le temps.

Non, elle ne voulait pas faire de scène…

— Tu es fâchée ? Je suis parti longtemps ?

— Non, juste une dizaine de minutes. Elsa va bien ?

Non, il ne fallait pas faire de scène…

Benjamin éclata de rire, tentant de lui prendre la main, mais elle se dégagea, boudant comme une enfant.

— Quoi ? Je ne vois pas ce qu'il y a de si drôle.

— Tu es jalouse !

— Moi ? De cette gogo danseuse des fours à pain ?

— Ah mais si ! Tu es jalouse. Enfin, Catherine, c'était il y a des siècles. Et puis, si on avait dû rester ensemble, je ne serais pas là, avec toi, à manger des… Ah ! des huîtres, très bon choix, mademoiselle !

— C'est Germain qui a décidé, bougonna-t-elle en jouant avec le petit Père Noël posé sur leur table.

— Alors merci, Germain.

Le serveur partit en lui faisant un petit signe l'air de dire : « Bon courage, gars. Pas faciles, les femmes, on ne sait jamais bien ce qui leur prend ni ce qu'elles attendent de nous. »

— Bon, tu n'as besoin de rien pour ce soir ? Je te rejoins en fin d'après-midi comme prévu pour t'aider à finir de préparer ?

— Oui. Si tu veux…

— Chérie…

— Tu as l'air soucieux, je trouve.

— Moi ? Pas du tout ! J'adore Noël. C'est plutôt toi qui…

À nouveau, le portable de Benjamin émit un petit son horripilant. Il décida pourtant de ne pas le regarder.

— Prends. C'est sûrement important.

— Non, c'est bon. Je regarderai plus tard.

Elle le fusilla du regard. C'en était trop, et assez clair comme ça. Que pouvait-il lui cacher ? Certes, ils n'étaient pas en couple depuis des décennies, et chacun avait son jardin secret, heureusement. Elle dormait encore souvent chez elle, dans ce petit appartement au-dessus de chez son père qu'elle ne se résolvait pas à quitter. Depuis ce Noël il y avait si longtemps, Michel était seul, et elle mettait un point d'honneur à s'occuper de lui. « Ne t'inquiète pas, ma chérie, lui répétait-il. Je peux très bien me débrouiller. » Surtout depuis Benjamin, qu'il semblait aimer beaucoup. Lui aussi se serait fait berner par ce séducteur de supermarché. Ou plutôt de marché.

— Écoute, tu viens quand tu veux. On n'est pas mariés. Fais comme tu le sens, tu es libre.

— Cath…

— On demande l'addition ? Je n'ai pas très faim, en fait, et j'ai mille choses à faire. Dont l'achat de ces foutus jouets en bois commandés par Lalie. Ils ne peuvent pas demander des Lego comme tout le monde ? Non, madame veut du traditionnel, du Montessori. Manquerait plus que leurs cerveaux de Bill Gates en devenir se polluent à mon contact.

— Tu as l'air bien remontée. Cath, c'est Noël.

— Eh bien, justement ! C'est aussi du stress, le repas à préparer, et mon père qui m'attend tout seul chez lui. J'y vais !

Sur ce, elle le planta là, après avoir déposé sur ses lèvres un baiser rapide, délibérément sans passion. Un de ces baisers dont les vieux couples usent, comme pour oblitérer leurs débuts et leurs fins de journée, ne réfléchissant même plus à la portée du geste, ni au caractère autrefois érotique de celui-ci.

Dans la rue bruyante, elle respira enfin, enfonçant son bonnet avec humeur pour braver le froid. Au fond de sa gorge, une grosse boule de larmes s'était coincée, qu'elle ne parvenait pas à expulser. De toute façon, ça devait arriver. Pourquoi connaîtrait-elle le bonheur, elle ? À son âge. Après tant d'errance ? Elle avait été bien bête. Elle ne savait même plus si Benjamin viendrait ce soir. Peut-être lui enverrait-il un texto pour la prévenir que ce n'était pas la peine, après la scène qu'elle venait de lui faire, prenant ce prétexte facile pour en finir avec cette aventure un peu ridicule, et retourner à sa vie de célibataire heureux. Autour d'elle, les familles riaient, les bras chargés de paquets, les visages ravis éclairés par les vitrines illuminées où s'affairaient des commerçants submergés. Le froid mordait les visages et les doigts, mais tous semblaient s'en ficher. L'esprit de Noël, l'amour et la perspective si proche de se retrouver tous pour cette soirée magique atténuaient la douleur. Catherine, elle, avait froid. Elle fut soudain frappée par un coup de blues qu'elle allait devoir combattre. Elle ne pouvait pas arriver chez son papa dans cet état. Il ne le méritait pas.

Face à la porte de leur immeuble, la petite église de quartier bruissait des derniers préparatifs avant la messe de ce soir. Devant, la crèche avait été dressée quelques semaines auparavant. Le bœuf, la vache, et des dessins d'enfants tels que ceux que Catherine faisait, petite, pour cette même saynète de quartier. Sans bien comprendre pourquoi, elle entra, encombrée de ses dizaines de paquets. Ça faisait des années qu'ils n'y allaient plus, à la messe de Noël, au grand dam du père Jean, grand ami de la famille, qui leur pardonnait volontiers mais continuait de les tanner, année après année, pour qu'ils reviennent en ce lieu. Encore déserte, l'église scintillait des dizaines de cierges allumés par ceux qui, comme elle, venaient contre quelques pièces honorer leurs morts, faire une prière désespérée, ou simplement s'acquitter d'un dû à une religion qui les avait élevés mais que, adultes, ils avaient finalement délaissée.

Catherine huma l'odeur rassurante de l'encens, de la pierre froide, de l'osier de ces dizaines de chaises qui, dans quelques heures, recevraient plus de séants que jamais dans l'année. Tous, ils viendraient, endimanchés, morts de faim à l'approche du dîner pour ceux qui opteraient pour la première messe, ivres de fatigue et de bons vins pour les autres, les adeptes de la messe de minuit, et ils chanteraient, heureux, les cantiques de cette fête qui les rassemblait une fois l'an. Oui, c'est ça qu'elle voulait, se retrouver en famille, serrer son père et sa sœur contre elle, gâter les enfants, leur offrir un bon repas. Au diable ses peines de cœur ! Personne n'avait à en pâtir. Elle y penserait demain, comme disait Scarlett O'Hara. Soudain ragaillardie par ces pensées positives, Catherine fit volte-face et franchit le seuil pour traverser la rue qui la séparait de chez elle. En sortant, une silhouette la frôla. Une silhouette qui la troubla. C'était ce parfum. Ce parfum qui…

Non, pas ce soir.

Et elle composa le code.

— Mais enfin, ma chérie, calme-toi, tout est prêt, tu le vois bien. Ça fait dix fois que tu vérifies. La nappe est au carré, on a tous trois assiettes, deux fourchettes, six verres. On ne reçoit pas la reine d'Angleterre !

— Ah si, un peu.

— Ah ma Lalie, cet humour british.

— Que veux-tu, je me fais à ma nouvelle patrie.

— Même à la jelly ?

— N'exagérons rien, *darling*.

— Tu te souviens comme on détestait ça, quand on allait chez les Smith à Birmingham ?

— Si je me souviens, tu en mettais même dans tes poches. C'était immonde !

— Qu'est-ce qui est immonde ? demanda Michel, leur père, affairé au-dessus de la dinde qu'il arrosait consciencieusement toutes les demi-heures depuis le début de l'après-midi.

— Rien, mon papa. Et notre crémier, il est où ?

— En retard.

— Tu dis ça d'un ton. Vous vous êtes disputés ?

— Non, non. Enfin, je ne suis même pas sûre qu'il vienne. Ni que c'était une très bonne idée de vous le présenter. Tout ça n'a aucun sens.

— Ce qui n'a aucun sens, c'est que je ne vais pas avoir mon brie à la truffe cette année !

— Lalie !

— Oh, je plaisante, j'essaie de détendre l'atmosphère.

Du salon, les deux sœurs entendirent tout à coup des exclamations de peur et de surprise. Ensemble, accompagnées de Michel, elles se précipitèrent dans le couloir. Il était sombre. Au loin, elles ne voyaient que le clignotement des guirlandes du sapin, *paf, paf, tic tic tic*, et percevaient une grosse voix de derrière la porte.

— Ouvrez les enfants, c'est le Père Noël !

— Enfin, Pierre, qu'est-ce que tu fais ? Ouvre. Ou pas, d'ailleurs. Qui est ce cinglé ?

— Peut-être un dangereux criminel !

— C'est quoi, maman, un criminel ? C'est comme le Père Noël ?

— Ouvrez, jolie famille, c'est le Père Noël ! Vous ne pouvez pas passer le réveillon sans votre brie à la truffe !

Catherine rougit. Benjamin. Qu'est-ce qu'il fichait derrière la porte ? Et pourquoi l'avait-il plantée, cet après-midi, alors qu'il devait l'aider ?

— Allez-y, ouvrez, dit Pierre avec flegme.

— Allez-y qui ?

— Ta sœur et toi, allez ouvrir.

La première, Catherine s'approcha de la porte. Elle le vit, minuscule et déformé par le judas, réjoui, vêtu d'un costume de Père Noël ridicule, planqué derrière une grosse hotte, et ne put s'empêcher de sourire. Alors elle ouvrit.

Le froid emplit la pièce surchauffée, en même temps que l'imposante silhouette. Catherine frissonna. Derrière elle, Gabriel sautillait d'excitation alors que Thaïs, à la fois effrayée et fascinée, se blottissait contre son père.

— Oh, oh, oh, on a été sages, les enfants ?

— Oui ! Oh oui !

— Oui, oui.

— Et les belles dames ?

— Oui ! Oui, elles ont été sages aussi !

Lalie leva les yeux au ciel, attendrie.

Alors il fit un pas dans le salon. Michel était là, avec son tablier, lui aussi ému par ce gendre un peu loufoque pour lequel il avait eu, dès les premiers jours, une grande tendresse.

Et puis, ça s'est passé là, comme cela, au milieu des lumières, des guirlandes colorées, des petits fours, du champagne et de la montagne de cadeaux qui jonchait déjà le sol parce que Benjamin les disposait déjà tout autour de l'immense sapin qui touchait le plafond. Elle sortit de l'ombre, et il lui dit : « Entrez, entrez, Jeanne », et ce prénom les fit tous frémir. Comme auréolée par les néons du couloir, alors que les baffles crachaient doucement leurs cantiques de Noël, elle leur apparut telle qu'auparavant, il y avait si longtemps. Sa belle bouche rouge, sa chevelure épaisse et son maintien fier, qui contrastait avec un petit sourire triste et timide que nul ne lui connaissait. Le temps s'arrêta, le silence opaque ponctué seulement par le son des grelots et le bruit du papier froissé des paquets que Benjamin extrayait de sa hotte. Lalie, Michel et Catherine, tous les trois s'avancèrent, hypnotisés par cette apparition, le souffle court.

Dou-ouce nuit. Sain-ainte nuit.

— C'est qui, maman, la dame ?

Après un temps d'hésitation, Catherine s'avança un peu plus et la prit par la main, pleine d'une émotion qu'elle n'avait plus ressentie depuis si longtemps. Elle observa sa peau, les petites rides nouvelles sur son visage, et enfin enfonça son nez dans le cou de cette femme qu'il lui semblait avoir quittée la veille. Alors, l'odeur l'emplit de souvenirs et d'un bonheur immense, de ceux que l'on ressent à Noël, lorsque l'on est tous réunis, et que l'amour s'exprime de façon si naturelle. Lalie, puis Michel, en silence, vinrent à leur tour entourer de leurs bras la mère et la fille qui, à présent, sanglotait pour de bon. Il n'y aurait pas de questions, pas ce soir, le délice était trop doux. Non, ils s'étreignirent juste, tous les quatre, un long moment, sous les yeux curieux des enfants, et le regard attendri de Pierre et de Benjamin qui, s'il sifflotait, en apparence tout à sa tâche, avait les yeux qui luisaient dans la nuit.

Tous les cadeaux étaient sur le sol, entassés auprès de chaque chaussure, immense ou minuscule, déposée sous l'arbre. Le Père Noël plia la grosse housse rugueuse qui lui avait servi à les transporter, frappa dans ses mains, saisit un dernier petit paquet planqué dans sa veste rouge et demanda, fort, les faisant tous sursauter :

— Bon alors, je le mets où, ce brie ?

Tu bluffes, Martoni

*

Sophie Henrionnet

Haute-Savoie – 24 décembre

Quand la situation a-t-elle commencé à mal tourner ? Lorsque Simone, une lointaine tante de Romain, a proposé de faire un mikado géant, quand l'oncle Phil a reculé dans la voiture de son beau-frère, lequel, après être passé par toutes les teintes du Pantone, a fait un malaise vagal, ou bien lorsque la mère de Romain m'a intimé de passer un paréo pour faire honneur au thème « Caraïbe et Laponie » qu'elle avait imposé pour – je cite – changer un peu ?

La pièce de tissu bariolée vient compléter un pull affublé d'un renne clignotant que la grand-mère de Romain m'a tendu dans les trente secondes qui ont suivi mon arrivée dans le chalet.

Je m'affale dans un large fauteuil, niant le boîtier des piles qui malmène mes côtes, et me pelotonne contre le seul îlot de réconfort dans les parages. Un mètre quatre-vingt, une barbe entretenue et des yeux gris : Romain.

— C'est que tu portes plutôt pas mal la chemise hawaïenne, dis donc !

— Tu trouves aussi que ça renforce mon petit côté Magnum ? se rengorge mon amoureux.

— En revanche, tu aurais pu préparer un trombinoscope… Ce n'est plus une famille, c'est une communauté.

— Pauline… Cinq sœurs du côté de ma mère, fratrie de quatre du côté de Papa… Franchement, personne ne t'en voudra si quelques prénoms t'échappent.

Je souris à des inconnus qui me dévisagent comme si j'étais le dernier animal exotique débarqué au zoo, et regrette déjà la fameuse « dinde façon calcinade » de ma mère.

— Tu peux me rappeler pourquoi j'ai accepté de passer le réveillon ici ?

— Parce que je me suis coltiné ta famille bien plus souvent que toi la mienne, souffle Romain.

Pas faux. Mais est-il seulement gravé dans le marbre que l'équité est de mise en matière de famille ? Je ne juge pas, je questionne.

— Tu sais que je fais le maximum avec ta mère…

Romain m'adresse un regard compréhensif et me tapote le ventre, ce qui a pour effet de relancer les clignotements du renne.

— Et je pense malheureusement qu'elle fait aussi de son mieux, Pauline.

— Pour me rabaisser en bonne et due forme, c'est certain…

— Je sais qu'elle n'est pas facile à pratiquer, concède Romain. Allez, quarante-huit heures…

Je soupire et lui attrape la main. Je sais qu'il fait tout son possible pour maintenir sa mère à distance, mais celle-ci s'évertue à bétonner le cordon qui la lie à son fils.

Je l'embrasse en soupirant. Ce séjour va être long, j'ai déjà la sensation d'être dans ce salon depuis six mois.

— Est-ce que seize heures est une heure décente pour se servir un verre ?

— Oui, si tu penses à de la citronnade, répond Romain.

— Exactement. Mais ajoute du rhum, de la menthe, et vire le citron.

Quand la porte s'entrouvre à nouveau, quelque chose en moi qui doit s'apparenter à ce qu'on appelle de l'instinct s'allume façon lettres géantes à Broadway.

— Une cousine ? dis-je en désignant une jeune femme que je soupçonne plus certainement s'être égarée à la sortie d'un défilé Simone Pérèle.

Romain ne répond pas, mais ouvre grand la bouche et saute sur ses pieds. Je découvre de façon concomitante qu'il a des gènes de carpe koï et de kangourou.

— Mais, mais, mais ! finit-il par laisser échapper en recouvrant l'usage de la parole.

— Ro-main ! hulule Simone Pérèle.

— C'est… C'est bien toi ?

Comme tous les autres, j'assiste d'abord à cette scène en souriant poliment. Rapidement, toutefois, un truc me chiffonne. Oui, assez vite, la façon dont cette cousine étreint mon petit ami me conduit à m'interroger sur les us et coutumes de cette famille. Cette accolade est, disons… serrée ? Intime ? Déplacée ? Définitivement indécente, oui ! Instinctivement, je bondis du fauteuil dans lequel je suis vautrée. La belle rousse me dévisage d'un air que je ne parviens pas à déchiffrer, mais qui doit se situer à équidistance entre le mépris et l'écœurement. Je décide de ne pas laisser le malaise s'installer.

— Pauline. Enchantée.

Simone Pérèle rit. Légèrement. D'un rire aérien, fluide, certainement proche de celui qu'auraient les sirènes si elles nous faisaient l'affront d'exister. Elle me tend une main distante, geste qui contraste avec l'accueil relativement chaleureux dont m'ont gratifiée les autres membres de la famille, et tranche carrément avec les retrouvailles dont je viens d'être témoin. Elle traîne à se présenter à son tour, comme si elle hésitait réellement à donner suite.

— Piana…, finit-elle par murmurer.

Dans sa bouche, ces trois syllabes en paraissent mille.

— Pauline, voici « Pia », poursuit doucement Romain.

Ma mémoire se met en branle. Rousse – stop – bombe – stop – Pia – stop – danger – stop.

— Pia ? réussis-je à balbutier.

— Piana, corrige Simone… Pia, pour les intimes, lance-t-elle d'une voix haut perchée.

— …

— Non, je plaisante ! Va pour Pia, même si nous n'avons encore jamais eu l'occasion de nous rencontrer.

D'un ample geste de la main, elle accompagne ce qui semble être une faveur. Je garde pour moi le fait que mes proches m'appellent, pour ma part, Popo et reste sans voix. #culot

Me voilà donc devant Pia.

Pia.

PIA.

PIA !

Pia, qui a brisé le cœur de Romain après plusieurs années de vie commune.

Pia, dont Annette, la mère de Romain, me rebat les oreilles chaque fois que l'on se voit.

Pia, aussi belle que douée de ses mains, aussi drôle que distinguée, aussi élégante que pleine d'esprit, et sans doute aussi forte au poker qu'en full-contact !

Pia, qui a balayé, que dis-je annihilé toutes mes chances d'occuper une place de petite amie digne de ce nom dans cette famille.

— Alors, tu es « Pia »…, dis-je dans un souffle, incapable de parvenir à une synthèse plus précise de la situation.

Simone Pérèle-Piana part dans un nouveau gloussement et fait onduler sa chevelure.

— OK ! On se tutoie ! Mais après tout pourquoi pas, c'est Noël, Régine !

— Pauline, elle s'appelle Pauline, intervient Romain qui souhaite retarder le plus possible la crise d'apoplexie qui me guette.

La rousse lève les yeux au ciel.

— Pauline, bien sûr… Ta mère m'a gentiment prévenue que tu viendrais avec « quelqu'un » pour que je me prépare.

Elle prononce ce mot comme s'il avait un goût de crotte de chien arrosé de vomi, sous-entendant qu'il pourrait tout aussi bien s'agir d'un collègue de bureau ou du premier SDF venu. Je me tourne vers Romain.

— Je ne savais pas que Pia assistait à vos réveillons ?

— Pia est la fille de Rosa, la meilleure amie de ma mère, explique Romain en rougissant encore un peu plus, si tant est que cela soit possible.

Un couple d'une soixante d'années en profite pour pénétrer dans le chalet. Annette surgit de la cuisine et s'élance vers eux.

— Tellement heureuse que vous ayez pu venir tous les trois !

Annette contemple ensuite Pia et Romain, côte à côte, et porte les mains à son cœur.

— Ça me fait quand même quelque chose de vous voir ensemble…

Cette femme a dû déposer son tact dans la vallée avant l'ascension du col.

— Pauline, tu les aurais vus ensemble… Un si joli couple… Cinq ans, tout de même… Mais la vie va et vient, c'est terrible. Allons, venez par ici !

Ah non, la mère de Romain est venue au monde sans le moindre tact.

Annette a la bonne idée d'entraîner Pia et ses parents dans la cuisine avant que je ne me saisisse d'un tisonnier, d'un neveu ou d'une guirlande du sapin.

Je dois me rendre à l'évidence… ELLE va passer le réveillon ici. L'ex avec un grand E. Le chagrin d'amour dont Romain a eu tant de mal à se remettre. Si Pia était une unité de mesure, il faudrait deux douzaines de Pauline au mieux de leur forme pour rivaliser un week-end dans le rôle de la fiancée. Une vague de fureur s'empare de moi : comment Romain a-t-il pu trouver opportun de ne pas me prévenir ?

Je pivote vers lui.

— C'est quoi ce plan merdique ?

Le grand brun qui partage ma vie depuis un an reste silencieux. Il choisit avec soin les mots qu'il s'apprête à prononcer et attrape mes mains, soucieux de gagner quelques précieuses secondes de réflexion.

— Écoute, Pauline…

— Romain ! T'es pas sérieux ?! Je ne me suis jamais sentie aussi humiliée ! Et ce n'est que le début !

— Pia saura se montrer plus diplomate, bafouille-t-il.

Je crois rêver.

— Que je ne m'inquiète pas ? Bien sûr ! C'est vrai ça, la diplomatie, sans doute une corde de plus à son arc, avec la grâce, l'oreille absolue, l'agreg de français…

— De philo, me reprend-il.

— Et dix ans de piano, et huit de danse classique, quadrilingue, etc. Je le sais, ta mère m'a suffisamment vanté ses mérites à chacune de nos visites !

Dans le salon, le silence s'est fait autour de nous. En ce début d'après-midi, la quasi-totalité des invités est déjà présente dans le chalet loué par la famille pour les fêtes. Je me sens trahie et honteuse. Le nez de mon renne se met à clignoter outrageusement. J'ai autant envie de passer Noël dans cette famille que de me faire épiler le sillon interfessier à la pince à épiler.

Sans plus réfléchir, j'attrape mon sac à main et me dirige vers l'entrée.

— Tu ne vas pas partir ? lance Romain, affolé.

Pour tout avouer, je n'en ai pas réellement l'intention (qu'est-ce que je ferais dehors, je vous le demande ?), mais percevoir la panique dans les yeux de Romain me fait curieusement du bien. Plus j'approche de la porte et plus son visage se décompose. Curiosité de l'espèce humaine, plus il se décompose et plus je retrouve un semblant de dignité. Désormais à quelques mètres de la porte, je ne peux plus perdre la face.

— Eh bien… Figure-toi que si.

L'oncle Victor se fourre un doigt dans le nez en attendant la suite de l'action. Alex et Léo, les jumeaux de quinze ans, profitent de cette diversion pour subtiliser des bières. Tante Suzanne louche sur le jeu de tarot de son adversaire.

— Pauline, non… Pas aujourd'hui !

— Tu ne veux pas que je te fasse honte devant ta famille, c'est ça ?

— Pas du tout ! tente-t-il.

Je me drape dans le paréo, telle une Vahiné des neiges.

— Pourtant, tu ne m'en laisses pas le choix…

Romain a l'air sincèrement désemparé. J'hésite encore un instant, mais, décidée, j'achève le trajet qui me sépare de la porte, puis pose une main sur la poignée.

— S'il te plaît, Pauline…

Je me retourne brièvement, juste à temps pour le voir perdre l'équilibre et atterrir sur un genou.

— Pauline, articule-t-il.

— …

— Veux-tu m'épouser ?

#incrédulité

Je lâche la poignée, raccroche ma mâchoire, et tente de trouver une réponse à la hauteur de ma stupeur.

— Humpf ?!

— M'épouser. Devenir ma femme…

— Je pense avoir compris dans les grandes lignes, mais…

— Alors ? geint-il.

— Alors quoi ?

— Tu es censée répondre oui ! lance l'oncle Victor.

— Si c'est non, il se tape grave la haine, ricanent Alex et Léo.

— Allons, ma petite, on attend ! reprend Suzanne qui a fini de mémoriser le jeu de son adversaire.

— Mais enfin…

Un « Oh ! » déçu parcourt l'assemblée.

Je suis à l'agonie. Que signifie cette demande ? Une vague de colère monte du creux de mon ventre, je suis scandalisée par ce qui est en train de se jouer dans cette pièce : Romain ne peut pas être en train de gâcher un pareil moment. Je prends la foule à témoin.

— Non, mais c'est vrai, quoi ! Regardez-moi : je suis énervée, humiliée, je porte un pull immonde orné d'un renne, un paréo grotesque et, ne le prenez pas personnellement, je suis entourée d'inconnus.

Cette fois, un « Oh ! » scandalisé s'élève, suivi d'un discret « Mais pour qui elle se prend ! ».

— Reconnais-le, Romain… Tu fais cette demande, car je suis blessée et que tu ne sais pas comment te dépêtrer de la situation.

— Il bluffe, Martoni ! Elle est où la bague ? lancent les jumeaux.

Je jette un œil à mon prétendant qui, mal à l'aise, confirme le fait qu'il n'en a pas.

— Si je comprends bien, c'est non, murmure Romain.

Nous avons maintenant droit à un « Oh ! » triste et apitoyé. Il est accompagné de quelques regards haineux à mon encontre, et je m'estime soulagée d'avoir été invitée à un réveillon dans les Alpes et non à une fête des armes à feu en Géorgie.

— Je ne savais pas que Pia serait là, je te le jure…, souffle-t-il.

— Romain, dis-je en me rapprochant de lui, on ne fait pas une demande en mariage pour ce genre de raisons…

— Pour une fois, je suis d'accord avec Pauline ! Le mariage est une chose sérieuse…, lance Annette sur le seuil de la cuisine.

J'ai la sensation de me trouver dans la fosse aux lions. À ceci près que les lions sont les dragons de Daenerys Targaryen, et que le sol est de la lave.

Cette fois, c'en est trop. Je *dois* prendre l'air.

Je file à l'extérieur du chalet, espérant que Romain me rejoigne, mais il n'en fait rien. Sa mère doit déjà lui avoir collé l'incroyable Pia sur les genoux. Je me mets rapidement à grelotter. L'immonde pull ne tient même pas chaud et le nez du renne cesse de clignoter dans un grésillement flippant. J'avise non loin le garage dans lequel sont stockées les affaires de ski. Sur un coup de tête, je balance le paréo, enfile ma combinaison, chausse les skis fraîchement loués, et me dirige vers le remonte-pente le plus proche. De toutes les décisions que je suis en mesure de prendre (attaquer un chamois avec un couteau à beurre, crever les yeux d'Annette avec des branches de houx, mordre Pia au visage, rompre avec Romain), c'est de loin la moins mauvaise.

Calée sur le télésiège, j'envoie un SMS à mon petit ami que j'imagine entouré de la famille scandalisée au grand complet.

« Besoin d'air. Je t'aime. Popo »

Oui, Popo. N'en déplaise à sainte PIA !

Une rouge à fond, une noire en flânant, deux bleues en slalomant. Soixante minutes de ski plus tard et je me sens un poil mieux. Pas encore prête à affronter Annette et sa horde de sœurs, mais tout du moins capable d'échanger plus calmement avec Romain. Une demande en mariage, c'est beaucoup plus que ce que j'espérais, mais pas dans ces conditions !

J'étudie sur un panneau le plan des pistes. Si je veux éviter de passer la nuit au milieu de nulle part, je ne dois pas traîner. Dans ma lettre au Père Noël, je ne suis pas certaine d'avoir écrit « me faire dévorer par les loups ».

Je me hâte vers le croisement qui mène aux télécabines signalées ouvertes lorsqu'un inconscient me coupe la route. Je ramasse un bâton et ma fierté tout en lui souhaitant un tas de choses qui ferait rougir un tenancier de bar à hôtesses, et déboule juste à temps à l'embranchement.

Je consulte une dernière fois les panneaux affichant les horaires et dévale la pente avec un vague sentiment de stress. Le nom de piste indiqué pour le retour à la station me semble différent de celui que j'avais retenu, cependant il est trop tard pour gamberger. Virage à droite, virage à gauche, semi-gamelle, dérapage incontrôlé, ouf ! Cabines en vue, et surtout en marche ! J'avise le petit écriteau « ouvert » planté au niveau de la zone de contrôle déserte et m'enfonce dans la cabine.

Je suis l'une des dernières à arpenter les pistes. Les skieurs ont déserté les pentes enneigées pour préparer le réveillon… Au moment où les portes se ferment, une personne pénètre *in extremis* dans la cabine. Je reconnais la combinaison de celui qui m'a percutée un peu plus tôt et serre les dents. Entrer en guerre avec un individu avec lequel je peux potentiellement rester coincée des heures me paraît tout sauf judicieux. Comble de l'ironie, la cabine semble avoir perçu mes pensées : après quelques mètres, celle-ci tangue, puis s'immobilise. Pas extrêmement éloignée du départ, mais trop pour tenter d'en ressortir.

— Je vais vraiment rater le réveillon ?!

— Vous teniez tant que ça à y assister ? répond la silhouette casquée et emmitouflée.

— Romain ?

Mon ex-prétendant ôte les multiples couches de protection qui le rendaient méconnaissable.

— Purée, j'ai bien failli rater mon coup, tu skies vite, en fait ! lance-t-il.

Il pose son sac à dos à ses pieds et en fait émerger une bouteille de champagne et deux gobelets en carton.

— Pas très glamour, mais je n'ai vraiment pas senti le coup des flûtes, s'excuse-t-il en faisant apparaître du saumon fumé, des toasts, deux lampes de poche et… un camembert !

— Mais…

— Et des couvertures de survie si jamais on passe vraiment la nuit ici !

Il continue de vider le contenu de son sac sur la banquette attenante.

Je scrute les environs, la nuit finit de tomber.

— J'ai vu ça dans un film, continue-t-il tout guilleret, mais je ne pensais pas y arriver.

— Tu veux dire que…

— Je t'ai rattrapée et suivie, puis guidée jusque-là après l'heure d'ouverture.

— Donc…

— Donc on n'atteindra pas la station ! Tout le monde pense que ces cabines sont vides, j'ai tourné le panneau juste pour toi.

J'hésite entre la colère et l'incompréhension, mais Romain ne me laisse pas le temps de choisir.

— Je savais que tu ne me laisserais pas te parler tranquillement de Pia.

— Revoilà Pia…

— Et même te parler tout court…

Je croise les bras, ce qui est loin d'être aisé en combinaison de ski, je vous le certifie.

— Je n'ai aucune envie de t'écouter.

— Pauline…, dit-il en tentant de passer une main sur ma joue. Ma mère a abusé : je ne savais pas que Pia serait là. Tu penses bien que je t'aurais prévenue !

— Peu importe ! Quelles chaleureuses retrouvailles, vous n'en finissiez plus de vous décoller !

— Je ne l'ai pas revue depuis des années ! J'étais simplement scotché.

— …

— De stupeur ! Totalement glacé…

Je me tourne vers la fenêtre et l'envie de me boucher les oreilles m'effleure, mais les moufles, tout ça… La nuit qui nous entoure ajoute quelques nuances étranges à l'ambiance.

— Tu m'entends, Pauline, je suis resté pétrifié sachant que tu allais te sentir blessée !

— Blessée ? Mais c'est bien pire que ça ! Je suis venue me perdre ici à cette fête organisée par ta mère qui me déteste sans raison pour te faire plaisir, et cerise sur le gâteau, je tombe sur Simone Pérèle !

— Qui ?

— Oh ! Pia, si tu préfères !

— Je te le répète, j'ignorais qu'elle serait là, Pauline. Tu m'écoutes ?

La main de Romain sur mon bras me fait sursauter.

— Tu veux bien m'écouter ?

— Et cette pirouette… Tu te rends compte que tu m'as demandée en mariage pour essayer de rattraper la situation ? Je crois que c'est ce qu'il y a de plus vexant.

— Pauline…

— Pia est tellement drôle par-ci, Pia est championne d'échecs par-là. Et Pia sait faire le grand écart, Pia sait décortiquer ses crevettes avec des couverts…

— Tu as terminé ?

— …

— Tu me laisses en placer une ?

Je râle en saisissant un toast.

— Voilà pourquoi je me suis dit que te coincer ici serait la meilleure des solutions pour…

— Oh, je suis une grande fille, ne te donne pas tant de mal ! Je vais me remettre de cette humiliation… Dans une douzaine d'années, je suis certaine que j'en rirai jaune.

Romain ouvre la bouteille de champagne et me tend un gobelet.

— Te coincer pour te faire ma demande, Pauline, peux-tu s'il te plaît me laisser faire cette demande une fois pour toutes ou est-ce au-dessus de tes moyens ?

Il agite sous mon nez un écrin marine tout recouvert de velours.

— Quoi !

— Quoi, quoi ? répond Romain.

— Quoi ?!

Il ouvre la petite boîte, un solitaire me fait de l'œil et se retient de se jeter à mon annulaire.

— Alors, Pauline ?

— Oui ! C'est oui ! Un grand oui !

— Enfin…

— Tu avais réellement prévu de me demander en mariage ?

Il penche la tête plusieurs fois vers l'avant.

— En tête-à-tête dans la chambre, oui…

Je soupire.

— Mais…

— Mais quoi, Pauline ?

— Tu réalises que je n'ai pas autant de qualités que Pia la fabuleuse ?

— Tu n'es peut-être pas agrégée de philosophie, tu ne sais pas faire le grand écart, tu manges tes crevettes comme un cochon, mais oui, que cela te surprenne ou non, c'est bien avec toi que je veux passer ma vie. Ça fait deux mois que je me dis que je vais profiter du réveillon pour te faire ma demande, même si, à bien y réfléchir, ce n'était pas l'idée du siècle de mélanger « Caraïbe et Laponie » avec le mariage.

Je termine mon gobelet de champagne éventé et me penche doucement vers Romain. Lui non plus ne sait pas faire le grand écart. Il a souvent de drôles d'idées, c'est le plus maladroit des hommes que je connaisse, et question crevettes, il n'est pas bien doué non plus. Mais il m'entoure de bras dans lesquels je me sens bien, c'est aussi simple que ça.

— Pauline…, reprend-il, ce réveillon bizarre au-dessus du vide, dans l'obscurité et le froid, et avec un pique-nique de fortune, c'est tout ce dont j'ai besoin, pourvu que je sois avec toi.

Il passe la bague à mon doigt. Les jumeaux avaient tort, Martoni ne bluffait pas.

Soudain la cabine se met à tanguer, interrompant notre baiser. Je n'ai pourtant pas l'impression que le moteur se soit remis en marche ? Nous percevons des grincements, puis comme des coups… comme… des pas ?

La trappe au-dessus de notre tête s'entrouvre, une lampe torche nous aveugle, et je mets quelques secondes à distinguer la personne qui la tient.

— Ne vous inquiétez pas, vous êtes sauvés ! Je gère la situation ! hurle une Pia échevelée.

Romain pince les lèvres, remplit à nouveau nos gobelets et avance le sien pour trinquer.

— Ma mère a peut-être omis de te vanter son titre de championne de France d'escalade.

Christmas thérapie

*

Marianne Levy

Sam Miller voulait la peau de Harry Houdini. Il souhaitait à la star des contorsionnistes de décéder des complications d'un lumbago aigu. Dans la toundra de Laponie. Une immensité glacée où personne, jamais, ne serait témoin de ses exploits. Et où il en serait réduit à faire son cirque en grelottant devant quelques rennes blasés qui n'applaudiraient même pas, car ils ne s'étonnaient plus de rien depuis longtemps au pays de Santa Claus…

Le Dr Sam Miller savait que Sigmund Freud aurait trouvé qu'il avait un gros problème. Pas seulement parce que l'artiste était mort depuis près de cent ans.

Mais il aurait eu tort.

Dans une chambre cosy du cottage du Kent où il s'apprêtait à fêter Noël, Sam se dit, en dégustant un deuxième verre de lait de poule trop chargé en whisky, qu'il avait trois gros problèmes, en fait.

Par ordre croissant d'importance :

– Une imagination fertile très axée sur la torture d'illustres personnages chaque fois qu'il était victime d'une poussée d'anxiété.

– La naïveté d'avoir cru que les « conneries » de Houdini étaient réalisables sans échauffement. Et tenté de plier en deux son squelette d'un mètre quatre-vingt-neuf pour découvrir à travers la serrure de la porte l'identité de la fille dans la chambre d'à côté avec laquelle il allait devoir réveillonner.

– La faiblesse de s'être laissé berner l'an passé par un mirage de Noël. Il était tombé dans le panneau à cause d'une pseudo Cendrillon présentant une ressemblance troublante avec Ginger Rogers et une prédisposition au bonheur terriblement contagieuse.

Il faut reconnaître que Sam avait eu des circonstances sacrément atténuantes. Sinatra, Manhattan, la neige qui soudain virevolte et cette blonde… cela faisait beaucoup de clichés pour un seul homme. Sam se dit que les clichés étaient des trucs super dangereux. Et pas seulement dans les histoires.

La preuve, il avait mis l'année à s'en remettre. Heureusement, ce cauchemar était derrière lui. Pour arriver à surmonter son trauma, il s'était d'abord débarrassé de sa collection de comédies musicales. S'il suffisait de faire des sauts de chat en poussant la chansonnette pour rencontrer l'âme sœur, 55 % de ses concitoyens britanniques ne passeraient pas leurs soirées à errer sur Tinder…

Ensuite, il s'était imposé une discipline de fer pour retrouver sa contenance de scientifique de renommée mondiale, sujet de Sa Majesté la reine d'Angleterre. Tous les matins, il franchissait la porte de son cabinet de Chelsea à huit heures et n'en sortait jamais avant la nuit tombée. Il courait ensuite sept miles le long de la Tamise. Filait sous une douche écossaise. Enfilait une robe de chambre en tartan. Se réchauffait un *fish and chips* au micro-ondes. Se brossait les dents peinard en imitant Elton John. Prenait place dans son fauteuil club avec un thé pour suivre des matchs de cricket de troisième division. Et finissait par s'endormir devant une adaptation d'Agatha Christie. Un crime. Un détective. Des suspects. Jamais de violons. Pas de couchers de soleil. Ni de baisers.

La définition du bonheur.

Début décembre, Sam avait frôlé la rechute. Londres était en proie à l'hystérie de Noël. Les habitants se shootaient au vin chaud en chantant l'air béat des *Christmas Carols.* Des chansons débiles qui, en gros, promettaient un soir de bonheur. Sam prenait sur lui pour ne pas interrompre les groupes qu'il croisait et leur demander ce qu'ils comptaient bien faire des trois cent soixante-quatre jours restants... Heureusement, en flânant chez un bouquiniste du côté de Camden Market, le plus grand marché aux puces de la ville, il était tombé sur un livre merveilleux. *Le Guide de survie en milieu romantique pour l'homme britannique* signé par un certain Roger Tarp. Un type injustement méconnu selon Sam, convaincu que ces écrits relevaient de l'œuvre d'utilité publique.

Dans ces pages, l'auteur développait en effet une théorie fascinante. Selon lui, la relation de couple était avant tout une affaire scientifique. La preuve, durant plus de dix-neuf siècles, les unions arrangées avaient eu le mérite de réduire les attentes des fiancés. Au grand maximum, elles promettaient un lit, des enfants et de longues soirées d'hiver à commenter la hauteur des flammes devant la cheminée. « Un programme formidable si l'on acceptait d'ouvrir un peu son esprit », s'était dit Sam. Une découverte qui l'avait même réconcilié avec Imogene. Pour fêter cela, sa sœur lui avait pardonné sa défection de l'an passé et à nouveau invité pour Noël.

Sam avait accepté. Non seulement, il ne risquait rien, car il n'y avait pas d'ascenseur dans la maison du Kent où se tiendrait son réveillon. Mais en plus, Imogene réunirait probablement une belle brochette de célibataires désœuvrées qui lui permettraient de s'entraîner à ouvrir son esprit.

Une aubaine.

Coûte que coûte, Sam était prêt à en finir avec un siècle de propagande Disney.

Enfin, c'est ce qu'il s'était répété depuis le matin même en quittant Londres pour rejoindre le cottage familial. En l'accueillant, Imogene, plus épanouie que le majestueux sapin qui s'élevait dans le hall, lui avait promis qu'elle s'était surpassée. La jubilation qu'il avait lue dans ses yeux indiquait clairement qu'elle ne faisait pas référence à la dinde bio qu'elle s'était sûrement appliquée à cramer.

Sam s'était dit qu'il aurait dû pousser ses recherches. Peut-être y avait-il une raison pour laquelle Roger Tarp était demeuré un essayiste anonyme ? L'accolade très emphatique que lui avait ensuite donnée son beau-frère, enfermé dans un kilt, ne l'avait pas rassuré.

Elle laissait présager le pire.

Sam se demanda s'il existait pire que le pire ?

C'est-à-dire que les neuf années de réveillons new-yorkais qu'il avait supportées. « *Fuck,* Sam Miller, cette fois-ci, vous êtes cuit ! » lui aurait probablement lancé Ida Berkowitz sur laquelle, ce soir, il ne pourrait même pas compter…

***

Toute la nuit dans l'avion, Lisa, coincée contre le hublot par Ida Berkowitz qui ronflait les bras grands ouverts comme une bienheureuse, avait essayé d'établir la liste des raisons pour lesquelles elle n'aurait jamais dû accepter la proposition de la vieille dame. Son rôle de quinzième flocon dans l'adaptation de *La Reine des neiges* à Broadway. Son job de serveuse remplaçante dans le plus vieux *diner* de la ville. Sa coloc' qui devrait réveillonner seule dans leur appartement de poche avec vue imprenable sur la morgue de Brooklyn…

Non, vraiment, elle avait trop à laisser derrière elle.

Sans parler de la fin tragique de Violetta dans *La Traviata.*

C'est ce que Lisa avait répondu à Ida la première fois que la vieille dame lui avait proposé d'arrêter de se droguer à l'œuvre intégrale de Jane Austen et de passer à l'action. Mais Ida, en révolutionnaire expérimentée, n'avait rien lâché. Même lorsque la neige avait commencé à blanchir les trottoirs de Manhattan et que New York, saisie par la frénésie des achats de Noël, était devenue un embouteillage géant.

Chaque jour, elle avait débarqué au *diner* où Lisa travaillait. Chaque jour, elle avait commandé un double whisky pour se réchauffer et fait glisser sur le comptoir un billet d'avion pour Londres en guise de règlement. Chaque jour, Lisa l'avait poliment remerciée en répondant qu'elle ne pouvait pas l'accepter.

Le 22 décembre, Ida avait explosé.

— *Kid*, normalement les erreurs de jeunesse, c'est bien. Même indispensable, avait-elle commencé. Mais il existe une considérable différence entre une erreur et une connerie monumentale. Je sais ce que tu penses. Tu penses : « Je suis jeune. J'ai la vie devant moi. Un gars comme lui, il y en aura d'autres. » Moi, je te le dis, *kid*, il n'y en aura pas. Dans dix ans, tu te demanderas si tu n'aurais pas dû prendre le risque d'aller faire un tour de l'autre côté de l'Atlantique ; dans vingt ans, tu regretteras de ne pas y être allée à la brasse, et quand tu auras mon âge, tu comprendras enfin la différence entre un regret et un remords. Et donc pourquoi Verdi casse encore la baraque avec son opéra !

La tirade avait fait son effet et Lisa sa valise.

***

Sam se pencha à nouveau. À travers la serrure, il lui sembla distinguer une chevelure brune. Mais le marteau-piqueur qui s'acharnait en bas de son dos lui signala qu'il devait cesser son entreprise d'espionnage artisanal s'il voulait éviter de rester bloqué. Il avala un cachet antidouleur avec une gorgée de lait de poule et se laissa tomber dans le fauteuil devant la cheminée.

Peut-être était-ce l'effet du feu qui crépitait ? De la bergère et du berger qui, sur le papier peint lilas, semblaient vivre un truc romantique très fort ? Du givre qui courait sur les fenêtres ouvrant sur une campagne anglaise plus charmante que dans un téléfilm de Noël de la BBC ? Ou la combinaison de l'alcool et du calmant ? Sam sentit ses forces l'abandonner. Il n'arrivait plus à chasser le souvenir du dernier réveillon new-yorkais qu'il croyait pourtant avoir réussi à oublier.

— Pas mal ! avait commenté Lisa à l'issue de leur premier baiser sur le huitième banc du parc de Brooklyn quand la neige s'était mise à tomber.

— Pas mal ? Vous rigolez, j'espère, avait répondu Sam qui ne s'était pas laissé démonter.

Il venait de battre Steve McQueen à plate couture. Une performance plus efficace pour l'ego que cinq ans de psychanalyse…

— Je suis sûre que vous pouvez mieux faire, avait-elle continué.

Il s'était dit que cette fille était dingue. Mais dingue du genre adorable.

— Vous me défiez, là ? avait-il demandé.

— Je vous défie ! Rassurez-moi, vous ne seriez pas du genre trouillard ?

— J'ai survécu suspendu dans le vide entre le dix-septième et le dix-huitième étage d'un building, je suis sorti vivant de huit années de rendez-vous arrangés et j'aurais la trouille ? Non, désolé de vous décevoir, votre proposition ne me fait pas peur. D'ailleurs, il me reste vingt-quatre heures à passer à New York, je vais être grand seigneur, je vous les offre.

Lisa avait accepté le cadeau et essayé de le prendre en défaut à l'aide de l'une de ses listes magiques : *15 endroits où il faut s'embrasser dans Manhattan*. Mais Sam avait tenu le coup. Dans une calèche de Central Park, il s'était senti plus fort que Warren Beatty. Au sommet de l'Empire State Building, meilleur que Cary Grant. Et, en l'enlaçant sur le pont d'un ferry, sous le regard protecteur de la statue de la Liberté, il s'était pris pour Robert Redford.

À la fin de ce marathon romantique, Lisa avait été impressionnée par sa science du baiser cinématographique. Et, lui, Sam avait eu envie d'appeler Ida Berkowitz pour lui demander un tuyau. Que savait-elle précisément du coup de foudre ? Existait-il des études un peu sérieuses sur le sujet ? L'inhibition n'était-elle pas finalement un truc terriblement dangereux ? Comment réagirait une jeune femme si, pure hypothèse bien sûr, un homme respectable montait sur une scène de Broadway avant que le spectacle commence, éclaircissait sa voix et disait : « Mesdames, messieurs, pardonnez mon intrusion mais il se trouve que j'ai choisi cette soirée pour demander à la femme que j'aime, qui est assise là-bas au milieu du quinzième rang, si elle accepte de devenir ma fiancée » ?

Mais il n'avait pas le numéro de la vieille dame et, finalement, l'heure du petit déjeuner était arrivée. Ils s'étaient embrassés devant chez Tiffany. Puis, derrière le comptoir du *diner* où elle officiait, Lisa lui avait préparé les meilleurs pancakes de son existence. En les dégustant, ils avaient essayé de faire comme si de rien n'était. C'est-à-dire, comme si l'Atlantique n'était qu'un ruisseau et qu'une relation longue distance avait la moindre chance de fonctionner.

Longtemps, elle était demeurée sur le trottoir. Dans le taxi, Sam l'avait vue rétrécir, devenir minuscule, puis disparaître dans la foule. Un mois plus tard, il n'avait toujours aucune réponse à ses mails. Fin février, il n'avait pas eu besoin de faire une liste pour comprendre qu'il n'en aurait jamais.

***

Lisa fixait paniquée l'aiguille du compteur flirter dangereusement avec la vitesse maximum. Au volant, Ida Berkowitz, plus zen que le dalaï-lama, tentait d'allumer un cigare. La Mini Austin progressait à toute vitesse dans la campagne anglaise. Il était à peine dix-neuf heures. Mais la nuit était déjà tombée depuis longtemps. On n'y voyait pas à trois mètres.

— Ida, vous êtes vraiment sûre que rouler au milieu de la route est une bonne idée ?

— Une idée de génie, oui ! Ni à droite ni à gauche, au milieu ! Le consensus est un art, je ne comprends pas pourquoi personne en Europe n'a eu cette idée…

— Et le consensus, il en dirait quoi du truc non identifié qui traverse juste là DEVANT ?! hurla Lisa.

— Relax, *kid*, je gère, répondit Ida en évitant d'un coup de volant un bon gros mouton décidé à aller réveillonner dans le champ du voisin.

Le cœur de Lisa fit un bond. Elle risquait de terminer sa courte existence dans un fossé avec une octogénaire américaine résolue à faire la révolution en Angleterre… D'une certaine manière, pensa-t-elle, elle mourrait pour défendre une conviction politique. Ce qui était largement moins pathétique que de mourir d'humiliation.

Elle n'aurait jamais dû faire ce voyage.

À vue de nez, il y avait trois milliards et demi d'individus de sexe féminin sur la Terre. À vue de nez toujours, elle devait bien être l'avant-dernière qu'il ait envie de revoir…, se dit-elle, en repensant à l'année écoulée.

Le taxi avait à peine disparu dans les rues de Greenwich Village qu'elle rédigeait déjà la liste de ce qu'elle devait maîtriser pour mettre toutes les chances de son côté avec Samuel Miller. Parmi les priorités de Lisa : apprendre par cœur le répertoire des Beatles, connaître toutes les pièces de Shakespeare, se sevrer des films avec Hugh Grant… Parvenue au bout des cent points mi-janvier, elle avait aussi binge-watché dix fois *Downton Abbey* par mesure de précaution. Et avalé des quantités inhumaines de haggis, panse de brebis farcie au cœur de mouton, et de gelée rouge pétard pour être certaine de survivre à son premier dîner romantique britannique.

Elle voulait être prête pour épater Sam lorsqu'il se manifesterait. Car même si les heures, puis les jours, puis les semaines, puis les mois étaient passés, elle en était certaine, il finirait par se manifester. En juin, elle avait commencé à douter de la pertinence de la stratégie de séduction mondialement connue sous l'appellation « Fuis-moi, je te suis ». Elle n'avait toujours aucune nouvelle de Sam. Elle commençait à se demander s'il n'avait pas trouvé une autre fille à impressionner de l'autre côté de l'océan. En septembre, elle avait fait ce que toute jeune femme raisonnable aurait fait depuis longtemps. Elle s'était mise à sillonner Facebook H 24 à la recherche d'un certain Samuel Miller.

Elle avait fini par tomber de sa chaise en tombant sur son profil. Le Sam de Londres n'avait plus rien à voir avec le Sam de New York. Sur sa photo, il était toujours aussi craquant que Colin Firth. Mais les trois mots qui le présentaient beaucoup moins.

Love is overrated.

En VF, cela sonnait moins bien mais c'était toujours aussi consternant.

L'amour est surestimé.

Elle avait découvert qu'il était membre d'un groupe fermé intitulé : *Roger Tarp fans*. Il n'avait pas le temps de lui donner signe de vie, mais à en croire le nombre de ses commentaires, passait au moins une heure par jour sur Facebook à disserter sur sa condition d'homme britannique cherchant à survivre en milieu romantique.

Intriguée, Lisa s'était procuré le fameux guide. Atterrée par son contenu, elle s'était créé un profil sous le nom de Fred Austerlitz et avait espionné les conversations. Elle avait bien conscience qu'il fallait être une grande malade pour faire un truc pareil. Mais il fallait l'être encore davantage pour atteindre le degré de schizophrénie du Dr Sam Miller.

Début décembre, Lisa avait fini par craquer. Elle s'était immiscée dans un échange.

Un certain Ralf078 qui allait passer Noël à Londres avec sa fiancée avait demandé au groupe quelle était la liste des choses les plus affreusement romantiques à éviter. Sam n'avait pas mis deux secondes à répondre.

Sam Miller
Ralf078 *Je vais vous donner un tuyau, mon vieux. Demandez-vous plutôt ce qu'il faut absolument faire.*

Ralf078
Sam Miller *???*

Sam Miller
Ralf078 *emmenez-la voir* La Traviata *à Covent Garden. Il n'existe pas de meilleur vaccin contre l'idée saugrenue que l'amour rendrait heureux…*

Ralf078
Sam Miller *plus de places : //*

Sam Miller
Ralf078 *je suis membre donateur de l'opéra, je peux vous avoir deux billets.*

Fred Austerlitz
Sam Miller *un vaccin contre l'amour ?!? Totalement lâche et simpliste comme solution !*

Sam Miller
Fred Austerlitz *soit vous ne connaissez pas la définition de simpliste. Pour info : Qui simplifie abusivement la réalité et en donne une représentation plus ou moins erronée. Soit vous avez abusé de Walt Disney. Dans les deux cas, vous avez ce qui s'appelle un problème.*

Fred Austerlitz
Super Lol **Sam Miller** *!!! Soit vous ne connaissez pas la définition d'arrogant. Pour info : Qui manifeste un orgueil excessif par des manières insolentes, méprisantes, hautaines. Soit vous allez finir comme un vieux garçon ratatiné et amer. Parce que même la fille que vous aurez choisie parce que vous ne l'aimez pas préférera terminer sa vie comme Violetta.*

Sam Miller
Je ne suis pas du genre qui super Lol **Fred Austerliz**
Restons-en là.

Et Fred/Lisa ne s'était plus manifestée… Mais elle était sérieusement inquiète sur le genre de substances que Sam consommait sûrement dès le petit déjeuner.

***

Sam se pencha à nouveau.

La brune venait de se retourner. Et ça, c'était une tuile.

Oh, mince !

Il allait donc passer la soirée avec Lucia. Une fille qui avait manifestement de la suite dans les idées. Elle tentait sa chance pour la troisième fois après deux réveillons new-yorkais catastrophiques à la table d'Imogene.

La première fois, elle avait pleuré toute la soirée, très affectée par la faim dans le monde. Entre ses sanglots abondants, elle avait repris trois fois de la dinde, quatre de la purée de marrons, accepté de terminer la bûche et de se sacrifier pour ne pas laisser de mignardises à Alexeï, le garçon d'ascenseur.

La deuxième, elle s'était mis en tête de réussir à lui prouver qu'on pouvait survivre à New York sans aucun sous-vêtement par moins quinze degrés. Ce qui n'était pas faux mais pas forcément beau à voir, cependant. Dans son cas à elle, c'était même effrayant. À cette occasion, Sam avait appris que la profession d'esthéticienne nécessite un certain talent.

Tonight's gonna be a good night!

Dans la chambre d'à côté, le téléphone de Lucia s'était mis à hurler les Black Eyed Peas.

« Hey, joyeux Noël ! » l'entendit-il s'exclamer.

…

« Non. Je ne suis pas à New York, malheureusement, mais dans un trou perdu au milieu de l'Angleterre… »

…

« Ce que je fous là ?! »

…

« Hi, hi, je suis venue chercher mon cadeau ! Tu te rappelles du doc Freud que je chasse depuis six ans ? Eh ben, il se pourrait que ce soir, je puisse enfin l'emballer. Je ne te remercierai jamais assez de m'avoir conseillé de suivre tes classes de sexe yoga ! Le truc, c'est qu'il faut que je survive au dîner sans mourir d'ennui. Et c'est pas gagné, il me bassine toujours avec la poésie de Ginger Rogers et le pas aérien de Fred Astaire… Sérieusement, qui sur Terre s'intéresse encore à des conneries pareilles ? »

Terrorisé par l'interprétation très particulière de la salutation au soleil, du sphinx et autres postures que Lucia avait en tête, Sam fit ce qu'il lui restait à faire. Il expédia l'essai de Roger Tarp dans la cheminée. Il se resservit un dernier verre de lait de poule en le regardant se consumer. Il enfila son pardessus sur son smoking, prit ses clés et ouvrit la fenêtre de la chambre à coucher. Il évalua la situation. La neige qui tombait sans discontinuer depuis le matin limiterait la casse. Il ferma les yeux et se laissa glisser sur le toit du cottage. La végétation amortit sa chute. Il se dirigea le plus discrètement possible vers sa Range Rover, démarra et s'enfonça lentement dans la nuit.

***

Sam Miller en était certain, quand son cauchemar serait terminé, il se lancerait dans l'écriture d'un *Guide de survie de l'homme britannique à Noël.* Sa colonne vertébrale lui envoyait des signaux de détresse, le lait de poule au whisky brouillait ses neurones, les chutes de neige ressemblaient de plus en plus à une tempête et, lui, faisait tout ce qu'il pouvait pour convaincre un mouton de regagner sa bergerie.

Au milieu d'une route de campagne, certainement très bucolique en d'autres circonstances, le ruminant, impassible, fixait Sam en mâchonnant un brin d'herbe congelé, le menu de son réveillon. Appel de phares, coups de Klaxon… Rien n'y avait fait. Il n'avait pas bronché. Même lorsque Sam avait ouvert la vitre et entonné un puissant *Let it snow!*

En désespoir de cause, il était sorti de sa voiture, avait manqué de briser son dos pour de bon en glissant sur une plaque de verglas et entamé une consultation avec le mouton. Il avait écourté les présentations. Juste précisé qu'il était psy, que d'habitude il s'occupait des êtres humains mais qu'il était OK pour discuter un peu avec lui, si cela pouvait lui faire du bien, et surtout le convaincre de regagner le champ qu'il n'aurait pas dû quitter… Contre toute attente, c'est le mouton qui l'écouta en hochant la tête de temps en temps. Sam déballa alors l'incroyable enchaînement de circonstances qui l'avait conduit jusqu'à lui. Il pesta contre Houdini qui lui avait fait présumer de ses forces. Non, un type comme Sam n'était pas capable de se contorsionner pendant deux heures pour espionner à travers une serrure et en sortir indemne… Quand il en vint à Lucia, le mouton bêla d'effroi. Sam se sentit compris. Il caressa la tête de son nouvel ami.

Soudain, il aperçut deux gros yeux jaunes qui fonçaient dans leur direction. Le lait de poule diminuant considérablement son temps de réaction, il mit une minute à comprendre qu'un véhicule déboulait à toute vitesse.

— Bambi, c'est le moment de bouger, conseilla Sam au mouton.

L'animal ne dut pas apprécier ce petit nom, car il demeura immobile. Sam, qui s'était attaché à lui, ne voulait pas qu'il termine sa vie en gigot de Noël. Il se releva et commença à faire de grands gestes pour éviter l'accident.

In extremis, la Mini Austin pila. Deux silhouettes familières en sortirent. L'une d'elles était un clone de Lisa emmitouflé dans une maxi doudoune et l'autre celui d'Ida Berkowitz en fourrure léopard. Sam se dit qu'il était forcément arrivé au paradis sans passer par la case hôpital. Hésitant, il fit un pas vers elles.

— Lisa ? C'est vous, Lisa ?

— Si la Lisa dont vous parlez est la fille à laquelle vous n'avez pas donné la moindre nouvelle depuis Noël dernier, oui alors, c'est moi.

Sam, estomaqué, se rebella :

— Quelle est exactement l'idée, là ? Torturer un pauvre type qui n'a rien demandé ? Ne vous fatiguez pas, je suis passé à autre chose.

— Ah ça, j'avais remarqué… assez rapidement même. Du jour au lendemain, pas un mot, pas une lettre, rien. La définition d'un gentleman, répondit Lisa.

— Le déni évidemment. Vous étiez trop occupée à compter le nombre d'orgasmes sur Terre. Du coup, quand vous avez reçu un mail qui parlait d'amour, vous l'avez ignoré ?

— Un mail ? Quel mail ? Pas même un coup de téléphone, ni de pigeon voyageur…

Elle était devant lui à présent. Sam se retint de la toucher pour ne pas risquer de mettre un terme prématuré à ce qui ressemblait à un rêve éveillé.

— Cinq mails. Je vous ai envoyé cinq mails, répliqua-t-il. Les deux premiers étaient aimables. Très aimables. Il me semble que l'un d'entre eux était assorti d'une invitation pour le Nouvel An à Londres. Le troisième était inquiet. Le quatrième très inquiet. Le cinquième disait adieu à LisaAStarIsBorn@gmail.com.

— LisaAStarIsBorn ?!

— Exactement.

— On dit merci qui, *kid* ? intervint Ida tout sourire en allumant un nouveau cigare.

— Merci, madame Berkowitz.

— Ida, chérie, Ida.

— Merci, Ida, dit Lisa en déposant un baiser sonore sur la joue froissée de la vieille dame qui avait éclaté de rire.

— Heureux d'avoir au moins pu vous divertir, dit Sam qui ne comprenait plus rien.

— Mon mail est... LisaABigStarIsBorn@gmail.com ! Quelque part sur Terre, il y a une autre Lisa qui doit vous chercher partout. Il n'y avait rien de trop perso dans vos mails, au moins ?

Sam se repassa en accéléré le fil de tous les messages qu'il avait envoyés. Soudain, il se souvint qu'en désespoir de cause, il avait joué la carte de l'humour. Et adressé à Lisa un selfie *duckface* un chouia dénudé. L'idée qu'une photo de lui le torse nu huilé et coiffé comme Santa Claus soit en libre circulation sur Internet et puisse donc être reproduite à la chaîne dans des usines de boules de Noël ou, pire, au fond de verres de saké, lui donna des palpitations.

Il commença à tituber.

— Hé, ho ! s'exclama Lisa en se précipitant vers lui pour l'embrasser. Vous ne croyez tout de même pas que je vais vous réanimer tous les ans ?

— Je pensais plutôt à tous les jours…, répondit Sam en la prenant dans ses bras.

— OK, mais à une condition : vous n'auriez pas une petite place en rab' pour *La Traviata* ?

— Vous… Vous ne… seriez pas Fred Austerlitz, par le plus grand des hasards ?

— En personne !

D'étonnement, Sam Miller ouvrit grand les yeux, sourit, puis, en perdant connaissance pour de bon, il pensa : « Merci, Harry ! Joyeux Noël, vieux ! »

Christmas Latte

*

Marie Vareille

Je versais le lait mousseux sur le café goutte par goutte, la main crispée sur la tasse comme si ma vie en dépendait. Le dessin prenait forme, j'allais enfin y arriver. Un sourire de triomphe naissait déjà sur mes lèvres quand la porte de l'entrée claqua ; je sursautai et une grosse tache de lait vint gâcher mon œuvre. Je poussai un soupir de découragement et contemplai avec frustration les cinq mugs de café au lait posés sur la table de la cuisine. Depuis que je m'étais découvert une passion pour le latte art, phénomène à la mode qui consistait à esquisser des dessins dans la mousse des cappuccinos, je passais mes soirées à m'entraîner. Mais, malgré le tutorial YouTube visionné dix-neuf fois d'affilée, mes créations du jour ressemblaient plus au mont Saint-Michel après le passage d'une météorite qu'au sapin de Noël que j'avais voulu y représenter.

Charles fit irruption dans la minuscule cuisine et détailla avec effroi le désordre qui y régnait avant de s'emparer d'une des tasses. Il l'examina avec un sourire amusé.

— Laisse-moi deviner, tu as dessiné un spéculum, c'est ça ?

Ces échecs m'avaient mise de mauvaise humeur, et je lui pris le mug des mains sans ménagement.

— Bonsoir à toi aussi ! dis-je sèchement.

Il haussa un sourcil et alla accrocher son manteau à la patère de la porte d'entrée. Je le vis jeter un coup d'œil à son téléphone, pianoter quelque chose et le glisser à nouveau dans sa poche.

— Au fait, dit-il, tu as pensé à emballer les cadeaux pour demain ?

Je posai les tasses dans l'évier d'un geste brusque.

— Je n'ai pas eu le temps. Tu as appelé l'agence pour la fissure dans notre chambre ?

— Tu avais dit que tu t'en occuperais, fit-il remarquer en revenant dans la cuisine.

— Pas du tout ! Je t'ai demandé de le faire.

Il poussa un soupir, déroula son écharpe et la posa sur le dossier d'une chaise. Bien qu'il ait l'habitude de travailler la nuit, ses yeux étaient cernés et il manquait dans son regard clair cette étincelle que la tendresse y allumait d'ordinaire.

Il posa sur la table une boîte en carton, passa rapidement l'éponge sur les taches de café froid et sortit deux assiettes et des couverts.

— J'ai rapporté des spaghettis de l'italien en bas.

Je le regardai faire, étrangement exaspérée par son calme. Il s'assit et servit les pâtes d'un geste élégant avant d'y planter sa fourchette.

— Tu devrais manger avant que ça refroidisse.

En temps normal, je pouvais passer des heures à l'observer manger des spaghettis. La grâce déconcertante avec laquelle les pâtes s'enroulaient autour de sa fourchette me fascinait. J'étais en couple avec l'homme qui murmurait à l'oreille des spaghettis. J'avais une chance inouïe. Mais pas ce soir.

— Arrête de faire la tête, Val.

— Je ne fais pas la tête, répondis-je en m'asseyant.

Et je plantai ma fourchette dans mes pâtes bolognaises comme si j'essayais de les assassiner.

— Si, tu fais la tête… J'appellerai l'agence demain.

— Demain ? Le 24 décembre ? Tu crois vraiment qu'ils vont venir réparer le plafond ?!

— Ce sera début janvier, alors, dit-il agacé, on ne va quand même pas se disputer pour ça !

J'engouffrai les pâtes. En réalité, je me fichais pas mal qu'il ait appelé l'agence ou pas. J'étais davantage irritée par les vibrations de son téléphone dans sa poche. J'étais furieuse qu'il ait manifestement oublié l'anniversaire de notre rencontre que nous devions fêter ce soir avec un jour d'avance et enfin, j'étais vexée par ma tentative gâchée de latte art. D'autant plus que mon CDD au Café Éphémère des Galeries Parisiennes se terminait le lendemain et qu'avec lui se volatilisait ma dernière chance d'impressionner mes clients en dessinant un sapin de Noël dans leur café.

— Ce n'est pas grave, ce ne sont que des dessins dans du café, Val, soupira Charles comme s'il avait lu dans mes pensées.

Et pour la quatrième fois depuis qu'il était rentré, il consulta son téléphone. Fulminante, je laissai la fourchette retomber dans l'assiette.

— Si, c'est grave ! Tu n'es pas capable de comprendre que c'est important pour moi ?! Si tu en avais quelque chose à faire de moi, tu saurais que ce n'est pas « juste des dessins dans du café ». Sans compter qu'on avait prévu de fêter l'anniversaire de notre rencontre ce soir et toi, tu ramènes des pâtes moisies de l'italien !

— Quoi ?! Arrête, ce n'est pas vrai, je…

— Si, c'est vrai ! Et puis, on parlait de faire un bébé et maintenant, tu évites le sujet !

Il leva les yeux au ciel.

— Tu changes d'avis toutes les semaines ! Il y a un mois, tu as décrété qu'on ne pouvait pas avoir un bébé dans trente-cinq mètres carrés !

— C'est pas parce que je l'ai dit que je le pense !

— Je ne suis pas devin ! Si tu…

Je ne le laissai pas continuer et me mis à débiter un discours totalement incohérent. J'invoquai son autoritarisme stalinien en citant pour preuve le fait que même les spaghettis lui obéissaient aveuglément. Il me dévisagea bouche bée, tenta à deux ou trois reprises d'en placer une, mais je l'en empêchai et partis finalement me coucher (il était 19 h 46) en claquant la porte de toutes mes forces, ce qui, soit dit en passant, n'allait certainement pas améliorer le problème de la fissure au plafond.

Ma colère retomba aussi vite qu'elle était montée. J'attendis qu'il vienne me voir, me prenne dans ses bras, me console. Mais j'entendis les assiettes s'entrechoquer, l'eau qui coulait dans l'évier, puis la porte de l'appartement claqua. Charles était parti.

Notre première dispute avait eu lieu quand, deux semaines après notre rencontre, Charles m'avait avoué qu'il n'était pas réellement cambrioleur, mais veilleur de nuit aux Galeries Parisiennes et que tout ce qu'il m'avait raconté le soir du réveillon n'était qu'un joli conte auquel il s'était étonné que je puisse croire. J'avais appris par la suite qu'il avait beaucoup d'imagination. Sur le moment, cependant, j'avais surtout très mal pris qu'il me mente. Et puisqu'on ne pouvait pas lui faire confiance, je l'avais quitté.

J'avais ensuite appelé Ashley. Elle m'avait écoutée me déshydrater à force de pleurer au téléphone puis, au lieu de compatir, m'avait fait remarquer que j'étais complètement débile : 1) d'avoir cru aux histoires fantaisistes d'un inconnu et 2) d'imaginer qu'il était préférable de sortir avec un cambrioleur, aussi gentleman soit-il, qu'avec un homme travaillant aux Galeries Parisiennes, et donc bénéficiant de la réduction spéciale employé sur tous les rayons du grand magasin.

Les arguments d'Ashley et le désespoir que je ressentais à l'idée de vivre sans Charles avaient eu raison de mes doutes. J'étais revenue en courant me blottir dans ses bras. Nous

nous étions promis de toujours nous dire la vérité et avions fait l'amour sur la table pliante de la kitchenette. La rupture avait duré douze minutes et l'amour avait résisté à notre première dispute (contrairement à la table pliante qui, elle, s'était effondrée).

Je m'étais installée chez lui au bout de deux semaines. Tout était allé tellement vite entre nous. Trop vite peut-être. La magie de Noël avait duré jusqu'à l'automne, moment à partir duquel, à la suite d'un dégât des eaux chez les voisins, la fissure avait commencé à se dessiner au-dessus de notre lit et une deuxième dispute suivie d'autres avait retenti dans le petit appartement. C'était cependant la première fois en un an que Charles partait travailler sans me dire au revoir.

Je dus m'endormir sans m'en rendre compte sur l'oreiller trempé de larmes, car quand j'ouvris l'œil, le réveil affichait 8 h 12. À côté de moi, la place était vide.

Sur la table de nuit, mon portable vibrait. Je sortis un bras de sous ma couette en frissonnant. Bizarre. D'habitude, Charles allumait toujours le chauffage en rentrant. Je jetai un coup d'œil à l'écran de mon iPhone. Ma mère. Je reposai le téléphone sur la table de nuit sans décrocher.

Je me redressai sur un coude, tendis l'oreille. Aucun bruit de douche. Charles rentrait pourtant d'ordinaire avant sept heures. Ma mère m'appela trois fois de suite, puis, une longue minute plus tard, une énième vibration m'indiqua qu'elle avait laissé un message vocal.

Il n'y avait que deux personnes de moins de soixante ans en ce bas monde pour laisser encore des messages vocaux : ma mère et Charles. Dans le cas de ma mère, je n'étais pas sûre qu'elle fasse la différence entre mon répondeur et ma vraie personne, dans la mesure où même quand je décrochais, elle ne me laissait pas en placer une. Par conséquent, je n'écoutais jamais ses messages. Quant à Charles, il était tout simplement contre le principe des textos. Il se targuait de n'en avoir jamais envoyé un seul. Le SMS représentait selon lui l'agonie de la culture et la fin de notre civilisation ; les gens ne se parlaient plus, ils s'envoyaient à la place des messages phonétiques à faire rendre l'âme une deuxième fois aux frères Bescherelle.

Je m'étais habituée à cette lubie qui correspondait à l'esprit très dix-neuvième siècle de Charles et quand je lui écrivais, il me rappelait. Mais je ne pouvais m'empêcher de trouver louche le temps qu'il s'était mis à passer sur son téléphone dernièrement.

Je me laissai retomber sur l'oreiller et fixai la lézarde au plafond. S'était-elle élargie ? Le pire, c'est que je l'aimais bien, moi, cette fissure. Je m'y étais habituée. Elle me faisait penser à une rivière qui traversait la steppe de la vallée du grand rift.

Je restai encore un long moment allongée à redessiner l'Afrique au-dessus de mon lit. Je ne travaillais pas le matin. J'avais trouvé un emploi temporaire grâce à l'appel providentiel d'un ange de Noël, c'est-à-dire Chantal, ma responsable de l'année précédente :

« Valentine, j'imagine que vous avez trouvé un travail stable depuis l'année dernière, mais j'appelais à tout hasard pour savoir si vous seriez disponible pour un petit CDD de deux mois jusqu'à la fin de l'année ? Je suis chargée cette année de monter un café éphémère aux Galeries Parisiennes pour les fêtes. Nous avons besoin d'une barista en extra, j'ai tout de suite pensé à vous ! »

J'avais commencé le lendemain.

J'enchaînais les commandes cinq jours sur sept, de quatorze heures à vingt heures sans lever la tête. Toujours debout, courant entre les différentes machines, selon que je devais faire mousser le lait ou enchaîner les expressos. Je dégoulinais de sueur dans la vapeur des percolateurs et pourtant, je m'amusais comme une folle, surtout depuis le jour où Charles m'avait montré un article intitulé « Le latte art affole les réseaux sociaux » et m'avait demandé :

— Cap d'essayer dans tes cafés ?

Le « cap ou pas cap ? » était devenu une plaisanterie récurrente entre nous depuis notre rencontre et, le soir même, Charles et moi avions testé l'art du latte. Lui avait vite abandonné : ses papillons ressemblaient à des cafards et ses tulipes à des pénis. Par ailleurs, pour ne pas gaspiller, nous nous efforcions de boire toutes nos créations et il supportait mal d'avoir dans le sang l'équivalent en caféine de la récolte annuelle d'une plantation de café colombien.

J'avais rapidement maîtrisé les basiques : le cœur, la rosetta, la feuille... et m'étais peu à peu perfectionnée. Je savais désormais esquisser des ours ou des chats dans le chocolat des enfants, des papillons, des fruits, des bouquets... Comme toutes les passions que je m'étais découvertes au cours des années (la gym suédoise, la peinture aux orteils et les abdos de Tom Hardy), je ne voyais pas du tout comment je pourrais transformer mon talent caféiné en projet professionnel. Je prenais en photo chacune de mes œuvres et les envoyais à Ashley qui me répondait à grand renfort d'émoticônes cœurs, de pouces levés et de smiley souriants. Au début, je mettais même Charles en copie, mais comme, fidèle à lui-même, il ne réagissait jamais à mes SMS, j'avais rapidement arrêté.

J'appelai Charles trois fois de suite. Il ne répondit pas. Une dizaine de minutes plus tard, quand mon téléphone vibra, je sautai dessus avec la fébrilité d'une adolescente qui attend la réponse de son premier amoureux.

Achète 2 foies gras aux galeries avant venir pour réveillon. Maman.

Suivi de :

Je te rembourserai.

Deux heures plus tard, j'étais passée de l'hypothèse : « il est sans doute allé me trouver le cadeau de Noël idéal » à « il a intérêt à être mort, sinon je ne lui pardonnerai jamais ».

À quatorze heures, heure de mon douzième appel, je tombai directement sur son répondeur. Il avait éteint son téléphone. Je ne pouvais conclure des douze appels en absence et vingt-trois textos restés sans réaction qu'il était vraiment parti. Pour ne pas céder à la panique, j'appelai Ashley.

— Tout n'est pas perdu, dit-elle d'une voix énergique, peut-être qu'il s'est fait voler son téléphone, ou alors il l'a laissé tomber et un camion-poubelle lui a roulé dessus.

— Sur lui ou le téléphone ?! ai-je demandé, horrifiée.

Malgré les tentatives d'Ashley pour me remonter le moral, je savais bien que dans 99,99 % des cas, quand un homme ne répond pas, c'est parce qu'il ne veut pas répondre, pas parce que son téléphone (ou lui-même) s'est fait écraser par un camion-poubelle. Ma mère tenta de me rappeler à nouveau, j'étais beaucoup trop déprimée pour décrocher.

Quand ce fut l'heure de partir pour mon dernier jour de travail, je m'emmitouflai la mort dans l'âme dans mon manteau et laissai un mot sur le frigo, juste au cas où : *Appelle-moi quand tu rentres stp. Bisou.*

Dehors, de gros flocons blancs recouvraient les toits de zinc comme du glaçage sur un pain d'épices. En grelottant, je rentrai le cou dans la triple épaisseur de mon écharpe et accélérai le pas vers le métro. La veille, la lumière scintillante des décorations de Noël m'avait presque enthousiasmée. Officiellement, je détestais toujours autant Noël, mais depuis que j'avais rencontré Charles un soir de réveillon, j'étais prête à remettre en cause mes théories sur l'abomination capitaliste que constituaient les fêtes de fin d'année. Toutefois, ces réflexions optimistes dataient d'avant le moment où la probabilité que je me fasse larguer un soir de Noël passe de nulle à quasi certaine.

Un joyeux bazar régnait dans les rues de Paris. Les gens entraient et sortaient des Galeries Parisiennes les bras chargés de paquets colorés. Alors que j'allais m'engouffrer dans la porte à tambour, je rattrapai de justesse une jeune femme qui manqua s'étaler dans la neige mal déblayée.

— Oh, merci, me dit-elle, j'ai eu très peur.

Elle écarta les plis de son manteau, posa une main sur son ventre rond et me fit un sourire éblouissant de reconnaissance.

Ravie de constater que l'intégralité de l'humanité était folle de bonheur, sauf moi, je passai les portes en soupirant.

Le Café Éphémère se trouvait au dernier étage, sous la coupole de verre qui se recouvrait peu à peu de neige. Un immense sapin se dressait au centre du grand magasin, étincelant d'or et d'argent. Dans les vestiaires du personnel, j'enfilai mon bonnet de Mère Noël et nouai mon tablier rouge et vert par-dessus mon uniforme avant de venir me glisser derrière le comptoir. L'odeur du café se mêlait à celle, caramélisée, des muffins qui accompagnaient les boissons chaudes. Je ne l'aurais admis pour rien au monde, mais j'adorais cette atmosphère réconfortante de chalet en sucre.

Depuis un mois, la file d'attente du café s'étirait chaque jour jusqu'au rayon lingerie et je ne m'arrêtais jamais de servir avant vingt heures. Ce succès inespéré enchantait le directeur des Galeries Parisiennes, m'avait confié Chantal. Les Parisiens étaient manifestement tombés amoureux de la carte improbable où les cappuccinos clémentines-clous-de-girofles côtoyaient les latte pain-d'épices-au-feu-de-bois et les frappés cannelle-pomme-de-pin.

On avait beau être à quelques heures du réveillon, les clients se pressèrent tout l'après-midi devant l'élégant comptoir de bois verni. Le silence de Charles et l'idée de quitter ce travail, le seul qui m'ait jamais intéressée, me mettaient d'humeur à dessiner des têtes de mort dans les cappuccinos qu'on me commandait. Charles pouvait-il réellement être en train de me quitter ? Impossible. Nous avions tellement de projets. Ce bébé dont on parlait de plus en plus souvent, trouver un appartement plus grand, prendre des cours de plongée sous-marine… L'idée qu'il puisse partir me glaça et mes mains se mirent à trembler. Un peu de lait mousseux se renversa dans la soucoupe. C'était juste une dispute. Un peu plus grave que les précédentes, mais rien de plus qu'une dispute. Tous les couples se chamaillent.

Les Galeries Parisiennes se vidèrent brutalement à dix-sept heures. Les retardataires se hâtaient vers les caisses encore ouvertes avec leurs cadeaux de dernière minute. Ils disparaissaient en courant à travers la porte à tambour pour se rendre à leur réveillon. Pas de nouvelles de Charles. Ma famille nous attendait. Qu'allais-je leur dire ? Que j'étais seule à nouveau ?

— Valentine, vous passerez me voir quand vous vous serez changée, s'il vous plaît, me dit Chantal alors que je passais l'éponge sur le comptoir.

Même si la fin de mon travail au Café Éphémère était devenue un problème mineur face à la défection de Charles, je sentis une morsure au cœur en me dirigeant pour la dernière fois vers les vestiaires.

Dans mon casier, mon téléphone ne contenait qu'un énième appel en absence de ma mère. Je retins mes larmes. Charles était parti de ma vie de la même manière qu'il y était arrivé : comme un voleur.

Je m'enfermai dans une cabine pour retirer mon uniforme. Tout me rappelait l'année précédente, la cabine d'essayage, Noël, le dernier jour, la déprime… J'en vins à espérer que la porte se bloque de nouveau et que la magie de Noël me ramène un an en arrière.

Quand je revins au café, Chantal m'attendait assise au bar, les sourcils froncés, elle examinait des documents. Le magasin était désormais fermé au public, les lumières seraient bientôt toutes éteintes, à l'exception des guirlandes du sapin.

— Valentine, permettez-moi de vous retenir cinq minutes, figurez-vous que le Café Éphémère, compte tenu de son succès, va devenir permanent !

— Oh ? Vraiment ? Félicitations ! dis-je.

Une lueur d'espoir s'alluma dans un coin de ma tête : peut-être aurait-elle à nouveau besoin d'extras pour Noël prochain ?

— Si c'était possible, j'aimerais bien..., commençai-je.

— Or, me coupa Chantal sans écouter, après enquête auprès des clients, il se trouve que notre succès est principalement dû à votre obsession pour le latte art. Apparemment, l'esthétisme du café est devenu une priorité pour les consommateurs, qui préfèrent boire leur café froid, mais décoré. Si vous voulez mon avis, je trouve cela parfaitement absurde. Toujours est-il que, puisque vos prouesses attirent des clients, nous avons décidé de vous proposer un CDI à temps plein à partir de la rentrée. Qu'en pensez-vous ?

Je restai un instant sans voix. Je m'attendais à tout sauf à ça.

— Bien entendu, il faudra que les Galeries Parisiennes récupèrent la propriété de votre compte Instagram et la marque, une fois déposée, ne vous appartiendra plus.

— Mon compte Instagram ? demandai-je sans comprendre.

J'avais vingt-sept followers et j'avais beau être addict à mon téléphone, je n'y postais qu'une photo sans intérêt et en général floue une fois tous les sept mois... Instagram et moi, ça n'avait jamais fonctionné.

— Je ne vous demande pas de me donner une réponse immédiatement. Voici une proposition de contrat, lisez-le calmement pendant les vacances, je vous appelle après les fêtes.

Je la dévisageai avec des yeux ronds, tandis qu'elle me fourrait un tas de papiers dans les mains.

— Ne tardez pas, ajouta-t-elle en enfilant son manteau, les portes ferment dans un quart d'heure, il paraît que l'année dernière, quelqu'un est resté enfermé à l'intérieur après la coupure d'électricité ! Joyeux Noël !

Je la suivis des yeux sans réagir alors qu'elle disparaissait dans le rayon strings qui menait aux escalators.

Je restais plantée là, bêtement. C'était bien la première fois qu'on voulait m'embaucher à temps plein pour quoi que ce soit. Perplexe, je feuilletai le contrat et tombai sur une section indiquant que la propriété du compte @Valentine_Latte ainsi que la marque du même nom devraient être cédées au Café Éphémère pour sept mille euros.

Je me dirigeai vers la sortie sans rien comprendre, les escalators étaient déjà éteints. Tout en marchant, je saisis mon téléphone, ouvris l'application Instagram et tapai @Valentine_Latte dans la barre de recherche. Je tombai sur un profil où se succédaient des photos de cafés mousseux décorés avec soin. Une méprise. Un coup de chance inouïe : une autre Valentine experte du latte art avait convaincu Chantal de m'embaucher. Ce qui était étrange, c'est que toutes les photos ressemblaient à s'y méprendre aux miennes. Après examen des dix dernières, je dus me rendre à l'évidence : elles ressemblaient à s'y méprendre aux miennes parce qu'il s'agissait des miennes. Le compte avait trente et un mille cinq cent treize followers. Je cliquai sur la dernière image, qui datait de la veille, et lus une cinquantaine de commentaires admiratifs et chaleureux. Ashley avait dû créer ce profil avec les photos que je lui envoyais quotidiennement. Je ne voyais pas d'autre explication.

Je revins sur la page d'accueil et réalisai qu'une nouvelle photo venait d'être téléchargée : sur un café au lait, un demi-cercle tremblotant avait été tracé à la mousse de lait. Une lune ? Les sourcils froncés, j'actualisai, une deuxième photo apparut. Elle était toute aussi ratée que la première, mais cette fois l'artiste avait dû essayer de dessiner une pyramide, une tour Eiffel ou peut-être un sapin de Noël ? En tout cas, il était moins doué que moi.

Je m'arrêtai net. Les deux dernières photos, la lune et le sapin décati, étaient géolocalisées au Café Éphémère. Impossible que ce soit Ashley, partie réveillonner dans un foyer pour animaux abandonnés dans la Creuse… Alors qui ?

Je jetai un coup d'œil à l'immense horloge qui surplombait le hall. J'avais tout juste le temps de remonter vérifier qu'il n'y avait personne avant la fermeture définitive.

Dehors, la neige tombait toujours. Dévorée par la curiosité, je fis demi-tour et grimpai les escalators quatre à quatre. Seule une des lumières du café brillait encore, le reste de l'étage était plongé dans l'obscurité.

Charles était accoudé au bar.

Sans comprendre, je m'approchai, le cœur battant un peu plus vite. Mes maigres espoirs se dissipèrent quand je vis le sac de voyage à ses pieds.

— Salut, dis-je, la voix un peu tremblante, qu'est-ce que tu fais là ?

— Bonsoir, mademoiselle, dit-il avec un demi-sourire à faire fondre un iceberg, qu'est-ce que je vous sers ?

Une étincelle rieuse éclairait son regard clair. Comme je ne réagissais pas, il posa deux cafés latte sous la lumière dorée de l'unique spot resté allumé : la lune et l'arbre de Noël postés un peu plus tôt sur Instagram.

Hésitante, je m'assis sur un tabouret haut, face à lui.

— Tu n'es pas plus doué que moi pour les sapins, fis-je remarquer.

— Faux, puisqu'il ne s'agit pas d'un sapin…

— Pourquoi tu as des bagages ? Tu pars où ? demandai-je en désignant le sac.

Charles ouvrit la fermeture Éclair et je me penchai pour voir son contenu. Un pot de peinture blanche, des pinceaux, un rouleau, une truelle, du plâtre…

— Pour la fissure, on va la réparer ensemble, comme ça, plus besoin d'attendre la rentrée ou de se disputer pour savoir qui va appeler l'agence…

Le soulagement déferla sur moi, puissance neuf sur l'échelle de Richter.

— Je pensais que tu partais, dis-je, les yeux soudain pleins de larmes, que tu m'avais larguée le jour de Noël ! Pourquoi tu ne m'as pas appelée de la journée ? J'ai essayé de t'appeler cinquante fois, je…

Une expression stupéfaite s'afficha sur le visage de Charles.

— Mais enfin, Val, chérie, dit-il avec tendresse, je t'ai laissé dix messages ! J'ai fait tomber mon portable en sortant des Galeries à l'aube et le camion-poubelle a roulé dessus. Ta mère m'a gentiment prêté le sien jusqu'à demain quand je suis passé lui déposer le vin comme prévu et elle m'a ensuite réquisitionné pour garder tes neveux toute la matinée pendant qu'elle allait acheter la dinde. Quand je suis repassé à l'appartement, tu étais déjà partie…

Il y eut un silence. Je ne pus retenir une petite larme de soulagement et il me tendit un mouchoir en tissu, soigneusement plié en quatre. Il n'y avait que Charles pour avoir toujours sur lui un objet aussi incongru qu'un mouchoir en tissu, toujours propre et repassé.

— Je n'écoute jamais les messages de ma mère…, dis-je en me mouchant bruyamment.

— Je suis désolé. Si j'avais su que tu t'inquiétais, je serais passé te voir, dit-il en prenant ma main dans la sienne, je croyais que tu ne répondais pas parce que tu faisais la tête.

— Excuse-moi, je ne te ferai plus jamais la tête.

— Pardon, je n'oublierai plus jamais notre anniversaire moins un jour, répondit-il. Je ne veux plus qu'on se dispute pour des choses aussi bêtes qu'une fissure dans un plafond.

Il se pencha par-dessus le bar et m'embrassa longuement. Je me laissai faire. Il me fallut une bonne minute pour reprendre mes esprits.

— Et le compte Instagram ? C'était toi ? C'est pour ça que tu étais tout le temps sur ton portable ?

— Oui, ton cadeau de Noël… Je sais bien que c'est important pour toi, Valentine. Je sais que ce n'est pas juste « des dessins dans du café ». Et j'aurais adoré que tu continues de m'envoyer toutes tes créations, comme tu l'as fait avec Ashley.

— J'avais peur de t'embêter, tu détestes les textos.

— Pas les tiens. Jamais les tiens.

— Comment tu as eu les photos ?

— Je les ai demandées à Ashley. Elle m'a promis de ne rien te dire. Je voulais que ce soit une surprise. Le temps que j'ai passé à répondre aux commentaires des gens, continua-t-il en riant, tu n'as pas idée !

Je lui expliquai comment sa surprise avait entraîné la proposition d'emploi de Chantal. Il me félicitait avec enthousiasme quand l'horloge sonna huit coups.

— Oh, mon Dieu, on va rester coincés ici, comme l'année dernière !

Il se mit à rire.

— C'était un peu le but de la manœuvre…

Et il posa deux nouvelles tasses sur le bar. C'est en voyant les formes qu'il avait dessinées dans les deux dernières tasses, un « P » et un point d'interrogation, que je compris enfin. Les quatre tasses formaient un « CAP ? ». Ce que j'avais initialement pris pour une lune et un sapin étaient un « C » et un « A ». Bien sûr que j'étais cap de passer une nuit ici ! Je lui souris et l'embrassai à mon tour. Il poussa ensuite vers moi la dernière tasse, celle avec le point d'interrogation, tandis qu'il s'attaquait au « P ».

— Allez, bois ton café et on passe au rayon traiteur. On a quand même un an de bonheur à fêter… J'ai prévenu ta mère que c'était notre anniversaire et qu'on ne serait finalement là que pour le déjeuner de demain !

J'avalai mon café sans discuter, il était froid mais délicieux : parfum cannelle-potiron. Je me laissai bercer par une impression de déjà-vu : déjà un an… J'étais enchantée à l'idée de fêter notre rencontre là où elle avait eu lieu. Au moment où je m'apprêtais à reposer ma tasse, je me figeai. Au fond du mug, dans la mousse de lait, un petit objet reflétait la lumière des guirlandes électriques du sapin des Galeries Parisiennes. Précautionneusement, je sortis la bague, je n'osais pas regarder Charles dans les yeux. Elle était toute simple, en or blanc, ornée d'un petit solitaire scintillant sous l'unique lampe restée allumée. Je levai un œil interrogateur vers lui, il ne disait plus rien. Il avait posé un genou à terre.

— Alors, murmura-t-il, cap ?

Comme une princesse Disney

*

Tonie Behar

Noël 2014

Tout avait bien commencé pourtant. Le jour où Juliette, ma sœur préférée, m'avait annoncé qu'elle voulait déjeuner avec moi pour me donner mon cadeau de Noël en avance, je ne m'étais pas méfiée, au contraire. Quand on prononce le mot « cadeau », je frétille comme la fée Clochette devant Peter Pan ! J'aime (presque) autant en offrir qu'en recevoir. À peine s'était-elle assise en face de moi que Juliette m'avait tendu une grande enveloppe argentée. J'avais découvert la photo d'un château de conte de fées perché au sommet d'une montagne scintillante de poudreuse. Juliette avait imprimé un message en lettres anglaises au-dessus de l'image :

« Pour Eva.
Bon pour un séjour de princesse
au château d'Aiguebelle. »

En voyant la vieille bâtisse (à vue de nez origine XVIe siècle, modifiée au XIXe) et ses multiples tours rondes coiffées de neige, mon cœur avait fait boum ! Le coup de foudre. J'avais tout de suite imaginé un séjour de rêve avec Juliette : les restaurants d'altitude où nous irions nous gaver de fondues savoyardes et de raclettes et les soirées confidences sur un grand lit à baldaquin en buvant du chocolat chaud à la crème chantilly. Ma sœur m'offrait le plus merveilleux des cadeaux !

Depuis que je suis toute petite, les châteaux me font rêver : j'ai d'ailleurs fait une licence d'histoire de l'art avant mon master en marketing et événementiel. Juliette dit toujours que dans ma tête je suis une princesse Disney. J'aime les vêtements roses, les robes décolletées, toutes les couleurs de vernis à ongles et, surtout, les vieux castels de province au passé oublié ! J'avais retourné la photo et mes rêves s'étaient effondrés comme un château de cartes : un séjour détox ! Quatre jours à brouter des carottes crues et me noyer sous des litres de tisane qui pue. Toute seule. C'est-à-dire l'exacte définition du cauchemar. Quand je pense que c'est bientôt Noël et que j'ai pris une semaine de vacances juste pour aller boire des coups avec mes copains et m'empiffrer de bûche aux marrons chez mes parents.

— Tu vas enfin pouvoir découvrir le concept de détox ! Dans ton métier, tu as besoin de connaître tous les trucs *hype*.

— C'est génial ! Merci, Juliette ! C'est vraiment adorable de ta part, avais-je répondu en pensant qu'elle se privait sans doute de ses propres vacances pour m'envoyer maigrir en Sibérie.

Ma famille m'a toujours foutu la paix avec mes kilos. Mais depuis que j'approche de la trentaine (c'est-à-dire dans trois mois et huit jours), c'est la panique à bord ! Ils sont terrifiés à l'idée de me voir rester célibataire. À les entendre, plus tu prends de place, moins on te voit. J'ai droit à des allusions plus ou moins subtiles, des conseils « mine de rien », des invitations dans des restaurants raffinés avec trois légumes dans l'assiette, et maintenant ce séjour forcé derrière lequel je vois un complot familial ourdi par ma mère, mon père, et mes quatre sœurs.

Mon poids, c'est ma croix. Ou plutôt : le regard des autres sur mon poids, sur mes formes, sur moi. Je vis bien avec mes kilos. Au fond j'assume mes rondeurs, je trouve ça sexy. Et puis j'aime montrer que je ne suis pas une petite chose fragile qu'on peut écraser. Je suis grande, je suis forte et je ne me laisse pas faire. Dans mon métier, où les gens passent la moitié de leur temps à t'embrouiller et l'autre moitié à te marcher dessus, cela m'a souvent été très utile pour m'imposer. Ce que je voudrais, c'est un mec qui m'aime telle que je suis, avec mes formes et ma personnalité. Est-ce trop demander à l'univers ?

***

Jour 1. Dimanche 21 décembre 2014

Voilà donc comment j'ai atterri au château d'Aiguebelle. À l'heure actuelle, je suis étalée sur mon lit qui n'est même pas à baldaquin, je boude toute seule dans ma chambre. Dehors il doit faire moins cinquante degrés. La neige tombe sans discontinuer depuis notre arrivée. Par la fenêtre, j'aperçois en contrebas le lac d'Aiguebelette aux reflets d'acier sous le ciel blanc. Dire que les lieux sont spectaculaires est un euphémisme. Ici, tout est sublime, sauf ce que nous mangeons ! Pendant quatre jours, ce sera fruits et légumes sous toutes les formes. Une monodiète destinée à nous nettoyer le corps de tout ce qui est mauvais pour lui. Malheureusement, ce qui est bon pour ma santé est exécrable pour mon moral, et inversement ! Depuis quatre jours, je suis d'une humeur de dragon. Pour que ma détox soit efficace, j'ai dû entamer la « descente » à Paris, c'est-à-dire éliminer chaque jour une catégorie d'aliment.

Mardi, j'ai supprimé les excitants : le thé, le café et l'alcool (comment survivre sans café ? sans vin ? sans champagne ?).

Mercredi, la viande, le poisson et les légumineuses (la bonne nouvelle est que je peux facilement supporter une vie sans lentilles ni flageolets).

Jeudi, les céréales (adieu baguette, croissants, riz et spaghettis).

Vendredi, les produits laitiers (noooon, pas le fromage !).

Ce matin, je n'avais plus droit qu'aux fruits, aux légumes et aux oléagineux, autant dire que je m'étais jetée sur mon petit sachet d'amandes comme la faim sur le monde.

Après un voyage en train jusqu'à Chambéry et un trajet en minibus, nous sommes arrivés en début d'après-midi au château, où une collation nous attendait : une salade de légumes « racines », carotte, radis et céleri-rave, et une autre de haricots verts et pois gourmands aux fines herbes. Je dois avouer qu'après avoir ingurgité tout cela, je n'avais plus trop faim. La souffrance est surtout psychologique, car manger (gras et sucré) est un de mes grands plaisirs sur Terre, et les racines, c'est vraiment trop triste.

Marie-Jeanne, la naturopathe qui organise ce séjour, nous a ensuite montré nos chambres. Je me demande ce que ça fait de porter un nom de drogue. Je me retiens à chaque minute pour ne pas l'appeler Marijuana. Elle a annoncé que nous avions quartier libre jusqu'en fin d'après-midi, où un cours de yoga nous sera donné dans le salon de musique au rez-de-chaussée.

***

Je décide de visiter le château, parce que rester enfermée dans ma chambre comme la Belle au Bois dormant, ce n'est pas mon truc. Il est somptueux. Les parties du XVIe siècle comme le grand escalier de pierres typiquement Renaissance, le vestibule et sa cheminée gigantesque sont à couper le souffle. Ainsi que je l'avais supputé, il a dû être agrandi et réaménagé au XIXe siècle, ce qui le rend assez confortable. Au premier étage, je découvre une longue salle de bal totalement vide, dotée d'une série de hautes fenêtres offrant une vue sur le lac en contrebas et la montagne juste en face. Aussitôt, la princesse Disney en moi se voit tournoyant sous les lustres en cristal entre les bras d'un beau ténébreux. Puis ma nature professionnelle prend le dessus : j'imagine les événements fantastiques qu'on pourrait organiser ici. Je travaille dans une agence d'événementiel et on est toujours à la recherche d'endroits spectaculaires pour nos clients. En poussant une porte en bois ouvragé, je pénètre dans une bibliothèque qui doit être située dans une des tours puisqu'elle est toute ronde, avec des rayonnages de bois sombre qui montent jusqu'au plafond. Curieuse, je m'approche et prends un livre au hasard sur une étagère, une belle édition ancienne avec une couverture rouge reliée et dorée à l'or fin. C'est *Orgueil et Préjugés* de Jane Austen. Je souffle doucement sur la poussière. L'ouvrage craque quand j'ouvre ses pages. Je me demande depuis combien de temps il dort, oublié dans cette bibliothèque. Une bise glaciale venue tout droit du pôle Nord s'infiltre soudain par la cheminée qui semble hurler à la mort. Dehors la nuit est tombée et j'ai trop froid. Je remonte avec l'idée de me réfugier sous ma couette et de commencer à lire.

Ma chambre est un havre de paix et de chaleur. Des tapis d'Orient viennent réchauffer le sol en pierre, les lourds rideaux roses interdisent au vent de s'aventurer à l'intérieur, je pourrais même faire un feu si l'envie m'en prenait parce qu'un beau fagot de bûches est disposé dans la cheminée, mais j'ai la flemme.

« *C'est une vérité universellement reconnue qu'un célibataire pourvu d'une belle fortune doit avoir envie de se marier, et, si peu que l'on sache de son sentiment à cet égard, lorsqu'il arrive dans une nouvelle résidence, cette idée est si bien fixée dans l'esprit de ses voisins qu'ils le considèrent sur-*

le-champ comme la propriété légitime de l'une ou l'autre de ses filles... »

Haha ! J'aime bien le ton ironique de miss Austen. Je m'apprête à savourer ma lecture quand je reçois le texto de Marie-Jeanne nous informant que le cours de yoga va commencer. Franchement, par respect pour Juliette, je joue vraiment le jeu de cette maudite détox, mais le yoga, là tout de suite, c'est au-dessus de mes forces. Je me rattraperai demain matin avec la séance de sophrologie (rien ne me sera épargné !). Je décide de sécher et de retourner en Angleterre au XIXe siècle. J'ai envie de découvrir la célèbre histoire écrite par Jane Austen.

Je suis tirée de ma rêverie par le tintement de mon téléphone. Un nouveau SMS de Marie-Jeanne m'annonce que le dîner sera bientôt servi dans la salle à manger située au rez-de-chaussée, côté lac. Incroyable ! Je me suis tout bonnement endormie, le nez collé sur la page où cette pauvre Mrs Bennet supplie son mari d'aller saluer Mr. Bingley, le jeune célibataire qui vient de s'installer dans le château voisin.

Quelques instants plus tard, je me retrouve dans une grande pièce au sol en damier de marbre noir et blanc. À vue de nez, je dirais que cette salle à manger, avec ses moulures ouvragées et sa cheminée de pierre, a été restaurée au XVIIIe siècle. C'est ce qui est merveilleux avec les châteaux. Chaque génération apporte sa touche personnelle et son « goût du jour ». Au centre de la grande table est posée une soupière en porcelaine de laquelle s'échappe un fumet étrange. Voyant ma mine terrifiée, Marie-Jeanne m'assure qu'un simple mélange poireaux-carottes-courgettes et thym frais ne va pas me manger. Certes. Mais je ne suis pas sûre de le manger non plus !

Un rapide coup d'œil me permet de voir que tous les détoxés sont déjà là. Je suis la plus jeune et aussi la plus ronde, à croire qu'il n'y a que les gens minces qui veulent maigrir. Ici la moyenne d'âge oscille entre quarante et cinquante ans, avec une petite pointe à soixante : c'est Michel, une baraque chauve et musclée comme Monsieur Propre. Dans le train, il m'a raconté quelques épisodes assez marrants de sa jeunesse punk, quand il était coiffé d'une crête bleue d'Iroquois. Le groupe se compose également d'un couple de bobos cool : Carine et Fabrice, et d'une petite bande de trois copines venues de Lyon en célibataires, Louise, Valérie et Clémence – la plus spectaculaire étant Louise, une brune qui me fait penser à Victoria Beckham. Je me demande ce qu'elle fait là. Si elle maigrit encore, elle perd un os !

Évidemment, avec une soupe de légumes pour tout potage, le dîner est vite expédié. Je me suis resservie trois fois parce que j'ai faiiiimmmm (et j'avoue, ce n'était pas si mauvais). Marie-Jeanne nous invite alors à une petite discussion au coin du feu sur l'alimentation. Ces gens doivent penser que parler de manger suffit à nous nourrir ! Nous passons dans un salon de musique adjacent. Un grand piano à queue trône près de la fenêtre enneigée. Au mur sont accrochées des gravures représentant divers instruments de musique (violon, violoncelle, viole de gambe…). Je me demande combien de pièces il y a encore dans ce château. C'est fascinant.

Je m'assois à côté de Valérie, qui est la deuxième plus ronde du groupe.

— Je suis là pour maigrir avant le mariage de mon ex. Il m'a invitée, ce salaud. Et toi ? chuchote-t-elle à mon oreille.

— Ce séjour est un cadeau de ma sœur. Perso, je me fous complètement d'être mince.

Elle hausse les sourcils et me dévisage de haut en bas, puis de bas en haut.

— Fais quand même attention à ta santé, Eva. Le surpoids, c'est l'ennemi du corps.

— Et le pantacourt, c'est l'ennemi du style !

C'est parti comme une balle. Je la fixe froidement jusqu'à lui faire ravaler son sourire gentillet. Elle tire sur le tissu de son affreux vêtement et détourne le regard. Pourquoi les gens se croient-ils autorisés à donner leur opinion sur MON physique ? C'est ahurissant. Je lui tourne le dos pour l'ignorer ostensiblement. C'est ma spécialité. Il suffit d'une infime vexation pour que je me ferme comme une huître, hermétique au moindre contact avec l'extérieur.

— Pendant cinquante millions d'années, nos ancêtres primates se sont nourris à 80 % de fruits, légumes, tubercules, racines et noix…

Marie-Jeanne a commencé sa conférence. Je me force à l'écouter, peut-être que ça va me calmer. Quand j'ai des pics de rage contenue comme ça, j'ai du mal à redescendre.

— Or nos gènes ont très peu évolué depuis l'*Homo sapiens*, continue Marie-Jeanne de sa voix douce.

Même si elle me paraît complètement perchée, j'ai apprécié cette femme dès que je l'ai vue. Elle a un truc, elle ne juge pas et essaie de faire plaisir à tout le monde. Par exemple, elle m'a donné la chambre avec des rideaux roses.

— Nous sommes donc génétiquement conçus pour manger 80 % de végétaux. Or aujourd'hui nous avons adopté un comportement inverse : nous consommons à peine 20 % de fruits et légumes et 80 % de protéines animales, de céréales et de produits transformés…

Un élément perturbateur vient d'entrer dans mon champ de vision. Une personne de mon âge ! De sexe masculin pour être précise, avec des cheveux châtains et une giga barbe de bûcheron. Le type s'arrête, l'air très surpris de nous voir, son regard scanne l'assistance sans un mot, puis il pénètre dans la pièce d'à côté (encore une !) en claquant la porte. Je me demande qui est ce gars. Le palefrenier ? Le garde-chasse ? L'intendant ? Au secours ! Voilà que je parle comme dans un roman de Jane Austen maintenant.

Évidemment, une fois remontée dans ma chambre, je tourne en rond. Il est vingt-trois heures. Tout le monde ici se couche avec les poules, je n'ai pas l'habitude. Dans mon métier, on passe ses journées à préparer des soirées et les nuits à faire la fête en veillant à ce que tout se passe bien jusqu'au bout. Du coup, je ne m'endors jamais avant deux ou trois heures du matin. Que faire ? *Orgueil et Préjugés* me tend ses pages, mais je suis trop énervée pour lire. Certaines paroles de Marie-Jeanne sur les aliments transformés tournent dans ma tête. Comment les dirigeants des entreprises de bouffe industrielle peuvent se regarder dans un miroir en sachant qu'ils nous empoisonnent ?

Je m'emmitoufle dans un gros sweat et décide de poursuivre la visite du château. Au salon de musique, le feu continue à rougeoyer dans la cheminée autour de laquelle nous étions réunis. Je m'approche car j'aimerais découvrir ce qui se cache derrière la porte où a disparu le type de tout à l'heure. La main sur la lourde poignée de bronze, je m'apprête à entrer quand j'entends des éclats de voix étouffés par l'épaisseur des murs. Je reconnais le timbre doux de Marie-Jeanne. Curieuse, je colle mon oreille contre le bois ouvragé de la porte.

— Il faut te rendre à l'évidence, c'était une folie, Daniel. Cette baraque est un gouffre dans lequel tu vas te noyer.

— Tu n'as pas à me dire ce que je dois faire, Weed.

— Ne m'appelle pas comme ça !

— Tu préfères Cannabis ?

Je me mords les lèvres pour ne pas pouffer bruyamment. D'accord, il n'y a pas que moi que le prénom de Marie-Jeanne inspire !

— Ta vie est un cauchemar depuis que tu as acheté ce château : tu ne vois personne, tu ne contactes plus tes amis, tu passes tes soirées tout seul, le nez dans les chiffres à te demander comment tu vas t'en sortir.

— Écoute, Weed, je te remercie d'organiser tes séjours détox ici pour renflouer un peu mes comptes. J'apprécie, mais je préférerais que tu t'occupes de tes soupes et que tu me laisses gérer mon truc.

— Tu es mon neveu, c'est normal que je m'inquiète ! Tu ne veux pas venir faire la balade avec nous demain matin ? Ça te ferait du bien de voir des gens. Et puis tu pourrais faire connaissance avec Eva, elle est de ta génération et elle est ravissante.

— La blonde que j'ai vue tout à l'heure ? Elle est bien trop grosse pour me tenter !

J'ai décollé l'oreille de la porte comme si elle me brûlait. Quel connard ! Non mais pour qui il se prend ! Je grimpe l'escalier comme une flèche et retourne dans ma chambre en courant. Ce sale type, avec son ignoble barbe d'ermite, pourrait crever devant moi, je ne lui adresserais pas la parole du séjour.

***

Jour 2. Lundi 22 décembre 2014

On en apprend tous les jours. J'ignorais qu'on pouvait regarder une montagne et lui piquer son « énergie » rien qu'en respirant fort par le nez, c'est chose faite depuis la séance de sophrologie de ce matin. À peine réveillés, Marie-Jeanne nous a offert une tasse d'eau chaude parfumée de quelques gouttes de citron avant de nous entraîner à l'extérieur sur la terrasse, face au lac. La neige s'est arrêtée de tomber, le lac est vert émeraude sous le soleil et tout le paysage est d'un blanc immaculé, c'est féerique. C'était parti pour des exercices de respiration et de visualisation.

— Inspirez, prenez toute l'énergie de la roche, photographiez mentalement le paysage, soufflez !

Marie-Jeanne n'a pas besoin de fumer, elle a dû tomber dedans quand elle était petite. Après un jus pomme-kiwi et des fruits à volonté, nous partons, emmitouflés comme des Esquimaux.

— Avec ta doudoune rose, on dirait une glace à la fraise ! me lance Michel en me dévorant d'un regard dégoulinant comme un Mr. Freeze fondu.

— Pfff ! Un Magnum alors !

C'est Louise qui a chuchoté dans l'oreille de sa copine Valérie. Sauf que j'ai entendu.

— Je préfère ressembler à un Magnum fraise qu'à un bâton de réglisse !

Ai-je parlé assez fort ? La Lyonnaise fait celle qui n'a pas entendu et se tourne vers Marie-Jeanne :

— Ton neveu est adorable. J'ai discuté avec lui ce matin, il est passionnant ! Tu devrais lui dire de se joindre à nous.

— Je lui proposerai, mais j'en doute.

Le programme de la matinée est une randonnée autour du lac d'Aiguebelette (quatorze kilomètres de marche, tuez-moi !). Juliette a omis de me préciser un détail de mon programme féerique : chaque jour, une activité sportive de quatre heures minimum. Associé à la monodiète, c'est paraît-il le meilleur moyen pour nettoyer le corps de toutes ses toxines. Après une descente assez abrupte le long d'un sentier de montagne, la marche autour du lac est plus tranquille. Une fine couche de glace transparente comme une vitre recouvre ses eaux translucides. Marie-Jeanne nous explique que les bateaux à moteur sont interdits pour préserver la faune aquatique et la qualité des eaux. Le lac est une réserve naturelle où les espèces sont protégées. Nous admirons au passage d'adorables maisons en bois sur pilotis qui bordent le rivage. Je suis tellement sous le charme que je ne vois pas passer les quatorze kilomètres de la balade. Après une pause pour grignoter des bâtonnets de carotte et de concombre, on remonte vers le château. Je discute avec Carine, une grande brune au sourire chaleureux et au teint bronzé. À quarante-quatre ans, elle a décidé de changer de vie et a quitté son job dans la banque pour aller vivre à Barcelone avec son mari. Ils ont monté une entreprise d'huiles essentielles bio et elle me vante les vertus de son mélange anti-courbatures.

— Après la douche, tu masses les zones douloureuses avec un mélange de dix gouttes de macadamia et cinq gouttes de romarin à cinéole, c'est radical. J'en ai dans ma chambre, je peux t'en passer si tu veux.

— Pas la peine, je ne me sens absolument pas fatiguée ! J'en suis d'ailleurs très étonnée ! On n'a quasi rien mangé et je n'aurais jamais cru avoir la force de marcher aussi longtemps, sans compter l'escalade !

Carine me regarde avec son grand sourire.

— C'est le secret ! Ce qui nous fatigue, c'est la digestion. Elle nous pompe une énergie folle. Tu remarques qu'après un repas assez lourd, tu as envie de dormir. À l'inverse, en ce moment on sollicite très peu notre estomac. Du coup on a la pêche.

— Je n'avais jamais vu les choses sous cet angle !

C'est alors que je remarque de petites traces rouges sur la neige, rondes comme des fruits. Je me penche en me demandant si ce sont des airelles ou des boules de houx, mais à ma grande stupeur, je constate qu'il s'agit de taches de sang !

— Regarde, il y a des traces de pas à côté. Peut-être un blessé qui a besoin d'aide ! Tu viens avec moi ?

— Ce sont de toutes petites gouttes de rien du tout ! Sans doute quelqu'un qui saigne du nez. On est bientôt arrivés au château. J'avoue que je rêve de rentrer au chaud.

Je décide d'abandonner Carine et de suivre les traces. Nez qui saigne, blessure ou règles qui fuient… dans tous les cas, quelqu'un est dans la mouise. Ai-je précisé que je suis de nature curieuse, avec une légère tendance à me mêler de ce qui ne me regarde pas ?

Dix minutes plus tard, j'arrive devant un chalet aux murs de pierres sèches. La porte en bois est grande ouverte. Je pénètre directement dans la grande pièce qui occupe tout l'espace. Il flotte dans l'air une odeur bizarre, comme de l'alcool ou du formol. Sur une grande table de ferme est allongé un petit renard au regard affolé. Il est immobilisé par une sangle et sa patte arrière est ensanglantée. Je me sens vaciller. Le spectacle de l'animal qui souffre, avec du vrai sang qui coule, s'avère au-dessus de mes forces.

Derrière la table, le neveu de Marie-Jeanne est en train de nettoyer la plaie avec des gestes doux et précis. Ses mains sont élégantes comme celles d'un pianiste, avec de longs doigts qui soignent en voltigeant, sans rudesse aucune. Il lève les yeux vers moi.

— Sympa, la doudoune ! Je ne savais pas qu'ils faisaient ce modèle en taille adulte !

Je respire profondément en pensant à cette putain d'énergie de la montagne pour retrouver mon aplomb. Des dizaines d'insultes cinglantes me montent aux lèvres, mais j'ai décidé que je n'adresserais pas la parole à cet homme, je me contente de le mitrailler du regard. Si mes yeux étaient un Uzi, le gars serait raide mort.

— Tu es Emma, c'est ça ? Ma tante m'a parlé de toi. Tu peux me passer le fil et l'aiguille que j'ai laissés près de l'évier, s'il te plaît.

Eva ! Bougre de connard ! Je suis prête à faire demi-tour, mais le renard qui s'agite sur la table en couinant de douleur me retient. Je dois l'aider. Sans un mot, je me dirige vers l'évier en Inox au-dessus duquel est rangé tout un matériel médical et attrape ce qu'il m'a demandé. Dans un coin près de la cheminée, je repère un lit en désordre surmonté d'une montagne de couettes. C'est donc ici que l'ermite doit habiter pour nous éviter. Je pose le matériel à côté de lui sur la table de ferme. Toujours avec beaucoup de délicatesse, le type fait une piqûre sur la patte du renard. Je déteste les piqûres. Elles piquent, elles font des trous dans la peau. Elles aspirent le sang ou injectent des produits qui brûlent. C'est une horreur. Je respire à nouveau fortement en invoquant l'air pur des cimes, la puissance de la roche à la rescousse… mais ça marche très moyennement

L'animal cesse peu à peu de geindre.

— Un anesthésiant léger, m'informe-t-il en commençant à coudre.

Le pauvre renard sursaute en hululant lamentablement. Cette fois, c'en est trop ! L'aiguille qui se plante dans la chair, le fil, la plaie, le sang… j'ai chaud, j'ai froid, j'ai la tête qui bourdonne. Je tourne de l'œil et m'écroule d'un coup sur le parquet comme un esquimau à la fraise fondu.

— Hé ho ! Hé ho ! Emma !

— C'est EVA ! Pauvre imbécile !

— Ah, tu vas mieux !

Penché au-dessus de moi, il me tend un verre d'eau, que je bois avidement.

— Merci.

— Bon. Tu peux m'aider ou tu vas encore t'évanouir comme une princesse Disney ?

Je ne peux m'empêcher de sourire intérieurement. Il m'a reconnue !

— C'est bon, on peut y retourner.

— OK. Lave-toi les mains avec le gel désinfectant et tiens-lui la patte.

Le barbu reprend sa couture en silence. Je remarque la ligne harmonieuse des sourcils, son front haut sur lequel ses cheveux retombent en mèches souples d'un beau châtain mordoré. Il coupe le fil et tamponne les points de suture avec un coton imbibé d'alcool.

— Voilà, mon bonhomme ! Tu vas être bientôt remis sur pattes.

Son regard se voile de tristesse alors qu'il caresse la tête de l'animal, là où la fourrure semble si douce, entre les deux yeux. Évidemment, en tant que Disney addict, je ne peux m'empêcher de chercher des ressemblances entre ce renard et Robin des Bois. On retrouve un peu Robin, le sourire en moins bien sûr. Pauvre petit.

— Qu'est-ce qui lui est arrivé ?

— Il a été pris au piège.

Tristement, il brandit sous mon nez un objet métallique infernal qui a tout de l'instrument de torture, et auquel sont restés accrochés quelques poils et une traînée de sang. Je manque m'évanouir à nouveau.

— C'est le dixième que je trouve. Mais ça ne va pas se passer comme ça, ils n'ont pas le droit de poser des pièges dans mon territoire ! J'ai déjà prévenu la municipalité que c'était un refuge ici, un sanctuaire.

Il montre du doigt une grande carte accrochée au mur. Je reconnais le château et son domaine, dont les frontières sont délimitées par des pointillés. Je n'imaginais pas qu'il était si grand.

— Je me demande toujours comment on peut leur vouloir du mal. Je ne sais pas quoi faire pour les protéger, continue l'ermite. Si je pose une clôture, les animaux non plus ne pourront plus passer.

J'observe le renard qui reste allongé sans bouger, les yeux fermés. Il est beaucoup plus petit que ce que j'imaginais : la taille d'un chien moyen, avec une belle queue touffue qui me fait horriblement penser à la fourrure qui borde la capuche de ma doudoune.

— Quand je pense que les chasseurs ont réussi à faire classer le renard comme un nuisible et ont ainsi obtenu l'autorisation de le tuer toute l'année. Ces salauds ! Alors que les renards sont très utiles. Ils chassent les rongeurs et évitent leur prolifération, se nourrissent d'animaux blessés, empêchant ainsi les maladies de se répandre.

Je m'approche et passe timidement mon doigt sur la tête de la bestiole. C'est doux et chaud, comme le pelage d'un chien.

— Pauvre petit cœur.

— Je suis sûr que c'est pour leur fourrure que ces enfoirés posent les pièges. Mais je ne les laisserai pas faire.

Le renard ouvre les yeux et commence à japper doucement. On dirait qu'il se sent mieux.

— Attends, mon bonhomme, je vais quand même poser un bandage autour de ta blessure avant de te laisser aller te promener.

Il enroule rapidement une bande de gaze autour de la patte blessée, la vaporise de produit imperméabilisant, détache le renard et le pose sur le sol. La petite bête s'éloigne en boitant légèrement, ce qui me fend le cœur. Son soigneur me tend la main, comme pour me dire au revoir ou sceller un pacte. Je la regarde sans rien dire, puis finis par la lui serrer lentement. Il sourit, et plante son regard dans le mien. Je suis cuite.

— Moi, c'est Daniel. Merci pour ton aide, Emma.

Je m'apprête à hurler « EVA !! », mais me retiens en voyant une lueur malicieuse briller dans son regard. Il se moque encore de moi.

— Je l'ai fait pour lui. Pas pour vous.

Je quitte le chalet triste et furieuse. Le neveu de Marie-Jeanne est un mec bien… qui me trouve trop grosse pour lui. *The story of my life !* Il faut absolument que j'évite de le recroiser si je veux ménager mon moral. Comme si faire une détox n'était pas déjà assez déprimant comme ça !

***

Jour 3. Mardi 23 décembre 2014

Incroyable. Je commence à apprécier mon séjour. En premier lieu parce que c'est absolument génial de vivre dans un château. Je le savais, c'est fait pour moi ! Et même si ce n'est que pour quelques jours, l'expérience en vaut la peine. J'adore explorer les multiples pièces de la baraque, imaginer comment je pourrais les décorer et quels événements y organiser, j'aime traîner seule dans la bibliothèque et retrouver tout le monde le matin dans la grande cuisine pour un petit déjeuner qui se compose pourtant d'un pauvre Miam-ô-fruits (de la banane écrasée avec des graines, du citron, des morceaux de fruits) et non de délicieuses tartines de confiture, j'adore les soirées au coin du feu dans le salon de musique avec le petit sapin de Noël qui scintille de toutes ses guirlandes. J'adore, la nuit venue, retrouver ma grande chambre rose. Et puis, je tiens une forme olympique alors que je ne mange quasi rien. Je savoure cette impression nouvelle de me sentir enfin beaucoup plus LÉGÈRE. C'est une vraie découverte pour moi. Ce matin, Marie-Jeanne a annoncé que nous allions faire l'ascension du col de l'Épine avec un guide, j'ai failli me désister, mais quand j'ai vu que Michel était partant avec ses soixante printemps, je me suis poussée à relever ce nouveau défi. Ça a été très physique (disons-le tout net, je soufflais comme un veau asthmatique), mais incroyable ! Arrivés tout là-haut, nous avons découvert une vue époustouflante sur le lac d'Aiguebelette d'un côté, et de l'autre sur la vallée de Chambéry et Aix-les-Bains. Et je peux dire que ce n'était pas que l'exercice qui nous a coupé le souffle. Nous étions tous hyper fiers d'être parvenus au sommet.

Ce soir, après la traditionnelle soupe de légumes (un mélange de citrouille, gingembre et lait de coco étonnamment bon), Marie-Jeanne nous réunit une nouvelle fois dans le salon de musique pour parler des bienfaits du jeûne. Louise et ses copines commentent en connaisseuses.

— On a bien fait de venir ici, les filles. C'est dix fois mieux que de se morfondre à Paris sans personne avec qui passer Noël ! lance soudain Louise, dévoilant d'un coup un grand pan de son cœur.

— Mais tellement ! renchérit Clémence.

Douillettement emmitouflée dans mon jogging rose, j'écoute la suite de la conférence d'une oreille distraite, mollement bercée par les crépitements du feu, quand nous sommes interrompus par une équipe d'armoires à glace qui surgissent dans la pièce sans crier gare. Daniel, la barbe plus broussailleuse que jamais, s'excuse de nous déranger, puis nous fait comprendre que nous devons lever le camp car les déménageurs doivent embarquer le mobilier sur-le-champ. Il se trouve que le salon de musique est entièrement meublé Second Empire. C'est un amoncellement raffiné de fauteuils crapauds, de poufs capitonnés, de causeuses « tête-à-tête » qui en font ma pièce préférée. Le tout est resté dans son jus dix-neuvième, avec des velours légèrement passés qui lui confèrent un charme inouï. Ce sont surtout des meubles de grande valeur, et à les voir manipulés sans respect par des déménageurs, la moutarde me monte au nez.

— Mais enfin, tu as perdu la tête ! Tu m'avais promis que ce serait fait après mon séjour ! s'indigne Marie-Jeanne.

— Désolé. L'hôtel en a besoin pour demain soir, ils ont envoyé les gars les chercher. Je ne peux rien faire…, marmonne Daniel dans sa barbe.

En voyant deux gars soulever sans aucun ménagement le merveilleux piano à queue, mon sang ne fait qu'un tour et je ne peux m'empêcher d'intervenir :

— Arrêtez ! Ne faites pas ça ! Vous êtes vraiment nul !

Daniel se tourne vers moi complètement ahuri. La surprise lui donne un air enfantin assez craquant. Mortifiée par ma propre faiblesse, je continue à l'insulter :

— Achetez-vous un cerveau ! Vous ne voyez pas que vous êtes en train de dépouiller le château de toute sa valeur historique ! Vous allez en faire une coquille vide. Vendre le mobilier est la décision la plus profondément débile que vous puissiez prendre.

— De quoi je me mêle, la charlotte aux fraises ?

Je me prends l'insulte en plein cœur. Un gros gâteau rose plein de crème, voilà comment ce sale type me voit. Sa sortie provoque des remous indignés chez les détoxés. Ils s'approchent de lui, vaguement menaçants. Michel prend la parole, le regard sévèrement braqué sur Daniel :

— On se calme, jeune homme ! Pas la peine d'insulter Eva. Je vous rappelle que nous avons tous payé une fortune pour un séjour qui ne tient pas toutes ses promesses. Nous déloger en pleine conférence, c'est un manque de respect hallucinant. Nous sommes en droit de vous demander un remboursement partiel.

L'argument porte immédiatement ses fruits. Daniel lève les bras en signe de reddition.

— Je vous présente mes excuses pour ce désagrément indépendant de ma volonté. Croyez-moi, j'ai énormément réfléchi à la question. S'il y avait une autre solution pour sauver le domaine, je le saurais.

Folle de rage, je ne peux pas m'empêcher d'en rajouter une couche :

— La solution est sous vos yeux, pauvre abruti. Si vous étiez capable de connecter vos deux neurones vous la verriez.

— Eva, ça suffit maintenant ! hurle Marie-Jeanne, visiblement à bout de nerfs.

Son neveu me fixe avec un mépris glacé.

— C'est facile de se croire plus intelligente que tout le monde en restant vautrée dans son fauteuil.

Sans un regard pour les déménageurs savoyards qui embarquent la chauffeuse dans laquelle j'étais justement lovée quelques minutes plus tôt, je quitte la pièce le cœur lourd, drapée dans mon jogging rose et mon humiliation. J'ai envie de pleurer. Dans ma tête trotte la phrase d'Elizabeth Bennet à propos du sombre Mr. Darcy : « *Je lui pardonnerais volontiers son orgueil s'il n'avait froissé le mien.* »

De retour dans ma chambre, je tourne en rond, incapable de me calmer. Furieuse, je m'assois devant le bureau, attrape du papier et un stylo et je me mets à pondre la plus précise et la plus créative des recommandations client jamais écrite, pour prouver à cet incompétent que son château est une mine d'or qui ne demande qu'à être exploitée.

J'écris toute la nuit, décris, chiffres à l'appui, toutes les possibilités d'événements que le château d'Aiguebelle serait susceptible d'accueillir : lancements de produits, séminaires d'entreprise, tournages, visite du domaine et du sanctuaire animalier, séjours à thèmes (détox, sportif, découverte de la nature, découverte du patrimoine, etc.), mariages, soirées privées… Au petit matin, j'ai un plan précis, chiffré et cohérent de rentabilisation du château et de son domaine. Travailler m'a calmée et remis les idées en place. Daniel peut gérer son domaine comme il le souhaite, ce n'est pas mon problème.

Avec ce document, je lui prouve simplement qu'il existe une solution plus pérenne que de vendre piteusement ses meubles. Je glisse les feuilles manuscrites dans une grande enveloppe et sors dans le parc. Aux premières lueurs de l'aube, la nature est féerique. Les rayons naissants du soleil se glissent entre les sapins. Dans la forêt, les cristaux de givre scintillent de mille lueurs irisées et la neige étincelle. Au loin, le lac est couvert de brume, comme dans un rêve. Je glisse l'enveloppe sous la porte du chalet de pierres et je retourne dans ma chambre pour enfin me réfugier sous ma couette.

***

Jour 4. Mercredi 24 décembre 2014

Je suis réveillée en sursaut par un appel de Juliette qui veut me souhaiter un joyeux réveillon de Noël.

— Tu vas tellement me manquer ce soir. Je suis désolée de t'avoir forcé la main, Eva. Sur le moment, j'ai pensé bien faire, mais je me rends compte que c'est une décision que tu aurais dû prendre de toi-même.

— Ce n'est pas si terrible, mon Jules ! J'ai même presque pris goût aux légumes.

— Tu dis ça pour me faire plaisir ! Mais t'inquiète, demain je viens te chercher à la gare et je t'embarque pour un déjeuner de Noël d'anthologie chez les parents. Il y aura de la bûche aux marrons !

— Oups ! Je serai en pleine « remontée » de détox, je ne peux pas manger n'importe quoi.

On bavarde encore un moment et puis, malgré ma nuit trop courte, je chausse mes raquettes pour une dernière randonnée sur des sentiers de montagne. La nature est indécemment lumineuse sous le ciel bleu. J'aperçois une bande de chamois qui bondissent de roche en roche comme des acrobates, avec une joie de vivre contagieuse. En rentrant, j'arrache la bordure de fourrure de ma doudoune. Je ne veux plus en porter.

Ce soir, Marie-Jeanne nous a promis un vrai réveillon… détox. Nous avons tous accepté de passer cette soirée particulière loin de nos maisons et nos familles pour participer à ce séjour et elle ne veut pas que nous le regrettions. Donc interdiction de descendre avant vingt heures trente sous peine des sanctions les plus sévères (être privé de radis noir ?). Pour passer le temps, j'avance dans ma lecture d'*Orgueil et Préjugés*. Cet impossible Darcy a jugé que Jane, la sœur chérie d'Elizabeth Bennet, n'était pas digne de Bingley, l'homme qu'elle aime, et a tout fait pour les séparer, ce qui ne l'empêche pas de faire lui-même une déclaration d'amour torturée à Elizabeth. Cet homme est un paradoxe sur pattes.

Vers vingt heures, j'enfile une jolie robe du soir rose, avec un décolleté profond et me maquille avec soin.

En bas, plusieurs surprises nous attendent. Les meubles et le piano ont réintégré le salon de musique. Une longue table de fête est installée dans la salle de bal, où se dresse un sapin de Noël gigantesque et tout enguirlandé. Un feu flambe joyeusement dans l'immense cheminée. Il y a un invité mystère parmi les convives : c'est Daniel et il a rasé sa barbe. Le choc. Et choc compte triple quand je vois Louise accrochée à son bras, somptueuse dans un fourreau noir qui révèle la perfection de ses formes.

— Bienvenue parmi nous. Je suis heureuse de voir que mes conseils ont été suivis ! lance-t-elle, en plongeant son regard dans le sien.

J'en déduis que la romance entre eux est en bonne voie de concrétisation. Comment lui en vouloir ? Elle est célibataire, lui aussi. Elle est intelligente, lui aussi, et malgré son arrogance apparente, je sais qu'elle mettrait volontiers fin à sa solitude sentimentale. Je vais discuter avec Carine et Fabrice, peut-être ont-ils une huile essentielle contre les peines de cœur ? Soudain, je vois Daniel qui s'avance vers moi, un sourire aux lèvres. Je m'aperçois qu'il a des fossettes qui lui plissent un peu les joues.

— Merci pour ton document…

— Tu l'as lu ?

— Évidemment. Ça ouvre de nouveaux horizons à un vétérinaire complètement nul comme moi.

Je souris à l'allusion, sans nier, parce que oui, pour exploiter ce lieu merveilleux, il est nul, on ne va pas se mentir.

— Je vois que les meubles sont de retour…, dis-je pour faire diversion.

— L'hôtel a changé d'avis en les voyant. Trop vieillots !

— Tant mieux ! Alors, tu vas te lancer ? Organiser des événements ?

— Je vais sérieusement y réfléchir. Ça me paraît un peu compliqué, non ?

Marie-Jeanne passe parmi nous en nous offrant des flûtes de « champagne » détox : un kéfir de citron et gingembre pétillant à souhait. Nous trinquons tous les trois. Elle s'éloigne avec un sourire malicieux et gênant qui me fait filer à l'autre bout de l'immense pièce, derrière le sapin géant. Par une des multiples fenêtres, je contemple le lac qui offre un visage différent quelle que soit l'heure du jour. Ce soir, il luit comme une pièce d'argent polie sous la lune. La nuit est claire et glacée. Elle s'infiltre par les interstices des vieux montants de bois et me fait frissonner.

— À table ! appelle Marie-Jeanne.

La table longue est dressée avec tout l'apparat d'un vrai réveillon. Des candélabres en argent nous offrent une lumière douce qui met le rose aux joues. Après quatre jours de monodiète et d'exercice intense en plein air, je trouve que tout le monde a hyper bonne mine, et nous avons tous fait un effort vestimentaire. Je prends plein de photos sur mon iPhone pour les montrer à Juliette demain. Elle sera contente de son cadeau. En entrée, nous avons droit à un bouillon thaï aux légumes, tout parfumé d'épices et de coriandre fraîche. Du coin de l'œil, j'aperçois Daniel qui déguste sa soupe comme tout le monde alors qu'il pourrait se taper des huîtres et du chapon. Chapeau ! Fabrice lève son verre de kéfir.

— À Marie-Jeanne, qui a organisé ce merveilleux séjour et cuisiné ce délicieux dîner.

— À Marie-Jeanne ! nous écrions-nous en chœur.

— Et à Daniel, seigneur de ce beau château ! roucoule Louise, qui n'en peut plus de le regarder sous toutes les coutures.

— À Daniel ! répète docilement l'assemblée.

Lui lève son verre et plante son regard dans le mien. Je détourne les yeux et croise le sourire lumineux de Michel, qui m'observe avec bienveillance. Je me demande à quoi il pense. En quelques jours, j'ai eu le temps de découvrir que cet homme est vraiment un amour et un esprit brillant. Je serais heureuse de le revoir à Paris. Après le bouillon, nous avons droit à du butternut rôti à l'huile de truffe, un truc savoureux qui fond littéralement dans la bouche. Mais la plus grande surprise arrive au moment du dessert. Ma nouvelle copine Carine, vegan depuis plusieurs années et fine cuisinière, nous a préparé une bûche aux marrons surmontée d'une chantilly de lait de coco. Je regarde le gâteau avec une grande méfiance. Une pâtisserie sans beurre, sans œufs et sans farine mérite-t-elle encore cette appellation ? Je plante courageusement ma cuillère dans la part qu'on m'a servie. Mmmmm ! Ce n'est pas vraiment délicieux… mais presque ! En tout cas c'est suffisamment bon pour que je termine mon assiette. Ah, ce que ça fait du bien de retrouver le goût du sucré !

— Et si on dansait, maintenant ? C'est Noël, après tout ! lance Louise qui a vraisemblablement décidé de passer en mode action.

La dernière assiette débarrassée, elle nous lance sa playlist de Noël et éteint la lumière. L'éclat des lustres de cristal disparaît dans le noir, nous laissant simplement éclairés par la flamme vacillante des bougies et les clignotements électriques du grand sapin. Comme tout le monde est debout et qu'il n'y a nulle part où s'asseoir sans rester à table, chacun se met à se dandiner mollement sur la voix de Mariah Carey qui susurre « *All I want for Christmas is youuuuu* ». Je vois Louise attraper la main de Daniel pour l'entraîner sur la piste et je file me réfugier dans ma planque favorite, derrière mon ami roi des forêts. Je ne veux pas voir ça ! Dehors, la neige a commencé à tomber, des gros flocons légers comme des plumes qui tournoient lentement devant les hautes fenêtres. Je pense à ma famille, mes parents, mes sœurs, à nos joyeux réveillons qui s'éternisent car on n'en finit pas d'ouvrir les cadeaux pleins d'attentions que l'on se fait les uns les autres et je sens un gros cafard m'envahir. C'est la première fois depuis des années que je suis loin d'eux un 24 décembre.

— Tu viens danser ?

Daniel m'a débusquée derrière l'arbre de Noël, il tend la main, je l'attire vers moi, à l'abri des regards. Elvis chante *Blue Christmas* de sa voix de velours, c'est ma chanson de Noël préférée. Dehors il neige, dedans je fonds. Nous dansons un rock lent et fluide qui nous fait tournoyer comme des flocons. Nos pas s'accordent facilement. Sa main se pose dans le creux de mon dos, puis vole le long de mon bras pour me faire tourner du bout des doigts. Je me sens légère. Belle et rose comme une princesse Disney. Mes yeux se ferment sur cet instant parfait. Pourtant, Daniel ne m'embrasse pas, et sachant ce qu'il pense de moi, je n'ose pas faire le premier pas. Le morceau fini, nous allons rejoindre les autres. Cette fois, c'est Frank Sinatra qui nous entraîne sur *Let It Snow*, Michel se trémousse devant moi, je ris et me joins à la liesse générale.

Il est plus de minuit quand je remonte me coucher. Ma chambre m'attend, grande mais pourtant douillette. À Paris il serait inimaginable de disposer d'autant d'espace pour une simple chambre à coucher. J'ai un pincement au cœur en songeant que c'est la dernière fois que je vais y dormir. Adieu vie de château, adieu salle de bal et salon de musique, adieu grand parc et animaux. Je me démaquille, me brosse les dents, puis je me glisse dans mon lit et attrape *Orgueil et Préjugés*. Pauvre Elizabeth ! Sa sœur Lydia s'est enfuie avec le fourbe Wickham, entraînant le déshonneur pour toute la famille Bennet. Et avec elle s'enfuient aussi ses rêves de mariage avec Mr. Darcy.

Tard, très tard dans la nuit, j'entends toquer à ma porte. Intriguée, je me lève et vais ouvrir, le cœur battant. C'est lui. Je ne sais pas ce qu'il a fait jusqu'à cette heure tardive, ni pourquoi il se tient là devant moi, tendu, silencieux. Sans réfléchir, je le laisse entrer.

— Je n'arrête pas de penser à toi, me dit-il.

Il s'approche pas à pas. Je recule à chaque fois.

— Je croyais que j'étais bien trop grosse pour te tenter.

— Tu écoutes aux portes ?

Je m'affole et brandis mon *Orgueil et Préjugés* sous ses yeux.

— Pas du tout ! J'avais oublié mon bouquin en bas, je suis descendue le chercher et j'ai tout entendu !

Il attrape le livre, contemple la couverture, le feuillette longuement.

— Je me suis toujours demandé comment lady Catherine de Bourgh pouvait savoir que Darcy veut épouser Elizabeth, alors qu'il ne lui a même pas proposé. Elle débarque chez les Bennet, tape un scandale. Ce n'est pas logique.

— Tu l'as lu ?

— Évidemment ! me répond-il.

Il jette le livre sur le lit, avance encore d'un pas. Mèche caramel, sourire crème chantilly et petites flammes praliné au fond de ses yeux noisette, le mec est plus fondant qu'un moelleux au chocolat, plus craquant qu'une tablette de Crunch. D'un coup j'en ai l'eau à la bouche, plus du tout en mode détox !

— C'était avant. Il y a bien longtemps que je te considère comme une des plus jolies femmes de ma connaissance.

Comment résister à un homme qui cite Jane Austen dans le texte ? Surtout si cet homme s'appelle Daniel et qu'il est craquant comme Mr. Darcy ? Je ne résiste pas, au contraire. C'est moi qui pose mes lèvres sur les siennes ! Est-ce bien raisonnable ? me demande la petite voix dans ma tête. Je la fais taire en basculant avec lui sur mon grand lit. C'est Noël, j'ai bien le droit de m'offrir un cadeau !

***

Jour 5. Jeudi 25 décembre 2014

Je me réveille, il n'est plus là. Le lit est vide. Le feu brûle dans la cheminée. J'y vois un geste d'adieu, une petite attention pour que son absence ne me fasse pas trop froid au cœur. Un beau feu vaut mieux qu'un vilain au revoir, les traits brouillés du réveil, les yeux qui fuient et les mots qui ne veulent rien dire. Je comprends. Je pense qu'il a raison, même si mon cœur se pince en pensant à lui.

C'est le jour du départ. Je m'extrais des draps avec difficulté, prends une douche bien chaude, me brosse les dents en contemplant le parc enneigé. C'est dur de quitter tant de beauté, alors je fais comme nous l'a expliqué Marie-Jeanne et photographie mentalement le paysage en respirant plusieurs fois à fond, en trois étapes :

1 – j'inspire amplement en remplissant mon ventre d'air : REEEEEEES…

2 – je bloque et photographie : … PI…

3 – je souffle longuement, les yeux toujours fixés sur ma photo mentale : … REEEEEEEER.

Je sais que je n'oublierai jamais le château d'Aiguebelle, c'est une rencontre, un coup de foudre, un bout de rêve réalisé. J'espère que Daniel réussira à le conserver intact pour abriter et protéger les animaux du domaine, ainsi qu'il le souhaite.

Je plie ma belle robe rose et la range dans ma valise, vérifie partout pour voir si je n'ai rien oublié. Le volume d'*Orgueil et Préjugés* a glissé sous le lit, je le range dans mon sac à main : j'ai envie de connaître la fin de l'histoire. Maintenant que tous les obstacles sont levés, Darcy va-t-il à nouveau demander sa main à Elizabeth ? Va-t-elle accepter ?

Je retrouve tous les détoxés dans la cuisine en train de siroter leur dernière tasse d'eau chaude citronnée ou de thé rooibos (sans théine) et de croquer leur dernière pomme. J'ai du mal à imaginer que je vais bientôt pouvoir reprendre une alimentation normale, retrouver le goût du pain, du beurre, du fromage, des spaghettis, des bonbons, des croissants, de la viande aussi peut-être, bien que désormais l'idée m'écœure légèrement. Une chose est sûre, cette immersion dans le monde de l'alimentation végétale, et surtout les bienfaits que je ressens, au niveau de la forme physique et de la digestion, ont changé quelque chose en moi. J'ai envie de modifier un peu mes habitudes alimentaires, non pas pour maigrir (je m'en fiche toujours autant), mais pour me sentir mieux.

Marie-Jeanne nous prépare nos casse-croûte pour le train et remet à chacun une barquette en aluminium de taboulé de chou-fleur (où les grains de chou-fleur mixés remplacent la semoule). Je me demande si j'ai assez de temps pour faire un saut au chalet. Le revoir une dernière fois, lui dire au revoir… Oui ? Non ? J'hésite… Mais déjà on entend le crissement du minibus qui vient de se garer devant le grand porche, c'est l'heure. Il faut partir.

Dans le bus qui nous emmène vers Chambéry, tout le monde raconte son programme une fois arrivé à Lyon ou à Paris. Chacun espère arriver à temps pour un déjeuner de Noël familial.

— Eh bien, pour une fille qui s'en fout, tu as l'air bien triste de quitter la détox ! me lance Valérie avec un clin d'œil. Avec Louise et Clémence, on ira retrouver Marie-Jeanne à Cassis. Elle organise un nouveau séjour le 14 juillet. Tu viendras avec nous ?

— Pourquoi pas ! dis-je en me forçant à sourire.

Mais j'ai la gorge trop serrée pour parler et, pour éviter qu'on me pose d'autres questions, je me plonge dans la lecture de mon roman. Les longs dialogues entre Elizabeth et Darcy, qui décortiquent chacun des moments passés ensemble, me mettent en joie. À quel moment est-il vraiment tombé amoureux ? demande-t-elle.

« — *J'imagine bien qu'une fois lancé vous avez continué, mais c'est le point de départ qui m'intrigue.*

— *Je ne puis vous fixer ni le jour ni le lieu, pas plus que vous dire le regard ou les paroles qui ont tout déterminé. Il y a vraiment trop longtemps. J'étais déjà loin sur la route avant de m'apercevoir que je m'étais mis en marche.* »

Je pose le livre avec un soupir béat. C'est tout à fait le genre de conversation que l'on tient quand on aime, quand rien n'est plus important que l'effervescence de nos sentiments. Je me demande si cela m'arrivera à nouveau un jour… Émue, je continue ma lecture jusqu'à ce que nous arrivions à Chambéry et que je sois bien certaine que les époux Darcy couleront désormais des jours heureux dans leur merveilleux domaine de Pemberley.

À Chambéry, le brouillard a envahi la ville. La gare est noyée dans la brume et nous n'y voyons pas à trois pas. Marie-Jeanne, inquiète comme une monitrice de colo, nous demande si nous sommes tous bien là. Nous répondons docilement par l'affirmative, mais si l'un de nous manquait à l'appel nous serions bien incapables de le signaler.

Au moment où notre TGV entre en gare, le brouillard se dissipe légèrement sous la puissance de la locomotive. Il me semble alors apercevoir une silhouette familière qui court sur le quai, mais quand je fixe mon regard, je ne vois plus rien. J'ai dû rêver… ou prendre mes désirs pour des réalités.

— Restons groupés, il faut trouver la voiture 12 ! crie Marie-Jeanne.

J'avance, en me concentrant sur le dos de Michel pour ne pas perdre la troupe des yeux, quand je sens une main se poser lentement sur mon épaule.

— Heureusement que tu portes une doudoune rose, elle réussit même à percer le brouillard.

Je m'immobilise, n'osant en croire mes oreilles. Daniel s'approche jusqu'à se coller contre mon dos. Ses bras m'enlacent tendrement.

— Ne te retourne pas encore, chuchote-t-il dans le creux de mon cou. J'ai quelque chose à te demander, mais j'ai peur que tu refuses.

Je reste blottie contre lui.

— J'ai un rêve, continue Daniel, mais je crois qu'il est trop grand pour moi tout seul. Est-ce que tu veux bien le partager avec moi ?

— Quel est ce rêve ?

— Je veux faire de mon domaine un havre de sécurité pour les animaux et du château un lieu de réception… Mais on m'a dit que j'étais vraiment nul pour la seconde partie… Je crois que j'ai besoin d'une directrice des relations publiques.

— Et c'est tout ?

— Je rêve d'aimer cette femme-là, et que cette femme m'aime. Je rêve d'une vie avec elle. Une grande aventure, sans orgueil et sans préjugés.

J'éclate de rire et me tourne enfin vers lui.

— À quel moment es-tu tombé amoureux de moi ?

Il répond du tac au tac.

— Quand tu es tombée dans les pommes. Mais que tu es restée quand même pour soigner le renard. Et toi ?

— Quand tu m'as donné à boire.

— C'était au même moment alors ?

— Oui, au même moment.

Le chef de gare siffle le signal du départ. Marie-Jeanne et toute la bande m'appellent, affolés. Je fais un mouvement vers eux. Daniel me retient par le bras.

— Tu ne restes pas avec moi ?

Je me dégage doucement, en souriant. Je pense à Juliette qui sera forcément déçue de ne pas me voir à la gare. À mes sœurs et à mes parents qui vont m'attendre en vain pour notre déjeuner de Noël. Je pense à la chambre rose du château que je vais bientôt retrouver. Je me dirige vers Louise qui m'attend avec les autres, sur le marchepied de la voiture 12. J'ouvre mon sac et lui tends mon vieux volume rouge d'*Orgueil et Préjugés*. La belle Lyonnaise s'en empare avec étonnement.

— Ce livre m'a porté bonheur. Je te le confie. Prends-le, lis-le, mais après, surtout, ne le garde pas ! Offre-le à quelqu'un d'autre.

L'Hôtel des Monts enneigés

*

Marie Vareille

Noël 2015

J'ouvre un œil, puis l'autre. Il me faut quelques secondes pour me souvenir de l'origine de la terrible migraine qui me vrille le cerveau : fête de Noël du bureau avec les collègues.

Ex-bureau. Ex-collègues, me souffle mon cerveau après mise au point. Mon boss a profité de cette occasion tout à fait appropriée pour m'annoncer, une coupe de champagne à la main et de fausses cornes de renne clignotantes sur la tête, que mon CDD au cabinet d'architectes ne serait pas renouvelé. Il a ensuite enchaîné avec un sourire ravi et une main sur mes fesses :

— Mais voyons le côté positif des choses, Cassandra : comme nous ne travaillons plus ensemble, nous pouvons désormais laisser libre cours à notre attirance mutuelle.

Le vrai point positif des choses étant d'une part qu'il y a au moins un verre de vin chaud cannelle-clou de girofle qui n'a pas fini dans mon estomac, puisque je lui ai balancé à la figure, et d'autre part que ma ceinture noire de ju-jitsu a enfin servi à quelque chose, contrairement à mon double doctorat en architecture moderne… Bref, une déception de plus qui s'ajoute à la longue succession d'échecs qui illustrent les vingt-huit années de mon existence cataclysmique.

Un chapeau de Père Noël, vestige de la veille, gît sur ma table de nuit. Je pousse un soupir. L'idée de devoir subir pendant dix jours la pression commerciale liée à la magie de Noël en plus de mon nouveau statut de chômeuse et de ma gueule de bois me donne envie de me pendre avec une guirlande électrique. Je tire la couette par-dessus ma tête en grognant. Je vais rester couchée dans ce lit jusqu'au 3 janvier. Je vais faire une provision de nourriture constituée en majorité de gras, de sucre et d'additifs cancérigènes et me fixer un objectif constructif pour ces deux prochaines semaines : regarder l'intégralité des vidéos postées sur YouTube depuis 2006, par exemple. Ou encore mieux, relire quatre-vingt-quatre fois d'affilée mon livre préféré, *Orgueil et Préjugés*, et revoir toutes ses adaptations à l'écran…

Motivée par cet ambitieux projet, j'enfile mes lunettes et décide d'accomplir la première étape de mon plan de remise en forme morale en commandant une pizza hawaïenne supplément fromage de chèvre pour mon petit déjeuner. J'ai à peine raccroché qu'on sonne à la porte.

Déjà ?

Je me lève avec autant d'énergie que si j'avais quatre-vingt-douze ans et les deux jambes dans le plâtre pour ouvrir au livreur de pizza le plus rapide du monde. Toutefois, au lieu d'une délicieuse odeur de fromage de chèvre fondu sur tranche d'ananas juteux, des effluves de Chanel n° 19 m'agressent les narines.

— Cassandra, ma chérie ! Je suis si contente de te voir !

— Maman ?! Qu'est-ce que tu fais là ? Tu ne devais pas être au Mexique ?

— J'ai changé d'avis, et puis c'est fini avec Pablo ! Je vais plutôt passer Noël avec ma fille préférée.

Ce n'est pas un compliment : je suis sa seule fille. Et venant de quelqu'un qui, pour fêter son million de *followers* sur Instagram, a posté : « Vous êtes les enfants que je n'ai jamais eus », suivi de quatorze émoticônes cœur à ses fans, ce genre de déclaration est clairement louche…

Il faut dire que tout le monde adooooore ma mère. Ma mère est Christine Martin, l'auteure de la chronique hebdomadaire la plus célèbre de la presse féminine : « Toute la vérité sur mon sexe », publié dans *FEMMES*, le magazine féminin lu par huit Françaises sur dix, paraît-il. Cette chronique « drôle, actuelle et (malheureusement pour moi) sans tabou », selon *Le Monde*, lue par des millions d'admirateurs chaque semaine, parle de sexe, comme son nom l'indique. Apparemment, le monde entier est fasciné par la vie sexuelle de ma mère. Tout le monde sauf moi, évidemment. Un temps, elle a même eu son émission télé. Le sexe étant toutefois « un peu dépassé, plus vraiment à la mode et terriblement 2010 », ma mère a su « se réinventer » (ses propres mots) pour lancer une chaîne *lifestyle* sur YouTube qui a autant de succès que la Bible et *Harry Potter* combinés. Elle est comme ça, elle réussit tout ce qu'elle touche, contrairement à moi.

L'influenceuse la plus célèbre de France balance justement son manteau en faux léopard sur mon halogène et laisse tomber son sac à main sur le bureau avant de s'affaler sur mon lit défait. Calmement, je décroche le manteau du lampadaire avant qu'il ne prenne feu et ramasse les stylos tombés par terre.

— J'ai déjà des plans pour Noël.

— Tu n'as jamais su mentir, Cassandra.

— Maman, s'il te plaît…

— Pourquoi ne mets-tu pas de lentilles, ma chérie ? Les lunettes te donnent l'air austère, et qu'est-ce que c'est que cette tenue ?

Je baisse les yeux et scanne successivement mon tee-shirt « Waiting for Mr. Darcy » offert par Sarah, mon bas de pyjama imprimé d'ananas à lunettes de soleil et mes chaussons à tête de licorne. Je ne vois pas où est le problème.

— Écoute, Maman, j'ai perdu mon travail, je ne suis pas d'humeur…

Elle applaudit avec un sourire radieux.

— Excellente nouvelle ! Ce travail était ennuyeux à mourir et ne te correspondait pas du tout !

Je sens mes poings se serrer et tente de canaliser l'irritation que ses commentaires provoquent toujours chez moi.

— Architecte, c'est vraiment chiant, poursuit-elle, tu ne peux pas décemment vouloir faire des plans de maison jusqu'à la fin de ta vie ! C'est d'une stabilité épouvantable, tu n'imagines pas ce que c'est pour moi, ta pauvre mère, de te voir t'encroûter dans autant de sécurité. Ça m'angoisse ! J'en fais des insomnies ! Tu ne voudrais pas être artiste comme tout le monde ?!

Elle agite ses mains manucurées devant son visage impeccablement maquillé comme si la simple idée de ma vie étriquée l'empêchait de respirer. Ma mère a parfois une vision légèrement altérée du monde réel.

— Ça te dirait d'aller fêter Noël à Morini ? reprend-elle avant même que je puisse répondre. Tu ne gardes pas un souvenir merveilleux de notre dernier Noël là-bas ?

Mes oreilles se mettent à bourdonner. *Un souvenir merveilleux ?* Comment ma mère ose-t-elle sortir pareille énormité ? De tous les moments qu'elle m'a gâchés, nos dernières vacances de Noël à Morini, la petite station de ski en Haute-Savoie où j'ai grandi, est de loin le souvenir le plus douloureux. Je me revois arrivant au lycée ce froid matin de janvier au retour des vacances, à l'instant où ma vie s'est écroulée. Je secoue la tête pour chasser cette image. Je ne veux pas me rappeler cette période. Je me suis juré, il y a bien longtemps, de ne jamais remettre les pieds à Morini.

Je me redresse, furieuse.

— Comment peux-tu imaginer que je veuille passer Noël à Morini ? Après ce qui s'est passé ?!

Elle me dévisage, stupéfaite.

— Mais enfin, ma chérie, c'est du passé. Allons y passer Noël, comme autrefois.

Je prends une grande inspiration.

— Non ! Et je sais très bien que tu ne serais jamais venue me voir si tu ne t'étais pas fait plaquer par ton Pedro…

— Pablo, pas Pedro, corrige-t-elle en levant l'index comme une maîtresse d'école, ce qui achève de me mettre en rage.

— Ça m'est égal ! Je hais Noël de toute façon.

— N'importe quoi, Noël est une fête merveilleuse !

— Merveilleuse ? Comme la fois où tu as trompé Papa avec le Père Noël du magasin de jouets ?

— Un malheureux baiser ! On ne peut pas appeler ça tromper, et de toute façon on a divorcé trois mois plus tard…

— Et la fois où tu as préféré partir en stage de fauconnerie et où je me suis retrouvée seule chez la concierge ? Ou celle où tu m'as offert un abonnement chez l'esthéticienne et un relooking ?

— Qu'est-ce que tu peux être susceptible, ma chérie…

— Tu sais très bien que j'ai toujours détesté Noël.

— Ne sois pas ridicule, Cassandra, personne ne déteste Noël. Pourquoi diable est-ce que tu détesterais Noël ?

Je tente de me contrôler, mais je m'entends lui répondre d'une voix glaciale :

— Mais je déteste Noël à cause de toi ! Pour tous les Noëls que tu as préféré passer avec tes copains du moment, à me laisser tomber, à te disputer avec eux et à m'offrir des cadeaux qui ne faisaient plaisir qu'à toi !

Je suis tellement en colère que j'en ai de la buée sur les verres de mes lunettes. Ma mère se lève brutalement et saisit son manteau, surjouant son air offusqué.

— Très bien, alors tu n'as qu'à y aller sans moi puisque tu me détestes tant ! C'était ton cadeau de Noël ! Joyeux Noël, Cassandra !

Elle me jette une pochette bleu marine à la tête et part en claquant la porte. Je devrais me sentir victorieuse, mais notre dispute me laisse un goût amer. Ma mère n'est qu'une enfant. Elle ne se rend pas vraiment compte que ses actions ont des conséquences. J'attrape ma veste et ouvre la porte, prête à lui courir après.

— La hawaïenne supplément chèvre, c'est ici ?

Je percute la livreuse de pizza en uniforme et la boîte en carton fait un vol plané par-dessus la rampe. Après un court instant, nous nous penchons toutes les deux pour observer le rond de pâte auréolé de sauce tomate qui s'est lamentablement écrasé quatre étages plus bas. J'entends le cliquetis des talons de ma mère s'atténuer, et la porte de l'immeuble claquer. Trop tard. Je pousse un soupir et me tourne vers la livreuse à qui la situation n'a l'air de faire ni chaud ni froid :

— Bon, je vous dois combien ?

***

— Tu devrais y aller, dit Sarah dans le téléphone.

Je parcours pour la douzième fois le petit livret imprimé glissé dans la pochette bleu marine laissée par ma mère. Le descriptif de l'hôtel qui vient d'ouvrir dans la région de mon enfance fait rêver : un chalet perdu au milieu des montagnes, feu de cheminée, spa, jacuzzi chauffé ouvert toute la nuit avec vue sur les étoiles…

— Je ne retournerai jamais à Morini !

À l'autre bout du fil, ma meilleure amie pousse un soupir.

— Cassandra, c'était il y a dix ans…

— Onze. Quelle heure est-il à Singapour ?

— Ne change pas de sujet. Justement, peut-être qu'en retournant enfin là-bas, tu tourneras la page.

— J'ai tourné la page !

— Vraiment ? Alors pourquoi aucun mec ne t'intéresse jamais ? Pourquoi tu es incapable de parler de tout ça ?

Je n'écoute plus, le dépliant à la main, je fronce les sourcils.

— Non, mais j'hallucine !

À la fin de la brochure de l'hôtel, se trouvent des billets de train et une fiche récapitulant la réservation.

— Quoi ?

— Elle ne m'a pas du tout invitée à passer Noël avec elle, elle n'a réservé que pour une personne et à son nom !

De nouveau, je sens la colère me gagner. J'aurais pu être attendrie par l'idée que ma mère ait envisagé sincèrement, pour une fois, de passer Noël avec moi. Mais quelle que soit la raison pour laquelle elle a finalement décidé de me proposer ce séjour à Morini, ce n'est pas du tout ce qu'elle avait initialement prévu.

— Elle ne changera jamais !

J'imagine tout à fait Sarah lever les yeux au ciel à dix mille kilomètres d'ici.

— Laisse tomber, Cassandra, ta mère a toujours été comme ça. Puisqu'elle t'a donné sa réservation, vas-y, plutôt que de passer Noël seule sous ta couette et à te lamenter sur ton sort.

— Je ne me lamente pas sur mon sort !

— Si.

Je soupire, Sarah était avec moi à l'école d'architecture. Elle me manque terriblement depuis qu'elle a déménagé à Singapour et nos fréquents appels Skype ne suffisent pas toujours à combler le vide de son absence.

— Cassandra, dis-moi que tu vas y aller, ça te fera du bien de changer d'air ! Tu vas me gâcher Noël si je sais que tu es toute seule à Paris en train de regarder *Orgueil et Préjugés* pour la centième fois.

Le problème, c'est que Sarah me connaît beaucoup trop bien. Et peut-être qu'elle a raison. Peut-être que le seul moyen de mettre cette histoire derrière moi, c'est de retourner sur les lieux du drame. Je promets d'y réfléchir, nous discutons encore quelques minutes, puis elle raccroche, non sans m'avoir lancé :

— Je te rappelle le 24, tu as intérêt à être à Morini en train de boire du champagne dans un jacuzzi !

***

Quelques jours plus tard, un peu hésitante, je descends sur le quai à Morini. Mes baskets crissent sur le mélange de sable et de sel. Impossible de rouler ma valise dans cette gadoue. Les montagnes se découpent dans le ciel bleu, la neige sur le toit des chalets de bois est lisse et brillante sous le froid soleil de décembre. J'ai le sentiment de m'être une fois de plus fait avoir : comment se fait-il que je me retrouve dans ce décor de pain d'épice, moi, pour qui les fêtes de fin d'année ne sont synonymes que de dysfonctionnements familiaux et de mauvais souvenirs ?

Un chauffeur en parka noire m'attend avec un air aussi enthousiaste que le mien et un panneau à mon nom. Ou plus exactement, au nom de ma mère, puisque la réservation était pour elle.

— Bonjour, c'est moi, dis-je à l'homme en indiquant le panneau « Christine Martin ».

— Je suis Gérard, répond-il très sérieusement en m'indiquant le badge doré fixé à sa parka sur lequel est écrit « Gérard, chauffeur », à votre service, mademoiselle Martin.

Il s'empare alors de ma valise aux roues bousillées par le sel et la neige tandis que je le remercie, avant de m'ouvrir la porte d'un énorme 4 × 4 noir équipé de pneus neige. Je m'affale sur les fauteuils de cuir avec l'agréable impression d'être la reine d'Angleterre, la classe en moins. Nous démarrons et je bénis la buée qui a envahi les verres de mes lunettes au moment où le chauffage se met à souffler. Elle m'empêche d'apercevoir par la fenêtre tous les lieux qui ont marqué mon adolescence et que j'essaie désespérément d'oublier depuis onze ans.

Gérard allume la radio et Michael Bublé se met à chanter *White Christmas* dans les haut-parleurs.

— Playlist spéciale Noël, marmonne mon chauffeur d'un ton lugubre.

J'hésite à lui demander d'éteindre ou de mettre quelque chose plus en accord avec mon état d'esprit actuel. AC/DC, *Highway to Hell*, par exemple, mais sa tête de conducteur de corbillard m'en dissuade.

Peu de temps après, nous quittons la route pour prendre un chemin enneigé qui monte dans la forêt. Bercée par les chaos de la voiture, je finis par m'endormir. Je me réveille en sursaut, je ne sais pas trop combien de temps après. La nuit commence à tomber, et j'aperçois des lumières au loin. Il n'y a plus que les montagnes blanches autour de nous, Mariah Carey a entamé *All I want for Christmas* dans l'autoradio et les verres de mes lunettes, mis à part une petite tache de gras en bas du verre droit, sont de nouveau limpides. Pas âme qui vive, pas une maison, on distingue seulement la silhouette de l'hôtel de bois illuminé. Il neige à gros flocons. Le visage collé à la vitre, je regarde les contours du bâtiment se préciser. Encadré de hauts sapins dont certains ont été décorés de guirlandes qui clignotent dans le jour qui tombe, il se tient au milieu des montagnes, élégant et chaleureux avec ses balcons de bois aux balustrades enneigées et ses cheminées fumantes.

Je descends de la voiture. La neige absorbe tous les sons. L'air parfaitement pur sent le froid et la sève. En frissonnant, je resserre mon manteau d'hiver trop léger autour de mes épaules.

— Rentrez à l'intérieur je m'occupe de vos bagages, dit Gérard en ouvrant le coffre du 4 × 4.

— Merci beaucoup !

J'entre dans l'immense hall d'entrée. Une cheminée allumée se dresse au centre, d'épais tapis recouvrent le parquet de chêne. Gérard retire sa parka, sous laquelle il porte une livrée impeccable, enfile une casquette bleu marine à liseré doré et passe derrière le comptoir de la réception.

— Bienvenue, mademoiselle Martin, je suis Gérard, le concierge de l'hôtel des Monts enneigés.

Le nouveau badge doré sur sa veste indique maintenant « Gérard, concierge ». Il enfile une paire de lunettes à la fine monture d'acier. Cette situation absurde me ferait rire, s'il n'avait pas l'air aussi sérieux. Gérard ressemble terriblement à une version droïde de Droopy en costard.

Il allume l'ordinateur et me récite d'une voix aussi raide que son port de tête :

— Vous faites donc partie des huit influenceurs privilégiés sélectionnés par nos soins pour tester l'hôtel des Monts enneigés avant son ouverture. Toutes vos consommations, activités ainsi que votre chambre vous sont gracieusement offertes par l'établissement, exception faite du trajet en hélicoptère pour aller à la gare. En échange de quoi, nous souhaiterions avoir votre retour objectif sur la qualité de notre établissement, et éventuellement, si vous le souhaitez, nous serions ravis de lire le compte rendu de votre expérience parmi nous dans votre magazine ou sur les réseaux sociaux.

Je reste un instant sans voix. Le cadeau de Noël de ma mère était en réalité gratuit… Je ne sais si c'est son statut de journaliste ou son million de *followers* sur Instagram qui lui ont valu de décrocher ce bon plan, mais le fait qu'elle me le refile en me faisant croire que c'est un cadeau de Noël m'exaspère encore un peu plus. C'est d'autant plus absurde que je ne suis pour ma part sur aucun réseau social, je ne suis pas journaliste et je n'ai jamais mis les pieds dans un hôtel de luxe, ce qui risque de singulièrement limiter l'intérêt de mes commentaires sur cet établissement.

— Vous avez l'air contrariée, mademoiselle Martin, tout va bien ?

— Oui, oui, aucun problème.

— N'hésitez pas à me communiquer tout sentiment d'inconfort ou élément déplaisant, nous souhaitons vraiment offrir à nos clients la meilleure expérience possible. Vous avez la suite Pôle Nord, au dernier étage, je vais vous accompagner.

Je souris, hoche la tête. Imperturbable, Gérard se retourne, attrape une veste sur un cintre et l'enfile. Je me mords les lèvres pour ne pas exploser de rire. Le nouveau badge indique « Gérard, garçon d'étage ». Il dépose ma petite valise cabine avec délicatesse sur le chariot doré beaucoup trop grand pour elle, puis le pousse avec le plus grand sérieux en direction de l'ascenseur.

— La réunion d'accueil a lieu à dix-neuf heures en salle Flocons, le dîner sera servi à partir de vingt heures au restaurant, m'informe Gérard avant de refermer la porte de ma suite.

Je dépose mes baskets boueuses devant la porte pour ne pas tacher la moquette crème et laisse libre cours à mon émerveillement. Un feu crépite dans une cheminée de pierre blanche, la moquette est si épaisse que j'ai l'impression de marcher dans de la chantilly, je me laisse tomber sur le lit monumental et m'enfonce dans la couette en riant toute seule. Mon téléphone vibre dans la poche de mon jean, texto de Sarah.

Tu es bien arrivée ? C'est comment ?

Avec une parfaite mauvaise foi, je réponds :

Comme dans *Shining*. Je m'attends à tout moment à voir surgir une hache et la tête de Jack Nicholson à travers la porte…

Elle m'envoie un smiley horrifié et je l'appelle pour la rassurer. Sur l'écran de mon Smartphone, elle sirote une tisane. Je lui raconte brièvement la nouvelle crasse de ma mère et ma promotion surprise au statut de critique d'hôtel. Sarah éclate de rire, nous discutons un peu, puis elle me souhaite bonne nuit, il est très tard à Singapour… Je la quitte à regret, mais il est presque dix-neuf heures et je n'ose pas trop sécher la « réunion d'accueil » annoncée par Gérard.

***

Quand j'ouvre la porte de ma chambre à 18 h 55, prête pour aller à la réunion, je constate avec horreur que mes baskets ont disparu. Paniquée, je regarde à gauche et à droite. Rien dans le couloir. Qui a bien pu voler ma paire fétiche de Stan Smith usées jusqu'à la corde ? Furieuse, je fouille ma valise et constate que ma seule alternative est une paire d'après-ski. J'enfile donc mes *moon boots* et prends le chemin de la salle Flocons.

Quand j'arrive, les sept autres invités sont déjà en train de discuter autour d'une table où ont été déposés des biscuits de Noël recouverts de sucre glace. Une jolie blonde que je reconnais comme l'une des youtubeuses les plus en vue du moment explique en relisant ses notes prises dans un carnet Moleskine qu'elle trouve que la distribution des prises dans les chambres n'est pas optimale et que les Cotons-Tiges ne sont pas proposés en quantité suffisante tandis qu'un homme trapu d'une cinquantaine d'années se plaint de l'odeur trop sucrée du lait pour le corps. Je me présente, ils font de même. La youtubeuse s'appelle Joanna, l'homme Antoine. Je remarque alors pour la première fois un homme blond d'une trentaine d'années plutôt beau gosse.

— Benjamin, me dit-il en me tenant la main. Journaliste aux *Nouvelles de Savoie*.

— Cassandra… Heu, Christine, je bredouille, déstabilisée par son sourire ravageur.

— Ah ! s'exclame Joanna en ajoutant une note sur son carnet. Christine est en après-ski ! Preuve qu'il ne fait pas suffisamment chaud dans les couloirs.

— Ce n'est pas ça, on m'a volé mes baskets…

— Oh mon Dieu, quelle horreur ! Des vols dans l'établissement. Inadmissible de la part d'un hôtel de ce niveau ! renchérit-elle, griffonnant de plus belle.

Mal à l'aise, je m'assois, croque dans un gâteau en forme de sapin et laisse avec délice le sucre fondre sur ma langue. Une jeune femme en tailleur entre dans la pièce et nous salue avant d'annoncer :

— M. Alexandre Pelletier vous prie de l'excuser pour son retard, il sera là d'ici quelques instants.

Le nom me fait l'effet d'un coup de massue cloutée en pleine face et je m'étouffe avec mon biscuit.

— Alexandre Pelletier ?! je bégaie, les yeux écarquillés.

— Le directeur de l'hôtel, me répond l'hôtesse avec un sourire aimable.

Les discussions me parviennent de loin, comme si on m'avait plongé brutalement la tête sous l'eau. *Alexandre Pelletier.* Ce n'est pas possible… Je préférerais dîner tous les jours pendant un an entre Ben Laden et Adolf Hitler plutôt que de recroiser Alexandre Pelletier ne serait-ce qu'un dixième de seconde. Je me lève d'un bond.

— Je dois aller aux toilettes !

Et je me rue vers la porte. Heureusement, personne ne prête attention à moi. Fuir. Le plus vite possible, le plus loin possible. Je remonte le couloir au pas de course quand j'entends soudain des voix. Paniquée, je me jette derrière le sapin de Noël qui fait l'angle et observe entre un lutin rouge et une boule dorée les deux hommes qui remontent le couloir en discutant. Ma malchance vient de passer de fabuleuse à légendaire. Le premier est Gérard, qui a remis sa tenue de concierge. Le second – je le reconnaîtrais n'importe où – est en effet Alexandre Pelletier.

Je suis tétanisée. Il a changé, pourtant. Il est plus grand. On devine la carrure bien dessinée de ses épaules sous son pull de laine noire. Il doit toujours être aussi sportif. À l'époque, il jouait dans l'équipe de hockey sur glace et il passait tous ses hivers sur les pistes. Je reste plantée là, comme un sapin frappé par la foudre, à contempler la ligne de sa mâchoire, à suivre la main qu'il passe avec nonchalance dans ses cheveux bruns vaguement décoiffés. Et son regard… d'un bleu plus pur qu'un lac de montagne. J'ai envie de me mettre des baffes, mais je dois admettre qu'il est encore plus beau qu'avant. Il tient une feuille à la main et, soudain, il s'arrête net. Une expression de surprise passe dans ses yeux clairs.

— Christine Martin ? La journaliste de *FEMMES* ?

— Mlle Martin est arrivée ce matin, confirme Gérard, c'est une jeune femme charmante.

Alexandre fronce les sourcils.

— Jeune femme ? La Christine Martin que je connais doit avoir la cinquantaine passée…

— Peut-être s'agit-il d'un homonyme ? Ou alors de sa fille ? Une jeune femme de vingt-cinq ans, brune, bouclée, grandes lunettes, joli sourire…

Je révise immédiatement mon jugement sur Gérard et je me mets à sourire bêtement derrière mes guirlandes de Noël.

— Ce doit être un homonyme, rétorque froidement le jeune directeur de l'hôtel, je connaissais la fille, elle est passable, mais pas si jolie.

Il reprend son chemin vers la salle de réunion, me laissant furieuse et humiliée avec une envie difficilement contrôlable de surgir de ma cachette pour lui planter une branche de sapin dans l'œil.

De retour dans ma chambre, j'ouvre ma valise et y empile pêle-mêle les vêtements que j'ai emportés. Par la fenêtre, la neige tombe en flocons aussi gros que des balles de coton et le sommet des montagnes a disparu dans une épaisse brume blanche. Je tire mon bagage sur la moquette du couloir, prends l'ascenseur et traverse d'un pas décidé le hall de l'hôtel jusqu'à la réception où Gérard se tient, droit et prêt à servir les clients. Son regard inexpressif s'arrête sur ma valise.

— Je peux vous aider, mademoiselle Martin ?

— Gérard, s'il vous plaît, pouvez-vous me raccompagner à la gare, une urgence familiale m'oblige à rentrer en catastrophe.

— Mademoiselle Martin, je suis absolument confus, dit-il avec un air pas du tout confus, c'est malheureusement impossible, avec la chute de neige, la route est à présent fermée.

— Fermée ? Il doit y avoir une solution, c'est une question de vie ou de mort !

Gérard semble réfléchir intensément pendant quelques secondes avant de répondre :

— Je peux vous réserver un hélicoptère jusqu'à la gare, mais ce n'est pas compris dans votre séjour. Cela vous coûtera la modique somme de deux mille sept cent cinquante euros. Cela dit, avec cette visibilité, je doute qu'ils puissent venir avant demain matin.

— Merde !

Ma vulgarité laisse Gérard de marbre.

— Je suis réellement chagriné de ce qui vous arrive.

Il n'a pas l'air le moins du monde chagriné. Tant pis. J'irai à pied. Sans répondre, je me dirige avec détermination vers la porte et l'ouvre d'un grand coup. Un tourbillon de vent glacé chargé de neige s'engouffre et manque de me faire tomber par terre. Je la claque aussitôt avant de mourir cryogénisée.

— On annonce une tempête de neige historique, m'informe Gérard, j'ai peur que la situation ne s'arrange pas avant trois ou quatre jours.

Trois ou quatre jours ? Comment est-ce que je peux décemment survivre à trois ou quatre jours dans le même bâtiment qu'Alexandre Pelletier ? Encore, s'il avait été le directeur d'un complexe hôtelier de deux mille chambres… mais le petit hôtel n'en compte que dix-huit, il n'y a aucune chance que j'arrive à l'éviter pendant tout ce temps. À moins que… Je réfléchis quelques instants.

— Voulez-vous que je vous commande l'hélicoptère, mademoiselle Martin ? demande Gérard qui confond manifestement mon compte en banque avec celui de Bill Gates.

— Vous avez un service de repas en chambre ?

— Bien sûr, le menu est dans le tiroir de votre table de nuit.

— Parfait, j'ai changé d'avis, je vais rester, merci beaucoup.

Je remonte dans ma chambre le plus rapidement possible et vide de nouveau ma valise dans les placards. Pas besoin de paniquer. La situation est parfaitement sous contrôle. Je vais tout simplement rester enfermée dans cette chambre jusqu'à ce que la tempête de neige se calme et commander l'intégralité du room service. La chambre est sublime, la baignoire immense, j'ai la télévision et le service en chambre illimité à n'importe quelle heure. Dans ces conditions, je peux tenir un siège de cent ans.

Forte de cette nouvelle décision, j'ouvre à fond les robinets et me fais couler un bain brûlant dans lequel je renverse l'intégralité d'un flacon de bain moussant rose-litchi. Puis je sors du minibar une bouteille de champagne et une flûte. Quelques minutes plus tard, je me glisse dans l'eau brûlante et mousseuse, ma flûte de champagne à la main. Il y a même un téléphone à côté de la baignoire. J'avale cul sec ma coupe de champagne et me ressers. J'ai l'impression d'avoir été téléportée dans un film américain. Merveilleux. J'ai presque oublié Alexandre Pelletier. Au bout de la troisième coupe, prise d'une impulsion subite, je décroche le combiné et appuie sur la touche de la réception. Quelqu'un décroche au bout d'une sonnerie.

— Gérard, j'ai une gastro carabinée, je vais devoir rester enfermée dans ma chambre pendant tout le séjour, j'en ai peur. Je voudrais donc commander à dîner.

Il y a un silence au bout du fil, puis une voix grave, vaguement amusée, qui n'est pas du tout celle de Gérard et que je reconnais sur-le-champ, me répond :

— Je vous écoute.

Merde.

Alexandre.

J'ouvre la bouche, la referme, regrette instantanément les trois coupes de champagne. Je n'ai pas la moindre idée de ce que je veux commander.

— Je n'ai pas le menu sous la main…

— Il est dans le tiroir de la table de nuit de votre chambre.

— Oui, mais voyez-vous, là, je suis coincée dans la salle de bains et…

— Ah c'est vrai, la gastro…

La voix a pris un ton légèrement ironique et je pique un fard, me sentant parfaitement ridicule à l'idée qu'Alexandre Pelletier m'imagine désormais assise sur les toilettes, puis je réalise qu'il ne sait probablement pas qui je suis, puisque je ne lui ai pas donné le nom de ma chambre.

— Vous êtes toujours là, mademoiselle Martin ?

Re-merde.

Il sait parfaitement qui je suis. Ou tout du moins, il pense que je suis ma mère. Ce qui est aussi un problème, soit dit en passant, mais je ne me sens pas le courage de démentir pour le moment.

— Apportez-moi n'importe quel plat au hasard, dis-je à toute vitesse. De toute façon, il est nécessaire que je teste tout pour vous faire un retour objectif sur votre hôtel.

— Très bien. Ce sera prêt d'ici une vingtaine de minutes.

— Merci.

Je raccroche précipitamment et m'enfonce la tête sous la mousse rose-litchi en serrant les poings de frustration. Pourquoi lui ? Pourquoi maintenant ? Et surtout, pourquoi n'a-t-il pas pris trois cents kilos et des pustules sur tout le corps ? Mais même avec trois cents kilos et des pustules sur tout le corps, rien ne changera la réalité : Alexandre Pelletier a été mon premier amour. Le plus grand, le plus fort. Celui qu'on n'oublie jamais tout à fait. Et il m'a jetée comme une pauvre chaussette trouée du jour au lendemain. J'ai mis des années à me remettre de ce qui s'est passé entre nous. Peut-être même ne m'en suis-je jamais vraiment remise. J'ai envie de crier. J'égrène les secondes sous l'eau et, peu à peu, la chaleur et le silence sous-marin m'apaisent. Au bout d'une bonne minute, à bout de souffle, je ressors la tête de l'eau et prends une grande inspiration. J'ai l'esprit beaucoup plus clair, soudain. Je n'ai plus dix-sept ans. Je suis une adulte maintenant. Sarah a raison. Je traîne cette histoire depuis trop longtemps. Le hasard a fait que je suis tombée sur Alexandre Pelletier après toutes ces années. C'est la seule opportunité que j'aurai jamais d'avoir une explication, de laisser sortir tout ce que j'ai sur le cœur. C'est décidé : je vais lui parler. J'aurai enfin cette conversation que j'aurais dû avoir onze ans plus tôt.

Je sors de mon bain, enfile mon pyjama et peigne mes boucles mouillées. Je ne peux m'empêcher de jeter un coup d'œil dans la glace et fronce les sourcils derrière mes lunettes. Mon tee-shirt « I love Mr. Darcy » bâille un peu à l'encolure et le bas ananas laisse clairement à désirer. J'enfile par-dessus le peignoir blanc immaculé aux armoiries de l'hôtel et hausse les épaules. « Passable, mais pas si jolie », a-t-il dit. Je n'ai pas besoin d'être jolie, connard, j'ai un double doctorat en architecture moderne et un cerveau bien plus puissant que le tien. Non, mais.

Quand on frappe à la porte quelque temps plus tard, je suis prête à affronter l'ennemi de pied ferme. Une petite partie de moi espère non sans une certaine lâcheté trouver Gérard en lieu et en place du directeur de l'hôtel, mais quand j'ouvre la porte, je tombe bien nez à nez avec les yeux bleu clair d'Alexandre. J'attends que l'étonnement apparaisse sur son visage aux traits réguliers, qu'il s'exclame « Cassandra ! Quelle surprise ! », voire « Cassandra ! Quelle horreur ! » ou quelque chose dans ce genre, mais au lieu de cela, il me tend une main que je serre mécaniquement et il me sort avec un sourire poli :

— Bonsoir, mademoiselle Martin, nous n'avons pas été présentés je crois, je suis Alexandre Pelletier, le directeur de l'hôtel.

Pour la deuxième fois de la journée, j'ai l'impression de me prendre une gifle. Sa poignée de main est ferme et assurée. Il pousse un chariot recouvert d'une longue nappe blanche sur lequel repose un plat unique recouvert d'une cloche argentée.

— J'espère que vous aimez la tartiflette, mademoiselle Martin.

— Vous êtes directeur et vous faites le service ?

— Je profite de cette période avant l'ouverture de l'hôtel pour tester les différents postes de mes employés. J'estime qu'on ne peut pas diriger un hôtel sans ce genre de connaissance opérationnelle.

Tout en parlant, il a installé un fauteuil devant la table roulante et allumé une bougie sur le plateau. Puis il se redresse et me contemple quelques secondes de ce regard qui me fait penser à un ciel de montagne au mois d'août. J'attends une réaction, au point où j'en suis, un simple « Votre tête me dit vaguement quelque chose » ou « On s'est déjà vus quelque part, non ? » me suffirait… Mais rien. Pas une étincelle de reconnaissance.

— N'hésitez pas à appeler la réception s'il vous manque quoi que ce soit, je vous souhaite une belle soirée.

Mécaniquement, je hoche la tête et réussis à souffler :

— Merci.

À peine est-il sorti que je m'adosse à la porte et me laisse glisser sur le sol, le souffle coupé.

J'ai imaginé des milliers de fois revoir Alexandre Pelletier, je m'étais fait un nombre incalculable de scénarios improbables, et pourtant, pas une fois je n'avais envisagé qu'il puisse ne pas me reconnaître. Lui, qui a fait de mon cœur un meuble Ikea en kit impossible à remonter, n'a même pas un vague souvenir de mon visage. Tant pis. Il n'y aura pas d'explications, pas de deuil, pas de rétablissement.

On frappe à la porte. C'est peut-être Alexandre qui se souvient brutalement qu'il m'a connue dans une autre vie. Je me relève, l'ouvre d'un coup, mue par un vain espoir et me retrouve nez à nez avec Gérard, qui tient mes baskets à la main.

— Il a été porté à mon attention que vous pensiez qu'on vous avait volé vos baskets. Je suis désolée pour le malentendu, mais nous avons un service de nettoyage de chaussures : toutes les chaussures laissées dans le couloir sont récupérées par un employé et nettoyées pour le lendemain.

Il me tend cérémonieusement mes vieilles Stan Smith comme si c'était les pantoufles de Cendrillon. Elles ont presque retrouvé leur blancheur initiale, ce qui tient clairement du miracle de Noël. Puis, il referme la porte. Je ne me suis pas sentie aussi stupide depuis ce jour de CE1 où ma mère m'avait envoyée déguisée en micro-ondes à l'école (il avait fallu être créatif, le seul élément de costume qu'elle avait trouvé la veille au soir étant un vieux carton), parce qu'elle était persuadée que c'était Mardi gras (ce qui n'était pas le cas, puisque nous étions d'une part jeudi et d'autre part au mois d'avril).

L'odeur de fromage fondu qui me monte aux narines me sort de ma torpeur. Autant tirer le maximum de cette situation. Après tout, c'est sans doute la seule fois de ma vie où je passerai mes vacances dans un hôtel cinq étoiles.

Quelques minutes plus tard, je suis affalée sur ma couette en train de déguster la meilleure tartiflette de ma vie, tout en regardant *Orgueil et Préjugés* sur ma tablette. Je prends un selfie et l'envoie à Sarah avec la légende « Paradis » et m'enfonce un peu plus dans les coussins crème. Je vais tellement profiter de cet endroit qu'avec un peu de bol, ce crétin arrogant d'Alexandre Pelletier et son hôtel des Monts enneigés de mes deux feront faillite avant même l'ouverture.

***

Je m'étire avec délice dans les draps en percale. J'ai dû dormir dix heures d'affilée, ça ne m'était pas arrivé depuis une éternité. La lumière filtre entre les épais rideaux, je me lève et les ouvre en grand. La neige s'est accumulée jusque dans les coins des vitres comme sur les illustrations des livres pour enfants. La route par laquelle je suis arrivée n'est même plus discernable entre les pins vêtus de blanc. Je décroche le téléphone et entreprends de commander l'intégralité du menu du petit déjeuner avant de me recoucher, les yeux perdus dans ce paysage de rêve. Je réalise que la montagne où j'ai grandi m'a terriblement manqué.

C'est une femme que je n'avais encore jamais vue qui m'apporte le petit déjeuner. Elle s'appelle Evelyne. Elle m'explique, tout en rallumant la cheminée, qu'en plus de la panière de viennoiseries et des œufs au bacon, le chef a ajouté son fameux pain d'épice maison spécial Noël. Je me souviens alors que nous sommes le 23 décembre. Avec toute cette histoire, j'avais presque oublié que Noël arrivait, mais l'odeur du café chaud et du bacon croustillant chasse cette perspective désagréable. Evelyne me souhaite une bonne journée et me laisse devant mon festin.

La journée se déroule sans encombre. Après le déjeuner, on nous propose une promenade en raquettes dans la forêt que je m'empresse d'accepter. C'est Alexandre qui nous sert de guide, je me tiens quelques pas derrière lui, mais j'écoute attentivement ses explications. Il connaît tous les arbres, la montagne a toujours été son terrain de jeu favori. Je me souviens qu'il a commencé à pratiquer à douze ans le ski hors piste dans la forêt, malgré les punitions et l'inquiétude de ses parents. Je me rappelle toutes les fois où il m'a emmenée, l'été, jusqu'à des cascades cachées, connues de lui seul, où on se baignait dans l'eau, glacée jusqu'au milieu du mois d'août parce qu'elle coulait directement des glaciers. Comment a-t-il pu oublier tout ça ? Comment a-t-il pu résumer son souvenir de moi à ce « passable, mais pas si jolie ». Comment peut-il y avoir un tel décalage entre ce qu'il a représenté pour moi et ce que j'ai représenté pour lui ? Perdue dans mes pensées, je manque de m'étaler aux pieds de mon ex-meilleur-ami-amour-de-ma-vie qui me rattrape de justesse. Pendant un court instant, la proximité de son corps, la force de son bras autour de ma taille me ramènent onze ans en arrière. Le jour où, pour la première et unique fois, j'ai fait l'amour avec lui. Où pour la première fois, j'ai fait l'amour tout court, d'ailleurs. Je me souviens comme si c'était hier de l'odeur de savon de Marseille de sa couette, du poster de Star Wars qui faisait face à son lit, de ses bras autour de moi et de son souffle chaud dans mon cou, de la douceur de ses mains, de la neige qui tombait dehors. Tout est encore tellement précis.

Surtout la descente en enfer des jours suivants…

À l'hôtel, de délicieux sablés au chocolat et un thé de Noël à la douce odeur de cannelle nous attendent devant le feu chaleureux de la bibliothèque. Même Joanna, l'exigeante youtubeuse, semble enfin conquise par les charmes de l'hôtel des Monts enneigés et multiplie les photos et les vidéos qu'elle poste en direct sur les réseaux sociaux.

Pourtant, en me couchant, je ressens une grande tristesse. Sarah avait raison, revenir sur les lieux de mon enfance a fait remonter des souvenirs douloureux.

Le lendemain, tout l'hôtel se prépare à fêter Noël. Joanna nous annonce qu'elle compte profiter du spa, puis regarder *Love Actually* avant le dîner de réveillon prévu par l'hôtel. Dans le hall, le somptueux sapin auquel Gérard accroche des boules argentées et dorées embaume et la playlist de Noël tourne en boucle dans la salle du restaurant. Je m'enfuis dans ma chambre après le petit déjeuner, où je trouve une maison en pain d'épice déposée sur le lit impeccablement fait. Je suis cernée. J'ai l'impression de m'être réveillée dans un téléfilm de Noël. N'ayant aucune envie de rester toute la journée dans cette ambiance de marrons chauds, je me rends à la réception, où Gérard est en train de suspendre de mini-berlingots rouges et blancs à un ruban doré accroché derrière le comptoir.

— Je peux vous aider, mademoiselle Martin ?

— Oui, j'ai vu dans le descriptif de l'hôtel qu'on pouvait louer des motoneiges, est-ce que c'est compris dans votre offre tout inclus ?

— Le principe d'une offre tout inclus, mademoiselle Martin, c'est que tout est inclus.

— Oui, enfin pas le trajet en hélicoptère pour aller à la gare…

— Certes, admet-il. Voulez-vous que nous mettions à votre disposition une motoneige ? En revanche, je vous prierai de bien vouloir suivre les pistes prévues et de revenir dans une heure maximum : on annonce une nouvelle tempête de neige en fin d'après-midi.

Il déplie un plan devant moi et m'indique le chemin à emprunter afin de ne pas finir dans une crevasse avec mes regrets et un coccyx fêlé. Je le remercie, et quelques minutes plus tard, revêtue d'une combinaison et d'un casque prêtés par l'hôtel, j'enfourche ma motoneige.

Le vent mordant sur mes joues et l'odeur de la sève dans l'air froid me rappellent les hivers de mon enfance, j'accélère et suis la piste indiquée par Gérard. J'avais oublié à quel point cette région était belle. Perdue dans mes pensées, je ne fais pas attention à l'heure. Ce n'est que quand la neige commence à tomber et que le blanc cotonneux du ciel a fait complètement disparaître la lumière du soleil que je réalise que j'ai dû me tromper de chemin. Sous les patins de mon véhicule, la neige cache un terrain de plus en plus accidenté. Je tente de freiner, mais le sol s'affaisse brutalement et la motoneige tombe deux mètres plus bas. Elle fait plusieurs tonneaux, tandis que j'effectue un vol plané et viens m'écraser lamentablement dans un sapin.

Il me faut quelques secondes pour absorber la secousse et me redresser. Je me relève difficilement pour m'enfoncer dans la neige jusqu'à mi-cuisse et pousse un gémissement de douleur avant de me laisser tomber. Ma cheville refuse de me porter. Je sors mon téléphone portable de ma poche. L'écran est brisé, mais il marche, je retire un gant et essaie d'appeler l'hôtel pour qu'ils envoient quelqu'un me chercher. Pas de réseau.

Mon véhicule s'est échoué un peu plus bas, le pare-brise est brisé. Je pousse un soupir, je doute qu'une motoneige flambant neuve bousillée contre un arbre soit comprise dans le « tout inclus » de l'hôtel des Monts enneigés, ce n'est toutefois pas mon souci prioritaire. Je lève la tête vers la pente raide qui me sépare du chemin. Le vrai problème est que la nuit tombe bientôt… Je n'ai aucun moyen de rentrer, et malgré l'épaisse combinaison imperméable prêtée par l'hôtel, le froid me fait claquer des dents.

Je n'ai pas le choix. Je dois rejoindre la route. Vaguement inquiète, je remets mon gant, prends une grande inspiration et commence à remonter en boitant les cinquante mètres qui me séparent de la piste. Les dents serrées pour ne pas crier de douleur quand je sollicite ma cheville, je m'accroche aux branches et à tout ce qui peut m'aider à me hisser, mais la pente est raide et la neige m'arrive maintenant jusqu'à la taille. À chaque fois que j'avance d'un pas, j'ai l'impression de reculer de deux.

Je ne sais pas combien de temps je lutte, je suis en sueur sous la combinaison. Quand je me retourne et que j'aperçois, à peine quelques mètres plus bas, le cadavre de la motoneige que la neige recouvre peu à peu, je réalise que je n'ai même pas fait la moitié de la distance. Le découragement me saisit et, pour la première fois, une peur réelle me serre la gorge. Je n'ai même pas l'excuse d'être une touriste inconsciente, j'ai grandi ici. Je sais que la montagne pardonne rarement ce genre d'erreurs, surtout en plein hiver pendant une tempête de neige. Comment ai-je pu être assez stupide pour me faire surprendre ?

Il doit être dix-sept heures passées, le 24 décembre. Tout le monde s'apprête à réveillonner, un voile gris annonciateur de la nuit a recouvert le ciel. Ont-ils remarqué mon absence à l'hôtel ? Gérard, débordé par ses multiples tâches, se rendra-t-il compte que la motoneige n'est pas revenue à l'heure prévue ou sera-t-il trop occupé à tartiner des toasts de foie gras pour envoyer quelqu'un à ma rescousse ? La sueur de mes efforts s'est transformée en un voile glacé sur ma peau ; ma cheville, de plus en plus serrée dans mes après-skis, a dû doubler de volume. Je sais que je ne devrais pas, mais je me laisse tomber dans la poudreuse, à bout de forces. Juste cinq minutes. Je m'enfonce dans sa douceur trompeuse. Je ne dois pas dormir. La lumière a pris une teinte bleu marine à présent. Les flocons me recouvrent comme un traître édredon. À moitié consciente, j'observe les branches noires qui s'agitent dans le crépuscule comme de longs bras décharnés qui me bercent. Je ne dois pas dormir. Jamais je n'ai entendu pareil silence. Je repense à ces histoires qu'on entendait petits, le père de Noé, la sœur de Clémence, tous ceux que la montagne a pris et n'a jamais retournés. Bizarrement, je n'ai presque plus froid. Je ne dois pas dormir. Je ferme les yeux.

Ce sont des cris éloignés, étouffés par la neige et associés aux sons intermittents des motoneiges qu'on redémarre, qui me sortent de ma torpeur. Je ne sais pas combien de temps s'est écoulé, mais la nuit est totale. Mon corps ne répond plus, un sursaut traverse cependant mes membres transis.

— Ici !

Mon premier appel sort comme un croassement douloureux, puis ma voix reprend peu à peu de sa force. J'allume le flash de mon téléphone portable et l'agite frénétiquement dans l'obscurité. J'aperçois les faisceaux des lampes de poche comme des yeux jaunes qui clignotent dans tous les sens sur la route au-dessus de ma tête et je crie plus fort en secouant mon bras. Les faisceaux s'arrêtent.

— Tenez bon, mademoiselle Martin ! hurle Gérard qui n'a plus l'air impassible du tout. Nous arrivons !

Je ne sens plus mes membres et mes dents claquent de manière incontrôlable. Je continue de hurler en brandissant mon téléphone pour qu'il puisse repérer ma position. Quelques minutes plus tard, une ombre se découpe au-dessous de moi, une corde de rappel autour de la taille. De soulagement j'éclate en sanglots.

— Ça va aller, Cassandra, murmure Alexandre en dégageant la neige qui coince mes jambes, on va te sortir de là.

Sa voix a beau être réconfortante et assurée, j'y décèle une réelle inquiétude. Alexandre Pelletier a eu peur que je meure.

Cette idée fait transparaître à travers mes larmes un sourire idiot sur mes lèvres gercées. Il passe son bras sous ma taille, j'accroche mes bras à ses larges épaules et il me soulève comme si je ne pesais rien du tout. Il émet un sifflement, signe qu'en haut on doit tirer et, lentement, tenant la corde d'une main et moi de l'autre, il me remonte vers la route.

***

La suite est un peu floue, je reprends réellement conscience devant la cheminée de la bibliothèque de l'hôtel des Monts enneigés, enveloppée dans la couverture la plus douce du monde, tandis qu'Alexandre tente de verser entre mes lèvres gercées un vin chaud à la délicieuse odeur de cannelle. Je saisis le verre et mes mains encore engourdies frôlent ses doigts. Une décharge de chaleur plus efficace que n'importe quel feu de joie me réchauffe instantanément.

— Comment vous sentez-vous, mademoiselle Martin ? demande-t-il.

Sa voix est de nouveau impassible, elle a perdu les intonations inquiètes et chaudes de tout à l'heure.

— Mieux, dis-je.

— Gérard, la situation est sous contrôle, vous pouvez reprendre votre poste, déclare Alexandre. Mademoiselle Martin est trop faible pour participer au réveillon collectif.

J'ouvre la bouche pour lui rétorquer que je ne suis pas faible et que ce n'est pas à lui de décider si je veux participer au réveillon ou pas, puis un détail me revient brusquement en mémoire. « *Ça va aller, Cassandra.* » Dans la forêt, dans la panique du moment, il m'a appelée par mon prénom. Il sait très bien qui je suis, il prétend ne pas me reconnaître. Gérard quitte la pièce en me souhaitant bon rétablissement et je me retrouve seule avec Alexandre.

— Vous devriez aller enfiler des vêtements secs, dit-il, la combinaison était déchirée, l'humidité a transpercé le tissu.

Je tente de me redresser et m'effondre instantanément avec un cri de douleur. Il me rattrape de justesse.

— Ça va ?

— Ma cheville… J'avais oublié, je pense que je me suis fait une entorse…

— OK, je vais aller vous chercher des…

— Arrête de me vouvoyer !

Je l'ai coupé d'une plus voix sèche que je ne l'aurais voulu et il s'interrompt, une expression d'étonnement traverse son regard clair.

Je poursuis, tant que j'en ai le courage :

— Tu sais très bien qui je suis, alors je préférerais qu'on arrête cette mascarade.

Il reste un instant silencieux, le visage illisible avant de répondre calmement :

— Je peux aller te chercher des vêtements, Cassandra, et te trouver de la glace pour ta cheville, ou t'aider à remonter dans ta chambre si tu préfères.

Je fixe les flammes dansantes dans la cheminée sans répondre. Il pousse un soupir et sort de la pièce. Son absence crée un vide, comme si sa simple présence réchauffait l'atmosphère. Il a si longtemps été synonyme de sécurité pour moi. Il était le pilier de ciment qui compensait les fondations instables de ma famille.

Les souvenirs affluent tout à coup. Notre première rencontre, en primaire. Il était dans la classe au-dessus de la mienne, pourtant j'avais mis une gifle à un grand qui essayait de lui prendre le Twix de son goûter. Quand la France entière lit la vie sexuelle de ta mère toutes les semaines, tu apprends très tôt à te défendre et à répondre aux moqueries des autres enfants.

Il m'a appris à faire du ski, je lui ai appris à dessiner. Je n'ai jamais eu de meilleure copine avant Sarah. J'avais un meilleur copain. J'avais Alexandre. Il n'avait qu'un seul défaut : il détestait *Orgueil et Préjugés.* Mais je pouvais lui pardonner, parce qu'il terminait les phrases que je laissais en suspens, il me faisait des playlists des Spice Girls sur des cassettes audio, et depuis le jour où il m'avait trouvée en larmes, cachée dans le vestiaire des filles parce que j'avais du sang sur mon pantalon, il avait toujours une serviette hygiénique ou un tampon dans son sac à dos, juste au cas où.

Décembre était la pire période de l'année : il partait deux semaines en vacances chez sa grand-mère en Forêt-Noire. Il passait Noël dans son immense famille. Il me le racontait, les yeux brillants d'excitation, et moi je ne lui disais jamais à quel point il allait me manquer. Il me rapportait de ce séjour annuel des stylos et des carnets Diddl qu'on ne trouvait qu'en Allemagne à l'époque et dans lesquels, petite déjà, je dessinais des maisons. Des maisons stables, solides, pour la famille stable que je rêvais d'avoir. Une famille comme celle d'Alexandre, avec ses deux petites sœurs et ses parents aimants.

Et puis, il y avait eu ce moment qui avait tout changé. Ses lèvres sur les miennes, ses mains sur mon corps. Ma première fois. Sa première fois à lui aussi. Enfin, je crois. Le plus beau souvenir de ma vie. Un moment parfait, comme on en connaît peu dans une vie. Aussi parfait que la première fois que j'ai lu *Orgueil et Préjugés*, ou cette fois où ma mère m'a emmenée trois jours autour du lac de Côme, la seule fois où je ne l'ai eue que pour moi entre deux amants de passage.

Je suis rentrée et j'ai annoncé à ma mère que je devais prendre la pilule. Elle m'a félicitée, puis elle est passée en mode Gestapo. « Qui ? Quand ? Comment ? Où ? Et j'espère qu'il a mis un préservatif ! » J'ai menti. Je ne voulais pas partager ce moment avec elle, je ne voulais pas qu'elle juge mes peurs et mes faiblesses, elle qui était tellement experte du sujet. Déjà, j'avais attendu l'âge canonique de dix-sept ans pour découvrir le sexe, c'était suffisamment honteux comme ça dans mon esprit d'adolescente. J'ai joué la fille détachée et lui ai raconté n'importe quoi.

Le lendemain, Alexandre m'a apporté une rose au lycée. Nous nous sommes tenu la main toute la journée, puis il est parti en vacances en Allemagne, comme tous les ans. Jamais depuis je n'ai ressenti telle évidence. Début janvier, *FEMMES* publiait une chronique de quatre pages. « L'histoire d'une première fois : comment les jeunes du XXe siècle explorent leur sexualité ». C'était l'histoire d'une fille qui couche avec son copain d'enfance « juste pour essayer », qui a trouvé ça « plutôt sympa » et qui « recommencera peut-être ». Et puis, il y avait cette dernière phrase. Peut-être que, sans cette dernière phrase, j'aurais eu une chance de récupérer la situation. « Il m'a dit "je t'aime", mais je n'ai pas répondu. » C'était la seule chose véridique du récit fait à ma mère. Alexandre m'avait dit « je t'aime » et j'avais été tellement bouleversée que j'avais été incapable de répondre. La fille de l'article n'avait rien à voir avec moi. Cette histoire n'avait rien à voir avec mon histoire avec Alexandre. Mais ça, personne ne le savait, pas même lui. Je ne sais pas qui a découvert la chronique, n'importe quelle ado ayant piqué le magazine à sa mère avait pu tomber dessus. Le jour de la rentrée de janvier, une âme charitable s'est chargée de la photocopier et de la placarder dans tous les couloirs. La rumeur s'est propagée à la vitesse de la lumière. Et Alexandre ne pouvait plus faire trois pas dans les couloirs sans qu'une multitude d'abrutis décérébrés lui hurlent « Je t'aiiiiime » en mode Lara Fabian. J'ai essayé de lui parler. Je suis allée l'attendre à la sortie de son cours de maths. Il rangeait ses livres dans son sac à dos, ses cheveux bruns ébouriffés, l'air perdu.

— Alex… je…

Il s'était retourné d'un coup au son de ma voix, comme si un monstre immonde venait de se dresser devant lui, ses yeux clairs assombris par le mépris.

— Il n'y a rien eu entre nous, Cassandra, ne m'adresse plus jamais la parole.

C'est la dernière chose qu'il m'a dite. Le lendemain, il sortait avec Jessica Laurent, une fille que je soupçonnais d'être amoureuse de lui depuis le CE2, ce qui fit taire les rumeurs.

Au mois de février, nous avons déménagé à Paris et je n'ai plus jamais entendu parler d'Alexandre.

Jusqu'à ce séjour.

La porte s'ouvre et il apparaît de nouveau, il me tend un gros pull de laine et un jogging. Il m'aide à les enfiler et à me rasseoir avant de placer un sachet de glace contre ma cheville.

— Ça va être compliqué de te trouver un médecin avant après-demain, mais je pense qu'elle est juste foulée.

Il pourrait éviter mon regard, mais ce n'est pas le cas. Peut-être qu'il prétendait ne pas m'avoir reconnue, simplement par indifférence. L'atmosphère est douce dans la bibliothèque, on n'entend que le crépitement du feu dans le silence. Je pense à la tempête dehors, au vent mortel tourbillonnant entre les sapins. Je murmure :

— Si tu ne m'avais pas trouvée, je serais morte.

— Oui, et ça aurait été catastrophique pour l'image de l'hôtel. Tu veux manger quelque chose ?

La brutalité de ce commentaire me laisse un instant sans voix. Comme si le problème, ce n'était pas que je meure de froid entre deux sapins, mais que son chiffre d'affaires en pâtisse. Puis je comprends : il m'en veut encore. Ce n'est pas de l'indifférence, c'est de la colère.

— Je suis désolée, Alexandre, dis-je tout à coup, je suis désolée de ce qui est arrivé entre nous, je suis désolée que ma mère ait écrit cette chronique, mais je crois que ça fait dix ans que j'ai besoin de te dire quelque chose de très important : tout ce qu'elle a écrit était faux. J'étais amoureuse de toi, j'étais dingue de toi. Je ne voulais pas qu'elle sache, je voulais protéger ce qu'on avait vécu, que ça ne reste qu'entre toi et moi. Je lui ai menti. Je n'ai pas répondu à ton « je t'aime » parce que c'était trop parfait, trop merveilleux, trop émouvant, trop tout, parce que je n'avais plus de voix, parce que je ne savais pas qu'on pouvait être aussi heureux. Je ne t'ai jamais oublié, je n'ai jamais aimé quelqu'un comme je t'ai aimé, tous les hommes que je rencontre, je les compare avec toi, ma première fois avec toi, c'est mon plus beau souvenir et le plus douloureux aussi, parce que je me dis que si ce n'était jamais arrivé, je ne t'aurais pas perdu.

Je m'arrête à bout de souffle, j'ai parlé à toute vitesse, sans respirer. J'ai les larmes aux yeux, mais un poids dont j'ignorais la présence s'envole de ma poitrine. Comme si ces mots, que j'aurais dû avoir le courage de prononcer à la sortie de ce cours de maths il y a si longtemps, pesaient sur mon cœur depuis, comme un petit tas de cailloux noirs qui vient enfin de se volatiliser. Je n'ose pas le regarder, je garde les yeux baissés vers les flammes. Le silence envahit de nouveau la pièce. Je sens son regard calme sur moi.

— Tu aurais pu me dire tout ça à l'époque, ça m'aurait évité un cœur brisé et de perdre ma meilleure amie.

Malgré son ton ironique, sa voix s'est adoucie et je relève les yeux vers lui.

— Tu as énormément compté pour moi, dis-je, en amitié et en amour. Toute mon enfance est liée à toi, j'ai eu l'impression de perdre un membre de ma famille…

Il se laisse tomber sur le fauteuil à côté de moi et enfonce les mains dans les poches de son jean.

— Tu ne m'as plus jamais adressé la parole, pendant des semaines, j'ai attendu que tu m'appelles, que tu m'expliques…

— Tu m'avais ordonné de ne plus jamais te parler, j'ai simplement respecté ton choix…

— Et puis un jour, je suis arrivé au lycée et tu avais déménagé à Paris…

— Je suis venue chez toi la veille, je voulais te voir, j'allais sonner à la porte et j'ai vu par la fenêtre le blouson de ski de Jessica accroché au portemanteau de l'entrée, alors j'ai fait demi-tour.

— Il faut croire qu'on s'est loupés, murmure-t-il, c'est dommage.

Il se lève lentement.

— Tu veux que je t'aide à remonter dans ta chambre ? Je suis désolé, j'aurais aimé t'offrir une soirée plus agréable que coincée dans une tempête de neige avec une cheville foulée… Je ne te propose pas de te faire monter le dîner du réveillon, je me souviens que tu détestais Noël et tout ce qui y était attaché…

Les flammes dessinent des ombres sur son visage, je le trouve beau. Encore plus beau qu'avant.

— Tu sais ce que je me disais, tous ces Noëls que je passais seule avec ma mère ou à l'écouter se disputer avec son mec du moment ? Je me disais que je rêvais d'un Noël traditionnel dans la famille Pelletier, j'ai toujours rêvé de passer les fêtes de fin d'année dans ta famille parfaite.

Un sourire amusé effleure ses lèvres.

— Ma famille n'est pas parfaite…

— Je sais, enfin aujourd'hui je le réalise, aucune famille n'est parfaite, mais vous vous aimiez et ça crevait les yeux. Bref… Tu as longtemps été la seule personne avec qui j'ai eu envie de fêter Noël.

Il me dévisage, pensif. J'ai toujours du mal à lire le fond de sa pensée, mais une certaine tendresse se lit dans ses yeux azur.

— Pas de réveillon en famille pour moi ce soir, puisque la route est bloquée… Je suis donc en capacité de t'offrir, au moins partiellement puisque je serai l'unique membre de ma famille présent, un traditionnel réveillon de Noël Pelletier…

Ses yeux pétillent et je ne peux retenir le sourire qui me monte aux lèvres, car je reconnais l'adolescent que j'ai tant aimé dans les petites flammes qui se sont allumées dans son regard.

Moins d'une heure plus tard, il a installé une table nappée de blanc devant la cheminée et remonté de la cuisine des plats recouverts de cloches sur une table roulante. L'odeur de la dinde grillée aux marrons me fait saliver. Avec tout ça, j'avais oublié mon estomac qui gargouille allègrement.

— J'ai faim !

Alexandre m'enlève des mains la cloche en argent que je viens de soulever et qui recouvre une bûche au chocolat recouverte de crème fouettée et me colle une coupe de champagne dans la main.

— Peut-être, mais d'abord, les cadeaux ! On ouvrait toujours nos cadeaux le 24 au soir avant le repas, explique-t-il. Je soupçonne mes parents d'avoir créé cette prétendue tradition pour pouvoir réveillonner tranquilles pendant que tous les enfants étaient occupés avec leurs nouveaux jouets.

À ma grande surprise, il me tend un petit paquet rectangulaire enveloppé dans du papier d'aluminium, avec une ficelle de chanvre en guise de ruban.

— Un peu rudimentaire comme paquet, je fais remarquer en riant.

Je l'ouvre tout de suite, impatiente comme une enfant de savoir ce qu'il contient. À l'intérieur, je trouve un livre. Je caresse du bout des doigts la tranche dorée et le titre gravé sur la couverture rouge cartonnée.

— *Orgueil et Préjugés*, je murmure, tu te souviens…

— Que c'est ton livre préféré ? Oui. J'ai trouvé cette édition chez une bouquiniste de Lyon il y a quelques mois, elle m'a raconté une jolie histoire le concernant : une jeune femme nommée Louise lui a fait promettre de le faire passer de main en main car il est supposé porter chance à son propriétaire. Pour tout te dire, je l'ai pris parce qu'il m'a fait penser à toi. Je t'ai cherchée souvent sur Facebook, je ne t'ai jamais trouvée.

Je feuillette le livre, émue par cette édition aussi jolie que l'histoire qui y est attachée.

— Je ne suis pas sur les réseaux sociaux… Probablement une réaction à l'obsession de ma mère à ce sujet. En tout cas, tu ne pouvais pas me faire plus beau cadeau.

Il sourit.

— Et le mien ? demande-t-il.

Son cadeau m'a fait tellement plaisir que je suis gênée de n'avoir rien à lui offrir. Je lève la tête vers lui, les souvenirs affluent et je repense à notre premier baiser, cette fameuse nuit dans sa chambre d'adolescent. Alors, je pose ma main sur sa nuque et l'attire doucement vers moi afin de coller mes lèvres aux siennes. Il me rend mon baiser, longuement et intensément. J'oublie les victuailles sur la table roulante et ma cheville foulée. Plus rien n'existe que ses lèvres sur les miennes et ses mains qui caressent mes joues, mon cou et viennent se perdre dans mes cheveux.

***

C'est la vibration de mon téléphone sur la table de nuit qui me réveille. Il fait grand jour et le soleil brille dehors. Je souris de bonheur en sentant dans mon cou le souffle chaud et régulier d'Alexandre qui dort encore. Je me dégage avec douceur de ses bras.

« Maman » s'affiche sur l'écran. Je soupire et décroche.

— Joyeux Noël, ma chérie ! crie ma mère dans le combiné.

— Joyeux Noël, Maman, je murmure, incapable de lui en vouloir plus longtemps.

— Alors, tu as aimé mon cadeau ?

Je lève les yeux au ciel.

— Ton séjour gratuit que tu m'as refourgué sans me prévenir qu'il s'agissait en réalité d'un séjour test ? Merci bien, c'était l'horreur !

— Oh, non, je ne parle pas de ce cadeau-là, je parle de l'autre…

— L'autre cadeau ?

Il y a une note de triomphe dans sa voix qui m'inquiète, qu'est-ce qu'elle a encore inventé ?

— Le cadeau qui fait que tu dors encore à dix heures passées et que tu chuchotes dans le combiné de peur de le réveiller ! Ton amour d'enfance que tu n'as jamais été capable d'oublier, voilà mon cadeau de Noël !

Je reste un instant abasourdie.

— Tu savais…, je balbutie dans le combiné, tu savais que c'était lui qui dirigeait l'hôtel ! Et tu m'y as envoyée quand même…

Non seulement, elle s'est une fois de plus mêlée de mes affaires, mais elle m'a mise dans une situation, dans une situation… Je me retourne et croise le regard bleu d'Alexandre qui vient de se réveiller et me décoche un sourire ensommeillé à faire fondre le mont Blanc. Je m'arrête net. Pas si mal, cette situation, tout compte fait. Ma colère retombe d'un coup.

— C'est de loin le meilleur cadeau que tu m'aies jamais fait.

— Je le savais, ma chérie ! Dès que j'ai reçu cette invitation et compris qui était le directeur de l'hôtel, j'ai su que tu devais y aller à ma place. Je sais que tu ne m'as jamais vraiment pardonné cet article. J'ai mis des années à comprendre que tu étais vraiment amoureuse de lui, et crois-en mon expérience et mes deux cent quatre-vingt-dix-sept amants : on n'aime jamais plus comme on aime à dix-sept ans. Joyeux Noël, Cassandra, je dois retourner à mon stage de fauconnerie avec Pablo. On s'est remis ensemble !

Je pousse un soupir.

— Joyeux Noël, Maman, et… merci.

Il y a un court silence au bout de la ligne avant qu'elle ne réponde.

— Merci à toi, ma chérie, sache que Noël ou pas, tu es le plus beau cadeau que la vie m'ait fait.

Elle raccroche, me laissant un instant sans voix et les larmes aux yeux.

Alexandre sourit.

— La magie de Noël ? demande-t-il.

— Il faut croire, je réponds.

Il me prend dans ses bras et me renverse de nouveau sur le lit.

— Reprenons où nous en étions…, murmure-t-il avant de m'embrasser.

Le manoir des Wilfried

*

Isabelle Alexis

Noël 2016

— D'aussi loin que je me souvienne, j'ai toujours connu la famille de Wilfried. Leur haut manoir à l'architecture normande assumée et aux volets dans les teintes bleu nuit dominait notre village de Basse-Normandie. Françoise de Wilfried et ma mère sont amies depuis l'enfance. J'ai toujours connu les deux fils de Françoise…

— Chrrchrrchrrr… Chrrrchrrr…

Lisa s'interrompt et se redresse dans le divan.

— Qu'est-ce que vous faites ?

— Je taille mon crayon, déclare la psy.

— Pourquoi vous taillez votre crayon ?

— Parce que j'en ai envie. Quand vous me parlez, j'ai envie de me tailler… de tailler mes crayons, je veux dire. Ça m'aide à me concentrer. Si vous pouviez en venir au fait, hein ? On est le 24 décembre et j'ai un réveillon chez mes beaux-parents. Je vous ai prise parce que vous m'avez dit que c'était une urgence.

— Oui, c'est une Urgence, docteure. Avec un U majuscule. Ce soir, c'est LE moment de ma vie.

— Je vous écoute, dit la psy en faisant tourner son large fauteuil en cuir beige.

— Il faut que je vous parle de la malédiction des Noëls.

— Voilà autre chose, grommelle la psychanalyste, en jetant un coup d'œil rapide au cadran vissé au-dessus de la porte.

16 h 12.

***

Comme je vous disais, j'ai toujours connu la famille de Wilfried, puisqu'à Brainville, nous habitions, ma mère et moi, à deux cent cinquante mètres de leur grand manoir. Mon père est mort quand j'avais dix ans. Longue maladie, comme on dit pudiquement. Ma mère et la baronne sont amies depuis l'enfance, ayant passé leur scolarité ensemble. À l'époque, Françoise de Wilfried n'était pas baronne et ne s'appelait pas de Wilfried. Non, son nom de jeune fille était Crochon, ce qui fait qu'elle n'a pas perdu au change en se mariant. Ses deux fils, Nicolas et Maxime, n'ont que quelques années de plus que moi. Dans mes souvenirs d'enfance, Nicolas est plutôt grand, sûr de lui, sage avant l'heure. Maxime, le plus jeune, est un doux dingue, qui saute, escalade, tombe, se relève, éclate de rire. Il est imitateur et aime se lancer dans des impros ou dans les airs, ça dépend, vu qu'il collectionne les fractures ouvertes. À l'époque, notre affection l'un pour l'autre se caractérisait par une tendre complicité et les petits cœurs que je lui dessinais au feutre rouge sur ses plâtres, jambes ou bras, puisqu'il en avait régulièrement, tour à tour, aux quatre membres.

Le premier moment marquant de ma vie s'est déroulé alors que j'avais à peine dix-huit ans et avant de vous le raconter, il faut que je vous dise qu'il y a toujours eu en moi une dualité. Deux esprits qui me définissent. J'ai un côté féministe radicale, par mes lectures et ma mère, assistante sociale, qui me racontait ce qu'enduraient et subissaient les femmes dans leur propre foyer, et un côté féminin, princesse attendant son prince à cause de… la société, tout simplement, qui ne vous parle que d'amour à longueur de temps et cherche à vous caser par tous les moyens dans un but reproductif, afin que vos progénitures cotisent pour payer les retraites. Cette dualité est omniprésente, je suis balance de signe astrologique et ce sont mes deux poids, un de chaque côté.

J'appelle mon esprit rebelle et lucide la fée Ministe et l'autre, la féminine, la douce : Princesse Duduche.

Donc, à quelques semaines de mes dix-huit ans, j'ai revu Maxime qui venait de passer deux ans en Angleterre. Là, quelque chose de nouveau, de doux, de merveilleux est arrivé sans prévenir. Il était vêtu d'une chemise blanche, d'un pantalon noir dont le bas disparaissait dans de grandes bottes d'équitation, et quelque chose avait changé. En fait, tout avait changé. D'abord, il n'était pas emplâtré, ce qui était, chez lui, suffisamment rare pour être signalé. À l'époque, ses périodes d'immobilisation lui avaient fait prendre quelques kilos, qui s'étaient envolés, comme ses petits boutons. En revanche, il avait encore pris dix centimètres. Sa voix était devenue grave, ses cheveux noirs avaient poussé, sa dent de devant cassée avait été réparée, son regard bleu semblait plus rieur que jamais. La seule chose que j'espérais, c'est que moi aussi, je sois devenue physiquement à couper le souffle en deux ans, mais j'avais de gros doutes. En attendant, j'avais des cloches devant les yeux et dans les oreilles qui se mettaient à sonner. (Princesse Duduche était tout en émoi, elle avait envie d'aller s'épiler et de se repoudrer le nez en même temps. La fée Ministe avait le regard mauvais et virait les cloches à coups de poing.)

Je m'en souviens comme si c'était hier et c'était en juillet 1989. Ma mère et la baronne prenaient le thé, comme elles le faisaient depuis toujours, quand Maxime est entré dans le salon. (Entendre par « le thé », une bonne bouteille de chablis ou deux qu'elles s'ouvraient pour refaire le monde.)

— Max chéri, tu te souviens de notre petite voisine ! s'est écriée Françoise.

— Oui. Bien sûr, a-t-il répondu, en s'avançant vers moi pour me claquer deux bises. Je suis si content de te voir.

Je n'ai rien dit. Toujours cette dualité : lorsque aucune des deux fées n'a le dessus, je suis muette.

— Lisa vient d'avoir son bac, a ajouté Françoise de Wilfried.

— Avec quinze en philo, a précisé ma mère.

— Formidable ! a dit Max.

Il y a eu un silence, tandis que nos deux mères nous observaient avant d'étouffer un petit gloussement discret. J'étais persuadée qu'elles entendaient mes neurones-cloches tinter.

— Alors, Max, c'était bien Oxford ? ai-je demandé gentiment, histoire de couper ce silence dehors et ce tintamarre à l'intérieur.

— Sympa, à part la bouffe, déclara Max en s'asseyant dans un fauteuil face à nous et en croisant ses grandes jambes.

— Il n'a rien mangé là-bas, a déclaré la baronne, en se penchant vers ma mère. En revanche, il s'est mis à fumer, cette andouille !

« L'andouille se mua en prince et j'en tombai amoureuse en un claquement de doigts qu'il n'eut même pas à faire », me soufflait Princesse Duduche, qui parlait au passé simple comme dans les grands romans d'amour.

« Stop ! Si les hormones s'y mettent, le combat est inégal et perdu d'avance », ripostait Fée Ministe.

« Écoute ces cloches qui tintent, reprenait Princesse Duduche, elles ne racontent qu'une seule chose : ce garçon au charisme éclatant est fait pour toi, ma Lisa, et ce ne sera pas une petite histoire, ma douce, c'est l'homme d'une vie, la tienne. Il faut toujours faire confiance aux cloches. Elles ne se trompent jamais. »

« C'est vrai que question cloches, j'ai affaire à des pros ! » répliquait la fée Ministe.

— Dites donc, c'est la fête dans votre cerveau, vous ! Il y a du monde, vous ne devez pas vous ennuyer, commente la psychanalyste.

— C'est vrai. Je ne m'ennuie jamais ! confirme Lisa, avant de reprendre son récit.

Donc, dans le salon de la baronne, comme je restais muette, ma mère a pris le relais, posant quelques questions à Maxime, dont le regard me brûlait. J'ai appris qu'il venait de s'inscrire en droit à Caen. Nicolas, son frère, vivait aussi dans cette ville, où il était en dentaire depuis quatre ans. Depuis l'âge de dix ans, le très sage Nico savait qu'il serait dentiste et point barre. Max, au contraire, ignorait tout de son avenir. Après Oxford, du droit maintenant ! Oui, le droit, parce que ça mène à tout, disait-il. La question était de savoir quel était ce tout. Pas de bol pour moi, je venais de m'inscrire en langues étrangères appliquées au Havre. Bon, il faut toujours qu'il y ait des contrariétés dans la vie.

Une fois rentrée à la maison, je m'en voulais d'avoir été aussi timide et tétanisée devant cette chenille que j'avais connue enfant, puis ado et qui, en quelques mois, s'était transformée en papillon héros de série romantico-historique. Et surtout je me posais cette question stupide, celle qu'il ne faut jamais se poser quand on est une fille car on signe son décret de soumission.

Et lui ? Qu'est-ce qu'il a pensé de moi ?

« On s'en tape ! » hurlait Fée Ministe.

Probablement l'inverse de ce que j'avais ressenti ! Une fille assez rigolote enfant, mais devenue assez chiante, éteinte et complètement terne, non ? Princesse Duduche était d'accord, mais avec un petit bémol. Ne rien dire peut être bien vu pour une jeune fille et rajoute un petit parfum de mystère à la dulcinée.

« C'est ça, ne dis rien et regarde tes pompes, c'est l'attitude parfaite de Miss parfaite, en patriarchie ! Et si tu te transformais directement en serpillière, on gagnerait tous du temps, non ? » ripostait Fée Ministe.

Pourvu qu'il ne me juge pas sur cette entrevue d'à peine une heure ! Non, Max, j'étais un peu gênée, à cause de nos deux mères qui étaient là, à nous regarder et à glousser à cause des premiers effets du thé au chablis. Qu'est-ce que tu voulais que je raconte ?

Rappelle-toi, Maxou, quand tu es tombé dans l'étang et que ton pied gauche s'est coincé dans des algues, t'empêchant de remonter à la surface, j'étais là, pleurant comme une demi-veuve, lorsqu'on t'a fait monter dans le camion de pompier… Rappelle-toi, Maxou, quand tu voulais que ta jument se couche au sol, mais juste pour lui faire un bisou, montrer que tu étais un très bon dresseur et qu'au lieu de ça, elle t'a balancé un coup de sabot arrière dans le foie, te cassant deux côtes, j'étais là. Tu avais de longs pansements sur ton torse, on riait tellement et ça te faisait tellement mal ! Rappelle-toi, Maxou, la fois où tu as eu ce skateboard pour ton anniversaire et que tu t'es mis dessus sur la route, fonçant droit sur le pare-brise de la Golf de la fleuriste, qui avait déboulé un peu vite au détour d'une rue et était sortie de sa bagnole en hurlant, pensant qu'elle t'avait tué, j'étais là ! J'étais là, encore et toujours. Rappelle-toi notre enfance, Max, pas la jeune fille timide qui semble avoir perdu son entrain, ses mots parce que… Parce qu'elle ne s'attendait pas à… TOI. Je ne m'attendais pas à toi, Max. Pas comme ça.

À l'époque, pas de portable, pas de réseaux sociaux. Alors qu'est-ce que j'ai fait ? Ben, à l'ancienne, allez hop, en mode Madame de Sévigné, je n'ai pas trempé une plume dans l'encrier, mais j'ai mâchouillé le Bic quatre couleurs, ils sont encore là, ceux-là, ils sont éternels. Hop, une petite lettre, c'est comme ça que l'on faisait à l'époque avant les textos, Insta, Snapchat et les MP sur Facebook ! Et je lui ai avoué ma flamme, par écrit, sur une belle feuille toute blanche.

Princesse Duduche était tout excitée, une lettre, c'est si romantique ! En revanche, Fée Ministe s'est mise en position de recueillement devant une tombe sur laquelle était écrit : « Ci-gît la dignité de Lisa Barroux, suicidée à la lettre d'amour un soir de juillet 1989. »

« La lettre d'amour marche toujours... », disait Princesse. Fée Ministe s'est mise à faire les cent pas sur mon épaule droite.

« Après tout, t'as le droit d'avoir un désir, tout à fait le droit. Je préfère qu'on parle de désir plutôt que d'amour, d'ailleurs. Amour ne veut rien dire, c'est le meilleur terme jamais inventé pour mettre les femmes en prison domestique. T'as le droit d'évoquer un certain désir, je ne me battrai pas contre les hormones, t'as le droit d'avoir envie de sexe, c'est naturel, tu as l'âge et tu ne l'as jamais fait encore, mais par pitié, vire-moi cette phrase : *Je t'ai trouvé si beau cet après-midi* ! Sinon, je me casse. Je pars dans l'imaginaire d'une autre ! »

J'ai raturé, jeté la feuille et recommencé, mais je n'ai pas pu m'empêcher d'écrire quelques envolées lyriques venant du cœur et mettant Princesse en extase.

Le 10 juillet à 15 heures, j'ai terminé mon courrier.

À 15 h 30, je l'ai déposé dans la boîte aux lettres du manoir dans une enveloppe parfumée, sur laquelle j'avais inscrit : À L'ATTENTION DE MAXIME DE WILFRIED.

À 16 h 30, j'ai entendu le téléphone fixe du salon sonner.

À 16 h 31, ma mère a tapé à la porte de ma chambre en disant : « Chérie, il y a Max au téléphone, pour toi... »

Je suis alors sortie de ma chambre, l'air faussement surprise. Dans le salon, je me suis emparée du combiné.

— J'ai lu, a annoncé la voix grave.

Énorme silence encore, mes deux harpies cérébrales s'engueulaient.

— Tu veux venir ici ? a-t-il repris. Tu veux qu'on en parle ?

— D'accord. J'arrive, ai-je lancé avant de raccrocher.

Je suis retournée dans ma chambre, me maquiller. (« Pas trop ! » braillait Fée Ministe. « Mets le paquet ! » envoyait Princesse.) J'ai balancé mon jean pour une petite robe à bretelles, un sac de plage et je suis sortie très tranquillement en direction de la colline où se dressait le manoir de mon prince.

Maxime m'attendait dans sa chambre. Lorsque je suis entrée, il était de dos, ma lettre à la main, face à sa fenêtre qui lui offrait une vue impressionnante sur tout le village. J'ai refermé la porte, je me suis adossée contre elle et j'ai fermé les yeux. Il est arrivé droit sur moi et m'a embrassée de longues minutes. On n'a pas parlé de la lettre, ni de l'amour dans la lettre, non, on l'a fait tout simplement. Je m'en souviens si bien. Il faisait lourd, on était en sueur, un coup de tonnerre s'est fait entendre au loin, il était sur moi, nos regards ne se quittaient pas.

Par la suite, Princesse Duduche était aux anges, elle fumait une cigarette post-orgasme en observant le plafond…

Fée Ministe était en conférence devant une assemblée où elle expliquait que l'expression « faire l'amour » devrait être interdite puisque cette arnaque patriarcale, une de plus, amalgamait sexe et amour. « Cette expression insupportable qui fait croire aux filles que lorsqu'il y a sexe, il y a amour, n'a qu'une finalité : l'exploitation sexuelle et reproductive des femmes. » Ministe était très applaudie par l'assemblée.

Je me suis retournée pour voir son torse plutôt que l'enveloppe du préservatif sur la table de nuit et je me suis collée contre lui.

— En moins de quinze jours, j'ai obtenu un bac littéraire et perdu ma virginité, ai-je dit.

— Le timing est parfait, a répondu Max, en mettant son bras autour de moi.

— Je suis contente d'avoir attendu, résisté à Rodolphe, le rouquin qui m'a poursuivie pendant toute l'année.

— Eh ben, moi aussi, a dit Max en riant…

— Heureuse que ça se passe ici et non de m'être fait culbuter dans le foin par des bouseux ou, pire encore, à l'arrière d'une bagnole sur le grand parking du Carrefour. Ce qui est arrivé à une fille de ma classe.

Maxime a éclaté de rire.

— Toi, t'es noble et moi je suis snob, tu vois ? ai-je repris.

« OK, est intervenue Fée Ministe. Le fait que pour lui, ça ne semble pas DU TOUT être sa première fois, on en parle ou pas ? Je vous mets mon billet qu'il a dû se taper tout Oxford, pas le pensionnat, la ville entière ! »

« Oh, mais laisse-le tranquille ! » a coupé Princesse.

C'est vrai qu'à ce moment-là, j'avais envie de le faire rire, pas de lui raconter mes phobies de domination ou de…

— Chtouc, chtic, chtouc.

— Qu'est-ce que vous faites ? demanda Lisa en se redressant.

— Rien, dit la psy. J'envoie un texto.

— À qui vous envoyez des textos ?

— À mon mari, il me demande s'il doit décongeler les gambas, je lui dis que je préfère qu'il attende un peu. On doit les emmener au réveillon, chez ses parents. Pas envie qu'elles se prennent un coup de chaud. « Pas tout de suite », je lui mets… Mais je vous écoute, donc votre premier gars, beau comme un lever de soleil sur la muraille de Chine…

— Oui, voilà, même si je ne sais pas à quoi ressemble la muraille de Chine, mais oui…

— Donc tout va bien ?

— Non, rien ne va…

— Qu'est-ce qu'il s'est passé ?

— La vie !

— Vaste programme, continuez !

À ce moment-là, je suis amoureuse comme une folle. Comme je vous disais, avant, j'avais peur des relations, peur de l'emprise. J'aimais mes livres, ma liberté, ma solitude, comme souvent les enfants uniques, je ne dépendais de rien ni de personne, je faisais ce que je voulais et j'en redemandais… Mais, avec lui, je ne sais pas, la Terre semblait tourner rond ! Princesse a gagné, je demande à Fée Ministe de la mettre en veilleuse. Pour un temps au moins. Dès que Maxime apparaît quelque part, j'ai l'impression que toutes les planètes sont alignées. On rit beaucoup ensemble. Champêtre et le cœur botanique, je lui fais découvrir des fleurs que l'on ne voit qu'en Normandie, comme la violette ou la pensée de Rouen ou encore le séneçon blanc qui est jaune en réalité. Plus urbain et le cœur festif, il me fait découvrir le Chivas Régal, douze ans d'âge, au bar du casino de Deauville. Et même si nos universités, comme nos univers, ne sont pas au même endroit, on se voit tous les week-ends, les vacances. Je prends le train, je vais le voir à Caen où il a un petit studio à côté de sa fac. On se tient par la main, on se balade, nos conversations semblent être sans fin, on s'adore, on se respecte et on se complète. L'idylle parfaite dure un an.

— Et donc ? Que s'est-il passé au bout d'un an ? demande la psy. Je vous promets, j'éteins mon portable !

— Il a recommencé !

— Quoi donc ?

— Ben, à se péter la gueule…

— Ce n'est pas de sa faute !

— Non, mais ça a coïncidé avec le retour de Nicolas, son frère…

— Ah ? Et alors ? Lui aussi était devenu beau comme un coucher de soleil sur la pyramide de Khéops ?

— Non, lui était Nico, toujours Nico…

Début juillet 1990. J'apprends que mon amour fête la fin de ses partiels chez Fred, son meilleur ami. Le copain venant d'avoir une petite moto, offerte par son père, First Love lui emprunte direct pour partir sur la digue. Rien de mieux qu'un petit tour à moto pour vous mettre en joie, mais avec Max, c'est juste sur la roue arrière et sans casque. C'est vrai, pourquoi mettre deux roues à une moto ? On tient très bien sur une. En évitant de justesse un groupe d'enfants qui arrivaient à vélo devant lui, mon bel amoureux a atterri, après un beau salto avant raté, dans les rochers qui séparaient la digue de la route. Bon, la moto toute neuve n'a rien eu. Elle, par chance, est retombée dans le sable juste en dessous… Oui, l'inverse aurait été préférable. Maxime a été plongé dans un coma artificiel dès son arrivée à l'hôpital de Caen, où tout le monde le connaissait depuis sa tendre enfance. Trauma crânien, le deuxième. Trois côtes cassées encore, dont une avait perforé le poumon droit. Éclatement de la rate et entorse cervicale avec une inquiétude du chirurgien concernant une lésion sur la cervicale C4.

Le soir où nous devions fêter notre première année, Max était en soins intensifs et moi, dans un état dépressif. D'un coup ! Et cela ne s'est pas arrangé par la suite. Les premiers jours, je n'ai pas pu le voir : sa mère, la mienne, les infirmières, tout le monde s'y est opposé. Personne ne devait le voir, j'entendais des mots, des phrases qui s'amplifiaient, se dépliaient comme si on les passait au ralenti. « On ne peut pas aller à ce service de réa, seule la famille très proche l'a vu quelques minutes. Il est sous assistance respiratoire, son visage est violet, avec des cernes verts, marron… Il souffre d'hypertension intracrânienne qui nécessite une surveillance constante… Il a un collier cervical assez impressionnant. Il est inconscient de toute façon, et heureusement. Il doit encore subir des opérations importantes… »

Je posais mille questions. Pour combien de temps il en avait avant de rouvrir les yeux ? Allait-il les rouvrir même ? Cette histoire de cervicale touchée m'angoissait au plus haut point. Allait-il rester paralysé ? Nooon ! Ce qui m'horripilait le plus, c'était le vague des réponses. En réalité, personne ne savait rien, mais cette absence de précision me rendait dingue. Imaginez que vous demandiez à propos de quelqu'un qui vous tient à cœur : « Mais au fait, où est-il ? » et qu'on vous réponde : « Oh ça dépend, mais la plupart du temps entre Dunkerque et Montpellier sauf l'hiver, parfois il lui arrive d'être entre Brest et Metz, mais ça dépend des hivers… » Bref, vous n'êtes pas plus avancé, ben là, c'était pareil. Sauf que moi, je ne voulais pas savoir « où » mais « combien de temps » !

Entre impuissance et angoisse, je passais tous les jours au manoir où Françoise, sa mère, tentait de me donner des nouvelles PRÉCISES avec quelques difficultés et plus de larmes encore. Charles, son mari, le père des garçons, de retour d'Alsace où vivait sa famille et où prospéraient ses affaires (le baron étant promoteur immobilier) me serrait dans ses bras quand je posais trop de questions sur les opérations. Signe qui voulait dire que sa femme, elle aussi, avait besoin d'un peu de repos.

Nicolas était de retour. Le grand frère arborait un visage grave. Lui aussi était devenu un homme entre-temps et, mieux que ça, il allait bientôt être dentiste. Lors de ses crises, Françoise, pour qui une carrière de tragédienne aurait pu être envisageable si elle n'avait pas succombé à la paresse et aux charmes financiers du baron, s'exclamait :

— Un jour il se tuera !

— Je suis étonné que ce ne soit pas déjà fait, marmonnait Nicolas, dont l'optimiste légendaire était reconnu jusqu'en Eure-et-Loir.

Max a rouvert les yeux, une fois son assistance respiratoire ôtée. Cela ne s'est pas fait d'un coup, ça a été un long et fastidieux travail, un petit peu chaque jour, mais trois semaines plus tard, Nicolas m'a informée que Max avait parlé le matin même ! Il avait même rigolé, paraît-il, et le neurochirurgien, qui examinait tour à tour son dernier IRM et le blanc de ses yeux, semblait enthousiaste. J'ai sauté de joie en apprenant la nouvelle ! Mon fiancé n'allait pas rester sous l'état neurologique d'une courgette *ad vitam* ! Même si on sait aujourd'hui que les plantes et les végétaux ressentent beaucoup de choses, je peux vous dire qu'à l'époque, ça a été une sacrée nouvelle !

J'ai encore attendu une semaine avant de pouvoir y aller.

Nicolas est passé me chercher à la maison avec la voiture de leur père. Trente-six minutes pour parvenir à Caen, les nouvelles plutôt bonnes concernant l'état de Max nous enlevaient un poids et la conversation entre moi et Nicolas a pris une tournure plus légère. Je lui ai parlé du Havre, de ma licence en anglais, de mon envie d'être interprète, enfin traductrice, en réalité.

— Traductrice pour qui ? a demandé Nico.

— Pour qui voudra. Enfin, l'idéal serait traductrice de romans américains ou anglais, même australiens, n'importe…

— Quel genre de romans ?

— Des polars, des thrillers, j'adore ça.

— Tu voudrais être traductrice de polars ou thrillers américains ! s'est amusé Nico, en me lançant des regards sans oublier la route devant nous.

— Punaise, c'est mon rêve !

— Ça paie bien ?

— J'en ai aucune idée !

On a éclaté de rire.

— Et toi, tu vas soigner des caries toute ta vie ? ai-je demandé.

Il a souri.

— Ça m'a l'air bien parti ! Je finis ma sixième année et si tout se passe bien, j'ai l'intention de m'installer à Paris. J'ai un copain à la fac avec qui j'aimerais m'associer. On voudrait reprendre le cabinet d'un dentiste qui va partir à la retraite l'année prochaine. Il est à Boulogne-Billancourt.

— C'est super !

— J'espère !

Nous avons laissé passer un silence en espérant que la vie allait nous aider à devenir ce que nous étions.

— C'est drôle, a repris Nico, la dernière fois que je vous ai vus ensemble, toi et Max, vous rameniez des grenouilles trouvées dans l'étang à la maison…

— Et des escargots…, ai-je coupé. Pour en faire des animaux de compagnie… Oui, c'est vrai !

— Et subitement, j'apprends que vous êtes ensemble, que vous ne vous quittez plus…

— C'est officiel. J'avais laissé un ado un peu immature, et j'ai retrouvé un homme. Enfin, vu l'accident qu'il vient d'avoir, question maturité, on n'est pas encore au taquet mais…

— C'est sûr, a concédé Nico, en secouant la tête doucement, démontrant qu'il n'approuvait pas du tout les cascades de son frère.

— Enfin, quand je l'ai revu, j'ai eu un déclic, quelque chose comme un coup de foudre ! C'est simple, je l'ai trouvé à tomber…

« Et hop, revoilà le coup de foudre, a dit Fée Ministe, en arrivant en trombe. Encore une expression à bannir, un truc qui n'existe pas ! Tu projettes sur l'autre l'image d'une personne idéale, fantasmée, fabriquée, qui n'existe pas. C'est une surface de projection… »

« Tu ne veux pas la fermer ? » s'est incrustée Princesse.

« Des mois que je suis censurée parce que madame vit son histoire, alors *fuck* ! a hurlé Fée Ministe. Un coup de foudre dure entre trente secondes et deux ans ! »

« Bon ben, il reste encore un an », a dit Princesse.

— D'accord, a acquiescé Nico, en me lançant un regard entre ceux qu'il jetait aux rétroviseurs pour sortir de l'autoroute. C'est vrai qu'il a une belle gueule, mais je préfère te mettre en garde, il a pas mal dérouillé avec son accident. Il est tombé la tête la première dans les rochers et…

— Je sais, ta mère m'a dit… Mais il va se remettre. Il a des hématomes, ce sont des bleus, ils vont partir. Il va retrouver son visage.

— J'espère…

Nous avons laissé passer un silence en espérant que la vie allait aider Max à redevenir celui qu'il était…

Nicolas s'est garé sur le parking devant les grandes bâtisses du centre hospitalier. À l'accueil, je me suis tordu la cheville et Nico, venant à mon secours, m'a pris la main pour m'aider à tenir debout. L'émotion sans doute. Dans l'ascenseur, il m'a lâché la main et nous sommes restés silencieux jusqu'au quatrième étage.

Nous sommes rentrés tous les deux dans la chambre et j'ai enfin pu voir Maxime dans son lit, adossé à un large oreiller, ses yeux encore gonflés, les hématomes verdâtres sur le visage, un pansement sur l'arête du nez et deux au niveau des tempes, une minerve impressionnante et ses yeux… Son regard qui partait dans tous les recoins de la pièce…

— Hey ! a lancé Nico, en entrant.

Le grand frère protecteur s'est assis sur le rebord du lit et lui a parlé doucement en lui caressant la joue ; puis il m'a cédé la place. Je me suis assise devant lui, observant le visage tant aimé et me retenant de pleurer. Nicolas a versé un peu d'eau d'une carafe dans un verre qu'il m'a tendu. J'ai porté le verre à la bouche de Maxime, qui a bu une gorgée.

— Ça va, Amour ? ai-je demandé, tout doucement.

Ses yeux qui filaient dans tous les sens ont fini par s'attarder sur mon visage. Il a souri et a dit :

— Qui êtes-vous ?

— Ça, c'est rude ! balance la psy.

— Je ne vous le fais pas dire ! J'étais en état de choc, encore ! Princesse s'est évanouie, Fée Ministe a rigolé en disant : « Pourquoi je ne suis pas étonnée ! » Et surtout, je me souviens de cet entretien avec le neurochirurgien dans son bureau. « Ah, le cerveau humain ! Ce grand mystère ! Nous sommes comme les employés de la Nasa face à l'univers, on ne sait jamais ce qu'on va trouver, comment va-t-il réagir ? Colmater ses brèches ? Combler ses trous noirs ? Cela dit, une amnésie rétrograde n'a rien de surprenant en pareil cas, vu que le lobe temporal interne a été touché… Ça va revenir, ça peut revenir… » Je lui ai signalé que je connaissais Max depuis l'enfance, pas depuis les derniers mois qui venaient de s'écouler. « Ah, le cerveau, ce grand mystère ! » a-t-il repris. Je me souviens avoir eu envie de prendre sa grosse lampe en cuivre sur son bureau pour lui fracasser le crâne avec, histoire de voir comment son cerveau-mystère allait réagir, à lui !

— Ah d'accord, dit la psychanalyste, en s'emparant de sa lampe Ikea sur son bureau pour la mettre au sol.

— C'est bon, j'ai calmé mes nerfs depuis. C'était il y a vingt-six ans !

— Je plaisante. Et Max alors ? La mémoire lui est revenue ?

Dans les premiers mois, c'est la motricité globale de Maxime qui intéressait sa famille. Ses souvenirs passaient après. Le principal étant qu'il remarche normalement, sans séquelles, qu'il puisse danser, courir et se rejeter dans les airs, contre les murs, les rochers, les pare-brise de voiture, bref, ce qu'il a toujours fait avec un talent égal à sa régularité. Moi, je continuais à aller au manoir, ne perdant pas le lien avec sa famille puisqu'en tout état de cause, il était rompu avec l'intéressé. Je ne suis retournée le voir que deux fois durant le mois d'août, et à chaque fois, ce petit sourire poli en me découvrant me crevait l'âme. Max, je t'en supplie, rappelle-toi ! C'était comme lorsqu'on vous présente quelqu'un. C'était le « *Nice to meet you* » des Américains. Une formule de politesse plutôt sympa quand vous serrez la main d'un Américain pour la première fois, mais en réalité il s'en tamponne pas mal, non ? Pour tout vous dire, c'est ce que j'avais l'impression de saisir dans le regard de Maxime : un « *Nice to meet you* » ! Pourtant Nicolas lui avait bien précisé que j'étais sa fiancée « d'avant l'accident ». Maxime ne semblait ni content ni mécontent : il me balayait du regard, de mes cheveux jusqu'à mes sandalettes. « Ça va, je te plais ? » avais-je envie de hurler.

« Tiens donc, il n'a pas un coup de foudre, lui ? » ironisait Fée Ministe.

Mais nous deux, Max, mon amour, c'était un lien fort et unique, une amitié d'enfance, des conversations à n'en plus finir, des débats où l'on argumentait jusqu'à pas d'heure, des balades dans la campagne, des concerts de Dire Straits, des films blottis l'un contre l'autre, de l'adrénaline aux casinos, mes premières huîtres à Honfleur où tu me bouchais le nez pour que je les avale, des fous rires à n'en plus finir… Tu m'aidais en anglais, tu me racontais le droit constitutionnel, tu étais mon meilleur ami avant même d'être mon homme…

C'était… Ce n'est… Plus rien.

Un jour de septembre, quand je suis arrivée au manoir, la baronne se disputait au téléphone avec quelqu'un de la mutuelle étudiante qui ne voulait pas prendre en charge tous les frais de rééducation. Max allait être transféré dans une clinique huppée près de Cabourg, et sa mutuelle avait avalé de travers en découvrant les tarifs *hype level* de l'endroit. La baronne leur a effectué son célèbre raccroche-pif, celui qu'elle faisait quand elle était furieuse, non sans les avoir traités de radins auparavant, ce qui, dans cette famille de flambeurs, champions de poker, accros à la roulette et aux décapotables, était l'Insulte Suprême.

Mais le plus important, c'était que Max remarche. Il s'est remis debout le 15 septembre, et comme pour son réveil, cela s'est fait peu à peu. De petits pas au début, puis de plus en plus longtemps. À la clinique de rééduc, Maxime bénéficiait de massages, de coachs, de kinés, d'ostéopathes et même d'une psychologue puisqu'il avait 1,4 gramme d'alcool dans le sang lors de son accident. Avait-il un petit problème d'alcool, le chéri ? Oh, rien de grave, il était fêtard comme un étudiant, doublé d'un Normand, triplé d'un mondain… En plus, son écrivain préféré était Hemingway ou Bukowski, ça dépendait des mois… Et de ça, il s'en rappelait ! Incroyable.

« Arrête avec tes incroyables, me soufflait Fée Ministe, en ramenant sa fraise. En patriarchie, le dominant a tous les droits. Celui-là, en plus, prend des risques physiques, parce qu'il se sent béni des dieux ! Pourquoi ? La question c'est : pourquoi ne le serait-il pas ? Tout lui prouve qu'il est béni. Il est le premier très étonné de se retrouver à l'hosto. Toi aussi, tu as eu une fête pour tes partiels, il me semble ? Est-ce qu'il te serait venu à l'esprit de prendre une moto pour aller sur la digue et ce, sur une roue et ce, sans casque et ce, après avoir vidé la moitié du saladier de sangria à la fête d'un copain ? Jamais ! Ben lui, si ! Et pour lui, c'est total banal ! »

Fin septembre, j'étais recroquevillée dans les coussins moelleux du canapé au manoir des Wilfried quand Nicolas est entré. Il souriait et a sorti un petit paquet de derrière son dos.

— Tiens, je t'ai pris ça ! a-t-il annoncé en me le tendant.

— C'est quoi ?

— C'est rien. J'étais à une brocante d'antiquaires à Trouville, cet après-midi et…

J'ai déplié le petit paquet et suis restée stupéfaite devant un joli bracelet d'argent qui enserrait de petites pierres turquoise. J'adorais le turquoise, c'était connu, je bassinais tout le monde avec ça.

— C'est la semaine prochaine, non ? a demandé Nicolas.

— Quoi ?

— Ton anniversaire !

— Ah oui, le 4 octobre.

— On sera repartis dans nos facs respectives, alors je voulais te le donner avant…

— Mais… merci Nico. C'est… Je ne sais pas quoi dire…

— Ben, non. Ne dis rien. C'est… pour que tu aies quelque chose. Comme Max ne se rappelle rien… Je me suis dit…

— Oui, d'accord, mais il ne fallait pas. Je… Merci.

Il m'a embrassée sur la joue. J'étais abasourdie par cette attention. Le turquoise, c'était les yeux de Max. Nicolas, lui, les avait plutôt noisette. Les cheveux noirs comme son frère mais plus courts, un sourire assez parfait aussi mais pour un futur dentiste, c'est plutôt recommandé. Ça allait être la vitrine de la boutique. Chez eux, il n'existe pas de proverbe tel que : « Les cordonniers sont les plus mal chaussés. » Non. Un dentiste avec des chicots et toute la salle d'attente fout le camp. Je lui ai rendu sa bise, sincèrement émue, tandis qu'il me fermait le petit bracelet autour du poignet.

— OK, il se passe un petit truc avec le grand frère ? demande la psy.

— Il est certain que tous ces allers et retours pour aller voir Max, qui ne me calculait plus vraiment, avaient créé des liens entre nous, dit Lisa. Il est devenu l'épaule protectrice, consolatrice. Un phare dans ce brouillard et Dieu sait si je n'en voyais pas le bout.

Nicolas et moi sommes retournés à la fac, on s'appelait toutes les semaines. Elles me paraissaient si longues par rapport à ma première année que je n'avais pas vu passer ! Nico me donnait des nouvelles de Max, qui se reconnectait à la vie. Il n'y avait rien de physique entre Nicolas et moi, mais il m'a invitée à passer le réveillon de Noël au manoir. Max y était rentré depuis début décembre. Il n'avait plus sa minerve, ni son fauteuil roulant dans lequel il avait vécu pas mal de temps, ces cinq derniers mois. Après une dernière opération de la mâchoire, six semaines plus tôt, il avait quasiment récupéré son visage d'antan, et j'en étais heureuse pour lui, mais ça a été un étrange réveillon. Il arborait toujours ce sourire froid et poli en me voyant. Il a mangé quelques huîtres, ce qui me rappelait nos dîners aux Vapeurs à Honfleur, j'avais envie de pleurer. Il répondait par oui ou par non aux questions qu'on lui posait. Il ne développait pas et ses yeux partaient ailleurs. Je lui ai offert un pull, il m'a dit merci et l'a laissé sur un fauteuil. Par la suite, son père, aidé de Nico, sont allés le coucher à 21 h 15. Sympa, non ?

— Après un accident de cette importance, c'est souvent comme ça, commente la psy. Tout est très lent, très progressif…

— Je ne sais pas. Il avait déjà eu des accidents par le passé et les retours à la vie avaient été plus rapides. Il n'avait jamais eu d'amnésie pour commencer, même lors de son premier trauma crânien. Tiens, ce soir-là, j'ai appris qu'il ne se souvenait pas non plus de ma mère. Allez hop, zappée elle aussi ! Viens donc aux oubliettes avec moi, Maman ! On y est si bien dans le trou noir, avec un peu de pain sec et de flotte !

Ce soir-là, près de la cheminée, tandis que je regardais mon pull abandonné sur le fauteuil, sous son papier cadeau, là où Max l'avait laissé, Nicolas s'est approché de moi. Il m'a tendu un cadeau. C'était un livre de Jane Austen, à la couverture rouge, dans une très belle édition reliée : *Orgueil et Préjugés.* J'avais honte, je n'avais rien acheté pour lui. Ma mémoire, la mienne, mémoire de mes sentiments, si seule à présent, était toujours auprès de Max, et quand je voyais ce qu'il avait fait de ce superbe pull bleu marine que j'avais mis une heure à choisir, je me disais que j'aurais mieux fait de l'offrir à Nicolas.

J'ai passé mes soirées des vacances de Noël à lire ce grand roman de Jane Austen. Dans ce livre, Elizabeth, l'héroïne, n'a pas d'attirance pour le beau Mr. Darcy, qu'elle trouve arrogant et hautain, au départ… Puis il s'avère qu'il est beaucoup plus chaleureux qu'il ne veut bien le montrer et elle finit par tomber amoureuse de lui. Ce n'était pas pour rien si Nicolas m'avait offert ce roman. J'étais certaine qu'il voulait que je l'identifie à Darcy. Nicolas n'était pas mon premier choix, il le savait bien. Max était plus drôle que lui. Bien sûr que Nicolas, par le passé, m'était apparu comme quelqu'un de plus distant, hautain. Je n'avais pas les mêmes souvenirs avec lui qu'avec Max. Maxou mon tout fou était un doux dingue et, à côté de lui, Nicolas ressemblait à une incarnation de la sagesse. Maxou s'était tout pété, les dents, les os, les ligaments. Nico ne s'était jamais cassé un ongle. Nico allait terminer ses études de dentiste, Maxou allait perdre une année. L'avenir de Nico était tracé, celui de mon cascadeur-trou-de-la-Sécu était très incertain. Nicolas était un homme modéré, Maxime un extrémiste, qui buvait toujours plus que les autres, jouait plus longtemps au poker, parlait plus fort que l'assemblée. Max était un roi de la *punchline* et de la vanne quand Nico entamait d'une voix basse et posée de véritables dissertes avec intro, thèse, antithèse, synthèse et conclusion.

Maxime m'avait oubliée froidement, sans le vouloir.

Nicolas se rapprochait doucement, avec espoir.

Deux frères, deux opposés. Que faire ? Qui choisir ? Attendre que la mémoire de Max lui revienne ou aller de l'avant, faire le deuil de ma belle histoire ?

Envisager Nico, mon soutien moral, sous un autre angle, maintenant ?

Nicolas, pourquoi pas ? Voilà ce qui s'amorçait un peu plus chaque jour.

« Nicolas a été si prévenant, ces derniers temps, si délicat, attentionné. Il semble tenir beaucoup à toi. » disait Princesse Duduche, les mains jointes en battant des cils.

« Hou… Je sens qu'on va se faire chier ! » s'écriait Fée Ministe, les bras croisés.

Il était évident que Nicolas s'était attaché à moi, ces six derniers mois, et j'en ai eu une nouvelle preuve le 14 février suivant, quand il est venu me chercher à la fac pour m'emmener dans une auberge qu'il avait réservée aux alentours de Dieppe. Ce soir-là, il a sorti le grand jeu. Je pense qu'il connaissait la patronne depuis longtemps : quand nous sommes entrés, deux musiciens jouant du violon nous ont accompagnés jusqu'à notre table, parsemée de pétales de rose, près de la cheminée. Alors, certes, je n'avais pas eu les cloches qui tintaient, avec Nicolas, les choses s'installaient peu à peu, mais elles prenaient bonne tournure. Et puis, je précise que l'année précédente, pour ma Saint-Val avec Max, nous avions été au casino de Deauville. Petit dîner vite fait et il m'avait laissée avec deux cents balles devant une table de roulette pour aller jouer au poker. Donc bon…

Ce soir-là, nous avons parlé de Max, comme à chaque fois. Il était encore dans sa clinique super chic à Cabourg et il tenait le bon bout, physiquement en tout cas, mais cérébralement et en ce qui me concernait, j'étais toujours dans la case « pertes et profits » avec pas de retour prévu à l'horizon. Et puis nous avons parlé d'autre chose, un peu comme si notre accidenté chéri faisait déjà partie du passé. Nous avons parlé d'avenir, du nôtre, de celui que l'on pourrait construire tous les deux. C'était enthousiasmant, excitant, plein de promesses de bonheur. Nicolas avait ma confiance et c'était déjà énorme. Nous avons dansé devant les deux violonistes et c'est là qu'il m'a embrassée pour la première fois.

— Il fait les choses bien, ce garçon, dit la psy.

— Oui, il a pris son temps, admet Lisa en sortant de sa rêverie. Il avait réservé une chambre dans l'auberge et ça a été ma première fois avec lui.

— Vous avez pu effectuer le remplacement comme ça, au bout de huit mois ?

— Avec de l'amertume au début. Les premiers temps, quand j'allais chercher Nicolas à Caen, dans ce petit train, c'était dur, parce que j'avais pas mal fait ce trajet pour Max et je repensais à son studio que j'avais adoré et qui avait abrité nos amours. L'habitation de l'amoureux va avec lui. Il faut la laisser s'échapper elle aussi, faire tout un travail. C'était le « studio du plus beau », il faut qu'il passe à « la studette de l'amourette », puis au « clapier de l'autre enfoiré qui m'a zappée ». C'est du boulot !

Je serrais les dents au début. Je me disais : « Je t'oublierai, Max, comme tu m'as oubliée ! Et je n'aurai pas besoin de me taper le lobe frontal contre un rocher, je le promets ! » J'ai donc commencé doucement à sortir avec Nicolas et les choses se passaient bien. Lui était en colocation dans un vrai appartement avec deux autres étudiants de sa fac. À la fin de l'année scolaire, Nico a obtenu son diplôme et je suis passée en troisième année. Pour fêter ça, il allait m'emmener à Florence, mon premier voyage hors de France. Je suis retournée au manoir chercher Nico, le jour du départ, avec ma valise. Maxime était présent, il vivait là depuis trois mois, le séjour à la clinique de rééducation aux progrès spectaculaires étant terminé. Il était dehors, au côté de sa mère, à genoux dans la terre, et faisait du jardinage. L'accident avait eu lieu pile un an auparavant. La baronne s'est levée quand elle m'a vue. Et lui… NON.

— Ma Lisette, alors c'est le grand départ ? a-t-elle dit en secouant ses bottes pleines de terre.

Même si elle avait trouvé « gonflé » que je passe d'un frangin à l'autre, Françoise avait fini par accepter notre relation avec Nicolas.

— Oui, notre avion décolle à 17 h 30. Comment va-t-il ? ai-je demandé, en désignant d'un coup de tête Maxime qui plantait quelque chose dans la terre.

— Bien, bien. La mémoire lui revient.

J'ai tressailli.

— Enfin, presque, a repris la baronne. Il se souvient quasiment de tout, sauf de l'accident et de toi, ma pauvre Lisette.

— Ah, OK !

J'ai fermé les yeux. *Il a zappé les trucs pénibles, sans intérêt*, ai-je pensé. À l'époque, l'estime de moi-même était à quinze mètres sous la première nappe de pétrole dans le désert. Comme si elle avait lu dans mes pensées, Françoise m'a pris le bras jusqu'à l'entrée du manoir.

— On fait un potager, m'a-t-elle expliqué, une fois dans la maison. Max a interdiction de faire du cheval, de la moto, du scooter, de la mob, du roller, du skate…

— Même pas de la patinette ! a hurlé son père de la cuisine.

— On dit trottinette, Charles ! Bref, même s'il doit reconduire, je voudrais qu'il repasse son permis, tu vois ? Nico, t'es prêt ? Que je te dise au revoir ! l'appela-t-elle. Là, je vais y retourner parce que je l'ai laissé avec une serpette pas loin, le drame peut vite arriver avec lui, je ne suis pas tranquille…

— Je comprends, ai-je répondu.

— Nico, t'as retrouvé ton passeport ? s'est écriée la baronne.

— Je l'ai ! a-t-il dit en entrant dans la pièce, un gros sac de voyage dans la main. Bisous, Maman !

Son père nous a embrassés tous les deux en nous recommandant de « bien faire attention à nous ». Quand nous sommes sortis pour nous diriger vers la voiture, Nicolas s'est arrêté et a fait un signe de la main à Max.

— Salut, Max !

Il ne s'est pas levé. Toujours à genoux dans la terre, il nous a adressé un signe de la main en criant : « Salut, bonnes vacances ! » Rien d'autre. J'ai encore eu cette impression qu'on m'arrachait le cœur pour le balancer dans les graviers et sauter dessus à pieds joints. Pendant que Nico mettait ma valise et son sac dans le coffre, j'ai vu sa mère le rejoindre et lui faire un bisou sur la tempe, heureuse de le retrouver avec tous ses doigts, malgré la serpette non loin…

Elle aussi nous a fait au revoir de la main et je suis montée dans la voiture. Voilà où j'en étais un an plus tard. Il n'y avait plus rien !

— C'est rude, dit la psy.

— Atroce. C'est comme si l'être aimé était mort, mais toujours là. Un véritable cauchemar. J'ai décidé de le sortir de ma tête et, deux ans plus tard, j'ai épousé Nicolas ! Comme je rêvais de m'installer à Paris, à deux, c'était quand même plus simple…

— Attendez, vous avez épousé le frère ? coupe la psy.

— Oui. Nicolas m'a fait une très belle demande, un an plus tard. J'ai sauté le pas.

— Et Maxime était là, au mariage ?

— Oui, magnifique, au début. Moins à la fin quand il est tombé dans les fils barbelés au bout du champ et qu'il est revenu le costume lacéré, mais l'ambiance était très bonne.

Comme il est aussi tombé tout habillé dans la piscine et qu'il ne voulait pas remettre ses vêtements d'épouvantail, il a fini en slip avec un certain succès, il faut bien le dire… Intérieurement, j'étais toujours folle de Max, mais j'ai dit oui à la sagesse, la sécurité, la sûreté… Avec Nico, nous nous sommes installés dans un trois-pièces à Paris, près de Boulogne. Nicolas est devenu dentiste, dans le cabinet qu'il visait, avec l'associé qu'il voulait. Pour lui, tous ses plans ont fonctionné. Pour moi… Heu… Mon premier boulot de traductrice a été le mode d'emploi d'un sèche-cheveux. Je n'étais pas la grande traductrice de Patricia Cornwell ou de Mary Higgins Clark, j'ai pris ce qu'il y avait, ne connaissant pas grand monde à Paris. Par la suite, j'ai traduit le mode d'emploi d'une perceuse pour une entreprise allemande… Ils étaient contents de moi et m'ont filé le mode d'emploi de leur star : l'agrafeuse murale. Ma carrière décollait. Bon, en fait, j'ai bien galéré ; heureusement je suis tombée enceinte. En 1995, nous avons eu notre fille, Clotilde. Maxime (je le savais par ma mère qui prenait toujours le thé avec la baronne) avait lâché le droit pour faire de la gestion. À la fin de son DESS, il a fêté ses partiels en boîte de nuit. En sortant, Max a vu un taxi passer et lui a couru après, il n'a pas vu le poteau devant lui et…

— Oh non ! s'exclame la psy.

— Ben si. Mais malheureusement, la mémoire de moi, de nous, ne lui est pas revenue. J'étais prête à divorcer sur-le-champ si elle lui revenait, mais non. Il faut dire qu'il a seulement fait quatre jours d'hosto…

Avec Nico et notre petite fille, nous revenions souvent au manoir des Wilfried. J'apercevais Max de temps en temps. Au réveillon de Noël 1996, il a pris mon bébé dans ses bras, tout le monde était autour, ne le laissant même pas faire quelques pas avec. Il était aimable avec moi, sans plus. Son accident de moto n'était plus qu'un lointain souvenir, il avait tout récupéré. Tout, sauf moi. Avec le temps, le lien que nous avions tissé, Nicolas et moi, s'est distendu. Je m'y attendais. On faisait semblant de rien au départ. Je ne voulais pas d'autres enfants. Les premières semaines avec mon bébé avaient été trop éprouvantes, j'avais installé un petit sofa dans sa chambre avec les biberons prêts pour la nuit, afin qu'elle ne réveillât pas son père dont les premiers patients arrivaient à neuf heures. Fée Ministe fulminait. Nous avons divorcé en 2000, il me trompait depuis 1998. (Avec l'assistante dentaire de son cabinet. Nico est un gars avec peu d'imagination.) J'ai déménagé en 2001, Nicolas nous a trouvé un deux-pièces à côté de son cabinet. Sa pension payait notre loyer et je payais le reste avec mon travail de traductrice, n'hésitant pas à faire aussi des lectures de manuscrits pour des maisons d'édition. En 2001, la baronne, qui voulait voir sa petite-fille, m'a invitée pour le réveillon de Noël. Je me suis dit que c'était le moment ou jamais. Il fallait que je dise à Max tout ce que j'avais sur le cœur. Lui raconter que l'on s'était aimés à la folie et que je ne l'avais jamais oublié. Que j'avais tout enfoui, tout fait pour que ce sentiment s'éteigne au fil des années, aimé son frère, aimé ma vie avec lui (certes, un peu au début, mais qu'est-ce que vous pouvez raconter à un gars dont les passions sont les progrès de la science en orthodoxie, parodontie, les nouvelles facettes que tout Hollywood a maintenant, etc. ?), mais que j'avais toujours le ventre serré quand je pensais à lui.

Max n'est jamais sorti de ma mémoire. Jusqu'à présent, je n'avais jamais vraiment réussi à être en tête à tête avec lui, mais là, il fallait que j'y arrive, j'étais prête. Nouvellement divorcée et toute en beauté, j'ai débarqué au réveillon avec ma petite Clotilde qui, elle, ne pensait qu'aux cadeaux quand je ne pensais qu'à son oncle.

— Et alors ? Il n'est pas venu, c'est ça ? demande la psy. Il a eu un accident de bagnole, je parie !

— Non. Il est venu. J'étais près de la porte, prête à lui sauter dessus quand Maxime est apparu, plus sublime que jamais, accompagné d'une fille… magnifique alors que j'avais toujours six kilos de trop, impossibles à perdre depuis ma grossesse. Il nous a présenté Charlotte. Une horreur, ce réveillon. J'étais assez irascible. Lui était euphorique et a attendu la bûche pour nous dire que Charlotte était enceinte, j'en ai recraché ma gorgée de champ' par le nez et Nico, qui était à côté de moi, parce que devant notre petit bijou de fille, nous jouions toujours aux parents modèles, même divorcés, a lâché : « T'es vraiment crado ! » en essuyant la nappe avec sa serviette, contrevenant à notre pacte de non-agression en public. Max ne m'a pas calculée ce soir-là. Je pense qu'il ne se rappelle même pas de ma présence atrabilaire et frustrée.

Max a eu un fils en 2002, Clovis. En 2005, il a monté un site de ventes aux enchères sur Internet avec un copain et il a gagné beaucoup d'argent, pendant que je comptais chaque sou. Et plus il vieillissait, plus il devenait beau, contrairement à son frangin qui avait commencé à perdre ses cheveux quatre ans après notre mariage. En 2006, Max a eu un autre garçon, Alexandre. Toujours avec la belle Charlotte qui, elle, arrivait à perdre tous ses kilos de grossesse. Max a fait comme sa mère, il a eu deux garçons. J'ai fait comme la mienne, je n'ai eu qu'une fille. Vivant seule avec Clotilde, j'ai eu quelques aventures, la plupart du temps sans qu'elle le sache. Je n'étais pas malheureuse, j'aimais vivre sans homme. Clotilde connaît ses petits-cousins. Elle a passé quelques étés au manoir de sa grand-mère. Je me suis tapé quelques séjours, sans Max mais avec sa femme, la si belle Charlotte. Je rêvais que je l'étranglais quand elle me parlait, c'était plus fort que moi. En 2011, ils ont fini par divorcer, enfin. Encore dix ans de perdus pour moi ! Au réveillon 2012, j'allais enfin le revoir, libre, séparé ! On allait pouvoir se parler franchement ! Je me suis fait super belle et…

— Eh bien, vous avez de la suite dans les idées ! coupe la psy.

— Plus le temps passe, plus il est beau, cool… et riche en plus, parce qu'il n'y a pas de justice.

— Et donc, vous vous êtes parlé ?

— Non.

— Qu'est-ce qu'il y a eu encore ? Un accident de voiture !

— Non, arrêtez avec ça... j'ai appris au dernier moment qu'il ne venait pas. Monsieur passait Noël à l'île Maurice. En revanche, Charlotte et les enfants étaient bien là. Une horreur, ce réveillon. Pour couronner le tout, Nicolas est arrivé avec sa nouvelle copine d'une vingtaine d'années. À la fin du dîner, j'ai dit à ma fille de dix-sept ans : « Tu ne veux pas aller jouer avec la nouvelle fiancée de Papa ? Vous avez presque le même âge ! », transgressant le pacte de non-agression en famille. La copine a eu le rouge qui lui est monté aux joues d'un coup, Nico m'a envoyé un regard à vous geler l'enfer et Charlotte a rigolé. On s'est un peu rapprochées toutes les deux depuis que Max l'a quittée. On a discuté pension alimentaire, la sienne était énorme alors qu'elle n'était même pas mariée.

En 2013, je ne l'ai pas revu non plus. Selon ma mère, qui prenait toujours son petit thé avec la baronne, Max avait beaucoup d'aventures et passait d'un jupon à l'autre, pour reprendre les termes de sa mère. *Tu m'étonnes !*, pensai-je. Au réveillon 2014, c'est moi qui ne suis pas venue. J'étais au ski avec ma fille et on s'est bien amusées. En 2015, l'année dernière, j'étais enfin parvenue à me le sortir de la tête, vingt-cinq ans après notre passion de jeunesse brisée en plein vol, quand subitement, il y a trois semaines, je reçois une carte postale chez moi, pas un mail, pas un texto, non une carte postale de Los Angeles avec juste écrit, au dos :

« Tu me manques.

Max de W. »

— Tiens donc ! s'écrie la psy.

— Oui, et je sais qu'il sera là, ce soir au manoir. Et moi aussi. Je suis venue vous voir parce que vous connaissez la psychologie masculine. Pourquoi est-ce qu'il m'a envoyé ça ?

— Comment voulez-vous que je sache ?! Je ne sais pas… Peut-être que la mémoire sur votre histoire lui est revenue. Vous êtes sûre qu'il ne s'est pas pris un poteau là-bas ou qu'il n'est pas retombé sur des rochers ?

— Non.

— Il a peut-être juste eu une frayeur ou quelque chose dans le genre. Je dirais que les souvenirs de ses vingt ans sont réapparus à la surface.

— Et moi, qu'est-ce que je fais ?

— Comment ça ?

— Je tente une re-séduction ? Ou je reste glaciale en lui disant que sa saloperie d'amnésie a foutu ma vie en l'air ?

— Ben… Vous voulez quoi au juste ?

— Je ne sais pas, je ne sais plus ! Admettons que je tente une re-séduction, je fais quoi ? Je fais comment ?

— Ben… Restez vous-même ! Bon, dit la psy, en fixant le cadran de sa montre, vous me devez cent soixante-quinze euros. J'aurais pu vous faire tarif double pour ce jour férié, mais bon, c'est Noël, mon âme charitable, je suppose…

***

Lisa arriva au manoir des Wilfried vers 20 h 30. Toute la famille était réunie dans le salon et Max semblait faire le show, une coupe de champagne à la main. Nicolas était présent lui aussi, seul dans son smoking. *Tiens, il ne nous a pas ramené un petit coup du dimanche*, pensa Lisa, *ça doit être sa tonsure, elle s'est encore agrandie à l'arrière*. Elle salua la baronne en premier et le baron après. Ici, c'était comme à la cour d'Angleterre, d'ailleurs Nico et Max n'étaient-ils pas les princes William et Harry du Calvados ? Lisa fit la bise à son ex-mari, puis à son ex-beau-frère à qui elle glissa à l'oreille : « Je crois qu'il faut qu'on parle ! »

Elle s'empara d'une coupe de champagne qu'elle vida d'une traite alors que sa mère arrivait en compagnie de Clotilde, sa petite-fille. Les enfants de Max étant avec leur mère dans la famille de celle-ci, Clotilde ne cacha pas sa déception à l'idée de ne passer ce réveillon « qu'avec des vieux ». Lisa adressa un signe à Maxime, pour lui dire : je vais dans la cuisine, retrouve-moi. Il la rejoignit quelques minutes plus tard. Pantalon noir, chemise blanche ouverte, manches retroussées, ses cheveux noirs qui avaient encore poussé, ses yeux bleus rieurs, et ce nez parfait, droit et fin, depuis qu'il avait été refait à la suite de l'accident, Lisa se rendit compte que jamais elle ne se lasserait de contempler ce visage.

— « Tu me manques » ? Sur une carte postale ? commença-t-elle. Comme ça, d'un coup ?

— Oui, c'est que j'ai ressenti… au début du mois… à Los Angeles, dit-il.

— Pas un coup de fil en vingt-cinq ans et, tout d'un coup, « Tu me manques » sur une carte postale avec rien d'autre !!

— Oui, j'ai compris, Lisa… heu… en fait, tu sais… Voilà ce qu'il s'est passé : j'étais là-bas pour m'associer à un gars qui veut mettre des parts dans ma société Internet, on se baladait tous les deux, près d'Ocean Park, le long de la plage de Santa Monica, quand subitement j'ai vu un type à moto se prendre un break de plein fouet. Le motard a volé en l'air, il a atterri à quelques mètres de nous sur le bitume. Avec mon pote, on s'est précipités. Pendant qu'il appelait les secours, je me suis penché sur le gars, il n'avait pas de casque, juste un foulard de biker, représentant le drapeau américain, autour du front. Sa Harley était allongée sur la route. Et là, je me suis vu. Ce gars inconscient qui gisait, c'était moi. J'étais comme téléporté ce soir de juillet 1990. Je me suis vu, Lisa, il faut que tu me croies, c'était ma tête, mon corps, que je voyais au sol à cet instant. Et là, tout m'est revenu : ma première année de droit, l'amphi, la bibliothèque de la fac de droit, j'ai revu qui j'étais à ce moment-là précisément, ce que j'aimais, tout ce que j'aimais, la fille que j'aimais… Je… J'étais en état de choc pendant que les secours arrivaient et que le gars du break qui avait causé l'accident répétait en tournant autour de moi : « *I didn't see him! I didn't see it happen! I swear!* » Ce pauvre gars ne savait même pas à quel point j'étais encore plus choqué que lui au moment même où mon cerveau était en train de me redonner ce qu'il avait bétonné jusqu'à présent : un peu de ma vie passée. Un peu de mon enfance. Un peu de mon adolescence. L'année avant l'accident. Toi. Notre histoire. Notre vie ensemble. J'avais les jambes qui flageolaient. Je suis parti, laissant mon pote donner son témoignage à la police. Sur Ocean Avenue, j'ai acheté une carte postale et là, c'est vrai que j'ai écrit n'importe quoi. Enfin, ce que j'avais sur le cœur, tu me manquais, c'est vrai et c'était affreux, ces souvenirs sont revenus comme s'ils dataient de la veille… J'ai appelé Maman parce que je n'avais pas ton adresse. Elle me l'a envoyée par texto…

— Oui, ça je me doute que tu ne l'avais pas. Pas un coup de fil, pas une visite en vingt…

— Depuis trois semaines, je ne pense qu'à toi… Toi, qui as épousé Nico, rit-il.

— Oui. Heureusement qu'il était là. Il m'a aidée à ne pas devenir folle ! s'écria Lisa. Oui, parce que, dans ma tête à moi, si j'épousais quelqu'un c'était obligatoirement de cette famille. C'était à ta famille que je devais m'unir. Je voulais que ta mère soit la grand-mère de mes enfants, alors certes, je n'avais plus mon amour adoré, puisque j'étais devenue plus transparente que la baie vitrée de votre salon pour lui, mais j'ai eu une épaule consolatrice, présente, solide, elle, moins dingo et surtout pas amnésique !

— Je suis désolé, Lisa. Je ne sais pas ce qu'il s'est passé…

— Ton neurochirurgien non plus. Le cerveau humain était comme la galaxie, pour lui… C'est ce qu'il nous a dit à l'époque.

— C'est vrai, murmura Max en appuyant ses deux mains sur le plan de travail.

Lisa observa les veines sur ses avant-bras dégagés de sa chemise.

« Le désir est en train de revenir, murmura Princesse D. En fait, il n'est jamais réellement parti de notre côté, mais c'est follement excitant ! »

« On se calme, la refréna Fée Ministe. Alors, je te zappe et t'existes plus et, subitement, vlaty pas que je me souviens, un quart de siècle plus tard ! Et il croit qu'il va reprendre les choses là où il les a laissées ? Mais même pas en rêve ! »

— Je suis tellement désolé, ç'a dû être un enfer pour toi, reprit Maxime.

— T'as pas idée ! J'étais… bien amoureuse, on peut le dire. Dans les premiers mois, j'ai cru que ça allait te revenir, puis dans les premières années… Au final, j'ai constaté que beaucoup de choses étaient revenues, presque tout en fait, sauf moi…

Lisa ne put finir sa phrase et étouffa un sanglot. Maxime se précipita et l'entoura de ses bras. Lisa put enfin pleurer dans les bras qu'elle avait toujours follement désirés…

— On passe à table ! annonça la baronne en entrant dans la cuisine.

Lisa essuya ses larmes et Maxime se dégagea rapidement. Inutile de faire un dessin à Françoise, elle savait exactement ce qu'il se tramait ici. Lisa fit un pas sur le côté.

— Excusez-moi, dit-elle en ouvrant le réfrigérateur. Je prends le saumon. Vous venez ?

Elle sortit avec son immense plat en argent recouvert d'un film plastique sans attendre la réponse de « ses enfants ».

— Tous les accidents sont stupides, déclara Lisa en tirant une feuille de Sopalin pour essuyer son visage, mais celui-là, il faut bien le dire : il était particulièrement con. En fait, tous les tiens, d'accidents, ont été « insoutenablement » cons… Mais le pire, c'était qu'ils étaient réguliers…

— Oui. Tais-toi, ça fait un bout de temps que je n'en ai pas eu, l'interrompit-il en touchant le bois de la planche à découper les légumes.

— J'ai essayé de te parler, de te raconter notre histoire… Quand j'ai divorcé de Nico, j'étais prête. J'avais préparé tout un discours, je l'avais répété devant la glace et tout… Puis tu es arrivé au réveillon avec Charlotte, tu m'as encore moins calculée que les autres années, c'est dire… C'était il y a quinze ans, je crois, avoua Lisa, en nettoyant le Rimmel sous ses yeux.

Max leva les yeux au plafond et serra les lèvres.

— Si tu peux, essaie de me pardonner. C'est tout ce que je demande, murmura-t-il. Garde le souvenir du jeune Max qui t'aimait…

— Et puis, ça a duré dix ans, renifla Lisa et… En fait, j'aurai passé une vie à t'attendre… Mais… mais l'année dernière, ça allait mieux, je n'avais plus ce poids sur l'estomac quand je pensais à toi, je t'avais laissé partir. C'est terrible de faire le deuil de quelqu'un de son vivant… Mais… Bref, j'avais à peu près réussi quand tout d'un coup la carte postale, quoi ! Et boum, rebelote !

— Je tombe mal encore, je tombe toujours mal, en gros…

— J'avoue qu'on peut difficilement faire pire, marmonna-t-elle, tenant le Sopalin roulé en boule près de son nez. Je suis allée voir une psy cet après-midi…

— Qu'est-ce qu'elle t'a dit ? demanda Max.

— Rien, c'est moi qui lui ai raconté toute l'histoire et ça m'a coûté cent soixante-quinze balles ! dit-elle en étouffant un éclat de rire.

Maxime rit avec elle. Leurs esclaffements se transformèrent en fou rire, qu'ils n'arrivaient plus à contenir.

— Vous venez, les enfants ? intervint Charles, le baron, en entrant dans la cuisine. On a presque fini le saumon, il manque du citron. Il en est où, mon chapon, ajouta-t-il en se baissant pour regarder à l'intérieur du four. Vous surveillez la cuisson ?

— Exactement, Papa, répondit Maxime, hilare. En fait, c'est ce qu'on fait, on surveille la cuisson du chapon.

Ils repartirent dans un fou rire et Charles sortit de la cuisine avec des citrons. Lisa et Max, se tenant le ventre, se laissèrent glisser lentement contre les machines pour finir assis sur le sol de la cuisine. Ils reprirent leur calme peu à peu, revenant à une respiration normale…

— Tu m'as vraiment manqué, déclara Max.

— Toi aussi, mais ce n'est pas depuis trois semaines, c'est depuis vingt-six ans !

Ils éclatèrent de rire encore comme une réplique après un séisme.

— Punaise, vingt-six ans, réalisa Maxime.

— Oui, souffla Lisa. Vingt-six ans à essayer de t'oublier, avec des hauts, des bas, y arrivant par moments pour que ça revienne plus fort ensuite. Je te le répète, c'était pire qu'un deuil. Tu te pavanais devant moi avec d'autres femmes, tu faisais des enfants, tu m'ignorais… Si au moins t'étais mort ! Mais même pas ! Non, tout pour me faire chier !

— Si je te disais que je suis là maintenant… bel et bien là pour toi. Présent et avec tous mes neurones et mes souvenirs… Tu reviendrais ? Tu pourrais m'aimer encore ? Parce que moi, je sais que je n'ai jamais cessé de t'aimer sans le savoir…

« Et nous y voilà ! » s'écria Princesse en sautant à pieds joints.

« Et nous y voilà », marmonna Fée Ministe, en s'asseyant les bras croisés.

— Je ne sais pas, je ne sais plus, avoua Lisa. J'ai passé tellement de temps sans toi. J'ai peut-être idéalisé cet amour de jeunesse, c'était mon premier. Je l'ai peut-être fantasmé, après tout… C'est vrai que, vu la manière dont il s'est terminé, il m'est resté en travers de la gorge, mais…

Lisa ne put finir sa phrase, Maxime plaqua ses lèvres contre les siennes et s'allongea sur elle, sur le carrelage de la cuisine. Lisa entendit de nouveau les cloches sonner, mais elles étaient réelles, celles-là, c'était les cloches de la petite église du village qui annonçaient la messe de minuit.

Quelques minutes plus tard, ils arrivèrent dans le salon en se tenant par la main.

— Ah quand même ! s'écria l'assemblée.

— Qu'est-ce que vous foutiez ? demanda Nico. Je vous préviens, il n'y a plus de blinis…

— J'ai l'honneur de vous annoncer que Lisa et moi, on va se remettre ensemble, annonça Max, et peut-être même vivre tous les deux si elle veut bien… Dès l'année prochaine, en janvier, dans une semaine, quoi ! Joyeux Noël, tout le monde !

L'assemblée médusée accueillit cette nouvelle l'œil rond et la bouche ouverte. Dehors, il commençait à neiger doucement et les cloches tintaient encore. Max et Lisa s'embrassèrent de nouveau. Il faut toujours faire confiance aux cloches…

Love coach

*

Sophie Henrionnet

Noël 2017

— C'est simple, Coralie : je ne peux pas !

— …

— C'est tout ! Je ne peux pas te dire mieux.

— …

— Sérieusement, tu peux comprendre ça, Coralie : ce n'est tout simplement pas possible.

Pour la millième fois de la journée, Vincent égarait sa main dans son épaisse tignasse. La tension était à son comble dans son petit appartement parisien, en cette froide mais copieusement ensoleillée journée de décembre.

Ladite Coralie, deux ans et quinze centimètres de moins que son frère, ignorait superbement les tentatives désespérées qu'il déroulait dans le but de refuser sa requête illégitime.

— Je vous appelle dès que j'atterris, les garçons.

Elle consulta sa montre et ajouta négligemment :

— Enfin, je verrai en fonction du décalage horaire. Je ne sais pas quelle heure il sera à Rio. Quoi qu'il en soit, on se retrouve chez Mina pour Noël. Tonton Vince vous y conduira.

Elle sortit de son sac à main un trousseau de clés et le fit claquer sur la table basse.

— Je te laisse ma caisse au cas où, mais sois prudent. On sait tous comment tu conduis…

— N'importe quoi…, rétorqua Vincent dans un élan pavlovien avant de secouer la tête, de saisir les clés et de les tendre à sa sœur, imaginant peut-être qu'en les récupérant, il éviterait le cauchemar qui se profilait.

— C'est non, Coralie ! Qu'est-ce que tu ne comprends pas dans le mot NON ?

La petite blonde se mit à rire comme si jamais, de toute sa vie, elle n'avait entendu chose plus drôle.

— Tu avais dit OK. Vous êtes témoins, les garçons, tonton Vince était d'accord.

Vautrés dans l'un des canapés défoncés de Vincent, Oscar, onze ans, et son frère Tim, quatorze bougies au compteur, ignoraient royalement ce qui se jouait à proximité. Ils avaient déjà allumé la console de jeux de leur oncle. Coralie *vs* Vincent ? Des litres de testostérone n'y changeraient rien. Jamais leur mère n'avait perdu le moindre combat.

— Dis, Siri, c'est quoi le code wifi de l'appart ? interrogea Oscar.

La tablette de Vincent entama une discussion avec le préadolescent.

— Je ne savais même pas que ma tablette avait cette fonction, lâcha Vincent, un peu plus désarçonné encore.

— Avec tes enfantillages, je vais finir par rater l'enregistrement, s'énerva la jeune femme.

Vincent l'observa un instant avec curiosité. Jamais il ne parviendrait à cerner l'étrange personnalité de sa sœur. Lorsqu'elle ferma son sac d'un geste assuré, il comprit que ses espoirs de tranquillité tout autant que les plans qu'il avait scrupuleusement mûris s'évanouiraient bientôt dans le soleil couchant, escortés de virevoltants roulés par le vent, le tout avec Sergio Leone en bande-son.

— En tout état de cause mon chou, tu as dit OK. Et OK signifie OK.

— Coralie…

— Qu'est-ce que tu ne comprends pas dans le mot OK ? railla-t-elle en le singeant.

— Mais t'es grave ! lança Vincent dans un sursaut. Je n'ai pas pu te dire OK, puisque jamais tu ne m'as demandé de garder les garçons !

Il écarta les bras, incrédule devant tant de mauvaise foi.

— Et depuis quand on me demande de garder des enfants ? Tu es au courant que je ne suis moi-même pas franchement adulte ? Je fais même crever les cactus que Maman s'acharne à m'offrir les uns après les autres !

Coralie soupira et leva les yeux au ciel.

— Cette manie de tripoter tes cheveux… Ta calvitie va flamber.

Vincent, paniqué, gagna le miroir de l'entrée.

— Je… Hein ? Calvitie, moi ? Tu déconnes, je…

Il tenta de dompter son rythme cardiaque qui avait pris des largesses à cette idée inquiétante de front qui pousse, puis reprit un semblant de contenance.

— J'y vais ! annonça Coralie.

Contrairement à Vincent, excessivement bonne pâte, Coralie appartenait à la race des killeuses. Là où certains divisaient pour mieux régner, Coralie menait son interlocuteur par le bout du nez, le conduisant, l'air de rien, dans des impasses aussi stériles que boueuses, et assénait le coup de grâce. C'était désormais chose faite : les garçons passeraient la semaine précédant Noël dans l'appartement parisien de leur oncle.

Coralie se hissa sur la pointe des pieds et claqua une bise sur la joue de son frère, lequel n'avait plus qu'à fraterniser avec la capitulation.

— Dieu te le rendra au centuple, c'est une certitude. Enfin, *a priori*.

— Mais…

— Demandé, pas demandé, ça change quoi pour finir ? J'ai besoin que tu me rendes ce service, j'ai besoin de vacances, et j'ai besoin que quelqu'un veille sur les garçons.

— Coralie…

— Serais-tu le genre de mec à ignorer une femme dans le besoin ?

— …

— Je ne le pense pas, reprit-elle en secouant la tête négativement.

— Mais…

— Crois-moi, tu n'es pas ce genre de mec, ajouta-t-elle comme un compliment.

— Je…

— Allons, allons… Ne me déçois pas, s'il te plaît.

Vincent regarda successivement les deux paires de pieds posées sur sa table basse, puis sa sœur qui nouait son étole d'un air satisfait.

— J'ai tellement besoin de vacances… Et puis, tu vas voir, grâce à Fortnite, Oscar se garde quasi tout seul. Tim a pris un stock de livres délirant et ses écouteurs, non, franchement, c'est presque trop facile.

Elle lui tapota l'épaule.

— Et puis, comme tu ne bosses pas…

— Qu'est-ce que tu racontes ? Je bosse ! Free-lance ne veut pas dire que je ne bosse pas !

— Oui, enfin tu n'as pas à te taper de transports en commun, ni de collègues transpirants ou à l'haleine chargée. Quand ce n'est pas un combo des deux, continua-t-elle, soudainement pensive.

Elle balaya l'appartement du regard et ses yeux s'arrêtèrent sur une pyramide de cartons.

— Et puis, avec le départ de Nico… Non, ça va être très sympa, j'en suis certaine.

La messe était dite, Vincent baby-sitterait ses neveux à l'insu de son plein gré et plus personne, désormais, ne pouvait rien pour lui.

— Dis, Siri ? On va se marrer cette semaine ? demanda Oscar à la tablette.

« Il faut toujours laisser sa chance à la situation », déclara, dans le dos de Vincent, une voix métallique.

— Arrête Oscar ! tonna Coralie. Qu'est-ce qu'il est pénible avec ce truc. Et puis, ça va te faire du bien.

Vincent sentit sa colère s'évanouir. Coralie avait dégainé sans transition son regard de cocker et considérait son grand frère avec tendresse. Dans la foulée, elle posa une main sur son bras et le pressa légèrement. Vincent se sentit subitement las. Il savait ce que tous pensaient. Il devait passer à autre chose. Il fallait oublier Léa. Ne plus penser à son doux visage, son regard de braise, sa silhouette parfaite et son sens de l'humour décapant.

— Oublie cette pouffiasse une fois pour toutes, veux-tu, claqua soudain Coralie.

Vincent, dont les limbes du cerveau s'étaient instantanément parés de diverses représentations de Léa – Léa riant, Léa dansant, Léa mangeant une gaufre saupoudrée de sucre glace, Léa dormant paisiblement – manqua de s'étouffer. Coralie pivota vers ses fils qui ricanaient, puis elle planta ses yeux dans ceux gris-vert de son frère.

— Pardon, mais il est parfois bon d'appeler un chat un chat, et cette fille, frangin, c'est la reine des traînées. Si ta vieille sœur ne te le dit pas, personne ne te le dira.

***

Alors qu'Oscar s'était contenté de griffonner ses exigences sur un Post-it, Tim proposa à son oncle de l'accompagner à la supérette.

— Vous êtes tellement différents tous les deux, lâcha Vincent dans la cage d'escalier, je ne m'y ferai jamais.

— C'est sûrement de famille, s'amusa Tim.

Vincent tiqua. Son neveu avait peut-être raison. Coralie, sa propre sœur, l'avait toujours mené à la baguette. Dans leurs souvenirs communs, il y avait autant d'expériences hilarantes que de réminiscences douloureuses teintées d'humiliation.

— Oscar est immature, expliqua Tim. Avec un peu de chance, ça se tassera. Je ne relève que lorsque son comportement devient vraiment excessif. J'ai cru comprendre que ton coloc partait ? enchaîna-t-il.

En ramenant ses pensées jusqu'à son ami Nico, Vincent fit tomber une, puis deux boîtes de céréales dans son panier. Son coloc lui avait solennellement annoncé son emménagement avec Marion, sa fiancée. Avec le départ de Nico, une page joyeuse se tournait. Vincent ne pouvait décemment supplier son ami de rester, et il accusait le coup.

— Eh oui, Tim. C'est la vie, Nico part roucouler.

— Pas facile, j'imagine, répondit l'adolescent en admonestant une petite tape dans le dos de son oncle.

Vincent choisit un pack de bières et des paquets de cacahuètes.

— Vous aimez les chips ?

Tim se mit à rire et prit une mimique moralisatrice.

— Pour nous, qui sommes en pleine croissance, pas de problème ! En revanche, il me semble que tu devrais surveiller ce petit bidon naissant !

Vincent, vexé, se palpa l'estomac.

— Je vais chercher du papier toilette, reprit Tim. J'ai vu que tu t'étais rabattu sur le Sopalin !

Vincent regarda Tim s'éloigner dans le rayon, non sans souhaiter que la pyramide de boîtes de maïs toute proche ne l'ensevelisse. Vaguement honteux, il continua de remplir son panier de manière compulsive. Qu'est-ce qui ne tournait pas rond dans sa vie ? Ou plutôt pour quelle raison la liste des choses qui tournaient à peu près rond dans son existence de graphiste trentenaire tenait-elle sur un Post-it ? Quand Tim réapparut en brandissant un paquet de Maxidouceur épaisseur triple, Vincent espérait ne pas avoir été autant tête à claques par le passé.

À leur retour ils trouvèrent Oscar et Nico en pleine partie de jeux vidéo. L'ado exulta avec force cris : il venait de remporter le match sur le fil.

— Comment je t'ai défoncé !!! Mais défoncé ! Chehhhhh !

Nico, mauvais perdant, se leva et balança la manette sur le divan. Il coula un regard lourd de sens à Vincent.

— Tout le portrait de ta sœur, celui-là…

Vincent eut un sourire entendu et emporta les sacs de provisions jusqu'à la cuisine.

— C'est donc comme ça que tu me remplaces, s'amusa Nico en attrapant une bière dans le frigo.

— Faut croire… Coralie les a purement et simplement balancés ici avant de filer à Rio ! Autant te dire que ça ne m'arrange pas du tout.

Nico laissa son décapsuleur en suspens.

— Vince, s'il te plaît, ne me dis pas que tu vas recommencer tes conneries ?

L'accusé se prit d'une intense passion pour les composants du paquet de cacahuètes.

— Flippant tous ces additifs…

— Pas de tentatives de diversion avec moi, mec. Qu'est-ce que tu mijotes ? On en a déjà parlé cent fois, minimum ! Tu dois arrêter ton cirque ! Léa, quoi que tu fasses, ne reviendra pas !

Nico posa sa bière d'un coup sec sur le plan de travail. Il paraissait à la fois en colère et dépité.

— Et quand bien même elle se déciderait à te donner signe de vie, ce serait la pire nouvelle de la décennie !

Il tapa des deux poings sur la surface stratifiée et la canette trembla. Vincent, en sursautant, lâcha le paquet de cacahuètes. L'univers lui envoyait pourtant de sérieux signes : du courrier arrivait encore pour Léa à l'appartement, il avait croisé sa cousine le mois dernier au Bon Marché, sans compter cette star de la pop qui reprenait leur chanson. Il devait s'accrocher pour deux à leur histoire le temps qu'elle ouvre les yeux, pourquoi fallait-il que ses proches ne voient rien ?

— Nico, Léa a lu mes messages sur WhatsApp.

Nico soupira bruyamment et se posta face à son ami. Il posa ses deux mains sur ses épaules pour s'assurer d'avoir toute son attention.

— Bientôt, je ne serai plus là, tu sais ça ?

Vincent hocha la tête, triste et penaud.

— Je ne peux pas partir en sachant qu'à la moindre surinterprétation, tu vas replonger ! C'est du masochisme. Elle ne t'aime plus, Vincent. Léa vit sa vie et tu n'es pas dedans. Tu ne peux pas piloter son cerveau !

— Je l'ai dans la peau, chuchota Vincent en baissant la tête.

— Tu réalises que tu tournes en rond depuis un an ! Un an ! Et encore, l'année précédente vous avez rompu, quoi ? Cinq fois ? Et les cinq fois où elle est brièvement revenue, c'est parce que tu l'as suppliée. Cinq fois elle a piétiné ton cadavre avant de repartir sur quelques pas de danse !

— Je sais que tu ne la portes pas dans ton cœur, mais moi je la comprends. Et puis, je ne peux pas lui en vouloir : je n'ai pas toujours été très fin.

— Ah ben ça, pour pas être fin, t'es pas fin ! Sais-tu combien de femmes il y a dans le monde ? Dans Paris ? Dans l'arrondissement ? Dans l'immeuble !!!

Nico traîna Vincent jusqu'à la porte du four pleine de traces.

— Regarde un peu ce type. Il plaît à quantité de filles et ne s'en rend même pas compte. Beau gosse, sympa, attentionné… Beaucoup de mes collègues et amies me supplient de les mettre en contact avec lui.

Nico secoua Vincent d'avant en arrière, comme pour lui remettre les idées en place.

— Et ce mec, tu veux que je te dise ce qu'il fait ? Une fixette ! Intersidérale, la fixette ! Sur une fille qui ne lui arrive pas à la cheville et surtout qui se soucie autant de lui que de son troisième string.

— Je sais ce que tu penses, coupa Vincent d'une petite voix.

Nico s'adossa au plan de travail en soupirant.

— Au fait, ma mère demande si vous passez toujours Noël à la maison ? souffla Vincent.

— Je ne raterai ça pour rien au monde, répondit Nico. Elle est adorable de convier Marion.

Nico resta silencieux quelques secondes avant de reprendre.

— Sérieusement, ça m'inquiète de te laisser seul. Faut qu'on te retrouve un coloc rapidement sinon, je te connais, tu vas ruminer comme un fou.

Le visage de Vincent s'éclaira soudain.

— Alors là, je vais te surprendre. Je pense avoir trouvé quelqu'un !

— Ah ouais ? Tu veux me faire croire que tu te serais déjà bougé pour me trouver un remplaçant ? s'étonna Nico.

Vincent eut une petite moue.

— Disons plutôt qu'il s'agit d'une candidature spontanée. Tu te souviens de Jean ?

Nico ouvrit de grands yeux et s'éternisa sur sa gorgée de bière.

— Pas… onne… idée…, grogna-t-il en s'essuyant la bouche sur le dos de sa main.

— Mais si, il a bossé un temps dans la boîte de Léa. Directeur artistique, je crois. Un peu pince-sans-rire, mais plutôt sympa.

— Je ne pense pas que ce soit une bonne idée, murmura Nico en prenant soin de fermer la porte de la cuisine.

— J'ai bossé sur un projet avec lui, quelques visuels, reprit Vincent. Léa nous avait mis en relation. Bref, je l'ai croisé à une soirée boulot, tout naturellement on a parlé d'elle et…

— Vincent…

— Ils s'entendaient bien…

— Vincent !

— …

— Ton mec, là, il est sorti avec Léa quand vous étiez ensemble. Enfin, durant l'un des innombrables épisodes de votre saga.

Vincent saisit la bière de Nico et en descendit le contenu d'un trait. Il avait depuis longtemps arrêté de prendre personnellement les affronts de Léa, mais ce nouvel élément venait ajouter une couche de vernis supplémentaire à sa douleur. Lorsqu'il eut quémandé à son colocataire les détails et précisions tues jusqu'alors pour l'épargner, Vincent convint que Jean ne constituait pas le candidat idéal pour remplacer Nico.

Plein d'espoir, celui-ci lui sourit.

— Ça va aller, mon pote ?

Vincent inclina très légèrement la tête.

— Ça va aller, ne t'en fais pas… Je t'ai dit qu'elle avait lu mes WhatsApp ?

***

— Je vais faire un gratin de courgettes, annonça Tim qui avait décidément un côté Bree Van de Kamp à la limite du flippant.

— Tu sais où tu peux te le mettre, ton gratin de courgettes ? siffla Oscar en augmentant le volume de l'enceinte Bluetooth.

— Pas faim, bouda Vincent.

Depuis le départ de Nico, il gisait sur le canapé, un bras replié sur les yeux pour tenir à distance la dure vérité. Son ex-coloc venait de labourer ses ambitions, faites de propositions de dîner romantique, de playlists avec les chansons qui avaient marqué leur relation et de tirades passionnées. Pathétique, oui, mais il avait épuisé déjà pas mal de possibilités.

— Dis, Siri, où trouver les pizzas les moins dégueu des environs ? interrogea Oscar.

« Pizza bella, 9 rue Blanche. Si vous voulez consulter les avis Tripadvisor, cliquez sur le lien. »

— Dis, Siri, pourquoi mon frère, en plus d'être moche comme un cul de babouin, est complètement débile ?

— Oscar ! râla Tim sans conviction.

« Tout est relatif. Il n'est pas humainement possible de s'entendre avec tout le monde et l'intelligence n'est pas quantifiable en dehors du test du QI et du QE. Si vous voulez effectuer un test en ligne, cliquez sur l'un des liens suivants. »

Vincent avait besoin de faire le point.

— Dis, Siri, quelle est la meilleure manière de zigouiller son frère ?

Et de calme. Oui, il lui fallait du calme. Très rapidement. Il descendit au café qui occupait le rez-de-chaussée de leur immeuble. Le Blanche, dans la plus pure tradition des bistrots parisiens, avait toujours été un refuge pour Nico et Vincent. Ils connaissaient suffisamment Rémi, le patron, pour ne plus avoir besoin de passer commande. Candice, la serveuse, craquait sur Nico. Dans les trente secondes qui suivirent son arrivée, elle déposa en souriant un demi devant Vincent.

— J'ai cru voir Nico ?

— Oui, il passait prendre des cartons.

Elle eut un petit sourire triste, qu'il prit pour de la déception.

— On dirait que ce n'est pas la grande forme ? reprit-elle.

Vincent dévisagea la petite rousse. Tout le monde ici savait pour lui et Léa. Ils avaient eu au Blanche leurs premiers rendez-vous et venaient souvent y déjeuner. Pour ce qui était de la fin, les habitués cherchaient encore à oublier les éclats de voix de la jeune femme et les sanglots de Vincent.

— J'ai connu des jours meilleurs, répondit-il plus sèchement qu'il ne l'aurait voulu.

Il se sentit aussitôt gêné. Candice ne cherchait qu'à se montrer aimable et il se comportait comme un rustre.

— Je croule sous le boulot et ma charmante sœur a trouvé sympa de me refiler ses enfants à garder. Sans compter que je déteste cette période, reprit-il en désignant une guirlande lumineuse qui pendouillait dans un coin.

Rémi choisit cet instant pour entrer dans la salle en traînant un sapin. Candice eut un rictus gêné.

— Moi, je ne sais pas.

— Tu ne sais pas quoi ? s'enquit Vincent, hypnotisé par le Norman de deux mètres de haut.

Candice sursauta, comme prise en faute.

— Pardon, je pensais tout haut. Noël. Je ne saurais pas dire si j'aime ou pas.

Rémi fit tomber un carton, et une partie des décorations qu'il contenait se répandit sur le sol. Candice abandonna son plateau sur la table et se hâta de rejoindre son patron. Vincent, qui avait terminé sa consommation, fouilla ses poches à la recherche d'un peu de monnaie. Son téléphone vibra au même moment.

À table !

Vincent sourit en découvrant le SMS de Tim. L'adolescent se montrait bien plus organisé qu'il ne l'était lui-même.

Lorsqu'il passa la porte de l'appartement, il découvrit une table dressée pour trois et se joignit à ses neveux qui mangeaient déjà. Quand il eut terminé ses spaghettis *al dente*, il retourna s'allonger sur le canapé.

Léa, après avoir ignoré ses messages, snobé ses e-mails, éludé les messages privés sur Instagram et Twitter, l'avait bloqué sur Facebook. Cependant, le matin même, Vincent avait eu la surprise de constater que son ex avait lu les derniers « ça va ? » ridicules qu'il avait envoyés sur WhatsApp. Deux coches bleues, ni plus ni moins. C'était désormais une certitude : Léa savait, dans le désordre, qu'il pensait à elle, qu'il avait des choses à dire, des arguments, des envies, des idées, pour deux, voire pour trois.

— Dis, Siri, pourquoi mon crétin de frère sent si fort le fromage ?

— Oscar ! s'énerva Tim.

« L'odeur du fromage dépend de son affinage et de l'origine du lait utilisé. Le fromage est riche en calcium et… »

Vincent était à deux doigts de demander à Siri comment faire disparaître le cadavre d'un enfant de onze ans quand son téléphone vibra, s'illumina et sonna, tout à la fois. Soucieux de ne pas rater un signe de Léa, Vincent avait mis les notifications de son côté. Il se redressa vivement et, ébloui par le soleil qui baignait la pièce, il plissa les yeux. Tim et Oscar cessèrent leurs activités, ils ne l'avaient pas vu si vivant depuis leur arrivée. Léa avait répondu. Électrochoc. Cette information équivalait à une apparition de la Vierge.

Oui, pas mal. Et toi ?

Erreur de débutant, alors que le message de son ex tenait en une ligne, Vincent l'ouvrit sans attendre, validant à son tour les deux coches qui confirmeraient qu'il était désormais tout à fait au courant que Léa, primo était à peu près en forme, secundo fort empathique et aimable de s'enquérir de sa propre santé. La bonté faite femme, en somme.

— Mais quel blaireau ! T'as ouvert le message ? rugit Oscar en lui arrachant le téléphone des mains.

L'ado examina le maigre fil de discussion quasi exclusivement alimenté par son oncle adulescent.

— Rends-moi ça ! tonna Vincent d'une voix suraiguë.

— Tim ! Regarde ça ! s'emporta Oscar en collant l'écran sous le nez de son aîné.

Tim s'exécuta en silence. Il fit ensuite remonter de son index les petits rectangles colorés plus ou moins importants selon l'interlocuteur.

— Punaise. T'es grave mauvais, Vincent. Ça me peine de te dire ça, mais là on est vraiment sur du mauvais de chez mauvais.

Vincent resta stupéfait, ne sachant ce qui, de l'entente soudaine des deux frères ou de leur incursion dans sa vie amoureuse, le scandalisait le plus.

Oscar, visiblement aussi dépité, se renversa dans le canapé.

— Je ne devrais pas te dire ça, tonton Vince, mais cette Léa, je l'ai jamais sentie.

— Pâques ? rétorqua Tim à son frère, d'un air entendu.

— Clairement, confirma Oscar.

Tim haussa les épaules.

— Pas faux, pas faux…

Vincent essaya de reprendre possession de son téléphone, mais Tim se montra plus rapide et lança l'objet à Oscar.

— De quoi vous parlez ? Pâques ?

— Tu l'as ramenée à Pâques, chez Mina, il y a deux ans.

— En effet, répondit le trentenaire sur le qui-vive.

— Elle a passé son temps à textoter. Elle avait un mec, crois-moi sur parole.

— Et elle avait apporté des chocolats dégueulasses, tu te souviens ? D'ailleurs je ne suis pas à ce jour persuadé qu'on ait eu affaire à du chocolat.

Tim se mit à rire, et la connivence entre les garçons amusa à son tour Vincent.

— On peut t'aider, annonça Oscar.

— Bon, les enfants, vous êtes gentils, mais je crois que niveau relations amoureuses, je m'y connais un tout petit peu plus que vous.

Cette fois-ci les garçons éclatèrent franchement de rire.

— T'es un mec sympa, Tonton, mais l'exact opposé d'un tombeur ! Nico a raison, t'as pas conscience de ton potentiel et tu t'acharnes sur cette fille en jouant les carpettes !

— Hey ! Tout doux, maugréa Vincent. En plus vous écoutez aux portes ?

— Mon vieux, si tu veux la reconquérir, va falloir changer radicalement de méthode.

— Ça me tue de dire ça, mais Oscar a raison, appuya Tim.

Vincent se leva et arpenta la pièce. Il ne pouvait pas décemment se faire aider par ses neveux. D'un autre côté, si personne ne l'en empêchait, il allait vomir des messages suppliants à la pelle, et ce toute la soirée durant.

— Comment tu sais tout ça, toi ?

Oscar se rengorgea.

— Je crois que c'est inné, en fait.

Vincent pivota vers Tim, qui leva les paumes de mains vers le ciel en signe d'abdication.

— Il a des tonnes d'amoureuses. C'est un *serial lover*. Sa chambre est tapissée de mots doux.

— Et toi ? s'enquit Vincent.

— Moi ? J'en ai reçu un, une fois. Mais il est arrivé par mégarde dans mon sac à dos, il était adressé à mon voisin de classe.

— Alors ?

Ils se tournèrent vers Oscar qui croisait fièrement les bras sur son torse malingre, mais tendu d'assurance.

— On laisse faire le boss ?

***

Vincent avait sorti ses souvenirs. Albums photo, lettres, historiques de messages, e-mails imprimés conservés religieusement. En contemplant les évocations du passé qui jonchaient le sol du séjour, le trentenaire avait la curieuse sensation d'être convié à la rétrospective de la vie d'un loser. Penchés côte à côte, Tim et Oscar épluchaient les échanges avec attention.

— T'es bien certain de vouloir la reconquérir ? demanda Oscar en examinant une photo de Léa.

Sur le cliché, casquée et vêtue d'un gilet de sauvetage, Léa s'apprêtait à descendre dans une grotte souterraine. Elle fusillait le photographe du regard.

— Verdon, été 2016, enchaîna amoureusement Vincent.

— À sa décharge, tout le monde a une tête de gland dans cette tenue, tempéra Tim.

Vincent repensa à cette semaine. De nombreuses disputes avaient émaillé le séjour et la météo avait été exécrable, ce qui expliquait sans doute la tête de tueuse de Léa.

— Dis donc, elle n'est pas toujours tendre, remarqua Tim.

Vincent relut une série d'e-mails sur son ordinateur. À cette période, Léa s'était brouillée avec sa meilleure amie, passage on ne peut plus difficile, on peut le comprendre. Il intercepta les regards apitoyés de ses neveux.

— Écoute, tonton Vince, si c'est vraiment ce que tu veux, il faut prendre les choses en main, décréta Oscar.

— Je le veux, assura Vincent avec la détermination de celui qui prononce ses vœux devant le maire.

— Dans ce cas, nous devons nous en remettre aux instances supérieures.

Vincent se raidit un tantinet, mais acquiesça tout de même. Jusqu'ici, cela semblait sensé, même s'il n'avait pas la moindre idée de quoi il était question. Tim valida d'un regard et Oscar, alors, lança les hostilités.

— Dis, Siri, comment je récupère mon ex ?

***

Vincent, Oscar et Tim avaient passé la soirée à éplucher un des sites de coaching spécialisé en récupération d'ex que Siri leur avait indiqués. Les avis étaient dithyrambiques, les témoignages éloquents : à en croire les différents articles, il existait des méthodes imparables pour faire revenir les âmes sœurs qui, par mégarde, s'étaient éloignées du droit chemin.

— En tout cas, il y a ce qu'il faut en tutos, constata Tim.

Oscar secoua la tête, puis dévisagea Vincent de pied en cap.

— Dans ton cas, on va privilégier le coaching en direct.

— Sinon il y a la formule par téléphone, proposa Tim.

— T'as vu le passif ? Un an qu'il se comporte en ex relou ! Léa ne lisait carrément plus ses messages… Non, ne tentons pas le diable, mais plutôt le tout pour le tout, conclut Oscar.

Vincent décida d'ignorer le ton sans appel de son neveu et se mit en quête des tarifs du *love coach*.

— Je rêve ??? C'est en roupies ou quoi ?! C'est hors de question.

Oscar et Tim se rendirent à leur tour dans l'onglet « tarifs » du site et émirent un petit sifflement.

— Je ne vais pas claquer autant dans ces âneries, décréta Vincent.

— Pourtant, tu avais l'air décidé, riposta Oscar.

— Je suis désespéré, oui, mais pas à ce point ! Non, non, non, c'est n'importe quoi et pas dans mes moyens.

Oscar disparut sans crier gare dans le couloir de l'appartement pour revenir quelques secondes plus tard avec son sac à dos. Il en sortit un portefeuille plein à craquer.

— On va dire que tu me rembourseras la moitié. Le reste c'est ton cadeau de Noël.

— Mais d'où tu sors ce fric ? lança Tim.

Oscar évita le regard des deux autres.

— Disons que j'ai rendu quelques services à des voisins… Ce qui leur a évité de faire appel aux services d'un privé. Bref, là n'est pas la question : on prend la formule « Platine love ».

Vincent considéra longuement le plus jeune de ses neveux, sans savoir quoi penser. Celui-ci ne laissa personne tergiverser en affirmant qu'il contacterait aux heures ouvrables l'expert en reconquête amoureuse. Puis il décréta qu'il était « temps de regarder un film, bande de nazes ». Vincent choisit de ne pas dilapider le peu d'énergie qui lui restait et obtempéra. Lorsque son téléphone vibra, Tim le lui confisqua.

— D'ici là, interdiction de répondre le moindre mot à Léa !

— Et on ne parle même pas d'émoticônes, ajouta Oscar.

— C'est Maman de toute façon, annonça Tim en lisant le SMS qui venait d'échouer sur l'écran. Elle dit qu'elle vient d'arriver et que le barman fait des cocktails divins.

Vincent se renversa dans un fauteuil et s'imagina ce qu'aurait pu être la soirée sans l'intervention de Coralie. Sans aucun doute aurait-il compulsivement enseveli Léa de messages et pour sûr, serait-il déjà en train de le regretter.

Il était incapable de prédire où cette histoire de coach allait le mener, mais après tout, cela ne pouvait pas être pire.

***

Le lendemain, au Blanche, Rémi terminait de dresser les tables pour le déjeuner. Il faisait suffisamment beau temps pour que certains, pelotonnés dans des plaids sous les grosses résistances, se risquent à manger en terrasse. Vincent et les garçons patientaient à l'intérieur.

— J'ai hâte de voir en quoi ce coaching consiste.

Oscar trépignait d'impatience, tandis que Tim parcourait la carte des consommations.

— Ouais, ben moi, je ne suis plus du tout certain que ça soit une bonne idée, marmonna Vincent.

— Écoute, c'est décidé maintenant. On ne va pas revenir là-dessus, coupa Oscar.

Vincent replaça autour de son cou l'écharpe qu'il venait tout juste d'ôter, plus pour se donner une contenance que parce qu'il frissonnait. Il se sentait plus stressé encore que si Léa en personne lui avait donné rendez-vous.

— Le voilà !

Châtain, dans les vingt-cinq ans, lunettes de soleil pilote, Brad Stanley s'avança dans la salle sans les voir. Tim se leva et agita la main à son intention. Brad hocha la tête d'un air grave et s'approcha d'eux. Il leur serra la main en silence et prit place à leur table.

— Tu t'appelles vraiment Brad ? s'enquit Oscar à brûle-pourpoint.

— Euh… non, répondit Brad, un peu déstabilisé par cette entrée en matière peu commune.

— Je me disais bien ! C'est quoi alors ?

— Alors quoi ?

— Ben ton prénom ! Le vrai !

Brad, qui regrettait déjà d'avoir répondu par la négative, ne trouva pas d'alternative à la vérité.

— Jean-Michel…

— Sérieux ? dit Tim.

— T'as bien fait de prendre Brad, c'est clair, conclut Oscar pensivement. Je crois que j'aurais pris Bradley, moi.

— J'ai hésité, avoua Brad avant de se ressaisir.

Il porta son regard sur Vincent et tenta de se draper à nouveau d'un peu de professionnalisme.

— C'est pour vous, n'est-ce pas ?

Vincent hocha la tête. Tout à coup, il avait plus envie de se faire épiler le sillon interfessier que de se trouver là.

— Brad Stanley, enchanté, je suis expert en reconquête amoureuse *since* 2012.

— Eh ben, t'as commencé super jeune, Jean-Mi, siffla Oscar.

— Bon, c'est pas bientôt fini ? s'emporta le coach.

— T'énerve pas, je suis admiratif ! J'aime ton esprit d'entreprise et j'avoue que c'est super malin d'avoir misé sur cette niche économique, renchérit Oscar.

Brad chercha un peu de réconfort auprès de Vincent, qui leva les mains en l'air pour tout soutien. Oscar était le capitaine du bateau, il fallait s'y faire. Celui-ci fit d'ailleurs un rapport exhaustif au *love coach*. Léa avait quitté Vincent deux ans auparavant, ensuite celui-ci avait durant une année entière quémandé un peu d'attention et la belle avait alors fait quelques retours fracassants avant de claquer à nouveau la porte. Depuis un an, le trentenaire se ridiculisait avec force déclarations et messages sur tous les réseaux possibles et imaginables.

— Je vois, je vois, je vois..., souffla Brad, visiblement pessimiste. Vous avez pris la formule « Platine love » ?

— Oui, Jean-Mi.

— Sérieusement, arrêtez de m'appeler Jean-Mi. À chaque fois mon mojo se fait un peu plus la malle et je ne vais pas réussir à être efficace !

— OK, OK, promis j'arrête. Enfin moi, à ta place, j'aurais pris Bradley, mais ceci n'engage que moi.

— Oscar ! tonnèrent Tim et Vincent de concert.

Candice s'approcha de la table, un peu inquiète.

— Tout va bien par ici ?

De l'étonnant petit groupe se dégageait une impression d'association de malfaiteurs, ce qu'ils se trouvaient finalement être, le butin escompté étant le petit cœur battant de Léa.

— Bon, là, Vincent, va falloir envoyer du lourd, parce qu'il y a un grand nombre d'interdits commis.

— Interdits ?

— Répondre trop vite, répondre tout court… Harceler ! Pleurer… Vous n'avez pas supplié quand même ?

Vincent préféra garder le silence.

— Supplié aussi… Pas gagné, pas gagné du tout, admit le coach.

Brad sortit des fiches bristol de son attaché-case et les disposa sur la table.

— La chose qui ne joue pas en notre faveur, c'est la donnée temps. Je m'explique, plus la situation s'encroûte et plus c'est…

— La merde ? proposa Oscar.

— Je n'aurais pas verbalisé ça de cette manière, mais ça résume assez bien l'idée. Léa sait que Vincent est fou d'elle, il serait prêt à tout pour quelques minutes avec elle, parce que…

— Il est débile ? cria Oscar en tapant sur la table comme s'il s'agissait d'un buzzer.

— Non, Vincent pense qu'en quelques minutes, il pourrait la persuader qu'elle a encore des sentiments pour lui. Et là, Vincent se…

— Fourre le doigt dans l'œil ? hasarda Tim qui se prenait lui aussi au jeu.

— … se fourvoie, termina Brad.

Vincent se prit la tête entre les mains. Il commençait à ne plus supporter qu'on évoque sa personne à la troisième du singulier comme on l'aurait fait du dodo, ce pauvre petit animal disparu de l'île Maurice.

Brad Stanley exposa ses principes en brandissant ce qu'il considérait comme la bible de la reconquête : un vieil exemplaire à la couverture rouge reliée et dorée à l'or fin d'*Orgueil et Préjugés*.

— Ceci, messieurs, n'est rien de moins que le Graal. Jane Austen est mon idole et ses écrits m'ont permis de percer à jour la psychologie féminine.

Il leur délivra le résultat de ses années de travail : les femmes ne voyaient pas l'intérêt de poursuivre quelque chose de trop acquis.

— En gros, il faut distiller les messages, comprendre que nous avons tous une « valeur ». Exemple : dans la situation qui nous préoccupe, Léa est un vêtement de haute couture et vous, Vincent, vous êtes, je ne sais pas…

— Un mocassin à glands bas de gamme ? proposa Oscar.

— Et de seconde main ? compléta Tim.

— C'est à peu près ça ! s'exclama Brad. Ils apprennent vite !

Vincent, qui avait rarement connu pire moment de solitude, commanda une autre bière à Candice. À son grand dam, depuis le bar, la serveuse ne ratait rien de la conversation. Elle lui adressa un petit signe de réconfort.

— Mais alors, ton plan d'attaque, Jean-Mi, pardon, Brad, c'est quoi ?

Brad croisa fièrement ses bras sur sa poitrine :

— Rien.

— Rien ? s'étouffa Tim.

— Rien, confirma Brad.

— Du tout ? creusa Vincent.

— Que dalle, affirma Brad d'un air satisfait.

— Tu ne te foutrais pas un peu de notre gueule ? demanda calmement Oscar.

Brad soupira et arbora la figure de celui qui concède à éclairer de sa lumière le petit peuple ignare.

— Léa a eu trop d'attention. Elle revient vers Vincent, il doit la faire mariner avant de réagir.

Il avait pris une voix étonnante, assez semblable dans l'élocution et le débit à la voix off des documents de *Zone interdite*.

— Oui, jusque-là je suis d'accord, commenta Oscar. Mais combien de temps et surtout que répondre ?

— Cinq semaines.

— Quoi ! lança Vincent en postillonnant de la bière sur les bristols et le Jane Austen.

Brad se pressa d'éponger les gouttes à grand renfort de serviettes en papier.

— C'est prouvé, insista-t-il. Pas moins, surtout pas moins !

Le coach certifiait qu'il fallait que Vincent se fasse désirer.

— Elle doit avoir l'impression que vous ne vous souciez plus d'elle. Ses certitudes vont vaciller, son orgueil va se fissurer et…

— Laisse-moi deviner, Jean-Mi, ses préjugés vont fondre comme neige au soleil ?

— Exactement, se rengorgea Brad sans capter l'ironie de la réponse d'Oscar.

— Et on paie trois cents euros pour ce ramassis de conneries ?

Brad se troubla légèrement.

— Je vais bien sûr accompagner Vincent sur ses prochains échanges avec Léa.

— Mais puisque je suis censé ne pas lui écrire ? s'emporta Vincent.

Brad prit un air mystérieux et ouvrit des guillemets de ses doigts.

— Patience ! Patience mon ami ! Tout vient à point à…

— … qui se fait plumer ? siffla Oscar.

— Mais non ! Vous allez voir qu'avant les cinq semaines de silence, étonnée par le mutisme de notre Vincent, effrayée à l'idée de chuter de son piédestal, Clara va se rappeler à son bon souvenir !

— Léa.

— Pardon ?

— Léa, pas Clara.

— Au temps pour moi, répondit Brad. La base, les gars, la base, tenez-le-vous pour dit, c'est toujours de se demander comment agirait Brad.

— Toi ?

— Non, Brad Pitt ! Ou encore Sean, ou bien George. Est-ce que Sean Connery supplierait la femme de ses rêves de revenir ? Est-ce que George Clooney espionnerait sa belle sur les réseaux sociaux ? La réponse, mes petits amis, est un non négatif.

Il traça en majuscules les trois lettres dans l'air, et un silence éloquent s'installa autour de la table.

— Si c'est ça la formule « Platine love », je me demande ce que tu sers dans la formule discount.

***

— Je suis désolé de devoir l'admettre, mais Siri m'a lâché sur ce coup-là. Ce type est un tocard, se désolait Oscar.

Vincent mangeait les chips à même le paquet tout en fixant l'écran de télévision sans savoir quel programme s'y jouait. L'interphone émit un grincement et Tim se déplaça jusqu'à l'entrée.

— C'est Mina ! s'exclama-t-il.

Vincent leva un sourcil, sa mère ne passait que rarement le voir. Elle détestait les transports en commun et on lui avait confisqué son permis de conduire pour des excès de vitesse à répétition.

— Mina ?

— Et on dirait…, continua Tim en approchant son œil de l'écran minuscule, qu'elle a des valises…

Vincent délaissa le canapé pour constater que Tim disait vrai. Plusieurs coups se succédèrent avant que Mina ne décide de laisser son pouce appuyé sur la sonnette. Conscient que de nouveaux ennuis se présentaient, Vincent se dirigeait vers la cage d'escalier quand son téléphone vibra. Il le consulta machinalement et se retint de pousser un cri fort peu viril en découvrant la teneur de la notification.

Tout va bien ? Je m'inquiète. Léa

— C'est quoi cette tête, tonton Vince ? T'as une crise hémorroïdaire soudaine ?

Vincent, qui avait définitivement fait une croix sur les concepts de fierté et d'intimité, tendit son portable à Oscar, qui eut un sourire diabolique.

— Eh ben ! siffla-t-il. On dirait que les affaires reprennent, mon petit pote !

***

Oscar, Tim et Vincent se tenaient les bras ballants dans l'entrée. Les cinq imposantes valises que le chauffeur du Uber avait charriées jusqu'au hall de l'immeuble gisaient à leurs pieds. Mina, quant à elle, se rafraîchissait d'un Perrier en soupirant haut et fort, avec un air de *drama queen*.

— Quand tu dis quelque temps, tu penses à combien de jours précisément ? osa Vincent.

— Ah ça ! Si je le savais ! Quel malheur !

— Je ne comprends pas pourquoi tu ne m'as pas prévenu.

— Tu aurais râlé de toute façon !

— Et ton assurance ? Elle ne prendrait pas en charge un hôtel le temps des réparations ?

— Tu enverrais ta mère à l'hôtel ? Pendant les fêtes de Noël ? Dis-moi que tu plaisantes, mon petit Vincent ! Vous le croyez, les enfants ? Il enverrait sa mère à l'hôtel pendant les fêtes !

Tim et Oscar, désireux qu'ils étaient de ne pas prendre part à l'échange houleux, disparurent dans le couloir.

— Je n'ai plus toute ma tête, que veux-tu…, se lamentait Mina.

Vincent, qui connaissait la propension de sa mère à verser dans le mélodrame, leva les yeux au ciel.

— Bien sûr que tu as toute ta tête.

— En tout cas, je n'ai pas fermé le robinet en descendant au local à poubelles. Puis, arrivée au local à poubelles, je me suis dit que j'allais en profiter pour aller acheter une baguette, une pas trop cuite, grand siècle, ils les appellent. Tu sais que je les aime pas trop cuites, les baguettes, bref. Ensuite je suis tombée sur M. Lenez et on a bavardé un moment. Résultat, dégât des eaux dans ma face.

— Dans ta face ? s'exclama Vincent.

Mina balaya l'air étonné de son fils d'un geste de la main.

— C'est Oscar qui dit ça, je crois. Quoi qu'il en soit, le temps de tout remettre en état, je suis SDF. J'ai prévenu ta sœur que nous ferions Noël ici. D'ailleurs, il paraît qu'elle boit des cocktails du tonnerre, j'espère qu'elle demandera les recettes à ce barman.

— Ah oui, c'est réglé donc…, abdiqua Vincent.

— Oui, ne t'inquiète pas ! sourit Mina. J'ai même réussi à joindre Nico ce matin, lui et Marion seront des nôtres. Tiens, je t'ai apporté un cactus.

— Mais tu es consciente que l'appart est tout petit ! tenta Vincent en ouvrant les bras et en tournant sur lui-même.

— C'est dans les vieux pots qu'on fait les meilleures soupes ! décida Mina d'un ton sans appel.

D'expérience, Vincent savait que lorsque sa mère usait d'expressions mal à-propos il ne servait à rien d'en rajouter : en plus de ses neveux, il récupérait sa mère septuagénaire pour une durée indéterminée. Malgré tout, il se sentait plus léger qu'il ne l'avait été ces derniers mois, voire joyeux. Léa s'inquiétait de son silence, et s'il s'y prenait intelligemment, le plus beau des Noëls se profilerait.

— Je ne sais pas par où commencer, reprit soudain Mina.

Vincent sortit de sa torpeur, un brin anxieux. Elle se dirigea vers la plus grosse valise et entreprit de l'ouvrir avec l'aide des enfants revenus dans le périmètre désormais sécurisé. Les serrures claquèrent et d'éclatantes guirlandes dorées et multicolores jaillirent du bagage.

— Je n'allais tout de même pas partir sans mes décorations ! Maintenant, mon chéri, tu vas te dépêcher d'aller me chercher un sapin.

***

Candice n'avait pas caché son amusement lorsque, plus tôt dans la journée Vincent était venu demander à Rémi qui lui avait fourni son Norman.

— Depuis quand tu mets un sapin dans ton appart, monsieur je n'aime pas Noël ? s'était moquée la serveuse du Blanche.

— Depuis que ma mère squatte chez moi.

— En plus de tes neveux ?!

— En plus, oui ! C'est quasiment la soupe populaire chez moi…

— Cela dit, Nico n'est plus là, tempéra-t-elle.

— Plus là, plus là… Ma mère l'a invité à revenir histoire d'établir un record, j'imagine.

Oscar et Tim occupant l'ancienne chambre de Nico et Mina la sienne, Vincent avait investi le canapé-lit. Un sapin bien trop gros pour son type deux clignotait dans l'entrée, mais il avait beau y mettre toute son exaspération, les efforts que déployait sa mère pour qu'un semblant d'esprit de Noël flotte dans son petit appartement le faisaient sourire.

Dans le halo bleuté que diffusait son écran de Smartphone, Vincent lisait et relisait les messages de Léa. Il ne se lassait pas de l'imaginer en train d'écrire ces quelques lignes. Était-elle allongée dans son lit, angoissée dans les transports en commun, ou encore plongée dans sa baignoire, à rêver de lui ? Léa. LÉA. Elle lui manquait tant. Que lui répondre ?

— STOP !

Vincent balança le téléphone, comme pris en faute.

— T'allais écrire des conneries, je le sais ! File-moi ce téléphone, je te le rends demain matin, intima Oscar.

Tim se tenait un mètre derrière lui.

— Vous allez réveiller Mina, chuchota Vincent.

— Vu comme elle ronfle, je ne crois pas, non, railla Tim.

— Mais je dois répondre quelque chose, supplia Vincent, elle s'inquiète.

Les deux frères échangèrent un regard moqueur.

— Pauvre bichette, elle se fait du mouron, railla Oscar.

— Vu ce qu'on a payé Brad-Jean-Mi, il nous donnera son avis demain, OK ? suggéra Tim.

Vincent, battant en retraite, laissa sa tête choir sur l'oreiller.

— OK…

Le téléphone bipa encore dans les mains de Tim. Il lut à voix haute.

J'aimerais te parler. 14 heures au Blanche ? Léa

— Ouais, on va attendre l'expertise de Jean-Mi, décida Oscar en empochant le Smartphone. D'ici là, c'est dodo, tonton Vince.

Il disparut dans le couloir sans rien ajouter, son frère sur les talons. Vincent sourit dans l'obscurité. Léa voulait le voir… Il savait pertinemment qu'il lui serait impossible de trouver le sommeil : les choses avançaient enfin.

***

Aux premières lueurs du jour, Oscar avait appelé Brad en lui ordonnant de les rejoindre. Le *love coach*, qui tournait autour du sapin en se frottant le menton où se battaient quelques poils, s'arrêta pour saisir la tasse de café que Mina lui tendait.

— Étonnant… Je dirais même troublant.

Il relut une fois de plus les messages de Léa.

— Vous me jurez que vous ne lui avez rien envoyé de votre côté ?

Vincent fit non de la tête.

— Croix de bois, croix de fer ?

Vincent, perplexe, dévisagea le coach.

— D'accord, d'accord, je vous crois.

Brad posa un index sur ses lèvres.

— Vous n'avez pas non plus fait appel à un marabout, n'est-ce pas ?

Le visage de Vincent prit une curieuse teinte violacée qui n'augurait rien de bon.

— T'as quand même un grain, Jean-Mi, coupa Oscar en forçant son oncle à se rasseoir. Alors, Vincent doit agir comment maintenant ?

— Eh bien, il va se rendre au rendez-vous et la laisser parler. Elle veut parler, qu'elle parle. Lui doit rester totalement mutique, pas un mot.

— Bonjour, quand même ? railla Vincent.

— Tout juste. Et il faudrait que vous repartiez du rendez-vous sans avoir rien dit.

— Ça paraît être un plan génial… Comme ça elle va se dire que je suis sain d'esprit, c'est certain, s'emporta Vincent. Vous me gonflez, vous savez ! Tous, et très sérieusement.

— Vincent, Vincent, gardez votre calme ! tenta Brad.

Vincent attrapa l'exemplaire d'*Orgueil et Préjugés* que Brad avait encore sorti et le fit voler à travers la pièce.

— Chouchou, ne t'emporte pas comme ça ! intervint Mina qui observait la scène avec gourmandise.

— Allez, tonton Vince, tu tiens le bon bout là, va pas tout gâcher ! l'encouragea Oscar, qui avait ramassé le roman et griffonnait l'air de rien des obscénités sur la page de garde.

— Tout gâcher ?! Je rêve ! Ça fait des mois que j'espère que Léa se manifeste et il faut que vous squattiez ma tête et mon appart juste à ce moment-là ?

Il fonça jusqu'à la tablette qui gisait sur le canapé.

— Dis, Siri, qu'est-ce que j'ai fait à l'univers pour avoir un karma aussi merdique ?

Il était cette fois écarlate. Sa veine jugulaire palpitait dangereusement à la naissance de son cou.

« Un mauvais karma, suivant les croyances bouddhistes, est le résultat d'un certain nombre de mauvaises actions. L'univers, quant à lui, est… »

— ASSEZ ! hurla-t-il en attrapant son manteau et son téléphone. Maintenant, foutez-moi la paix ! Je vais me rendre à ce rendez-vous et je verrai bien ce que Léa veut me dire !

Ce disant il répondit « OK » au dernier message envoyé par Léa et rangea le téléphone dans sa poche. Il voulait fuir le plus loin possible, peu importe le froid et les flocons qui commençaient à tomber, l'air dans l'appartement était devenu irrespirable.

— Il me semble que, tout de même, je ne l'ai pas élevé comme ça, lâcha Mina alors que Vincent claquait la porte.

***

Vincent marcha une heure sans but dans les rues de Paris, ce qui ne lui était plus arrivé depuis longtemps. Le pont des Arts se couvrait d'une fine pellicule de neige et la Seine coulait, indifférente à la marche du monde et au fil de ses pensées. Les vitrines clignotaient à tout-va tandis que Parisiens et touristes vibraient à l'unisson à l'approche de Noël.

S'était-il montré trop dur envers le coach, et envers ses neveux, lesquels ne faisaient finalement que se préoccuper du sort de leur vieil oncle célibattu ? Et que dire de sa mère qui était… sa mère, invariablement égale à elle-même et désespérément attachiante. Il consulta l'heure à sa montre : il était temps de reprendre le chemin du Blanche où il avait rendez-vous avec sa vie.

Le bistro était plus peuplé qu'à l'accoutumée. La neige s'installant sur la capitale, Candice servait à l'envi chocolats viennois et autres vins chauds. Elle lui adressa un clin d'œil et désigna du menton une table isolée dans un coin de la salle.

Vincent lui fut reconnaissant de l'attention. Rien de plus réconfortant en ce bas monde que se sentir privilégié en certains lieux. Il posa son téléphone devant lui et analysa les messages une fois de plus avant de quitter WhatsApp en panique : Léa apparaissait en ligne et il ne voulait pas être connecté si d'aventure elle se décidait à envoyer un message, ou à annuler leur rendez-vous.

— Tout va bien ? s'enquit Candice en s'approchant.

Conscient que la serveuse avait assisté à toutes les étapes de la débâcle, Vincent n'hésita pas longtemps à vider son sac.

— Léa m'a donné rendez-vous ici.

— Oh..., lâcha Candice, je vois.

Il ne savait pas ce qu'elle y voyait, à dire vrai lui-même ne savait qu'y voir.

— Un demi ou un café ?

— Un café, s'il te plaît, souffla-t-il en fixant ses mains posées sur la table.

Il ne perçut pas de mouvement. Vincent releva la tête, Candice n'avait pas bougé, elle l'observait, d'un air mi-attendri mi-dépité. Elle dansa quelques secondes d'un pied sur l'autre avant de s'asseoir sur la chaise vide.

— Ça ne me regarde pas tout ça, Vincent...

Il faillit confirmer, mais quelque chose lui disait que, quoi qu'il en pense, la jeune rousse n'en resterait pas là.

— ... tu ne penses pas que tu devrais remiser tes tactiques et tes plans foireux au placard ?

Il la dévisagea, sans comprendre.

— Ton coach, là, c'est assez pitoyable, et tes neveux sont plutôt chou, mais... Je ne sais pas...

Elle passa un léger coup de chiffon sur une trace imaginaire.

— Tu l'aimes ?

Curieusement la question le laissa perplexe. Aimait-il encore Léa ? C'était une évidence, non ? Ou alors... Non, bien sûr qu'il aimait Léa. Il était amoureux de Léa, il savait qu'elle était faite pour lui, et lui pour elle. Cette évidence l'animait depuis deux ans et il ne pouvait être question d'acharnement ou de fixette.

— Je pense que oui, affirma-t-il.

Candice ne répondit pas, mais esquissa un petit sourire, comme pour faire ressortir les quelques secondes que Vincent avait mises à répondre.

— Oui, reprit-il d'un ton plus assuré.

— Si tu le dis, alors, murmura-t-elle. Dans ce cas, sois sincère. Dis ce que tu ressens, sans excès, sans verser dans le mélodrame ou dans l'euphorie. Et puis, laisse-la exprimer ce qu'elle, elle ressent.

— Tu as raison, admit Vincent en respirant amplement.

— Et il se produira ce qui doit se produire.

Il hocha la tête. Cette fille était la voix de la raison et la Providence l'avait guidée jusqu'à lui juste avant le rendez-vous fatidique.

— De toute façon, je pense que tu sais qu'on ne force personne à tomber amoureux de soi. On ne pilote pas l'esprit des gens, j'en sais quelque chose, lâcha-t-elle.

Vincent arrêta quelques secondes de se focaliser sur son nombril pour observer Candice avec attention. Il n'avait pas remarqué qu'elle était pâle et cernée. Elle restait aussi souriante qu'à son habitude, mais paraissait étrangement lasse.

— Nico a déjà déménagé ? reprit-elle avec une énergie feinte.

— Oui, il a emporté ses derniers cartons et pris ses quartiers dans le 11e.

Candice opina du chef et se releva.

— Je n'ai même pas eu l'occasion de réaliser son départ. Avec Tim, Oscar et maintenant ma mère qui compte pour huit ! lança Vincent d'un ton trop enjoué pour être naturel.

Il avait toujours senti que Candice en pinçait pour son coloc, mais il devait avoir raté quelques épisodes. Nico se rendait souvent seul au Blanche pour des rendez-vous professionnels et il parlait fréquemment musique avec la petite rousse, y avait-il eu plus entre eux que son ami ne lui aurait confié ?

Léa passa la porte alors qu'il n'y était pas préparé. Il la repéra aussitôt, elle était encore plus belle que dans le plus étincelant de ses souvenirs. Elle releva une paire de lunettes de soleil quelque peu incongrue étant donné la météo et flotta littéralement jusqu'à lui. Vincent fut soulagé de constater qu'elle avait l'air détendue. Elle lui sourit en s'asseyant et posa une main sur la sienne en même temps qu'un léger baiser sur sa joue qui le laissa sans voix.

— Merci, souffla-t-elle. Merci d'avoir accepté de venir.

Le téléphone de Vincent vibra dans sa poche, une fois, puis deux, puis quatre. Léa se débarrassa de son manteau et d'un geste sans âme fit signe à Candice de venir prendre sa commande.

— Un thé au jasmin, claqua-t-elle sans la saluer.

— Et un thé au jasmin, répliqua Candice sans s'attarder.

Vincent en profita pour ouvrir ses messages.

Pense Brad

Pense Sean

Pense George

Et vérifie que ta braguette est fermée, tu la laisses systématiquement ouverte.

Vincent rangea l'objet dans la poche de son jean tout en pratiquant la vérification conseillée.

— Tu vas bien ? reprit Léa.

Vincent marqua un temps d'arrêt. Elle n'avait pas l'air dans son assiette. Les rares fois où il avait réussi à rétablir le contact, elle ne s'était jamais souciée de son bien-être. Quelque chose dans ses yeux trahissait une grande fatigue.

— Ça va, s'efforça-t-il de répondre. Pas mal, enfin les fêtes de fin d'année, tout ça.

Elle le dévisagea quelques secondes, comme si elle ne comprenait pas. Vincent, depuis la dernière fois qu'elle l'avait croisé, avait-il intégré l'équipe de lutins du Père Noël, ou celle des rennes, à ses heures perdues ? Elle secoua doucement la tête et disserta ensuite sur le sujet qu'elle maîtrisait le mieux, à savoir Léa elle-même, sa vie, son œuvre. Vincent buvait ses paroles, pas tout à fait sûr de vivre un moment de réalité plutôt qu'un rêve. Tout de Léa le fascinait. Il se surprit à décrocher, la simple présence de la jeune femme en ces lieux le transportait.

— Tu m'écoutes ou bien ?

Il plongea les yeux dans les siens sans toutefois y trouver une réelle affection.

— Enfin, mis à part ça, la routine, enchaîna-t-elle.

Elle avança alors son buste et frôla de ses doigts le dos de la main de Vincent. Tout son corps s'électrisa dans la seconde.

— J'ai beaucoup réfléchi à nous deux, annonça-t-elle tout à coup.

Ils y étaient…

***

S'appelait-il encore Vincent ? Habitait-il toujours Paris ? Étions-nous toujours en décembre, ou bien en juillet et sur une plage de Bora Bora ? Le grand brun était tout simplement incapable d'affirmer quoi que ce soit. Léa venait de se lever après l'avoir embrassé et lui avait demandé de prendre le temps de la réflexion. Il ressentait l'envie de sortir du café et de respirer l'air froid à pleins poumons, mais en était incapable. Candice, qui avait assisté au départ de Léa, rappliqua sans avoir l'air d'y toucher.

— Alors ? Il vient de se passer quoi au juste, là ?

Vincent en profita pour mettre de l'ordre dans son esprit. Léa avait fait son *mea culpa*. Elle avait agi comme une peste, ne l'avait pas respecté, s'était tapé plein de salauds pour réaliser qu'au bout du compte, un Vincent valait mieux que deux tu l'auras.

— Ah ouais…

— Quoi ?

— Drôle de déclaration quand même…

— Comment ça ?

— Ben, c'est pas super valorisant, quand on y réfléchit. On n'est pas dans du romantisme pur et dur, quoi…

Vincent soupira.

— Oui, je suis un moindre mal, en gros. Mais bon c'est toujours ça, lança-t-il en surjouant la joie. Je n'en espérais pas tant, à vrai dire.

— Et alors ? C'est quoi, la suite ?

— Je dois réfléchir, j'ai jusqu'à demain.

— Demain pour quoi ?

— Pour décider si j'accepte qu'elle revienne vivre avec moi. Elle n'a plus d'appart, elle a changé de travail et ils lui ont repris son logement de fonction.

Candice regarda Vincent comme si un troisième œil lui poussait sur le front.

— Tu déconnes, là ?

— Quoi ?

— Non, mais tu plaisantes ? Ohé ! Il y a quelqu'un, là-dedans ? reprit-elle en le secouant par l'épaule.

La petite rousse ne cachait plus sa colère.

— Mon pauvre, elle t'aura tout fait… Et toi, tu vas encore te jeter dans la gueule de la louve, pieds et poings liés.

Elle haussa les épaules, puis sursauta en entendant son téléphone sonner.

— Excuse-moi, je dois répondre, dit-elle en examinant l'écran.

Elle décrocha tout en se tournant. Dans la seconde, ses épaules s'affaissèrent de quelques centimètres. Bientôt Vincent réalisa qu'elle s'était mise à pleurer doucement. Elle se détourna tout à fait avant de disparaître en cuisine.

Vincent se sentit totalement idiot. Plus tôt déjà, il comptait demander à Candice ce qui la préoccupait. Elle avait toujours un mot pour chacun des clients, une attention, un geste. Cette fille était une perle. Au même moment, Rémi émergea des coulisses du Blanche et se mit à débarrasser quelques tables.

— Dis, Rémi, ça va, là-dedans ? s'enquit Vincent en désignant la cuisine.

Rémi leva un sourcil comme on lève un chapeau et sourit tristement.

— Il y a des jours sans…, se contenta-t-il de dire.

***

Vincent choisit de faire le même périple que plus tôt dans la journée. Il traversa la Seine en empruntant le pont des Arts, longea les quais, chemina autour du Louvre, puis du Palais-Royal. Il traversa ensuite les Tuileries. Les chaises étaient blanches, les bassins gelés, Paris était magnifique. Paris était magnifique et Léa voulait revenir vivre avec lui. Elle avait appris que Nico emménageait avec sa fiancée et qu'ainsi la voie était libre. Paris était belle, lisse et sauvage à la fois, et Vincent vivait depuis deux ans avec le spectre d'une relation. Depuis deux ans, il ignorait ce qui animait ses amis, sa sœur, ses neveux, sa mère, Candice et tous les autres. Il était devenu épouvantablement autocentré et se sentait perdu.

Son téléphone était en feu à force de notifications et appels, ses complices d'un temps, n'y tenant plus, le harcelaient et le pressaient de répondre. Oscar en était à le menacer de changer les serrures. Bientôt il serait mis à la porte de chez lui.

Comment prendre une décision alors que son propre avenir se trouvait suspendu au bon vouloir de Léa depuis si longtemps ? Léa l'avait ému, troublé, il avait entrevu au Blanche celle dont il était tombé amoureux des années plus tôt. Elle avait essuyé des échecs, baissait la garde et revenait vers lui en paix. Jamais il n'aurait cru cette éventualité possible.

Alors ?

Il ne put s'empêcher de sourire en découvrant le nouveau message de Léa. Elle l'avait fait tourner en bourrique durant deux ans, lui avait laissé jusqu'au lendemain pour donner sa réponse, mais n'y tenait déjà plus.

***

Mina s'activait en cuisine. Ne supportant pas l'idée d'acheter la bûche de Noël chez le pâtissier, elle se faisait un point d'honneur à rater invariablement la sienne chaque année.

— Moi vivante, vous ne dégusterez pas une bonne bûche ! singeait Oscar en riant.

Tim, dans la matinée, avait fait entrer un vieux chat de gouttière qui traînait habituellement sur le toit-terrasse car il refusait qu'il passe le réveillon sous la neige.

— Parce que tu trouvais qu'il manquait un chat à tout ce bordel ? pesta Vincent sans se décider pour autant à repasser l'animal par la fenêtre.

Sur le canapé, Nico et Oscar se prenaient une raclée en bonne et due forme. Marion, conceptrice de jeux vidéo de profession, ne laissait rien passer à *Fifa World* et la mauvaise foi de l'adolescence n'y pouvait rien.

Une Coralie bronzée au troisième degré avait passé le seuil de l'appartement le matin même, les bras chargés de cadeaux pour se faire pardonner son absence. Bien décidée à reproduire les cocktails qu'elle avait consommés en hectolitres, elle disputait la petite cuisine à sa mère.

— Arrête où tu n'en auras pas ! lançait-elle à une Mina qui maugréait dans son coin qu'elle n'avait pas élevé sa fille pour que celle-ci la menace de la priver de cocktails.

Vincent se posta sur un pouf tout à côté du sapin. Il s'imprégnait des scènes de vie variées qui se jouaient autour de lui, essayant de tromper le temps. Il lui fallait dompter ses émotions, mais son palpitant ne l'entendait pas de cette oreille. Il ne vit pas Oscar se rapprocher.

— Tu l'aurais regretté de toute façon, tonton Vince.

Vincent répondit par l'affirmative à son neveu. En quelques jours il en avait appris plus sur lui qu'en dix ans. La sonnette retentit de son grésillement si désagréable et tout le monde pesta. Vincent respira un grand coup. Oui, il avait pris sa décision et il fallait désormais l'assumer pleinement. Il pressa sur la gâchette de l'interphone.

— Je monte !

Des flashs des dernières heures se succédèrent dans sa conscience et déjà on sonnait à la porte. Sur le palier, il trouva deux grosses valises esseulées et s'avança sans distinguer personne. Des bruits dans l'escalier lui parvinrent à nouveau, puis la silhouette de Rémi se dessina dans la montée d'escalier.

— Et voilà le travail ! lança le moustachu.

Il tapota l'épaule de Vincent.

— T'es un bon petit gars, tu le sais, ça ? Ma pauvre Candice, foutue à la porte de sa sous-location la veille de Noël.

Vincent sourit, et bientôt Candice apparut derrière son patron. Vincent lui prit une valise des mains, et d'un geste désigna l'entrée de l'appartement.

— Bienvenue chez toi, coloc.

Candice, les yeux humides, lui sauta au cou avant de se ressaisir.

— Merci. Merci mille fois, Vincent.

— Il y a Nico et Marion, j'espère que ça ne te gêne pas...

— Me gêner ? reprit Candice. Je n'ai jamais vu Nico comme un petit ami potentiel, lui...

Elle regarda Vincent du coin de l'œil, avant de foncer dans l'appartement. Vincent sentit ses joues s'empourprer.

— Rémi, vous prendrez bien un cocktail, lança Mina en kidnappant le moustachu.

Vincent ferma la porte derrière sa famille élargie. Elle était bancale, recomposée, mais il les appréciait tous et tous tenaient à lui. Il observa son téléphone un moment avant de le mettre sur mode avion. Ceux qui comptaient pour lui se trouvaient dans les quarante mètres carrés de son appartement.

La veille, il avait souhaité à Léa une bonne continuation. Elle était alors entrée dans une rage folle, ce qui n'avait fait que confirmer son intuition. Dans la foulée, Vincent avait effacé leurs différents historiques sur les réseaux et sur son téléphone.

Le chat, en tirant sur une guirlande électrique, fit basculer le sapin ce qui entraîna une coupure de courant. Mina clama haut et fort qu'il n'y avait pas à s'en faire, car sa bûche était parfaitement carbonisée. Pas de doute, Vincent se sentait exactement là où il devait être. Dans cet appartement trop exigu pour tous les fous chéris qui peuplaient sa vie.

Nuit blanche au magasin de jouets

Noël 2018

Adèle Bréau

24 décembre 2018, 15 h 34

— J'en ai quatre. Trois gros, et ces peluches, là. Vous avez des pochettes ?

— Non non, c'est bon, donnez. Je vais vous les emballer.

— Mais vous êtes sûre ? Comment vous allez faire pour les peluches ? Je veux les deux ensemble, hein. L'ours ET le pingouin. Et à transporter, ça va être compliqué. Il ne faudrait pas que le papier se déchire.

— Ne vous inquiétez pas, j'ai l'habitude.

Ils avaient établi un roulement. Sophie avait fait les paquets le 22 et pris les rayons le 23. Aujourd'hui, elle était à la caisse. Maxime avait pris les rayons le 22 et fait les paquets la veille. Lara avait abdiqué et accepté le pire aux yeux de ses collègues : s'occuper des paquets cadeaux le jour de Noël. Mais elle aimait bien. Tirer le joli papier argenté, arracher d'un coup sec une grande feuille bien nette, qui claquait comme une voile au vent, et venait enrober le jeu qui apparaîtrait aux yeux ébahis des enfants quelques heures plus tard. Corner les bordures, scotcher, et ajouter un mignon bolduc qu'elle faisait friser avec le même bonheur qu'il y a quinze ans, lorsque sa mère lui avait appris à emballer les cadeaux.

Ce matin, ils avaient tous été briefés par Matthieu, leur « boss ». Tu parles, il jouait les cadors parce qu'il en était à sa troisième saison ici, mais personne n'avait peur de lui. Et puis, à force de leur crier dessus et de faire son commandant, c'était idiot, il n'avait aucun ami. Ses pauses déjeuner, il les passait seul, enfermé dans son bureau, à comptabiliser le nombre de Monopoly écoulés, à recommander des Puissance 4, des cartes Pokémon et des toupies Beyblade. Avec Maxime et Sophie, ils rigolaient bien, se moquaient gentiment de ce chefaillon de réveillon, se racontaient leurs chagrins, leurs études, bref tout ce qui était leur vie, la vraie, quand ils ne bossaient pas dans ce magasin de jouets qui les employait à plein-temps pendant les fêtes de Noël et un samedi sur deux le reste de l'année.

Lara habitait à une centaine de mètres de la boutique, dans un petit studio qu'elle partageait avec une fille rencontrée à la fac de droit, une certaine Émilie, qui l'horripilait mais avait l'avantage de payer les deux tiers du loyer, proportionnellement à la taille de sa chambre, bien plus grande que la sienne. Un matin, alors qu'elle descendait vers le métro, elle était passée devant la devanture de l'immense magasin qu'elle ne regardait jamais. Les Playmobil, les Lego et les tricycles ne l'intéressaient pas plus que ça, mais une affichette annonçait « cherche vendeuse ». *C'est sympa, de bosser dans un magasin de jouets*, s'était-elle dit, *c'est « feel good »*. En tout cas certainement plus que travailler comme opératrice dans un institut de sondages, serveuse dans un bar à madeleines désert ou hôtesse pour des foires à la saucisse organisées à l'aube le dimanche dans les centres commerciaux de villes dont elle n'arrivait même pas à prononcer le nom. Lorsqu'elle avait été convoquée, elle était tombée sur

Matthieu, l'arrogance faite homme. Du haut de ses vingt-quatre ans, fort de sa préparation à l'agreg de philo et de ses trois années d'expérience en magasin, il l'avait toisée, mise mal à l'aise avec ses questions du type « quelles sont vos qualités, quels sont vos défauts », avant de l'interroger sur l'industrie du jouet – à laquelle elle ne connaissait rien –, sur son rapport aux enfants – proche du néant, si ce n'est quelques baby-sittings dix ans plus tôt chez ses atroces petits voisins qui la détestaient, et réciproquement – et sur sa disponibilité, avant de la rappeler quelques jours plus tard, contre toute attente, pour lui proposer le poste. Depuis, Lara se rendait avec bonheur dans ce lieu devenu familier. Elle connaissait sur le bout des doigts les noms de tous les fabricants, ceux des best-sellers, et même les règles du jeu les plus tordues de nouveautés que les éditeurs sortaient à qui mieux mieux, espérant chaque fois inventer le nouvel Uno.

C'était son premier Noël au magasin. Depuis le mois de novembre, elle avait enchaîné tous les week-ends et venait tous les jours depuis la mi-décembre. Si le rythme était intense et l'avait forcée à mettre radicalement de côté ses révisions pour les partiels de janvier, la paie était au rendez-vous. Et puis, elle aimait cette ambiance particulière que Sophie trouvait « juste cauchemardesque ». La musique de Noël en boucle dans les oreilles du matin au soir, la foule qui afflue dès les premières heures, gonfle pendant le déjeuner, se calme dans l'après-midi pour gronder à nouveau en fin de journée, comme des vagues humaines, quand bien même elles étaient formées par des clients paniqués, fatigués, souvent exaspérés par l'attente, la chaleur et leur quête impossible du jouet en rupture de stock depuis des semaines.

Non, Lara ne se départait jamais de son sourire et de ce calme de maître yogi que lui enviaient ses collègues.

— Lara, qu'as-tu fait des Hippos Gloutons ?

— Quoi ?

— Les Hippos Gloutons, il en restait deux ce matin dans la réserve, ils ne sont pas en rayon. C'est bien toi qui te chargeais des mises en place, non ?

— Pas du tout. Je suis de paquets, aujourd'hui, comme tu le vois.

— Eh bien, tu viendras dans mon bureau quand tu auras fini avec ta cliente. Je dois te parler.

— Mais… et la queue ?

— Demande à l'extra de te remplacer.

— Tu parles de Céline ?

— Sûrement, je ne connais pas son prénom.

— Mais… je ne sais même pas si elle a eu une formation…

— Je t'attends dans mon bureau.

D'accord, son calme olympien pouvait être ébranlé par une seule personne… Matthieu. Ce qu'il pouvait être insupportable ! Il voyait bien qu'il était seize heures, que la file faisait cent mètres de long et que ça n'était pas le moment, non ? Qu'est-ce qu'on en avait à fiche, de ses rhinos boulimiques ? Et puis, il ne pouvait pas les chercher, lui ? Parfois, elle avait envie de lui balancer ses quatre vérités, voire de lui balancer son uniforme tout court, parce que non, vraiment, supporter ses coups de sang tyranniques de manager en papier crépon, elle n'en pouvait plus. Pourtant, Lara fit signe à Céline, lui montra aussi vite qu'elle put les premiers gestes et fonça, bonnet de Père Noël vissé sur la tête et gilet inesthétique de l'enseigne chevillé au corps vers le bureau de Mat la Menace.

— Oui ?

— C'est moi.

Il ne leva même pas les yeux de son écran, aussi dut-elle s'avancer dans le silence de la petite pièce encombrée de cartons, de vieux kakemonos publicitaires et d'objets divers plus ou moins cocasses trouvés dans les rayons, gisant un peu partout dans ces six mètres carrés sombres qui servaient de salle de torture au personnel.

— Je ne sais pas où ils sont.

— Quoi donc ?

— Eh bien… tes Hippos Gloutons.

— Ah, ça ! Maxime les a retrouvés. Enfin, c'est lui qui les avait mal rangés.

— Mais… et donc ?

— J'ai besoin que tu m'aides.

— Et moi que tu t'excuses.

— Pardon ?

— Tu as vu comment tu m'as parlé devant tout le monde ? Alors que je n'avais rien fait, en plus.

— Je t'ai parlé comment ?

— Comme tu le fais toujours. Avec suffisance, irrespect… enfin, tu sais.

— Mmh… excuse-moi.

Il avait dit ça toujours sans lever les yeux, d'un ton égal au reste de la conversation, bref sans une once de contrition. Si elle avait pu, elle l'aurait assommé avec son ordinateur portable débile. Elle n'eut pourtant pas le temps de réfléchir à une manière douloureuse et cruelle de lui faire payer ses affronts puisqu'il enchaîna rapidement sur ce qui semblait réellement le préoccuper.

— Je vais devoir le faire.

— Faire quoi ?

— Le Père Noël.

— C'est-à-dire ?

— Le type qui s'en chargeait est parti. Fâché. Un sale mec. Il ne supporte pas la critique. Je lui ai juste signalé qu'il pourrait sourire un peu plus, et éviter de fumer devant le magasin en costume.

Lara étouffa un fou rire nerveux.

— Et donc… Tu t'es dit que la personne souriante et joviale qui pourrait le remplacer c'était… toi ?

— Tu vois quelqu'un d'autre ?

— Non… Et donc, en quoi puis-je t'aider ?

— Je n'arrive pas à fermer la fermeture Éclair de ce truc.

En disant ça, il s'était levé de son siège, révélant ses jambes déjà engoncées dans l'épais costume de velours rouge, les manches pendant lamentablement le long de ses cuisses. Après un soupir, Lara décida que plus vite elle en finirait, plus vite elle rejoindrait son poste réconfortant, pourrait reprendre ses échanges avec des êtres normaux et joyeux, et si possible arriver bientôt à la fin de cette journée qui la conduirait en un lieu chaleureux, familial et clignotant, aux bonnes odeurs de sapin, de cannelle et de chapon rôti, bref, en un lieu diamétralement opposé à celui-ci. Alors elle s'approcha et fit se tourner Matthieu, visiblement gêné de ce rapprochement physique et de l'humiliante posture dans laquelle il se trouvait. Lara, elle, jubilait en son for intérieur. Il ne l'avait pas volé. En un clin d'œil, il fut totalement enveloppé dans son costume, lesté du faux ventre intégré, et se tourna vers elle.

— Tu me passes la barbe ?

— Bien sûr, ça va être splendide. Ah, et n'oublie pas ton bonnet, Papa Noël.

— Oh, ça va.

— Attends…

En pouffant, elle fit un pas en arrière et l'admira ostensiblement.

— Tu es par-fait ! Attends, souris…

Elle sortit son portable et le brandit en jubilant.

— Si tu fais ça…

— C'est dans la boîte !

— Je t'interdis de…

— Remercie-moi plutôt. Sinon j'en fais des impressions grandeur nature et je les scotche dans tout le magasin.

— Mmh… Merci.

— Ah quand même ! Bon, je te laisse te jeter dans la fosse aux lionceaux – prends bien ta hotte –, je retourne à mes paquets. Et joyeux Noël, boss !

Elle partit sans demander son reste, gloussant toujours en pensant aux sourcils froncés et à l'allure surréaliste de

Matthieu la Terreur perdu dans son manteau rouge. Les autres n'allaient pas en revenir, il fallait qu'elle les prévienne. Si ça, ce n'était pas un miracle de Noël ! Et encore, elle lui avait épargné la photo postée sur les réseaux sociaux, mais elle se gardait une cartouche en cas de nouvel abus de pouvoir intempestif.

***

18 h 14

La fin de l'après-midi fut un tourbillon de papier plié, d'étiquettes décollées, de bolduc frisotté et de jeux réclamés – l'année prochaine, elle ferait un stock des jouets les plus courus et ferait fortune en les revendant sous le manteau aux acheteurs de dernière minute, manifestement consentants pour acquérir leur bien à n'importe quel prix, fût-il celui d'un voyage pour deux à La Barbade. Les chants de Noël continuaient de retentir joyeusement entre les murs du magasin peinant à contenir le flot de clients rendus hystériques par l'événement, et Lara savourait sa chance de s'adonner à cette activité somme toute très automatique qui la consignait en un lieu et une tâche qui requéraient moins d'efforts que ceux qui étaient demandés à Maxime. Celui-ci courait entre les rayons, ramassait péniblement les jeux de société abandonnés au milieu des hochets ou les poupées parlantes entre les peluches, tout en tentant de semer des parents ivres de rage et de désespoir, le tout avec le sourire et le gilet collant au corps dans la chaleur des allées encombrées. Quant à Sophie, Lara pouvait apercevoir ses jolies joues rebondies couvertes de ces petites plaques rouges qui les envahissaient lorsqu'elle était réellement surmenée, ou quand elle attendait un texto de Paul, ce qui était une tout autre histoire. Elle la voyait biper avec frénésie, scrutant quand elle le pouvait l'horloge qui ne se décidait pas à afficher enfin dix-neuf heures, moment auquel les malheureux retardataires se retrouveraient sur le trottoir face à une porte close. De temps en temps, Lara se faisait un petit plaisir en lorgnant du côté de la rue, et de Matthieu suant sous sa barbe synthétique, posant pour des centaines de selfies avec des gamins ébahis dans le meilleur des cas, circonspects le plus souvent, voire carrément odieux, qui lui faisaient des grimaces ou tiraient sur son bonnet pour prouver à leurs petits frères et sœurs qu'il s'agissait d'un vendeur de magasin déguisé et évidemment pas du « vrai Père Noël ». C'était assez hilarant.

Et puis vint le moment où Sophie annonça au micro que le magasin allait bientôt fermer ses portes, que tous les clients étaient attendus pour un passage en caisse et joyeux Noël à toutes et à tous. Quelques cris se firent entendre, mais peu à peu, la file d'attente diminua enfin, jusqu'à l'ultime client qui repartit les larmes aux yeux d'avoir dégoté le dernier Time's Up! de la ville.

— Ouah, j'ai bien cru que j'allais en emplâtrer un dans le panier de basket !

Maxime balança son gilet sur l'établi de Lara, vidé. Sophie lui emboîta le pas, secouant ses mains paralysées d'avoir tant bipé. Fred, le vigile, les rejoignit, avec cet air impassible qui ne le quittait jamais, qu'il soit en service ou en « civil ».

— Quelle journée ! On se fait une petite coupe de champagne ? proposa Lara, qui avait dans la réserve son gros cabas rempli des victuailles commandées par sa mère, et notamment deux bouteilles de Veuve Cliquot.

— C'est gentil, mais Sabine m'attend. Si on arrive en retard chez ses parents, ça va être ma fête. C'est notre premier Noël là-bas, et déjà que son père me déteste…

— Moi aussi, je dois y aller. Il faut que je repasse chez moi me doucher, je ne peux pas y aller dans cet état.

— Bon… Eh bien, je crois que je vais plier bagage également. Fred, toi non plus ?

— Eh non, princesse, ma fille attend de pied ferme ses mosaïques et ses paillettes à coller pour pouvoir en parsemer toute la baraque. Allez, dépêchez-vous, je dois fermer derrière vous et mettre l'alarme. Un soir comme celui-là, un père de famille serait bien capable d'entrer par effraction et risquer la prison à vie rien que pour mettre la main sur des Ninjago.

Sophie, Maxime et Lara s'activèrent pour ranger leurs postes de travail pendant que Matthieu finissait certainement de faire la comptabilité dans son bureau sinistre. Fred, lui, fumait des cigarettes sur le trottoir, impatient de quitter l'encoignure où il passait tant d'heures à fouiller les sacs et sermonner ceux qui empruntaient la mauvaise entrée. Enfin, ils eurent tous les trois fini. Lara prit son manteau et tira derrière elle la porte de la remise, jetant un coup d'œil au bureau du boss, vide.

— Il est parti, Matthieu ? demanda-t-elle à ses collègues s'engouffrant dans le froid.

— Sûrement, oui. Tu ne l'as pas vu là-haut ? interrogea Sophie la tête dans son portable, écrivant frénétiquement des textos à son mec qui la bombardait toujours de questions dès la fermeture pour savoir ce qu'elle faisait, où elle en était et à quelle heure exactement elle pensait être là.

— Sympa… Un « joyeux Noël », ça lui arracherait la bouche ?

— Laisse tomber. Tu ne le changeras pas, répondit sa collègue sans lever les yeux de son écran.

— Oh, mais loin de moi cette ambition. Je dis juste qu'on frise la grossièreté, là.

— Tu te prends la tête. Oublie-le et passe une bonne soirée. Bon, je fonce, moi.

— Moi aussi, sinon vous me retrouvez célibataire ou au fond de la Seine au retour des vacances, leur lança à son tour Maxime.

— Allez, file !

Fred semblait de plus en plus impatient, lui aussi, de plier bagage.

— Zuuuut !

— Quoi ?

— J'ai oublié mes cadeaux là-haut. Fred, tu me files la clé ?

— T'exagères, Lara ! Le taxi m'attend, il arrive dans vingt secondes. Et la petite est à la gare avec sa mère, on a notre train à 20 h 04 !

— Laisse-les-moi, je fermerai.

— Tu ne sais pas faire !

— Mais si, je sais quand même utiliser une serrure.

Fred marqua un temps d'hésitation, mais à cet instant une voiture klaxonna. Finalement, il jeta la clé à Lara tout en courant vers le véhicule, affolé.

— Je te fais confiance ! Et remets bien l'alarme ! 2412 !

— Pas de soucis ! Joyeux Noël !

Mais il était déjà loin, comme Maxime et Sophie qui avaient rapidement disparu, chacun de leur côté, dans la nuit scintillante. Dans les rues, les guirlandes rappelaient à tous que, dans quelques heures, les plus jeunes vivraient des moments qui marqueraient à jamais leur vie pendant que leurs aînés tenteraient d'éradiquer la malédiction annuelle de la crise de foie, et ces deux kilos souvenir qui marqueraient à jamais leur année. Lara resta quelques minutes à contempler ce décor enchanté. Elle laissa le murmure de la ville l'envahir, l'odeur des marrons brûlés l'envelopper, le froid piquant de l'air sec de décembre pincer ses joues roses. Puis elle prit conscience du temps qui passait, verrouilla par sécurité la porte derrière elle et fonça dans les étages.

***

19 h 47

Le silence était quelque peu inquiétant. Après ces heures passées dans un brouhaha assourdissant, le contraste ajoutait à l'anxiété de la jeune femme. Elle devait accélérer, respirer un bon coup, ne pas se laisser impressionner et vite rentrer chez elle. Son sac était énorme. Entre les saucissons, les fromages, les deux bouteilles de champagne et les cadeaux de chacun,

Lara se demandait comment elle parviendrait à se dégoter une place dans le métro bondé sans que son butin finisse en smoothie de Noël. Elle parvint tout de même à charger le tout sur une épaule, à enfiler la lanière de son sac à main sur l'autre, alors qu'elle était déjà couverte comme un oignon, suant sous son bonnet enfoncé jusque sur les oreilles. Puis elle ferma la porte du bout d'un index disponible. Le couloir était sombre, et la minuterie tout au bout, près de l'escalier. *Respire, tout va bien se passer.* Pourtant, si Lara tentait de garder son calme, une angoissante impression de ne pas être seule l'étreignait. Tout en avançant à petits pas pour ne pas tomber, il lui semblait bien entendre comme un grattement. Mon Dieu, c'était certainement des rats, ou tout autre animal qui l'effrayait tant. *Ne pas penser au rat s'accrochant à mes mollets, ne pas visualiser les poils de la souris, ne pas envisager de blaireau ou autre mulot me faisant face en haut des marches avec ses grandes dents pointues…* Lara transpirait à grosses gouttes sous la laine tricotée lorsqu'une lampe torche se braqua subitement sur elle. Elle laissa alors tomber tout son attirail et poussa un hurlement que n'auraient pas renié les talentueuses comédiennes des films d'horreur des années quatre-vingt.

— AAAAAAHHHHHHHHHHHAAAAAaaaaaahhhhhAHHHHHHH !

— MAIS QU'EST-CE QUE TU FICHES LÀ ?

— AAAAAAHHHHHHHHHHHAAAAAaaaaaahhhhhAHHHHHHH !

— Mais chuuuut !

— AAAAAAHHHHHHHHHHHAAAAAaaaaaahhhhhAHHHHHHH !

— LARA ! C'est moi !

— Hein ?

Lara haletait, les paumes plaquées sur ses yeux, roulée en boule, sans oser lever la tête. Toutefois, aussi improbable que cela puisse sembler, la voix qui lui parvenait, qui aurait pu en d'autres circonstances la tétaniser plus encore, la rassura.

— Matthieu ?

— Bah… Oui. Qui d'autre ?

— Je ne sais pas, un voleur, un assassin, un… rat.

— Merci. Non, ce n'est que moi. Qu'est-ce que tu fais encore là ?

— J'ai oublié mon sac, c'est interdit ?

— Toujours aussi tête en l'air.

— Bon, je me passerai de tes petites remarques pour ce soir, si tu veux bien.

Elle reprit son souffle et se redressa.

— Allez, joyeux Noël.

— C'est ça. Et ne sois pas en retard mercredi matin.

— Gna gna gna.

Encore toute tremblante, Lara avait murmuré ces petites onomatopées plus qu'elle ne les avait adressées à Matthieu. Il restait son boss, même s'il lui était insupportable. Et elle tenait à ce job, à Maxime et Sophie, aux enfants et à leurs yeux qui brillaient lorsqu'ils repartaient avec les jouets de leurs rêves. En bas, elle se rendit pourtant compte qu'elle n'avait pas la clé pour sortir. Quelle plaie ! Elle allait devoir à nouveau croiser ce rabat-joie. En plus, elle avait horreur des faux départs. Avoir dit au revoir à la cantonade, balancé une petite vanne qui fait mouche, et devoir revenir, penaude, comme un acteur retournant sur scène alors que le public a son manteau sur les épaules.

Zut, où pouvait bien être passée cette maudite clé ? Quelle idée, aussi, d'avoir une clé volante, comme ça. Pas un gros trousseau ou même un porte-clés. Dans son moment de frayeur, elle était sûrement tombée quelque part, mais où ? Au bout d'une dizaine de minutes, Lara finit par retirer son manteau, son bonnet et son écharpe, exaspérée, reprenant de plus belle ses fouilles archéologiques sur le parquet abîmé, en essayant de réprimer ses soupirs désespérés pour que Matthieu ne l'entende pas depuis son bureau – pourvu que sa compta lui prenne du temps, sinon elle était fichue. Mais, une demi-heure plus tard, il apparut finalement, ses Jordan venant se poster juste devant le bout du nez de Lara.

— On peut savoir ce que tu fais ?

— Je… Je cherche la clé, répondit-elle d'un ton un peu trop belliqueux.

— Quelle clé ?

— La clé… La clé de la porte du bas.

— Tu veux dire… De la porte principale ?

— Euh… Oui, voilà, principale. La porte, quoi.

— Tu parles de la porte par laquelle nous devons sortir ? Fred est encore là, j'espère.

— Non, il est parti depuis longtemps. Il m'a donné la clé pour que j'aille récupérer mes affaires.

— Ne me dis pas…

— Attends, on va la retrouver. Elle n'a pas pu disparaître comme ça.

— Que tu as égaré…

— Matthieu, s'il te plaît. Ne rends pas la situation encore plus compliquée.

— LA CLÉ DU MAGASIN !

— Je te dis qu'elle n'a pas pu aller bien loin !

— Tu sais l'heure qu'il est ?

— Non, et je préfère ne même pas regarder mon portable pour le savoir. Qu'est-ce que tu crois ? Moi aussi, j'ai envie de rentrer chez moi.

— Non mais, c'est le monde à l'envers ! Tu m'engueules en plus ? C'est moi qui ai réussi à égarer un objet en moins de cinq minutes et une quinzaine de marches ?

— Oh ça va, aide-moi plutôt.

— Est-ce que j'ai le choix ?

— Pas vraiment…

Dans un silence ponctué de râles de lassitude extrême, chacun délimita une zone qu'il inspecta méticuleusement du bout des doigts, soulevant pour la centième fois les quelques cartons ou vieux objets qui auraient pu contenir le précieux Graal. Puis ils intervertirent et décidèrent d'élargir leur périmètre de recherche. Lara partit dans la remise fouiller les objets trouvés. Ça n'avait aucun sens, mais bon Dieu, cette fichue clé était forcément quelque part.

Elle avait peut-être sauté contre un mur, ricoché contre un second avant de venir s'abîmer dans cet énorme tas de vêtements et machins abandonnés jamais réclamés par leurs propriétaires, qu'est-ce qu'on en savait ? Des bonnets par dizaines, des gants orphelins, des figurines mâchouillées, des doudous, des pulls, des bouts de trucs à la provenance absolument indéterminée, et même un livre. *Orgueil et Préjugés*. Lara adorait ce roman, un des premiers qui lui ait donné goût à la lecture, à treize ans, alors que ses parents désespéraient de la voir un jour enfin plonger dans un récit pour le plaisir, et non sous la menace d'un professeur de français ou d'une interdiction de sortie. Elle ouvrit délicatement l'édition ancienne et joliment reliée, à la couverture rouge, et plongea son nez entre les pages, humant l'odeur propre aux livres qui ont traversé les ans. Lara ne put s'empêcher de parcourir quelques passages.

« — *Qu'est-ce qui vous rendait si réservé quand vous êtes venu nous faire visite et le soir où vous avez dîné à Longbourn ? Vous aviez l'air de ne pas faire attention à moi.*

— *Vous étiez grave et silencieuse, et ne me donniez aucun encouragement.*

— *C'est que j'étais embarrassée.*

— *Et moi de même.*

— *Vous auriez pu causer un peu plus quand vous êtes venu dîner.*

— *Un homme moins épris en eût été capable sans doute.* »

— Non mais, je rêve ! Madame bouquine pendant que je cherche comme un malade ?

Lara rougit et referma prestement le roman.

— Hein ? N'importe quoi. Bon, on laisse tomber, non ? Ça fait une heure qu'on cherche. J'ai envoyé quelques textos à ma famille, mais je doute qu'ils m'attendent plus longtemps. J'imagine que, têtu comme tu es, tu vas vouloir qu'on continue notre quête éperdue, mais si tu pouvais faire une minuscule exception et mettre pour une soirée ta monomaniaquerie de côté, on pourrait récupérer la clé de la sortie de secours et reprendre les recherches lundi ?

— Je pense que tu n'as pas compris.

Lara soupira, impatiente.

— Quoi, encore ?

— Il n'y a pas de plan B.

— Comment ça ?

— C'est Fred qui a tout. La clé de la porte de derrière et celle de devant, dont un double se trouve chez moi en cas d'urgence. L'urgence n'impliquant évidemment pas que je sois enfermé dans le magasin à cause d'une vendeuse trop étourdie pour faire attention aux autres.

— Tu veux dire que…

— Oui, qu'on est enfermés.

— Et Fred, on pourrait le rappeler ?

— Tu sais bien qu'il avait un train.

— Et merde.

— Tu l'as dit !

***

22 h 17

— On ouvre mon champagne ?

— Mmh ?

— Tu vas tapoter longtemps sur ton téléphone ? C'est hyper désagréable.

— Tu as mieux à proposer ?

— OK, ni toi ni moi n'avons une once d'envie de passer Noël ensemble. Seulement voilà, il semble bien qu'on doive patienter jusqu'à demain. C'est bien ce que t'a dit Fred, non ? Il revient à quelle heure, déjà ?

— Par le train de 10 h 14.

— Et un serrurier ?

— Un 24 décembre ? Tu veux ruiner le magasin et ma carrière ?

Ils avaient déjà évoqué la possibilité d'appeler la police, mais la perspective de déranger une équipe de policiers un soir de réveillon pour une bêtise pareille les avait découragés.

— OK, ça nous laisse donc douze heures ensemble. Si on tient compte du temps de sommeil, ça fait bien quatre heures à tuer l'un en face de l'autre. Tu ne crois pas qu'on pourrait essayer de s'occuper à deux ?

Matthieu leva les yeux de son écran, visiblement intrigué par tant de grivoiserie.

— Tu me fais des avances ?

— Hein ? Ça va pas, non ? Ne prends pas tes désirs pour des réalités ! Je parlais de trinquer, voire de faire un jeu de société, c'est pas ce qui manque, ici. À moins que tu ne préfères qu'on joue à Fortnite chacun de notre côté.

— Je ne joue pas à Fortnite.

— Ah bon ? Tu fais quoi ? Tu surfes sur Insta ? Haha, tu ne sais peut-être même pas ce que c'est.

— Très marrant. J'imagine en revanche que toi, tu prends plaisir comme tes congénères à partager avec l'humanité tout entière des photos de toi et de ton quotidien passionnant, avant d'aller ensuite suivre celui d'autres individus à l'existence tout aussi incontournable ?

— N'importe quoi.

Matthieu poussa un soupir, retira son blouson et cala sa tête contre le mur.

— J'écris à ma sœur.

— Tu as une sœur ?

— Et pourquoi je n'aurais pas de sœur ?

— Je ne sais pas. Je pensais que tu étais le fruit des amours de quelques forces du mal de bas étage, que tu vivais seul dans un antre troglodyte et que tu étais fils unique, évidemment.

— OK, je sens qu'on va passer une bonne soirée. J'ai eu tort de te parler d'elle.

— Pardon… Je plaisantais. Enfin, on se vanne toujours comme ça, non ?

— Admettons.

— Ta sœur… Elle t'attend pour fêter Noël, c'est ça ?

— Oui.

— Je suis désolée, vraiment. Tu veux que je l'appelle pour lui dire que tout est de ma faute ?

— Non, elle est déjà au courant.

— Ah bon ? Qu'est-ce que tu lui as dit ?

— Qu'une gourde au magasin nous avait enfermés. Qu'elle ne m'attende pas.

— « Une gourde » ?

— Tu vois un autre mot ?

— Bon, je ne sais pas si je vais supporter longtemps ces reproches. Je sais bien que j'ai déconné, mais on ne va pas passer la soirée là-dessus quand même ?

— La nuit…

— OK, la nuit.

Matthieu planta ses yeux dans ceux de Lara. Habituellement, il ne croisait jamais son regard, et Lara découvrit leur forme, en amande, et la profondeur de cette étrange couleur jaune qui était la leur. Sans le vouloir, elle frissonna. Tout ça était ridicule. Il ouvrit, lui sembla-t-il, la bouche comme pour lui dire quelque chose, puis se leva subitement d'un bond, rajustant son tee-shirt blanc. C'était fou comme ce type n'avait jamais froid.

— Allez, ouvre ton champagne. Tu as raison, je vais sacrifier quelques boîtes de jeux. Tu as des préférences ?

Lara réfléchit, parcourant mentalement les rayons qu'elle connaissait par cœur.

— Apporte un Trivial Pursuit, un Pictionary et un Scrabble. Ah, et chope aussi un Solitaire, au cas où tout ça tourne mal…

— Très marrant.

— Oh là là. Bon, moi, il faut que je trouve des gobelets. Dommage qu'on ne fasse jamais de pots au magasin, on en aurait…

— Prends dans mon sac à dos, j'étais chargé des coupes pour le dîner de ce soir.

— Où elles s…

Mais Matthieu était déjà parti, d'un pas décidé. Alors Lara essaya d'installer un petit coin un peu confortable pour eux, cherchant ce qui pourrait les soulager. Elle étendit son manteau à elle et sa doudoune à lui sous le sapin, qu'elle rebrancha pour l'occasion. Aussitôt, la pièce prit des allures nettement plus festives, éclairée par ces centaines de petites leds qui clignotaient le long de l'immense arbre à l'odeur entêtante. Dehors, il n'y avait plus un passant. Un ciel d'encre enveloppait le magasin. Dans la vitrine se découpaient les silhouettes noires des poupées, voitures et autres constructions en Lego. Lara pensa à *Toy Story*, ce film qu'elle avait si souvent regardé, petite, persuadée que lorsqu'elle dormait, tous ses jouets reprenaient vie, vaquant à leurs occupations, des doudous les plus fatigués aux Barbie les plus pimpantes, se figeant habilement au matin dès qu'elle rouvrait les yeux. Ceux-là attendaient-ils eux aussi que Matthieu et elle aient sombré dans le sommeil, en cette nuit particulière ?

Le portable de Matthieu s'alluma doucement, signe qu'il avait reçu un message, mais aussi qu'il s'était mis en mode silencieux. Lara ne put s'empêcher d'y jeter un coup d'œil rapide.

Le message avait été envoyé par une certaine Marie. Il disait : « Une jolie gourde ? »

Non mais, enfin, de quoi se mêlait-elle, cette mystérieuse sœur ? Et puis, comment pouvait-elle évoquer, même de loin, une potentielle attraction entre elle et Matthieu ? Berk, rien que d'y penser, ça lui filait de l'urticaire.

— Il n'y a plus de Solitaire, je t'ai pris un Rubik's Cube. À la vitesse où va ton cerveau, ça devrait t'occuper jusqu'à demain matin.

— Tu as déjà entendu parler de la trêve de Noël ?

— Vaguement…

— Ça ne te dirait pas qu'on dépose les armes pour quelques heures ? On reprendra le combat demain matin.

— Comme tu voudras… Après, je n'ai pas l'impression que ce soit moi qui ouvre chaque fois les hostilités.

— Ah oui ? Et qui s'enferme toute la journée dans son bureau ? Qui vient nous chercher des noises, à moi surtout, au moindre écart ? Qui va jusqu'à nous empêcher de nous accouder aux comptoirs même quand le magasin est vide ?

— Tu comprendras quand tu seras manager. Si tu crois que c'est facile d'être le rabat-joie de service, celui qu'on déteste. Ça vous arrange bien que je fasse tourner la boutique et que toutes les lourdeurs administratives et les tuiles m'incombent. Non, ce qui vous fait triper, tous les trois, c'est de faire vos journées, papoter, dire du mal de moi et empocher votre argent à la fin du mois.

— Tu es injuste. Ce n'est pas vrai. Et puis, je gagnerais beaucoup plus en travaillant au café d'en face.

— Ah oui ? Eh bien, fais-toi plaisir. Je ne te retiens pas !

— Ah bon ? Parfait ! Très bien, si c'est comme ça, je démissionne. Ça suffit, j'en ai ma claque, de tes grands airs. Toi aussi, tu verras, quand tu m'auras remplacée par une pimbêche qui se lime les ongles devant les enfants et n'en a rien à cirer des règles du dernier jeu à la mode, tu me regretteras. Tu sais combien de filles de vingt-deux ans connaissent les noms de tous les Pokémon par cœur ?

— Non, mais tu vas me le dire.

— Ah bien, eh bien… pas beaucoup ! Monsieur…

En même temps qu'elle tentait de rabattre son caquet à Matthieu, Lara avait enfilé son manteau, pris sa plus grande honte à tirer la poignée plusieurs fois avec vigueur, et se rassit finalement quelques mètres plus loin, à côté d'un énorme nounours étonné. Dans la vitrine, elle croisa son reflet, son air revêche et ses cheveux châtains trop frisés. Ils lui donnaient un air enfantin qui la mettait hors d'elle. Sans compter ses bonnes joues rebondies et ses courbes callipyges qui faisaient l'admiration de ses parents, mais dont elle désespérait de se délester. Vivement qu'elle fasse plus âgée, qu'on la prenne enfin au sérieux.

— Champagne !

Le bouchon explosa dans le silence de la boutique, incongru, mais sonnant le glas de cette énième dispute qui ne les mènerait à rien, en tout cas dans les heures à venir.

— Allez, viens. Tu démissionneras demain.

— Je n'y manquerai pas.

— Fais comme tu veux.

En disant cela, Matthieu eut l'air moins agressif qu'à l'accoutumée, presque doux. Lara ôta son manteau et revint s'asseoir. Dans son portable, elle trouva une playlist « Noël », celle qu'elle écoutait en secret tous les matins sur le chemin de la fac ou du boulot depuis des semaines, et la lança pour rompre le bruit lancinant de la chaufferie qui plombait clairement l'ambiance. *White Christmas*, de Bing Crosby. Les violons et la voix chaude du chanteur réchauffèrent aussitôt l'atmosphère. Matthieu approcha sa coupe en plastique de celle de Lara et trinqua. Le léger « ploc » les fit sourire.

— Joyeux Noël.

— Joyeux Noël à toi aussi, fit-elle en soupirant.

Matthieu étendit ses longues jambes et entreprit de fureter dans son sac, duquel il sortit un bloc de foie gras, et de son jean un canif.

— On ne va pas se laisser abattre.

— Tu as un couteau dans ta poche ? T'as été scout ou quoi ?

— Évidemment. Le contraire t'aurait étonné ? lui demanda-t-il dans un sourire, tout en découpant habilement l'emballage.

— Tu es si prévisible.

— Absolument. Dans les rails, normal, pompeux et désespérément sans fantaisie. Tu as du pain ?

— Euh… Oui. Et du saucisson, du fromage aussi ! Ma mère va me tuer… Un réveillon sans fromage.

— Un réveillon sans toi…

— Oh, ça, ils s'en remettront !

Lara avait parlé vite, du tac au tac, affreusement gênée par cette phrase certainement très anodine, mais qui la perturba sans qu'elle sache pourquoi. Elle voulut rapidement changer de sujet de conversation.

— Et toi, ta sœur ne va pas m'en vouloir ?

— On vit ensemble.

— Ah bon ? J'étais persuadée que tu étais un vieux garçon ennuyeux pétri d'habitudes, cloîtré dans un petit studio sombre et trop bien rangé.

— Pour le petit studio et l'ordre, tu as raison, mais pour la solitude, pas tout à fait.

— Elle a quel âge ?

— Deux ans de moins que moi.

— Et elle fait quoi ?

— C'est compliqué. Elle… Mais pourquoi on parle de moi, au fait ?

— Parce qu'on n'a rien d'autre à faire.

— Je te ressers une coupe ?

— Oui, merci. Et elle a le même caractère que toi, ta sœur ?

— Elle a eu un accident il y a quelques années. Depuis, elle vit un peu en marge… Ou plutôt, on vit en marge. Elle se remet doucement.

— Mince, tu veux en parler ?

— Je ne sais pas… Nos parents vivent loin. Marie voulait rester à Paris. Physiquement, elle n'a que peu de séquelles. Mais le monde extérieur lui fait peur. Elle suit une thérapie. Elle a besoin de moi. On a toujours été très proches. Alors c'est pour ça, le magasin… Il me faut de l'argent pour nous deux. Ma bourse ne suffit pas.

— Je suis désolée. Pour ce que j'ai dit. Je plaisantais.

— Je sais, ne t'inquiète pas. Et j'espère bien que ces confidences de codétenus ne changeront pas ton attitude envers moi. Je ne veux pas de pitié.

— Compte sur moi, Satan.

Matthieu baissa les yeux, visiblement gêné par ce rapprochement soudain. Lara avait toujours vu son manager comme un homme sans cœur planqué derrière son gilet logotypé. Ce qu'elle pouvait être gourde ! Il avait raison. Elle et les autres ne s'étaient jamais intéressés à sa vie à lui, à mille lieues par ailleurs de ce qu'ils auraient pu imaginer. Pour la première fois, elle le regarda réellement, percevant l'homme derrière l'uniforme. Grand, il semblait ne savoir que faire de ce corps imposant, joliment mis en valeur ce soir par un jean usé et ce tee-shirt blanc qui laissait apparaître la peau de ses bras et ce léger duvet qui lui rendait son humanité. Matthieu sentit l'attention dont il était l'objet et redressa la tête, lançant à la jeune fille un regard inquiet.

— J'ai quelque chose qui cloche ?

Ses yeux étaient dépourvus de tout cynisme ou animosité. Une première, là aussi. Alors, Lara sonda sa bouche, charnue, et la barbe de trois jours qui l'entourait. Ses cheveux très noirs et hirsutes qui, lorsqu'ils ne lui donnaient pas cet air exaspérant, pouvaient avoir un petit côté sexy. Non mais qu'est-ce qui lui prenait ? Elle n'allait quand même pas… Tout ça parce qu'il lui avait révélé qu'il s'occupait de sa sœur malade. C'est fou ce que la promiscuité de deux êtres dans un lieu clos pouvait engendrer. Lara avait lu un jour une étude sur les gens coincés dans un ascenseur, et les images bestiales qui venaient immanquablement à l'esprit de ses occupants. « Les idées te viennent à une vitesse ! » La voix de Marie-Anne Chazel dans *Les Bronzés font du ski* la fit redescendre d'un seul coup.

— Pas du tout ! répondit-elle finalement. Bon, on fait un jeu et on va se coucher ?

— Euh… si tu veux. Tu n'as plus faim ?

— Non, ça ira. Ce Noël est foutu, de toute façon.

— Tu avais des projets ?

— Rejoindre ma famille, oui. Que je ne vois que trop rarement, moi aussi.

— Ah… Et peut-être ton petit ami ?

— De quoi je me mêle ?

C'était sorti comme ça, sans prévenir. Elle s'en voulut aussitôt de la brutalité avec laquelle elle lui avait répondu.

— OK, tu as raison. On n'est pas non plus amis. Je vais me regarder un film. Fais ce que tu veux. On se revoit demain matin pour la libération. Ça te va ?

— Parfait !

Sur ce, Lara partit dans les étages pour ne pas rester face à Matthieu qui avait violemment jeté leur repas dans un sac-poubelle et éteint la jolie musique de Noël. En se retournant, elle l'aperçut qui tirait sa doudoune contre le mur et prenait appui sur le gros nounours qui lui servirait pour ce soir d'oreiller. Puis il se cala face à la vitrine, son téléphone dans les mains. Dehors, quelques cris d'ivrogne témoignaient d'une vie en dehors de leurs deux existences grotesquement enfermées en ce lieu de réjouissances enfantines.

***

23 h 30

Arrivée au premier, Lara ne sut que faire. Elle flâna avec énervement dans le rayon des tout-petits pour se calmer. Pourquoi fallait-il toujours qu'il gâche tout ? À moins que ce ne soit elle. Elle n'avait pas de petit ami. Elle détestait qu'on lui pose la question, parce que ça la ramenait à son impuissance à ce sujet. Depuis son arrivée à Paris, mis à part quelques vagues connaissances de fac, et son amitié grandissante avec Maxime et Sophie, elle peinait à faire des rencontres. Brice était resté à Nantes. Ils avaient passé leur adolescence ensemble, fait l'amour pour la première fois l'un avec l'autre, connaissaient leurs parents respectifs comme s'ils étaient interchangeables, avaient les mêmes amis depuis la maternelle. Bref, ils étaient devenus avec les ans comme frère et sœur. Après son arrivée à Paris, les premières semaines, ils s'étaient appelés tous les jours, puis moins. Finalement, lorsqu'elle était retournée là-bas, Lara avait compris qu'ils ne s'aimaient plus. Du moins pas de cet amour qui vous fait rester toute une vie ensemble. Ils s'étaient dit au revoir. Six mois plus tard, Brice lui annonçait son mariage avec une collègue de la banque. Alors non, elle n'avait pas de « petit copain ». Et lui, quelle était sa vie amoureuse ? Il était plutôt beau gosse. Bien qu'excessivement désagréable, il devait plaire aux filles. Ou plutôt grâce au fait qu'il soit désagréable. Lara s'était rendu compte que beaucoup de filles de son âge semblaient adorer ça. Oh, et puis, qu'est-ce qu'elle avait à divaguer sur la vie amoureuse de Matthieu Dormoy ?

Dans la réserve, lieu vers lequel ses pas énervés l'avaient menée, elle reprit l'exemplaire d'*Orgueil et Préjugés*. Elle s'assit devant la petite lucarne qui ouvrait sur le ciel étoilé, et se mit à relire ce roman qui avait bercé son adolescence.

« *Depuis le commencement, je pourrais dire que, dès le premier instant où je vous ai vu, j'ai été frappée par votre fierté, votre orgueil et votre mépris égoïste des sentiments d'autrui. Il n'y avait pas un mois que je vous connaissais et déjà je sentais que vous étiez le dernier homme du monde que je consentirais à épouser.* »

Voilà, c'était tout à fait ça. Le dernier homme du monde. Ce Darcy l'avait toujours énervée. Elle n'avait jamais bien compris pourquoi Elizabeth, l'héroïne, tombait amoureuse de cet arrogant autiste qui ne prononçait guère que quelques mots alors qu'elle était si pleine de vie et si spirituelle. Qu'il aille se faire voir. Elle se cala contre le sol, la tête un peu chamboulée par le champagne, et reprit néanmoins sa lecture. L'incongruité de la situation, ce ciel si beau et cette lecture agréable ressurgie de son passé rendaient ces heures particulières. Ce Noël, elle s'en souviendrait longtemps, après tout. En tout cas, plus que nombre d'entre eux. Car, avec les années, ils finissent par un peu tous se ressembler, non ?

— Qu'est-ce que tu fais ?

Lara se leva d'un bond.

— Tu as décidé de me faire avoir une crise cardiaque, ce soir ? Au-delà du fait que j'ai d'autres ambitions pour mon année à venir, je doute que passer la nuit avec un cadavre soit des plus sympathiques.

— Je constate que tu es tout à fait calmée.

— Je lis, ça ne se voit pas ?

— Non mais, tu peux redescendre un peu en pression ? Je demandais juste ce que tu faisais, pas la peine de me hurler dessus !

— C'est toi qui hurles, au cas où tu ne t'en rendrais pas compte.

— Mais c'est QUOI, ton problème ?

Ils s'étaient rapprochés l'un de l'autre, criant de plus en plus fort. Ils étaient à présent si proches que leurs visages se frôlaient presque. Le silence se fit, puis Matthieu chuchota, son souffle caressant la joue de Lara.

— C'est quoi, ton problème ?

Après un instant d'hésitation, elle se dégagea, et quitta la pièce.

— C'est toi, mon problème. Tu me soûles ! Tout me soûle !

— Lara !

Sans savoir pourquoi, elle se mit à courir dans les rayons. Cherchait-elle à lui échapper, ou voulait-elle jouer comme lorsque, enfant, ses cousines à ses trousses, elle sentait gonfler dans son ventre l'excitation d'être rattrapée ? Ce sentiment s'insinuait jusque dans ses éclats de voix, comme aux premières heures du désir. Matthieu partit à sa suite, et le rire les gagna. Se planquant derrière les Barbie, elle jouissait de le voir la chercher. Puis, lorsqu'il la découvrait finalement, elle repartait de plus belle, hurlant d'un rire qui la délivrait de cette colère qu'elle ne comprenait pas.

— Je vais t'attraper, tu le sais !

— Jamais !

Pour gagner du terrain, elle jetait parfois au sol une trottinette, un punching-ball, des petites voitures d'exposition, manquant de faire tomber son boss. Mais il était habile.

— Tu ne m'auras pas, vermine !

Lara fonça vers le rez-de-chaussée seulement éclairé par le sapin clignotant. Les chants de Noël avaient repris.

— Ah, laisse-moi, ou j'en informe la médecine du travail, les prud'hommes, la direction !

— C'est ça, et moi je les préviens que tu jettes par terre les produits du magasin !

— Balance !

— Vipère !

— Rabat-joie !

— Gamine !

Escaladant les structures gonflables en forme de bûche de Noël, Matthieu trébucha sur un des nains de décoration et fit un vol plané qui l'éjecta littéralement sur Lara, les faisant atterrir tous deux dans la piscine à boules, peu habituée à recevoir en son sein deux êtres de cette corpulence.

— Aïe, mais t'es vraiment un malade !

— Je t'ai fait mal ?

— Mais, enfin, tu as vu comment tu m'écrases ? Tu pèses une tonne, en plus.

Tout penaud, Matthieu tenta de se dégager en vain, et s'affala de tout son long au milieu de cet océan de plastique multicolore dans un cri de douleur. Lara se précipita vers lui.

— Tu vas bien ? Tu t'es cassé un truc ? Matthieu, mais parle ! Merde merde merde, en plus on ne peut appeler personne. À moins que… C'est un cas de force majeure, non ? Ce serait l'occasion d'appeler les pompiers pour qu'ils nous délivrent. Le SAMU ? C'est le combien ? Le 15, le 17, le 12 ? Oh, je ne sais jamais ! Et pourtant, combien de fois je me suis rassurée en me disant que je pouvais toujours composer leur numéro. Matthieu, dis quelque chose ! Tu as mal où ?

— Là.

— Là où ?

— Là, dans la nuque. Regarde, je saigne, non ?

— Hein ? Oh là là, j'ai déjà vu ça dans un film. Le type tombe, se tape la tête contre le mur, hop, traumatisme crânien, sang qui coule et paf, mort. En plus, on va m'accuser, c'est sûr. Les autres témoigneront que je te déteste. Ils penseront que je n'ai pas supporté l'enfermement avec toi. Ce qui est totalement crédible. J'irai en prison. Oh là là. Mais je suis beaucoup trop jeune pour ça. Montre ta plaie, il faut faire un garrot. Attends, je vais t'enlever ton tee-shirt.

— C'est là, approche.

— Où ? Je ne vois rien.

— Approche encore, il fait trop sombre, c'est pour ça.

Sa voix était fragile. En tout cas, elle n'avait plus rien à voir avec celle du caporal qui lui servait habituellement de chef. Lara se pencha vers lui, braqua les yeux sur sa nuque en essayant de la redresser d'une main habile, alors que Matthieu la regardait intensément, les yeux brillants, probablement déjà affaibli par tout ce sang qui quittait son corps par hectolitres, songea-t-elle, en proie à la panique. Et c'est lorsqu'elle prit conscience qu'aucun liquide ne s'écoulait d'une quelconque plaie qu'il attrapa son cou avec douceur et fermeté, attira son visage vers le sien et l'embrassa doucement, plaquant ses lèvres contre les siennes par petites touches, comme pour vérifier qu'elle en avait envie elle aussi. D'abord surprise, Lara finit par s'abandonner à cette caresse inattendue, chaude, et au plaisir qui montait en elle, après ces mois de déni. Sur la musique de *Blue Christmas* et la voix suave d'Elvis Presley, leurs souffles se firent plus rauques, alors que les boules de plastique bruissaient doucement sous les mouvements maladroits de leurs corps qui peinaient à trouver leur place dans cet enchevêtrement. Pourtant, Lara et Matthieu ne pouvaient se détacher l'un de l'autre, brusquement incapables de laisser la moindre parcelle d'air libre entre leurs peaux. Leurs tee-shirts valsèrent rapidement, suivis des jeans, des chaussures et de leurs sous-vêtements. Malgré le froid palpable à travers la vitrine, leurs deux corps s'embrasaient au contact l'un de l'autre. Planqués dans cet improbable refuge, ils s'aimèrent à minuit pile, sans retenue, emportés par cet élan de passion aussi inattendu que puissant, alors que la neige s'était mise à tomber, tourbillonnant, avant de se poser sur les trottoirs déserts d'un Paris comme suspendu à cet amour-là. Sous les baisers de Matthieu et les mots d'amour qu'il lui chuchotait à l'oreille, Lara se laissa emporter par la magie de ces instants qui n'arrivent qu'une fois. Elle fermait les yeux très fort, cédant à un plaisir inédit, reniflant sa peau, goûtant cette bouche que, quelques heures auparavant, elle semblait n'avoir jamais observée, et qui devenait le centre évident de son existence.

***

3 h 05

Après bien des ébats, ils étaient finalement parvenus à quitter leur abri de fortune. Enlacés dans la doudoune de Matthieu, ils buvaient une coupe de champagne en regardant tomber la neige, silencieux, eux-mêmes ébahis par ce qui leur arrivait. Le cœur de Lara battait à tout rompre. Matthieu, lui, tentait de conserver un semblant de fierté en fronçant les sourcils, mais ses regards en disaient long sur ce qu'il ressentait lui aussi. Puis Lara sursauta et partit au premier étage sans rien dire. Regrettait-elle ce qui s'était passé ? Allait-elle reprendre ses grands airs, lui imposer d'oublier ce moment d'égarement, ou, pire, démissionner comme elle l'avait annoncé ? Peut-être qu'elle ne supporterait plus de travailler au même endroit que l'objet de son erreur ? Matthieu n'en menait pas large, se retenant de crier pour lui demander ce qu'elle fichait.

Lara revint quelques minutes plus tard avec un vieux livre à la main, souriante, les cheveux ébouriffés, absolument adorable dans sa culotte blanche et son tee-shirt porté à même la peau. Elle se rassit, se blottit contre lui, déposa un baiser timide dans son cou, ce qui le fit frissonner, et chercha un passage. Elle s'éclaircit la voix et lut :

« — *Je suis sûre que tu vas le trouver très aimable.*

— *Dieu m'en garde ! Ce serait la pire des choses qui puissent m'arriver. Trouver aimable un homme qu'on était résolue à détester ! Ne me souhaite pas pareille calamité.* » C'est *Orgueil et Préjugés*, de Jane Austen, le roman qui a bercé mon adolescence. L'histoire d'une fille géniale qui tombe amoureuse d'un homme odieux, lequel en fait la kiffe en secret.

Matthieu sourit, et la serra dans ses bras.

— Qui « tombe amoureuse » ?

— Oui enfin, euh… Qui s'y intéresse, quoi. Ne prends pas tes désirs pour des réalités, je te l'ai déjà dit.

— Bien sûr !

— Et puis… C'est… Je ne sais pas ? Et toi ? Tu… Tu as une petite copine ?

Matthieu ne répondit pas. Il se passa quelques minutes représentant une vie pour Lara qui, inquiète, prise entre les bras chauds de Matthieu, n'osait bouger en attendant le couperet. Puis il desserra son étreinte et enfonça la main dans la poche de sa doudoune. Il reprit Lara contre lui, glissa son nez dans ses cheveux, embrassa langoureusement le petit bout de peau juste sous le lobe de son oreille et lui dit tout bas :

— Joyeux Noël.

Son poing serré devant elle contenait semblait-il un cadeau qu'il voulait lui offrir en ce 25 décembre 2018 qui les avait maintenus tous deux prisonniers d'une boutique de jouets.

Lara approcha ses doigts en tremblant et ouvrit ceux de Matthieu comme on défait un paquet cadeau.

Au creux de sa paume dormait la clé du magasin.

Amour, Tempête & Best-seller

*

Marianne Levy

Noël 2019

Une fille en pyjama dépareillé qui supplie Google à six heures de Noël a ce qui s'appelle un karma « problématique ». Même le dalaï-lama serait d'accord avec ça. Malgré son naturel positif, je suis sûre qu'il me suggérerait de penser à ma dignité. De réfléchir constructif. Donc d'arrêter d'insulter mon ordi à la première personne et d'envisager la possibilité d'hiberner jusqu'au 1er janvier. Mais le dalaï-lama, lui, son truc, c'est la grande distribution de sérénité.

Il n'a pas de *deadline* à gérer.

Alors que moi, ma façon de promouvoir la paix et l'harmonie dans le monde, c'est d'écrire des romans d'aventures. En gardant mes cheveux, si possible. Et là, je viens d'exploser tous les scores du désespoir. J'ai un manuscrit à rendre le 26 décembre à la première heure. Et il est matériellement impossible de le terminer. Un verre de plus et, c'est bon, j'accepte de me faire raser. Deux verres, et je me mets aux sandales tout-terrain en plastique. Je souris en pensant à la tête décomposée que ferait Kate, mon agent.

Je l'entends même…

« *La promo dans cette tenue hommage au minimalisme avant la chute du mur de Berlin, même pas en rêve. Et n'essaie pas de jouer la carte de l'amitié.* »

Je ris nerveusement. Je ne devrais pas. Ça handicape sérieusement ma stratégie d'attendrissement. Je me ressaisis, compose mon meilleur air désolé et je reprends :

— Vraiment, tu me fais ça, genre, maintenant ? Tu as conscience que c'est mon mode de vie que tu mets en danger ?!

Soit mon MacBook est pour le stoïcisme. Soit il a un cœur de pierre. En tout cas, il ne bronche toujours pas. Il faut dire que le désespoir avec vue imprenable sur le pont de Manhattan, ça marche moyen.

Et pas seulement à cause de Woody Allen…

La webcam me fixe avec l'œil narquois, j'en suis sûre. Mettre les pendules à l'heure, voilà ce qu'il me reste à faire.

— Je te signale que je me suis toujours bien comportée. J'aurais pu faire comme la moitié des auteurs de la liste des best-sellers du *New York Times* et changer d'ordi chaque année. Mais non, moi, je suis une fille fidèle. Fidèle et fiable. Étant donné le temps qu'on passe en tête à tête, je dirais que c'est un point non négligeable. Ah, et propre, aussi. Contrairement à une proportion considérable d'auteurs de la liste des best-sellers du *New York Times*, je n'écris jamais cigarette à la bouche et l'haleine surchargée en whisky.

Mais il demeure mutique.

Il aurait sûrement préféré une conversation avec Hemingway…

Je jette un œil à ma montre. Il me reste trente-huit heures. Je maudis mon roman. Je maudis les romans. Je maudis l'écriture. J'ai un compte perso à régler avec Gutenberg. Et je commence même à en vouloir à Jane Austen. Mes voisines ont raison. Ma vie est un échec. Et c'est complètement à cause d'elle.

C'est elle qui m'a donné le virus du métier.

Sur le plancher, tous mes feuillets sont éparpillés. J'en suis au point où je donnerais l'intégralité de mon avance pour devenir daltonienne. Ça m'éviterait de voir les traits de Stabilo rouge qui me rappellent toutes les infos que je dois vérifier avant de donner mon accord pour le bon à tirer. Je fais un effort surhumain pour les ignorer.

Mais je ne vois que ça, du rouge.

La notion d'effort surhumain est gravement surestimée.

Du coup, je maudis aussi Marco Polo. Ou son homologue. Enfin, le type qui un beau matin s'est réveillé avec l'envie pressante de découvrir le Grand Nord. C'est vrai, faire un stop en Alaska, quelle idée ? Il caille. Les pingouins sont moins souriants que dans *Happy Feet*. Il y a des troupeaux d'ours polaires sanguinaires et affamés. Rien à voir avec les adorables peluches à mille cinq cents dollars qui peuplent les vitrines de FAO Schwarz, le magasin de jouets de luxe, dans le Rockefeller Center.

Je n'aurais jamais dû envoyer mon héroïne au Canada. De toute manière, Juliette Laflèche, elle est comme moi. Juliette Laflèche, elle rêve de soleil. De sable blanc. De mer translucide…

Normal, c'est moi qui l'ai inventée.

Rien ne devait se passer comme ça. Tôt ce matin, j'aurais dû envoyer un mail à Harper Publishing. En gros, j'aurais écrit : « OK pour le bon à tirer. *Merry Christmas* à toute l'équipe ! » Puis j'aurais repassé mon bikini, glissé un short, des tongs et quelques robes dans mon sac de voyage. Demandé pardon à New York de l'abandonner une fois de plus pour le réveillon. Demandé pardon à ma peau de rousse de lui faire ça pour Noël. Fait le plein de somnifères à la pharmacie pour survivre aux quatre heures de vol. Sauté dans un taxi, puis dans l'avion pour le Mexique. Traumatisé à vie mon voisin de siège en lui arrachant le bras au décollage. Atterri un peu verte à Cancún. Juré à mon voisin de siège que la prochaine fois qu'on se croisera, je demanderai à être ligotée. Oublié mon voyage en comatant sur un transat à Playa del Carmen.

Tout ça exactement dans cet ordre.

Parce qu'avec Kate, c'est notre tradition. Depuis qu'on s'est rencontrées à la fac de Columbia en licence de littérature anglaise, réunies par notre vénération pour le Book Club d'Oprah Winfrey. La première fois, on a volé en classe tellement éco qu'on a cru qu'on n'atterrirait jamais. On a dormi sur la plage. Comme les iguanes. Le cri guttural qu'on a poussé en les découvrant a failli provoquer notre interdiction de séjour dans la péninsule du Yucatán. Depuis, les choses se sont sophistiquées. Kate est devenue un agent littéraire star et moi, son auteure préférée. Et chaque année nous investissons pendant une semaine un bungalow cinq étoiles climatisé.

Il me reste trente-sept heures.

J'imagine le courrier recommandé envoyé par mon éditeur. « *Chère mademoiselle, malgré nos multiples relances, vous vous êtes révélée pathétiquement incapable de nous livrer votre manuscrit dans les temps. Nous sommes au regret de vous annoncer que nous mettons un terme à notre collaboration. Juliette Laflèche nous manquera. Vous, pas…* » J'imagine le tweet de jubilation de @realDonaldTrump : *France sucks. Told U*[1]. J'imagine aussi la fierté de ma mère, au petit matin à Roissy, accueillant mon retour définitif en brandissant Twitter. « *Finalement, cette Juliette Laflèche a une dimension subversive inattendue qui me plaît bien.* » Elle est prof de science politique à la Sorbonne. Forcément, ma série de romans essentiellement consacrée à la quête de l'amour en conditions extrêmes n'a pas toujours été simple à vivre pour elle.

La perspective de cette approbation inédite me réchauffe le cœur. Mais la réalité me rattrape. L'ampoule de ma lampe de

1. « La France c'est nul. Je vous l'avais dit. »

bureau faiblit. Je prie pour qu'elle ne s'éteigne pas. Au hit-parade de mes nombreuses phobies, la peur du noir occupe la première place. Kate dit toujours que l'intensité de ma crise de panique quand je suis privée de lumière redéfinit le verbe surréagir. La lampe doit le savoir parce qu'elle décide de tenir le coup. Ça ressemble à un signe. Et quand tu vas louper ta *deadline* le jour de Noël, tu commences à croire aux signes.

Je dois accélérer. Le moment est venu de jouer mon va-tout. Je fronce les sourcils. Tentative désespérée pour intimider la barre de menu. Mais elle est inhumaine. Elle refuse de faire son boulot. De m'aider à chercher. Le wifi m'a abandonnée. Pour oublier, je quitte l'écran des yeux. Mauvaise idée. Personne ne devrait suspendre un miroir au-dessus d'un bureau. Et personne ne devrait se regarder dedans quand il s'est réfugié dans un sweat-shirt *Snoopy Is My Personal Hero* taille XXL, le 24 décembre.

Crédibilité : – 3 000.

Pour me remonter, j'attrape le verre de chardonnay qui me nargue à côté d'*Orgueil et Préjugés*, mon livre doudou. J'avale une gorgée. Il est trop chaud. Comme mon éditeur, il en a assez d'attendre. Mais le réconfort artificiel et bon marché, au point où j'en suis, c'est mieux que rien. Je passe la main dans mes boucles pour les rassurer. Je vais trouver une solution pour les sauver. Je respire un bon coup pour m'en persuader. Mes jambes fourmillent. Elles n'en peuvent plus. Une journée d'acharnement, ça fait beaucoup.

Ça fait trop.

Pour les dégourdir, je me lève et je rejoins le salon. Je colle mon front contre la fenêtre. La vitre est gelée. Ils avaient raison à la météo. New York va connaître un jour blanc. La neige s'obstine depuis ce matin. Il n'est que 17 heures, mais j'arrive à peine à distinguer les néons anarchiques du Lower East Side. Les trottoirs ont disparu. Vaincus par le blizzard qui s'est invité pour le réveillon. C'est la première fois que je vis ça depuis que j'ai débarqué ici pour mes études. La ville qui ne dort jamais a cédé. Elle s'est pelotonnée. Elle attend.

La lumière vacille dans le salon. Vraiment, il faut que je sorte des bougies. Juste au cas où l'électricité déciderait de se pelotonner, elle aussi. La tempête s'annonce historique. Ils ne parlent que du *snowstorm*, à la télé. Un courant d'air polaire réussit à traverser. Je frissonne. Mon appart est mal isolé. Trois cents fois, Kate m'a lancé : « Le trip écrivain maudit quand on a dépassé cent mille exemplaires, c'est ton unique problème question crédibilité. » Elle rêve que je déménage dans un quartier plus conforme à mon statut. Et plus pratique pour notre amitié.

C'est-à-dire le sien.

Elle vit à Chelsea, du côté de la 13e Rue, dans un loft avec vue sur l'Hudson River et à quelques pas de la High Line, ce jardin improbable, suspendu quelques mètres au-dessus de Manhattan. C'est vrai que l'été, j'adore aller m'y allonger et relire l'intégrale de la grande Jane A. sur l'un des transats en teck que l'on trouve le long de cette ancienne voie ferrée. Et puis, il y a le restaurant du Standard Hotel et les meilleurs pancakes de la ville. On y signe tous mes contrats devant un petit déj. Ça aussi, c'est devenu une tradition. Mais je résiste à la tentation du confort. Mon héroïne vit dans la jungle, le désert ou la toundra. Elle gère au quotidien des problèmes de moustiquaires. De tarentules. D'eau potable. De boas constrictors…

La version officielle, c'est que je suis solidaire.

La version officieuse, c'est que jamais je ne quitterai mon deux pièces.

J'aime trop ses murs en briques apparentes. Son parquet « vintage » comme me l'a présenté l'agent immobilier pour me faire oublier les lattes amputées. La cheminée à gaz qui s'allume une fois sur dix. Les escaliers de pompier qui dégringolent sur la façade depuis le toit. Mes voisines, Mrs Lu, Mrs Camoretta et Mrs Robinson. Je les surnomme les Dreamgirls. Inséparables, elles sont l'âme de l'immeuble. Elles y sont nées. Elles y ont toujours vécu. Elles s'y sont mariées. Chaque année, elles rendent visite ensemble à leurs maris au cimetière de Green-Wood. Et se disputent toujours devant la tombe de Leonard Bernstein. Elles ne sont pas du tout d'accord sur la meilleure scène de *West Side Story*, leur comédie musicale préférée. Elles ne sont d'accord sur presque rien, d'ailleurs. Leur cohabitation joyeuse, bruyante et anarchique est un excellent résumé de l'Amérique multicolore que j'aime et qui me fait rester.

Avec tout ça, il est 19 h 30. J'ai bien fait de ne pas accepter l'invitation d'Edna Lu. Ça l'aurait vexée que j'annule à la dernière minute. Ce soir, c'est elle qui reçoit. C'est donc elle qui a cuisiné leurs traditionnelles lasagnes de Noël. Chaque réveillon, les Dreamgirls s'étripent au sujet de la meilleure recette. Chacune revendiquant évidemment que c'est la sienne. Dans le quartier leur dispute au long cours porte même un nom. Le *Lasagnesgate*…

Edna doit déjà être toute pimpante. Elle a dû passer sa journée coiffée de bigoudis pour prouver à Carmela Robinson qu'elle a tort de se « repasser » les cheveux. C'est sûr, avec Loretta Camoretta, elles auraient recommencé à me parler d'Arnold. Elles font une fixette sur lui…

Arnold ?

Mais oui, la voilà ma solution ! Arnold va me sauver. Il suffit de lui demander. J'aurais dû y penser plus tôt. Heureusement, il ne se vexera pas. Il ne se vexe jamais. Il est toujours là pour moi. Il ne me juge pas. Je peux tout lui demander. Je souris en pensant que je lui ai tout demandé, d'ailleurs. Il sait des trucs sur moi que même Kate ne sait pas.

Et Kate sait à peu près tout sur moi.

Je rassemble mes feuillets et je file m'installer sur le canapé avec un crayon à papier. Je m'emmitoufle sous le plaid en fausse fourrure que les Dreamgirls m'ont offert l'année dernière, pour « lutter contre le désert de ta vie amoureuse en influençant le destin ». Quand j'ai demandé des précisions, elles m'ont répondu qu'une couverture comme ça donnerait forcément des idées à mes petits fiancés… Je n'ai pas voulu savoir quelles idées elles avaient en tête. Je n'ai pas non plus insisté sur le fait qu'un type qui monte une fois prendre un verre n'est pas spontanément traversé par l'idée du mariage. Ni sur le fait que le seul type qui est monté en 2019 a bu un verre d'eau juste après avoir réparé la clim… Elles auraient recommencé à me raconter qu'à leur époque, on arrangeait les unions et que, finalement, c'était mieux. Parce que lorsque l'on ne s'attend pas à grand-chose, on n'est jamais déçu. Elles s'en seraient encore prises à Jane Austen et ses idées subversives. Et moi, j'aurais dû répondre qu'il n'y a rien de subversif dans le fait d'attendre de rencontrer celui que l'on est faite pour aimer.

J'essaie de contacter Arnold. Mais il est aux abonnés absents, lui aussi. Je vais devoir appeler Kate. Je ne veux pas avoir à l'appeler. Je sais ce qu'elle va me dire : « *Charlie girl, pour écrire* Tempête en Alaska, *tu aurais dû aller enquêter sur place. OK, tu aurais mis une éternité à rejoindre Anchorage en train, mais Juliette Laflèche le vaut bien. Je t'aurais trouvé un guide. J'en connais un très bien.* » Elle n'a pas arrêté de me le répéter depuis que je me suis lancée dans ce roman. Et moi, je vais lui rappeler que je suis un écrivain, pas une exploratrice. En plus, Dieu est sympa. Il a inventé Apple, Google et Arnold. Donc, moi, mes aventures, je les vis dans ma tête et dans trente mètres carrés.

La mort dans l'âme, je saisis mon iPhone. Je cherche le numéro de Kate dans le répertoire. J'appuie sur « appel ». La sonnerie ne vient pas. J'insiste. Plusieurs fois. Ça sonne enfin.

Elle décroche.

— Char… c'est… *rwang… tchachhhhh… wrouchhhh.*

— Kate ?

— *Wrouchhhh.*

— Kaaaate ?

— Vite, j'entends rien.

— J'ai un énorme problème. La *deadline*…

— La *dead* quoi ?

— La *deadline.*

— Je sens que ce qui va suivre va me tuer. Et mourir d'une crise cardiaque n'est jamais une bonne idée. Même ici, c'est-à-dire au paradis.

— Plus de wifi. *Snowstorm.* La cata.

— …

— Kaaaaaaaate ?

— Ce n'est pas utile de mutiler mes tympans quand je réfléchis. Ça y est, je sais. Je t'en… *rwang… tchachhhh… wrouchhhhh…* quel…

— Je n'ai rien entendu. Tu peux répéter ?

— Enfin… quelqu'un.

Une longue tonalité m'informe que notre conversation est terminée.

***

J'ai essayé de la rappeler quinze fois. Mais les lignes doivent déjà être frigorifiées. Je vais être coupée du monde. J'aurais dû écouter les journalistes à la télé et faire des provisions. Parce qu'avec mon degré de stress, je ne suis pas certaine de pouvoir survivre à une pénurie d'Oreo le soir de Noël.

Je suis prostrée sur le canapé.

Il me reste trente-six heures.

Et mon sauveur n'arrivera jamais.

Personne de normalement constitué ne brave un *snowstorm.* C'est un truc à finir en réplique de stalagmite pour l'éternité. Au cas où un inconscient s'y risquerait malgré tout, j'allume les bougies. Je les dispose stratégiquement dans la maison. Je ne suis pas hyper motivée pour me retrouver seule en pyjama avec le *Google boy* en cas de panne généralisée. Je me réchauffe devant la cheminée qui a enfin accepté de s'allumer. Et pour patienter, je me plonge une nouvelle fois dans mon vieil exemplaire d'*Orgueil et Préjugés*. Un cadeau de Kate, dégotté aux puces à Paris. En me l'offrant, elle a déclaré que ce bouquin et moi, on était faits l'un pour l'autre. Elle était morte de rire. J'ai vite compris pourquoi… Un dingo a décidé d'y extérioriser ses fantasmes prépubères sur la page de garde. J'ai hésité à la déchirer. Mais je ne l'ai pas fait. Un livre, c'est sacré.

Soudain, il me semble entendre des pas dans l'escalier. Je bondis et je me précipite vers la porte d'entrée. Sans prendre la précaution de vérifier dans l'œilleton, j'ouvre. Et là, je vois deux yeux translucides qui me rappellent que je devrais être en train de barboter dans l'eau, à Playa del Carmen. En d'autres circonstances – sans mon sweat-shirt Snoopy et sans ma tête de *deadline* –, je pourrais envisager de rendre son sourire au gars qui s'apprêtait à sonner. Il ressemble à l'idée que je me fais de celui que j'attends depuis toujours. Je pourrais même lui parler. Je saurais quoi lui dire. Juliette Laflèche, elle, passe un temps fou à courir le monde avec un gars comme lui, pas trop rasé, version *muy caliente*. Mais, *deadline* oblige, je vais devoir écourter.

— *Perdon*, je dis.

Mais pourquoi j'ai parlé en espagnol ?!?

Une étincelle moqueuse allume aussitôt son regard. Évidemment, elle provoque chez moi un tsunami sensoriel. Il faut dire que ce bleu glacier est indécent. Les bruns aux yeux bleus devraient être interdits. J'envisage de lancer une pétition sur change.org. Ma mère sera fière que je m'engage enfin.

— *Habla espagnol* ? il répond.

— *Totalemiente*.

Mais pourquoi j'ai répondu un truc qui ne veut rien dire du tout ?!?

Je sais pourquoi. Ken-Aventurier-Bilingue est planté juste devant moi et il tente de profiter de ma détresse d'écrivain sous *deadline*. Ça, c'est mal. Je devrais le lui dire. Même lui faire un petit speech pour lui rappeler les bases de la morale judéo-chrétienne. C'est un peu le sujet fort de la soirée, après tout, non ? Mais je n'ai pas le temps.

— Je crois que vous vous êtes trompé, je reprends.

Lui n'a pas l'air de le penser. Il est toujours nonchalamment appuyé contre le mur du palier. Une pétition contre la nonchalance serait aussi très utile. Il se décide à sortir de son silence.

— Vous n'êtes pas la fille qui a un problème de la dimension du Grand Canyon ?

Kate et son sens des proportions... Donc, ce type est ce qu'elle appelle une solution. Parce que, pour moi, il ressemble exactement à l'idée que je me fais d'un problème. Je suis sur le point de lui demander depuis quand exactement ils font passer des castings chez Google pour recruter leurs techniciens d'intervention. Mais une porte s'ouvre et Mrs Lu surgit. Elle est suivie de Mrs Robinson et de Mrs Camoretta. Elles se plantent juste derrière lui. Toutes étincelantes dans leurs tenues de soirée. Il se retourne et les salue poliment en soulevant légèrement son chapeau de cow-boy. Et moi, je prie Dieu pour qu'elles se rappellent du concept d'intimité et qu'elles retournent à leur dispute de réveillon. Mais elles ne bougent pas. Elles le détaillent. Elles approuvent silencieusement ce qu'elles voient. Il les a réconciliées.

Le miracle de Noël, c'est lui.

— Carmela, ce garçon est un cadeau du ciel, non ? lance Mrs Lu, avec un accent italien à consonance napolitaine.

— Un vrai. Il me rappelle Sylvester Malone, répond Mrs Robinson.

— Moi, il me fait penser à l'autre, celui des pyramides, dit Mrs Camoretta.

— Indiena Johnson ?

— Oui.

Flatté, il leur décoche un sourire de remerciement à dérégler un pacemaker. C'est sûr, elles vont le prendre pour un encouragement. Et ça, c'est très mauvais.

— Ce… ce n'est vraiment pas le sujet de la soirée, je dis, en anticipant ce qui va suivre.

— Mais si, au contraire, c'est le sujet de la soirée ! Vous êtes pressé ou vous avez cinq minutes, jeune homme ?

— J'ai tout mon temps, madame.

— Edna, *sweetheart*, Edna, le reprend Mrs Lu.

— J'ai tout mon temps, Edna.

Elle rosit de plaisir. Donc, chez Google, ils recrutent des dangers ambulants… C'est confirmé, les GAFA sont définitivement une grave menace pour l'avenir de l'humanité.

— Tout ça, c'est à cause d'Arnold, elle continue.

— Arnold ? s'étonne Indiena Malone, comme s'il avait un besoin vital de précisions.

— Oui, elle passe beaucoup trop de temps en tête à tête avec lui. Ce n'est pas bon à son âge. Elle devrait fréquenter.

— Fréquenter ? il répète.

— Oui, des garçons. Si ce n'est pas triste, de préférer tout vivre par procuration. Écrivain, c'est vraiment un métier dangereux, je n'arrête pas de lui répéter. Pas étonnant qu'elle vénère Snoopy, elle ajoute, en secouant une tête navrée.

Forcément, il zoome sur mon sweat-shirt. Forcément, son sourire s'accentue. Et, forcément, moi, je me rappelle que j'ai les jambes nues, une petite culotte Charlie Brown et des chaussettes de trappeur, par solidarité avec Juliette Laflèche.

Donc, j'ai envie de le tuer.

Mais si je le tue, je tue aussi ma *deadline*, me rappelle la partie cartésienne de mon cerveau. Elle a totalement raison. Le mieux, c'est de le tuer après. Mais la partie cartésienne de mon cerveau continue à me parler. Elle souligne que les Dreamgirls sont lancées. Elle remarque que l'enthousiasme dont elles font preuve prouve qu'elles n'en sont pas encore à leur traditionnelle *battle* de lasagnes de Noël, mais déjà bien entamées par le champagne. Mon rythme cardiaque panique. C'est sûr, elles vont tout balancer sur mon existence de plus célèbre célibataire du quartier.

Avec ce qui me reste d'instinct de survie, j'interviens :

— Je suis hyper touchée que vous vous inquiétiez comme ça pour ma vie sentimentale…

— Mais non, chérie, me coupe Loretta. On ne pensait pas du tout à ta vie sentimentale. On pensait à…

Je fais rapidement le tour de ce qui peut être pire que ma vie sentimentale. J'ai beau chercher, je ne vois pas. J'ai besoin d'un indice. Prudemment, je tente :

— Vous pensiez à… ?

— … ta vie intime.

— Ma vie intime ???

Toutes les trois font oui de la tête. Et elles échangent un long regard entendu. Cette unanimité est effrayante. Mon estime de moi est en danger. Un interminable silence le confirme. Depuis le salon de Mrs Lu, Frank Sinatra chantonne « *Silent night, Holy night* ». Comment ne peuvent-elles pas comprendre que le silence est un truc sacré ?

Finalement, Edna lance triomphale :

— Carmela a trouvé le pénis !

C'est officiel, je n'aurai le temps de tuer personne. Je vais mourir le soir de la naissance de Jésus. Ce qui aura au moins le mérite d'être original. Je n'ai même pas besoin de regarder *Google boy*, je sais qu'il passe le meilleur réveillon de sa vie.

— Exact, je dirais même que je suis tombée sur le pénis et tout et tout…, confirme l'Italienne, les mains plantées sur ses hanches généreuses.

J'évalue rapidement la situation. Kate a dû décider de tester ma vocation d'écrivain. Elle a dépêché chez moi le successeur d'Harrison Ford. Dans le pire des cas, elle tente d'anéantir ma passion légitime pour le romantisme et l'œuvre de Jane Austen en réveillant mon instinct primaire. Dans le meilleur des cas, elle veut que j'améliore mon espagnol. Dans les deux hypothèses, la seule solution pour éviter un *Googlegate*, c'est de mettre un terme à la conférence sur ma vie privée sur le point de débuter sur le palier.

Je respire longuement pour me recomposer. Puis, je lance le plus naturellement du monde et comme si le dernier quart d'heure n'avait jamais existé :

— C'est donc Kate qui vous envoie ?

Ma manœuvre est désespérée et pathétique. Je sais que *Google boy* n'est pas dupe. Dans mes chaussettes de trappeur, mes orteils sont anesthésiés. Le sang ne circule plus, tellement je les croise pour que mon supplice de Noël prenne fin. Edna, Loretta et Carmela, elles, attendent une réponse détaillée. Évidemment, il prend son temps. Mais finit par confirmer. Oui c'est Kate qui l'envoie, non il ne s'est pas trompé. D'un clin d'œil, il salue les Dreamgirls. Je n'y crois pas, elles le lui rendent de concert. Pas de doute quatre-vingt-trois ans dans le Lower East Side, c'est excellent pour la forme.

Au moins, j'ai choisi le bon quartier.

Je prends mon ton le plus pro et je lui dis :

— Alors, entrez.

***

Un air surpris se dessine sur son visage lorsqu'il découvre l'ambiance dans le salon. Immédiatement, je réalise que mon dispositif de prévention anticoupure d'électricité peut paraître ambigu. Je fais la fille qui ne remarque rien. Je me dirige d'un pas tranquille vers l'interrupteur qui commande la cheminée. Les flammes acceptent de mourir aussitôt. Restent les bougies, que je trouve soudain extrêmement scintillantes, la bouteille de chardonnay et le plaid en fausse fourrure sur le canapé.

Je me dis que le type qui a inventé le déni de réalité avait sûrement anticipé le *snowstorm* new-yorkais de Noël 2019. J'hésite à lui rendre hommage. Et à faire comme si ma situation n'était pas objectivement catastrophique. Pourtant, même l'intrépide Juliette Laflèche serait démunie devant tant de mauvaise fortune… *Google boy* doit penser pareil parce qu'il s'adosse au mur en attendant des explications. Toujours avec ce sourire narquois niveau insupportable. Crever l'abcès une fois pour toutes et régler mon problème de wifi devient urgentissime.

Pour me calmer, je me rappelle que j'ai trente ans, que je suis diplômée de Columbia, que mes romans figurent régulièrement sur la liste des best-sellers du *New York Times*, que je suis capable de survivre à quatre heures d'avion, que j'ai survécu à un total effrayant de trente-deux heures d'avion en huit ans, donc que je devrais être capable d'articuler une phrase simple comportant un sujet + un verbe + un complément pour dissiper le malentendu. Rester factuelle. C'est ça. Factuelle et technique. Me concentrer sur Internet, la fibre optique, les diodes et les mégaoctets coincés quelque part dans l'immeuble. Je fais tomber mes lunettes sur mon nez. Ajouter un message subliminal à des faits ne peut jamais faire de mal. Et mon message est clair. Il est là pour parler boulot. La preuve, le plafonnier est toujours allumé. Il brille de mille feux. J'ai bien fait de l'acheter. Même si Kate n'était pas convaincue. Tout ça me détend un peu. Quand on doit affronter une situation délicate, c'est vraiment utile de prendre le temps de faire le point avec soi-même. Il faudra que je m'en souvienne. Ça pourra servir dans mon prochain roman.

Je m'éclaircis la voix et je lance :

— J'ai bien conscience que vous mourez d'envie d'en savoir plus sur cette histoire de « pénis et tout et tout » comme n'importe qui à votre place…

C'est quoi cette phrase qui est sortie toute seule ?

J'ai trente ans, je suis diplômée de Columbia, mes romans figurent régulièrement sur la liste des best-sellers du *New York Times*, mes phrases comportent toujours beaucoup plus qu'un sujet, un verbe, un complément et elles ne devraient jamais sortir toutes seules. C'est sûr, Kate lui a fourni mon CV parce qu'il se marre franchement.

— En ce qui concerne le pénis, par la force des choses, j'ai une vague idée, il finit par dire. Mais, en revanche, je suis très intrigué par le « et tout et tout ».

Je vais m'effondrer.

Et sur ma tombe, il y aura écrit :

Charlotte P. Carré
Dite Charlie
Écrivain trahie par Google
Décédée complètement humiliée par Indiena Malone

Il doit sentir qu'il a été trop loin. Parce qu'un autre sourire remplace le précédent. Plus doux. Presque amical. Ce qui ne favorise pas ma concentration. Mais me remonte le moral. Je dois parer au plus pressé. Il a bravé la tempête pour m'aider. Je lui dois bien un geste de bonne volonté. Je lui propose une bière. Il accepte. Je fonce dans la cuisine. Et je reviens avec deux Budweiser.

Nous trinquons et buvons quelques gorgées en silence. Puis, il demande :

— Donc, ce problème ?

— Venez, je lui lance.

Il me suit dans mon bureau et découvre toutes les encyclopédies restées ouvertes et la carte géante du Canada déployée sur le sol. Il a l'air fasciné. Je les enjambe comme je peux. Il m'imite. Je sens qu'il a besoin d'une explication.

— C'est rien. Juste pour mon dernier roman. Enfin, justement, non, ce n'est pas rien. C'est la catastrophe donc, la panne que vous devez m'aider à régler.

Surpris, il répète après moi :

— La panne que je dois vous aider à régler ?

— Oui, c'est pour ça que Kate vous a appelé, non ? Alors elle est là, regardez…

Je lui montre la box au pied de la bibliothèque. Le boîtier noir ne clignote plus. Je prie pour que *Google boy* ne prononce pas l'heure du décès. Il la fixe, mais il n'a pas du tout l'air inspiré. Ce n'est pas bon. Pas bon du tout.

— Donc ? je lance, nerveuse.

— Je crois que vous avez un problème de câble, il répond, légèrement amusé.

Il ne se rend pas compte. Normal, ce n'est pas lui qui va se faire répudier pour l'éternité par lettre recommandée, ni faire l'objet d'un tweet affligeant…

— Donc ? j'insiste.

— Je crois qu'il faut que vous appeliez un… laissez-moi réfléchir. Je crois qu'on appelle ça un électricien.

L'ampoule du lampadaire qui éclaire la pièce se met à grésiller. Puis l'appartement plonge dans le noir. Ma première pensée, c'est que Dieu a voulu lui donner un bon point. La deuxième, c'est que, dans moins de cinq secondes, je vais me mettre à hurler pour combattre la panique qui commence à me gagner. La troisième, c'est que je dois trouver un truc sucré pour ne pas perdre connaissance. Miraculeusement, le lampadaire se rallume. Dieu a sûrement décidé qu'on méritait d'être classé *ex aequo*.

— Mais… vous n'êtes pas payé exactement pour ça ? Réanimer des box défaillantes ou le wifi en fin de vie ?

Il se retourne. Je me concentre sur son col roulé pour éviter ses yeux. Mais sa voix le trahit. Pour la première fois, il a un ton sérieux.

— Écoutez, je n'ai pas de passion particulière pour Noël et c'est vrai que, grâce à vous, je passe un début de réveillon beaucoup plus drôle que d'habitude, mais…

— Mais ?

Il se colle à la fenêtre et dit :

— Approchez.

J'hésite. Il a un air sûr de lui assez horripilant. Il me fait penser à Treat Caldwell, l'archéologue australien avec lequel Juliette Laflèche a entamé un flirt longue durée. Jamais Juliette ne le laisserait lui parler comme ça. Elle reprendrait le dessus. Elle trouverait un moyen de lui rappeler qu'on est à l'ère de la parité. Ma mère a vraiment tort de la mépriser. Et les Dreamgirls de sous-estimer le pouvoir de l'écrivain… J'adopte le ton sarcastique de mon moi sur papier et je lui demande :

— Vous êtes toujours aussi directif ?

Il ne peut s'empêcher d'esquisser un sourire. Il se reprend :

— Approchez, *s'il vous plaît* ?

J'ai une petite poussée de satisfaction intérieure. Malgré l'épisode malheureux du « pénis et tout et tout », je me sens enfin respectée. Crédibilité ? Allez, soyons optimistes : + 4 500.

— OK.

Je m'approche. Trop près. Parce que je sens son parfum. Et ça, c'est très mauvais pour la concentration d'une fille à qui il reste moins de trente-six heures pour terminer un roman d'aventures. J'ai toujours su que j'avais un potentiel énorme pour écrire des trucs complètement à l'eau de rose. Mais Kate a dit que le créneau était saturé. J'aurais dû insister…

— Regardez, que voyez-vous ?

Dehors, les bourrasques font la fête. Le vent tente de rivaliser avec la puissance sonore d'un orchestre symphonique. Mais je ne vois plus rien. Tout est blanc.

— De la neige, je réponds.

— Mais encore ?

— De la neige.

— Et ?

— De la neige.

— Exactement. Écoutez, par amitié pour la sœur de Kate avec qui je travaille, j'ai accepté de venir vous donner un coup de main. Mais j'ai promis à ma famille que je passerai pour le réveillon et j'aimerais pouvoir atteindre Greenwich Village avant que ce soit impossible. Donc, vous avez besoin de savoir quoi exactement sur l'Alaska ?

Dans mon cerveau, les mots se sont embrouillés. La sœur de Kate ne bosse pas chez Google. Indiana Malone ne peut pas être un *Google boy*. J'essaie de remettre sa phrase dans l'ordre.

— La… Je… Exactement… L'Alaskaaaaaaa ?

Pourquoi j'ai insisté sur le *a* comme si je revenais d'une soirée karaoké trop arrosée ? Crédibilité : – 1000. S'il bosse avec la sœur de Kate, qui aurait pu avoir son bac à treize ans si elle n'avait pas décidé de faire trois années d'humanitaire, c'est qu'il sort de Harvard, minimum.

— Oui, l'Alaska, c'est mon boulot. Matthew Graham, il dit en me tendant la main. Je suis chercheur au Muséum d'histoire naturelle et ma spécialité, c'est le Grand Nord. J'y passe la plupart de mon temps. Je devrais y être, d'ailleurs. Mais JFK a annulé tous les vols depuis la mi-journée. Le *snowstorm*…

Pour la première fois de la soirée, j'ai envie de le serrer dans mes bras pour des raisons purement intellectuelles. Mais j'ai bien conscience que dans son monde à lui, ça ne se fait pas.

— Matthew Graham ? Le Matthew Graham ?

Tout devient clair d'un coup. Kate est un agent star parce qu'elle a un carnet d'adresses en or massif. Elle a accès à n'importe qui, par n'importe quel temps. Matthew Graham, évidemment. D'habitude, quand il est interviewé à la télé, il est beaucoup plus habillé pour ne pas mourir en direct congelé. C'est pour cette raison que je ne l'ai pas reconnu.

Il confirme modestement :

— Enfin, Matt.

— Oh là là, Matt, mais vous êtes l'homme de ma situation !

J'imagine le tweet de @BarackObama : *France rocks*[1] *!* Et la lettre de mon éditeur qui m'offre un deal pour les dix prochaines années. J'imagine aussi Juliette Laflèche qui pousse un énorme soupir de soulagement. Dans mon prochain roman, *Ouragan au Botswana*, elle pourra continuer à flir-

1. « La France, c'est génial ! »

ter. J'imagine ma mère qui affirme que tout ça est la faute de mon père…

— C'était l'idée de départ, je crois, il répond, sur le ton du gars qui veut vraiment m'aider.

— Venez, on sera mieux dans le salon.

Il me suit. Il commence vraiment à faire très froid. Tant pis pour l'ambiguïté, je tente de rallumer la cheminée. Mais elle a déclaré forfait. Je propose à Matt qu'on s'installe à la table de la salle à manger. Je regroupe mes jambes sous moi pour prévenir l'hypothermie. Mon allure doit être dramatique. J'essaie de faire abstraction. Il s'assied en face. Il est calme et attentif. Il attend que je le briefe.

— Alors voilà, mon roman se passe intégralement dans la forêt nationale de Tongass. Juliette Laflèche combat une multinationale pour préserver la planète.

— Juliette Laflèche ?

— Mon héroïne.

Je lève les yeux vers lui. S'il me dit qu'une fille toute seule contre une multinationale, c'est pas possible, je ne l'embrasserai jamais. Enfin, je ne l'embrasserai jamais après mon bon à tirer. Parce que ça signifierait qu'il n'a pas vu *Erin Brockovich*. C'est-à-dire Julia Roberts dans son meilleur rôle. Ce qui est juste un peu moins grave à mes yeux que de ne pas avoir lu Jane Austen. Je n'embrasserai jamais un gars qui dit : « Hein ? Orgueil et quoi ? » Pour moi, c'est pire que les ongles rongés et les slips kangourou. Ça prouverait qu'il a un esprit riquiqui. Il ne dit rien. Tout reste possible entre nous. C'est parfait.

— Bon, j'ai presque tout vérifié. Mais je dois donner mon bon à tirer et il y a des petits trucs dont je ne suis pas sûre. Et deux énormes problèmes. Je n'ai plus accès à Internet. Ni à Arnold.

— Arnold ?

Évidemment, il ne peut pas savoir que c'est le surnom que les Dreamgirls ont donné à « OK Google ».

— Arnold ou Google Home, je précise.

Il recule sur le dossier de la chaise. Il avale une gorgée de bière. Puis il désigne mon manuscrit et demande :

— Vous êtes en train de me dire que vous avez écrit tout ça sans jamais avoir mis les pieds en Alaska ?

— C'est ce que je vous dis, oui.

Il fait une moue que j'ai du mal à lire.

— Je ne sais pas si je dois être épaté par votre imagination débordante ou consterné en pensant à tout ce que vous avez loupé.

— C'est paradoxal, j'en ai bien conscience… Mais j'ai une explication.

Il fait un signe de tête, indiquant qu'il a très envie de la connaître.

— La version officielle est que je suis une *writingholic.* Ce qui ne signifie pas du tout que j'ai un problème d'addiction au chardonnay trop chaud…

Il se marre.

— … Mais que je n'ai pas une minute pour la vraie vie, vu que j'écris tout le temps.

— OK. Et la version officieuse, c'est quoi ?

— Je ne peux pas voler sans abréger considérablement l'espérance de vie des autres passagers.

— Mais vous ne deviez pas rejoindre Kate pour fêter Noël à Playa del Carmen ?

— Je devais. Mais Arnold m'a sauvée.

— Je croyais plutôt que…

Je me rappelle qu'un scientifique a forcément une passion pour la rationalité. Du coup, j'ajoute :

— Il m'a sauvée-tuée. J'ai eu besoin de deux kilos de somnifères la première fois que Kate m'a traînée au Mexique. Et j'accepte ce voyage pèlerinage uniquement parce qu'elle menace de me quitter chaque année.

— Donc, vous êtes phobique des voyages et vous êtes devenue romancière d'aventures. Logique…

— Alors d'abord, ici, dans le Lower East Side, l'aventure commence au coin de la rue… Quand j'ai écrit *Cataclysme en Chine*, j'ai passé un mois derrière la caisse du cousin de Mrs Lu qui tient le pressing en face. Il m'a raconté des choses dont même Gengis Khan n'a jamais entendu parler.

— Et ?

— Ensuite, quand on était à la fac de Columbia, Kate m'a dévoilé son ambition de devenir agent star en littérature. Elle m'a dit : « Tu comptes écrire quoi, Charlie *girl* ? » Moi, je lui ai répondu que ma référence serait toujours Jane Austen.

Au moment où je prononce la phrase, je mesure la bourde que je viens de commettre. Faites qu'il ne balaie pas la pièce d'un regard circulaire. Faites qu'il ne repère pas *Orgueil et Préjugés* sur la table basse. Faites qu'il ne soit pas saisi d'une frénétique envie de bouquiner pour comprendre la source de ma vocation. Faites qu'il ne tombe pas sur la page de garde de mon exemplaire préféré. Le « pénis et tout et tout » qui s'y trouve pourrait prêter à confusion embarrassante. La meilleure défense étant l'attaque, je lui propose une seconde bière et, en passant, je récupère le roman. Je fonce ensuite dans la cuisine. Je demande pardon à Jane et je planque son livre dans le frigo juste derrière les boissons.

De retour dans le salon, je poursuis :

— Kate m'a dit : « OK, j'adhère. J'adhère complètement. Mais il y a un léger problème, le spot est déjà pris, donc ? »

— Donc… vous avez choisi de vous réincarner en Jules Verne à domicile ?

— Voilà. Le truc, c'est que je suis un tantinet phobique. J'ai à peu près peur de tout. Kate dit que c'est le secret de mon talent. La frousse me permet de fantasmer.

— Mais pour les infos, vous avez fait comment ?

— Je vous l'ai dit : OK Google.

— OK Google ?

— Non ? Vous ne connaissez pas ?

— Non.

— C'est très très simple. Par exemple, il suffit de demander : « OK Google, quel est le poids moyen d'un pingouin senior » et il vous répond. La marge d'erreur est extrêmement raisonnable…

— Et là, il ne répond plus ?

— Non, le *snowstorm*…

Il recommence à réfléchir. C'est épuisant de boire une bière avec un type qui sort d'Harvard. Il ne prend jamais une décision sans se baser sur le résultat d'une équation à quinze inconnues.

— Entendu, posez-les-moi, vos questions.

Je cours chercher mon carnet de corrections. Il déborde de Post-it.

— Le bon vieux temps, ça a du bon…, je dis, pour anticiper sa remarque.

Et on se met au boulot. Il me reste trente-quatre heures.

Je vais y arriver.

***

Il a dû prendre Alaska dès la petite section de maternelle. Il a réponse à tout, c'est dingue. La forêt de Tongass, c'est sa cour de récré. Deux heures qu'on bosse non-stop et qu'il annote consciencieusement les pages de mon roman. Moi, je l'observe en douce. Ses *a* sont généreux. Ses *i* sont précis. Ses *m* sont solides. Ses *p* fiables. Et ses *s* spirituels. Son écriture est une autopromo. Ça compense la fréquence de ses « hum hum » dubitatifs.

Parvenu à la fin du dernier chapitre, il lance :

— Voilà, je crois qu'on a terminé.

— Vous croyez ?

— Oui, parce que si on voulait vraiment être rigoureux, on pourrait reprendre encore un peu…

Il me parle de raison. Moi, j'écris les sentiments. Forcément, ça ne simplifie pas la communication.

— Encore un peu ?

— Parce que vous avez vraiment un gros problème avec l'*Ursus arctos horribilis*, il poursuit.

— L'ur quoi ???

Il se marre.

— La science, ce n'est pas votre truc, hein ? Par exemple, page 327, il est physiquement impossible que Treat soulève le grizzli pour rejoindre Juliette dans la grotte, regardez.

Il prend une feuille blanche et se lance dans une ligne de calculs. Si on m'avait dit un jour que les racines carrées et les cosinus prendraient une telle importance dans ma vie, je ne l'aurais pas cru.

— Vous voyez ?

— Ce que je vois surtout, c'est que vous êtes complètement coincé dans votre système de pensée scientifique…

— Parce qu'il y a un autre système pour comprendre la nature ?

— Oui, ça s'appelle la littérature.

Je sens que j'ai réussi à éveiller son intérêt : + 5 000. Il a l'air hyper motivé pour ouvrir le débat. La preuve, il attaque avec un sourire de flibustier. Je sais ce qui va se passer maintenant, il va tenter de m'achever avec son regard bleu glacier.

OK, tous les coups sont permis.

Il est peut-être fortiche dans son domaine, mais moi aussi dans le mien. Et le coup du regard, je l'utilise souvent dans mes histoires… Donc, je fais la fille indifférente. Depuis Cléopâtre, c'est la base.

Ça aussi, je maîtrise très bien.

La sonnette de l'entrée m'offre quelques minutes de répit.

— C'est l'heure du *lasagnesgate*, je dis, en me levant.

— Le *lasagnesgate* ? il répète.

— Oui, depuis 1976, les Dreamgirls débattent de la meilleure recette. Elles ne sont jamais tombées d'accord. Elles remettent ça chaque Noël.

Comme je m'y attendais, derrière la porte, Edna Lu exhibe son plat fumant. Elle ne me laisse pas le temps de parler et fonce dans le salon en hurlant :

— OK Arnold, y a-t-il OUI ou non du poivron dans les lasagnes ?

Les deux autres se plantent à côté d'elle et attendent la réponse comme l'arrivée du messie. Le timing de leur controverse devient évident tout à coup.

Je suis sur le point de répondre qu'Arnold ne pourra rien pour elle ce soir, mais un long larsen me précède et une voix métallique sort des enceintes :

Je ne m'appelle pas OK Arnold.

Vous voyez, je n'ai pas exagéré en parlant de karma « problématique ». Il est revenu à la vie juste quand je n'ai plus besoin de lui… Il a l'air en pleine forme même, parce qu'il décide de préciser alors qu'on ne lui a rien demandé.

Je m'appelle OK Google.

Carmela, Edna et Loretta se signent, puis se laissent tomber sur le canapé. Moi, je flippe un peu aussi. Seul Matt conserve son calme. Il intervient rationnellement :

— OK Google, votre panne est terminée ?

Ce n'était pas une panne ! J'avais juste besoin d'un break. De faire le point.

De reprendre mon destin en main. Comme Juliette Laflèche dans Coup de vent sur Djakarta.

Voilà. Je l'avais bien dit. La littérature > la science. J'ai envie de lancer à Matt que ses « hum hum » dubitatifs ne peuvent rien contre le pouvoir de mes mots. Mais tout le monde est au courant que les crises existentielles sont des choses dangereuses. On sait comment elles commencent. Jamais comment elles terminent. Google-Arnold a l'air d'en avoir lourd sur le cœur. Le plus prudent, c'est encore d'abréger. Diplomatiquement, je dis :

— OK Google, merci pour ces infos et bonne soirée.

Oh, mais non, pas bonne soirée. Libérer la parole, ça fait un bien fou.

Et, moi, j'ai des tas de choses passionnantes à raconter.

— Pas si passionnantes que ça, les choses, je réponds en faisant le point sur tout ce que je lui ai confié depuis qu'il est entré dans ma vie. C'est-à-dire absolument tout.

Si, si, captivantes même !

Par exemple, les coulisses de l'écriture de Tempête en Alaska. *Pour boucler son manuscrit, Charlotte P. Carré a relu 455 fois* Orgueil et Préjugés, *elle s'est mouchée 233 fois devant* Ghost *et a regardé toutes les scènes de Jon Snow dans* Game of Thrones *au ralenti.*

Elle a été interpellée 89 fois parce qu'elle mimait ses chapitres dans la rue. Elle a réglé 22 000 dollars à un avocat pour qu'il explique à la police qu'elle ne faisait que vérifier leur réalisme.

Les Dreamgirls se tournent vers Matt.

— Jon Snow au ralenti… Vous voyez, je vous l'avais bien dit : elle n'a pas de vie, cette petite, commente Edna, affligée.

Moi, je refuse de regarder Matt. Je ne le regarderai plus jamais.

Le mieux, d'ailleurs, c'est que je ne regarde plus jamais personne.

Ah, mais si elle a une vie !

OK Google est passé en mode logorrhée. Et comme il n'a pas de surmoi, c'est ce qui s'appelle une catastrophe. Parce que je sais trop bien à quoi il pense. Il va détailler mon seul et unique rencard de l'année.

Je dois intervenir d'urgence.

Le dénommé Matt a une vie aussi, d'ailleurs.

— Ah bon ? répète Mrs Camoretta.

Les Dreamgirls m'oublient. Elles ont changé de sujet d'intérêt. Maintenant, elles fixent mon sauveur avec curiosité. Pour la première fois de la soirée, je le sens un peu gêné. Dans ma tête, je me dis, grand maximum, on va découvrir qu'il a séché une heure de cours quand il était au CP…

Savez-vous qu'il a été Monsieur Mois-de-novembre dans le calendrier de fin d'année du lycée ?

J'avoue que le sourire moqueur a changé de camp. Sur son visage à lui se dessine plutôt un hommage à la douleur. Les Dreamgirls, elles, sont aux anges. Très motivées pour en apprendre davantage sur l'avant-dernier mois de l'année, elles ont complètement oublié les lasagnes.

Et vous, mesdames, on ouvre aussi vos petits dossiers ?

Edna est décomposée. Carmela, livide. Loretta est la seule à conserver la maîtrise d'elle-même. Elle se précipite vers le disjoncteur et fait sauter le courant pour réduire OK Google au silence. Puis elle s'empare de la dernière bougie vaillante et guide ses amies jusqu'au palier.

La porte d'entrée claque.

Et mon salon plonge dans la plus totale obscurité.

J'ai bien conscience que n'importe quelle fille rêverait de se retrouver dans le noir avec Matt. Comme cadeau de Noël, on fait difficilement mieux. N'importe quelle fille, sauf moi. Car la panique me gagne. Et je sais qu'elle va gagner. Matt est tout près de moi. Ça ne me rassure même pas. J'ai trop chaud. Mes jambes ne répondent plus. Elles se dérobent. Il doit le sentir, car il me retient. Je me dis que si je devais écrire cette scène, j'encouragerais Treat Caldwell à pratiquer immédiatement un bouche-à-bouche de prévention. Le problème quand j'écris, c'est que je mime toujours. Du coup, je mime. Même de nuit, Matt doit trouver ça bizarre.

Il va s'enfuir.

Et, sur ma tombe, il y aura écrit :

Charlotte P. Carré
Dite Charlie
Morte paniquée après avoir traumatisé un trappeur

Mais il sort d'Harvard. Et il a une tête à avoir réussi son doctorat avec les honneurs. Ma technique du bouche-à-bouche de prévention doit l'intriguer. Car il me serre encore plus fort. Il se penche doucement vers moi. Je le laisse s'approcher. Mais c'est uniquement par conscience professionnelle. Pour vérifier si Juliette a vraiment pu sentir la peau de Treat sous son col roulé quand il l'a enlacée juste après s'être débarrassé de l'ours polaire. Je suis heureuse de constater que je n'ai pas du tout exagéré. Matt est maintenant à une distance que j'évalue à deux millimètres. Ma tête tourne. Elle va renoncer. Mince, on n'aura même pas le temps de s'embrasser.

Je murmure :

— Moi. Phobie. Le noir… Du sucre ou même du Coca, mais viiiiiiiite.

Et, avant de m'évanouir, j'ai juste le temps de rectifier :

Charlotte P. Carré
Dite Charlie
Trépassée heureuse dans les bras
de Monsieur Mois-de-novembre

***

Crédibilité d'une auteure sous *deadline* : 0.

Tout ça n'a pas pu arriver. J'ai dû halluciner. Quatre cent trente-deux pages consacrées à une contrée où le blanc est la couleur nationale, ça entame la lucidité. L'épuisement du bouclage l'achève… Je me suis endormie sur le canapé. Mon dos me tue. Mon haleine est un hommage grandiose au talent des créateurs de Budweiser. Mon mal de crâne, aussi. Je repousse le plaid en fausse fourrure qui me recouvre. C'est dingue, comment j'ai pu dormir sous ce truc atroce ? Ça ne m'est jamais arrivé. Un franc rayon de soleil s'attaque à ce qui reste de fonctionnel dans mon cerveau. La tempête est passée. La vie a repris à New York. Ça me rappelle qu'il va falloir bouger car la pétrification n'est jamais une bonne solution.

Des images de ma soirée surgissent en flashs dans mon cerveau. C'est étrange, Treat Caldwell a changé de physionomie. Il ressemble à Harrison Ford, mais avec un regard bleu glacier. Et en beaucoup plus brun. Ce qui est parfaitement impossible car j'ai créé l'archéologue australien pour rendre hommage à Robert Redford dans *Out of Africa*. En plus, un second flash m'informe qu'il est hyper fort en SVT alors que Treat a toujours tout misé sur l'histoire, la géo et les langues anciennes.

Le nouveau Treat m'allonge. Il me fait boire. Il m'assure que ça va aller. Il me fait sourire aussi. Il me dit que les dessins qu'il a trouvés sur la page de garde du roman dans la porte du frigo sont « surprenants », mais « intéressants ». C'est dingue parce que Treat n'ouvrirait jamais un bouquin. Il n'a pas le temps. C'est un aventurier surbooké. Il me secouerait juste en disant : « Allez, poulette, réveille-toi ! On a encore de la route à faire ! » Enfin, avant de filer à son réveillon familial, le nouveau Treat attend que je m'endorme paisiblement sur le canapé.

Finalement, elles ont raison, mes Dreamgirls préférées. Écrivain est un métier dangereux pour la santé. La vie devient la fiction.

Et la fiction, la réalité.

Quelque part dans mes trente mètres carrés, un iPhone vibre. Je suis assez lucide pour comprendre que ça doit être le mien. Toute la question est de savoir où il est. C'est sûrement Kate qui vérifie que *Tempête en Alaska* est bien terminé. Elle veille sur moi. Elle connaît par cœur mes fragilités d'auteure qui approche du mot fin. Je me lève tout doucement en me protégeant les yeux de la lumière. Ma tête tourne un peu. Je finis par repérer mon Smartphone sur la table. Une canette de Coca et quatre cadavres de bière s'y trouvent aussi. C'est étrange, je ne bois jamais autant.

Cette nuit, j'ai dû dépasser le stade de la fragilité…

Les feuillets de mon roman sont soigneusement empilés à côté. Je souris. J'ai fini. Crédibilité : + 30 000. Pour la dixième fois de ma carrière, Juliette Laflèche a vaincu l'adversité. Un bip m'indique que Kate m'a laissé un message. Courageusement, je me lance dans la traversée du salon. L'écran de mon téléphone m'informe qu'il est seize heures passées. J'ai explosé tous les scores de la grasse matinée.

Alors que je vais consulter ma boîte vocale, mon regard s'arrête sur *Orgueil et Préjugés*. C'est marrant, comment est-il arrivé sur la table de la salle à manger ? Je l'ouvre pour le plaisir de relire les premières lignes. Et, sur la page de garde, juste en dessous des dessins au goût discutable, je découvre quelques mots manuscrits :

Tout s'explique pour le « et tout et tout »…
Mais on n'a pas terminé notre débat science vs *littérature,*
quel dommage…
Dîner ce soir 20 heures,
OK Charlie ?

Fortune cookie

*

Sophie Henrionnet

22 décembre

Elsa fixait le tourbillon. La jeune femme faisait tourner avec application depuis plusieurs minutes déjà sa petite cuillère dans la tasse de café, en silence, totalement hypnotisée par le liquide sombre qui, bon petit soldat, tournoyait sans relâche pourvu qu'elle imprime un rythme constant, pourvu que toutes les trois secondes elle redonne une légère impulsion. Quel spectacle reposant... Preuve s'il en fallait que pour ne pas chuter il fallait continuer de progresser. Elsa se demanda subitement s'il existait des vidéos de tasses à café sur les sites relaxants qui fleurissaient sur YouTube sous le nom d'ASMR. Le matin même, elle avait regardé durant près d'une heure des mains pétrissant de la pâte à brioche, avant d'enchaîner avec des séquences où d'autres mains éclataient avec application des bulles de papier d'emballage.

— Tu m'entends ?

Elsa leva la tête, semblant se rappeler qu'elle se trouvait en compagnie de sa sœur dans un café du 9e arrondissement de Paris.

— Tu m'inquiètes vraiment, souffla tristement Colombe.

— Mais non, répondit Elsa sans beaucoup de conviction.

La jolie brune s'essaya à un sourire censé rassurer sa jeune sœur, mais ne parvint qu'à lui servir une grimace touchante de bonne volonté.

— Si, si... Tu m'inquiètes, conclut Colombe.

— Ça va aller...

— Mais ce sera sympa, je t'assure ! Allez, viens ! On prendra soin de toi !

Elsa sourit tristement cette fois.

— C'est adorable, mais tu vois, c'est exactement ce que je veux éviter.

— Quoi donc ?

— Votre pitié, aussi sincère soit-elle. La tienne, Colombe, celle de Pierre, de ses parents, de ses frères et sœurs, de sa grand-mère démente aussi...

— Tu exagères ! Il ne s'agit pas de pitié ! Et sa grand-mère n'est pas démente ! s'offusqua Colombe.

Cette fois Elsa se mit à rire.

— Qu'est-ce qui te prend ?

— Je repense à ce dernier Noël et j'ai affreusement honte de tout ce que j'ai pu faire et dire. Je me mets dans la peau de tes beaux-parents, et ça me glace le sang d'imaginer ce qu'ils se sont dit. J'ai tout de même passé vingt-quatre heures à pleurer à chaudes larmes, sans discontinuer !

— Ah ça...

— Tout le monde s'est montré bienveillant, compréhensif et tout ce que tu voudras. Très honnêtement je vous suis reconnaissante de m'avoir entourée comme vous l'avez fait, mais crois-moi, je n'imposerai pas deux ans de suite ma présence à ces braves gens !

Colombe considéra sa grande sœur avec attention. Deux ans séparaient les filles, mais contre toute attente la plus jeune des deux s'était toujours montrée plus raisonnable et plus rangée que l'aînée. À 32 et 34 ans, Colombe et Elsa étaient d'autant plus liées qu'elles avaient perdu leurs parents dans un accident de voiture alors que Colombe était tout juste majeure. Les années de fac, l'entrée dans la vie active, il leur avait fallu gérer à elles seules les expériences et les épreuves sans pouvoir compter sur quiconque.

— C'est ton point de vue, Elsa. Je te jure que personne dans la famille de Pierre n'a commenté ou critiqué. Nous avions de la peine, parce que la situation était compliquée pour toi, mais c'est derrière nous maintenant et, égoïstement, je serai triste de te savoir seule à Noël. J'ai envie que tu sois à mes côtés, voilà tout.

Elsa saisit doucement la main de sa petite sœur.

— En résumé, c'est pour ton confort personnel que je devrais venir passer le réveillon avec vous ?

— Voilà !

— Et non parce que tu redoutes de m'imaginer me lamenter...

— Exactement, si tu ne le fais pas pour toi, fais-le pour moi ! insista Colombe.

Elsa rit à nouveau.

— Tu es adorable, mais c'est non.

Colombe s'affaissa un peu plus sur la banquette en Skaï.

— J'aurai essayé...

— Franchement, je m'en fous, tu sais. Je vais me blottir dans ma couette, lancer une ânerie à la télé, une bouteille de rouge, des sushis : emballé, c'est pesé !

— On peut dire que tu vends du rêve...

— Allez, Colombe, ça n'a rien de dramatique ! Et puis je te rappelle qu'on passe le 31 ensemble !

— J'ai l'impression de ne pas être à la hauteur, de t'abandonner. Ça me fend le cœur de t'imaginer dans un pyjama pourri, saoule comme une vache et en larmes devant la télé.

— Eh ! Ça va, hein ! Il reste une infime probabilité que je passe la soirée dignement !

— Mouais… Je te connais par cœur !

Elles rirent de concert et Colombe adressa un signe au serveur.

— Je vais devoir te laisser, je suis très loin d'avoir terminé mes achats, et dans la famille de Pierre, c'est un cadeau pour chacun, je ne te dis pas le casse-tête.

— Voilà ! Rien que pour cette raison, je suis bien contente de ne pas profiter de leur hospitalité. Pas de prise de tête, pas de chasse aux cadeaux de dernière minute : le pied !

— Quant à toi, concentre tous tes efforts sur le mien ! s'exclama Colombe.

— Le tien, c'est autre chose ! Il est déjà prêt et attend sagement au pied de mon ficus de Noël.

— Tu n'as pas fait de sapin ?

— Non, c'est naze les sapins, c'est même sordide. Je dois me montrer cohérente : je passe Noël seule, donc pas de sapin.

— Pourtant l'année dernière…, pouffa Colombe.

— Merci de ramener ça sur le tapis…

Colombe manqua de s'étouffer avec le spéculoos nain qui accompagnait son café.

— Tu rampais devant celui des parents de Pierre. « Ô mon bel arbre ! Roi majestueux des forêts ! Rends-moi l'esprit de Noël ! Puisse ta grâce naturelle partout infuser ! »

— Beaucoup beaucoup trop de champagne… Tu vois bien que je ne pourrai décemment plus jamais revoir ces gens, ricana Elsa.

Leurs rires s'éteignirent lorsque le serveur s'approcha, armé d'un terminal de paiement. Colombe dégaina sa carte et d'un regard imposa de payer. Son poste de consultante dans une grande entreprise lui permettait de ne pas trop regarder à la dépense, tandis qu'Elsa, actrice en mal de rôles, avait bien du mal à terminer les mois avec un solde positif.

— Sinon… Des nouvelles du gros con ? risqua doucement Colombe en positionnant son écharpe autour de son cou.

— Non. Enfin, pas directement.

— Elsa… Ne me dis pas que…

— Je n'ai pas envie de parler de ça, pas envie de parler de lui. Et surtout pas du tout envie qu'on s'embrouille à ce sujet, OK ?

— Zaza...

— Allez, file dévaliser le Bon Marché, mais place ma rivière de diamants en numéro un sur ta liste !

Elsa posa une bise sur la joue de sa sœur et lorsqu'elle lui lâcha la main, celle-ci fut littéralement happée par la foule. Sur les Grands Boulevards, les familles se pressaient devant les vitrines étincelantes des magasins. Les enfants délaissaient des parents paniqués pour mieux s'approcher des énormes peluches articulées et des poupées-danseuses s'animant au gré d'un ballet de fils. Sa poitrine se serra, Noël était déjà partout. Elsa se demanda si elle avait envie de pleurer à l'idée de passer cette fête seule, mais la réponse l'étonna : elle n'en ressentait plus le besoin. Elle s'était tellement apitoyée sur son sort durant les derniers mois, avait tellement espéré le retour de Simon et pleuré tant et tant que sa jauge de lamentation était désormais au point mort. Non, elle n'était pas au fond du gouffre, simplement lasse et désabusée. Elle avait cru fort en son histoire avec Simon jusqu'au 23 décembre dernier. Son grand amour en avait décidé autrement, en des circonstances qui n'avaient rien à envier à un scénario de film et, en lieu et place d'un réveillon censé se dérouler en amoureux, Elsa s'était retrouvée à déclarer sa flamme (*sic*) au sapin des beaux-parents de Colombe, avant d'engloutir trois parts de bûche et une quantité conséquente de champagne.

Un an déjà et toujours les mêmes types faisant griller les marrons au coin des rues, le retour des comédies musicales familiales dans les salles de concert, les mêmes films réconfortants dans les programmes TV et les stands de sapins sur les carrefours et les ronds-points. Oui, qu'il est curieux de prendre conscience du temps qui passe. Il semblait à Elsa que deux décennies s'étaient écoulées depuis le dernier baiser échangé avec Simon, cependant, elle ne pouvait le nier, cette piqûre de rappel du calendrier était encore cuisante et douloureuse. Elle avait la sensation d'appuyer avec son pouce sur un hématome récent. Pas au fond du gouffre, certes, mais elle avait connu des jours meilleurs... Elsa se laissa porter par le flot des passants jusqu'à ce que son regard soit attiré par une vitrine d'un autre genre : Sony mettait en avant son dernier système audiovisuel. Elsa eut la sensation de recevoir un coup de poignard pile en son centre de gravité. Simon était partout, souriant, rayonnant, charismatique. Aussi beau, non, encore plus beau que dans ses souvenirs, en neuf exemplaires, sur les neuf dalles. Les neuf Simon riaient, traversaient des pièces luxueusement décorées. Torse nu, bordel, torse nu, en plus du reste, mais c'est qu'il avait bien plus d'abdos qu'un an auparavant ! Sans s'en rendre compte, Elsa s'était rapprochée de la vitrine et avait posé son front contre la surface glacée. Son souffle floutait artistiquement le torse de Simon, la buée nimbant l'éphèbe ajoutant au trouble ressenti...

— Un problème, mademoiselle ? interrogea soudain un vigile à l'imposante moustache.

— Pardon ? répondit Elsa tout à fait hébétée.

— Faut pas rester là, ma petite dame. Vous vous tapez la tête contre la vitre, là, quand même.

— Hein ?

— Faut pas vous taper la tête contre la vitre, là, comme vous faisiez.

— C'est mon ex, expliqua Elsa d'un mouvement d'épaule.

L'homme à la moustache se tourna vers les écrans et considéra les images quelques secondes.

— Simon Cochella ? C'est votre ex ?

Elsa hocha la tête, consciente que l'employé ne devait rien comprendre à cette annonce. L'homme se contenta de soupirer avant de regarder à nouveau Simon.

— Il a encore plus d'abdominaux qu'avant. C'est quand même fou, non ? ajouta Elsa.

— Oh ça... Vous savez, on peut rapidement sécher, il y a des programmes très efficaces pour ça. À mon avis, il mange beaucoup de viande blanche.

— Ah oui ? s'étonna Elsa.

— J'imagine qu'il a une armée de coachs personnels. Sans compter les machines, vous voyez ce que je veux dire ? Les systèmes avec les électrodes.

Elsa se représenta un instant Simon le corps couvert d'électrodes, elle s'imagina tenir dans ses mains le générateur de puissance et augmenter peu à peu l'intensité du courant électrique. Simon souriait considérablement moins et son corps tout entier se trouvait peu à peu secoué de mouvements anarchiques. Cette vision sadique lui redonna de l'entrain.

— Vous êtes gentil, lança-t-elle au vigile.

— Esprit de Noël, ma petite dame.

— Merci en tout cas...

— Ça va aller, vous en faites pas. Je suis pas Maître Yoda, mais les choses arrivent parce qu'elles doivent arriver. Et en parallèle, certaines n'arrivent pas...

— Parce qu'elles ne doivent pas arriver, je présume, devina Elsa.

— Tout juste, conclut Moustache en réajustant sa ceinture.

Elsa resserra son écharpe autour de son cou et adressa un petit signe de tête à l'homme en guise d'au revoir.

— Je ne suis pas devin non plus, mais je suis certain qu'il a la tête pleine d'eau, cet homme-là ! ajouta-t-il en se retournant.

Elsa acquiesça. Il ne servait à rien de préciser au brave homme qu'en plus d'être beau comme un apollon, Simon était diplômé d'une prestigieuse école.

Elsa n'était pas au fond du gouffre, OK, mais elle détestait Simon, elle détestait les écrans dernier cri, Noël et ses vitrines et peut-être encore plus les systèmes de musculation par électrodes. Son téléphone vibra à la réception d'un message. Six appels en absence. Elle s'efforçait d'ignorer cette boîte de production qui l'appelait sans relâche depuis deux semaines, elle devait tenir bon. Et voilà qu'il se mettait à neiger, ça allait être magnifique, puis la gadoue... Où en était-elle déjà ? Ah oui, elle détestait les dispositifs à électrodes pour les abdominaux, fessiers et muscles en tout genre. À moins que… Elsa ferma les yeux, inspira profondément et se vit pousser le courant au maximum. L'effet fut immédiat, elle accueillit une onde de bien-être en voyant Simon électrocuté. Moustache avait raison, les choses n'arrivaient pas sans raison, la cause était parfois dans le futur. Simon était un gros naze, elle était sans doute mieux à des années-lumière de ses abdominaux ridicules, mais elle allait quand même et sans attendre passer chez le caviste.

23 décembre

Elsa avait zoné, rangé, larvé, mais la journée ne semblait pas décidée à finir. D'habitude, pourtant, elle n'avait le temps de rien. Entre les castings, les heures passées à la boutique de vêtements dans laquelle elle travaillait à mi-temps et les périodes de tournage, elle courait sans cesse. Seulement, durant dix jours, le temps suspendait son vol. Les castings tout comme les tournages ne reprendraient qu'avec la nouvelle année, et un dégât des eaux s'était invité à la boutique, rendant toute activité impossible. Dans le minuscule restaurant chinois où elle avait ses habitudes, Elsa cherchait des points à ajouter à une *to do list* bien trop légère.

— Pas la forme, mademoiselle Elsa ? Tu passes Noël avec ta sœur ?

Elsa sourit au patron, reconnaissante devant l'éternel qu'on l'appelle encore mademoiselle. Elle se nourrissait quasi exclusivement de ses plats et le vieil homme avait toujours pour elle une attention ou un mot gentil. Il déposa sur la table un café accompagné de l'incontournable biscuit à message, fortune cookie pour les initiés.

— Qu'est-ce que ça va être aujourd'hui ? s'amusa Elsa.

— Ne ris pas ! Il y a toujours du vrai ! répondit l'homme en retournant en cuisine.

Elsa, comme à son habitude, se mit à touiller longuement le café afin d'y noyer ses pensées, puis le tintement de la clochette reliée à la porte la ramena dans la petite salle du restaurant. Elle rassemblait ses affaires en déposant un billet sur la table quand la voix aiguë du patron la rappela à l'ordre.

— Le biscuit !

Se sentant prise en faute, Elsa le rompit pour en extirper le petit bout de papier.

— Alors ?! interrogea la serveuse qui d'ordinaire n'ouvrait jamais la bouche.

Elsa se pencha sur la typographie approximative du ruban et lut :

— « Le hasard met sur ton chemin bonheur te change la vie. »

— Voilà ! s'exclamèrent de concert le cuisinier et la serveuse, visiblement éclairés.

— Ah... Oui, j'imagine oui.

Elsa les salua et garda pour elle que, tout d'abord cette phrase n'en était techniquement pas une et que, pour couronner le tout, cet agencement de mots ne voulait strictement rien dire. Toute la poésie des fortune cookies en somme. Elle gagna la rue tout à sa réflexion et constata que des flocons commençaient à tomber. La veille, leur apparition n'avait pas duré, la neige n'avait pas tenu au sol, mais ces flocons-là, eux, étaient bien plus conséquents et cotonneux, bien plus volumineux. Les températures ayant légèrement chuté, les chances que Paris se pare de blanc grandissaient. Ses pieds butèrent sur quelque chose, forçant Elsa à baisser les yeux. Une casquette gisait sur le trottoir. Elle détailla la rue : personne devant, quelques passants loin derrière, Elsa saisit le couvre-chef pour l'examiner, il était à peine humide, signe que son propriétaire l'avait vraisemblablement perdu peu de temps auparavant. Elsa chercha un endroit pour accrocher l'objet bien en vue avant de se remémorer le charabia du fortune cookie et de sourire. La casquette était propre, jolie, bleu ciel, ornée d'un arc-enciel et du sigle LA. Et puis elle n'avait pas de capuche, cette trouvaille tombait à point nommé, car avant de rentrer hiberner, elle devait récupérer le cadeau commandé pour Colombe. Elle se couvrit la tête et passa bientôt devant un caviste. Elle avait totalement oublié Pierre, son beau-frère parfait, qui de son côté ne manquerait pas d'avoir acheté une babiole à son intention : deux bonnes bouteilles de champagne feraient l'affaire. Elle ignora soigneusement un kiosque à journaux – sur des dizaines de magazines, les unes spéculaient sur les détails du mariage de Simon. Trente minutes plus tard, désormais sous une averse de neige, Elsa poussa enfin la lourde porte cochère de son immeuble et s'engagea dans la cour pavée. Il faisait déjà nuit noire et c'était très bien comme ça, elle se coucherait avec les poules et tenterait d'ignorer le reste du monde. Quand la porte claqua derrière elle avec fracas, son téléphone sonna. Décidément, la boîte de production ne lâchait pas l'affaire... elle avait laissé tous leurs messages sans réponse, tous les e-mails dans le vide d'Internet, mais sa curiosité la malmenait de plus en plus : pourquoi insistaient-ils autant ? Tenir, tenir, ma petite Zaza, ils passeront tous à autre chose avec la nouvelle année. Ils l'oublieraient, oui, ils allaient l'oublier.

Les bras encombrés, Elsa se posta devant la porte de l'ascenseur. Elle déposa contre le mur le cadre destiné à sa sœur ainsi que les bouteilles de champagne. Elle fourra la casquette dans le sac du caviste. Non, vraiment, « hasard met sur ton chemin bonheur te change la vie » ou pas, cette trouvaille fort opportune, à défaut de lui changer la vie, avait évité que ses cheveux frisent outre mesure et qu'elle ne soit transformée en caniche.

— Vous pourriez presser le bouton ?

Elsa sursauta, son voisin se tenait derrière elle. Comme toujours, elle ne l'avait pas entendu arriver. Il se déplaçait sans bruit et lui collait toujours une frousse bleue. Il avait les cheveux blanchis par la neige et tenait contre son corps une pile de livres considérable.

« Bonsoir déjà », articula Elsa en silence.

— Pardon, oui, bonsoir. Vous pourriez appeler l'ascenseur ?

— Ah, euh oui..., répondit Elsa gênée, pourtant certaine de n'avoir rien rétorqué de façon audible.

Les portes de l'ascenseur s'ouvrirent devant eux et Elsa pénétra la première. Le voisin, du coude, appuya sur le bouton du cinquième, leur étage commun.

— Je lis sur les lèvres, annonça-t-il.

— Ah...

— Mais vous avez raison. Je suis souvent un peu abrupt, j'aurais dû vous saluer avant, seulement j'allais lâcher, reprit-il en désignant les livres du menton. C'est hyper lourd...

Elsa leva les yeux au ciel et lui tourna le dos. Elle vivait depuis deux ans dans son appartement et avant que le nouveau venu n'occupe l'appartement voisin, celui-ci était resté vide. Depuis elle voyait l'homme comme un intrus, purement et simplement. De plus, il faisait bouger des meubles contre son mur et se levait très tôt chaque week-end, ce qui reléguait les grasses matinées au rang de doux rêves. En gros, Elsa avait à peu près autant envie de faire la connaissance de...

— Baptiste, au fait. Je m'appelle Baptiste.

... que de se faire tatouer une émoticône caca sur le front.

Dans un mouvement ascendant-descendant inquiétant, couplé à un bruit mécanique flippant, la cabine interrompit son cheminement.

— Non, non, non ! hoqueta Elsa.

— Diantre...

Elsa retint un fou rire.

— Vous venez de dire « diantre » ?

Ledit Baptiste soupira et fit glisser la pile de livres sur le sol de la cabine, avant de chasser la neige qui recouvrait ses cheveux et d'ôter ses lunettes.

— Ça va... Oui, il m'arrive d'avoir... quelques sorties étranges ou désuètes, sous le coup du stress.

Elsa examinait déjà les boutons à la recherche de l'appel d'urgence et se mit à presser sans discontinuer la petite cloche.

— Normalement une fois suffit, fit remarquer le jeune homme.

Elsa grimaça.

— Je sais lire sur les lèvres, et en plus de ça je ne suis pas aveugle, vous savez.

— Oh, s'il vous plaît, ne compliquez pas les choses..., geignit Elsa.

— Je ne complique rien ! C'est un peu fort ! C'est vous qui n'êtes jamais aimable !

— Jamais aimable ? Moi ? C'est une blague ! s'emporta Elsa.

— C'est un simple fait !

— Attendez, euh...

— Baptiste.

— Oui, Baptiste, vous tenez vraiment à ce que nous nous disputions dans cette cabine d'ascenseur exiguë ? Là, tout de suite ?

— Mais !!! C'est ma casquette ?!

Elsa avisa le sac qu'elle venait de poser à ses pieds. La visière bleu ciel en dépassait.

— Tout doux, bijou ! Je l'ai trouvée !

— Je vous crois sur parole...

— Elsa.

— Je vous crois sur parole, Elsa, parce qu'il s'avère que je l'ai perdue dans le quartier cet après-midi. Je suis revenu sur mes pas, j'ai fait le tour des rues, mais sans succès.

— Déjà, qui me dit que c'est la vôtre ?

— Sans aucun doute le fait que mon nom soit brodé dans le revers constituera le début d'un faisceau de présomption, railla Baptiste.

— Pour vous, c'est une preuve irréfutable, un nom brodé sur le revers ? Voyons voir !

Elsa saisit la casquette et retourna le tissu, révélant un fier « BAPTISTE BELLON » en lettres majuscules. Aussitôt le nom de famille scotché sur la sonnette lui revint en mémoire. Aucun doute, il s'agissait bien de la casquette de son horripilant voisin.

— Mais Baptiste, vous avez huit ans, en fait ?! Votre maman s'occupe aussi de votre petit linge et de vos pyjamas, sans doute...

— Je dors en caleçon, pour votre gouverne.

Elle défia son voisin du regard.

— Trouvé c'est trouvé, décréta puérilement Elsa.

— Volé c'est volé, vous voulez dire !

« Vous avez demandé une assistance, ne quittez pas. »

— Comme si on allait quitter..., s'irrita Elsa

— Ah ! Ah ! On aurait du mal à s'éloigner de l'interphone ! répondit Baptiste.

— N'importe quoi...

— Bon, ne changez pas de sujet, c'est ma casquette fétiche, reprit le jeune homme.

— Voyez-vous ça...

— Ma casquette porte-bonheur, si vous préférez.

— Je ne préfère rien du tout, je l'ai trouvée et figurez-vous qu'un fortune cookie me l'avait prédit. Donc, sur le papier, j'admets qu'il faudrait que je vous la rende, mais ça m'embête vraiment parce que je comptais sur elle pour me remettre sur les rails de la chance.

« Ne quittez pas, un conseiller technique va prendre en charge votre demande *SKRTHCCCHHHHHH...* »

— Qu'est-ce qu'il a dit ?

— Ça sent pas bon..., analysa Baptiste.

Un vent de panique s'empara d'Elsa.

— Petit conseiller technique, s'il te plaît, parle-nous. Je t'en supplie, petit conseiller technique, sors-moi vite de là, je ne compte pas rester coincée avec ce type !!!

— Vous êtes consciente qu'en plus de lire sur les lèvres, de ne pas être aveugle, je ne suis pas sourd du tout...

— Je stresse, monsieur le donneur de leçons ! Je déteste être coincée dans les ascenseurs !

— Vous pensez sincèrement, ma chère Elsa, qu'il y a beaucoup de clubs de gens qui kiffent se retrouver coincés dans les ascenseurs ?

— Ce que vous pouvez être désagréable ! C'est un cauchemar !

— Je rêve ! Vous ne voulez pas me rendre ma casquette, vous parlez de moi comme d'un fou à un conseiller technique qui ne vous entend même pas et c'est moi qui suis désagréable ?!

« Ne quittez pas, un conseiller technique va prendre en charge votre demande *SKRTHCCCHHHHHH*... dans quatre-vingt-dix minutes. »

— Quoi ?!

— Nom d'une pipe... Mon programme tombe à l'eau..., souffla Baptiste en enlevant son manteau et en se laissant glisser contre la paroi de la cabine afin de s'asseoir en tailleur.

— Votre programme ?! Et le mien, alors !

— Le vôtre, je ne sais pas. J'imagine que vous alliez vous saouler ?

— Pourquoi dites-vous ça ?

— Le sac du caviste, Einstein !

— Cadeau de Noël ! Et on reparle de ce « nom d'une pipe » ?

— On ne reparle de rien. D'ailleurs on ne parle plus du tout, ça vaudra mieux. C'est pire encore que ce que j'imaginais : vous êtes carrément hystérique, en fait !

— Pire que quoi ?

— D'ordinaire, lorsque je vous croisais, je me disais que vous étiez soucieuse. Ce qui expliquait votre air constamment préoccupé, en somme. Pas que vous étiez une sorte de furie, non...

— Ah ouais...

— Ma casquette et ensuite on ne parle plus. On attend en silence que le technicien se manifeste, coupa Baptiste.

— Que dalle, la casquette ! N'y comptez pas ! Vous n'êtes pas gentil ! Je suis stressée, je vous le dis, je m'ouvre à vous et en réponse à ça, vous n'êtes pas gentil ! Alors, votre casquette, vous pouvez vous la mettre où...

— Mais carrément ! Si ça vous fait plaisir ! Seulement, il faudrait que vous me la rendiez pour que je puisse m'exécuter. Je suis très souple, figurez-vous !

« Ne quittez pas, un conseiller technique va prendre en charge votre demande dans cent vingt minutes. »

— Parbleu !

— Parbleu ?! Mais Baptiste-au-nom-brodé-dans-sa-casquette, vous débarquez de quelle planète ?

— Pas de la vôtre, c'est certain !

Elsa prit le temps d'une profonde inspiration. Il lui fallait analyser la situation : elle se trouvait coincée dans une cabine pour un minimum de deux heures, il était nécessaire de penser économie d'énergie. Elle jeta un coup d'œil à son voisin qui avait arrangé son manteau pour caler son dos et entrepris la lecture d'un de ses livres sans plus lui prêter la moindre attention. La température grimpait déjà, elle ôta son manteau et son écharpe, puis s'assit dans le coin opposé de la cabine, veillant à ce que ses pieds n'entrent pas en contact avec ceux de son compagnon de galère.

Son téléphone bipa. Sur l'écran, plusieurs notifications d'e-mails, des appels de la boîte de production et un SMS de Colombe, laquelle voulait savoir si sa sœur ne vivait pas ce malheureux anniversaire de rupture de façon trop mélodramatique. Elle se lança dans un texto.

Petite balade sous la neige, je rentre juste. Bisous. Zaza

Aucun intérêt d'inquiéter Colombe. Quant à cette Françoise de la boîte OLALA, qu'elle n'espère pas plus de réponses que depuis deux semaines.

— Merci, dit doucement Baptiste.

— De quoi ? s'étonna Elsa.

— De ne pas avoir répondu. Je me disais que vous alliez m'infliger une heure de débriefing avec une copine ou encore votre petit ami. Ce n'est pas le cas, donc « merci ».

Elsa haussa les épaules. Elle avait été si désagréable avec ses amis depuis sa rupture qu'ils avaient baissé les bras les uns après les autres. Trop fière pour faire amende honorable, elle les avait quasi tous rayés de sa vie et ne comptait donc personne auprès de qui se lamenter de cette épouvantable situation.

— De rien, lâcha-t-elle hypocritement.

L'ampoule principale de la cabine vacilla avant de s'éteindre dans un petit claquement. Il ne restait plus que la loupiote de sécurité.

— Ambiance fin du monde, je vois... Décidément il était écrit que je ne réviserai pas.

— Réviser ?

— Oui, mon programme de révision.

— Ah... C'est ce genre de programme là dont vous parliez ?

— Oui, mais sans lumière et sans mes lunettes, ça va devenir compliqué.

Baptiste se leva et appuya sur le bouton d'urgence.

« Nous avons pris en compte votre appel, oui, Norbert, j'écoute ? »

— Ah ! Génial ! Bonjour Norbert, ravi de vous entendre ! Nous sommes coincés, entre deux étages apparemment.

« Oui, nous avons envoyé quelqu'un. Ne tentez rien personnellement, surtout, il s'agit d'un problème électrique. Le technicien est actuellement en intervention dans le 13e et il arrive ensuite dans votre secteur. Merci de votre patience. »

— Bon... Déjà nous avons l'assurance que quelqu'un viendra, souffla Baptiste en reprenant sa position initiale.

Il passa le dos de sa main sur son front avant d'enlever son sweat. Elsa se retenait de faire de même, l'atmosphère devenait de plus en plus étouffante. La semi-obscurité apaisa Elsa, qui regrettait son animosité somme toute gratuite.

— Désolée… Je suis à cran ces temps-ci. Alors, me retrouver coincée là, aujourd'hui…

— *Mea culpa.* Je suis fatigué aussi, je croule sous le travail. Un rien me fait dérailler.

— Oh et puis merde, lança Elsa en avisant le sac en papier orné d'une grappe de raisin. Ça vous dirait un peu de champagne ?

— Pour être sincère, je préférerais de l'eau, mais si vous n'avez que du champagne…

— L'an prochain, promis, j'offrirai une fontaine d'eau de source à mon beau-frère, ce sera plus sûr, mais là tout de suite, je n'ai que du champagne.

Elsa tendit une bouteille à Baptiste.

— Une chacun, je ne tiens pas à partager mes microbes.

— Elle est toute fraîche ! Trop bien, se réjouit Baptiste.

Les bouchons sautèrent quasi simultanément accompagnés de deux gerbes de mousse.

— Merde, mon livre…

— C'est quoi ?

— Biologie moléculaire.

— Ah…

— Oui, chiant…

— Je n'ai pas dit ça !

— Non, non, c'est juste que *c'est* chiant. Il n'y a pas à tortiller.

— On fait la paix ?

Ils trinquèrent, goulot contre goulot.

— Allez, j'ai une idée, on va jouer la casquette ! lança Elsa revigorée.

— La jouer ? Mais elle est à moi !

— Disons que si je la perds au jeu, j'aurai la sensation qu'elle poursuit son chemin de ses propres ailes, que c'est le destin. Et non de renier les prévisions de mon fortune cookie.

— Écoutez Elsa, j'ai du mal à vous suivre. Vous êtes bien certaine que c'est votre première bouteille de la journée ?

— Non, mais dites donc ! Bien sûr que non ! Enfin si ! Bref, je n'ai rien bu ! OK, je traverse une mauvaise passe… depuis un an, tout de même. Et tout à l'heure, dans un restaurant, on m'a offert un de ces biscuits chinois creux, dans lesquels il y a…

— Je vois… Ces messages absolument sensés et hautement philosophiques.

— Vous avez compris ! Et le mien disait : « Le hasard met sur ton chemin bonheur te change la vie. »

— Imparable… Vraiment éclairant, hum…

— Là-dessus je sors du restaurant et bim, je shoote dans la casquette ! Je ne suis pas superstitieuse, mais il s'est soudain mis à neiger, alors prétendre que votre casquette tombait plutôt bien est un euphémisme !

— C'est cela, oui…

— Bref, je veux bien la jouer.

— Dans votre grande bonté, vous *voulez* bien jouer *ma* casquette, donc…

— Je sais : le pire Noël. Celui qui s'apprête à passer le pire Noël remporte la casquette.

Elsa entendit Baptiste rigoler doucement.

— Je gagne, je vous préviens tout de suite, je vais gagner !

— Ça m'étonnerait, mon pote ! s'indigna Elsa.

— Je suis votre pote ! Marrant ça, on se croise et vous ne répondez jamais à mes signes de tête, et maintenant je suis votre pote.

— Un signe de tête ne vaut pas un bonjour audible, mon petit monsieur ! J'ai tenté au début et vous n'avez jamais répondu.

— Faux ! claqua Baptiste en riant.

— Bon, OK, je n'ai jamais tenté… Bref, passons ! Je me lance !

— Combien de temps ?

— Je ne sais pas, il faut établir une durée précise. Un temps de plaidoirie ? s'interrogea Elsa.

— Eh, c'est votre jeu ! Je n'en connais pas les règles !

— On va dire cinq minutes chacun, ensuite on départage.

— Mais avant on trinque ! décida Baptiste.

— Oui, trinquons !

Elsa se redressa comme avant un grand oral, motivée comme jamais. Elle porta la bouteille à ses lèvres et réalisa qu'elle avait déjà bu l'équivalent de deux ou trois flûtes. Garder les idées claires il te faut, pour gagner, petite Zaza...

— *Go !* Alors, il y a pile un an, Simon, l'amour de ma vie, l'homme avec lequel j'avais tout naturellement planifié trois enfants et une maison vue sur océan, m'a larguée comme une crotte. Mais pas larguée façon crotte classique non, en réalité il était depuis plusieurs semaines épris d'une star de la téléréalité qui a son émission quotidienne, et notre rupture a pour ainsi dire rythmé les épisodes. On ne m'a jamais vue à l'écran, bien sûr, mais cet enfoiré a intégré son émission à ce moment-là, annoncé comme l'amour avec un grand A de cette insupportable Anissa, celui qui a tout quitté pour elle et ses beaux yeux. Depuis un an, la France suit les aventures quotidiennes de ce petit couple de rêve ! Voyages, luxe, sports extrêmes, fêtes, tout y passe ! Comble du comble ? Ils se marient le 31 décembre donc, là, tous les jours, la presse décortique les préparatifs, les suspicions de grossesse, etc.

— Arfff..., murmura Baptiste en reprenant une gorgée de champagne.

— Ce n'est pas tout ! Je vais passer Noël seule parce que je n'ai plus personne avec qui le passer, enfin si, une sœur que j'adore, mais étant donné que l'an dernier sa belle-famille m'a pour ainsi dire recueillie après que Simon m'a jetée en pâture aux médias, que j'ai parlé à leur sapin sous l'emprise de l'alcool, et ce durant plusieurs heures, j'ai préféré décliner l'invitation – pour le bien et la dignité de tous – cette année.

— Chaud...

— À part ma sœur, je n'ai donc personne. Enfin, quelques connaissances de boulot, mais plus de parents – ils sont morts dans un accident il y a quinze ans –, pas de cousins, pas d'oncles et tantes, plus de grands-parents non plus, hein !

— Hum…

— Sinon niveau boulot, c'est la cata. Je suis actrice, mais le cinéma ne veut pas de moi, ni la télévision, d'ailleurs. Le théâtre, ce grand rêve reste inaccessible, hermétique au talent que je doute chaque jour un peu plus avoir… J'enchaîne les pubs pour les lessives ou les médicaments, les rôles secondaires dans des courts-métrages. En gros, je vis grâce à un emploi alimentaire de vendeuse.

— En effet…

— Je mérite cette casquette, Baptiste. Demain je vais me saouler en pyjama devant la télé. *Love Actually* bien entendu, film doudou par excellence. Et je n'ai même pas de chat ! Le clou du spectacle ? La cerise sur le gâteau ? Depuis plusieurs semaines, Simon, sa pouffe et la boîte de production qui gère leur émission cherchent à me contacter et tout cela ne me dit rien qui vaille, si vous voulez mon avis. J'ai préféré ne pas répondre aux uns et aux autres… Ne pas répondre à Simon Cochella. Tout le monde adore Simon Cochella… Je suis sûre que vous adorez Simon et Anissa… Même moi je suis encore dingue de cet enfoiré de Simon…

— …

— À vous maintenant !

— OK…

— Vous avez, cela dit, le droit de déclarer forfait par KO !

— Absolument pas ! s'anima Baptiste.

— C'est perdu d'avance, mon chou ! hoqueta Elsa dans un renvoi gazeux.

Baptiste partit dans un fou rire avant de se ressaisir. Dans le genre intello, il était plutôt mignon en fin de compte, se dit Elsa avant de se concentrer à nouveau sur sa bouteille.

— Je suis moi aussi orphelin. Ça, c'est dit ! *Ex æquo*, balle au centre. Fils unique, alors je prends l'avantage ! Je passe ma thèse le 4 janvier prochain et mon directeur de thèse est un sadique de première : il m'a contacté la semaine dernière en pointant une erreur de calcul, je dois reprendre presque la moitié de mes recherches en quelques jours sous peine de voir ma thèse repoussée d'un an ! Comme je vis d'une bourse, cela couperait à la source mon seul moyen de revenu. J'avais une petite amie, mais elle est partie avec ledit directeur de thèse il y a six mois, ceci expliquant cela. Je ne vous précise pas qu'il est impossible de changer de directeur de thèse en cours de route, hein... Je n'ai pas de chat. Enfin plus de chat, il s'est jeté sous les roues d'une voiture la semaine dernière.

— Ah oui...

— Mais attendez ! Le pire dans tout cela, c'est que je déteste ce que je fais, je m'étais lancé dans ces études pour faire plaisir à ma mère qui était un véritable ponte dans ce domaine. Mais mon truc à moi, c'est le dessin, les beaux-arts, absolument pas toutes ces molécules que je ne peux plus voir en peinture, si vous me permettez ce jeu de mots douteux.

— Merde alors, vous gagnez..., souffla Elsa.

— Ma casquette.

Elsa lui tendit le trophée, abasourdie par les révélations de Baptiste.

— Bon, je n'ai jamais eu de chat, mais le reste est vrai.

— Hey !!!

— Mais j'ai quand même deux trois longueurs d'avance. Demain je serai avec mes bouquins, à rectifier des détails qui n'intéresseront jamais personne et moi le premier.

— J'avoue...

Baptiste positionna la casquette sur sa tête.

— Alors, en effet, ma mère a brodé juste là mon nom. Il y a quelques années de cela.

— Désolée...

— Pour ?

— Les moqueries, les pyjamas, les « vous avez huit ans »...

— Pas grave. Vous savez, je ne pense pas avoir autant parlé avec quelqu'un depuis... Je n'en sais plus rien, en fait ! Cette discussion est un cadeau de Noël, en quelque sorte !

Elsa se sentit terriblement triste tout à coup, assez autocentrée pour tout dire. La cabine fut secouée de haut en bas et la lumière revint, les aveuglant et répandant une onde de gêne un peu partout dans les deux mètres carrés.

— Mince alors ! On repart ?

La cabine reprit en effet son ascension et stoppa au cinquième. Les portes s'ouvrirent, les laissant tous deux interdits. Ils avancèrent sur le palier, un peu groggy par l'alcool et la situation.

— Bon... Eh bien bonne soirée, Elsa.

— Bon courage pour les molécules, tout ça...

— Je crois que je vais me coucher, même s'il est ? 20 heures !? Bof, de toute façon, 23 ou 24 décembre, 20 heures ou minuit... Je suis déphasé depuis longtemps ! s'amusa le grand brun en poussant du pied le tas de livres.

— Oui, je veux bien le croire, répondit doucement Elsa.

— Au fait, moi, je ne sais pas qui c'est.

— Qui donc ?

— Simon Machin.

— Cochella. Simon Cochella.

— Je ne regarde pas la télévision. Je ne lis pas les magazines qui évoquent ce genre d'émissions. Ce n'est pas du snobisme, je suis juste coupé de la vraie vie, apparemment...

— Je vous envie, souffla Elsa.

— Quoi qu'il en soit, je pense que ce Simon doit avoir la tête pleine d'eau pour vous avoir laissé filer.

Elsa resta interdite. Baptiste était-il le fils spirituel du vigile moustachu ?

— Allez... À bientôt, Elsa ?

— Oui. À bientôt, Baptiste...

Des pas se firent entendre dans la cage d'escalier au moment où Baptiste déverrouillait sa porte. Il risqua un coup d'œil et marqua un temps d'arrêt. Elsa se tenait sur le seuil de son appartement à un mètre d'un homme.

— Simon ?!

— J'ai essayé d'appeler l'ascenseur, mais je crois qu'il déconne, déclara le nouveau venu.

— ...

— Il faut que je te parle, Elsa, reprit l'apollon en lui prenant la main.

Baptiste fit volte-face.

— Elsa ?

Elle se tourna vers son voisin. Son visage n'était plus le même que quelques minutes plus tôt. Elle semblait en proie à un grand stress.

— Tiens, prends-la. Je pense que tu en as plus besoin que moi, lâcha Baptiste.

Il lui lança la casquette qu'elle saisit au vol, sous le regard étonné du grand, du charismatique, de l'insupportable Simon Cochella.

24 décembre

Elsa ouvrit un œil. Il faisait soleil. Elle tâtonna un peu partout sur et sous la couette, à la recherche de son téléphone. Treize heures ? Sa tête semblait squattée par un groupe de percussionnistes sous amphétamines, à un festival revival années hippies. Et elle était... en petite culotte ? !

Un. Gramme de paracétamol.

Deux. Douches, minimum.

Trois. Cafés, pas un de moins.

Il fallait qu'elle se souvienne, qu'elle remette tous ses souvenirs dans l'ordre. Sur la table basse, des bouteilles et des restes de repas. Elle avait commandé à dîner pour Simon et elle. Le cadeau de Noël de Colombe délaissé près de la porte d'entrée, jusque-là, OK. Des documents, sur la chaise, nous y voilà. Une pochette estampillée CONFIDENTIEL –

CONTRATS. Merde, oui, elle n'avait pas rêvé. Elle n'osait regarder la table de chevet, il fallait qu'elle prenne son courage à deux mains… Elle pivota, et bam, il s'y trouvait bien… Bleu marine, en velours, un écrin siglé Chaumet… Elle se laissa retomber sur le lit, et remonta sa couette jusque sous son menton. Accrochée au montant de son lit, la casquette semblait veiller.

Impossible de déranger Colombe. Quant à Natacha, sa patronne, elle ne comprendrait rien à tout ça non plus. Bien entendu, si elle avait eu un chat elle lui aurait demandé son avis, mais il ne l'aurait pas écoutée, l'aurait griffée si elle avait insisté, mais elle se serait sentie moins seule ! À moins que…

*

— Il ne travaille pas aujourd'hui ? s'inquiéta Elsa.

— Son service vient tout juste de se terminer. Vous voulez que j'aille voir dans les vestiaires ?

— Non, laissez tomber, c'est très gentil de votre part.

— Vous voulez lui laisser un message, peut-être ?

— Ça ne servirait à rien. Je ne sais même pas pourquoi je suis venue, à dire vrai.

Elsa sourit tristement et se lança à l'assaut de la foule. Noël moins quelques heures, effervescence au maximum.

— Hey ! Miss Vitrine ! Je ne vous avais pas reconnue avec cette casquette !

Elsa pivota, c'était bien lui !

— Vous allez mieux ou vous êtes encore venue vous taper la tête contre la vitrine ?

— Je suis tellement contente de vous voir ! murmura Elsa.

Le vigile ne portait plus son uniforme, mais toujours sa moustache.

— Je rentre chez moi. Je dois rapporter un sapin, sinon mes enfants vont m'étriper, ce qui ne serait pas vraiment « *Christmas spirit* ».

— Clairement pas…

— Vous avez demandé quoi au Père Noël, un système de musculation à électrodes ?

— Hors de question ! s'exclama Elsa en riant.

— Alors, moi, je vous commande beaucoup de bonheur, et rappelez-vous : les choses arrivent parce qu'elles doivent arriver et...

— C'est justement pour ça que je voulais vous parler ! J'ai besoin de précisions à ce sujet et vous êtes de loin la personne la plus sage que j'ai croisée ces derniers temps...

Moustache ouvrit de grands yeux.

— Je monte en grade ! Et qu'est-ce que je pourrais faire pour vous aider ? Je vous préviens, je n'ai que dix minutes. La consultation sera express.

Elsa désigna un café à quelques mètres et entraîna Moustache à sa suite. Quelques minutes plus tard, ils se trouvaient devant leurs consommations.

— Mais si les choses qui ne se produisent pas ont une raison de ne pas se produire, et celles qui se produisent une raison de se produire, comment choisir ?! se lamenta Elsa.

— Vous savez, moi, je suis fort en théorie, mais pour ce qui est de la pratique... J'en suis à mon troisième mariage ! Mais ce que je sais, c'est que vous devriez lever le pied sur le café.

Elsa, comme à son habitude, faisait tourner sa petite cuillère dans sa tasse, créant un rapide tourbillon foncé.

— Sérieusement, pourquoi vous faites ça ?

— Ça quoi ?

— Ce truc avec la cuillère.

— Je ne sais pas, c'est une manie. Ça me détend, je crois.

— C'est ça, votre problème ! Vous vous posez trop de questions.

— Vous croyez ?

— J'en suis certain.

Moustache posa sa main sur celle d'Elsa, l'empêchant de continuer de tourner la petite cuillère.

— Regardez autour de vous.

Elsa obtempéra. Les couples, les familles, les rendez-vous professionnels ou personnels. La vie, la vraie vie. Pas le passé, pas les regrets, pas question de rejouer des moments clés.

— Votre tourbillon n'existe plus, mais autour de vous il y a toujours de la vie, plein de vie. Le monde, lui, continue de tourner.

Elsa se leva d'un bond, comme illuminée, et ficha une bise sonnante sur la joue de son psychanalyste du jour.

— Je vous adore, Moustache Yoda ! JE VOUS ADORE !

Un grand sourire anima la moustache de Moustache.

— Merci, merci ! Je passe vous voir bientôt ! Joyeux Noël !

— Avec plaisir, Miss Électrodes ! Joyeux Noël !

*

— Salut.

— Salut !

— J'ai un truc à te rendre.

— Je crois que j'ai embarqué ton soutien-gorge, au fait !

— Encadre-le, ou porte-le si ça te fait plaisir, tiens. Et je laisse la bague à ma gardienne. Passe quand tu veux.

— Mais ?! Elsa !

*

— Salut.

— Salut.

— J'ai un truc à te rendre.

— Ma casquette ?

— Tout à fait.

— Dure soirée ?

— Comment tu sais ça ?

— J'ai guetté le départ de Machin, et je crois qu'il n'est pas reparti.

— Non, il n'est pas reparti et mieux que ça, il m'a demandé en fiançailles médiatiques.

— Diantre ?!

— N'est-ce pas !

— Mais encore ?

— Baisse d'audience, incompatibilité d'humeur... Entre Anissa et Simon, rien ne va plus. Il est temps que les deux stars du show aient chacune leur émission. Du coup, Simon est venu voir si on pouvait réchauffer le gratin et mettre en scène tout ça...

— Parbleu !

— Grave parbleu... Contrat juteux. Bague canon.

— Et tu as...

— Compliqué à expliquer. J'ai mis la casquette, je suis allée voir Moustache Yoda et il m'a dit d'arrêter de touiller le café.

— C'est tout à fait clair.

— N'est-ce pas ?

— Limpide...

Elsa déposa la casquette sur la tête de Baptiste.

— Bon... L'ascenseur semble fonctionner aujourd'hui.

— Il est en parfait état de marche, je confirme.

— Alors que dis-tu d'un Noël à deux ?

— Tant que tu n'as pas de chat, commenta Baptiste.

— Pas l'ombre d'un. Mais je te préviens, ça va être tranquille.

— Chez toi ou chez moi ?

— Chez moi, j'ai un ficus de Noël et le DVD de *Love Actually* ! Mais, à part la casquette, je n'ai pas de cadeau... « Le hasard met sur ton chemin bonheur te change la vie », c'est déjà pas mal !

— Figure-toi que moi, j'en ai deux cent deux.

— Tu savais que je viendrais ? s'étonna Elsa.

— On va dire que je... l'espérais.

Baptiste sortit d'un sac un paquet de fortune cookies.

— Deux cents biscuits... Voilà qui devrait nous occuper un petit moment.

— Et les deux autres ?

— Je suis passé devant le Grand Rex tout à l'heure, j'ai pris deux places pour ce qui, semble-t-il, est un événement.

Elsa ouvrit la pochette avec circonspection. Sa machoire manqua de se décrocher.

— Deux places pour la projection anniversaire de *Love Actually* le 31 décembre ?! En présence de... Mariah Carey !!! Mais tu ne serais pas une sorte de Hugh Grant qui s'ignore, toi ?

Elle le tira par le bras jusqu'à l'intérieur de son appartement.

— Faut absolument qu'on révise !

Love is all around

*

Adèle Bréau

— Non, Maman. Impossible. Non. Oui, je serai là pour le dîner. Non, je n'en suis pas sûre sûre. Je peux me faire enlever par de petits hommes verts Noëlophiles descendus exprès pour ramener chez eux une vieille codeuse en vadrouille sur les routes de France un 24 décembre. Maman... Je rigole.

Je finis par poser le téléphone et mettre le haut-parleur. Avec ma mère, ça peut durer des heures et j'ai remarqué que, finalement, avec des « hum », et quelques « oui » et « non » jetés au petit bonheur la chance, ça fait bien souvent l'affaire. Qu'on a pour ainsi dire une « conversation » mère-fille construite, longue et quasi profonde, du moins de son point de vue et, en y réfléchissant, un peu du mien aussi. Alors j'ai posé Maman sur la table du salon tout en continuant de boucler ma valise. Ou plutôt mon sac. Le même que j'avais déjà en CM2 quand je partais en camp scout. Il est très pratique et toujours vaillant, je ne vois pas pourquoi je devrais en changer, nonobstant l'avis de mon frère qui considère que ce n'est pas avec un vieux cabas d'adolescente des *nineties* que je trouverai le grand amour. Sauf qu'il n'a pas compris que ce n'est pas dans mes projets, surtout si ledit grand amour que je suis censée rencontrer a la même vision de la vie de famille que lui – marié, trois enfants excessivement bruyants, une grosse voiture et des chaussons-chaussettes pour traîner en famille devant la télé.

— Tu m'entends, ma chérie ? Tu n'en sais rien, ces gens sont peut-être des fous, des assassins de jeunes filles comme toi, des tueurs en série. Tu sais que, très souvent, les serial killers agissent en couple. Ils font ça pour endormir la méfiance des gens et, couic, ils les enferment dans leur cave pour leur faire Dieu sait quoi.

Si Maman savait que son visage inquiet est en ce moment même coincé entre un vieux cendrier rempli à ras bord d'une semaine de mégots et un reste de pizza, je crois bien qu'elle trouverait le moyen de surgir de mon Smartphone pour me faire l'offrande d'une de ses plus belles leçons de morale. Tout en se transformant en tornade ménagère dans mon appartement qui, il est vrai, ne sent pas la rose.

Je n'y suis pour rien. Depuis deux semaines, j'enchaîne les meetings audio et vidéo avec la Chine, la nuit, puis le jour avec mes équipes. Je ne me souviens plus à quand remonte la dernière fois où j'ai vu la lumière du jour. La seule vitamine D qui a récemment nourri ma peau vient de l'ampoule de mon frigo et des céréales qui me servent de nourriture depuis des semaines. C'est vrai, je me laisse de plus en plus submerger par le boulot, j'en suis consciente. Tout le monde me le dit. Ma famille, mes copines – enfin, ce qu'il en reste. Vu le temps que j'ai à leur consacrer, la plupart ont préféré continuer leur vie sans moi, vie que je suis la nuit sur Instagram avant de sombrer pour quelques heures jusqu'à ce que mon téléphone se remette à sonner. Ce matin, je me suis réveillée avec la marque de mon casque de téléopératrice profondément incrustée dans la joue. Hier, je suis carrément descendue acheter mes clopes avec, tout en continuant à jacasser en anglais avec une *team* de quatre clients du bout du monde, sous le regard médusé des types du bistrot visiblement pas au fait des nouvelles pratiques de télétravail. C'est à ce moment-là que je me suis dit que cette petite escapade obligée me ferait sans doute du bien. Je me suis coupée du monde réel un peu trop longtemps.

— Maman… Je suis bien trop âgée pour me faire enlever par un dangereux couple d'assassins dogophiles. Par ailleurs, la plateforme, qui a certainement enregistré nos échanges, a leurs coordonnées. Et ils ont des enfants, tu te souviens ?

— Oui, enfin ça, ça ne veut rien dire. Mais… tu ne pouvais pas prendre un gentil petit chiot tout neuf ? Ma copine Marie-Françoise a une copine dont la sœur a une chienne qui va avoir une portée. Ça aurait été plus simple. Franchement, quelle idée de recueillir un vieux chien. C'est comme votre manie d'acheter des vêtements déjà portés sur Internet…

— Maman, on en a parlé cent fois. Déjà, le vintage est bien plus écolo. Ça évite d'accumuler à tort et à travers des fringues jetables, fabriquées à des milliers de kilomètres par des enfants sous-payés, avant de les jeter à la poubelle. Et pour mon « vieux chien », comme tu dis, c'est tout décidé.

— Comme tu voudras. Mais s'il est incontinent, désagréable ou déjà à moitié mort quand tu le récupéreras, tu ne viendras pas te plaindre.

— Est-ce qu'il m'arrive de me plaindre ?

— Oh… Isabelle, ne joue pas sur les mots. Alors, on compte sur toi ? Demain soir, à la maison. Avec euh…

— Ice, Maman. Il s'appelle Ice.

— Ice… J'aurais préféré un nom plus français.

— Maman ? À demain…

— À demain, ma chérie. Et sois prudente sur la r…

Ça y est, j'ai atteint mon quota de Mam'. Je l'adore, vraiment. Mais il y a toujours ce moment précis où, comme quand on a engouffré la tablette de chocolat dans son intégralité, puis qu'on a décidé d'enchaîner sur les oursons en guimauve, on se rend brusquement compte qu'on n'en peut plus. Comme ça, d'un coup. Oh, allez, au pire, je feindrai la fausse manœuvre. Et puis je lui enverrai un texto depuis la voiture. Si je ne veux pas être en retard chez le loueur, je dois vraiment speeder. Après tout, ma nouvelle vie m'attend. Ou plutôt Ice, mon coup de foudre de cette fin d'année. J'ai toujours adoré les animaux. Tous ceux qui me connaissent le savent. Mais en accueillir un chez moi qui vis seule, à Paris, et qui bosse tout le temps, ça m'a toujours paru égoïste, fou, inconscient. Jusqu'à il y a un mois, quand mon collègue de Londres, un ex, m'a parlé de sa meilleure copine qui part vivre au Canada et doit laisser son chien. Avec son mari et leurs deux enfants, ils n'ont aucun moyen d'emmener leur vieux compagnon sur pattes parce que l'appartement dans lequel ils sont logés n'accepte pas les animaux, m'a-t-il expliqué. Tu parles de peaux de vache, ces Canadiens. En m'en parlant, il savait bien, je pense, que j'allais craquer. La famille a d'abord pensé à la SPA avant de mettre une annonce sur un site spécialisé pour le faire adopter. J'ai fait celle qui s'intéressait de loin, bien sûr. Non, non, je n'allais pas me laisser attendrir. Évidemment, je n'allais pas faire venir un vieux chien dans mon appartement. Je n'allais pas recueillir un animal endeuillé, désespéré par l'abandon manifeste de la famille avec laquelle il avait vécu toute sa vie. Je n'allais pas consoler ce labrador en plein deuil alors que j'avais du boulot par-dessus la tête et déjà du mal à identifier mes propres besoins. Non mais, c'est vrai, quoi. Je vais avoir 40 ans dans deux mois, j'ai deux collègues avec lesquels je couche ponctuellement au gré des missions que me confie mon entreprise, un frère que je vois trois fois par an, une mère qui m'appelle tous les jours et donc pas du tout mais alors pas du tout le temps d'agrandir ma famille, ni la capacité de faire de la place à un être humain dans mon quotidien.

Quelques minutes après qu'on eut raccroché, mon ex londonien m'envoyait une photo de Ice. Il était énorme. Et vieux, oui. Mais mon cœur a littéralement fondu. Je me suis revue gamine avec mon frère Ben – lequel était bien moins ennuyeux qu'aujourd'hui –, jouant dans le jardin avec nos deux chiens, Arnold et Willy, qui étaient alors le centre de notre vie. Ice avait des airs de Willy, un labrador trop grand et assez inélégant qui considérait pourtant qu'il aurait dû figurer parmi les prétendants au titre de Mister dog 1992. Le lendemain, je calais un Zoom avec les Gildas – Olivier, le père, Florence, la mère, et leurs jumeaux, Oscar et Adrien – pour passer le casting d'adoptante. Moi qui n'ai aucun problème à tenir des réunions en mandarin en plein décalage horaire sans m'être passé un coup de brosse dans les cheveux – ce en quoi j'ai tort, selon ma mère, mon frère et mon restant d'amis –, j'avoue que ce rencard vidéo m'a beaucoup plus angoissée que je ne l'avais anticipé. La boule au ventre, consciente que je devais avoir l'air assez effrayante avec mon chignon hirsute, mes grosses lunettes et mon tee-shirt d'ado, j'ai pourtant essayé de faire bonne figure. Et là, ça a été le coup de foudre, le vrai. Les Gildas avaient l'air aussi intimidés que moi, et pas tellement plus au fait des dernières tendances de la mode. Collés tous les quatre les uns contre les autres pour tenter de rentrer dans l'écran, ils étaient souriants, stressés et pleins d'espoir. J'ai eu beau sentir l'immense responsabilité qui me tombait sur les épaules, quand j'ai compris qu'au premier regard on s'était tous les cinq « reconnus », et donc qu'ils espéraient secrètement que j'allais prendre leur suite dans leur histoire d'amour avec Ice, pour une fois, je n'ai pas eu envie de m'enfuir. Au début, chacun était sur la réserve, un peu comme pour un rendez-vous Tinder, enfin d'aussi loin que je m'en souvienne – j'ai rapidement arrêté ces trucs-là après une demi-douzaine de cinglés, de timides, d'assoiffés affectifs et de pervers narcissiques rencontrés IRL suite à des heures d'échanges inutiles et niais sur mon ordinateur. Puis on s'est ouverts, raconté nos vies. Les Gildas avaient adopté Ice dans un refuge quand il était tout petit, juste avant l'arrivée des enfants. Ils ne savaient pas qu'il y en aurait deux. Florence avait un gros ventre, oui, mais c'était leur premier, ils n'y connaissaient pas grand-chose. Et puis, ils préféraient laisser faire la nature, avaient refusé les échographies, ne voulaient rien savoir du sexe de l'enfant. Le couple avait même continué les randonnées, leur passion, jusqu'au septième mois de grossesse de Flo, le petit Ice collé à leurs basques. Finalement, ils étaient passés de deux à cinq en quelques semaines, et avaient construit toute leur famille autour de ce chien dont ils devaient se séparer aujourd'hui. Alors, ils voulaient être certains qu'il redémarrerait sa vie avec quelqu'un qui l'aime. Et qu'ils aiment, aussi. Qu'ils pourraient appeler sans avoir peur de déranger, qui leur enverrait des photos, des vidéos, qui leur donnerait des nouvelles comme d'un enfant parti faire ses études à des milliers de kilomètres, avec lequel on garde ce lien indéfectible malgré la distance et l'éloignement physique.

Et puis, d'abord tapi dans l'ombre, Ice était apparu au milieu d'eux, avait passé sa grosse tête au regard triste, balancé ses oreilles molles et fines en même temps qu'il tentait de me distinguer derrière l'écran et j'avais immédiatement eu envie de le serrer dans mes bras. Oui, on peut dire que, pour la première fois de ma vie, j'avais expérimenté l'amour au premier regard. Un sentiment visiblement réciproque puisque Ice avait collé sa truffe contre l'écran, et que je n'avais plus vu alors que ces grosses narines écrasées, et entendu les éclats de rire de la famille rassurée, si heureuse de ce premier contact au-delà de leurs espérances. Comme pour un entretien d'embauche, les Gildas m'avaient ensuite annoncé que je n'étais pas la seule « candidate », que d'autres personnes avaient pris contact avec eux *via* l'organisme, qu'ils devaient les rencontrer, qu'ils reviendraient vers moi rapidement. Ça m'a vexée. Je ne rate jamais rien dans la vie. J'ai eu mon bac à 15 ans, mon permis du premier coup, et tous mes jobs sans même avoir à décrocher mon téléphone. Alors, me dire que je n'étais pas la seule sur l'affaire et qu'on pourrait me préférer quelqu'un d'autre pour s'occuper de Ice, MON chien – parce que oui, depuis les premières secondes, il était entendu pour moi qu'il s'agissait de MON chien –, ça m'a rendue folle. Et comme chaque fois que je pète les plombs et que je sens bien que je n'ai pas d'autre solution que de me calmer parce que j'aurai beau remuer ciel et terre, crier ou taper du pied, ça n'y changerait rien, j'ai enfilé mon plus vieux jogging, le bien élimé tout doux qui donne l'impression que mes fesses ont glissé jusqu'à mes chevilles. Et je me suis préparé une grosse casserole de coquillettes jambon-fromage que j'ai enroulée dans un torchon posé sur mes genoux, puis j'ai lancé pour la millième fois *Love Actually*. Bon, c'était de saison, alors je me sentais un peu moins godiche de ne toujours pas réussir à regarder la scène finale sans pleurer. Et, quand la neige s'est mise à tomber dehors alors que tous les acteurs s'embrassaient sur *All I Want for Christmas Is You* et que mes larmes se sont mises à goutter dans les coquillettes, je me suis dit qu'on serait vraiment bien la prochaine fois, avec Ice, pour partager ce moment qui est tellement moi.

Perdue dans mes réminiscences de cette histoire folle qui est en train de chambouler mon petit train-train, j'en ai presque oublié l'heure. J'ai rendez-vous avec le type de la location de voiture à 11 heures dernier délai, m'a-t-il menacée. Il part en congés dans l'après-midi. C'est Noël, a-t-il précisé, comme si j'étais une cinglée qui avait oublié ce petit détail – ce qui était un peu le cas. Évidemment, j'ai eu droit à la dernière bagnole du parc et c'est déjà une chance, ma petite dame, si vous pensez que les gens attendent le dernier moment pour organiser leurs congés de fin d'année. J'ai dit « oui, oui » sans réfléchir, sans regarder à la dépense ni même m'intéresser au modèle, donné mon numéro de carte bleue et réussi à remettre la main sur ce permis de conduire qui ne m'a pas réellement servi depuis le fameux jour de son obtention du premier coup. Mais bon, c'est certainement comme le vélo, ça doit revenir tout seul. Il faudra bien. Les Gildas habitent en Bretagne. J'ai un bon bout de chemin à parcourir jusqu'à leur maison. Je dois arriver en fin d'après-midi pour faire connaissance avec Ice. J'ai prévu de dormir dans un petit hôtel de bord de mer, et la famille m'a invitée à prendre le petit déjeuner le lendemain chez eux avant le grand départ, que je redoute, évidemment. Ensuite, je vais devoir faire tout le chemin en sens inverse avec mon chien avant de filer chez ma mère pour le réveillon du 24 avec mon nouveau compagnon. J'essaye de ne pas paniquer face à ce monceau de responsabilités qui me tombe dessus, moi qui n'aime rien tant que ma liberté, ma désorganisation. L'idée même de devoir réserver un billet de train moins de deux jours à l'avance tient de la torture mentale pour moi. Peut-être que je deviens enfin « une grande » ?

Ce n'est en tout cas pas l'impression que je semble faire au loueur de voitures, qui me regarde de la tête aux pieds d'un air soupçonneux. C'est vrai qu'avec mon look de gamine, mon chouchou dans les cheveux et mon vieux sac de scout, je ne dois pas inspirer la confiance.

— Vous savez vraiment conduire ? me demande-t-il en essayant de gratouiller mon permis pour vérifier qu'il s'agit d'un vrai.

— Évidemment, je dis, en signant les papiers de l'air le plus souverain possible, avant de lui soutirer les clés qu'il semble avoir du mal à lâcher.

En découvrant mon carrosse, j'ai d'autant plus de mal à comprendre sa réticence tant il est inexplicable qu'il ne l'ait pas depuis longtemps mis à la casse. J'ai beau ne rien connaître à l'industrie automobile, je comprends que ses craintes quant à ma conduite pourraient aisément être amoindries au vu de l'état de la guimbarde, immense, cabossée et d'un beige très douteux.

— Vous me faites grâce de l'état des lieux ? lui dis-je en essayant de rester polie.

— Oh bah... Enfin quand même, elle est... Elle... Bon, OK. Il est tard de toute façon, je dois rejoindre les enfants pour faire le sapin et acheter les derniers cadeaux. Vous partez dans votre famille ?

— En quelque sorte.

— Un petit copain ? tente-t-il avec le petit sourire égrillard en prime, celui qui ne loupe jamais quand on a près de 40 ans et qu'on n'est pas accompagnée de marmots.

— Non plus ! je lance en le laissant là, plein d'incompréhension, se demandant probablement si je préfère les femmes, si ma famille a été décimée et qu'est-ce qui peut bien me pousser à partir sur les routes de France par moins dix un 23 décembre si ça n'est ni pour aller réveillonner avec ma mémé ni pour partir me jeter dans les bras d'un homme qui me délivrera de ma solitude. *La société évolue bien lentement*, me dis-je alors, comme à peu près trois fois par jour depuis dix ans.

Je balance mon vieux sac à l'arrière, là où Ice viendra poser son séant dans moins de vingt-quatre heures, jette un coup d'œil à mon GPS et mets tant bien que mal le contact en grimaçant un sourire au type de la location, espérant qu'il regagne rapidement sa vie et me laisse face à ces deux pédales dont je me demande laquelle est l'embrayage et laquelle est la pédale de frein. Avec quelques soubresauts et après un petit moment de solitude à tenter de passer la première, je m'insère enfin dans la circulation. Ou plutôt les embouteillages. Paris grouille de monde. Dehors, la neige continue de tomber alors que les passants courent dans tous les sens, les bras chargés de paquets, s'engouffrant paniqués dans les magasins illuminés. Au premier feu rouge, je parviens à enclencher la radio, et à trouver une station nostalgique qui passe de vieux tubes de ma jeunesse. Au deuxième, je trouve enfin le bouton de réglage du chauffage. Au troisième, je comprends le fonctionnement du thermostat, ce qui me permet de refermer les fenêtres, puisque la température à l'intérieur doit bien avoir atteint les quarante-cinq degrés. Au cinquième, je me surprends à scotcher sur un couple d'adolescents qui s'embrassent probablement pour la première fois. Ils ont l'air empotés, tentant de tenir à deux sur leur bout de trottoir pendant que la foule pressée les bouscule sans ménagement. La fille piétine d'un pied sur l'autre, sourire jusqu'aux oreilles, n'écoutant *a priori* pas un mot de ce que raconte le garçon en face d'elle, lequel comble sa peur par un flot de paroles sans intérêt. Et puis je la vois, elle, se lancer d'un coup et poser ses lèvres sur les siennes. Ils ressemblent un peu au petit garçon et à la gamine de mon film préféré. Il est roux, elle a de belles nattes africaines. Bref, ils ressemblent à Meghan et Harry et, alors que *Love Is All Around* surgit du vieux poste de radio, et que je maudis la jeune fille fleur bleue qui campe au fond de moi, je suis extraite de ma rêverie sans ménagement par le conducteur de derrière, qui klaxonne comme un sauvage, me gratifiant de quelques insultes sexistes au passage. Exit l'amour, *Love Actually*, Meghan, Harry et les guirlandes de Noël, mon moi véritable refait surface sous la forme d'un beau doigt d'honneur et je reprends mon chemin. En début d'après-midi, j'ai enfin atteint l'autoroute.

Je me détends alors et parviens même à prendre du plaisir à pousser un peu ma vieille voiture, à laquelle je ne mets pas longtemps à m'attacher. Finalement, c'est grâce à elle que je vais récupérer Ice. Et puis, elle me correspond peut-être mieux qu'un modèle dernier cri, flambant neuf, sentant le cuir et la suffisance de son propriétaire libéral, pollueur et fier de l'être. Oui, je suis là où je dois être, cette certitude me saute au visage. J'ai lu récemment dans un magazine laissé dans la salle d'attente de ma gynéco – laquelle n'a une nouvelle fois pas manqué de me rappeler mon âge – un dossier sur l'intuition. La journaliste y expliquait qu'il fallait rester ouvert et écouter la petite voix qui murmure au fond de soi. D'abord un peu ricaneuse en bonne cartésienne que je suis, j'ai été interpellée par ces conseils, et le fait que les plus grands savants des siècles précédents accordaient beaucoup d'importance à ce sixième sens, et même plus qu'aux raisonnements logiques. Depuis, j'essaye moi aussi de repousser mes pensées logiques et mes émotions, qui m'enjoignent la plupart du temps à la prudence, pour laisser parler mon intuition. Jiminy Cricket me chuchote en cet instant précis que je suis sur le bon chemin, et ça me réconforte. Je savoure cet instant magique, au volant, libre, à admirer les paysages désolés de l'hiver que je trouve pourtant si beaux sous la neige, les jolies petites maisons des bords de route dans lesquelles on prépare certainement la fête à venir, où des enfants rêvent encore au Père Noël et aux cadeaux qu'il leur apportera le lendemain. Je suis bien, je suis sereine. Oui, mais j'ai faim. Vraiment faim. Je me rends compte que, depuis la pizza d'hier, je n'ai rien bu ni mangé. Je décide donc de faire un rapide crochet par la prochaine station-service. Un crochet express. J'ai perdu assez de temps.

On a beau être en milieu d'après-midi, le ciel est devenu si sombre qu'il règne sur cette station-service une atmosphère crépusculaire un peu étrange, mais pas désagréable. Sur le parking, il n'y a aucune voiture mais lorsque j'ouvre la porte, je suis surprise par la chaleur qui se dégage de ce lieu pourtant si impersonnel. Sur la gauche, les machines à café ronronnent et, à droite, s'étendent de longs rayons remplis de cochonneries, comme dirait ma mère. Des chips, des biscuits, des bonbons par dizaines, des canettes de boissons sucrées admirablement rangées et ces sandwichs en forme de triangle que je ne peux m'empêcher d'acheter chaque fois que je m'arrête sur la route. Sans me soucier du fait que je suis complètement seule dans cette oasis pour automobilistes, je me jette dans les rayons avec l'excitation d'une gamine dans un magasin de jouets. Et tandis que j'entasse dans mes bras le maximum de sachets colorés, faisant dangereusement grimper l'index calorique de l'ensemble jusqu'à un taux probablement fort peu recommandé, j'entends, pardessus le fond musical de chants de Noël, des éclats de voix qui me semblent familiers.

— Qu'aucun homme ne voudrait d'une fille qui a deux troncs d'arbres à la place des cuisses. C'est pas un garçon gentil.

— Vous savez qu'en tant que Premier ministre, je peux le faire tuer.

— Merci, monsieur, je vais y penser.

— Faites donc. Nos agents secrets sont des types charmants, des tueurs sans scrupule. Je n'ai qu'un coup de fil à passer.

En réalité, c'est moi qui prononce la dernière réplique, par-dessus Hugh Grant. Je connais ce film par cœur. La fille à la caisse, les yeux plongés dans son écran, ne paraît pas m'avoir entendue, heureusement. Alors je m'avance, tout sourire, croyant bon de faire ma maligne.

— Vous devriez le regarder en VO, c'est nettement mieux.

D'un coup, la fille fait volte-face et je m'aperçois que... ce n'est pas une fille. Mais un jeune homme, ou disons, un homme. Étrange. Aux cheveux longs. Qui me regarde comme si j'étais tombée de Mars en mode Jacques Villeret dans *La Soupe aux choux*, et que je me tenais devant lui dans ma combinaison futuriste jaune à embouts de plastique rouge.

— Il y a un problème ? je lui demande au bout d'un moment qui me semble durer des heures.

— Posez ça là, répond l'étrange individu qui me fait face.

Un peu vexée, je balance sans ménagement les kilos de gras et de sucre que je compte bien ingurgiter en quittant cet endroit qui, subitement, me paraît bien moins accueillant. Surtout, je ne comprends pas comment on peut à la fois regarder *Love Actually* et être aussi peu avenant. Et pourtant, je suis loin d'être la reine des relations publiques.

— Vingt-trois euros quarante. Vous avez pris de l'essence ?

— Non.

— Alors, vingt-trois euros quarante. Vous devriez prendre de l'eau.

— Hein ?

— Si vous comptez manger tout ça, vous devriez prendre de l'eau.

Non mais, de quoi il se mêle, celui-là ? Malheureusement, il a raison. Je mets donc mon honneur de côté – après tout, c'est juste un mauvais moment à passer et je ne risque pas de revoir cet abruti de ma vie – et me dirige vers les réfrigérateurs. J'en reviens avec une grande bouteille bien glacée que je dépose devant lui. Il a à nouveau tourné sa tête vers l'écran et semble passionné.

— Quand tu vas revenir, Colin, tu seras un homme brisé.

— Ouais, surtout de la bite à force de trop baiser.

C'est vraiment hyper gênant. Je lui tends ma carte de crédit, entasse comme je peux mes victuailles dans mes bras comme si je transportais des boyards avant que la grille du Fort ne se ferme et pars sans demander mon reste. Enfin, je me trouve coincée devant la porte qui, évidemment, se tire, tentant désespérément de glisser ma chaussure sous la grosse poignée blanche qui refuse de s'enclencher.

— Excusez-moi...

— *I feel it in my fingers... I feel it in my toes...*

Je rêve ou le type chantonne ?

— EXCUSEZ-MOI !

Sans un mot, il se lève, actionne la poignée, le regard toujours tourné vers l'écran et, alors que j'allais partir, il dit sans me regarder, ou plutôt il baragouine avec un accent abominable :

— *Love is all around.*

— Hein ?

Il est déjà en train de se rasseoir.

— *Love Is All Around* ! Je l'ai déjà vu en VO. Joyeux Noël.

Je reste un instant interdite, attendant la suite de ces prémices de conversation qui, visiblement, a pourtant touché à sa fin. Alors je laisse la porte se refermer derrière moi, m'engouffre dans le froid, sous les flocons moelleux qui ne cessent de tomber du ciel, et cours vers ma voiture. Je balance mes courses sur le siège passager, ouvre un sandwich triangle dans lequel je croque goulûment et jette un dernier regard à ce drôle d'endroit perdu au milieu de nulle part où, dix bonnes minutes après mon arrivée, je suis toujours la seule cliente. De loin, je vois le caissier éclater de rire. Alors je souris moi aussi, sans bien savoir pourquoi. Je tourne le bouton de la radio, qui joue le *Glasgow Love Theme* – décidément –, et je mets le contact. Selon mon GPS, il me reste moins d'une heure de route. J'ai trois textos en attente, de ma mère. Dans le premier, elle m'embrasse. Dans le deuxième, elle s'inquiète. Dans le troisième, elle menace d'appeler Interpol. Alors, avant de partir, je prends une photo de la station-service illuminée derrière le rideau neigeux et lui envoie pour la rassurer.

> Sur la route. Je mange un sandwich triangle. Je t'envoie un message quand j'arrive. Laisse Interpol cuisiner sa dinde tranquille. Bisous

Le temps me paraît étonnamment court. Et je me surprends, moi qui n'ai pas sorti la tête de l'eau depuis des années, à prendre plaisir à ne rien faire d'autre qu'écouter de la musique de Noël, laisser aller mes pensées, ignorer superbement les notifications affolées qui surgissent sur l'écran de mon téléphone. C'est normal, j'ai habitué tout le monde à être joignable hiver comme été, jour et nuit, week-ends et jours fériés. Mais ils vont devoir apprendre à faire autrement. Et moi aussi. Dans la voiture, je chante à tue-tête et, lorsque je vois enfin l'océan, je me mets même à crier de joie. C'est tellement beau, je n'en crois pas mes yeux. Petite, j'ai passé tous mes étés ici, en Bretagne, à plonger dans cette eau que beaucoup jugent glacée mais que je trouvais absolument divine, n'ayant jamais goûté à d'autre mer qu'à l'Atlantique. En essayant de garder un œil sur la route, je ne peux m'empêcher de gaver mes yeux de tout ce bleu sombre, violent, sublime, qui semble presque m'accueillir après toutes ces années. J'ai l'impression de sortir d'un profond sommeil après ces mois passés enfermée dans mon open space ou mon appartement enfumé. Plus que quelques minutes et je vais faire connaissance avec Ice. Je suis intimidée. Il se passe beaucoup trop de choses au fond de moi, je suis bouleversée et je sens les larmes faire tranquillement leur chemin vers mes yeux déjà humides, alors qu'une petite boule d'émotion se forme dans ma poitrine. Je m'arrête quelques instants face à la mer, ouvre la portière et sors pour respirer. Mais qu'est-ce qui m'arrive ? Je n'ai pourtant jamais été du genre sensible.

Il fait froid, le vent s'engouffre dans mes cheveux, giflant mon visage mais je me sens bien. La mer rugit, alors que des vagues énormes viennent se briser contre la jetée, m'éclaboussant de mille gouttelettes salées que je récupère du bout de la langue. L'enfance remonte subitement en moi, l'odeur iodée, l'air si pur, les éléments qui se connectent naturellement. C'est comme si mon corps et mon esprit étaient nettoyés de la pollution que je leur inflige depuis tant d'années. Je me rends compte que je n'ai pas fumé une cigarette depuis mon départ, ce qui tient carrément du miracle, puisque ces derniers temps, je suis passée à un bon paquet par jour. Habituellement, la simple idée de ne pas en avoir sur moi m'angoisse terriblement, mais à ce moment précis, je suis au contraire plutôt fière de moi et me demande même si ce ne serait pas l'occasion d'arrêter. *Calme-toi, Isabelle. Tu es trop excessive.* Tiens, mon Jiminy Cricket relou s'est finalement réveillé, et il me regarde avec condescendance, l'air de dire : « Ma pauvre vieille, tu planes à dix mille avec tes histoires de reconnexion aux éléments et tes résolutions d'adolescente. » Il n'a peut-être pas tort. Je reprends ma route, sans musique ni idées folles, le nez dans mon GPS parce que la nuit commence à tomber et que je n'ai aucune envie de me retrouver seule dans ce trou paumé en pleine nuit. Et si Maman avait raison ? Les Gildas ont peut-être bien manigancé leur coup, loué un couple de jumeaux pour la vidéoconférence afin de m'attirer dans leur cave pour me faire « Dieu sait quoi » un 24 décembre. En avançant dans l'allée qui mène à leur maison, je commence vraiment à me demander ce qui m'a pris de sortir comme ça de ma zone de confort. J'aurais pu rester bien au chaud chez moi, finir mes slides et me rendre tranquillement demain soir chez ma mère avec une belle bûche achetée à la boulangerie du coin plutôt que de me mettre dans un pétrin pareil. Mon téléphone ne cesse de clignoter de partout. Les e-mails doivent s'entasser dans ma boîte. Quant à ma messagerie, comme souvent, elle doit indiquer à mes interlocuteurs qu'elle ne peut plus prendre de messages. Eh bien, moi aussi, je suis pleine à ras bord, je ne peux plus prendre de messages, désolée. Les cailloux crissent sous mes roues tandis que j'avance le plus lentement possible le long du minuscule chemin qui longe la mer. Je ne la vois pas dans l'obscurité mais je l'entends ronronner en rythme tout près de moi. Dieu que cette bagnole est grosse, j'aurais donné n'importe quoi pour avoir un modèle plus petit et ne pas manquer m'écraser dans l'océan dans ce hameau inconnu. En avançant, je distingue enfin la maison des Gildas, chaleureuse, rassurante et... carrément ampoulée. Cette drôle de famille a omis de me préciser qu'elle fait partie de ces personnes étranges qui sont complètement gagas de Noël. Comme chez les Américains les plus extrémistes, ils ont littéralement recouvert leur façade de guirlandes lumineuses, de néons rouges et verts, de figurines immenses et de sucres d'orge, de couronnes et d'étoiles, tous constitués d'une multitude d'ampoules qui doivent à elles seules consommer les trois quarts de l'électricité du bourg. Si l'approche est un peu kitch, l'ensemble est objectivement magique. J'envie les jumeaux qui ont la chance de passer Noël dans cette féerie. Petite, j'ai toujours rêvé que mes parents fassent pareil, mais en dehors de l'obligation de tous se retrouver le soir du réveillon pour manger la dinde trop sèche de ma mère et subir les leçons de morale de mon frère, notre propension à fêter dignement cet événement est très restreinte. Ni guirlandes ni bougies chez nous ; il n'y a pas non plus de sapin ni de calendrier de l'Avent et, dès le 25 décembre, on remballe la « fête » pour l'année prochaine. J'ai les yeux écarquillés devant ce spectacle et, même après avoir coupé le contact, soufflant enfin d'être parvenue à destination, je ne peux en détacher les yeux, redevenant un instant la petite fille qui rêvait de Noël comme dans les films qui passaient à la télévision les après-midi de décembre. Comme l'adolescente, puis la femme qui regarde *Love Actually* dès que son moral vacille. Cette pensée me ramène un instant à l'hurluberlu de la station-service. « *Love is all around.* » Je pouffe en me remémorant son accent abominable et son air ébahi.

— C'est Isa, c'est Isa !

Au beau milieu de la forêt de lumière, je vois surgir deux gamins identiques, chaussés de grosses bottes en plastique, qui foncent vers la voiture. À peine ai-je ouvert la porte qu'ils se jettent sur moi. Une nouvelle fois, je suis estomaquée par le naturel avec lequel les enfants nouent des liens et ne s'embarrassent guère de convenances dès lors qu'ils se sentent des atomes crochus avec d'autres personnes, quand bien même ils les connaissent depuis quelques heures seulement. Je décide de ne pas bouder mon plaisir et me laisse submerger par cette bourrasque de tendresse qui s'agrippe à moi.

— T'en as mis du temps !

— Tu t'es perdue ?

— Comment tu trouves la déco ?

— Tu aimes Noël ?

— Elle est grande, ta voiture.

— Elle est surtout un peu moche, non ?

— Arrête, t'es pas gentil avec elle !

— Toi, arrête ! C'est moi qui parle.

— Les enfants, laissez Isa tranquille. Non mais, elle ne peut même pas avancer.

Sur le seuil, j'aperçois Florence, la quarantaine, souriante, des cheveux absolument parfaits et ce je-ne-sais-quoi d'élégance naturelle dans sa manière de porter le jean que j'ai toujours envié à ce type de femmes. Elle ouvre grand les bras pour m'accueillir lorsque je parviens finalement à atteindre la porte d'entrée, encombrée de deux koalas caquetant agrippés à mes cuisses.

— Tu as fait bonne route ?

— Très bonne. La région est vraiment superbe.

— Ça... On est tristes de partir. Mais entre, ne reste pas dehors, il fait un froid de gueux ! Oscar, Adrien, laissez Isa respirer.

À l'intérieur, l'atmosphère est encore plus chaleureuse. La maison n'est pas grande, mais très bien agencée. Face à l'entrée, un grand escalier part vers l'étage, sur la rampe duquel est entourée une grande guirlande ornée de lutins et de cadeaux de Noël. À gauche, un feu crépite dans la petite cheminée autour de laquelle s'ordonne le salon. Sur un grand tapis rayé trône un immense canapé manifestement aussi vieux que moelleux, duquel descend, calme et souverain, Ice.

Je lâche mon sac alors que ce grand chien – oui, bien plus grand que ce à quoi je m'étais attendue – s'avance vers moi. On se croirait dans une scène de film quand l'image ralentit et que les héros cheminent l'un vers l'autre pour la scène du baiser. Sauf que mon partenaire du jour ne semble pas vraiment prêt pour un câlin immédiat. Afin de ne pas le brusquer, je me contente donc de le regarder droit dans les yeux pour tenter de lui transmettre mon émotion. De son côté, il penche la tête comme lorsque nous nous sommes rencontrés par écrans interposés, sans que je parvienne bien à déchiffrer son sentiment. Lui fais-je bonne impression ? Me maudit-il de l'arracher à sa famille ? A-t-il compris que je venais le chercher ? Est-il effrayé par mon allure plus proche de l'épouvantail que de la maîtresse bien sous tous rapports dont rêve tout chien digne de ce nom ? Oui, je suis persuadée que, lorsqu'ils se croisent au parc, les chiens comparent secrètement leurs maîtres. « Hou, il a l'air ennuyeux, le tien ! », « Oh, comme elle est fatigante, celle-là, à te faire courir tout le temps ! » Peut-être que Ice aurait préféré quelqu'un de plus jeune, mieux coiffé, ou en couple pour lui servir de nouveau maître ? Ou peut-être qu'il ne se dit rien.

— Ice, c'est Isabelle, tu sais ? On t'en a parlé. C'est elle qui va prendre soin de toi.

Florence tente de faire les présentations du mieux qu'elle peut, pendant que les jumeaux sautillent autour de nous, visiblement très excités par l'importance de cet événement qui les peine, mais qu'ils préfèrent vivre de cette manière, dans l'agitation la plus totale. Ice s'approche doucement, tourne autour de moi, me renifle, avec cet air triste qui ne le quitte pas. Timidement, j'approche ma main de la partie que je devine toute douce entre ses deux oreilles, que je tente de caresser sans le brusquer. Mais il est déjà reparti, sans faire du bruit, sur son bout de canapé. Je lance à Florence un regard désolé, auquel elle me répond par un grand sourire, en me proposant de me montrer ma chambre.

— Ah mais... j'ai pris une chambre à l'hôtel du village, je réponds sans comprendre.

— Comment ça ? Mais c'est hors de question. Tu es venue jusqu'ici, tu adoptes notre chien – elle a légèrement baissé la voix –, tu fêtes le Troël avec nous !

— Le quoi ?

— Bah... le Troël, répondent en chœur Oscar et Adrien. Le Noël du 23 !

— Qu'est-ce que c'est que ce truc ?

— Les enfants sont fans de Noël. Mais vraiment dingues, tu vois. Donc, à partir de leurs quatre ans, on a décidé qu'un jour dans l'année, c'était trop peu. Alors on fait deux réveillons. OK, parfois même plus. Mais on a celui du 23, le Troël, et le vrai, le lendemain. Et puis surtout, mon frère est toujours pris le 24, il travaille la plupart du temps. Du coup, on l'a aussi un peu instauré pour lui. Pour qu'il puisse voir les enfants, et le fêter avec nous.

— Ah, mais je vais vous laisser en famille. C'était prévu comme ça, de toute façon, que je repasse chercher Ice demain matin.

— Je pense qu'on s'est mal comprises. Et puis – elle baisse à nouveau la voix, comme si Ice pouvait nous entendre, et surtout nous comprendre, ce qui est peut-être le cas –, ce serait sans doute pas mal que vous ayez le temps de faire plus ample connaissance.

— Mais... et ma réservation ?

— Tu es à l'hôtel du Port, j'imagine ?

— Oui, je crois...

— Évidemment, c'est le seul ouvert en cette saison. Je vais prévenir Véronique. Ne t'inquiète pas, elle te remboursera.

— Oh non, c'est hors de question ! Déjà que je décommande au dernier moment...

— Comme tu voudras !

Tout en continuant de me parler, Florence rouvre la porte de la maison, laissant s'engouffrer l'air glacial et quelques flocons qui virevoltent dans l'entrée de la maison. Elle fonce vers ma voiture de laquelle elle extirpe mon vieux sac dont j'ai soudain un peu honte. Je n'avais pas prévu de partager une telle intimité avec mes hôtes.

— Viens, je te montre ta chambre ! me lance-t-elle en continuant dans le jardin, en sens inverse de la maison.

— Mais, vous avez une... dépendance ? je lance en m'en voulant immédiatement pour l'usage de ce terme si snob.

« Une dépendance »... Parfois, des mots sortent de ma bouche sans être au préalable passés par le radar de mon cerveau. Et tandis que je maugrée intérieurement contre ma maladresse perpétuelle, j'aperçois au fond du jardin un vieux van orange... et c'est tout.

— Ne t'inquiète pas, je vais te mettre un petit chauffage.

— Où ça ?

— Eh bien... Dans le van !

En disant cela, elle ouvre la porte du véhicule et s'y engouffre. Je la suis, incrédule, et découvre le décor le plus inattendu et adorable que j'aie jamais vu. À la place des sièges, il y a un lit simple, un joli tapis rouge et blanc, une guirlande lumineuse et une petite table au centre, sur laquelle poser ses affaires. Des rideaux blancs retenus par des nœuds rouges ornent les fenêtres et, dans le coin, trônent une guitare, une enceinte et quelques vieux disques. L'intérieur sent la figue, et la grosse couette qui recouvre le lit me donne immédiatement envie de m'y lover pour laisser le sommeil m'envelopper dans ce lieu magique et tellement inattendu.

Je dois ouvrir des yeux ronds comme des billes parce que Florence éclate de rire.

— C'est pas mal, hein ? Les gens sont toujours étonnés. Désolée, c'est un peu spartiate, mais tu verras, on y dort très bien. Je t'avoue qu'il m'est arrivé d'y passer une nuit ou deux après m'être disputée avec Olivier. Quoique je croie bien avoir déclenché ces disputes exprès pour passer la nuit ici. Ça te plaît ?

— Beaucoup, réponds-je, pleine de gratitude pour cette femme que j'ai l'impression de connaître depuis toujours.

En réfléchissant à mon attitude, je me fais la remarque que je n'invite jamais personne dans mon appartement. Pourtant, il n'est pas si petit. L'habitude, sans doute, et cette solitude voulue et assumée dans laquelle je me glisse peut-être trop confortablement depuis quelques mois. Voire quelques années. Pourtant, j'aimerais être comme Florence. Proposer à une inconnue de passer Noël, pardon Troël, avec elle uniquement pour le plaisir de faire connaissance. Il faudrait vraiment que je change.

— Je te laisse t'installer pendant que je vais chercher le petit chauffage d'appoint ?

Je suis si fascinée par ce décor de film que je n'ai pas entendu Florence, qui se dirige déjà d'un pas dynamique vers la maison. Je referme la porte du van et, malgré le froid qui y règne, je savoure cet instant. Seule, dans ce coin paumé que je parviendrais difficilement à replacer sur une carte, avec ces inconnus qui, d'une certaine façon, vont changer ma vie. Si Ice finit par m'accepter, évidemment, ce qui semble très compromis pour le moment. Je décide donc de mettre un peu d'ordre dans ma tenue pour lui faire meilleure impression. En effet, j'aurais pu faire un effort. Je sors de mon sac la robe que j'avais préparée pour le dîner du lendemain chez ma mère. Je détache délicatement le papier de soie qui l'enveloppe encore – c'est le cadeau de Maman du Noël précédent. En un an, je n'ai pas trouvé une seule fois l'occasion de la porter. Peut-être aurais-je dû me forcer, ou secouer le destin pour créer ces occasions. Il n'est jamais trop tard, et ce soir me paraît parfait pour l'étrenner. Ice, mon chien, je vais te faire honneur et débuter mon entreprise de séduction. La robe, en velours noir, est très jolie, mais j'ai un peu l'impression d'être déguisée. Surtout quand j'essaye d'enfiler les petits escarpins censés achever ma tenue. On dirait une hôtesse d'accueil dans un grand magasin perdue dans son uniforme imposé. Je m'octroie donc le droit de remettre mes Converse. Voilà, c'est davantage moi. *Un truc un peu bancal, pas très uniforme, mais intrigant,* me dis-je en essayant de m'apercevoir dans le minuscule miroir ovale accroché au mur, hissée sur la pointe des pieds. Puis je passe les doigts dans mes cheveux, tentant de démêler tant bien que mal cette masse informe pour en faire quelque chose, tourbillonnant quelques mèches sur le devant pour former une espèce de chignon, comme j'ai vu une influenceuse quelconque le faire lors de mes longues nuits passées à scroller bêtement sur Instagram. Comme quoi, ce temps perdu n'aura pas été complètement vain. Le résultat n'est pas si mal. Je mets un peu de rouge à lèvres, une pointe de mascara et décide que c'est assez. J'ai sérieusement le sentiment d'être un arbre de Noël, ce qui, en cette occasion, est finalement fort à-propos.

Au moment de me diriger vers la maison, la boule au ventre comme avant un rendez-vous amoureux, je jette un coup d'œil à mon portable. Trois messages de mon frère qui veut que je m'occupe du cadeau de Maman, huit du bureau pour savoir pourquoi je ne réponds pas aux vingt-six mails, douze de Maman pour demander s'il y a un « problème avec le chien » et si j'ai finalement « décidé de le rendre ». Pour une fois, je ne réponds à personne, prends une grande inspiration et pars rencontrer mon destin.

En entrant dans le salon, je reconnais immédiatement la bande originale de *Love Actually*. J'ai beau être consciente que des milliers de familles dans le monde doivent choisir celle-ci pour leur soirée de Noël, ce que je prends pour un signe me touche, et me fait me sentir mieux encore. Alors que je commence à chantonner, Oscar et Adrien dégringolent de l'escalier, en pyjama, les cheveux mouillés, avec cette bonne odeur de savon et de douceur qu'ont les jeunes enfants qui sortent tout juste de leur bain.

— Il est arrivé, il est arrivé ? demandent-ils à tue-tête.

— Qui ça ?

Florence passe juste devant moi dans une adorable robe bleu marine qui lui va à ravir, portant un plat immense recouvert de victuailles appétissantes et leur répond sans s'arrêter :

— Pas encore, calmez-vous. Il ne va pas tarder.

— Tu as besoin d'aide ? je demande.

— Non, Olivier s'occupe de tout. Viens, on va aller se prendre une petite coupe de champagne dans le salon. Mon frère est toujours en retard.

Je ne sais pas si j'ai très envie de rencontrer ce frère. Je suis bien, avec ce quatuor. L'idée de devoir faire un nouvel effort de sociabilité me fatigue d'avance. Et puis, je me rappelle mes résolutions.

— C'est très joli, tes cheveux, me complimente Florence. Coupe ou flûte ?

— Comment ?

— Ton champagne, tu le veux dans une coupe ou une flûte ? rit-elle.

— Ah, euh... comme tu veux.

En lui répondant, je m'assois sur quelque chose de chaud qui se met à bouger. Ice.

— Oh pardon, mon chien !

— Ne t'inquiète pas, ça lui est arrivé des centaines de fois. Et puis, avec les enfants, imagine tout ce qu'il a subi depuis qu'il est petit, il en a vu d'autres. Hein, mon Ice ? En même temps, s'il ne monopolisait pas toute la place sur le canapé..., gronde-t-elle en roulant des yeux faussement fâchés vers son chien, avant de se précipiter sur lui dans un accès de tendresse, et de le couvrir de baisers sur la truffe.

— Je suis désolée de vous le prendre…, dis-je, affreusement gênée par cette sensation que j'ai de l'arracher aux siens.

— Tu rigoles ? Tu nous sauves. On est tous tellement heureux de t'avoir trouvée. Et Ice aussi, j'en suis sûre. Je le connais bien. Il a horreur des inconnus. Et s'il ne t'aimait pas, il serait en train de grogner ou serait parti se réfugier dans son panier à la cuisine. Non, il est juste un peu timide, c'est tout.

— Ça nous fait un point commun, je déclare en m'approchant discrètement de lui, sentant son corps chaud contre le mien, caressant ses oreilles.

Alors, l'animal repose sa tête entre ses pattes, un peu plus près de moi, et je sens une vague de chaleur m'envahir doucement, comme si j'avais bu un liquide très alcoolisé qui glisserait lentement en moi.

— Ton frère est encore en retard ? demande Olivier en arrivant dans le salon.

Il porte un drôle de tablier en dentelle qui appartient sûrement à Florence, et me fait un grand sourire.

— Alors ça y est, il t'a adoptée ?

Je me contente de hocher la tête de peur que Ice ne change de position, ou décide de s'éloigner à nouveau.

— Excuse-nous pour la musique, reprend Olivier en secouant la tête et levant les yeux au ciel.

— Pourquoi ? Au contraire, j'adore ! C'est *Love Actually* ?

— Oui… L'enfer. Le frère de Flo est fan. Il nous fait subir cette soupe en boucle depuis des années, mais que veux-tu, Troël *is* Troël.

— Moi aussi, je suis fan. Enfin, fan… je trouve ça sympa, j'ose timidement.

— Ah bon ? Eh bien, c'est moi le rabat-joie, alors…

Et Olivier repart vers la cuisine, nous prévenant au passage que si Sam – le frère de Florence – n'arrive pas dans les dix minutes, Troël se passera sans lui. Que les enfants sont petits, qu'ils ont besoin de dormir, qu'il ne fait jamais l'effort, et que sa dinde va être toute sèche si ça continue comme ça. Les bulles de champagne commencent à me monter à la tête et je réprime un fou rire en voyant la tête de Florence qui grimace, imitant l'air courroucé de son mari. Même Ice a levé son museau, visiblement habitué aux coups de sang comiques de son maître. Pour un peu, on dirait que lui aussi rit intérieurement. Florence nous ressert et les enfants commencent à piocher dans les petits bols en tournant autour de la table. Puis Olivier revient, se joignant à notre joyeuse assemblée qui parvient rapidement à briser la glace, riant à l'évocation des souvenirs doux ou comiques de Ice à l'époque où il était petit, à mes anecdotes familiales loufoques et aux historiettes diverses et variées que chacun veut partager avec les autres, avec cette urgence qui s'impose quand on sait les moments brefs et qu'on les vit de façon intense. Mariah Carey chante à tue-tête *All I Want for Christmas Is You* pour la troisième fois lorsque Olivier se met à crier que sa dinde crame. Ce qui semble être le cas vu l'odeur qui a imprégné la maison, à laquelle aucun d'entre nous n'a fait attention. Les enfants ont mangé toutes les chips et les biscuits apéritifs. Quant à nous, nous avons descendu à trois les deux bouteilles de champagne qui dansent joliment devant mes yeux.

— Allez, on passe à table !

Florence se lève d'un coup, attrapant ses deux petits garçons et les soulevant de terre avec une force dont je ne l'aurais pas crue capable. L'habitude, sans doute. Oscar et Adrien rient aux éclats, Olivier apporte la dinde cramée et des plats pleins de victuailles que je peine à distinguer lorsque la porte s'ouvre subitement en grand, laissant entrer quelques flocons de neige en même temps qu'un grand échalas en costume de Père Noël qui se met à chanter à tue-tête sur Mariah. Quant à Ice, on dirait qu'il a perdu dix ans d'un coup – en âge de chien, l'équivalent d'un an et demi, certes. Il se met à japper joyeusement après avoir bondi du sofa dans lequel il semble pourtant avoir été moulé. « *All I want for Christmas is YOUUUUUUUU, you!, you!, you!* » La famille hurle, pointant d'un index chacun de ses membres. « you you you ».

C'est affreusement gênant. J'ai beau aduler cette chanson au moins autant que la scène finale de mon film doudou, je me sens clairement de trop dans ce joli tableau de famille. Lorsque la musique s'arrête enfin, et que chacun reprend son souffle en riant, je tente de faire bonne figure, tapant ridiculement dans mes mains, ne faisant finalement qu'attirer l'attention sur ma pauvre petite personne tout de velours vêtue, ivre et chaussée de Converse. Tous les regards se tournent vers moi dans un silence embarrassant. Et le Père Noël me fixe sans bouger. Je tente un sourire qui doit ressembler à une grimace lorsqu'il tape dans ses mains et propose lui aussi de partir manger ce « magnifique festin carbonisé de Troël », ce qui ne fait pas rire du tout son beau-frère.

Le dîner se déroule dans la même bonne humeur que le début de soirée. Peu à peu détendue, je raconte aux Gildas ma vie à Paris, mon job trop prenant mais passionnant, ma mère, et puis je dérive sur des souvenirs plus anciens lorsque j'étais encore connectée à la « vraie vie », quand, avec mes copines, nous parcourions le monde, comme lorsque j'ai entrepris ce voyage fou en 4L dans le désert avec Sophie, ou que nous avons décidé de gravir le Mont-Blanc avec Samantha. Moi qui d'habitude parle peu, laissant aux autres le plaisir de se livrer, considérant bien souvent qu'il s'agit là d'une activité pour le moins égocentrique – ce qui m'arrange car je peux alors rester bien tranquille dans ma bulle et mes e-mails –, j'apprécie plus que je ne l'aurais pensé de me livrer ainsi. À des inconnus qui plus est. Et notamment à cet homme étrange qui ne quitte pas son costume de Père Noël malgré les nombreuses remarques de Florence et Olivier qui trouvent aussi bizarre que moi de suer dans une barbe et un bonnet synthétiques plutôt que de profiter tranquillement de la soirée.

— Les enfants sont grands, Sam, tu peux enlever ton bazar !

Mais il semble y tenir, voire trouver dans ce grimage une certaine jouissance qui me met aussi mal à l'aise que le fait de ne pas pouvoir voir son visage. Heureusement, il a une très belle voix et, surtout, il est vraiment drôle. Ou plutôt, nous tombons d'accord sur pas mal de choses. OK, disons qu'à un certain moment du dîner, les autres participants ont peut-être pu se sentir un peu mis à l'écart, tant nous discutons lui et moi à bâtons rompus. Si bien que, lorsque Florence annonce que les enfants doivent aller se coucher, je suis un peu frustrée. Ice, lui, s'est placé tout au bord de la table et nous observe, intrigué, tournant la tête de l'un à l'autre comme s'il était à Roland-Garros. Alors que la plupart du temps, j'attends avec impatience que les repas s'achèvent enfin, après le sempiternel dessert qui dure des heures et rallonge encore ce moment de supplice, j'ai au contraire l'impression que la soirée commence à peine. Pourtant, Florence et Olivier bâillent eux aussi. J'espère que Troël implique une distribution de cadeaux mais Sam m'explique qu'il les laissera en bas, près de la cheminée, pour que les enfants les trouvent à leur réveil. Les traditions ont la vie dure dans les familles. Certains font ce cérémonial le soir, d'autres le matin, et d'autres encore fêtent Troël un jour avant. Florence et Olivier montent se coucher, me souhaitant bonne nuit non sans m'avoir confié le petit chauffage d'appoint.

— Tu dors ici ? m'interroge Sam, toujours en Père Noël.

— Oui, je vais tenter de passer la nuit avec Ice, pour qu'il s'habitue un peu à moi. Je repars avec lui demain, je redoute un peu..., je lui réponds en essayant de tirer l'animal par son collier alors qu'il a repris place sur son satané canapé.

D'un claquement de doigts, Sam le met au pas et le chien nous suit dehors. Les guirlandes scintillent toujours sur la jolie maison bretonne, tandis que les étoiles donnent au décor un air quasi irréel. Un peu comme si on était au planétarium ou qu'on avait tendu une toile lumineuse au-dessus de nos têtes. Au loin, on entend les vagues qui viennent se briser contre les roches millénaires. Sam m'accompagne jusqu'à mon van, Ice collé à ses basques, qui refuse d'entrer sans lui. Rien à faire. Alors Sam monte avec nous pour m'aider dans mon entreprise d'enfin apprivoiser mon chien. Et on reste là, à chuchoter tous les deux pendant que Ice s'endort, visiblement rassuré par cette voix familière tout près de lui.

— Pourquoi tu ne l'as pas gardé, toi ? je lui demande soudain.

— Parce que chez moi c'est tout petit. Parce que je suis toujours parti. Parce que personne ne me confie rien. Parce que je suis un gamin, me répond-il tout à trac.

— Moi aussi..., dis-je, inquiète. Enfin, ce n'est pas tout petit chez moi, mais on ne me confie jamais rien. Je... peut-être que je n'en serai pas capable.

— Mais si.

— Comment tu peux le savoir ?

— Je le sens. Je sens beaucoup les choses. Demain, tu repartiras chez toi avec lui et, tous les deux, vous allez écrire le second chapitre de sa vie. Et de la tienne. Ça n'est pas triste. Je sais que tu es la bonne personne.

— Pourquoi ?

— Tu es fan de *Love Actually*, sourit-il.

— N'importe quoi, dis-je un peu gênée. Dis, tu ne veux pas retirer ton bonnet de Père Noël ?

Sans me répondre, il se lève doucement, met un index sur sa bouche pour me signifier qu'il ne veut pas réveiller Ice, et descend doucement les marches. Puis il me fait un petit signe de la main pour me dire au revoir, comme ça, et referme la porte derrière lui. Dans l'habitacle, on n'entend plus que la respiration douce et lente de Ice qui m'apaise totalement. Sans bruit, j'attrape un gros gilet dans mon vieux sac, m'enroule dedans et me blottis tout contre le corps rassurant de mon chien. Il ne me repousse pas. Au contraire, il écarte un peu ses pattes pour me faire de la place, et ce simple geste me procure une sensation de bonheur immense. Avant d'éteindre la lumière, je jurerais avoir vu apparaître par la fenêtre embuée le visage de Sam, débarrassé de ses attributs festifs. Je jurerais aussi avoir reconnu dans ce visage quelqu'un dont j'ai croisé la route mais, trop heureuse et fatiguée, je m'endors sans prêter attention à cette vision probablement née de mon imagination débordante et de la magie de Noël.

24 décembre

Les adieux ont été éprouvants, bien sûr. Mais Florence a fait en sorte de rendre les choses joyeuses, même si je vois bien au fond de ses yeux ce que cette séparation a de douloureux pour elle. Rompre avec un pan de sa vie, de ses souvenirs, n'est évidemment pas anodin. Mais nous avons longuement parlé ce matin, lorsque Ice et moi nous sommes glissés dans la maison que je pensais endormie. Toutes les deux, nous avons bu un café dans la grande cuisine donnant sur l'océan, Ice entre nous deux, la neige continuant de tomber, caressant chacune l'animal d'une main distraite. Florence était heureuse de ce nouveau départ. La vie, ce n'est pas rester toujours au même endroit. Non, l'existence est trop courte et il faut aller voir ailleurs, explorer de nouvelles terres, découvrir le monde, d'autres cultures, d'autres gens. En disant cela, ses yeux brillaient d'excitation et j'étais convaincue de sa sincérité. Alors, la culpabilité qui m'étreignait jusque-là s'est envolée. J'ai compris que ma présence ici tenait d'une espèce de logique, ou du destin. Bref, de quelque chose qui nous dépassait toutes les deux, quelque chose de l'ordre de l'évidence. Ice aussi a semblé avoir intégré cette idée, car il n'a pas refusé de me suivre lorsqu'il a fallu que je reprenne la route dans ma vieille guimbarde. Les enfants l'ont couvert de câlins gais et doux. Olivier lui a donné de petites tapes qui se voulaient viriles mais j'ai senti la boule qui enflait dans sa gorge lorsqu'il a tenté de parler et que sa voix s'est mise à chevroter. J'ai promis de leur envoyer plein de photos, et même de créer un compte pour Ice, grâce auquel ils pourraient prendre des nouvelles tous les jours. Lorsque je suis parvenue au portail, et que je les ai vus tous les quatre dans le rétroviseur, souriants, confiants en ma capacité à rendre heureux leur fidèle compagnon, j'ai été fière. Et quelque chose a gonflé en moi.

Plus tard, alors que je roule lentement le long de la mer, je m'interroge. Dois-je continuer à vivre à Paris ? Qu'est-ce qui m'y oblige, finalement ? Je passe mes journées en visioconférence. Florence m'a parlé de la maison, qu'ils se refusent à vendre, espérant y revenir un jour, quand les enfants seront plus grands et qu'ils en auront fini de leur aventure canadienne. Ils vont la mettre en location, est-ce que ça me dirait ? m'a-t-elle demandé. J'ai ri aux éclats. Moi ? En Bretagne ? Devant la route qui défile, au son de la douce musique jazzy qui surgit de ma vieille radio, annonçant toutes les cinq minutes que Noël arrive, les idées se bousculent dans ma tête. À l'arrière, Ice somnole paisiblement. Dans quelques heures, je serai à Paris en famille et, loin de m'irriter ou de m'angoisser, cette idée me plaît. Avec mon chien, je me sens sereine. Ma mère, mon frère, leurs conseils et leurs reproches larvés, rien ne pourra plus m'atteindre maintenant. Je me sens forte, complète. Lorsque la neige redouble et que la visibilité devient vraiment mauvaise, je décide de faire le plein d'essence. Sans m'en rendre compte, j'ai atterri dans la même station-service qu'à l'aller. Celle du fou fan de *Love Actually*. Sous les flocons qui tombent comme dans ces petites boules pour enfants, je n'en mène pas large, tentant de saisir la poignée glacée de la pompe après avoir tant bien que mal glissé ma carte bleue dans l'appareil tout en écartant la neige de mes yeux. Au loin, je vois l'hurluberlu sortir de la station-service. Il ne manquait plus que cela. Pourtant, sa démarche me semble familière. Sans que je parvienne tout à fait à le distinguer, il prend doucement la poignée et l'actionne en sifflotant *All I Want for Christmas Is You*. Décidément, j'ai trouvé pire que moi. Le type est obsessionnel. À l'intérieur, je sens Ice qui se réveille. Puis il se met à aboyer. Fort. Pas comme s'il sentait un danger mais au contraire, joyeusement. Alors, j'entrouvre la portière pour voir ce qui se passe et l'hurluberlu chantonnant se penche par-dessus moi pour s'adresser à mon chien.

— Alors bandit, tu es heureux avec Isabelle ?

Je tourne la tête vers lui si vite que je manque de me cogner contre son visage. Toute la soirée de la veille repasse à l'envers et je comprends à quel point j'ai été bête. Et surtout, je comprends pourquoi les yeux de Sam m'étaient si familiers. Je voudrais poser mille questions. Pourquoi n'a-t-il rien dit ? Comment savait-il que je reviendrais aujourd'hui ? Et surtout, pourquoi ma vie ressemble tellement à une comédie romantique depuis deux jours ? Est-ce que ce chien est magique ? Ou ce film ? Est-ce qu'en sortant de son train-train, on active en fait tout un mécanisme qui ne demande qu'à s'épanouir ? Mais je n'en ai pas le temps. En s'approchant de mon oreille, il murmure :

— J'ai deux places pour la projection spéciale de ton film préféré la semaine prochaine, au Grand Rex. Ça te dit ?

Je n'ai pas non plus le temps de répondre à cette étrange proposition, parce qu'il se penche vers moi. Je sens cette odeur qui m'a hantée cette nuit, la sienne, puis il pose ses lèvres chaudes sur les miennes. Mes cheveux sont probablement remplis de flocons gelés, je dois avoir l'air d'une folle dans ce décor irréel, tout comme l'est cette scène. Lorsque je rouvre les yeux, il a disparu, marchant déjà vers l'îlot lumineux. Alors, je me remets au volant, tremblante, dégoulinante de neige, Ice visiblement ravi de ce rapprochement inattendu. Il me faut quelques minutes pour reprendre mes esprits, remettre le contact et, lorsque je passe près de Sam, et qu'il saisit la poignée de la porte, il se tourne vers moi et crie :

— *Love is all around!*

La revanche de Louison Cerfeuil

*

Isabelle Alexis

Première partie : Le dossier Loulou

Louison Cerfeuil, née en 1984, avait été touchée par la disgrâce esthétique. Sa dentition était un hommage au Beyrouth de la même époque. Sens dessus dessous. En ruine. Quant à son nez, on aurait pu penser qu'il avait été dessiné par un caricaturiste. Une sorte de pomme de terre attirée par le sol. Une patate tombante, oui, mais qui maintenait bien les verres en cul-de-bouteille qui lui servaient de lunettes. Elle était myope et astigmate en même temps. Ses cheveux bruns très frisés, incoiffables, avaient le don de tellement s'emmêler qu'on aurait dit qu'elle portait en permanence une sorte de filet de pêche. D'ailleurs, aucun insecte qui s'était malencontreusement posé sur sa tête n'en était sorti vivant.

Louison était fille unique. Ses parents, constatant ce que donnait le mélange de leurs gènes, avaient préféré s'abstenir d'en faire d'autres. D'ailleurs, son père était parti quand elle avait cinq ans et Louison ne l'avait jamais revu. Elle vivait seule avec sa mère, là où elle était née et avait passé toute sa vie : en Loire-Atlantique. Les deux femmes s'entendaient bien, sans fracas, sans cri, en soutien éternel l'une pour l'autre. Elles avaient recréé un havre de paix dans leur joli pavillon car le monde de dehors n'était qu'un champ de mines, un enfer semé d'adversités et d'embûches en tout genre. C'était vrai pour les femmes en général, ça l'était doublement quand vous étiez esthétiquement très incorrecte comme Louison. Après des études de gestion et de communication, sa maman qui travaillait à la mairie avait tout fait pour qu'elle y entre à son tour. Louison avait passé le concours de la fonction publique et s'était retrouvée affectée à l'aménagement urbain, section parcs et jardins. Sa mère était ravie, elle était à quelques bureaux d'elle, à l'espace famille.

À l'âge de 25 ans, Louison avait eu son premier petit ami, Fred, un jeune jardinier qu'elle avait fait embaucher par la ville et qui, pour la remercier, l'avait débarrassée de sa virginité. Par la suite, le jeune homme rusait, affabulait, se creusait les méninges pour ne pas sortir avec elle, ne pas être vu en sa compagnie, ni au resto ni au cinéma, nulle part. C'était une petite ville. Au bout du énième prétexte, Louison comprit que Fred avait honte d'elle et que, même interrogé par la Gestapo, il n'avouerait jamais leur liaison. Il voulait bien la dépanner sexuellement, mais de là à être vu, main dans la main, avec elle dans la rue, il y avait une marge qu'il ne franchirait probablement jamais. Cette humiliation, une de plus, fut terrible pour Louison. Ce cauchemar la plongea dans une dépression boulimique et lui fit prendre douze kilos en un mois et demi. Cette nouvelle barrière de gras qu'elle mit entre elle et la classe des dominants la conforta dans l'idée qu'il fallait cesser toute rêvasserie à connotation romantique. Si un paumé de jardinier comme Fred qui faisait deux fautes par mot dans ses SMS arrivait chez elle avec une casquette vissée sur la tête, lunettes noires, et passait par le garage, il était impératif dorénavant de mettre une croix sur toute velléité d'histoire d'amour. Elle s'en doutait depuis toujours mais maintenant sa résolution était prise. Adieu, vertige, idéalisme, cœur qui s'emballe ! Bon, elle continuerait à lire et à regarder des séries sentimentales, à revoir pour la énième fois *Love Actually* à chaque Noël, mais juste pour le divertissement, sans jamais croire que cela allait lui tomber dessus comme la pomme sur Newton. Ce genre d'histoire n'arrivait pas dans la vraie vie de toute façon, et en ce qui la concernait, encore moins.

Louison continua à vivre avec sa disgrâce physique et ses kilos en trop, ainsi qu'avec les non-dits, les regards sur son passage, les sourires moqueurs, la mesquinerie humaine, un malaise constant, une forme de harcèlement moral silencieux et qui lui provoquait un nœud au ventre quand elle partait au travail. Elle s'y aventurait comme on traverse un étang de boue dans le brouillard : il fallait se repérer, savoir où mettre les pieds, à qui et quoi se raccrocher. Le pire étant les lundis matin. Heureusement, sa mère n'était pas trop loin et ses collègues ne pouvaient pas la lapider sur le parvis de la mairie. Louison partageait son bureau avec Odile et Hervé, deux quadragénaires plutôt sympas en apparence ; de vrais écologistes en tout cas, très impliqués dans le développement durable. Ils savaient envoyer des e-mails bien frappés aux promoteurs immobiliers qui voulaient construire toujours plus quand eux désiraient toujours plus d'espaces verts.

Et puis, il y eut cette matinée catastrophique, le jour où Louison s'écroula dans son étang de boue. C'était il y a six mois. Une matinée qui n'avait pas si mal débuté pourtant. Louison avait eu rendez-vous avec un paysagiste qui devait reprendre en main un square de la ville dont la végétation était à l'abandon depuis des années. Le type avait fait plein de propositions très intéressantes pour redonner vie au square et Louison était rentrée à la mairie pas mécontente de ce rendez-vous. Elle devait déposer le devis du paysagiste chez l'adjoint au maire pour qu'il l'étudie mais, avant, elle repassa par son bureau pour y déposer sac et manteau. Elle était presque arrivée lorsque, dans le couloir, quelqu'un la bouscula et Louison lâcha son dossier dont les feuilles se répandirent au sol. Accroupie, elle ramassa les pages du dossier paysagiste quand elle entendit la voix d'Odile, sa collègue de bureau dont la porte était grande ouverte :

Voix Odile : Qu'est-ce qu'elle fout, l'autre grosse vache ? Elle devrait être rentrée...

Voix Hervé : Oh, écoute, moi j'en profite... Au moins, pendant ce temps-là, on n'a pas l'odeur. Elle pue du bec, ma parole ! C'est une infection !

Voix Odile : C'est ses dents, ça... T'as vu le chantier ?

Voix Hervé : Ne parle pas de ses chicots, j'en fais des cauchemars !

Voix Odile : Je ne comprends pas, si j'avais des dents pareilles, je... Enfin, les dentistes, ce n'est pas fait pour les chiens...

Voix Hervé : Et son pif, alors !

Voix Odile : Han, mon Dieu, son nez ! Si tu ne le vois pas... ce truc, tu ne peux pas imaginer que ça existe...

Voix Hervé : Avec plein de points noirs dessus, en plus. Il faut dire, il y a de la place, et sur son teint blafard, on les voit bien. Entre son gros pif et ses petites dents de traviole, je ne sais pas ce qu'il y a de pire...

Voix Odile : Ses cheveux, je dirais... t'as pas l'impression qu'on lui a greffé des poils de sanglier sur le crâne ?

Tétanisée, à quatre pattes dans le couloir, à quelques centimètres de cette porte de l'enfer, Louison ne pouvait plus bouger. Elle était comme paralysée. Son cerveau tentait d'analyser ces infos mais il buggait. C'était des coups de fouet dans sa chair qu'elle ressentait. Elle récupéra ses dernières feuilles, ses esprits et se releva pour s'éclipser à reculons, sans bruit, comme un automate. Elle déposa le dossier sur le bureau de l'adjoint et sortit en courant prendre une bouffée d'air. Une fois dehors, elle mit une main tremblante devant sa bouche, histoire de constater par elle-même s'il y avait un problème avec son haleine, mais elle avait bu un café avec le paysagiste juste avant de rentrer et ne sentit que... le café. Elle plongea sa main toujours tremblante dans son sac pour attraper son portable. Il fallait qu'elle parle à quelqu'un. Katie, son amie de fac, sa seule amie.

Est-ce que l'être humain ne se sent pas ? Ne se voit pas tel qu'il est ? On dit que les filles voient le moindre défaut multiplié par cent trente. Certes, Louison savait qu'elle n'était pas jolie et elle évitait les miroirs, mais de là à subir une telle violence...

— Allô, Katie ?

— Oh, comment ça va, ma Loulou ? répondit la voix de son amie.

— Super mal et toi ?

— Ben, ça va...

— Il faut qu'on se voie, Katie. J'en ai besoin...

— Tu veux qu'on déjeune ensemble, à La Rotonde comme d'habitude ?

— Oui, j'y vais et je t'attends.

Louison raccrocha et se dirigea vers la brasserie. Katie, heureusement qu'elle l'avait dans sa vie. Elle l'avait rencontrée en fac à Nantes, lors d'un TD sur la gestion de crise en entreprise et les deux filles ne s'étaient plus quittées depuis. Katie maintenait à distance les harceleurs, garçons comme filles, d'ailleurs. Elle était son bouclier antipsychopathes, un rempart contre la cruauté, de ceux qui lui avaient salement manqué durant son enfance et son adolescence.

C'est avec un soulagement teinté de joie que Louison vit son amie traverser la rue. De l'autre côté de la vitre, elle observa la démarche aérienne de son bouclier, ses grandes jambes moulées dans un jean noir, ses longs cheveux auburn et raides qui frappaient ses épaules, son sac en bandoulière qui lui donnait l'allure d'une éternelle étudiante. Katie la découvrit derrière la vitre et son regard vert s'illumina, affichant ce sourire si chaleureux que Louison aimait tant. Elle avait des dents bien alignées, elle. Louison se rendit compte qu'elle vendrait volontiers un de ses reins pour ressembler à Katie. Surtout aujourd'hui.

— Dis-moi tout, annonça Katie en prenant place face à elle.

Sans fard, Louison lui raconta les horreurs entendues quelques minutes plus tôt. Katie secoua doucement la tête, la mine contrite et lâcha :

— On oublie souvent de dire à quel point la méchanceté est stupide et à quel point la stupidité est méchante.

— C'est toute l'histoire de ma vie, admit Louison. Ce dont je suis sûre, c'est que je ne peux pas retourner travailler là-bas. C'est impossible. Ce n'était déjà pas marrant, mais là c'est devenu l'enfer de Dante pour moi, en quelques secondes. Jamais, je n'y retournerai... à part pour poser ma démission et partir en courant, c'est tout ce que je peux faire.

— Je vois, acquiesça Katie.

Elle appela le serveur pour commander un Coca Zero.

— Cette époque est dramatique, reprit-elle, en observant son amie. Tu sais, tout le monde est discriminé : les Blancs, les Noirs, les femmes plus que jamais, les blondes, les petits, les trop grands, les moches, les pauvres, les trop cons, les gros...

— Femme, moche et grosse, je suis une cumularde de la haine. Où est-ce que je vais pouvoir bosser, maintenant ? se lamenta Louison.

— Tu sais... J'ai rencontré cette fille... Julia Stanford, commença Katie. Sa famille vit dans la région mais son père est anglais, il a une chaîne de restos bio et vegan à Londres et elle, Julia, est en train de monter un club de gym avec spa, juste à la sortie de la ville. Les travaux se terminent dans un mois. L'endroit va s'appeler Well-Being & Tonic. Je peux te dire qu'elle l'est, tonique, cette fille, dans le genre jeune entrepreneuse. Elle a sollicité notre agence pour sa communication et on a accepté. Je la vois souvent en ce moment, on est en train de faire son site web... Si tu veux, je peux lui parler de toi et...

— C'est vrai ? coupa Louison.

— Bien sûr ! Elle recrute à fond : les profs de gym, les animateurs, toute son équipe administrative, etc.

— Oui à l'administration, pour moi c'est préférable, parce que je me vois mal prof de fitness, avoua Louison.

Katie laissa échapper un rire.

— Je vais te donner son e-mail et tu vas lui envoyer ton CV dès cet après-midi, avec une lettre de motivation. Quant à moi, je dois l'appeler ce soir et je lui parlerai de ton intelligence et de ton immense cœur en or, dit Katie en lui prenant la main.

Deuxième partie : La goutte d'eau...

Deux mois plus tard

Louison ôta son casque et le posa sur le siège de son scooter. Elle inspira un grand coup et observa la devanture du nouveau club de gym. Autrefois, c'était une usine de fabrication de vêtements. Cet endroit était à l'abandon depuis des années, depuis que l'Occident avait décentralisé toutes ses usines en Chine ; c'était un véritable plaisir pour Louison de le voir renaître. Les lettres au-dessus des grandes baies vitrées venaient d'être posées, la forte odeur de peinture s'estompait un peu chaque jour, mais les travaux avaient pris beaucoup de retard. La piscine n'était pas encore terminée et l'ouverture devait avoir lieu lundi, dans moins d'une semaine. Louison avait obtenu le dernier poste qu'il restait à pourvoir. Elle pouvait dire merci à Katie : grâce à son habileté orale, la patronne des lieux avait donné un avis favorable pour l'engager à... l'accueil et ce, sans la voir. Louison n'avait jamais vu Julia Stanford, qui avait dû repartir à Londres, elle avait juste rencontré Béatrice Migaux, la cheffe du personnel, en entretien. Et c'est en compagnie de cette dernière que, peu avant l'ouverture, Louison achevait une petite formation pour se familiariser avec l'ordinateur de l'accueil, maîtriser Word-Powerpoint-Excel, gérer les premières inscriptions, etc. Le tout au milieu des ouvriers ainsi que des allées et venues des fournisseurs.

Louison observa le parc et ses grands chênes devant le club. Elle s'était occupée de l'entretien et de la préservation de ce parc quand elle bossait à la mairie et décida d'aller y respirer. Elle était un peu en avance et aimait beaucoup la nature, même si ce n'était pas réciproque. La jeune femme avait traversé quelques semaines de tension dernièrement. Il faut dire que sa démission surprise avait choqué tout le monde, surtout Christine, sa mère qui, devant le peu d'explications de sa fille, avait haussé le ton et les reproches. Louison avait juste déclaré qu'à la mairie, les gens y étaient méchants et stupides, ce à quoi sa mère avait répondu que les gens étaient stupides et méchants absolument partout – et Louison n'était pas franchement en désaccord avec ça. Par la suite, elle avait tenté de calmer la colère maternelle avec cette nouvelle embauche dans un club de sport et ce nouveau départ qui s'offrait à elle, mais Christine n'en démordait pas, elle lui avait lancé de sa belle voix rauque usée par des années de tabac :

— Quand on a réussi à trouver un boulot de fonctionnaire, on ne part pas dans le privé ! Personne ne sait si ce foutu club de gym va marcher. Si ça se trouve dans six mois, vous êtes tous au chômage !

Louison fit quelques pas dans l'herbe et décida de s'y asseoir. En tailleur, elle observa le ciel. Elle avait une peur bleue de la nouveauté, en réalité. Cela lui rappelait les nouvelles écoles, nouvelles classes, nouvelles rentrées, avec leur nouveau lot de harceleurs et d'humiliations. Dès le premier jour, elle décelait celles ou ceux qui allaient lui pourrir la vie durant toute l'année. Comme pour son entrée en sixième où, perdue dans la cour, elle avait reçu une balle de tennis en pleine tête et... Aïe ! Louison venait justement de recevoir une balle dans le visage. Le choc fit voler ses lunettes. Oh, non, ça recommençait ! Paniquée, elle chercha ses binocles en tâtonnant dans l'herbe. Dans le flou le plus total, elle aperçut la silhouette d'un chien venu récupérer sa balle, suivie de celle d'un intrus.

— Oh, je suis désolé ! Vraiment désolé, je ne vous avais pas vue, dit la voix de l'importun.

— Il n'y a pas de mal, s'entendit répondre Louison.

— Vous n'êtes pas blessée ? reprit l'inconnu.

— Non, non, assura Louison, en aplatissant toujours l'herbe de ses mains.

— C'est ça que vous cherchez ? demanda-t-il en se baissant.

D'une main, il s'empara de la paire de lunettes qui avait glissé derrière la jeune femme. Délicatement, il lui replaça ses lunettes sur le visage et Louison put découvrir son lanceur de balle. En jean et blouson, un regard bleu inquiet, une barbe dorée d'un centimètre qui entourait son visage, des cheveux châtain clair en pétard, il devait avoir la quarantaine, à peine.

— Toutes mes excuses, encore. Je m'appelle Florian et voici Churchill, dit-il en montrant le labrador dans les tons crème. Churchill est aimable, amical, affectueux et très intelligent, tout comme son papa...

Et modeste aussi, songea Louison.

— ... sauf quand ce dernier envoie la balle n'importe où, poursuivit-il en riant.

— Louison, répondit-elle.

Ils se serrèrent la main et la jeune femme profita de cette main tendue pour se relever.

— J'ai interrompu votre séance de méditation ? demanda Florian.

— Heu... Non, non...

— Vous faisiez un peu de yoga, je parie ?

— Heu... Non, non...

— Vous réfléchissiez sur le monde ?

— Bof... Pas eu le temps...

— Vous travaillez dans le coin ?

— Heu... Non... Ah si, ben si... Là, au nouveau club, dit-elle en le désignant du doigt. Je suis en formation avant l'ouverture, la semaine prochaine...

— Ah, très bien !

Ils laissèrent passer un silence un peu gêné, puis, comme Louison ne le relançait pas, le jeune homme fit un pas en arrière.

— Bon, ben à plus !

— À plus ! répondit Louison.

Il s'empara de la balle du labrador et la lança de l'autre côté du parc.

— Allez, Churchill, va chercher !

Elle n'atterrit pas dans les lunettes de quelqu'un cette fois-ci. Louison fit demi-tour, quitta le parc et traversa la route. Une fois devant le club, elle se retourna et vit que le jeune homme lui adressait un coucou de la main. Elle lui rendit son signe de main, se retourna et se prit la porte du club de plein fouet dans le front.

C'est relativement pénible de bosser dans le bruit des perceuses, ponceuses et autres coups de marteaux, quand on vient de se faire mal à la tête deux fois de suite, songea Louison en se massant entre les arcades sourcilières. Elle vit Mme Migaux, la cheffe du personnel, arriver en claudiquant jusqu'à elle. Décidément, c'était la journée des éclopées.

— Ah, Louison, vous êtes là...

— Madame Migaux, vous allez bien ? Vous boitez, on dirait ? demanda-t-elle.

— On a reçu les poids pour la salle de muscu, j'en ai déballé quelques-uns ce matin avec le chef des travaux et il y en a un de cinq kilos qui m'est tombé sur le pied, sur le gros orteil ! Cinq kilos ! Je dérouille mais je dérouille ! s'écria-t-elle.

— Ça doit faire mal, effectivement. Moi, je viens de me prendre la porte, si ça peut vous consoler. Je ne sais pas ce qui s'est passé, j'ai oublié de l'ouvrir, avoua Louison.

— Vous avez vu la salle des machines ?

— J'ai vu, oui, ça commence à prendre forme. Elle se remplit de jour en jour...

— Oui, enfin... Il manque deux vélos, un rameur, une moitié de Power Plate et on a un tapis de course qui ne marche pas... du tout ! Julia est au téléphone avec les fournisseurs, elle leur hurle dessus depuis 8 heures ce matin et les insulte en anglais...

— Ah, elle est là ? s'enquit Louison.

— Oui, dans son bureau. Si jamais elle descend, je vous la présenterai, même si je doute que ce soit le bon jour, m'enfin... Ah tiens, voilà un de ses rendez-vous ! s'exclama-t-elle.

Louison se retourna et vit un bel homme noir, athlétique, sculptural s'avancer vers l'accueil.

— Les profs de fitness, l'informa Mme Migaux. Julia doit recevoir les derniers aujourd'hui, j'y vais...

Les doigts du pied gauche en l'air, la cheffe du personnel alla saluer le prof de sport et le conduisit à l'étage, en direction du bureau de Julia Stanford. *À la mairie, les gens étaient physiquement très banals*, songea Louison, *et cela ne les empêchait pas de se moquer d'elle*. Ici, elle allait travailler au milieu de gens « esthétiquement très favorisés ». Une petite alarme se mit en route au fond de son cerveau. Pour la faire taire, Louison sortit son dossier sur les cours qui allaient être donnés en ces lieux car il fallait impérativement qu'elle apprenne par cœur à quoi correspondait ce nouveau charabia gymnique : Body Balance, Body Attack, BodyPump, Body Combat, Zumba, CXWORX, Pilates, HBX Boxing, Grit Cardio, etc. De toute évidence, les clients potentiels allaient demander des renseignements sur cette novlangue. Il y avait même deux cours qui s'appelaient CAF, inutile de venir demander des allocations, cela signifiait juste « cuisses-abdos-fessiers ». On avait failli comprendre un truc écrit en français, dites donc ! Ouf, heureusement non, seul l'acronyme était resté...

Autre chose qui laissait Louison stupéfaite depuis qu'elle avait commencé : les tarifs du club. Une inscription globale très chère plus un abonnement au mois, au trimestre ou à l'année. Un système de parrainage était mis en place aussi. Ce n'était qu'un club de gym de province dans une vieille usine désaffectée, mais apparemment la miss Stanford se la pétait présidente du racing-club de France Lagardère ; rien ne lui faisait peur à celle-là. Louison n'était pas pressée de la rencontrer, elle semblait ne pas se prendre pour la queue d'une poire, en vérité.

Un peu avant midi, alors qu'elle était assise derrière le pupitre de l'accueil, quelle ne fut pas sa surprise de voir entrer Florian, son lanceur de balle du matin. Il était sans son chien et s'était changé : il était en costume, avec une chemise blanche ouverte, sans cravate. Décontracté, à l'aise, jovial, comme ce matin quand elle l'avait rencontré, il traversa le hall sans la voir. Immédiatement, l'architecte et le chef des travaux sortirent pour aller à sa rencontre et lui serrer la main. Les trois hommes discutèrent un moment. Les deux interlocuteurs de Florian étaient en chaussettes car, depuis que les moquettes avaient été installées dans les salles de cours, on ne pouvait pas marcher dessus avec ses chaussures de ville. Louison, cachée derrière son ordi et ses lunettes, les observa parler et rire. Ainsi, Florian travaillait ici aussi. Elle ne l'avait pas vu avant aujourd'hui, mais il avait visiblement un lien avec cet endroit. Peut-être faisait-il partie du cabinet d'architectes qui s'occupait des lieux ? Peut-être était-il l'avocat du nouveau club – il y avait tellement de contrats à signer en ce moment. Pourquoi ne lui avait-elle pas demandé tout à l'heure ? Lui, sympa, paraissant empathique, avait posé plein de questions et elle était restée plantée comme une salade dans un potager, avec autant de conversation, d'ailleurs. « Non, non, bof, oui », c'était à peu près tout ce qui était sorti de sa bouche. *Oh, puis zut, Louison, arrête ! Quel intérêt, franchement ? Tu crois vraiment qu'un homme comme ça pourrait s'intéresser à toi, ma pauvre fille ? Un type à la prestance aérienne qui semble survoler la vie car il sait qu'elle pourra difficilement l'atteindre ? Tu es l'exacte opposée : tes yeux de taupe apeurée se méfient de tout ; à chaque pas, tu risques une nouvelle chute dans les égouts. Arrête ! Et puis si ça trouve, son aisance et ses sourires ne sont que jeu d'acteur. Il se pourrait qu'il soit un pervers narcissique de haute voltige ! Allez, oublie-le et concentre-toi donc sur ton texte.*

« Conçue par le géant du fitness néo-zélandais Les Mills dans les années 1990, le BODYPUMP est pour toutes les personnes qui souhaitent s'affiner, se tonifier et se remettre en forme rapidement. Cet entraînement rythmé par une série d'exercices intensifs promet d'augmenter la masse musculaire et de sculpter la silhouette en un temps record.

En faisant un grand nombre de répétitions avec des poids légers à moyens, le BODYPUMP constitue un entraînement complet du corps. Vous brûlerez jusqu'à 540 calories par séance. Nos instructeurs vous coacheront lors de l'exécution d'exercices techniques qui sont... »

Non, ce n'était pas un pervers narcissique qui jouait au type sympa, il n'avait absolument rien à gagner à faire ça, ce matin, dans le parc, songea Louison. Son œil dépassa lentement sur la gauche de son écran de PC. Ils étaient toujours là, tous les trois, en train de discuter dans le hall. Il avait été sincèrement désolé pour la balle qui l'avait atteinte et s'il s'était montré si charmant et concerné par elle, c'était sa vraie nature. Il y avait une forme de bonté dans son regard bleu. Louison savait la reconnaître dès qu'elle l'apercevait quelque part ; en réalité, c'était très rare. Lui alliait bonté et beauté, elle, possédait bonté mais laideur car la vie était injuste. Les trois hommes venaient de se séparer. Immédiatement, Louison rebascula face à son ordinateur, la mine concentrée sur ce qu'elle faisait. Il venait droit sur elle, un petit sourire aux lèvres. Florian s'accouda sur le pupitre de l'accueil.

— J'ai failli ne pas vous voir ! Comment ça va depuis tout à l'heure ? demanda-t-il.

— Bien, répondit-elle.

— Pas de bosse ? Pas de bleu ? s'enquit-il.

— Je vais peut-être l'avoir, la bosse, en fait. Je me suis mangé la porte, juste après votre balle...

— Oui, c'est ce qu'il m'avait semblé... dites donc, ce n'est pas votre jour !

— Non, mais ça l'est rarement...

Florian l'observa, puis il fit une chose surprenante : il tendit le bras derrière le pupitre pour s'emparer de la main de Louison et déposa un baiser dessus. Louison resta interloquée. Puis il fit un pas en arrière.

— À bientôt ! lança-t-il.

— Oui, répondit-elle.

— À très bientôt, reprit-il.

Il tourna les talons et sortit du club. La dernière fois qu'elle avait reçu un baisemain, c'était quand ? Depuis... heu... Jamais. Oh, zut, elle avait encore oublié de lui demander ce qu'il faisait dans la vie !

Durant l'après-midi, Louison travailla avec Mme Migaux qui lui lança cette phrase :

— Ici, ça va être un temple dédié à la beauté et à tous ceux qui veulent devenir beau ! Louison, vous allez être la première personne que les gens vont voir en entrant ici, alors du maintien, ma petite, hein ? Tenez-vous droite et affichez votre plus beau sourire.

Depuis toute petite, elle avait appris à rire et sourire sans découvrir ses dents qui la complexaient. Une nouvelle alarme se mit en route au fond de son cerveau, un petit gyrophare qui lançait : « Pimpon, je ne le sens pas ! Pimpon, mais alors pas du tout ! » Mais Louison l'étouffa, refusa de l'entendre. Était-ce à cause du bruit des travaux ou bien parce que son cerveau et sa grande zone émotionnelle étaient concentrés sur le mystérieux gentleman du matin ?

Le lendemain, pas de Florian à l'horizon, ni au parc ni au club. « Très bientôt », c'était quand exactement ? Louison passa sa journée à aider les livreurs qui débarquaient avec d'immenses colis. Nouvelles machines, barres parallèles, asymétriques, anneaux, cheval-d'arçons. Elle les débarrassait des grands cartons. Ce fut même elle qui décida de l'emplacement de la fontaine à eau. Si elle n'avait toujours pas rencontré physiquement miss Stanford, en revanche, elle l'entendait. Dès que les perceuses des ouvriers qui installaient les casiers dans les vestiaires se taisaient, sa voix stridente en provenance de son bureau prenait le relais. Oh, après tout, elle avait tout le temps pour la rencontrer. On était vendredi, et la grande fête d'inauguration avant l'ouverture avait lieu samedi, le lendemain soir. Katie devait passer la prendre à la maison. Elle lui avait même écrit par texto :

Si tu veux, j'ai une petite robe noire pour toi. En cache-cœur...

Louison avait juste répondu :

Merci, j'espère surtout qu'elle me cachera entièrement.

Les fêtes, on ne pouvait pas dire que c'était le grand truc de Louison Cerfeuil.

La soirée d'inauguration

Katie débarqua sur les coups de 18 heures, bien décidée à aider Louison à se faire une beauté. Disons, à limiter le désastre au maximum. Deux heures à l'avance pour tenter un brushing et un peu de maquillage était le bon timing. Dans la salle de bains, Louison lui raconta sa semaine et n'omit pas sa rencontre avec l'intrigant Florian. Le parc, le baisemain à l'accueil, son regard si doux...

— Ne t'emballe pas, ma Loulou, il t'a dit trois phrases..., la recadra Katie en lui essuyant les cheveux qu'elle venait de lui laver avec un après-shampoing au beurre de karité.

— Je sais, admit-elle, assise sur le rebord de la baignoire. Mais il a dit : « À bientôt » et puis il a insisté : « Très bientôt. » Il a manifesté une envie de me revoir, Katie ! Ce n'est pas tous les jours...

— Oui, ou il est juste poli...

— Ou il est juste super gentil. Quand il me parle, j'ai l'impression qu'il voit ma beauté intérieure !

— T'emballe pas, ma Loulou, t'emballe pas ! Bon, il est où ton sèche-cheveux ? demanda Katie en lui ôtant la serviette de la tête.

— Derrière toi. Tu sais, il y a de grandes chances qu'il soit là ce soir, il a discuté dix minutes avec l'architecte et le chef des travaux, il a un lien avec ce club...

— Raison de plus pour que tu sois au mieux, dit Katie.

Elle brandit brosse et sèche-cheveux dans chaque main comme un cow-boy ses deux flingues.

— Tu restes calme, ma Loulou ? On va tenter le défrisage...

Une demi-heure plus tard, Katie contempla son œuvre : rendus lisses, les cheveux de Louison lui arrivaient en bas des joues dans un petit carré stylé.

— C'est génial, s'exclama Louison, mais s'il faut que je me fasse ça tous les matins, je me lève à 5 heures...

— Séance maquillage maintenant, ordonna Katie et après tu vas essayer la robe que je t'ai apportée...

Les deux filles arrivèrent à la soirée sur les coups de 20 h 30. Le hall du club était rempli de monde, de grands buffets avaient été installés. Derrière ces tables aux belles nappes blanches, les serveurs ouvraient des bouteilles de vin et de champagne. Tous les notables de la ville, copains du maire, étaient présents ; Louison en reconnut beaucoup. Ce ne fut pas réciproque, ils ne l'avaient jamais calculée. Mme Migaux, dans une belle robe rouge à fleurs, gratifia Louison d'un : « Oh, c'est bien, vos cheveux comme ça ! » et lui présenta deux coachs sportifs tout juste engagés qui passaient près d'elles. Dans sa petite robe noire en cache-cœur qui mettait en avant son décolleté, Louison ne se sentait pas très à l'aise au milieu de tout ce monde et louchait sur le buffet avec l'envie irrépressible de s'empiffrer comme chaque fois qu'elle ressentait un stress. Katie glissa son bras sous le sien.

— Alors ? Il est là mister *hand kiss* ?

— Pas l'impression, marmonna Louison.

— Regarde les gens, peut-être, au lieu de fixer les toasts au fromage... Tu crois que je ne te vois pas ?

Louison rit et se retourna pour balayer la foule du regard.

— Attends, attends... *Nope !* Je ne le vois pas...

— Viens, on va se prendre un verre de vin en attendant, annonça Katie.

Les filles parvinrent à se frayer un chemin jusqu'au buffet où un serveur aux gants blancs leur tendit un verre de pinot noir.

— Ça va être magnifique ici ! s'exclama Katie en parcourant du regard la grande salle et la baie vitrée qui donnait sur la salle des machines. Je vais m'inscrire...

— Alors, je te conseille le Body Balance, s'amusa Louison en jouant les grandes professionnelles de l'endroit. Ce sont des cours qui associent exercices de yoga, tai-chi et Pilates. Avec ça, madame, vous allez renforcer vos cuisses, vos fessiers, vos abdos et vous étirer. En plus, les cours ont lieu à l'heure du déjeuner pour les gens qui travaillent...

— Super, rit Katie. Tu t'en sors bien, c'est convaincant...

— C'est vrai ? On ne voit pas que j'ai envie de me ruer sur les chips, quand je récite ça ?

— Non, non, ça va...

— Tiens, mais c'est ma copine du parc et de l'accueil, entendit Louison dans le brouhaha de la fête. Elle se retourna et avisa Florian, une coupe à la main, en costume bleu marine assorti à ses yeux, toujours sans cravate, les cheveux en pétard. Si Louison avait mis deux heures trente à se préparer, Florian, quant à lui, avait dû mettre deux minutes trente.

— Oh, vous allez bien ? demanda Louison, en dissimulant son trouble. Katie, je te présente Florian, dont je t'ai parlé... Mister *hand kiss*, dit-elle en abaissant la voix.

— Bonsoir, dit Katie en lui serrant la main. Je m'occupe de la com du club.

— Je sais, répondit l'énigmatique jeune homme.

Les deux filles échangèrent un regard. Mais qui était ce gars ?

— Churchill vous embrasse, reprit Florian, il vous fait une léchouille sur la joue.

— Quoi ? demanda Katie.

— C'est son labrador, expliqua Louison.

— Ah, d'accord ! Non, parce qu'elle était bizarre, cette phrase !

— Vous avez goûté le muscadet ? reprit Florian, en en demandant au serveur. C'est le seul vin au monde dont le cépage est le melon de Bourgogne, c'est pourquoi il est si délicat, si nuancé...

Le serveur lui tendit son verre.

— Je ne savais pas qu'on faisait du vin avec du melon, dit Louison en plongeant son regard dans celui de Florian.

— Moi non plus, renchérit Katie.

— Ce n'est pas un vrai melon, c'est une forme de raisin blanc qu'on appelle comme ça, dit-il dans un sourire aussi indulgent que craquant.

— Ah, OK ! dirent les filles en même temps.

Katie allait se lancer pour lui demander sa profession quand subitement la musique explosa les tympans des invités, interrompant le cours de sa pensée. Julia Stanford était en train de descendre les escaliers de son bureau à la grande salle sur *We Are the Champions*. Quelle entrée ! Louison put enfin mettre un visage sur cette voix entendue si souvent ces derniers jours. Elle était blonde, belle, paraissait dynamique, ou très tendue. Elle avait des faux airs de Calista Flockhart, l'héroïne d'*Ally McBeal*. Elle traversa la foule sous les applaudissements et les cris et monta sur une petite scène, installée pour l'occasion, avec un micro en pied. Musique et applaudissements cessèrent.

— Je vous remercie tous d'être venus si nombreux, commença-t-elle, émue.

Elle se lança alors dans l'historique du club, comment elle avait visité beaucoup d'endroits, et pourquoi elle était tombée amoureuse de ce lieu, en avait décelé tout de suite le grand potentiel. Elle réclama des applaudissements pour son architecte en chef, pendant que Louison se penchait à l'oreille de Katie.

— Alors, comment tu le trouves ?

Katie lança un regard en direction de Florian.

— C'est vrai qu'il a une bonne tête, murmura-t-elle à l'oreille de son amie.

— J'adore ses yeux. On a l'impression qu'ils comprennent l'humanité.

Julia remercia ses financiers, ses avocats, son père resté à Londres mais qui suivait l'avancée des travaux. Louison se pencha à nouveau vers l'oreille de Katie :

— Je pense qu'il est adorable et drôle...

La voix de Julia se fit plus forte encore dans le micro :

— Et puis, surtout, après des mois de stress et de galères en tout genre (les gens se mirent à crier, l'encourageant un peu fort)... Oui, oui, reprit-elle, essayez de monter votre club de fitness et vous verrez par vous-mêmes ! (Rires) Je voulais remercier l'homme de ma vie, sans qui rien de tout ça n'aurait été possible : M. Florian Lebert ! Flo, tu es où, *darling* ? s'écria-t-elle, en plaquant sa main sur ses sourcils comme une visière.

Florian posa son verre sur le buffet, tira sur sa veste et traversa la foule sous les applaudissements pour monter sur la petite scène. Julia lui tendit la main et Florian fit un petit salut, tel un comédien sur scène. Les joues roses d'émotion, Julia poursuivit :

— Je dois aussi vous dire que Florian travaille avec son père, qui possède un magnifique domaine viticole dans la région, près de Château-Thébaud, pour ceux qui connaissent, et c'est lui qui nous a fait parvenir des caisses de ce délicieux muscadet qu'il produit, merci à lui ! (Applaudissements et re-petit salut de Florian, main sur le cœur.) Voilà, comme je vous disais, c'est un magnifique domaine et j'espère que nous aurons l'occasion d'y faire une belle fête pour annoncer nos fiançailles...

— C'est prévu, *my lady*, dit Florian dans un grand sourire, en se rapprochant du micro.

— Et bien sûr, vous serez tous invités ! s'écria Julia.

Florian déposa un léger baiser sur la bouche de sa dulcinée sous les cris enthousiastes et les applaudissements de la foule. De tout le monde, sauf de deux personnes : Katie et Louison qui restaient immobiles, l'œil effaré, comme si on les avait mises sur pause. À l'arrêt. Puis, lentement, elles se retournèrent vers le buffet.

— Je crois qu'on a la réponse..., commença Katie.

— ... à toutes nos questions, termina Louison.

— Voilà, voilà, conclut Katie.

— Je vais reprendre un verre de vin, dit Louison au serveur.

— Moi aussi, renchérit Katie. Pas du muscadet, on s'en fout, on va rester au pinot noir...

— Exactement, on s'en fout du muscadet ! approuva Louison, un léger tremblement dans la voix. On s'en fout complètement ! C'est un vin séducteur, une sorte d'allumeur qui s'avère assez décevant... au final.

Une demi-heure plus tard, Katie, qui discutait avec des collègues de son agence, réalisa que Louison avait disparu. Elle entreprit de la chercher. Dans la plus grande salle de cours, une discothèque avait été aménagée (avec une bâche en plastique au sol) pour que les gens puissent danser. Katie imaginait mal Louison en train de s'éclater sur de la techno, mais ne la voyant plus dans son périmètre, elle se dirigea vers le coin boîte de nuit. Subitement, elle ressentit une forte pression sur le biceps droit. Katie se retourna et tomba sur le regard glacé de Julia qui ne lui lâcha pas le bras.

— Oh, Julia ! dit Katie. Super soirée, bravo pour votre speech, c'était...

— *A word !* dit l'Anglaise en mettant son majeur devant le visage de Katie – celle-ci comprit qu'elle avait « un mot » à lui dire.

La patronne du club l'entraîna vers les vestiaires sans desserrer la pression de sa poigne sur son bras. Elle ne la lâcha qu'une fois arrivée devant les grands miroirs des vestiaires femmes. On entendait les basses de la musique au loin.

— Qu'est-ce que c'est que ça ? Tu m'expliques ? s'écria Julia.

— Quoi donc ? répondit Katie, ahurie.

— La fille à l'accueil ! C'est quoi, ce petit laideron ? C'est tout ce que tu m'as trouvé ?

— Je ne vois pas ce que vous voulez dire ! Louison est très bien pour...

— T'es folle, ma parole ? s'énerva Julia. Et dire que je t'ai fait confiance, mais non, il faut que je fasse tout par moi-même, ici ! Tout, absolument tout ! J'avais tellement de soucis : un conteneur entier de tapis de sol bloqué au port du Havre, mes luminaires qui n'arrivaient pas, une fuite d'eau, ici, dans les douches, alors qu'elles sont neuves, ma piscine toujours pas finie, je me suis dit : OK pour ce poste, je fais confiance à Katie, elle m'a trouvé une perle, ce sont tes mots ! hurla-t-elle.

— Oui, et je les maintiens...

— Et qu'est-ce que je découvre ? *Oh, my God!* Moi, j'imaginais une fille comme toi, qui te ressemble, avec ta présence, ton physique... Tu ne m'avais pas dit que c'était ta sœur ou quelque chose comme ça ?

— Non, j'ai dit : Louison est comme une sœur pour moi ! s'écria Katie.

— Voilà, et moi, j'ai pensé qu'elle avait ton look, grande, mince, pas trop ingrate et qu'est-ce que je vois ? Pour l'accueil de MON club ? Une horreur ! Un tas de purin ! Un gros tas de purin ! répéta-t-elle.

Des vapeurs d'alcool émanaient de son haleine. Le vin blanc de son « fiancé » ? Plutôt du champagne. Katie l'observa, outrée.

— C'est vous qui êtes folle, ou bourrée, ou les deux, dit-elle en affrontant le regard de Julia.

— Je ne veux pas de ça chez moi ! reprit la patronne. Je n'en veux pas, c'est clair ! Quand je pense que cette idiote de Migaux lui a fait signer son contrat. Je lui avais dit d'attendre. Eh bien non, elle me fait du sabotage, celle-là aussi ! Maintenant, je suis prise au piège, enchaîna-t-elle en se massant le front. Si je la vire comme ça alors qu'elle n'a même pas commencé, elle peut me traîner en justice avec l'appui de ligues ou d'assos contre la grossophobie ou la mocheté-phobie... Très mauvaise pub pour mon endroit. *So, I finally got an idea* : elle va s'occuper de nos réseaux sociaux, elle fera ça de son canapé et personne ne la verra...

— Mais c'est Bruno, à l'agence, notre community manager qui s'occupe de la page Facebook du club, d'Instagram, Twitter et LinkedIn...

— Je m'en fous, refilez-lui tout ça... au tas. Vous lui expliquerez comment faire, ça lui fera un job et elle ne m'attaquera pas aux prud'hommes !

— Mais Louison ne travaille pas à l'agence, et puis ce n'est pas un boulot à plein temps de gérer les réseaux sociaux d'un club de...

— C'est moi qui la payerai, le moins possible évidemment, à mi-temps. Ça m'emmerde déjà bien, mais je limite la casse. Tu lui diras, hein ? C'est toi qui lui annonceras la nouvelle. Moi, je n'ai aucune envie de voir ta... *girlfriend*, siffla-t-elle, pleine d'ironie et de mépris.

Julia tourna les talons. La lourde porte des vestiaires se referma sans bruit après son départ, laissant Katie abasourdie devant les grands miroirs. Elle ouvrit le robinet, mit sa main sous le jet d'eau froide et s'en aspergea la nuque. Se redressant devant les glaces, Katie vit une des portes des toilettes s'ouvrir. Louison apparut avec un regard qui déchira le cœur de son amie.

— Oh non, oh, Loulou, je suis désolée ! s'écria Katie en se précipitant pour la serrer dans ses bras.

— Ça va, ne t'en fais pas, ce n'est pas de ta faute, j'encaisse bien, tu sais. Ma vie est un combat de boxe.

— Arrête ! dit Katie en la serrant plus fort. Tu ne donnes pas de coups, toi…

— Disons que mon talent consiste à me relever encore et toujours…

— Je suis tellement désolée, ma Loulou…

— Franchement, c'était moins pire que la mairie avec Odile et Hervé, la rassura Louison. Là-bas, c'était tous les deux en chœur, ici au moins, il y avait toi… Et puis, j'ai bu un peu de vin, j'ai la sensation de flotter, ça fait moins mal que d'habitude, je t'assure…

— Oui, mais demain ? demanda Katie.

— C'est un autre jour, répondit-elle.

Comment imaginer qu'il allait être encore pire ?

Le lendemain matin, un beau soleil frais éclairait la cuisine quand Louison y entra. Sa mère était attablée devant une tasse de café et, pour une fois, elle n'avait pas sa sempiternelle cigarette entre les doigts. Elle se plaignait de maux de tête carabinés en se massant les tempes. Louison refusa d'évoquer sa « placardisation » avant même d'avoir commencé son travail à l'accueil. Ce n'était pas le moment. Elle voulut appeler un médecin, Christine l'en dissuada : elle avait pris du paracétamol et ça allait passer. Mais en début d'après-midi, quand sa mère se mit à employer des mots à la place d'autres pour finalement s'écrouler au sol, Louison, paniquée, appela le SAMU. Une ambulance vint la chercher pour l'emmener en urgence à l'unité neurovasculaire du CHU de Nantes. Le résultat des examens fut sans appel : rupture d'anévrisme ayant entraîné un AVC hémorragique. Christine Cerfeuil souffrait d'hypertension artérielle depuis des années, fumait comme une locomotive de 1895 et avait entamé un début de diabète. Malgré ces éléments, l'annonce de son décès, à 17 h 32, fut si brutale que Louison s'évanouit dans le bureau du neurochirurgien et fut hospitalisée à son tour.

Troisième partie : La reconstruction

12 jours plus tard...

— Allez Louison, décroche ! supplia Katie.

À nouveau, elle tomba sur sa messagerie. Inutile de laisser un énième message. Katie balança son portable dans son sac et se rassit à son bureau. Devant elle, Bruno, le community manager de l'agence, leva la tête.

— Il faut qu'on la voie, dit-il, qu'on lui explique le boulot. Elle sait développer et fidéliser une clientèle sur les réseaux ? Elle sait comment obtenir le plus de likes et...

— Mais oui, le coupa Katie. Elle sait tout ça... On a fait nos études ensemble.

— Non, ce n'est pas que je suis inquiet, mais elle n'y est pas, elle, sur les réseaux...

— Non, effectivement. Elle sait que c'est un endroit où le harcèlement peut aller bon train et franchement, vu ce qu'elle a subi dans la vraie vie...

— T'arrives pas à la joindre, c'est ça ? demanda Bruno.

— Ça fait deux jours. La dernière fois que je l'ai vue, c'était à l'enterrement de sa mère. Elle tenait le coup. Sa tante et ses deux cousines sont venues de Saint-Nazaire pour passer la semaine chez elle. Elles l'ont aidée à faire tous les papiers, voir le notaire, etc. Mais depuis deux jours, elles sont reparties et Louison est seule chez elle avec le manque, la douleur. Elle a toujours vécu avec sa mère, t'imagines ?

— Ça doit être terrible, compatit Bruno. C'était si soudain, si inattendu. La vie...

Il évita le banal « ne tient qu'à un fil » et opta pour :

— ... est une belle vacherie ! À quelques mois de la retraite, comme ça, sans prévenir...

— Oui, approuva Katie en réfléchissant. Je vais aller faire un saut chez elle, je suis inquiète...

Katie se gara non loin de la maison des Cerfeuil. Le portail n'était pas fermé, elle le poussa et avisa les murs recouverts de lierre, elle traversa le petit jardin avec ses lauriers-roses en pot sur les côtés, son cèdre du Japon dont la mère de Louison était si fière. Les deux femmes avaient réussi à faire de ce petit espace un endroit plein de charme. La maison n'était pas très grande, une cuisine et un salon au rez-de-chaussée et deux chambres à l'étage, séparées par une grande salle de bains. Katie sonna plusieurs fois à la porte et prévint en haussant la voix :

— Louison, si tu n'ouvres pas, j'appelle les pompiers ! À trois, je les appelle, cria-t-elle en brandissant son portable. Un... deux... trois ! Bon, j'appelle ! Alors, heu... zut, c'est le 17 ou le 18 ? Je ne sais plus...

La porte s'ouvrit et Louison, les yeux gonflés, en pyjama, apparut. Katie la sermonna tout en la suivant dans le salon où apparemment, elle avait fait du canapé son lit. Comment allait-elle ? Pourquoi ne décrochait-elle pas ?

Louison se réfugia sous sa couverture installée sur le sofa devant la table basse.

— En fait, commença-t-elle. Je voulais mourir, moi aussi...

— Ah non, s'écria Katie. Pas question !

— Bah si, plus rien ne sert à rien. Je me suis dit que je pouvais sauter par la fenêtre mais j'ai qu'un rez-de-chaussée ou un premier étage, pas très haut, de quoi me fouler la cheville ou alors, dans le pire des cas et avec mon manque de bol légendaire, rester paralysée. Après, je me suis dit : je vais tenter le gaz et puis, je me suis rappelé qu'on n'a qu'une plaque électrique. Alors je me suis dit, il y a les somnifères de maman ; je trouve la plaquette de Zolpidem, il n'en restait que deux, j'ai pris les deux avec une gorgée de whisky pour mettre fin à mes jours, mais en fait, j'ai juste dormi comme une planche depuis avant-hier...

— Je ne veux pas t'entendre parler comme ça ! s'écria Katie. Tu vas te ressaisir ! De toute façon, tu n'auras pas le choix, je vais rester là avec toi...

— Arrête ! tu n'es pas obligée de faire du baby-sitting pour « ton petit laideron », c'est comme ça qu'elle m'a appelée, l'autre garce...

— Ne pense pas à elle, je veux que tu penses à toi maintenant...

— Elle a raison, de toute façon... Et puis, je n'aurais pas pu commencer à travailler le lundi avec ce qui est arrivé à ma mère le lendemain de sa soirée. Finalement, la vie n'est pas si mal faite...

— On s'occupe de ton travail avec Bruno, on alimente les réseaux, le temps que tu te remettes. Prends ton temps...

— Tu sais qu'elle m'a renvoyé un nouveau contrat, la garce, rit Louison, avec un salaire de misère...

— Je suis désolée, compatit Katie.

— Tu n'as jamais lu *Travelingue* de Marcel Aymé ? À un moment, il parle d'une bonne à tout faire et il écrit : « Comme elle était borgne, on la payait peu... » Cette phrase m'est revenue car elle me faisait penser à mon cas : « Comme elle était laide, on l'assigna à résidence pour un boulot bien débile et un demi-SMIC... »

— Si t'as besoin de sous, décréta Katie, il n'y a pas de soucis, je vais faire les courses déjà, et je...

— Non, la coupa Louison, je n'ai jamais payé de loyer de ma vie, j'ai de l'argent de côté. Ma mère avait fini de rembourser son crédit pour la maison il y a plus de dix ans et elle avait des économies, un peu, pour sa retraite, qu'elle ne verra jamais... Donc, ne t'en fais pas pour ça...

Katie remarqua les restes de pizza dans une grande boîte en carton sur la table basse.

— On va te retaper, ma Loulou, tu vas arrêter la malbouffe, pour commencer, te mettre à manger sainement, équilibré...

— Oh, gémit Louison. Juste au moment où j'ai envie d'étouffer sous le gras...

— Oui, et puis, ma Loulou, je voulais te dire une chose aussi, annonça Katie en s'emparant de sa paire de lunettes sur la table. Aujourd'hui, plus personne n'a de grosses lunettes cul-de-bouteille comme ça, plus personne ! Tout le monde a des lentilles ou s'est fait opérer !

— Ne touche pas mes lorgnons ! répondit Louison en lui reprenant ses lunettes. Je ne supporte pas les lentilles, j'ai essayé, une fois...

— Plus personne, insista Katie. Je vais te prendre rendez-vous avec mon ophtalmo.

— J'aime pas les opérations ! Ni des yeux ni du reste..., se lamenta Louison.

— Eh ben, ça va changer. Tout va changer, Loulou, crois-moi !

Katie observa les murs du salon. Si, dehors, le jardin était charmant, en revanche, l'intérieur de la maison paraissait figé dans le temps, le style des meubles était un peu vieillot, tout semblait usé...

— Qu'est-ce qui s'est passé ici, il y a eu un incendie ? demanda Katie. Regarde le plafond, là-bas dans le coin, il est noirâtre...

— Oh non, c'est la nicotine, ça, répondit Louison. Il y a quarante ans de clopes, ici, madame. Deux paquets par jour... Oh, ma pauvre maman !

— Mon Dieu...

— Oui, tous les murs, les rideaux sont noirs... C'est bien crado ! approuva Louison.

— Pendant qu'on va te retaper, on va aussi retaper ta petite maison, la faire repeindre entièrement, la rafraîchir, acheter de nouveaux rideaux, de nouveau meubles, la moderniser...

— Tu ne veux pas plutôt m'achever et raser ce taudis ? Comme ça, tout le monde passe à autre chose. Je ne manquerai à personne, je t'ass...

— Non, coupa Katie. On va tout remettre sur pied, plutôt.

Louison se cacha sous sa couverture.

— J'ai horreur des travaux, j'ai passé une semaine dans les travaux du club à la con de l'autre garce ! C'était plus pénible que la pluie et les mouches réunies !

— Mais après, c'est génial ! Je t'assure, Loulou ! Rien n'est immuable dans la vie. Tout peut s'améliorer. Aujourd'hui, pour toi, c'est comme entreprendre l'escalade de l'Himalaya en tongs, mais une fois que tu auras commencé, tu ne pourras plus t'arrêter...

Les peintres restèrent dix jours pour reblanchir la maison de fond en comble, ils avaient décidé qu'il fallait au moins trois couches. Les filles avaient sorti tous les meubles dans le jardin. Elles en nettoyaient certains, en jetaient d'autres et en commandaient de nouveaux sur Internet. Louison remplissait des sacs-poubelle entiers. De temps en temps, un bibelot évoquant des souvenirs avec sa mère la submergeait d'émotion et Katie était là, juste pour mettre son bras sur ses épaules. Tapis plein de trous de cigarettes, abat-jour noircis, rideaux et vieux matelas partirent à la décharge, une page se tournait dans la vie de Louison. Katie mit au point des menus pour la semaine, à base de poissons cuits à la vapeur et de légumes verts, Louison finit par les accepter et y prendre goût. Et puis, elle avait obtenu son rendez-vous avec l'ophtalmologiste, et comme la femme sut trouver les mots pour la rassurer, Louison accepta l'opération au laser de ses yeux.

Pendant ce temps-là...

À Well-Being & Tonic, Florian Lebert monta au premier étage et entra dans le bureau de sa fiancée.

— Ah, te voilà, *darling* ! s'écria Julia. J'ai failli attendre. Où veux-tu aller déjeuner ?

— C'est qui, cette fille, en bas, à l'accueil ? demanda Florian.

— Elle est mignonne, hein ? Je viens de l'engager. Une blondinette avec un petit nez retroussé, elle me ressemble un peu et...

— Où est passée Louison ? la coupa Florian.

— Chez elle ! répondit Julia. Et qu'elle n'en sorte pas, surtout ! Elle s'occupe de nos réseaux sociaux. Elle ne pouvait pas être à l'accueil de mon club, t'as vu sa gueule ?

— Je l'aimais bien, moi. Je la trouvais émouvante, dit Florian.

— *Most ugly girl ever seen*, persista Julia.

— On la sentait douce mais déterminée, réservée, timide aussi sûrement, mais réceptive à l'humour, ça se sentait. Elle manquait de confiance en elle ? C'est surtout dans les autres qu'elle devait en manquer et à raison, à mon avis...

— Je ne savais pas que tu la connaissais ! s'écria Julia, stupéfaite.

— Un peu... On a échangé deux, trois fois.

— T'aurais dû faire psy, mon cher Florian, au lieu de faire du vin. La psychanalyse y aurait gagné et le muscadet n'y aurait pas perdu grand-chose, rit-elle.

— Ah, parce que mon vin ne te plaît pas ?

— Disons qu'avec une douzaine d'huîtres, ça passe. Quoique, l'autre jour, quand j'ai bu le rince-doigts sans faire exprès, je n'ai pas vu de grande différence, en fait...

— Pardon ?! réagit Florian.

— Regarde les choses en face, tu ne fabriques pas du meursault, non plus !

— Tu sais quoi ? Finalement, je n'ai plus envie de déjeuner avec toi, je vais aller rejoindre mon labrador, il est plus agréable qu'une vipère...

— Comme tu veux...

Il tourna les talons et claqua la porte du bureau.

« Il reviendra… comme d'habitude », se rassura Julia, une fois seule.

L'opération des yeux se déroula très bien pour Louison. En quelques minutes et avec une anesthésie locale, le laser corrigea sa vue. Pour la première fois, elle percevait le monde à nu, sans ses loupes qui l'avaient accompagnée si longtemps. Elle-même redécouvrait ses yeux, qu'elle avait toujours vus plus petits qu'ils n'étaient. En réalité, ils avaient une belle taille, d'une couleur noisette, marron avec du vert ou du jaune dedans, selon la lumière. En revoyant son ophtalmo pour une visite post-opération, la chirurgienne lui lança à la fin de l'entretien :

— Tenez, je vous laisse la carte de visite de mon mari, il est orthodontiste. Allez le voir pour vos dents, il saura quoi faire.

Louison prit rendez-vous avec le dentiste, s'il était aussi doué que sa femme, elle ne souffrirait pas trop. Et puis elle éprouvait un sentiment de liberté comme jamais elle n'en avait ressenti. Katie avait raison, rien n'était immuable… Elle s'imagina une belle dentition, chose qu'elle n'avait jamais faite avant et eut du mal à la visualiser sur son visage.

La maison repeinte, avec ses nouvelles lampes, ses tapis, meubles et appareils électroménagers modernes, paraissait comme neuve. Katie s'était installée dans la chambre de sa mère, elle en avait fait une ravissante chambre d'ami avec un nouveau lit, de nouveaux cadres aux murs. Louison n'était pas pressée qu'elle s'en aille. *J'ai la meilleure meilleure amie au monde*, pensait-elle. Elle appréciait particulièrement leurs conversations, le soir, quand les filles préparaient leur « menu minceur ». Katie la retapait psychologiquement aussi, lui redonnait un peu confiance en elle.

— Loulou ? Figure-toi que j'ai eu Julia au téléphone ! s'écria Katie en provenance de la cuisine, alors que Louison venait de rentrer.

— Oh, comment va-t-elle, cette peste bubonique ? demanda Louison en accrochant son écharpe au portemanteau de l'entrée.

— Elle voudrait qu'on aille plus vite à supprimer les mauvais commentaires du club sur la page Facebook. C'est toi qui es modératrice maintenant. Elle pense que tu fais exprès de laisser passer les mauvais coms et de les garder assez longtemps pour que tout le monde ait le temps de les voir...

— Ce n'est pas faux ! rit Louison. En fait, je corrige juste les fautes d'orthographe.

Dans le salon, elle s'empara de son ordinateur et s'installa devant.

— Mais si ce que racontent les gens est vrai ? Je suis obligée de les virer quand même ? demanda Louison. Ce ne sont pas des appels à la haine, personne ne la menace...

— Tu vires tous les commentaires qui disent autre chose que le club est génial, ironisa Katie.

— Elle peut se brosser !

Sur la page du club, elle relut les dernières observations de clients :

De Isabelle C.

« Super la clim bien gelée qui t'arrive droit sur la nuque en sueur pendant les cours hyper cardio ! J'ai eu 39,8 °C toute la semaine, bande de cons ! Et puis cette musique à fond aussi, j'ai un acouphène à l'oreille gauche maintenant, je suis sûre que c'est à cause de ça ! Et ça s'appelle Well-Being : bien-être, ouais bien sûr ! Tu passes à deux doigts de la mort et tu deviens sourd en plus ! »

Celui-là, je le laisse, pensa Louison, *je l'aime bien.*

De Marc V.

« Jeudi dernier, j'ai oublié le cadenas de mon casier. Je reviens une heure après, on m'avait piqué mon casque de moto ! Un club prétentieux, snob qui se veut sélect, ahahahah ! En réalité, il y a que des crevards qui ne peuvent même pas se payer un casque ! Je vous conchie tous autant que vous êtes, là-dedans ! »

Ben, celui-là est pas mal non plus, c'est un peu ce que je pense aussi, songea Louison.

De Jean-François L.

Le prof de Body Combat est un vrai psychopathe. J'avais pourtant bien signalé à ce taré que j'avais une tendinite, eh bien, mon kiné vient de me le confirmer : il me l'a sérieusement aggravée, j'en ai pour six mois de plus, minimum ! Je vais lui envoyer les factures...

Etc.

— Je suis désolée, cria Louison pour que Katie l'entende, mais les gens ont encore le droit de dire ce qu'ils pensent, non ? Il y a toujours une liberté d'expression dans ce pays ?

— De moins en moins, répondit Katie en arrivant avec deux assiettes qu'elle disposa sur la table basse. Et puis, avec Julia, c'est plutôt la dictature.

— Je ne supprimerai pas les coms qui la dérangent ou qui ne vont pas dans son sens, qu'elle aille se faire cuire le cul ! annonça Louison en refermant son Mac. Tu as préparé le dîner ?

— Oui, salade d'avocat, crevettes et pamplemousse, et puis cabillaud avec de la ratatouille...

— Qu'est-ce que je ferais sans toi ? Je t'aime si fort...

— Comment ça s'est passé chez l'ophtalmo ?

— Super, je vais me faire refaire les dents !

Une nouveauté de plus s'intégra dans la vie de Louison : elle s'était mise à courir. Son recadrage nutritionnel ayant commencé à porter ses fruits puisqu'elle avait perdu quatre kilos, elle avait décidé d'accélérer au maximum le processus et s'était mise au running dans les bois voisins. En maudissant Julia et son club, elle courait, cavalait comme une dératée au milieu des pins. Elle n'avait pas besoin de Body machin, Body trucmuche... Ça ne coûtait pas un rond et c'était tout aussi efficace. Elle courait le plus longtemps possible avec la rage au ventre. Ses efforts étaient pour elle et elle seule. Elle avait enfin trouvé l'égoïste courage de se prendre en main. Elle voulait se plaire devant un miroir et se féliciter.

En ce qui concernait le dentiste, son constat fut sans appel. La radio du chantier entre les mains, le mari de l'ophtalmo déclara qu'il fallait tout « péter » pour tout refaire. Sept facettes en haut, six en bas. Mais pourquoi diable n'avait-elle pas porté des bagues pendant son adolescence ? Qui peut laisser une dentition dans cet état aussi longtemps ? Dépitée, Louison avoua que son dentiste de l'époque lui en avait bien parlé, effectivement, mais qu'elle n'avait pas donné suite. Elle pensait être encore plus moquée ou harcelée avec des bagues. Et puis, ça faisait mal en plus...

Aujourd'hui, ce qui faisait mal, c'était le devis que lui remit le chirurgien-dentiste. Si la remise à neuf de la maison avait bien entamé le pécule de sa mère, à présent, avec la note de ses futures nouvelles dents, elle explosait une bonne partie de l'héritage, mais tant pis, Katie avait raison, Louison avait commencé et n'arrivait plus à s'arrêter...

Pendant ce temps-là...

Florian entra dans le restaurant et avisa la table où l'attendait Julia. Elle était en train de lire le menu. Florian inspira un grand coup avant de se diriger vers elle. Il tira la chaise et prit place sans l'embrasser.

— T'as fini de bouder, *darling* ? ironisa Julia.

— Je n'aime pas cette expression ; non, je ne « boude » pas, madame, simplement, j'évite de parler quand je n'ai rien à dire...

— Ah bon ? T'as rien à me dire ?

— Ben, commença-t-il, en ce moment pas grand-chose, non. Je trouve que tu as changé depuis que tu as monté ce club…

— Je travaille quinze heures par jour ! s'offusqua Julia.

— En dehors du fait que l'on se voit beaucoup moins, tu es devenue dure, je trouve, agressive, hyper désobligeante, lui avoua Florian. Tu t'adresses aux gens comme s'ils étaient tes larbins, tu les traites avec une telle condescendance. Écoute-toi, regarde ce que tu as fait à cette fille qui devait travailler à l'accueil !

— Oh, c'est pas vrai, ça recommence ! Voilà, ça y est, je l'ai visualisée, tu m'as coupé l'appétit, t'es content ? s'écria Julia, en fermant le menu pour le balancer sur la nappe.

— Alors, d'accord, elle était originale physiquement…

— Originale, *that freak* ? dit-elle, les yeux exorbités.

— Mais de là à la recaler comme tu l'as fait, à la dégager comme une…

— Elle aurait été recalée chez les épouvantails à corbeaux, coupa Julia.

— C'est sûr, elle ne correspond pas à tes codes esthétiques !

— Les codes esthétiques, c'est la société qui les met en place, les hommes plus exactement. Je te signale que c'est vous qui mettez des bonnes et mauvaises notes sur l'échelle de la bandaison.

— Et tout le monde ne s'y soumet pas. Qu'est-ce qu'un être humain libre ?

Julia déposa une olive dans sa bouche à l'aide d'un petit bâton et se mit à réfléchir quelques secondes. Puis, décrétant qu'elle n'était pas en train de passer l'oral de philo, elle préféra changer de sujet.

— Dis donc, toi, j'ai une question à te poser. Pourquoi tu ne t'es toujours pas inscrit à mon club ?

— …

— Tu en es content, de ta petite bouée qui s'installe jour après jour autour de ton ventre ? demanda-t-elle, perfide.

— Ah, ça y est, je ne te plais plus, répondit-il. Il y a encore quelques mois, j'étais le plus beau des hommes…

— Tu prends du bide, Florian ! Ça doit être ton vin, ça… Toi et ton père, vous ne faites pas que le goûter !

— Tu sais quoi, dit-il en lançant sa serviette roulée en boule sur la table, je vais aller déjeuner avec mon labrador, il est cent fois moins pénible…

Il se leva, tourna les talons et sortit du restaurant.

« Il reviendra… comme d'habitude », se rassura Julia, une fois seule.

Quelque temps plus tard

Après avoir porté les provisoires, Louison accueillit avec bonheur la mise en place définitive de ses nouvelles dents, parfaitement alignées, incroyablement blanches. Elle n'en revenait pas : elle arborait les plus belles dents qu'elle-même n'avait jamais vues. À Hollywood, peut-être ! Elle ne s'arrêtait plus de sourire devant le petit miroir que le dentiste venait de lui tendre. Il fallait qu'elle réapprenne à sourire et à rire comme ça, toutes dents dehors !

— Vous allez l'user ! s'exclama le dentiste en parlant du miroir.

— C'est dingue ! Les provisoires étaient bien déjà mais celles-là ! Wahou ! Bravo ! Mes yeux sont très bien maintenant grâce à votre femme, mes dents sont fabuleuses, le problème maintenant, c'est mon nez ! On ne voit plus que lui ! Avant, il y avait deux trucs moches, en haut et en bas, mon gros pif était cohérent avec tout le reste, mais maintenant au milieu de deux perfections, je le redécouvre encore plus bossu et affreux qu'il n'est… Hou ! Qu'il fait tache dans ce nouveau décor !

— Je vais vous donner le numéro d'une amie, chirurgienne esthétique. Sa clinique est à Nantes. J'ai fait ma première année de médecine avec elle, c'est une amie de vingt ans. Elle est excellente et c'est un génie dans son domaine : la rhinoplastie.

Louison rentra sur les coups de 18 heures. Katie était dans le salon, les jambes étendues, chaussettes sur la table basse, son ordinateur sur les genoux.

— J'ai eu Julia au téléphone, s'écria-t-elle en entendant Louison.

— Oh, comment va-t-elle, cet abcès purulent ? demanda Louison en accrochant son blouson sur le portemanteau.

— On a une nouvelle vidéo de cinq minutes d'un cours d'abdos-fessiers à mettre sur la page Facebook et Insta. Je viens de la télécharger sur la chaîne YouTube du club, tu n'as plus qu'à la partager, dit Katie.

— OK, je m'y mets ! lança Louison en s'asseyant près d'elle pour lui prendre l'ordinateur.

— Sinon, elle n'est pas contente, elle dit que les commentaires malveillants sont toujours là, elle trouve que tu es une très mauvaise modératrice.

— Ce n'est pas vrai ! Ce matin, j'ai viré et bloqué deux mecs qui nous avaient envoyé une photo de leur pénis ! Pour ce que je suis payée, j'ai fait le job !

— Je ne comprendrai jamais ça, pourquoi des types ont besoin de faire ça ? dit Katie.

— Ça, moi non plus ! Ça reste un mystère, approuva Louison.

— Peut-être, réfléchit Katie, que certains gars ont besoin de nous envoyer une IRM de leur cerveau...

— Ça doit être ça ! rit Louison.

— Oh, ma Loulou, il est magnifique ton sourire ! Comment ça s'est passé chez le dentiste ?

— Super, je vais me faire refaire le nez !

Deux heures plus tard, alors que les filles finissaient de dîner, Louison débarrassa. Dans la cuisine, elle fit chauffer de l'eau afin de prendre sa tisane bio brûle-graisse à la vanille.

Restée dans le salon, Katie rouvrit son ordinateur sur la table basse.

Soudain, Louison l'entendit crier :

— Loulou, viens voir ça !

Elle se précipita :

— Qu'est-ce qu'il se passe ?

— Je suis sur la page du club, je regardais si les gens s'étaient exprimés sous la vidéo et « ton » Florian, le mec de Julia, a écrit un truc. Rien à voir avec le cours d'abdos-fessiers. C'est une sorte de poème, regarde.

Louison s'assit à côté d'elle et lut :

De Florian Lebert :
« J'aime les mains tendues
Tu aimes les coups tordus
Souvent, tu m'as reproché ma naïveté
Et moi, je n'ai pas vu ta méchanceté
Qu'est-ce qui m'a plu chez toi ?
Qu'est-ce qui t'a plu chez moi ?
Je me demande, je me demande...
On dit que l'intelligence, c'est créer des liens,
Toi, tu les tords, les coupes d'un revers de main
Tu passes tes nerfs sur les gens, souvent les plus fragiles
Tu humilies, dévalorises, rabaisses et déverses ta bile
Tu n'étais pas comme ça, avant...
Je ne t'ai pas vue comme ça, avant...
Avant tu n'étais qu'optimisme et espoir
Ta crinière de feu m'embrasait le soir
Je t'enlaçais fougueux dans le noir
N'ayant qu'une idée en tête : te revoir
Je ne ressens plus la flèche de Cupidon
Je ne reçois que des flèches de poison
Je m'écroule, déçu, dépité, découragé
Me demande juste : que s'est-il passé ?
Où t'en es-tu allée ma beauté, mon aimée ? »

— Punaise ! commenta Louison, ahurie.

— Il y a de l'eau dans le gaz ! réagit Katie.

— Tu m'étonnes ! s'écria Louison.

— Les carottes sont cuites ! jubila son amie.

— Mais je ne comprends pas, commença Louison, s'il lui écrit une sorte de poème pour lui dire à quel point il est malheureux, pourquoi il ne lui envoie pas directement par e-mail ou SMS ? Pourquoi passer par la page Facebook du club ? C'est hyper privé, ce genre de trucs, non ? Enfin, je ne sais pas, je n'ai pas trop les codes du couple. Je suis croyante mais pas pratiquante dans ce domaine...

— Peut-être qu'il veut que leurs amis le lisent. Il a envie de faire passer un message : « Les copains, si vous pensiez être bientôt invités dans mon domaine viticole pour une grande fiesta de fiançailles, où on aurait tous fini pompette au muscadet, sachez que ce n'est pas demain, la veille ! Désolé les amis, ma British me sort par les trous de nez ! Je l'ai dit élégamment, en faisant des rimes et tout, mais les faits sont là ! »

— « Tu humilies, dévalorises, rabaisses, déverses ta bile », relut Louison. C'est peu de le dire. Si tu veux, je peux t'en parler des heures, cher Florian.

— Tu penses qu'il est toujours amoureux d'elle ? demanda Katie. Je n'ai pas l'impression, moi... Je pense que c'est fini, non ?

— Je ne sais pas, on a la sensation qu'il aimerait la retrouver comme quand il l'a connue. Mais elle avait déjà ce caractère-là. Elle l'a caché, c'est tout ! Maintenant le naturel revient au galop, elle ne fait même plus d'efforts, elle s'en tape !

— Et s'il avait mis son poème là pour que tu le lises ? Il sait que tu vas le voir ! T'imagines ? Le message, il est pour toi, en fait...

Les nouveaux yeux de Louison s'agrandirent...

Quelque temps plus tard…

Louison resserra la ceinture de son manteau ; quand on a perdu treize kilos, ce n'est pas un manteau qui va vous empêcher d'afficher votre nouvelle taille. Elle plongea la main dans les poches, à la recherche de ses gants, avant de traverser la rue. On était mi-décembre, un vent glacé tourbillonnait dans les airs. Il allait peut-être neiger. Les boutiques arboraient leurs décorations de Noël, leurs guirlandes scintillantes et boules dorées encadraient les vitrines comme des tableaux. Son opération du nez s'était bien déroulée, elle avait encore un léger pansement dessus. Les bleus s'estompaient peu à peu et elle usait les miroirs à se regarder dedans ; elle n'en revenait pas : elle avait un petit nez tout fin et droit. Et là, cela changeait réellement les traits de son visage. Elle était quelqu'un d'autre. La chirurgienne l'avait prévenue, les changements physiques à ce niveau-là modifiaient la personnalité. D'ingrate physiquement à belle, le caractère allait s'adapter aussi. Louison était résolument prête à avoir le caractère d'une belle, à redresser la tête, à s'affirmer. Elle poussa la porte du coiffeur, il lui restait une chose à faire : un défrisage professionnel permanent.

Emporté par son élan, le coiffeur, qui était aussi coloriste et visagiste, lui fit, en plus du lissage, une couleur : une sorte d'auburn mêlé à du caramel qui adoucissait ses nouveaux traits. Comme Louison ne cessait d'afficher un sourire béat, il lui posa aussi quelques extensions qui lui arrivaient au niveau des épaules. Elle avait quasiment la coupe de Katie, avec ses baguettes qui heurtaient ses épaules quand elle marchait. De la dopamine et des endorphines se libéraient dans son cerveau, Louison n'aurait jamais imaginé être au bord de l'orgasme en se regardant dans les grandes glaces d'un salon de coiffure. Ses pieds retrouvèrent le sol au moment de payer. Elle, qui n'avait jamais été chez le coiffeur de sa vie, eut la sensation de s'acquitter d'un seul coup de toutes ces années manquantes.

Elle sortit sur les coups de 18 heures, la nuit était tombée et de légers flocons commençaient à en faire autant. Il fallait qu'elle se prépare psychologiquement à passer le premier Noël sans sa mère, et puis Katie allait bientôt rentrer chez elle aussi, probablement en janvier, c'est ce qu'elle lui avait dit et…

— Oh, mademoiselle vous êtes ravissante, je peux vous offrir un verre ? entendit-elle derrière elle.

Mais non, après le harcèlement moral quand vous étiez moche, voilà qu'arrivait le harcèlement de rue quand vous ne l'étiez plus. Louison se retourna, des éclairs dans les yeux.

— Fred ? s'exclama-t-elle en reconnaissant son premier petit copain, le jardinier.

Un mufle. Un abruti, un cauchemar de plus.

Lui resta interloqué :

— On se connaît ? demanda-t-il.

— Ben enfin, Fred, c'est moi, Louison…

— …

— On était ensemble, il y a dix ans ! s'écria-t-elle.

— Louison de la mairie ? reprit-il.

— Oui. Je n'y travaille plus, mais oui, rétorqua Louison dans un grand sourire.

— Non, elle n'était pas comme ça, dit Fred en examinant son visage, elle n'était pas… comme ça… Ah ça, non…

— Et tu vois, je suis ravie que finalement t'aies envie de m'offrir un coup à boire parce que quand on était ensemble, tu faisais tout, je dis bien tout, pour qu'on ne soit pas vus tous les deux. Jamais de café, de bistrots, de ciné, même pas le Quick du coin, rien ! Et là, subitement, en pleine rue, dix ans plus tard, ô miracle ! Je me dis que tout arrive à qui sait attendre ! Sauf que là, je n'ai plus envie mais alors plus du tout ! Et je ne savais pas que tu draguais comme un lourdaud en manque sur les trottoirs, ce n'est pas du tout sexy, ça… hou, berk ! Allez, fume ta bite et bon Noël !

Elle le planta là pour traverser la rue, le laissant stupéfait sur le trottoir.

Deux jours plus tard, comme chaque semaine, Louison se rendit au cimetière. Elle n'avait plus de pansement sur le nez, et Katie, qui lui apprenait à se maquiller chaque jour, lui avait étalé un peu de fond de teint sur les joues, mis en valeur ses cils à l'aide de Rimmel noir. Chaque semaine, devant la tombe de sa mère, Louison lui racontait les nouveaux changements dans la maison et ceux de son visage. Elle avait besoin de l'approbation de sa mère, même décédée. En général, bien que la tombe restât de marbre, Louison en était sûre, sa mère la soutenait. Aujourd'hui, tout était terminé. La maison était flambant neuve, vraiment mignonne et Louison était... une autre Louison, comme la maison.

— Tu vois, Maman, comme on était hyper contentes du nouveau frigo, on a changé la machine à laver aussi, je pense qu'elle avait mon âge. On en a une nouvelle, elle est sublime et elle sèche aussi. Ne t'inquiète pas, Maman, je ne dilapide pas l'héritage, j'ai pris la carte Darty, je rembourse tous les...

Louison s'arrêta net. Dans l'allée du cimetière, elle venait de voir passer une silhouette. Ô combien reconnaissable : un long loden noir et des cheveux en pétard. Florian ! Il s'arrêta devant une tombe et y déposa un bouquet de roses blanches. Elle eut envie de courir au ralenti vers lui, mais le lieu étant loin d'être une plage de sable fin au coucher du soleil, elle s'abstint. Elle aurait aimé le serrer dans ses bras et lui murmurer à l'oreille : « J'ai lu ton poème, il m'a renversée, submergée... »

À présent, elle regrettait de ne pas avoir répondu. Mais que pouvait-elle dire ? Des commentaires, Florian en avait récolté de la part des internautes ! Juste à la suite de ses quelques vers, l'on pouvait lire le narquois sans surmoi :

« Eh dis donc, Gogol, c'est la page d'un club de sport, pas le club des poètes dépressifs, tu t'es gouré d'endroit, mon gars... »

Le tatillon :

« C'est pas mal mais il n'y a pas le même nombre de pieds partout, c'est un peu bancal. Il y a qu'un seul quatrain de valable en fait, etc. »

Le mélomane :

« C'est quoi, ce truc ? La dernière chanson d'Obispo ? »

La conseillère conjugale :

« Si cette femme est vraiment méchante, il faut la quitter. Vos beaux souvenirs ne sont que des souvenirs. Sachez qu'ils ne reviendront pas, etc. »

Louison n'avait rien dit. Elle avait laissé passer. Peut-être aurait-elle pu lui envoyer un petit mot dans sa messagerie privée ?

« Salut, Florian, ravie d'apprendre que ça bat de l'aile entre toi et ta hyène anglaise ! Tiens, si tu veux, je te laisse mon numéro, etc. »

Mais l'ancienne Louison n'aurait jamais pu écrire ça.

Sans bruit, elle fit quelques pas dans l'allée en direction de Florian. Elle pouvait tout de même aller le saluer, aujourd'hui. Il semblait concentré, la tête baissée. Louison s'avança. Se rapprochant pas à pas, elle put déchiffrer le nom sur la tombe : Jacqueline Lebert. Ainsi, lui aussi avait perdu sa mère, moins récemment que Louison, l'année dernière apparemment. Florian embrassa ses doigts et s'abaissa pour toucher la tombe maternelle, y laissant son baiser. Il arrangea les fleurs une dernière fois, recula de quelques pas, puis se retourna et manqua de rentrer dans Louison.

— Oh pardon ! dit-il.

Leurs regards se croisèrent mais Florian ne réagit pas. Il remonta le col de son manteau et se dirigea vers la sortie. Il ne l'avait pas reconnue.

Oh, ce n'est pas vrai, ça fait deux fois ! songea Louison. Ce coup-ci, décidée à ne pas le laisser s'échapper, elle accéléra le pas pour le rattraper. Il marchait vite et elle se mit à trottiner. Subitement, elle crut entendre la voix de sa mère : « Louison, on ne court pas derrière les garçons, ce n'est pas parce que tu es devenue jolie que tu dois te conduire comme une saute-au-paf ! »

— Florian ! l'appela-t-elle.

Il s'arrêta et se retourna.

— C'est moi, Louison, dit-elle en arrivant à sa hauteur. On s'était rencontrés au club, je devais bosser à l'accueil et puis, en fait...

Il écarquilla les yeux de longues secondes en la dévisageant.

— Mais non... Qu'est-ce qui s'est passé ? T'as drôlement changé !

— Oui, oh, je me suis fait refaire le nez. C'est vrai que ça change pas mal, l'ancien n'était pas top..., expliqua-t-elle en omettant tout le reste.

— Ah oui, dis donc, ça change vraiment... bien...

Son regard la balaya des pieds à la tête.

— T'as minci aussi, non ?

— Oui.

— C'est... incroyable ! C'est sacrément réussi. C'est fou ! Et tes cheveux, ils n'étaient pas comme ça ?

— Oh ça, un petit brushing, expliqua-t-elle en omettant tout le reste. T'as le temps d'aller prendre un café ? demanda-t-elle.

Elle l'avait tenté comme on se jette d'une falaise.

— Heu... d'accord !

Un café qui se prolongea, qui se changea en verre de vin en début de soirée. Ils parlèrent en oubliant l'heure, la météo et le boulot. Ils évoquèrent la perte d'une mère, celle de Florian était morte l'année précédente d'un cancer. Comme elle, Florian était enfant unique, il vivait avec son père. Le domaine viticole se composant de deux maisons, il avait la sienne devant ses vignes. Ils passèrent en revue les relations humaines, celles qui naissent, celles qui se renforcent, celles qui se distendent, celles qui se noient. Dans son histoire actuelle, Florian en était à « bonne distanciation juste avant la noyade ». Il semblait perdu. *A contrario*, Louison s'était trouvée après une reconstruction physique et mentale qu'elle devait en grande partie à son amie Katie, une main tendue dans la lumière, de celles qui vous sortent du fond du puits. Ils retracèrent leurs parcours et firent un bilan de leurs vies, tout en riant beaucoup malgré les coups durs. Florian saisissait la vie en la décalant juste ce qu'il faut pour en rire de peur d'en pleurer. Il avait du recul sur les choses, plaisantait, décelait l'humour en toute situation, se l'appliquait à lui-même en maniant l'autodérision. Il y arrivait d'autant plus facilement en présence de la bienveillance, d'une certaine forme de bonté, ce genre de chose qu'il avait tout de suite détecté chez Louison. La façon dont sa « fiancée » l'avait traitée l'avait beaucoup choqué. Louison lui avoua qu'elle avait touché le fond de la piscine avec Julia, mais elle avait trouvé la force de donner un coup de pied au fond pour remonter.

— Tu sais qu'elle organise une fête au club pour Noël ? lui apprit Florian. Le 22. Elle ne t'a pas invitée ?

— Ah non, répondit Louison.

— Tu travailles toujours pour elle, pourtant...

— Oui, mais ce n'est pas très grave, tu sais. Les fêtes de Julia, elles sont rangées dans la partie « Traumas et cauchemars en série » dans mon cerveau, donc...

— C'est là qu'il faut que je range mon histoire avec elle, rit Florian en sortant son portefeuille de la poche interne de sa veste.

Il régla les consommations. Quand ils sortirent du café, la nuit était tombée, ils avaient discuté sans relâche pendant trois heures. Ils se regardèrent en souriant sur le trottoir.

— Bon ben, merci, commença Louison en se frottant les mains dans le froid.

— Oui, à bientôt...

— Voilà...

Florian s'approcha d'elle pour déposer une bise sur sa joue, il respira sa peau, l'effleurant du bout du nez, puis ses lèvres glissèrent jusqu'à sa bouche. Il l'embrassa en pleine rue, un vrai baiser de cinéma, Louison ferma les yeux et enlaça son cou, laissant une main derrière la nuque de Florian.

Doucement, leurs bouches se séparèrent :

— Tu ne veux pas qu'on dîne demain soir ? demanda Florian.

— Ah, si, si, je veux bien ! s'entendit-elle répondre.

* * *

— Il faut que je répète mon play-back ! s'écria Julia en descendant les escaliers de son bureau, c'est une surprise pour Florian !

Dans le hall, déjà bien chargé en guirlandes, boules, étoiles scintillantes, luminaires, Père Noël, traîneaux, rennes, lutins verts, l'immense sapin décoré clignotait pour la fête de ce soir.

— Il y a toujours des tensions entre vous et votre fiancé ? lui demanda Mme Migaux qui l'avait suivie.

— Il n'y en a plus depuis cinq jours, répondit la patronne des lieux

— Ah, je suis ravie de l'apprendre !

— Non, ça fait cinq jours que j'appelle et qu'il ne décroche pas. Cinq jours que je laisse des messages et qu'il ne rappelle pas. Il n'y a plus de tensions, vu qu'il n'y a plus rien !

— Ah, mais vous êtes sûre qu'il sera là ce soir ? demanda Mme Migaux.

— Il viendra, assura-t-elle. Il revient toujours... Et avec la surprise que je lui prépare, il ne repartira plus. Il annoncera nos fiançailles avec une date officielle enfin ! Depuis le temps que j'attends cette date...

— Vous êtes sûre ? demanda Mme Migaux.

— Mais oui, restons optimistes ! J'en suis certaine ! Bon, il est où le micro ? demanda-t-elle au DJ qui installait son matériel.

Depuis leur premier dîner magique, Florian passait toutes ses nuits avec Louison à « la maison des filles », comme il l'appelait. Il s'entendait très bien avec Katie et le trio fonctionnait à merveille.

Dans le salon, un mug de thé à la cannelle dans une main, Katie observa son téléphone portable de l'autre.

— Ça fait deux fois que je reçois l'invitation pour le Noël au club, déclara-elle.

— Je la reçois tous les jours, répondit Florian.

— Ravie de n'avoir rien reçu, dit Louison en replaçant une guirlande lumineuse autour du sapin.

— Toute mon agence y va, reprit Katie, je ne peux pas la planter sans explication...

— À propos d'explication... Je crois bien que je lui en dois une, réfléchit Florian.

Tous deux observèrent Louison.

— Si on y va, tu viens avec nous ! lança Katie

— Obligé ! approuva Florian.

— Jamais ! répondit Louison, vous m'entendez ? Jamais ! Je préfère encore me jeter dans la Loire qui doit être à quatre degrés en ce moment !

Ils débarquèrent tous les trois un peu avant 21 heures à la soirée du club de gym. La grande salle chargée en décorations de Noël se remplissait de monde et Julia qui soignait si bien ses entrées n'avait pas encore fait son apparition. Mme Migaux, bonnet rouge de Noël sur la tête, passa à côté de Louison et lui adressa un sourire poli sans la reconnaître. L'ambiance était plutôt joyeuse, on sentait que les gens présents, les profs de fitness en l'occurrence, se connaissaient et se fréquentaient tous les jours, contrairement à la première soirée plus guindée où tout le monde se découvrait timidement. Louison eut un pincement au cœur de ne pas faire partie de l'équipe. Elle inspira, chassa ses pensées tristes et fit tinter sa coupe de champagne contre celle de Katie. Dans leurs robes pailletées, les filles ressemblaient à deux sœurs. Louison avait un léger nœud au ventre. Qu'est-ce que Florian avait l'intention de dire à Julia ? Elle lui avait posé la question, il avait juste répondu : « Ne t'inquiète pas ! »

Subitement, les premières notes de *All I Want for Christmas Is You* recouvrirent le brouhaha de la foule. La voix puissante de Mariah Carey fit trembler les enceintes et les murs ; une couronne de branches de houx tomba au sol. Tous les profs de fitness, pantalon blanc scintillant et haut rouge, se réunirent au milieu de la salle et se lancèrent ensemble dans une chorégraphie endiablée sous les cris de joie de la centaine de personnes présentes. Près du buffet, Katie se mit à danser aussi, improvisant sa propre choré. Louison sentit un bras passer autour de sa (nouvelle) taille. Florian se rapprocha d'elle et lui glissa à l'oreille en même temps que Mariah :

— *All I want for Christmas is you...*

Puis, il l'embrassa dans la foulée. De l'autre côté de la salle, Mme Migaux surprit ce baiser et observa le nouveau couple, la bouche ouverte. Elle attrapa une serviette en papier sur le buffet et s'essuya le front avec, sous son bonnet de Noël.

Subitement, les danseurs se dirigèrent en direction de l'escalier. La chorégraphie se poursuivit sur deux files autour des marches et, au milieu, Julia fit son entrée ! Elle descendit, telle une vedette de l'Alcazar, robe rouge en velours et long boa rouge autour du cou, et traversa la salle, en exécutant quelques pas avec ses danseurs. Le public se mit à crier de plus belle, sauf trois personnes.

À la fin de la chanson, elle monta sur la petite scène et remercia ses invités d'être venus si nombreux. Puis, prenant tout le monde à témoin, elle déclara qu'elle avait un message personnel à faire passer. Un message en forme de chanson pour quelqu'un qui lui « tenait beaucoup à cœur », annonça-t-elle émue, la main sur le sein gauche. Quelqu'un qui s'était éloigné depuis quelque temps et sans qui la vie n'avait pas le même goût. Les lumières se tamisèrent pour ne laisser place qu'à un projecteur sur Julia. Des notes se firent entendre, tout le monde reconnut la chanson : *Pour que tu m'aimes encore*, de Céline Dion. Micro à la main, Julia descendit de la petite scène et entama son play-back en traversant la salle, pour se diriger vers Florian.

J'irai chercher ton cœur si tu l'emportes ailleurs
Même si dans tes danses d'autres dansent tes heures
J'irai chercher ton âme dans les froids dans les flammes
Je te jetterai des sorts pour que tu m'aimes encore...

Elle grimaçait comme si elle chantait réellement. Elle s'arrêta devant Florian et lui prit la main. Lui semblait ne plus savoir où se mettre, il ne bougeait pas, tétanisé, l'œil rond. Droite, à ses côtés, la nouvelle Louison, méconnaissable, ne bougeait pas non plus. Peut-être regrettait-elle de ne pas être en train de faire un crawl dans la Loire, comme elle l'avait suggéré.

Je trouverai des langages pour chanter tes louanges
Je ferai nos bagages pour d'infinies vendanges
Les formules magiques des marabouts d'Afrique
Je les dirai sans remords pour que tu m'aimes encore

Sans que personne ne la voie, Katie s'éloigna du buffet et se dirigea vers le DJ. En bas de ses platines, tout son matériel était relié au sol dans un coin de la pièce sur une prise multiple. La prise multiple était reliée à une prise murale.

Je m'inventerai reine pour que tu me retiennes
Je me ferai nouvelle pour que le feu reprenne
Je deviendrai ces autres qui te donnent du plaisir
Vos jeux seront les nôtres si tel est ton désir

Katie prit son élan et balança un grand coup de pied dans le câble électrique. Pile au moment où la voix de Céline montait en gamme.

Plus brillante plus belle...

Brutalement, la musique s'arrêta net ! Prise au dépourvu, Julia continua *a cappella* :

... pour une autre étincelle
Je me changerai en or pour que tu m'aimes encore.

Un éclat de rire général salua cette initiative. Sa voix stridente était exécrable. Si Julia chantait faux par nature, juste après Céline, c'était à vous faire ruisseler le sang par les oreilles. Horrifiée, humiliée, elle s'arrêta au milieu de l'assemblée qui tentait de camoufler son rire, la main devant la bouche.

— Qui a fait ça ? cria-t-elle dans un silence gêné – un des pires silences depuis la naissance de la honte dans l'histoire de l'humanité.

Katie reprit place à côté de Louison, discrètement.

— C'est la prise ! s'écria le DJ avant de la rebrancher.

— T'es viré ! lui lança Julia.

Décidément, pensa Louison, *c'est une manie !*

— Écoute, c'est gentil, tenta Florian mais il faut qu'on parle.

Malgré son renvoi, le disc-jockey fit partir *Jingle Bells* pour apaiser l'ambiance. Les gens se remirent à discuter après ce grand moment de malaise intersidéral.

— Pour une fois, je voulais faire un truc émouvant, comme tu les aimes, se lamenta Julia.

— Mais c'était émouvant, répondit Florian, en lui posant la main sur l'épaule, même si elle avait été plus proche du grotesque qu'autre chose. Je... Mais ça n'aurait rien changé de toute façon...

— Comment ça ?

— On n'a pas d'avenir ensemble, Julia, regarde les choses en face. Si je suis venu ce soir, c'est pour te dire que je te quittais...

— Tu plaisantes ? Pas là, pas maintenant, pas comme ça, énonça-t-elle les dents serrées.

— Julia, je suis avec quelqu'un d'autre, continua Florian.

— Pardon ?

— Oui, j'ai rencontré quelqu'un, ça se passe très bien, elle est géniale...

— T'as pas perdu de temps, mon salaud ! s'écria-t-elle. Je la connais ?

— Pas vraiment. C'est Louison Cerfeuil, celle que tu as virée de l'accueil...

Julia accueillit la nouvelle et resta interdite quelques longues secondes avant d'éclater de rire, d'un rire aussi gras que mauvais avec un rictus de haine qui soulevait sa lèvre supérieure sur le côté gauche.

— Le tas de purin ? s'écria-elle sans pouvoir arrêter son hilarité. Elle est immonde !

— Je ne trouve pas, moi.

Florian tendit la main et attrapa celle de Louison. Elle fit quelques petits pas sur le côté et adressa à Julia un petit coucou de sa main libre.

Le rire de sorcière de chez Disney prit fin immédiatement.

— Mais... Ce n'est pas elle ! s'écria Julia.

— Ben si, dit Florian. Elle a fait...

— ... quelques petites retouches, çà et là, expliqua Louison.

— Je... Ah bon, très bien, parfait, se reprit Julia. Je ne savais pas qu'il y avait de si bons chirurgiens esthétiques dans la région, dit-elle en scrutant Louison. Je prends acte... Tiens, et puisque vous êtes là, j'en profite pour vous dire que vous faites un très mauvais travail de modératrice sur nos réseaux...

— Oui et je vous emmerde ! lança Louison.

— Moi aussi ! s'écria Katie.

— Bon, on s'est tout dit ? demanda Florian. Les filles, on y va ?

— C'est la pire soirée de ma vie, commenta Julia.

— Je connais ça, la rassura Louison. Je suis passée par là, ici même...

Les trois jeunes gens se dirigèrent vers la sortie au pas de course. Une fois dans l'air frais, devant le club, ils soufflèrent et explosèrent de rire après ces grands moments de tension.

— Oh, punaise, expira Louison penchée, les deux mains sur les genoux.

— C'était trop bien, rit Katie. « Je prends acte », dit-elle en imitant Julia.

— Oh, la vache ! sa chanson... Son play-back raté, je ne savais plus quoi faire, j'aurais voulu rentrer dans le sol pour disparaître à jamais ! déclara Florian.

Leurs souffles qui provoquaient de la buée dans le froid se muèrent en fous rires qu'ils n'arrivaient plus à contrôler. Une fois dans la voiture de Florian, Katie, toujours hilare, s'avança sur le siège arrière.

— Bon, la vraie question, le vrai débat c'est : Mariah ou Céline ?

— Quand on commence, ça dure des heures, expliqua Louison à Florian. Mariah, sans aucun doute. C'est ma chanteuse préférée.

— La vraie question, renchérit Florian, le vrai débat, c'est : Mariah, Céline ou Whitney ?

— Oh non, là, ça peut durer deux jours ! s'écria Katie.

— Justement, répondit Florian, ça nous mène au réveillon, on le passe ensemble, les filles ? Moi, cet avant-goût m'a donné envie !

Le 24 au soir, les trois amis réveillonnèrent ensemble, comme prévu. Louison offrit un bracelet de perles à Katie avec un mot :

« À toi, qui as sauvé mon cœur, mon corps, et mon âme. »

— Et j'aurais même pu ajouter : ma maison ! déclara Loulou, en l'embrassant.

Katie eut les larmes aux yeux.

— C'est vrai, approuva Florian. Louison m'a raconté tout ce que tu as fait pour elle, comment tu l'avais coachée, comment tu l'avais soutenue dans toutes ses démarches... J'ai un peu l'impression d'arriver comme l'inspecteur des travaux finis et d'embarquer la fille. Bravo, Katie, et merci !

— Non, rit Katie en essuyant une larme, c'est Loulou qui a trouvé le courage et la volonté de faire tout ça !

— Je l'ai fait pour me plaire à moi, d'abord et avant tout le reste, expliqua Louison. Me trouver un copain n'était pas du tout prévu dans le cahier des charges, mais comme on dit : se plaire à soi, c'est plaire aux autres.

Louison tendit un large paquet à Florian. Il arracha le papier et découvrit un énorme livre sur les vins en Loire-Atlantique.

— Je sais que c'est ta passion ! s'écria Louison, j'étais sûre de ne pas me tromper !

— Il est magnifique ! s'exclama Florian en l'ouvrant pour parcourir les photos. J'espère que mes vignes sont dedans !

Katie offrit une machine à expresso à Louison. La semaine précédente, cette dernière avait dit que c'était la dernière chose qu'il lui restait à acheter pour la maison. Florian se dirigea vers son manteau et en sortit une enveloppe de la poche interne.

— Pour toi, pour nous, dit-il en la tendant à Louison.

Elle lâcha le mode d'emploi de sa nouvelle machine à café et ouvrit l'enveloppe.

C'était des places pour le Grand Rex, à Paris. Il y avait une projection spéciale de *Love Actually*.

— Tu savais que c'est mon film préféré ? demanda Louison, stupéfaite. Je le regarde tout le temps en cette période de l'année. En général, seule et avec un énorme pot de glace et des mouchoirs, mais...

— Il y aura Mariah Carey à la projection ! annonça Florian. Je me suis dit qu'on ne pouvait pas louper ça !

Louison s'approcha de lui et l'enlaça en souriant.

— Pour l'instant tu es juste parfait !

Il plaça ses bras autour de sa taille :

— J'espère le rester. Bon Noël, mon amour, murmura Florian avant de l'embrasser.

All I want for Christmas

*

Marianne Levy

23 décembre

— Donne-moi une bonne raison de venir.

C'est marrant comme il y a des phrases que tu regrettes pile au moment où tu les prononces. Comme si ton cerveau faisait sécession. Comme s'il déclarait son indépendance. Comme s'il s'en foutait de ta volonté, de tes névroses, de ton passé. Parce que là, maintenant, tout de suite, j'ai une urgente envie de rembobiner.

Trop tard.

À l'autre bout du fil, je le sens, Camille vient de sourire. Ma sœur, je la connais par cœur… Elle se dit : « Joséphine m'a balancé un pauvre argument. Et Jo ne balance jamais de pauvres arguments. J'ai tellement eu raison d'insister. Jo sera là pour le réveillon. C'est plié. » Cam n'a pas tort. C'est vrai, les arguments faibles, ce n'est pas mon truc. Mais ce n'est pas comme si j'avais le temps d'épiloguer. En plus, elle m'a prise dans un moment de faiblesse. Et les moments de faiblesse, ce n'est pas mon truc, non plus.

— C'est Noël. Venir, c'est ce que font les gens..., continue-t-elle pour m'achever.

Cette fois, je prends tout mon temps avant de répondre. J'évalue la situation.

Assez objectivement, on peut affirmer que les éléments se sont ligués contre moi.

Un : les saisons s'obstinent à revenir chaque année.

Deux (et conséquence du un) : Noël revient chaque année.

Trois : quelqu'un a inventé l'électricité, puis le téléphone, puis Internet, puis Instagram. Ce qui a considérablement augmenté la capacité de nuisance de Cam. Trois jours qu'elle me bombarde de textos, d'e-mails, de photos déloyales (Tom Hardy/torse nu/séquestré par des guirlandes) pour que j'accepte de me taper un périple hyper risqué de Paris à Londres dans le seul et unique but de communier mondialement devant un combo écœurant. Dinde aux marrons + Christmas pudding. Ma définition de l'abomination culinaire...

En plus, je suis victime d'une pénurie de caféine parce que, juste en face de moi, Roméo essaye de mériter le prénom que ses parents lui ont donné. Il roucoule avec la blonde en tenue bimbo de Noël qui vient de poser ses seins sur son comptoir. Grave erreur de jugement de sa part. Car, à moi seule, je représente pas loin du quart de son chiffre d'affaires quotidien. Le Starbucks du coin, c'est pour ainsi dire ma cuisine, mon bureau, ma résidence principale. Enfin, d'après Zita, ma grand-mère. Je ne le formulerais pas comme ça, même si je dois bien avouer qu'elle a raison. C'est là que je pense le mieux. Et je passe ma vie à bosser. Donc à penser. Donc à descendre des *caffè latte*.

— Jo ? insiste Cam.

— Deux secondes, je me ravitaille. En tout cas, j'essaye.

Devant moi, la blonde mâche mollement un chewing-gum la bouche ouverte. Elle a une tête de Cassandra. Si je n'étais pas devenue journaliste, j'aurais fait une grande carrière de *profiler* car Roméo écrit *Cass* au marqueur sur le gobelet en carton. Cass a la tête de la fille qui va hésiter. Elle hésite évidemment. J'ai beau me concentrer, je ne vois vraiment pas ce qu'un caramel macchiato a à voir avec un americano… Du coup, en principe, pas besoin d'une journée pour trancher. Alors que moi, j'ai un besoin urgent de *caffè latte*.

On est le 23 décembre. Dans huit heures, la France se mettra en jachère. Et la planète Terre arrêtera presque de tourner. La plupart des gens appellent ça la magie de Noël. Pour moi, cela ressemble plutôt à la définition du cauchemar… L'activation immédiate de la machine à café est donc mon seul espoir d'arriver à terminer le boulot que j'ai à boucler et que je n'aurais jamais dû accepter. Remarque, ce n'est pas comme si j'avais vraiment eu le choix.

Un : j'ai raté la tentative de suicide de mon iPhone dans les toilettes à 7 heures du matin quand il s'est mis à sonner.

Deux (et conséquence du un) : je me suis retrouvée obligée de dépanner ma rédactrice en chef sur un article « passionnant » : « Les films de Noël. »

Elle souhaitait que j'écrive « un petit papier enlevé sur le sujet ». Elle le publierait dans un dossier « Last Minute Christmas » sur le site Internet du magazine. Une bouée de secours lancée aux lectrices à la bourre dans leurs préparatifs niveau fringues, bouffe ou… films, pour tenir le coup toute la soirée.

J'ai d'abord envisagé de lui répondre que, pour une raison purement physique, c'était impossible. Je me trouvais en position fœtale et je comptais bien y rester jusqu'au 1er janvier. Mais je me suis rappelé que ma boss est une *queen* du yoga. Aucune chance donc qu'elle ne sache pas que la posture en question n'est répertoriée dans aucun manuel. Mon excuse bidon serait immédiatement détectée… Je me suis donc rabattue sur une explication beaucoup plus rationnelle :

— Ce n'est pas que je ne veux pas donner un coup de main. Mais je suis triplement incompétente pour écrire sur le sujet…

Après un court silence, ma boss, sceptique, a fini par me demander :

— Comment ça, Joséphine ?

Le problème dans « rédactrice en chef », c'est qu'il y a « rédactrice ». Précision qui signifie que ma boss pose le même genre de questions qu'un chef. Mais en pire. Étant donné qu'avant d'hériter d'un bureau d'angle avec vue imprenable et des meilleurs plans pour les voyages de presse, elle a été comme moi, reporter. C'est-à-dire curieuse rémunérée.

J'ai grimacé avant de lâcher :

— Je suis critique de ciné, OK. Mais pour des raisons très personnelles que je ne tiens pas à dévoiler, je ne suis pas une fille à réveillon. Donc, les films de Noël... À part *Love Actually*...

Ma boss a sauté sur l'occasion :

— *Love Actually*, excellente base de départ ! En plus, il y a une projo à Paris au Grand Rex la semaine prochaine. Mariah Carey est annoncée !

Je me suis décomposée.

Je me voyais mal lui avouer que la seule et unique raison pour laquelle je connaissais le film, c'est que ma grand-mère tripait à fond sur le pop singer et donc qu'on le regardait toujours en accéléré jusqu'à ses scènes à lui, qu'on visionnait au ralenti pour apprécier « l'indéniable dimension plastique de la performance de Bill Nighy, notamment son déhanché ». La réputation de ma grand-mère était en jeu. C'était une info top secret. Et ça, pour moi, c'est sacré.

Zita peint, lit et chante. Zita joue de la batterie. Et surtout, Zita écrit. C'est une artiste avant-gardiste. Tout ce que Londres a tenté de nouveau depuis 1960, c'est elle qui l'a inspiré. Elle a été la muse des Beatles et des Stones. Le monde ne le sait pas, mais elle a inventé le punk. Les Dr. Martens sont ses chaussons préférés. Son loft de Shoreditch est un musée hommage à l'underground. Et, aujourd'hui, elle est l'égérie de tous les hipsters du quartier. Alors, sa passion pour *Love Actually*, c'était pas vraiment raccord avec son CV.

J'étais coincée. Soudain, il m'a paru assez évident que pour convaincre ma boss de confier le travail à un autre journaliste, la seule solution consistait à lui révéler les grandes lignes de mon programme pour Noël. En gros : mon appart, mon lit, ma couette, un plat thaï surgelé et une provision de films gore. L'unique association assez efficace pour combattre le tsunami de bonheur commercial et artificiel qui s'apprêtait à déferler sur le monde entier.

Erreur de jugement car ma boss a conclu :

— Au contraire, Joséphine, ce papier, c'est bien que ce soit vous. Comme ça, c'est sûr, on évitera les clichés.

Dans les enceintes, Mariah Carey se met à glapir que tout ce qu'elle veut pour Noël, c'est moi. Même si je suis assez lucide pour ne pas le prendre personnellement, ces sentiments qui dégoulinent me rappellent que ma vie est compliquée. Il est presque 16 heures et j'ai vaguement écrit les premières lignes de mon article (en comptant le titre). Et surtout, Cam attend toujours que je lui dise « oui » au téléphone.

Donc que j'accepte de la rejoindre à Londres demain...

Malgré le manque de caféine, mes neurones trouvent la force de résister aux décibels dopés à la guimauve. J'entame une contre-attaque :

— Donne-moi une bonne raison de faire ce que font les gens ?

Là, forcément, il va y avoir un blanc au téléphone.

Il y a un blanc.

Ne pas faire ce que font les autres, c'est mon truc à moi. Ma sœur y voit « un défi psychanalytique ». Moi, j'ai choisi de ne pas creuser cette piste.

Un : je n'ai pas eu le temps.

Deux (et conséquence du un) : je n'ai jamais été fan des divans.

Cam insiste :

— OK. Pour le cadeau. Juste pour le cadeau.

Là, j'avoue que je suis atterrée par la bassesse de sa manœuvre. Cam ne recule devant rien. Elle a sorti l'argument qui tue. Donc, c'est ça l'esprit de Noël, finalement. Tous les coups sont permis…

J'encaisse.

Une onde de mélancolie m'envahit.

Et une grosse envie d'Angleterre, aussi.

Il y a la tête de Zita, d'abord. Non, la voix de Zita au téléphone quand elle annonce qu'elle a trouvé les cadeaux. Notre grand-mère nous a tout fait. C'est la reine du *no limit*. Les premières années de notre vie, son anticonformisme restait sous contrôle. C'est après que les choses sont parties en vrille. Je me marre en repensant à la longue liste d'objets improbables qu'elle a dénichés en squattant sur eBay… Et je me demande ce qu'elle va nous trouver cette année.

— OK, c'est bon, j'accepte d'envisager de venir. C'est quoi le thème de la soirée ?

Parce que, connaissant Zita, il y a un thème, aussi.

— Noël.

Donc Cam a décidé de la jouer cryptique. Comme si j'avais le temps et l'espace mental pour décoder.

— Noël, quoi ?

— Noël Noël.

— Juste Noël ?

Cam confirme.

Noël Noël… ce sera une grande première dans notre existence. Zita a une passion pour la contre-programmation. Depuis vingt-sept ans, elle nous organise des contre-anniversaires. Des contre-fêtes des mères. Avec elle, la petite souris est devenue un lézard. Elle est une inconditionnelle de la réalité alternative.

Assez logique, elle est romancière.

Je fais signe à Roméo de me resservir un latte pour accepter la perspective d'un réveillon traditionnel… À contrecœur, il abandonne une nouvelle fois la contemplation de Cassandra. Et remet en marche sa machine.

— Au fait, t'as vu son interview à la télé ? me lance Cam.

Là, j'avoue, je n'en reviens pas. Ma sœur se trompe. Obligé. Zita n'accepte *jamais* de faire des télés. Un jour, je lui ai demandé pourquoi. Elle m'a répondu qu'elle préférait s'effacer pour laisser toute la place à ses personnages. Afin de ne rien voler à ses lecteurs. Surtout pas leur bien le plus précieux. *Imaginer quand on lit, Jo, imaginer ! Quoi de mieux ?*

— Tu te fous de moi ?

— Alors non, pas du tout. Elle a décidé, deux points ouvrez les guillemets, de célébrer l'amour, fermez les guillemets.

Sous le choc, j'essaye de digérer l'info. D'habitude, la matière première de Zita, c'est les faits divers. Quand elle n'est pas plongée dans un nouveau manuscrit, elle passe ses matinées au tribunal pour « se ressourcer artistiquement ».

— La reine du polar britannique a donné un entretien sur l'amour ?

— Je sais, il faut le voir pour le croire. Attends deux secondes, je te l'envoie.

Très intriguée, je fonce sur ma boîte mail. La pièce jointe de Cam met une heure à charger. De l'autre côté de la salle, Cass et sa bande de copines gloussent devant un ordi. Le wifi doit être en surégime.

Finalement, la vidéo de ma grand-mère apparaît sur mon écran. Elle est installée sur le canapé de *Good Morning Britain*, l'émission d'info la plus regardée d'Angleterre. Je souris en me disant que pour n'importe quelle femme de 17 à 97 ans avoir la moitié de sa classe constitue un but ultime dans l'existence. Même Madonna n'a jamais réussi à porter le Perfecto comme elle...

Zita a son sourire des grands jours. Et le regard pétillant qui va avec.

C'est sûr, elle prépare un truc.

Devant elle, le présentateur a du mal à conserver son flegme britannique. Il n'en revient pas d'être l'heureux élu.

Logique, recevoir Zita, c'est décrocher le scoop littéraire de l'année. Il est fasciné.

— Eh bien, allez-y mon vieux, décoincez-vous ! finit par lancer Zita, manifestement amusée par le mutisme du présentateur.

Il sort de son état hypnotique, avale une gorgée de thé pour retrouver un peu de sa contenance et l'interroge :

— En 2021, la reine du polar va raconter une histoire d'amour, c'est une révolution ?

Je suis atterrée, Zita vient de lui offrir le cadeau de Noël de sa vie. Et tout ce qu'il trouve à lui demander, c'est ça. Il aurait pu bosser un peu. Faire des recherches. Référencer... Parce que, pour Zita Breenman, passer du crime à la love story, c'est comme si Jack l'éventreur se mettait à la philanthropie. La preuve, c'est elle qui nous a initiées au grand kif des films d'horreur. Pour fêter « convenablement » nos 12 ans. La scène, je la revois exactement.

Elle nous avait exfiltrées du pensionnat sinistre où nous étions incarcérées à l'année et avait organisé une overdose de scones à la crème chez Fortnum & Mason, sur Piccadilly Street. La meilleure table nous attendait au salon de thé à l'étage. Malgré l'hystérie de Noël qui avait gagné Londres, l'ambiance était très feutrée. L'effet anesthésiant des accords de harpe et des nappes blanches amidonnées. Avec Cam, c'était notre première fois au temple du thé. Mais on avait fait comme si nous n'étions pas du tout impressionnées. Avec l'autorité d'une habituée, Zita avait commandé trois *afternoon tea*. Puis, entre deux bouchées diaboliques, elle s'était lancée dans l'un des discours solennels dont elle avait le secret. Nous allions vivre une « grande expérience artistique aujourd'hui ». La serveuse, qui fangirlait devant elle depuis notre arrivée, avait sauté sur l'occase pour jouer la carte de la complicité :

— Vous les emmenez voir *Mary Poppins*, c'est ça ?

Zita avait levé vers elle un sourcil horrifié et rétorqué :

— Moi vivante, jamais ! Ces petites vont découvrir le *Rocky Horror Picture Show*.

La serveuse avait perdu quinze nuances de blanc, puis s'était mise à bégayer... Pour la réconforter, Zita lui avait lancé qu'elle aussi devrait essayer.

Un : elle n'avait pas grand-chose à perdre.

Deux (et conséquence du un) : elle avait beaucoup à gagner.

Ensuite, on avait traversé Soho en zigzaguant entre les grappes de touristes. Zita avait signé des autographes tous les quinze mètres. Finalement, nous avions emprunté une ruelle miteuse où donnait la sortie de secours d'une petite salle de ciné. Zita avait frappé trois coups discrets sur la porte en fer rouillé. Un vieux projectionniste nous avait ouvert en douce.

— Henry, je te présente mes petites-filles : Camille et Joséphine. Camille et Joséphine, je vous présente Henry.

Le regard de vénération qu'il lui avait lancé laissait peu de doutes sur la nature de leur historique sentimental... Jusqu'à nos 18 ans et notre libération, le *Rocky Horror Picture Show* pour Noël était devenu notre tradition.

Du coup, j'attends avec gourmandise la réponse de Zita. Je parie qu'elle va envoyer bouler Mister Good Morning England. Parce que, pour elle, l'écriture c'est sacré. Étonnamment, elle prend plutôt bien sa question.

— Je ne parlerai pas de révolution. Mais, disons... d'un projet plus personnel.

Le présentateur fait un bond d'un mètre. Ses yeux sortent de leur place habituelle. Une goutte de transpiration coule de son crâne dégarni. Zita est trop forte. Elle joue avec ses nerfs. Et, du coup, avec les miens aussi.

Un projet plus personnel ?

Je me demande sur quoi elle bosse.

Son autobiographie ?

Remarque, avec sa vie extraordinaire, c'est sûr, elle en vendrait des centaines de milliers d'exemplaires. En 1968, elle avait 25 ans. Alors *peace & love*, elle en connaît un rayon. Surtout *love*. Zita a été une amoureuse flamboyante. La galerie de portraits qui décore les murs de brique de son salon témoigne d'un prestigieux palmarès. Comme les bouquets que tous ses ex, y compris Mick Jagger, mettent un point d'honneur à lui envoyer chaque année pour son *birthday*. « Les souvenirs, Joséphine. Il n'y a que les souvenirs qui comptent dans la vie », elle me répète avec un sourire plus haut que les oreilles quand elle découvre les mots qu'ils ont inscrits sur les petites cartes qui accompagnent les fleurs. Et moi, chaque fois, je lui promets que j'ai compris. Que je bosse à me fabriquer ce genre de souvenirs moi aussi. Enfin, entre mes rendez-vous et mes articles.

Donc, ce projet plus personnel ?

Sur mon écran, la vidéo se fige. Je tente de relancer le replay sans succès. Le wifi est sans doute épuisé...

La voix de Cam me ramène à la réalité.

— Jo, tu as surmonté ton choc post-traumatique ?

— Pas encore. Mais t'inquiète, après un seau de lait de poule, je devrais pouvoir y arriver.

— Donc tu viens ?

— Donc je viens.

Maintenant, elle va me parler du billet de train. Et de ma boîte mail. Je la connais par cœur. Cam surplanifie. C'est sa façon à elle de supporter l'idée de la vie.

— Et vérifie tes e-mails, Jo. Il y a un billet de train.

— Évidemment, il y a un billet de train...

— T'inquiète Jo, quand on y pense, c'est juste un réveillon.

« Juste un réveillon », autrement dit un sapin, des guirlandes, des *Christmas songs,* des bons sentiments. Mais surtout des souvenirs. « *All I don't want for Christmas* » comme ne dirait pas Mariah Carey. Beaucoup trop violent pour moi, tout ça. Je digère en fixant la télé suspendue au-dessus du comptoir de Roméo.

Excellent réflexe.

Les infos, c'est ma vie. La preuve, elles vont me sauver. Sur le petit écran, je viens de trouver une excuse en béton armé. Mieux que « J'ai piscine ». Jo a grève. Enfin, y a grève. Enfin, la France a grève. Un TGV sur dix. Un Eurostar sur cinq. Le truc qui transforme la transhumance de fin d'année en grande manœuvre militaire.

— Y a grève !

Mon hurlement triomphal couvre une envolée lyrique de Michael Bublé. Tous les clients du Starbucks se retournent. Cassandra s'étrangle avec son chewing-gum. Elle aurait dû larguer son Malabar et privilégier son caramel macchiato. Ne pas savoir choisir, c'est dangereux. On ne le dit jamais assez. Dans son regard, la panique d'abord. Puis, la fureur. Je compatis. Paris sous la neige et paralysé, ça veut dire qu'elle va devoir marcher. Avec ses escarpins plateformes de douze centimètres, elle risque l'amputation. Bimbo des neiges, ce n'est pas facile question karma... Contrairement à antisociale de Noël, comme moi. Dans ma tête, je remercie le Dieu Ugg qui va me sauver.

Mais ma joie est de courte durée.

Cam se fout complètement des infos de BFMTV.

Elle enchaîne :

— Y a encore des taxis, non ?

— T'es sérieuse ?

Il y a des choses dont Cam est capable. Et pas moi. Fonder une famille, par exemple. Réveillonner. Ou se déplacer autrement qu'à vélo, en bus ou en métro.

— Très. En plus, ça, tu ne l'as jamais fait.

— Pas faux. Mais...

— Mais ?

— Pas possible non plus.

Elle devrait se rappeler que je suis une fille à listes. Et sur ma liste, il y a « la voiture = jamais ».

24 décembre

À chaque feu rouge, le chauffeur me fixe. J'essaye de rationaliser. Il est matériellement impossible que Zita ait eu une relation sentimentale avec le type chargé du commandement de la signalisation routière parisienne et donc organisé les détails de mon itinéraire. Nos arrêts tous les dix mètres sont donc totalement le fruit du hasard. Respirer pour oublier que je suis assise dans un véhicule à quatre roues qui se déplace sur la chaussée. La voiture redémarre, je m'agrippe au siège passager. Me concentrer sur quelque chose pour ne pas paniquer. Le rétroviseur, par exemple.

Grave erreur.

Quand même, il a un drôle de regard, le chauffeur. Je connais ce genre de regard. Ma boulangère a souvent le même, le week-end, quand je descends chercher mes croissants pour une personne, après l'appel hebdo de ma grand-mère qui veut des infos sur l'évolution de ma situation amoureuse.

Le mieux, c'est d'éviter de commencer à faire la liste des raisons pour lesquelles il me jette des coups d'œil narquois. Dans l'hypothèse la plus optimiste, il a été mis au courant de mon addiction aux culottes Petit Bateau. Dans la pire, Zita lui a donné accès illimité à mes dossiers en principe classés top secret.

Maintenant, il se met à rougir. J'essaye de me rassurer en me disant que c'est la faute de son nœud de cravate trop serré. Mais le taux d'humidité dans ses yeux laisse peu de place à l'ambiguïté. C'est évident, il fait des efforts surhumains pour réprimer un fou rire. Et il a l'air sur le point d'exploser. La seule solution pour sauver ma dignité, c'est de l'ignorer. Même si cette tactique a déjà révélé son manque d'efficacité plus tôt dans la matinée.

Un : quand tu veux faire la morte, le plus efficace, c'est de mourir.

Deux (et conséquence du un) : j'ai tenté la feinte et lamentablement échoué.

*

Après avoir passé la soirée avec *Alien*, puis revisionné tous les *Scream* pour ne pas me laisser contaminer le cerveau par l'esprit de Noël, j'ai passé la matinée planquée dans mon pyj à faire des recherches pour mon papier. Ce qui n'était pas du luxe vu mon degré d'inspiration en dessous de zéro. J'ai réussi à terminer une première version compatible avec l'idée que je me fais de la dignité pour l'heure du déjeuner. Comme prévu, à 13 h 07, un SMS a surgi. G7 m'informait que mon taxi était arrivé. J'ai joué la montre. Normalement, ils appellent trois fois, avant de laisser tomber. Ils ont appelé trois fois. Mais ils ont insisté. Moi, je n'ai pas flanché. J'ai continué d'ignorer. Une tactique qui aurait été parfaite si la gardienne n'était pas venue sonner chez moi. Elle m'a tendu son Smartphone. Un appel urgent. « Je viens d'avoir une longue conversation avec votre grand-mère, m'a lancé une standardiste. Vous ne pouvez pas lui faire ça, quand même ! » Je ne sais pas ce qui m'a le plus inquiété. La « longue conversation » ou le « quand même ». Par mesure de précaution, j'ai abdiqué.

J'ai jeté ma brosse à dents, un jean et trois pulls dans mon sac de voyage. J'ai enfilé un legging, un sweat, mes Ugg et ma parka. Et glissé mon ordi dans mon cabas. Enfin, j'ai descendu les cinq étages au ralenti en priant que le chauffeur se souvienne que, pour que le Père Noël existe, il suffit d'y croire. Et donc qu'il saisisse l'opportunité unique de charger la carte de crédit qui l'avait commandé sans avoir à effectuer la course. J'ai ouvert la porte cochère au ralenti aussi. Mais le taxi patientait bien derrière. C'est sûr, Zita avait payé triple pour qu'il attende que je me fasse à l'idée de la fatalité.

*

À travers la vitre, la neige n'arrête pas de tomber. Finalement, les éléments sont de mon côté. Paris sous les flocons, ça s'appelle un signe. Ce n'est pas seulement bon pour le moral du compte Insta des touristes. C'est également un excellent anxiolytique pour les filles comme moi, hyper motivées pour louper leur Eurostar. Les berges de la Seine sont fermées aux voitures. Les quais sont donc blindés. La berline avance au pas, prisonnière de la circulation léthargique. Je bénis le type qui a dessiné la place du Châtelet. Il a dû nourrir une passion pour l'anarchie. Maintenant la paralysie est totale. Pour la première fois depuis le début du voyage, je souris.

Il doit rester un poulet coco dans le congélo. Une petite bière dans le frigo. Et surtout, une tablette choco fleur de sel. Parfait menu pour un non-réveillon en tête à tête avec moi-même. Il faut que je prévienne Cam. Londres, ce ne sera pas pour aujourd'hui. Mais promis, je viendrai dès que possible... Mon Smartphone me précède.

Un texto de ma sœur.

Moto-taxi en route pour terminer le voyage.

Je maudis le type qui a inventé Google Earth. Ça devrait être interdit de pouvoir exfiltrer une fille bloquée place du Châtelet. En montant sur le deux-roues, une dernière lueur d'espoir surgit. Devant moi, le boulevard Sébastopol est une interminable illustration des dommages écologiques causés par l'industrie automobile. Une file ininterrompue de pare-chocs remonte vers la gare du Nord. Avec un peu de chance, la foule me sauvera.

Quand la moto démarre, la panique me gagne. Je glisse au pilote que j'espère que sa veste est bien rembourrée et je me mets à hurler en défonçant son dos à coups de poing répétés. Une transe dont je sors dès notre arrivée sur le parvis. L'exode hivernal est organisé. Les gilets rouges de la SNCF ont donc tué mon rêve.

— Mademoiselle, je peux vous aider ? demande l'un d'eux.

— Ouais, vous pourriez faire quelque chose contre l'interdiction de fumer. Comme ça je pourrais me détendre un peu et oups, rater mon train...

Il me scrute, interloqué. Je sens qu'il n'est pas certain du diagnostic. Soit je suis une dingue qu'il faut signaler à la police, soit je suis une adepte de l'humour pathétique. Comme il a du boulot, je décide de l'aider :

— Réponse B.

Puis, avec la mine d'une condamnée, j'emprunte l'Escalator qui mène jusqu'aux quais.

*

— Je suppose que vous allez avoir besoin des deux accoudoirs ?

L'intuition, c'est une qualité professionnelle. Mais au quotidien, c'est usant. Là, par exemple, la tonalité sarcastique du gars qui vient de m'adresser la parole en se posant à côté de moi dans l'Eurostar laisse envisager que les deux heures du voyage compteront double dans ma vie.

Pourtant, parmi la liste des trucs que je n'ai aucune envie de subir entre Paris et Londres, le voisin relou qui se sent obligé de faire la conversation arrive *ex aequo* avec les triplés dopés lâchés en liberté par une mère qui a déclaré forfait. Enfin, pas tout à fait *ex aequo* parce que les triplés, tu peux toujours leur suggérer de perfectionner leur diabolisme en achevant le travail que la calvitie a entamé sur le crâne du passager du siège de devant.

Le mieux, c'est de pulvériser la tentative de conversation. Sans lever les yeux de mon ordi où j'ai ouvert mon article, je dis :

— Laissez-moi deviner, vous êtes à l'étape post-Tinder. Vous croyez au hasard qui fait bien les choses, au contact humain, à l'ouverture d'esprit. Peut-être même que vous pariez sur la magie de Noël... Écoutez, vous avez sûrement des tas de trucs passionnants à raconter, je n'en doute pas. Alors, je vais être sympa et vous faire gagner du temps. Je suis OK pour vous faire crédit de l'intégralité des qualités de l'homme britannique. Mais même si vous étiez un combo de ce que l'Angleterre a produit de meilleur, disons Daniel Craig pour le torse + Hugh Grant pour le sourire + Colin Firth pour le regard + Benedict Cumberbatch pour le cerveau + Tom Hardy pour tout le reste, laissez tomber, je ne suis pas intéressée...

— Ah, mais non...

Je n'y crois pas, il insiste. C'est pas mon jour de chance. Il a fallu que je n'arrive pas à louper mon train et qu'en plus, je tombe sur le voisin relou ET persévérant. Les yeux toujours rivés sur l'écran, je poursuis :

— Je vais être très sympa et vous éviter une longue liste de désillusions. J'ai très mauvaise réputation et j'y suis extrêmement attachée. Je ne passe jamais plus d'une soirée avec le même gars. Je ne pratique pas les dîners aux chandelles. Je ne réponds jamais aux textos. Et ce que j'adore dans la Saint-Valentin, c'est qu'enfin personne ne ruine mon film en bouffant du pop-corn à côté de moi au ciné. Forcément, ils sont tous au resto... Ma vie, c'est le boulot et le boulot, c'est la vie. Je vous en prie, changez de place, je vous assure, je le prendrai très bien.

Mon argumentation a dû toucher au but parce que maintenant il se tait. Je vais pouvoir voyager tranquillou. Et me concentrer sur le papier que j'ai à terminer. Même si un accès de mauvaise conscience me titille. Ma radicalité est peut-être un peu radicale pour un 24 décembre. Je jette un coup d'œil à mon voisin pour évaluer l'ampleur des dégâts psychologiques que j'ai pu causer. Erreur de débutante.

Il faut toujours tenir sa ligne.

À l'avenir, je m'en souviendrai.

Parce que mon voisin cumule en effet un certain nombre des qualités de l'homme britannique. Pas beau mais charmant. Charmant pas comme tout le monde. Charmant atypique. En plus, immédiatement, je déteste adorer le sourire narquois accroché à son visage.

Les deux heures du voyage risquent de compter triple...

Il ne doit pas avoir le cœur aussi fragile que je le supposais parce qu'il me lance, très sûr de lui :

— Votre vie doit être passionnante, je ne me permettrais jamais d'en douter. Mais, les accoudoirs, c'était juste parce que j'ai cru comprendre que vous viviez intensément avec l'idée de vous déplacer.

Je lève un sourcil interrogateur. Le sourire qui tue s'accentue.

— J'étais là place du Châtelet quand vous avez démonté l'épaule du moto-taxi qui démarrait...

Un truc que l'on ne dit jamais avec le hasard, c'est qu'il est surestimé... J'essaye de conserver une contenance. Je me repasse le film en accéléré pour me rassurer. Très mauvaise idée.

— Vous étiez là à quel moment exactement ?

— Au début, au milieu et à la fin. Je ne sais pas ce que j'ai préféré. Peut-être, le final. Impressionnant votre richesse lexicale quand vous jurez...

Maintenant, il se marre franchement.

Le mieux, c'est de l'ignorer.

Je trouve refuge dans mon sweat à capuche. Le créateur qui a inventé l'oversize est un génie. Seules quelques boucles blondes doivent dépasser. Je suis à l'abri. Je vais pouvoir me concentrer et boucler mon article. Donc, les films de Noël...

Un truc que l'on ne dit jamais non plus, c'est que les associations d'idées aussi sont largement surestimées. Car au lieu de terminer mes quelques lignes sur *La vie est belle*, je pense à Zita et à la conversation qui ne manquera pas d'arriver.

C'est sûr, ma grand-mère va vouloir tenir une réunion au sommet sur ma vie amoureuse. Je parie sur notre table habituelle chez Fortnum & Mason. Devant un *afternoon tea* pimpé au champagne. Ma réponse sera forcément déceptive. « Ben... rien. » « Comment ça rien ? » « Rien, rien. » « On n'avait pas dit qu'on bossait sérieusement ? » « Si, on l'avait dit mais... » « Comment ça mais ? »

Je suis tentée d'inventer. Ce qui est très limite pour une journaliste. Mais Zita a un sens des limites à géométrie variable. Albert Londres me pardonnera. Pulitzer aussi.

Je cogite vite fait. Étant donné mon emploi du temps, le plus crédible, c'est la rencontre au bureau. Et le bureau, c'est mon Starbucks préféré. La tête de Roméo bavant devant Cassandra surgit dans mon cerveau. Cette option n'en est pas une. Non, le mieux, c'est la rencontre avec un touriste de passage. À la fois très crédible et très sûr. L'info sera impossible à vérifier. Enfin, avec Zita tout est possible. Le mieux, c'est qu'il vienne de très loin. Américain, c'est parfait. « Un océan entre nous... c'est compliqué. Mais c'était bien, je te promets. »

Je visualise l'excitation maximale dans les yeux de ma grand-mère quand elle me demandera les détails que je serai obligée de broder. Je visualise son soulagement aussi. Mais je sais que je ne peux pas lui faire ça. Mentir à Zita, ce n'est pas moi.

Je reprends mon article.

J'ai gardé *Love Actually* pour la fin.

Et, je sèche un peu.

— Ah, vous aussi, tente mon voisin.

— Ah, mais non, jamais ! Moi, à Noël, c'est *Rocky Horror Picture Show* obligé. C'est juste pour le boulot, je suis critique de ciné.

— Godard ou Godard ?

— *La La Land.* Vous êtes branché ciné vous aussi ?

— Disons que c'est un peu mon métier. Je réalise. Enfin, j'essaie.

— Vous essayez de réaliser ?

Pour la première fois depuis le début du voyage, beau gosse attire mon attention pour une autre raison que son regard. Intrigué par sa réponse, je laisse tomber mon papier. Et je le bombarde de questions. Il s'appelle David. Il vient de New York. Il a terminé son cursus ciné. Son grand-père lui a offert un voyage culturel en Angleterre. Il a promis qu'il en reviendrait très inspiré. Il a une passion sans limites pour les films gore. Un genre qu'il a décidé de réinventer. Venir sur les terres de Frankenstein, ça lui paraît un bon début. C'est dingue, il a même vu des films dont je n'ai jamais entendu parler. On passe au tutoiement. Il me propose un verre. Je le suis à la voiture-bar. Il craque pour le shortbread. Il en descend trois sachets. Il me demande des tuyaux. À Londres, d'après moi, qu'est-ce qu'il doit absolument voir ? Je lui demande s'il pense au tour classique ou au tour pour initiés. Il a une tête de tour classique ? Je fais semblant d'hésiter. Il fait semblant d'être vexé. Moi, si j'étais lui, j'irai camper au Soho Movie Theater. Un lieu culte pour les amateurs. Le train sort du tunnel. Encore une demi-heure et nous serons à Londres. Nous regagnons nos places en essayant d'éviter d'inonder les passagers avec nos verres à chaque oscillation du wagon.

Finalement, les associations d'idées sont peut-être sous-estimées, je pense en me rasseyant près de la fenêtre. À tout hasard, je lui demande :

— Tu as un truc de prévu ce soir ?

Il réplique immédiatement en me chambrant :

— Tu es toujours aussi directe ?

— Nan, juste, ça me rendrait service que tu m'accompagnes. Ma famille tient absolument à me caser. Enfin, surtout ma grand-mère. Elle est très inquiète pour ma vie amoureuse « désertique ». Je crois qu'elle n'est pas loin de penser que je suis une cause perdue...

David semble intrigué.

— Elle a raison ou elle a tort ?

— Elle a raison et raison !

Il se marre encore. C'est vraiment très agréable à regarder. Puis il demande :

— Et tu m'aurais présenté comment ?

Forcément, il est réalisateur, il a besoin d'un scénario.

— Eh ben, on se serait rencontrés au ciné.

— Logique.

— J'aurais été seule car se rendre au ciné accompagné, c'est une hérésie.

— Pas d'objection.

— J'aurais pris le pop-corn salé. Parce que le sucré, c'est jamais une option.

— Jamais !

— Je me serais installée au fond de la salle car je déteste les gens qui racontent leur vie.

— J'aurais évidemment fait pareil.

— Évidemment.

— Mais on aurait eu un gros problème...

— Un gros problème de fauteuil, c'est ça ?

— Voilà.

— Le fauteuil en haut à gauche. Le meilleur... Du coup, on aurait fait comment ?

— On aurait tâtonné dans le noir pour trouver une pièce et on l'aurait fait à pile ou face.

— Et les voisins que tu aurais incendiés parce qu'ils parlaient trop fort, ils n'auraient rien dit ?

— Non, parce que tu leur aurais lancé un regard très explicite : n'essayez même pas !

— Et ils auraient compris dans le noir ?

— C'est ça la magie du ciné, non ?

Je ne suis pas scénariste. Mais je sens que j'ai marqué des points parce que David considère sérieusement ma proposition.

— Franchement, je me serais laissé tenter. Mais je suis déjà pris pour la soirée.

Comme c'est un gars fin et bien élevé, j'en déduis qu'il n'est vraiment pas intéressé.

Le train s'immobilise gare Saint-Pancras. Je lui souhaite un bon séjour à Londres et je file sans me retourner.

*

Le papier que j'aurais dû écrire, en fait, c'est « Christmas Koh-Lanta ». Parce que là, je suis passée en mode survie.

C'est tellement dingue ce qui m'arrive. Je ne sais même pas par où commencer…

Mon trajet dans le métro surpeuplé de la gare Saint-Pancras à Trafalgar Square ?

Mon sprint dans les rayons de Hatchards, la plus vieille librairie de Londres, pour trouver des cadeaux ?

La longue conversation avec le proprio, un inconditionnel de Zita, qui tenait à tout savoir de ma vie à Paris ?

Mon débarquement *in extremis* chez ma grand-mère ?

Cam qui n'est même pas encore arrivée ?

La manière dont Zita a tenu à m'attirer dans la cuisine pour terminer de préparer le dîner. Sachant qu'elle m'a aussi communiqué son addiction aux surgelés, c'était très suspect. J'aurais dû me méfier.

La lumière qui s'allume ?

Tous les invités réunis en demi-cercle qui hurlent : surprise !

Et au milieu, David.

Le sourire qui apparaît instantanément sur son visage. Un sourire qui hurle : je n'ai rien oublié de notre conversation passionnante, surtout la fin. La partie « désertique ». Et d'ailleurs, je compte bien ne rien en oublier. Jamais.

Je retiens une furieuse envie de foncer vers lui et de lui lancer qu'il aurait pu me dire qu'il était invité. Histoire d'éviter de me ridiculiser. Heureusement pour son Noël Noël, Zita a prévu un buffet. Du coup, je peux zigzaguer entre les invités pour éviter de le croiser. Assez étrangement, ma grand-mère n'a toujours pas abordé le sujet qui fâche. Elle semble s'en désintéresser.

Cam me tombe dessus, elle.

— C'est qui le gars avec Zita ?

Je me retourne.

— Très accro au shortbread. Très calé en ciné et très sûr de lui, aussi. Un chouia trop parfumé.

Il faut se méfier des réponses réflexes car Cam me lance, amusée :

— Donc, ça y est…

— Donc ça y est quoi ?

— Tu as enfin trouvé.

— Enfin trouvé quoi ?

— De quoi occuper tes longues soirées d'hiver.

— Mes longues soirées d'hiver sont déjà très occupées.

Elle me coupe :

— Je ne te parle pas de ton addiction au ciné. Mais de la vie, la vraie.

— Admettons que la vie, la vraie, soit plus intéressante que le ciné, ce type est la dernière personne avec qui je me vois dans la vie, la vraie.

— Zita ne doit pas penser comme toi, regarde elle fonce vers nous avec lui.

Respirer. Rester calme. Ne pas exploser.

— Joséphine, j'aimerais te présenter David. Son grand-père nous l'envoie de New York. Il vient de finir ses études de cinéma. Je crois que vous aurez beaucoup de sujets à discuter.

Respirer. Rester calme. Ne pas exploser. C'est facile à dire. Beaucoup moins facile à faire quand on vient d'exposer les grandes lignes de sa détresse sentimentale à un inconnu qui ne l'est plus. Je me rappelle qu'il est fan de Godard. Donc, je vais jouer la carte du mépris. Sans même le saluer, je me lance, presque en apnée :

— Je sais, je sais, vous allez disserter sur l'opposition entre *La La Land* et Godard. Étaler votre science... Alors, je vais vous faire gagner du temps. Votre discours culturellement correct, je le connais par cœur. Il se trouve que les gens du métier, c'est mon métier. Alors joyeux Noël et bonne année !

Sous les yeux de ma grand-mère sidérée, je tourne les talons et je fonce me réfugier dans la cuisine en manque de ma dose de surgelés.

J'adore la cuisine de Zita. Elle a eu la bonne idée d'y installer aussi un canapé. Je me réchauffe une crevette thaïe qui a survécu à l'invasion des courses de Noël. Et je m'installe dans la pénombre sur le sofa pour la déguster. J'essaye de rationaliser. Il est presque 18 heures. Si les invités sont bien élevés, ils lèveront le camp vers 21 heures. Trois heures à tenir. Ça devrait aller.

Des pas résonnent dans le couloir. Je reconnais Zita. Même en marchant, elle danse. C'est sa façon de dire à la vie qu'elle l'aime. D'autres pas que je ne reconnais pas. La porte qui s'ouvre. Et une voix que j'aimerais ne pas reconnaître. David. Je m'enfonce profondément dans le canapé pour ne pas être débusquée.

— Il ne faut pas se fier aux apparences. Elle a un cœur en or, ma petite-fille. C'est juste que...

Zita marque une pause. Je sais exactement de quoi elle va lui parler. Je n'ai pas envie qu'elle s'inflige ça. Et je déteste la boule qui se met à peser trop lourd au milieu de ma poitrine. D'une voix mal assurée qui ne lui ressemble pas, ma grand-mère se lance :

— Elles en ont bavé, mes petites...

Puis elle déballe tout. Noël. La voiture. L'accident. L'hôpital. La nouvelle à annoncer. Les mots impossibles à trouver. Même pour elle, l'une des dix romancières les plus lues d'Angleterre. Tenir pour Jo et Cam. Dénicher les surprises qui leur feraient tout oublier. Et inventer les histoires du soir qui iraient avec. Un défi pour le commun des mortels. Pas pour Zita – les histoires, c'est sa spécialité. Ensuite, à l'aube de l'adolescence, les choses se sont un peu emballées. La suspension du pensionnat pour lectures illicites. La biographie non autorisée des Sex Pistols étant difficilement soluble dans la tradition britannique... Je souris en me repassant le film dans ma tête. Dans le bureau cathédrale du directeur, Zita avait été grandiose. « L'amour, Voldemort, qu'y a-t-il de plus important à apprendre que l'amour ? La littérature nuisible pour des jeunes esprits en devenir, vraiment ? » Sans attendre sa réponse, elle avait quitté les lieux tête haute. Avec Cam, on l'avait vénérée pour ça.

— Camille a géré. Joséphine fait comme elle peut.

David ne dit rien.

Manifestement, il est secoué.

Moi aussi.

Derrière eux, je m'échappe de la cuisine. Le mieux, c'est d'écourter ma soirée. Je me faufile entre les invités et, discrètement, je quitte l'appartement. La neige doit se moquer du Brexit, car à Londres comme à Paris, la météo est identique. Il a abondamment neigé. Pour enfiler ma parka, je lève le bras. Un taxi prend ça pour un signe. Il s'arrête.

— Miss ?

J'hésite. Au point où j'en suis... Je monte dans le black cab. Il me demande où je souhaite être déposée. Franchement, c'est une excellente question vu mon état d'esprit.

Je réfléchis, puis je finis par répondre :

— Soho, puis je vous dirai...

La voiture démarre. Pour éviter de paniquer, je fixe mon iPhone. En scrollant, je repense à l'interview de Zita. On n'a même pas eu le temps d'en parler, de son projet plus personnel. J'ouvre le lien pour regarder la fin. Mister *Good Morning Britain* s'acharne à lui poser la même question. Elle s'obstine à trouver un moyen de ne pas répondre. On dirait un match acharné en finale de Wimbledon. Finalement, Zita l'achève :

— Je travaille sur une histoire d'amour effectivement. Mais qui vous a dit que c'était un roman ?

Ça y est, j'ai compris.

Cette rencontre avec David, c'était mon cadeau. Zita me connaît vraiment bien.

C'est vrai que ça aurait pu...

Le taxi ralentit. Il me dépose devant le Soho Movie Theater. À l'affiche, le *Rocky Horror Picture Show,* comme tous les Noëls. Je saute de la voiture. J'emprunte la ruelle qui mène à la sortie de secours. Elle est moins étroite et moins sombre que dans mes souvenirs. Je frappe trois coups à la porte. Personne ne répond. Henry ne doit plus bosser ici depuis une décennie. À travers le rideau de flocons, se dessine l'enseigne rassurante d'un Starbucks. Dieu bénisse la mondialisation. Un latte, y a pas mieux quand on a trois heures à tuer...

Un grincement interrompt ma réflexion.

Un visage familier. Un bon sourire.

Henry.

C'est dingue, il se souvient de moi. Et il n'a pas l'air surpris.

— Entre, ma petite, entre. Mais, chut, le film va commencer.

Dans la pénombre, la salle me semble presque vide. Guidée par le faisceau de sa lampe de poche, je remonte l'allée derrière lui. Il s'arrête à la dernière rangée. Je m'y glisse le plus discrètement possible. Peu à peu, je découvre une ombre qui occupe mon fauteuil. Le dernier en haut à gauche.

Je m'apprête à négocier. Très sûre de moi car mes arguments sont imparables.

Un : j'ai passé un Noël inoubliable sur ce fauteuil.

Deux (et conséquence du un) : il est donc ma propriété privée pour l'éternité.

Arrivée à sa hauteur, je me penche, déterminée à récupérer ma place.

Une voix que je reconnais murmure :

— Pop-corn salé ?

David.

Il sourit.

Et moi, j'éclate de rire.

— C'est Noël... *actually* !

Sept jours et une vie

*

Tonie Behar

18 décembre

Ce matin-là, Mira ouvrit les yeux avec le sentiment qu'il fallait changer quelque chose dans sa vie. Il faisait encore nuit noire en ce jour froid de décembre et l'envie de rester blottie sous sa couette était forte. Pourtant, comme tous les matins, elle sauta du lit, enfila un gros pull et un jean sur sa nuisette en dentelle, se glissa dans ses bottes en caoutchouc et sortit dans la cour pour dérouler le tuyau d'arrosage.

Chacun a une routine différente au réveil. Certains prennent leur petit déjeuner sitôt levés, certains allument la radio, s'offrent un running, une séance de méditation ou de yoga, d'autres se précipitent sous la douche, d'autres encore, après avoir fait taire leur réveil pour la dixième fois, sautent dans leurs vêtements de la veille et courent au boulot sans manger ni s'être lavés. Mira, elle, déroulait le tuyau d'arrosage et nettoyait la cour, une grande cour pavée aux grosses pierres polies par le passage du temps. Elle était la gardienne du 19 bis, boulevard Montmartre, un immeuble haussmannien des Grands Boulevards et prenait son entretien très à cœur. Le long des murs étaient alignées de nombreuses plantes en pot qu'elle chouchoutait avec amour. Sous le porche trônait le grand sapin de Noël qu'elle avait décoré tout en rouge et blanc le week-end précédent.

Oui Noël approchait, et Mira frissonna. Une fois de plus, elle serait seule dans sa loge, le Smartphone connecté avec Bucarest. À travers la vidéo, elle serait avec Petru son fils, Irina sa belle-fille et sa petite-fille de huit ans baptisée Maria en son honneur, pour fêter *Crăciun*, « Noël » en roumain. Elle les verrait déguster leur repas de fête et se régaler de *cozonac*, cette délicieuse brioche farcie de fruits secs typique des réveillons en Roumanie. Pomponnée et parée de ses plus beaux bijoux baroques, Mira leur sourirait tout en buvant de la vodka pure, en prétendant que c'est de l'eau. Puis elle leur enverrait des baisers à travers l'écran et irait se coucher ivre morte, heureuse d'avoir une fois de plus surmonté l'épreuve et donné le change.

Mira se ressaisit et tourna le robinet d'eau glacée. Première étape, rincer toute la cour au jet, deuxième étape, arroser les plantes, troisième étape, laver le pavage sous le porche à grande eau, dernière étape, ouvrir la porte cochère et nettoyer le vaste trottoir qui s'étendait jusqu'à la chaussée. Elle salua Karim, le patron du Broadway Boulevard, « restau-lounge-bar à chicha » qui occupait le rez-de-chaussée de l'immeuble. Il était en train de sortir quelques tables réservées aux fumeurs et, comme tous les matins, il lui proposa d'entrer boire un café. Comme tous les matins, elle refusa et rentra avec son tuyau. Mira aimait le thé.

Après la séance d'arrosage, elle s'offrait une douche chaude et parfumée, se crémait, coiffait ses boucles brunes de gitane, se maquillait soigneusement : eye-liner pour souligner le bleu de ses yeux, mascara allonge-cils, rouge pour rehausser la pulpe de ses lèvres, fond de teint pour lisser les rides qui devenaient de plus en plus visibles autour de ses yeux. C'était comme un masque qu'elle portait sur le visage. À 64 ans, Mira luttait contre le déclin annoncé à coups de bijoux, de maquillage et de vêtements colorés.

Enfin, parée de ce qu'elle nommait ses cache-misère, la gardienne glissait un CD de Maria Callas, son idole, dans son lecteur, se préparait un thé noir et parfumé dans son vieux samovar et se faisait griller deux tranches de pain en se jurant de ne pas en manger une de plus... même si les deux tartines se transformaient souvent en trois ou quatre sans qu'elle s'en aperçoive. Et puis, confortablement calée dans un fauteuil Napoléon III au velours rouge un peu passé, Mira se branchait sur son Smartphone pour traquer les bonnes affaires sur Vinted, une application de vente de vêtements et accessoires d'occasion.

Ce jour-là elle ne trouva rien d'intéressant. Mira aimait regarder les grandes marques. Pour le prix d'un vêtement Zara, elle pouvait s'offrir du Saint Laurent, qu'elle vénérait, du Emanuel Ungaro, qu'elle idolâtrait pour son sens des couleurs, ou du Roberto Cavalli, pour son côté sexy. Peu importait que le vêtement soit issu d'une collection datant de l'âge de bronze. Pour Mira, seuls comptaient les tissus, les coupes, et l'idée que le créateur avait en personne validé le modèle qu'elle porterait. Malheureusement elle gardait souvent ces belles pièces dans son placard avec l'idée de les sortir pour une grande occasion... qui ne venait jamais !

Déçue, elle s'apprêtait à refermer l'application quand une publicité incroyable lui sauta aux yeux. L'assistante personnelle de Mariah Carey, son idole avec la Callas, mettait en vente quinze pièces uniques ayant appartenu à la star aux cent cinquante-cinq millions d'albums vendus dans le monde. Mira cliqua frénétiquement sur le lien. Une liste de vêtements s'afficha, plusieurs robes de scène pailletées, fendues, décolletées, des combinaisons moulantes, un long manteau en fausse panthère, un body rouge incrusté de strass... Chaque pièce coûtait plusieurs milliers d'euros, donc inaccessible pour sa bourse. Faisant défiler la sélection, elle tomba sur un top en tissu brillant bleu nuit au décolleté plongeant. La photo de Mariah le portant lors d'une émission de télé accompagnait l'annonce. Plusieurs prises de vues suivaient, présentant le top sous toutes ses coutures. Il était absolument sublime, il était parfait, c'était le vêtement de ses rêves.

Chaque année Mira s'offrait un joli cadeau de Noël et le prix du top de Mariah correspondait au budget qu'elle s'était fixé. Pour être tout à fait honnête, il le dépassait un peu. On pouvait même dire qu'il faisait un peu plus du double (oui, bon, presque le triple). C'était une folie, mais on parlait de Mariah Carey, la seule chanteuse pop dont la voix couvrait cinq octaves ! La fille d'une chanteuse d'opéra, qui avait été un temps gardienne d'un salon de coiffure, avant de devenir une des plus grandes artistes contemporaines. Celle qui avait écrit, composé et interprété *All I Want for Christmas Is You*, qui était aussi la musique du film préféré de Mira, *Love Actually*. La gardienne du 19 bis, boulevard Montmartre tremblait d'excitation. Elle hésita à peine une seconde avant de cliquer sur le bouton « acheter ».

19 décembre

Tous les matins, vers 11 heures, Mira recevait le courrier, bavardait cinq minutes avec le facteur qui se plaignait invariablement de la longueur de sa tournée, puis montait le distribuer dans les étages de l'escalier A et de l'escalier B. Elle faisait ça à l'ancienne, sonnant à chaque porte et remettant les lettres en main propre quand le locataire était présent. Sinon, elle déposait le courrier sous le paillasson. Le moment phare de sa distribution était le quatrième étage de l'escalier A, quand elle sonnait chez Max Dahan. Chaque matin, ils discutaient sur le palier. Dans cet immeuble, dont ils étaient les plus anciens habitants, les sujets de conversation ne manquaient pas. Mira occupait la loge depuis 2003, quant à Max, le doyen, il vivait au quatrième étage depuis quarante-huit ans !

Elle avait longtemps été amoureuse de lui. C'était le genre d'homme dont toutes les femmes de sa génération rêvaient, sans jamais pouvoir le retenir. Charmant et fêtard, joueur de poker et buveur de whisky, marchand d'art et homme à femmes, Max était cultivé, amusant, et surtout horriblement égoïste. Autrefois, quand elle sonnait à sa porte, elle rêvait de le surprendre à la sortie de la douche, la serviette autour des reins, ses beaux cheveux gris peignés en arrière, les épaules larges et une petite brioche qu'elle avait toujours trouvée sexy. Quinze ans plus tôt, il lui avait pris la main pour la faire entrer et l'avait embrassée sur la bouche pour la faire taire. Mira avait tendance à beaucoup parler quand elle était intimidée. Ils avaient basculé sur le grand lit en désordre et fait l'amour sous une immense photo en noir et blanc de Frank Sinatra, Dean Martin et Sammy Davis Junior qui les regardaient en souriant. Les matinées câlines s'étaient parfois répétées au fil des années, mais Mira n'avait jamais réussi à se faire une vraie place dans la vie de Max et en avait longtemps souffert.

Son cœur saignait quand elle voyait des femmes brillantes et parfumées monter faire la fête à des soirées bruyantes où il ne l'invitait jamais. Alors la jolie gardienne, blessée, rongeait son frein en silence et les années passaient. Un matin, un peu plus pomponnée que d'habitude, elle s'était décidée à lui parler, pour demander, à mots couverts, comment il voyait leur relation, et si elle pouvait espérer qu'un jour, il y ait entre eux plus que des câlins matinaux. Elle avait accroché un sourire vaillant sur ses lèvres rouge baiser et appuyé fermement sur la sonnette. C'était une femme qui avait ouvert la porte. Une grande tige aux lèvres gonflées et aux yeux cernés qui, même vêtue d'une chemise de Max, possédait cette élégance rock'n'roll des Parisiennes chic que Mira n'égalerait jamais. La femme avait pris le courrier en lui adressant à peine un regard, sans un bonjour ni même un semblant de sourire, et lui avait tranquillement refermé la porte au nez. Mira était restée plantée sur le palier, avec son cou parfumé et ses yeux maquillés qui s'étaient bêtement remplis de larmes.

À compter de ce jour, elle avait refusé d'entrer quand il lui prenait la main. Elle ne voulait plus attendre, plus souffrir, plus l'aimer. Il avait compris et lâché ses doigts en souriant. C'était sept ans plus tôt, une éternité. Aujourd'hui, elle aimait penser que Max était son ami, même si elle n'en était pas tout à fait sûre.

Il ouvrit la porte, son sourire chaleureux illuminant son visage aux traits réguliers, les cheveux peignés et les vêtements impeccables. Plus le temps passait, moins il se laissait aller, car, disait-il, « vieillir, ce n'est pas pour les mauviettes » ! Elle ne put s'empêcher de remarquer avec un pincement au cœur que, même à 75 ans, il était toujours irrésistible. Il lui demanda comment elle allait.

— Je ne tiens pas en place. Pour Noël, je me suis offert un top ayant appartenu à Mariah, j'en rêve la nuit ! J'ai demandé une livraison en express.

— Fais attention, à ne pas prendre froid. Mariah est souvent en tenue d'été même à Noël !

— Très drôle. Tu riras moins quand tu me verras dedans !

Après la distribution du courrier, Mira se hâta de déjeuner afin de ne pas être en retard pour son deuxième métier. Tous les après-midi, elle était guide à l'Opéra de Paris.

20 décembre

Jamais Mira n'avait été aussi impatiente de recevoir un colis. Quand elle était enfant en Roumanie, Noël n'existait plus, remplacé par la fête laïque de l'hiver instaurée par le régime communiste, et de toute façon ses parents étaient trop pauvres pour lui acheter le moindre cadeau. Étrangement, ce présent qu'elle s'offrait à elle-même lui faisait retrouver son âme d'enfant... à 60 ans passés ! Aussi, quand le livreur arriva ce jour-là vers 13 heures avec les différents colis destinés aux occupants du 19 bis, boulevard Montmartre, elle l'accueillit comme s'il était le Père Noël en personne. Le top arriva, enveloppé dans un joli papier de soie rose, accompagné d'un portrait de Mariah en tenue de Noël au dos duquel était imprimé « *All I want for Christmas is you* ».

Émue, Mira sortit précautionneusement le vêtement de son emballage et plongea son visage dans le Lycra soyeux dans l'espoir d'y respirer quelques rémanences du parfum de la diva. Ensuite elle ôta son chemisier et enfila en tremblant le top qui avait eu la chance de toucher la peau de Mariah Carey. Elle se regarda dans le miroir... et se trouva éblouissante ! Le vêtement, d'un bleu nuit presque noir, était doté d'un échancré plongeant qui mettait particulièrement en valeur son décolleté laiteux entretenu par des hectolitres de crème hydratante et sa poitrine généreuse. Ses seins, comprimés par le puissant effet stretch du tissu, s'épanouissaient sensuellement au bord du top, tandis que son ventre s'aplatissait et sa taille s'affinait comme par magie. Stupéfaite, Mira chaussa ses lunettes pour vérifier si le résultat se confirmait avec une vision objective de la situation. L'effet était toujours renversant. Elle était tout simplement sublime !

Enthousiasmée, Mira décida d'enfiler un pantalon marine Yves Saint Laurent Rive Gauche divinement coupé qui dormait dans son placard dans l'attente d'une occasion exceptionnelle, chaussa ses jolies baskets brodées et s'emmitoufla dans son manteau en fausse fourrure rouge plutôt que dans sa vieille parka informe, car Mariah méritait le meilleur ! Pimpante comme jamais, le dos droit et l'œil vif, elle claqua la porte de sa loge pour se diriger vers l'Opéra Garnier retrouver le groupe de touristes de 14 heures.

Tandis qu'elle marchait du boulevard Montmartre vers le boulevard des Italiens, un homme assez élégant assis à la terrasse d'un café leva son verre de bière en sa direction avec un sourire sympathique. Il murmura « À votre santé ! » quand son regard croisa le sien. Elle lui sourit en retour et continua son chemin, boostée par cette marque d'intérêt inattendue.

Arrivée à l'Opéra Garnier, elle prit en charge son groupe, des Texans venus découvrir la Ville lumière lors d'un passage éclair, avec un enthousiasme inaccoutumé. En grande amoureuse du palais, Mira connaissait par cœur l'histoire de ce bâtiment commandé par Napoléon III et inauguré sous la troisième république par le président Mac Mahon. Avec son anglais parfumé d'accent roumain, elle raconta l'entrelacs des escaliers de marbres polychromes qui accueillaient le carnaval de Paris jusqu'en 1907, les robes de grands couturiers et les diamants étincelants des soirs de première. Les yeux de Mira brillaient comme des saphirs, la passion rosissait ses pommettes slaves et chacun de ses mots avait la puissance évocatrice d'un film. Les Texans l'écoutaient subjugués en la suivant dans le grand foyer, sauf un homme qui consultait ostensiblement son Smartphone tout en mâchant un chewing-gum. D'un grand geste théâtral, Mira ouvrit une porte pour dévoiler l'impressionnante salle de spectacle toute vêtue de velours rouge, avec ses loges à balcon, son plafond peint par Chagall et son gigantesque lustre en bronze et cristal de cinq mètres de haut.

Au moment où elle leur racontait que Maria Callas avait chanté sur la scène de l'Opéra uniquement à deux reprises, *La Norma* en 1964 et *La Tosca* en 1969, l'homme au chewing-gum l'interrompit en plein milieu de sa phrase pour lui demander dans combien de temps se terminait la visite. Habituellement Mira aurait ravalé son agacement et répondu à la question en souriant avant de reprendre ses explications. Mais pas cette fois-ci. L'impolitesse du touriste lui parut soudain insupportable. À chaque visite, elle donnait d'elle-même pour raconter l'histoire de ce temple de l'art, mêlant anecdotes, informations historiques et passion. Cela méritait du respect. Pour la première fois de sa carrière de guide, elle osa exprimer son mécontentement

— *If you're not interested, you can leave now!*

— *You're rigtht, sorry,* confirma l'organisateur. Puis se tournant vers le mal élevé : *Can you wait for us downstairs*[1] *?*

L'homme se balança d'un pied sur l'autre pour marquer son hésitation. Il fit éclater une bulle de chewing-gum avant de lancer un *fuck you* tonitruant. Mira invita le reste du groupe à la suivre pour découvrir les coulisses.

— *You were wonderful!* lui dit une femme à la sortie de la visite.

— *You are beautiful, I love your top*, ajouta une autre.

— *Thank you, it was very interesting*[2] *!* conclut un monsieur élégamment coiffé d'un chapeau de cow-boy.

Mira reçut ce jour-là plus de pourboires qu'on ne lui en avait jamais donné. Elle en conclut que le vêtement de Mariah Carey avait une part de magie.

Après son dîner, plutôt que de regarder un film ou une série, Mira se dit qu'elle préférait être actrice de sa propre existence et décida de faire quelque chose pour elle-même. En quelques heures, le top en Lycra bleu nuit avait transformé sa vie. Il fallait battre le fer quand il était chaud et profiter de son pouvoir. Prise d'une impulsion, elle attrapa son Smartphone et réactiva l'application « Disons demain », un site de rencontres sur lequel elle s'était inscrite quelques années auparavant et qu'elle avait arrêté de fréquenter après plusieurs rendez-vous décevants. Mais aujourd'hui, grâce au pouvoir du top de Mariah Carey, elle se sentait différente : plus forte, plus sûre d'elle, plus séduisante... même avec quelques années de plus ! Peut-être l'heure était-elle venue de mettre fin à sa solitude ?

---

1. — Si vous n'êtes pas intéressé, vous pouvez partir maintenant !
— Vous avez raison, désolé. Pouvez-vous nous attendre en bas ?

2. — Vous avez été fantastique !
— Vous êtes fabuleuse, j'adore votre top.
— Merci, c'était très intéressant !

Quand elle se connecta sur le site, elle réalisa qu'il fallait procéder à quelques ajustements dans sa présentation pour lui donner plus de personnalité. Elle ajouta les mots « mélomane » et « passionnée », enleva « timide », confirma que *Love Actually* était bien son film préféré, déclara qu'elle aimait les vêtements de luxe vintage et flâner sur les Grands Boulevards. Enfin, elle se remaquilla soigneusement, choisit une lumière avantageuse et prit quelques selfies parmi lesquels elle trouva une photo qui mettait le top bleu marine, son décolleté et ses pommettes slaves en valeur et la sélectionna comme photo de profil. Au terme de cette journée riche en émotions, Mira se démaquilla, enfila sa nuisette en dentelle et se glissa dans son lit pour visiter quelques profils.

Un message l'attendait déjà ! Un dénommé Dimitri, mélomane comme elle, demandait à se connecter. Elle examina sa photo avec attention. Il avait une bonne tête avec des cheveux gris et soyeux en bataille, des yeux qui semblaient malicieux derrière des petites lunettes en écaille, un sourire enfantin sous une barbe de trois jours… l'ensemble était très plaisant. Elle accepta le message et lui demanda s'il aimait *Love Actually.*

Je l'ai vu il y a très longtemps et je serais super tenté de le revoir pour me rafraîchir la mémoire.

Ah, c'est sympa ! Et vous, quel est votre film préféré ?

Le Parrain I et II, *Il était une fois en Amérique*, *Il était une fois dans l'Ouest* et en général tous les films dont la musique a été composée par Ennio Morricone.

Une question en entraînant une autre, ils discutèrent facilement, bondissant et rebondissant de sujet en sujet avec une fluidité surprenante. Elle apprit qu'elle était la première personne qu'il abordait sur le site et qu'il n'avait pas envie d'aller plus loin tellement il était ravi de leurs échanges. Surprise par sa propre audace, elle tapa immédiatement une réponse :

Vous voulez qu'on se rencontre IRL ?

Avec plaisir ! Disons demain ?

Demain est mon jour préféré.

Parfait. Je vous enverrai l'adresse d'un restau sympa. Bonne nuit, Mira.

Bonne nuit, Dimitri. À demain.

Mira éteignit la lumière et ferma les yeux. Après réflexion, aujourd'hui était son jour préféré.

21 décembre

On était peut-être le week-end, mais Mira nettoyait quand même le trottoir au jet, parce qu'un vendredi soir sur les Grands Boulevards nécessitait un nettoyage le samedi matin. Elle aperçut Karim qui sortait ses tables. Qu'il pleuve ou qu'il vente, il prévoyait toujours une rangée en terrasse, sous l'auvent, pour les clients fumeurs. Ça lui permettait de s'en griller une petite de temps en temps. Le froid était vif et une buée blanche s'échappait de sa bouche quand il soufflait.

— Bonjour, Mira ! Je t'offre un petit café ? proposa-t-il comme tous les matins.

— Je n'aime pas trop le café, je préfère le thé, s'entendit-elle répondre.

— Va pour un thé !

— Je range mon tuyau et j'arrive !

C'est fou comme le fait de prononcer, ou non, certains mots a le pouvoir de changer le cours de la journée, se dit Mira en retirant ses bottes en caoutchouc. Elle choisit dans sa garde-robe des grandes occasions un jean Levi's vintage qui mettait en valeur sa taille fine et ses hanches rondes, en se demandant pourquoi elle ne s'était jamais autorisée à le porter plus souvent et se para cérémonieusement de son top bleu nuit. Karim était au comptoir en train de discuter avec Félix, dont la société Laser finance occupait tout le deuxième étage de l'immeuble. Ils la regardèrent tous deux avec des yeux ronds.

— Salut, Mira, tu es super en forme !

— Merci, mon Féfé ! Et pourtant j'ai zappé l'étape maquillage ce matin, je n'ai pas encore pris ma douche.

— Ça te va hyper bien. Ça te rajeunit !

— C'est grâce à mon nouveau top ! Il est magique.

— C'est vrai qu'il te va bien, confirma Karim. Qu'est-ce que je te sers, comme thé ?

Il posa devant elle une carte avec une liste impressionnante de thés aux couleurs et saveurs variées : thé blanc, thé noir, thé vert, thé fumé, thé aromatisé... il y en avait pour tous les goûts. Elle opta pour un thé blanc à la rose, car elle n'en avait jamais goûté.

— Madame est connaisseuse ! apprécia Karim.

— Surtout curieuse !

Elle attrapa un prospectus qui était posé en pile sur le comptoir.

— Tu ne pars pas à la Martinique voir ta mère pour Noël ? demanda-t-elle à Félix.

Le jeune homme était son petit protégé dans l'immeuble. Un fils qui vivait loin de sa mère, et une mère qui vivait loin de son fils, ça créait des liens.

— Non, j'ai trop de boulot. Mais je lui ai envoyé un billet d'avion. Elle arrive lundi.

— Quelle chance !

— Et toi ? Tu ne vas pas à Bucarest ?

Elle but une gorgée de thé que venait de lui apporter Karim. Cela faisait vingt-cinq ans qu'elle avait clandestinement quitté la Roumanie, fuyant la débandade du pays après la chute de

Ceausescu, mais elle restait hantée par ses mauvais souvenirs. Une grande partie de la population vivait alors en dessous du seuil de pauvreté. Son fils travaillait dans une usine, mais gagnait à peine de quoi se chauffer et se nourrir. Mira avait perdu son poste de choriste dans le chœur de l'opéra de Bucarest, son mari était mort quelques années plus tôt. Ne voulant pas être une charge pour son fils et sa fiancée, elle avait clandestinement quitté le pays à l'aide d'un passeur. Même si sa situation avait été régularisée, elle craignait toujours de retourner en Roumanie et d'y rester coincée. Petru, Irina et la petite Maria lui rendaient visite de temps en temps.

— Pas cette année, répondit-elle la gorge serrée.

Elle jeta un coup d'œil sur le prospectus qu'elle tenait dans sa main. C'était une publicité pour intégrer une chorale.

« *Chanter est une façon naturelle de se lier aux autres et l'énergie qui circule dans un groupe de chanteurs est immense. C'est un excellent moyen de découvrir son potentiel d'expression et de le partager. On devient soi parmi les autres !* »

— Mon Dieu..., murmura-t-elle, choquée.

— C'est vrai que tu as été choriste ! s'exclama Karim.

— Dans une autre vie...

Le texte fit remonter des souvenirs enfouis comme des bulles explosant à la surface de l'eau. Des flashs de la période la plus heureuse de sa vie crépitaient dans sa mémoire : les visages de ses camarades de la chorale, les chants à la gloire du parti qu'ils entonnaient à chaque occasion, les chansons subversives, c'est-à-dire venues de l'Est, qu'ils travaillaient en cachette, les concerts dans la grande salle de l'opéra auxquels elle participait, petite chanteuse perdue dans ce grand chœur, elle se sentait faire partie d'un tout...

— Garde-le si ça t'intéresse, dit Karim. La fille qui s'en occupe est une copine.

Félix les quitta pour monter travailler. En plus de l'activité de sa société, il était le propriétaire et gérant de l'immeuble depuis sept ans. Il croisa Doria, la fille de Max, également locataire dans l'immeuble, qui entrait dans le café, son fils dans sa poussette.

— Dis donc, tu es tombée du lit ? s'exclama Mira qui avait connu Doria à une époque où elle rentrait plutôt se coucher à cette heure matinale.

— C'est de sa faute, je vais le tuer ! répondit la jeune femme en couvant l'enfant d'un regard d'amour fou. Je peux avoir un café, Karim ?

Elle attrapa un croissant sur le comptoir et en tendit un morceau à son fils.

— Tu es canon ce matin, Mira, fit-elle remarquer.

— Oui, c'est grâce à mon nouveau top.

— Non, c'est parce que tu n'es pas tombée la tête la première dans ton fond de teint !

— C'est ce que je lui ai dit ! déclara Karim en déposant le café de Doria devant elle.

— Ah bon ? s'étonna Mira, dubitative.

Elle était persuadée ne pas être visible sans maquillage. Dans sa tête, la voix de Mariah Carey lui souffla une nouvelle idée.

— Tu pourrais venir m'aider à me préparer ce soir ? Le maquillage, tout ça ?

— Tu as un *date* !? demanda Doria, soudain attentive.

Mira aurait presque pu voir ses antennes se déployer sur sa tête. Cette fille était un radar à potins.

— J'appelle ça un premier rendez-vous.

— Peu importe. J'accepte, à condition que tu me racontes tout.

— On verra. Rendez-vous à 7 h 30 dans la loge.

Commère ou pas, Doria était une experte en « make up ». En quelques coups d'éponge et une infime quantité de produit, elle lui fabriqua un teint soyeux et un regard de biche. Elles choisirent ensemble une longue jupe vintage à motifs marine et blanc. Ébahie par son placard à « grandes occasions », Doria lui conseilla de jeter toutes ses fringues sans âme pour ne porter que ces merveilles.

— La grande occasion c'est la vie ! Et ce soir tu es sublime !

Mira s'observa longuement dans la psyché de sa chambre. Une fois de plus, le top de Mariah déployait toute sa magie, la transformant en une femme élégante et belle aux yeux brillants. Elle vaporisa un nuage de Diva d'Emanuel Ungaro, son parfum préféré, dans son cou, prit sa veste en fausse fourrure et se rendit au restaurant.

Dimitri avait choisi un italien du 1er arrondissement situé sur la place du Marché-Saint-Honoré. Elle le reconnut à sa chevelure blanche, avec ses petites mèches en bataille. Il portait autour du cou une longue écharpe en lainage gris, souple et fin comme une mousseline qui lui donnait un air très cool, mais ce fut surtout son sourire gai et bienveillant qui lui plut au premier regard. Il se leva au moment où il l'aperçut, attendit qu'elle se fût assise pour se poser sur sa chaise.

— Je suis très content que ce soit vous !

— Moi aussi je suis contente que ce soit moi.

— J'espère que vous aimez la cuisine italienne.

— Beaucoup. Je me suis demandé si vous alliez choisir un russe, vu votre prénom. Ce n'est pas un pseudo ?

Il sourit et elle réalisa que c'était vraiment très agréable de dîner dans un restaurant en face d'un homme qui commence à vous plaire.

— Non, c'est vraiment Dimitri, et vous ?

— C'est vraiment Mira. Je n'ai à me cacher de personne.

— Moi non plus !

Il lui raconta qu'il venait tout juste d'être mis à la retraite et appréhendait beaucoup l'inactivité. Séparé de son ex-femme depuis de longues années, il avait une vie sociale qui tournait surtout autour de son métier. C'était ses enfants qui avaient pris l'initiative de l'inscrire sur le site. Craignant qu'il ne s'ennuie, ils avaient décrété qu'il devait sortir, voir du monde et pourquoi pas faire de nouvelles rencontres.

Tout à leur conversation, ils remarquèrent à peine le serveur venu prendre leur commande et s'excusèrent de leur manque d'attention en gloussant légèrement. *Ça y est, on commence déjà à devenir bêtes*, songea Mira tout en consultant la carte. Elle choisit des penne arrabbiata, il opta pour des rigatoni siciliana, ils commandèrent une bouteille de chianti. Elle toucha le tissu de son vêtement comme un fétiche pour le remercier de lui faire vivre tant de moments étonnants depuis la veille.

— Et c'était quoi, votre métier ? s'enquit-elle.

— Je travaillais à France Musique. Je suis, pardon, j'étais réalisateur. C'est-à-dire que je m'occupais de toutes les prises de son des émissions. Et également celles des concerts de l'orchestre philharmonique de Radio France.

— Mais ça devait être génial ! Vous aimez la musique classique ?

Ils repartirent dans une conversation à bâtons rompus, échangeant sur leurs compositeurs préférés entre deux bouchées de pasta. Il aimait Bach et Rachmaninov, elle préférait Mozart et Verdi pour leurs opéras. Elle parla de la Callas, il renchérit sur Montserrat Caballé. Elle l'interrogea sur les concerts auxquels il avait assisté et quel était l'artiste le plus exceptionnel qu'il avait rencontré, il évoqua sa très grande admiration pour Renaud Capuçon.

— Mais assez parlé de moi... et vous, que faites-vous dans la vie ? demanda-t-il au moment où ils attendaient leurs desserts.

Mira hésita. C'était l'heure de vérité. Son métier avait le don de réveiller les pires réflexes de mépris social. À croire qu'elle se trouvait tout en bas de l'échelle des jobs les plus pourris. Elle but une gorgée de vin et annonça en souriant :

— Je suis gardienne d'immeuble.

Il partit d'un grand éclat de rire.

— Excellent ! Et moi, je suis éboueur, on est fait pour s'entendre !

— Je ne vois pas ce qu'il y a de drôle, dit-elle d'un ton froid.

Dimitri perdit légèrement contenance.
— Vous voulez dire que c'est vrai ?
— Tout ce qu'il y a de plus vrai.
— Mais... vous ne l'avez pas précisé sur votre profil !
— Vous n'avez pas précisé votre métier non plus.
Il sourit, un peu condescendant.
— Mais enfin, ce n'est pas pareil...
L'ancienne Mira aurait mis la sourdine. Elle aurait avoué ne pas avoir révélé son métier de peur de rater des rencontres éventuelles. Elle se serait presque excusée, se serait justifiée en expliquant qu'elle n'était pas « que » gardienne, elle était aussi guide à l'Opéra de Paris. La conversation aurait repris, mais au final, la rencontre aurait quand même été gâchée. Car lundi au petit jour, elle sauterait dans ses bottes en caoutchouc pour nettoyer la cour, puis elle distribuerait le courrier, ferait le ménage des parties communes, et en fin de journée sortirait les poubelles juste à temps pour le ramassage des ordures ménagères. C'était son métier, c'était sa vie et elle l'aimait. Si cela ne plaisait pas à ce monsieur, elle n'avait rien à faire avec lui.
Mira se leva calmement, attrapa son sac et déposa des billets sur la table sous le regard effaré de Dimitri qui ne savait plus où se mettre.
— Je crois que nous nous sommes tout dit, réussit-elle à prononcer de la même voix calme et froide, sans trembler.
Et elle quitta le restaurant.
Cette nuit-là, du fond de son lit, essuyant compulsivement les larmes de rage qui lui brûlaient les yeux, Mira remercia le vêtement magique de lui avoir donné la dignité de partir.

22 décembre

Elle se réveilla le lendemain avec la ferme volonté de ne pas laisser cette soirée désastreuse gâcher son dimanche, ni le reste de sa vie. Certes, c'était regrettable car Dimitri était un homme séduisant. Il avait de l'humour sur lui-même et avait su lui faire passer un moment vraiment magique, jusqu'à ce qu'il gâche tout en révélant son sale petit snobisme. Tant pis pour lui. Mira but plusieurs tasses de thé et revêtit le top de Mariah, dont elle avait plus besoin que jamais. Emmitouflée dans une doudoune Gianni Versace en satin noir aux motifs furieusement bariolés qu'elle réservait aux très grandes occasions, elle descendit le boulevard Montmartre, puis celui des Italiens et bifurqua dans la rue Favart. Elle avait lu sur le prospectus que les répétitions de la chorale avaient lieu le dimanche à 11 heures dans une salle de l'Opéra-Comique.

Elle se présenta à l'amie de Karim en lui expliquant qu'elle souhaitait juste assister à une répétition avant de s'engager, car elle n'était pas très sûre d'elle. La jeune femme l'accueillit avec bienveillance et lui conseilla de se joindre au groupe sans trop se poser de questions. Les paroles d'une chanson dans la main, Mira sentit sa poitrine se gonfler d'émotion. Une trentaine de voix différentes allaient s'élever pour n'en former qu'une. Chanter en groupe, c'était donner le meilleur de soi et être convaincu que chacun faisait de même. C'était une question de confiance, et de joie. Quand le chœur entier lança ses premières notes, Mira chanta pour la première fois depuis l'époque oubliée de l'opéra de Bucarest. La voix chevrotante, rouillée par des années de silence, cachée derrière les autres mais avec eux, elle laissa les belles sensations d'autrefois revenir.

« Elle avait des bagues à chaque doigt,
Des tas de bracelets autour des poignets,
Et puis elle chantait avec une voix
Qui, sitôt, m'enjôla[1]... »

---

1. *Le Tourbillon de la vie*, chanson écrite par Serge Rezvani en 1957 pour Jeanne Moreau. Elle a été intégrée à la musique du film *Jules et Jim* de François Truffaut en 1962.

Sur le chemin du retour, Mira avait l'impression de flotter à cinquante centimètres au-dessus du sol. Ç'avait été si simple, et si bon ! Pourquoi s'était-elle privée du bonheur de chanter ? Pourquoi refusait-elle de retourner dans son pays ? Si les réponses se trouvaient dans les traumatismes qu'elle avait vécus, elle réalisait néanmoins qu'elle s'était volontairement, et pendant de longues années, coupée de ses anciens bonheurs. Elle lutta pour repousser le sentiment de gâchis qui tentait de s'imposer dans son cœur.

De retour dans sa loge elle s'autorisa à consulter son Smartphone. Sur l'écran, une notification indiquait que Dimitri avait laissé un message.

Je suis désolé de la tournure qu'a prise notre dîner hier. Je me suis comporté comme un con. J'ai passé une soirée magique et j'en ai déjà la nostalgie. Vous me donnez une seconde chance ? Un deuxième dîner ?

Heureusement qu'elle portait le top magique car la petite voix de Mariah Carey lui souffla exactement quoi répondre.

Je veux bien un deuxième dîner, mais à une condition :
chez moi, dans ma loge.

Quand ?

Ce soir ! 20 h 30.
19 bis, boulevard Montmartre. La petite porte grise à gauche sous le porche.

Merci ! J'apporte le vin !

Oui, la magie avait encore frappé !

Elle était en train d'apporter la touche finale à sa déco quand elle entendit la voix reconnaissable entre mille de Mariah Carey chantant *All I Want for Christmas Is You* dehors. Ouvrant la porte, intriguée, elle découvrit Dimitri planté sur le seuil, un grand panneau de carton entre les bras, comme dans la scène culte de *Love Actually*. De son Smartphone, qu'il avait glissé dans la poche arrière de son jean noir, s'échappaient les paroles de la chanson. Derrière lui, le sapin de Noël clignotait de toutes ses guirlandes. Sur le panneau étaient inscrites au marqueur les trois lettres : PAR.

Dimitri changea de carton, faisant apparaître la suite de son message : DON.

Un dernier carton apparut, marqué d'un immense point d'interrogation.

Elle ne put s'empêcher de rire. Pour la première fois de sa vie, elle, Mira, vivait une vraie scène de comédie romantique. Elle lui prit la main pour le faire entrer.

— Waouh ! lança-t-il en regardant autour de lui.

Avec ses murs tapissés de rouge, la loge de gardienne de Mira ressemblait à une loge d'opéra. Elle avait décoré son cocon de meubles Napoléon III chinés aux puces ou sur le Bon Coin. Deux fauteuils crapaud en velours rouge un peu fatigué encadraient un guéridon à trépied en bois noirci. Au mur étaient accrochés des portraits en noir et blanc de ses deux idoles : Maria Callas et Mariah Carey. Sur le plateau de marbre d'un buffet ventru trônait son samovar. Pour parfaire l'ambiance, elle avait disposé des bougies un peu partout dans la pièce.

— C'est magnifique !

— Vous voulez boire quelque chose ? J'ai de la vodka.

— Zut, j'ai oublié le vin dehors !

Il ouvrit la porte au moment où Amanda, la locataire du cinquième étage, sortait de l'ascenseur en compagnie de son fiancé Alexandre. Elle jeta un regard curieux en direction de la loge qui dévoilait tous les éléments d'un dîner romantique. Dimitri se crispa un instant avant de récupérer la bouteille de vin qu'il avait déposée sur le pas de la porte.

— Bonne soirée, Mira ! chantonna la jeune femme.

— Merci, toi aussi.

— Hum ! je ne pense pas qu'elle sera aussi réussie que la tienne, gloussa Amanda. Au fait, j'adore ton top ! Tu l'as acheté où ?

— Sur Vinted.

— Bon, tu viens ? s'impatienta son compagnon qui avait déjà ouvert la porte cochère, laissant s'engouffrer un courant d'air froid sous le porche.

— C'est bon, j'arrive ! Au revoir, Mira, au revoir, monsieur.

Mira referma prestement la porte de la loge pour éviter que le vent ne souffle ses chandelles.

— La vie de gardienne ! commenta-t-elle, décidée à ne pas enjoliver le tableau. Ils peuvent frapper à ma porte à toute heure du jour pour me demander tout et n'importe quoi ! Bon. On ouvre le vin ?

Il la suivit dans la cuisine pour trouver un tire-bouchon.

— Ça a l'air bon, dit-il en humant la casserole dans laquelle mijotait un plat de légumes en sauce.

— Désolée, mais ce n'est pas moi qui ai cuisiné. J'ai commandé du couscous chez Karim, son cuistot le prépare merveilleusement bien.

— Qui est Karim ?

— C'est le patron du Broadway Boulevard, le restaurant qui se trouve juste à côté de la porte d'entrée !

Elle avait dressé le couvert sur le guéridon qui lui servait généralement de table à manger. Installés au creux des vieux fauteuils, ils reprirent leur conversation où ils l'avaient laissée la veille avec une fluidité surprenante. L'incident avait déjà créé un passif entre eux, un souvenir commun dont ils pouvaient plaisanter en complices.

— Si on se tutoyait ? lança-t-il au moment même où elle pensait que ça devenait compliqué de continuer à le vouvoyer.

Il se leva naturellement pour l'aider à débarrasser et, tout en continuant à discuter, essuya la vaisselle qu'elle avait lavée.

— J'ai encore passé une super soirée, je vais finir par y prendre goût !

— Moi aussi, murmura-t-elle.

— Tu as quelque chose de prévu pour le réveillon ?

— Un appel vidéo avec mon fils en Roumanie, le DVD de *Love Actually*, et au lit !

— Alors, j'ai quelque chose de plus sympa à te proposer. C'est moi qui m'occupe de tout, je viendrai te chercher. Fais-toi aussi belle que ce soir !

Avant de partir il déposa un baiser à la commissure de ses lèvres. Elle en fut troublée comme une midinette.

23 décembre

Sur l'appli Vinted, un message d'alerte clignotait. Mira prit le temps de s'étirer sous sa couette. Elle avait dormi comme une princesse. Elle se leva pour enfiler son jean, un gros pull et ses bottes. Aujourd'hui, elle avait prévu de faire du tri dans ses placards : à la benne, les vieux vêtements qu'elle portait « pour travailler », à l'honneur les pièces de couturier. Elle voulait réfléchir à la meilleure façon de les assortir pour se créer des looks.

Il faisait si froid qu'elle dut mettre des gants pour tenir le tuyau. Frigorifiée, elle prit une douche très chaude avant de s'habiller. Le top de Mariah, qu'elle avait, comme chaque soir, lavé à la main après le départ de Dimitri, était encore humide. Il lui serait impossible de le mettre dans la journée, mais l'essentiel était de pouvoir le porter pour sa soirée de réveillon. À cette idée, son cœur s'emballait. « Fais-toi aussi belle qu'aujourd'hui », avait dit Dimitri. Que lui avait-il préparé comme surprise ?

Elle se servit une tasse de thé et attrapa son Smartphone. Le message Vinted clignotait toujours :

> Nous sommes au grand regret de vous annoncer que nous avons été victimes d'une escroquerie. Le lot de vêtements indiqués comme ayant appartenu à Mariah Carey s'est révélé être un faux. La star a exigé un démenti et certifie n'avoir jamais autorisé la vente de ses vêtements sur notre site. Nous sommes profondément désolés pour les fans qui ont acquis ces pièces et imaginons leur immense déception. Celles et ceux qui le désirent peuvent nous contacter afin de se faire rembourser leur achat.

Le choc fut inouï. Le film des derniers jours défila dans son esprit en accéléré et il lui sembla que tout était faux. La magie n'était qu'un leurre. Rien n'existait vraiment et Dimitri allait vite découvrir qu'elle n'était pas digne de l'intérêt qu'il lui portait. Elle eut le sentiment de glisser le long d'un toboggan vertigineux et de se retrouver le cul par terre.

Il ne restait plus qu'à annuler la soirée du lendemain. Elle se jeta sur son lit pour pleurer à gros bouillons. C'était ridicule, elle le savait. On ne pleure pas pour une broutille à son âge, mais à 64 ans justement, les rêves de bonheur sont plus fragiles qu'à 20, 30 ou 50 ans. On sait qu'ils peuvent se briser comme du cristal et ne plus refleurir. Qui était l'ordure qui avait manigancé un coup pareil ? Et comment avait-elle été assez naïve pour croire que de vrais vêtements de la vraie Mariah Carey pouvaient se trouver en vente sur un site qu'elle fréquentait régulièrement ? Qu'allait-elle devenir maintenant que la magie était partie ? Sur la corde à linge, le vêtement humide lui parut semblable à un vieux bout de chiffon mort.

L'arrivée du facteur la tira de sa crise de larmes. Les yeux gonflés, elle ouvrit la porte, attrapa machinalement les lettres et se mit à les trier sans même échanger deux mots avec lui. Puis elle se passa le visage sous l'eau froide, attacha ses cheveux en queue-de-cheval et partit les distribuer. Au quatrième étage de l'escalier A, Max Dahan tomba des nues en voyant son pauvre visage décomposé et insista pour qu'elle entre lui parler. Elle se laissa tomber dans le canapé face à la cheminée sur laquelle trônait une antique paire de défenses d'éléphant. Max était revenu de la cuisine avec un verre d'eau fraîche qu'il lui conseilla de boire.

— Qu'est-ce qui se passe ? demanda-t-il, alarmé. Tu as eu des mauvaises nouvelles de ton fils ?

Face à ce visage familier qui semblait sincèrement inquiet pour elle, Mira se remit à sangloter.

— Pas du tout, c'est mon top Mariah Carey qui est un faux !

Max laissa échapper un soupir de soulagement.

— Et alors ? Où est le drame ? Tu l'as payé si cher que ça ?

— Non, mais la magie s'est enfuie.

Effondrée, elle lui raconta pêle-mêle tout ce qui lui était arrivé de merveilleux ces derniers jours, de l'épisode du Texan à la rencontre avec Dimitri, du thé chez Karim à la chorale, du dîner italien au couscous dans sa loge. Il l'écoutait attentivement, les yeux fixés sur elle avec bienveillance pour tenter de comprendre ce qui pouvait la bouleverser à ce point.

— Je suis une idiote. J'ai cru que ça pouvait vraiment arriver, mais c'était un mensonge ! Tout n'est que mensonges. Et Dimitri va s'apercevoir que ça n'était pas réel !

Elle s'abattit contre son épaule et il referma doucement les bras sur elle, interloqué par cette souffrance qu'il trouvait totalement infondée.

— Écoute-moi, Mira. Ce n'est pas un malheureux bout de tissu qui a provoqué ces événements. C'est toi. Et tout ce qui est arrivé est réel, parce que tu as tout créé. La magie est en toi. Tu es déjà aussi formidable et séduisante que tu le rêves.

— Qu'est-ce que tu racontes ?

— Laisse-toi devenir qui tu es vraiment : Mira la diva.

Perdue, Mira tentait de décrypter ce qu'il voulait lui dire. Avait-elle vraiment tout provoqué ? Avait-elle ce pouvoir ? Cela lui semblait impossible.

— Tous ces événements ne peuvent pas venir de moi. Cet homme qui m'a saluée dans la rue… personne ne me voit jamais dans la rue.

— Parce que tu t'es habillée avec ton beau manteau. Tu t'es tenue droite, tu as souri. Et il t'a vue ! C'est toi.

— Mais ma rencontre avec Dimitri, mon premier rendez-vous en ligne depuis des années… et je tombe sur lui.

— Toutes les rencontres amoureuses ont leur part de magie, mais la décision de retourner sur le site est la tienne, ce que tu as écrit, la photo que tu as postée… tout cela était généré par une nouvelle énergie qui est très positive parce que tu crois en toi.

— Et la chorale, ce n'est pas magique, ça ?

— Ces prospectus sont sur le comptoir du Broadway depuis mille ans. Je les ai vus cent fois mais je n'ai jamais décidé d'aller à la chorale, toi tu l'as fait. C'est toi qui es magique, Mira.

— Je ne suis qu'une gardienne d'immeuble ! Je ne suis pas assez bien pour toi.

— N'importe quoi !

— Alors pourquoi tu ne m'as jamais invitée à tes soirées ?

— Je ne sais pas. Parfois je suis un vieil imbécile…

Elle but la fin de son verre d'eau un peu rassérénée. Mais l'inquiétude persistait.

— Comment je vais faire pour redevenir comme ça, maintenant ? J'ai perdu le truc !

— La petite voix à laquelle tu obéissais les yeux fermés parce que tu pensais que c'était celle de « Mariah Carey », c'était la tienne ! Continue à l'écouter. Tends bien l'oreille parce que parfois elle chuchote.

Mira prit le temps de réfléchir avant de laisser un large sourire s'épanouir sur son visage.

— Ma petite voix, elle me crie que tu as été un vrai con, Max. Et aussi que je vais passer Noël avec Dimitri qui m'a l'air d'être un type très bien, lui !

Max éclata de rire, beau joueur, et Mira quitta le bel appartement du quatrième étage la tête haute, pas peu fière d'elle.

24 décembre

Le matin de Noël, comme pour la convaincre que la magie ne s'était pas envolée, Doria frappa à sa porte coiffée d'un chapeau de Père Noël.

— Hohoho ! Qui vient t'apporter le plus beau des cadeaux ?

— Je parie que ton fils adore ce jeu, mais j'avoue que je n'ai pas trop le cœur à ça.

— Dommage ! Pas de jeu, pas de cadeau. On recommence : Hohoho ! Qui vient t'apporter le plus beau des cadeaux ?

— La Mère Noël ?

— Perdu !

— Je recom...

— Doria !

— Perdu ! Hohoho ! Qui...

— Je donne ma langue au chat !

— Petite joueuse ! C'est la Mère Doël !! Doria + Noël !

Pas de doute que Doria savait fabriquer sa propre magie. Amusée, Mira choisit d'entrer dans son jeu.

— Mère Doël, quel beau cadeau m'apportes-tu ?

— Ouvre donc, Mira la diva ! répondit Doria en lui remettant une enveloppe entourée d'un ruban de satin rouge.

Mira tira sur le nœud pour le défaire, ouvrit l'enveloppe et resta bouche bée. Elle contenait deux invitations pour une projection exceptionnelle de *Love Actually* au Grand Rex, le 31 décembre en présence de... Mariah Carey !

— Doria, c'est pas possible ! Merci ! balbutia-t-elle en embrassant la jeune femme

Certes Doria était responsable des relations publiques du célèbre cinéma, mais c'était adorable de sa part de penser à lui offrir ces deux places qui devaient faire rêver bien des fans.

— Joyeux Noël, Mira la diva !

À 20 heures tapantes, Dimitri frappa à sa porte. Il portait un costume noir avec une écharpe de soie blanche, et arborait un sourire qui lui mit le feu au cœur.

— Tu ne portes pas ton body bleu ? lui demanda-t-il, surpris.

— Non, pourquoi ? Tu veux que je le mette ?

— Pas du tout, mais je commençais à me demander si tu avais d'autres vêtements !

— Et alors, que penses-tu de ma tenue du jour ?

Elle avait choisi une jupe crayon en velours noir avec un chemisier en mousseline aux motifs fleuris.

— Tu es magnifique !

Un taxi les attendait sur le boulevard. Il glissa à travers les rues désertes et longea la Seine qui luisait sous la lune. La Maison de la radio se dressa devant eux, ronde et blanche comme un immense gâteau.

— Tu es prête ? demanda-t-il en lui prenant la main.

— Oui.

Le veilleur de nuit salua Dimitri et l'informa que « tout était prêt ». Ils marchèrent le long d'un grand couloir désert et s'arrêtèrent devant une large porte en bois clair.

— Ferme les yeux.

Il la guida lentement pendant quelques minutes, lui faisant descendre une longue série de marches.

— Tu peux regarder !

— Oh, c'est extraordinaire !!

Ils se trouvaient au centre de l'auditorium de la Maison de la radio, sur l'étendue blanche de la scène où se tenaient habituellement les musiciens.

L'impressionnante salle, conçue en forme d'arène, était entourée de balcons de bois sombre disposés en quinconce. Sur le mur du fond se dressait un orgue monumental aux reflets chromés. Dimitri actionna une télécommande et la voix de légende de Maria Callas, puissante, vibrante, envahit tout l'espace, touchant Mira au cœur. Il avait choisi un enregistrement de *Norma*, qu'elle avait chanté à l'opéra de Paris.

— J'espère que tu as faim.

Elle découvrit alors la table qui avait été dressée pour deux en plein milieu de la scène. Éblouie et bouleversée, Mira s'approcha de lui et enroula ses bras autour du cou de Dimitri.

— Pourquoi tu fais tout ça pour moi ? chuchota-t-elle tout contre sa bouche.

— Parce que tu es magique, répondit-il juste avant que leurs lèvres se rejoignent.

Elle n'eut pas besoin de la petite voix de Mariah Carey pour comprendre que c'était réel.

À pile ou face

*

Marie Vareille

La vie ne peut pas être uniquement régie par le hasard. C'est impossible. Le hasard à lui tout seul n'a pas pu m'amener dans ce cimetière, deux jours avant Noël, sous cette neige glaciale, à quelques mètres de cette femme que j'avais juré, il y a bien longtemps, de ne jamais revoir. Il y a forcément quelqu'un, quelque part, un grand tireur de ficelles de l'univers ou une déesse omnipotente devant ses commandes qui se tord de rire en m'observant et en s'enfilant des Pringles, bien calé sur son canapé.

Ma sœur, Emily, dirait que c'est ma faute, que, comme souvent, j'ai pris la mauvaise décision : celle de revenir à Lisborough. J'aimerais réussir à me convaincre qu'elle a tort et que c'est le destin qui m'a poussée à monter dans le premier avion pour l'Angleterre. Mais en vérité, je me suis laissée aller à une vieille habitude, dont je pensais m'être en partie débarrassée depuis que je vis avec Julian : devant un cappuccino, j'ai fait sauter une pièce d'un dollar d'une pichenette experte et j'ai pensé : pile, je rentre à Lisborough ; face, je reste ici.

Compte tenu de mon histoire et de mon âge canonique (35 ans), la vie aurait dû m'apprendre que toutes les décisions ne peuvent pas se jouer à pile ou face comme je le faisais à l'adolescence. La preuve : je me trouve au moment présent dans une situation à peu près aussi absurde que celles où je me fourrais régulièrement quand j'avais 15 ans. Comme cette fois où j'ai entamé une discussion avec une employée de musée lors d'une sortie scolaire à la National Gallery de Londres et où je me suis retrouvée quelques heures plus tard, je ne sais plus trop ni comment ni pourquoi, à une soirée satanique à Camden Town, déguisée en sushi géant (trop long à expliquer, mais je me souviens que mon principal souci était de ne pas être dans le thème, ce qui, avec le recul, n'aurait pas dû constituer mon unique source de préoccupation...). J'ai dansé comme une forcenée bien après que le bus scolaire eut rejoint Lisborough et que notre professeure d'histoire, paniquée, eut prévenu mes parents, la direction du lycée et la police, persuadée que j'avais été kidnappée. J'étais totalement incapable d'expliquer les relations de cause à effet qui m'avaient conduite de la contemplation des *Tournesols* de Van Gogh à l'exécution d'une chorégraphie machiavélique sur Marilyn Manson, déguisée en sushi. La proviseure en a donc déduit que j'avais été droguée, prise d'un accès de folie passagère, ou que j'étais complètement débile. Voire les trois à la fois. Je m'en suis tirée avec un simple avertissement. La réalité ? J'avais tiré à pile ou face. Pile, je suis la prof d'histoire ; face, j'emboîte le pas à cette inconnue.

Un vent glacé se faufile sous mon foulard trop léger. J'ai eu beau empiler les pulls, le froid transperce les couches de vêtements. Ou peut-être est-ce les regrets. Ça n'a jamais réchauffé personne, les regrets. Seize ans que j'habite Sydney et que je n'ai pas remis un pied en Angleterre. Seize ans que je n'ai pas connu de températures inférieures à dix degrés. Je ne possède plus un seul pull vraiment chaud et, dans les bottines fourrées achetées en catastrophe à l'aéroport d'Heathrow, je n'ai que des socquettes en coton. Le manteau prêté par ma sœur Emily lors de mon passage éclair par Londres ne suffit pas pour affronter le froid du Surrey. Une heure de route entre Londres et Lisborough, le minuscule village où j'ai grandi, pourtant la différence de température se fait cruellement sentir. Heureusement, je ne fais que passer. Je veux conclure au plus vite ce que je suis venue régler ici, retourner à Londres passer Noël avec Julian, ma sœur et sa famille, puis rembarquer fissa dans un avion pour l'Australie, ma main serrée dans celle de Julian.

Julian a préféré rester chez Emily, plus enthousiaste à l'idée d'arpenter en solitaire les rues illuminées de Londres ou d'admirer le reflet du Parlement dans la Tamise qu'à celle de m'accompagner. J'ai été surprise et peinée de cette décision, mais c'est son droit. Avant, on ne faisait rien l'un sans l'autre et, depuis quelque temps, je ne peux me libérer de l'impression angoissante qu'il s'éloigne de moi… De plus en plus de temps passé sur son téléphone portable, quelques hésitations ou silences, là où avant il n'y avait qu'une confiance aveugle, comme si, par petites touches subtiles, notre relation fusionnelle se distendait. Je secoue la tête pour chasser ces pensées paranoïaques.

Le prêtre prononce quelques mots ; avalés par le vent, ils s'envolent avec les flocons dans un tourbillon blanc. Je me tiens en retrait, la tête baissée dans le col du manteau gris d'Emily, camouflage pierre tombale, le must pour assister incognito à un enterrement. La réalité, c'est que je pourrais me lancer dans un numéro de pole dance en justaucorps à paillettes entre les stèles de marbre, Natalie ne remarquerait probablement pas ma présence. Elle a beau ne pas avoir versé une larme depuis mon arrivée, son air totalement hagard et la façon dont ses mains s'agrippent au bras de sa mère indiquent qu'elle n'est pas vraiment ici avec nous, mais ailleurs, là où la douleur a englouti le réel et où le déni est la seule façon de rester debout. Sa chevelure rousse, autrefois flamboyante, semble éteinte par le chagrin sous son chapeau noir. Sans le soutien de sa mère, elle s'effondrerait dans la fosse, sur le bois du cercueil, prête à se laisser enterrer avec son mari décédé. Elle ne fait plus partie de ma vie depuis longtemps, mais malgré moi les larmes me montent aux yeux. Il faut dire que personne n'a jamais vraiment su remplacer Natalie dans ma vie. On n'oublie pas si facilement sa meilleure amie. À côté de Natalie se tient une jeune fille d'une douzaine d'années, petite silhouette rousse, orpheline de son papa. Cette vision termine de me broyer le cœur, moi qui ai perdu ma mère beaucoup trop jeune.

Dès que la cérémonie est finie, les nombreuses personnes présentes se pressent autour de Natalie, serrent ses mains dans les leurs, murmurent des paroles auxquelles elle ne réagit pas. Elle paraît ailleurs, coincée dans le microclimat glacé de son chagrin. J'ai traversé la planète pour parler à Tom quand j'ai appris *via* Facebook qu'il était malade, mais je suis arrivée trop tard. Le cancer du pancréas se soucie peu des horaires d'avion. Le temps de poser des congés, de convaincre Julian que ce voyage était nécessaire et c'était fini. Mais les billets et ma décision étaient pris, alors j'ai songé qu'à défaut de Tom, je pouvais toujours essayer de parler à sa femme. Pourtant, au pied du mur, je réalise que j'en suis incapable et je prie pour qu'elle ne me remarque pas. Natalie devait être mon témoin de mariage et la marraine de mes enfants et je n'ai pas entendu le son de sa voix depuis seize ans.

Je retourne donc d'un pas lent à mon bed and breakfast où j'ai à peine eu le temps de déposer ma valise avant l'enterrement. Les propriétaires ont changé ; le gîte miteux toujours vide de mon enfance s'est transformé en un cottage charmant, raffiné et hors de prix en été, destiné à accueillir pour le week-end les Londoniens avides de calme et de verdure. Même en hiver, les tarifs ont de quoi faire frémir, mais c'est le seul hôtel à Lisborough.

Je pousse la porte de l'établissement et je suis accueillie par le crépitement d'un feu de bois dans la cheminée, dont le linteau de pierre a été décoré de chaussettes de Noël et de houx. Derrière le comptoir en bois verni, la jeune fille en tailleur noir affublée d'un bonnet de Père Noël n'est pas la même que tout à l'heure, mais si j'en crois la ressemblance frappante avec la femme qui a accepté de prendre ma valise un peu plus tôt, c'est la fille des propriétaires.

— Bonjour, lance-t-elle d'une voix forte qui détonne dans le cadre sophistiqué, je peux vous aider ?

— Bonjour, je suis Juliet Campbell, j'ai réservé hier et j'ai laissé ma valise tout à l'heure, je n'ai pas eu le temps de récupérer ma clé.

Je fais un vague geste de la main en direction de ma valise, posée au pied d'un sapin élégamment décoré.

— Juliet Campbell, bien sûr, dit-elle en consultant son ordinateur, vous avez la chambre bleue !

Elle se retourne pour attraper une clé accrochée au panneau de bois derrière elle et me la tend. Toujours souriante, elle sort de derrière le comptoir et se dirige vers ma valise en quelques grandes enjambées. Ses escarpins la font marcher en canard. Elle doit avoir 18 ou 19 ans. Des mèches erratiques s'échappent de sa queue-de-cheval en dépit du gel qu'elle a manifestement essayé d'y appliquer. Elle me devance et empoigne ma valise avec l'énergie d'un déménageur.

— Je m'en occupe, déclare-t-elle avec autorité, suivez-moi.

Tout a été rénové, même les escaliers recouverts d'une épaisse moquette crème ont été refaits. Je ne reconnais rien de l'hôtel de mon enfance où nous avions l'habitude de passer avec Natalie et Tom pour récupérer les éventuels restes du petit déjeuner, offerts de bon cœur par la propriétaire.

— Vous êtes là jusqu'à quand ? Vous connaissez la région ? me demande mon hôtesse en glissant la clé dans la serrure.

— Oui, j'ai grandi ici, mais je suis venue pour l'enterrement...

Elle porte une main à sa bouche et son sourire disparaît.

— Oh, je suis désolée, c'est horrible, il n'était pas si vieux...

Je m'entends préciser, presque malgré moi :

— Il aurait eu 35 ans en janvier.

— Vous le connaissiez bien ?

— Il y a longtemps, oui.

Puis, j'ajoute, désireuse de changer de sujet :

— Le petit déjeuner est servi jusqu'à quelle heure ?

— Dix heures et c'est compris dans le prix de la chambre. Si vous avez besoin de quoi que ce soit, appelez la réception. Vous pouvez dîner au pub en face, le *Black Horse,* mais je suis bête... vous connaissez, si vous avez grandi ici ! Et sinon, nous servons le thé dans le petit salon tous les jours à partir de 16 heures.

Je hoche poliment la tête en écoutant le discours appris par cœur qu'elle débite avec la délicatesse d'une mitraillette et elle conclut :

— Il ne me reste plus qu'à vous souhaiter un bon séjour, si vous avez besoin de quoi que ce soit, n'hésitez pas !

Elle claque la porte derrière elle avec une ardeur qui contraste une fois encore avec l'élégance de l'établissement.

Je jette un coup d'œil à mon téléphone portable, il est un peu plus de 18 heures ici, 3 heures du matin à Sydney. Pourtant, malgré la longueur du voyage, la nuit dans l'avion et les émotions des dernières vingt-quatre heures, je ne me sens pas fatiguée. Juste sur les nerfs, comme traversée en continu par un léger courant électrique. Je prends une douche brûlante, le gel douche et le shampoing d'une marque anglaise vendue exclusivement chez Harrods sentent le luxe et la lavande. Enveloppée dans un peignoir, j'appelle Julian. Il n'est pas très loquace, mais sa voix m'apaise. Après avoir raccroché, je réalise que j'ai faim. Je n'ai rien mangé depuis la veille, si ce n'est un café accompagné d'un demi-sandwich au jambon en arrivant à l'aéroport.

J'enfile mon jean et un col roulé emprunté à ma sœur, puis sans prendre le temps de me sécher les cheveux, je me dirige vers le pub d'en face. Il neige à gros flocons et la nuit est tombée quand je pousse la porte de l'établissement.

Quelques clients dînent ou boivent des bières sur les tables de bois. Ici, rien n'a changé. L'homme derrière le bar me tourne le dos, il essuie un verre mécaniquement tout en suivant le match Liverpool-Chelsea que le téléviseur diffuse en sourdine. Je m'assois sur un des hauts tabourets à l'assise de cuir. J'attends quelques secondes que le barman remarque ma présence, mais manifestement, je ne suis pas sa priorité. Au bout d'une minute, un peu agacée, je me racle la gorge.

— Vous n'avez pas peur d'user ce verre à force de l'essuyer ?

Il se retourne, l'air amusé par ma remarque.

— Désolé, je ne vous avais pas vue...

Ses yeux s'arrêtent sur mon visage et il fronce légèrement les sourcils. Il me faut quelques secondes pour replacer son regard bleu clair et son sourire charmeur.

— Jamie ? Jamie Thornton ?

— Et toi, tu es Juliet Campbell... La jolie Juliet qui a préféré les plages australiennes aux hivers du Surrey... On se demande bien pourquoi !

Son rire est communicatif et je ne peux m'empêcher de sourire. Jamie fréquentait le même lycée que moi. On se connaissait de loin, copains occasionnels sans être réellement amis.

— Alors, tu bois quoi, Juliet Campbell ?

Mon regard hésitant glisse sur les marques de bière affichées au menu.

— Une bière, un truc un peu corsé... Je te laisse choisir, tu dois être un expert.

Il place un verre sous la tireuse et le remplit d'un liquide ambré et mousseux avant de le poser devant moi.

— Offert par la maison et voilà le menu, si tu veux manger quelque chose.

Le choix est limité : pizza, burger, fish and chips ou shepherd's pie.

— La shepherd's pie, s'il te plaît.

— Je vois que tu as le mal du pays, excellent choix en tout cas, je suis le roi de la shepherd's pie !

Il pousse une porte derrière le bar, probablement pour lancer la commande en cuisine et revient quelques instants plus tard.

Je trempe mes lèvres dans la bière. Elle est délicieuse. Jamie se sert une Guinness et la lève vers moi :

— À ton retour parmi nous !

Je trinque avec lui, puis son regard rieur redevient sérieux. Gentiment, il demande :

— Tu es venue pour l'enterrement de Tom, j'imagine.

— Oui...

— Je ne savais pas que vous aviez gardé contact, toutes ces années.

J'avale une gorgée pour me donner une contenance.

— On n'a pas vraiment gardé contact, mais quand j'ai appris qu'il était malade... J'ai voulu revenir... Je suis arrivée trop tard, malheureusement.

Il m'observe, pensif, en buvant sa bière. Il a changé en quinze ans. Son corps est plus massif, mais toujours athlétique, ses cheveux châtains ébouriffés ne se sont pas clairsemés au fil des années et la barbe de quelques jours qui recouvre ses joues lui donne un charisme viril, plus attirant à mon sens que celui de l'ado enjôleur qui racontait des blagues en cours de littérature pour charmer les filles. Au lycée, Jamie avait une réputation sulfureuse. La seule personne qui avait plus mauvaise réputation que lui à l'époque, c'était moi. Après la mort de ma mère, j'ai compensé le vide que son départ avait laissé par une succession de coups d'un soir (voire, pour certains, des coups de quelques instants dans les vestiaires du gymnase) avec des garçons pour lesquels je n'ai jamais rien ressenti d'autre qu'un désir passager, sitôt assouvi, sitôt éteint. Jamie suivait plus ou moins le même plan pas vraiment stratégique. En revanche, je crois qu'il était un peu plus lucide que moi sur le fait que ce n'était pas l'amour qu'il cherchait, mais plutôt à tromper l'ennui de ces interminables étés à Lisborough pendant lesquels il ne se passait jamais rien.

— Ça fait longtemps que tu as récupéré le pub ?

— Non, j'ai bossé à Londres pendant une dizaine d'années dans l'immobilier. Je suis revenu ici il y a cinq ans. Ma mère est tombée malade, elle ne pouvait plus vivre seule et la maison de retraite l'aurait tuée. J'ai racheté le *Black Horse* aux Morrisson qui voulaient prendre leur retraite et je me suis occupé d'elle jusqu'à son départ, l'année dernière.

Son ton est sobre, mais l'émotion se lit dans ses yeux. Je n'aurais jamais imaginé Jamie Thornton revenir s'enterrer dans le Surrey pour soigner sa mère malade. Comme quoi, les apparences sont trompeuses…

— Je suis désolée…

— Merci. C'est bizarre, mais j'ai repensé à toi quand c'est arrivé. Je me souvenais que tu avais perdu ta mère au lycée… Ça m'avait beaucoup marqué à l'époque.

— Et tu n'as pas envie de repartir à Londres ?

— Non… J'aime bien être propriétaire du pub, n'avoir de comptes à rendre à personne. L'été on a beaucoup de touristes, ça met de l'animation et, financièrement, c'est profitable.

Son regard tombe sur ma main sans alliance.

— Tu n'es pas mariée ?

— Non, mais j'ai un homme dans ma vie.

J'ai répondu précipitamment avec un mouvement instinctif de recul. Il rit doucement.

— C'était une question sincère, pas une tentative d'approche, tu sais.

Je me sens gênée de ma brusquerie. J'avais beau être une championne de flirt au lycée, toutes ces années avec Julian m'ont fait oublier ce que c'était d'être seule dans un bar à boire une bière avec un quasi-inconnu. Je ne fais rien de mal, pourtant, et cette question ne devrait pas m'embarrasser. En quoi est-ce un problème de ne pas être mariée à 35 ans ? Tout le monde n'est pas fait pour le modèle classique, le fiancé, la maison en banlieue, les deux enfants et le travail stable. J'aime la vie sans entraves qu'on s'est construite avec Julian, même si certains la jugent atypique.

Je termine ma bière et Jamie m'en propose une autre avant de poser devant moi une gigantesque part de shepherd's pie encore fumante, accompagnée d'une salade verte. Un groupe bruyant fait alors irruption dans le bar.

— Allez, je te laisse dîner tranquille, ça va être l'heure de pointe, déclare Jamie, en s'éloignant pour les accueillir.

Il n'a pas menti : c'est délicieux. Je profite de mon dîner tout en répondant à un texto d'Emily qui me demande si tout se passe bien. La porte du pub s'ouvre de nouveau, je lève la tête et la fourchette que j'allais porter à ma bouche m'échappe des mains. Natalie se tient sur le pas de la porte. Elle s'est changée, elle porte un jean bleu et un gros pull col roulé sous son manteau noir. Ses épaules et son bonnet de laine sont recouverts de cristaux de glace qui fondent dans la chaleur et se transforment en gouttes au bout de ses mèches rousses. Elle a toujours cet air égaré et triste quand elle vient prendre place au bar, sans même jeter un coup d'œil à l'assemblée. Elle enlève son bonnet mouillé, le pose sur le bois du comptoir, secoue ses mèches humides tout en déboutonnant son manteau qu'elle plie sommairement et pose sur le tabouret à côté du sien. Je reste tétanisée. Elle est si proche que je peux presque sentir l'odeur de son parfum. Elle ne m'a pas vue.

— Salut, Natalie, dit Jamie surpris en reprenant sa place derrière le bar.

Il hésite un instant. Comme moi, il se demande ce qu'elle fait là alors que la moitié du village est rassemblée chez ses parents pour les obsèques de son mari, mais il se reprend, lui présente ses condoléances avec beaucoup de délicatesse avant de demander avec douceur :

— Tu veux boire quelque chose ? C'est offert, évidemment...

— Un double whisky sans glace.

Je ne sais pas si c'est d'entendre sa voix familière, un peu rauque et terriblement sexy, pour la première fois depuis si longtemps ou les Beatles qui entament *All You Need Is Love* derrière le brouhaha joyeux des voix, mais d'un seul coup, mes souvenirs m'entraînent des années en arrière.

*

Décembre 2003, Lisborough

Love Actually. Sur le petit écran de l'unique salle de cinéma de Lisborough, Keira Knightley, éblouissante dans sa robe blanche, embrasse l'homme qu'elle vient d'épouser. L'assemblée applaudit et les mariés s'apprêtent à redescendre l'allée au moment où une chorale gospel entame *All You Need Is Love* des Beatles. Des rideaux s'ouvrent, un beau gosse à la voix de miel attaque le premier couplet, accompagné par un quatuor de violons tombé du ciel, puis, de la foule des invités émergent, dans cet ordre : les trompettes, les flûtes traversières, les saxophones et enfin la guitare électrique, jouée par un jeune homme qui a dû, en toute logique, passer l'intégralité de la cérémonie à plat ventre dans la chaire pour pouvoir surgir comme un diable au moment tant attendu de son solo.

Tom, Natalie et moi fixons l'écran comme si notre vie en dépendait, la bouche légèrement entrouverte ; moi, une chips au vinaigre à la main, Tom, l'air faussement indifférent mais peinant à dissimuler un reniflement ému, et Natalie, telle une madone en adoration, les mains jointes et les yeux brillants dans l'attente de la suite. J'enfourne une énorme poignée de chips dans ma bouche pour tenter, sans grand succès, d'enterrer sous le sel et le gras la boule d'émotion qui enfle dans ma gorge et récolte un « chut » furieux de la rangée de derrière.

Cette scène n'a aucun sens. D'abord, à moins que Keira ne travaille dans une fanfare avec l'intégralité de sa famille et amis (et si c'était le cas, il aurait été utile que le scénariste le précise), il faut vraiment être à l'ouest pour ne pas remarquer que les trois quarts des personnes présentes à ton mariage ne sont pas tes invités, mais des musiciens professionnels. Ensuite, nous avons déjà vu *Love Actually* trois fois depuis sa sortie au cinéma trois semaines plus tôt. Donc, Natalie, Tom et moi savons pertinemment que le concert surprise en question a été organisé par le témoin du marié, pour faire plaisir à la mariée, dont (surprise !) il est raide dingue en secret. En toute logique, nous ne devrions pas être émus mais horrifiés par cette scène qui n'est rien d'autre que la marque de la trahison du témoin machiavélique envers son meilleur ami. Pourtant, je ne sais pas pourquoi, cette séquence me met toujours les larmes aux yeux, quel que soit le niveau de préparation psychologique que je m'impose pour tenter de la regarder d'un œil froid et objectif.

— Je veux la même chose à mon mariage, murmure Natalie, c'est le mariage parfait.

Tom et moi échangeons un regard dans la salle obscure. En tant que futurs témoins de Natalie, le jour où elle aura enfin trouvé son prince charmant, nous savons que nous devons prendre note qu'il faudra ouvrir un plan épargne logement et nous endetter sur vingt ans pour financer le mariage de rêve de notre meilleure amie.

Quand nous sortons du cinéma, la neige a recouvert les toits de Lisborough.

— Zut, j'ai oublié mes gants, râle Natalie en glissant ses mains dans les poches de son manteau neuf.

Son écharpe en cachemire émeraude fait ressortir le vert de ses yeux que l'émotion du film a rendu brillants. Elle est encore plus jolie que d'habitude.

Tom sourit et lui tend les siens.

— Tiens, je n'ai pas froid.

Il y a quelque chose d'inhabituel dans ce geste, une douceur inattendue qui, je ne sais pas pourquoi, me dérange.

— Vous venez à la maison ? demande Natalie.

Une dizaine de minutes plus tard, nous nous retrouvons assis sur le canapé crème du salon de Natalie. Elle habite la plus grande maison de Lisborough. Son père travaille à Londres dans les assurances et sa mère est avocate. Ma meilleure amie porte toujours des vêtements de marque, elle a eu un scooter à 16 ans et elle a même un téléphone portable, qui ne lui sert à rien puisque ni moi ni Tom n'avons les moyens d'en posséder un. Tous les ans, elle part en vacances dans des endroits merveilleux où le soleil brille en hiver et où la mer a la couleur de ses yeux. Elle nous rapporte toujours un souvenir : du sable dans une bouteille colorée, si fin qu'il en paraît liquide, ou un paréo qui sent la vanille. Mais le confort de sa vaste maison m'intéresse peu. Ce qui me fascine, ce sont les photos de famille au-dessus de la cheminée, la façon dont leur mère les serre dans ses bras, le bonheur qui explose sur chacune de ces images idylliques. Je peux passer des heures à les observer pendant que Tom et Natalie débattent de politique ou de littérature. Elles me réchauffent et me consolent, elles sont la preuve que le bonheur, le vrai, existe. Ma mère est morte d'un cancer du sein il y a un an, je me suis occupée d'elle avec ma sœur jusqu'au bout. Mon père, lui, ne parle quasiment plus depuis. Il me tapote la tête ou l'épaule d'un geste plus mécanique qu'affectueux, le soir, quand je viens m'asseoir à côté de lui sur le canapé. Je lui raconte que je me suis fait virer de cours d'anglais, que j'ai reçu un avertissement parce que je fumais dans les toilettes, que j'ai envie d'un tatouage d'Aerosmith sous le nombril...

— Très bien, très bien, marmonne-t-il les yeux rivés sur l'écran de télévision.

Puis il monte le son de son émission.

Je ne sais plus trop quoi inventer pour attirer son attention, pour que quelque chose d'autre que ce « très bien, très bien » ne franchisse ses lèvres. Pour mes 18 ans, quelques mois plus tôt, il m'a emmenée dîner au *Black Horse* et les seuls mots qu'il a prononcés de la soirée ont été « *Happy Birthday* ». Heureusement qu'Emily était rentrée de Londres pour l'occasion afin de faire la conversation. Ma sœur a deux ans de plus que moi. L'été dernier, elle est partie à Londres pour un job d'été. Elle avait promis de revenir au bout d'un mois, mais ça en fait presque six, maintenant. Elle est serveuse dans un restaurant de la City et vit en colocation dans une chambre minuscule dans le quartier de Southall, également nommé *Little India.* Elle rentre parfois le week-end, mais de moins en moins souvent. Elle parle de s'installer avec son copain ; depuis, je vis seule avec mon père et l'absence de ma mère qui remplit chaque recoin de notre petite maison de briques. Ma seule ambition, même si je n'en parle jamais, parce que ça porterait gravement atteinte à ma réputation de rebelle anarchiste, est de reconstituer, un jour, une vraie famille, heureuse et épanouie, semblable à celle de Natalie.

Tom, Natalie et moi vivons dans une sorte d'autarcie amicale depuis l'école primaire. Personne n'a jamais réussi à pénétrer notre trio inséparable. Il nous est arrivé de nous entendre avec d'autres gens, mais toutes les tentatives d'addition d'un membre supplémentaire à notre équipe se sont soldées par un échec, comme une greffe qui ne prendrait pas. J'ai deux amis : Natalie et Tom. Le reste du monde sera éternellement cantonné au statut fluctuant et éphémère de « relation », « connaissance » ou « pote ».

— C'était bien, votre film ? demande Catherine, la mère de Natalie, en posant trois tasses fumantes devant nous.

— Merveilleux, soupire Natalie en se laissant aller sur les coussins brodés avec un sourire niais.

— Je ne comprends pas qu'on puisse aller voir un film trois fois de suite, rétorque Catherine d'un air amusé...

— Ce n'est pas « un » film, c'est « le » film, c'est *Love Actually*, Maman !

— Si tu le dis... Tant que j'y pense : tu as reçu une lettre, ma chérie, elle est sur la table de l'entrée.

Je trempe mes lèvres dans le chocolat, il est épais et sucré. La mère de Natalie fait le meilleur chocolat chaud du monde. Natalie se lève et revient une minute plus tard, une grande enveloppe à la main. Ses yeux brillent d'excitation.

— Ça vient de l'ambassade ! s'exclame-t-elle.

Elle la déchire fébrilement et en sort la lettre, accompagnée d'un paquet de formulaires et de son passeport, qu'elle a envoyé quelques semaines plus tôt. Nous nous précipitons pour lire par-dessus son épaule et la relisons trois fois dans un silence religieux. Il me faut quelques secondes pour comprendre et un flot d'émotions contradictoires m'envahit : son visa pour l'Australie a été accepté.

*

D'un geste de la main, Natalie commande à Jamie un deuxième whisky. Elle a la tête penchée, le regard lointain perdu dans le fond de son verre déjà vide comme si elle y contemplait l'immensité du ciel. Elle est tellement concentrée que si je me levais, j'aurais une chance de m'éclipser sans qu'elle remarque ma présence. Il me suffirait de poser un billet de dix livres sur le comptoir, de lui tourner le dos et de franchir les quelques mètres qui me séparent de la porte. Pourtant, presque malgré moi, je sens ma main s'enfoncer dans la poche de mon jean, le contact familier de la pièce sous mes doigts... Mes proches ont toujours considéré cette histoire de pile ou face comme une lubie sans conséquence, mais il y a quelque chose de terriblement excitant à laisser le hasard gouverner sa vie. Et une forme de lâcheté aussi, ce n'est pas moi qui décide : c'est le destin. Reste à évaluer la part de la responsabilité de la personne qui a décidé de jeter la pièce, disait ma mère en riant quand, petite, je me plaignais d'être tombée sur le muffin aux myrtilles alors que j'avais au fond plus envie de celui au chocolat.

Face, je m'achète une glace, pile, je prends juste un café. Pile, je vais en cours, face, je vais fumer des clopes derrière les toilettes des terminales. Pile, je pique ce rouge à lèvres, face, je l'achète. Pile, j'organise un anniversaire surprise pour Natalie, face, je lui offre des places pour le concert de U2. Pile, je rentre à la maison, il est tard et j'ai trop bu...

Face... j'embrasse Tom...
Juste une fois...
Juste pour voir ce que ça fait...

Je caresse les reliefs du profil d'Elizabeth II sur la pièce. J'ai l'impression d'être une ancienne alcoolique devant un verre de vin. Un diable et un ange bataillent dans ma tête : le premier me hurle de lancer la pièce, le second me supplie d'agir en adulte. Je la pose sur l'ongle de mon pouce, l'envoie dans les airs. *Pile, je lui parle, face, je m'éclipse et je repars à Londres demain matin.* Elle retombe dans ma paume droite et sans regarder je la plaque sur le dos de ma main gauche. Lentement je soulève mes doigts. La reine. Face. La fuite. Je relève la tête et m'immobilise. Natalie me fixe de son regard vert. Son expression est figée, tellement indéchiffrable qu'un instant infime, je me demande si elle m'a reconnue.

— Laisse-moi deviner : tu viens de tirer à pile ou face ta décision de me parler ou de prendre la fuite...

Il n'y a pas d'animosité dans sa voix, une certaine froideur ou peut-être est-ce simplement de la lassitude. Je me souviens de l'époque où j'étais capable d'interpréter la moindre expression sur son visage, aussi fugitive soit-elle.

— Je suis désolée... pour Tom, dis-je après un silence.

D'un geste du poignet, elle avale son whisky d'un coup. Aussi sec qu'un coup de feu, le claquement du verre qu'elle repose brutalement sur le comptoir me fait sursauter. Mon assiette et mon verre sont vides. Le pub est plein, les conversations animées ont envahi les banquettes de cuir et les assiettes chaudes se succèdent sur le comptoir entre la cuisine et la salle. Jamie les attrape par deux ou trois à l'aide d'un torchon et vient les poser avec dextérité sur les tables de bois. Il repasse brièvement derrière le bar pour saisir des couverts. Il nous jette un coup d'œil indécis puis, sans faire de commentaire, repose une bière devant moi et un whisky devant Natalie avant de repartir servir une assiette qui déborde de frites. Je pourrais lui léguer toute ma fortune (même si ce n'est pas grand-chose) pour cette initiative. Je trempe mes lèvres dans la mousse fraîche, le temps de reprendre une contenance et murmure :

— Je suis venue à l'enterrement, mais je n'ai pas osé te parler.

Natalie hausse les épaules. Ses yeux rougis apparaissent émeraude dans la lumière tamisée du pub.

— Tu vis toujours à Sydney ?

— Oui, c'est la première fois que je reviens.

Elle a un rire sans joie.

— Quand ma mère m'a appris que ta sœur était au courant pour le cancer de Tom, j'ai pensé : « Tiens, Juliet va revenir. »

— J'aurais aimé lui dire au revoir.

Un silence, puis sa voix s'étrangle.

— Tu ne te rends pas compte, je...

Elle ferme les yeux, semble ravaler les larmes qu'elle a contenues toute la journée. Puis se contente de murmurer :

— Je ne peux pas... Pas ce soir, pas maintenant...

De ses mains tremblantes, elle sort un billet de son sac à main, le pose sur le comptoir et se précipite dehors, sans prendre le temps de fermer son manteau.

Sur l'écran de télévision, le match est terminé. Je fixe les guirlandes clignotantes qui ornent un sapin en plastique dans un coin de la pièce. Je me déteste tellement à cet instant précis que je pourrais me mettre des claques.

*

Lisborough, avril 2004

— Je suis amoureuse de Tom.

J'ouvre la bouche, aucun son n'en sort. Je ne serais pas plus choquée si Natalie m'avait annoncé qu'elle avait changé de sexe dans la nuit et s'appelait dorénavant Robert. Nous sommes assises sur son lit, entourées de guides de l'Australie.

Le printemps s'engouffre par la fenêtre ouverte : le ronronnement de la tondeuse dans le jardin, le chant des oiseaux et une brise légère qui sent l'herbe coupée et le lilas.

Tom et moi avons nous aussi reçu un courrier de l'ambassade, quelques jours après Natalie. Nos trois *working-holiday visas* ont été acceptés. Nous partirons tous les trois, en juillet, à la fin du lycée. Pour moi qui n'ai jamais pris l'avion, ce voyage est la réalisation d'un rêve d'enfance. Ce projet que nous avons depuis des années va enfin se concrétiser : un an, sac au dos en Australie en alternant période de travail dans des fermes et tourisme dans ce pays qui me fascine depuis toute petite avec les deux personnes qui comptent le plus au monde.

Natalie se met à parler de Tom, les yeux brillants, les joues roses d'excitation : cette lubie date des vacances de Noël. Ils ont passé beaucoup de temps ensemble, la semaine où je suis partie à Londres chez Emily et quelque chose entre eux a changé. Au début, elle n'y a pas prêté attention. « C'est Tom, tu comprends. » On le connaît depuis la maternelle, il nous confie sa timidité avec les filles et on se moque gentiment de son romantisme échevelé. Un frère, un tiers du tout dont nous constituons chacun une partie. Ni elle ni moi n'avons jamais considéré Tom comme un être sexué. Du moins, je le croyais jusqu'ici. Des détails me reviennent toutefois. Des sourires, des échanges de regards, la sensation inexplicable d'être exclue de certains éclats de rire.

Natalie me donne un coup de coude.

— Dis quelque chose ! C'est une bonne nouvelle, non ?

— Oui... Oui, mais... et lui ? Il est... amoureux de toi ?

— Écoute, il ne s'est rien passé, mais j'ai l'impression qu'il n'est pas indifférent. L'autre jour, tu te souviens, quand on prenait un café au pub tous les trois ? Il a laissé son pied contre le mien tout le long. Et je sens qu'il me regarde différemment. Quand on est amoureux, on ressent ces choses-là.

La voix de Natalie s'éloigne, comme si j'avais la tête sous l'eau et que j'entendais son babillage enthousiaste de très loin, trop loin pour que ses mots soient intelligibles. J'ai le cerveau vide. Plus une seule pensée ou sensation ne le traverse. Je pense à ce jour où mon père a annoncé que Maman ne se réveillerait plus, cette certitude soudaine que le monde avait basculé. J'ai l'impression qu'une main prudente a appuyé sur un bouton « off » en murmurant : « C'est trop pour toi, là, on y pensera plus tard. »

Puis mon regard, tentant désespérément de se raccrocher à la réalité, tombe sur les guides épars sur le lit, la carte où nous avons tracé notre périple australien au crayon à papier et la seule chose que je suis capable de répondre, c'est :

— Et l'Australie ?

— Oh, mais on part tous les trois en juillet comme prévu... Ne fais pas cette tête, ça ne changera rien à notre amitié ! Je te le jure, Juliet.

*

Je traverse la route qui sépare le pub de mon *bed and breakfast*. La neige s'est épaissie ; je resserre les plis de mon manteau. Quand je pousse la porte, la réception est vide, je suis accueillie par la douce odeur du feu de bois qui brûle toujours dans la cheminée. Seule la lampe posée sur le comptoir en acajou est restée allumée et diffuse une lumière douce. Le sapin à côté de la cheminée, éclairé par une guirlande clignotante, scintille dans la demi-obscurité.

Dans ma chambre, j'enfile mon pyjama, la moquette s'enfonce sous mes pieds nus. La pièce est petite, mais chaleureuse, les murs sont recouverts d'un papier peint fleuri aux teintes pastel, les meubles anciens soigneusement chinés dans des brocantes. Je m'effondre sur le lit moelleux et ferme les yeux quelques instants. J'ai envoyé un texto à Julian il y a deux heures, il n'a toujours pas répondu. Pourtant, il est toujours sur son téléphone, à pianoter en silence, écrivant je ne sais quoi, à je ne sais qui. Il l'a forcément lu. J'hésite à récrire, mais je ne veux pas le harceler. Peut-être que je devrais m'estimer heureuse qu'il ait accepté de venir avec moi, peut-être que je ne mérite pas d'avoir quelqu'un d'aussi exceptionnel que Julian dans ma vie.

Une odeur de cannelle vient me chatouiller les narines ; sur la coiffeuse en bois verni à côté de la cheminée, je remarque un plateau avec un service à thé en porcelaine et du pain d'épice. Incapable de dormir tout de suite, je mets de l'eau à bouillir et sélectionne un sachet de thé de Noël dans la boîte métallique mise à disposition par l'hôtel. Quelques minutes plus tard, je me glisse sous la couette épaisse, ma tasse fumante dans une main et une tranche de pain d'épice dans l'autre. Ce goûter tardif m'apaise un peu. Après avoir vérifié que Julian n'a toujours pas répondu à mon texto, j'éteins la lumière et m'endors sans demander mon reste.

Je me réveille à 10 heures passées, ce qui ne m'est pas arrivé depuis des années. Je m'étire et prends une longue douche avant de décider de retourner au pub pour manger un morceau.

Jamie m'accueille avec un sourire. Il est en train d'accrocher des branches de sapin fraîches au-dessus du bar encombré de décorations de Noël.

— Juliet, tu es revenue ! J'avais peur que tu sois partie sans dire au revoir...

Contrairement à la veille au soir, l'établissement est calme, les rares clients discutent autour d'une boisson chaude. L'odeur de bière a disparu, remplacée par celle du café et du bacon grillé.

— J'ai loupé le petit déj de l'hôtel... et je pourrais manger une dinde de Noël à moi toute seule !

Il éclate de rire.

— Je n'ai pas de dinde sous la main et ça risquerait de prendre un peu de temps, mais je fais le meilleur petit déj' de Grande-Bretagne, si ça te dit... Tu peux me passer une guirlande ?

Je lui tends une guirlande argentée.

— Rien que ça ! J'avais oublié que tu étais aussi modeste... Va pour le petit déjeuner, alors...

Il s'éloigne en riant et je l'entends s'affairer dans la cuisine. Je m'installe à côté de la fenêtre, la neige a envahi les coins des carreaux ; derrière la fine buée qui les recouvre, Lisborough a des airs de village de Noël dans un conte de Grimm. Je réponds à Emily qui me demande des nouvelles, puis, après beaucoup d'hésitations, je renvoie un texto à Julian. Cette fois, il me répond rapidement, de manière très laconique :

Tout va bien, rien de particulier.

Puis, comme s'il avait réalisé après coup la froideur de son message, je reçois un nouveau SMS :

Bisous.

Je sais que ça ne change rien à la situation mais ce « Bisous » fait taire mes inquiétudes. Un bon quart d'heure plus tard, Jamie dépose devant moi un café au lait, un jus d'oranges pressées et une assiette manifestement destinée à nourrir une famille de douze après une famine : des haricots rouges, des saucisses grillées, des œufs brouillés au bacon, des tomates au four, des pommes de terre sautées... Le tout accompagné d'une corbeille qui déborde de muffins, scones, crumpets et toasts, sans oublier le beurre et la confiture. Je m'exclame, sans réfléchir :

— Je rêvais de ce petit déjeuner ! Je crois que je pourrais t'embrasser !

Il hausse un sourcil amusé.

— Si tu insistes, on peut s'arranger...

Je retiens un sourire et empoigne mes couverts.

— Toujours le charmeur de service, à ce que je vois...

— Si je ne m'abuse, ta réputation n'avait rien à envier à la mienne à l'époque.

J'étale des œufs brouillés sur un toast et mords dedans à pleines dents avec un plaisir non dissimulé. Je lui réponds la bouche pleine.

— Certes... Mais mes techniques de drague étaient quand même moins lourdes que les tiennes.

— Parce que jouer le rôle de la belle rebelle qui fait semblant d'être dure pour cacher sa fragilité, c'est d'une originalité...

— Enfin, tu as quand même fait le coup des panneaux de *Love Actually* à Sally Price... Tout le lycée était au courant !

— J'étais amoureux d'elle !

— Toi ? Amoureux ?

Il me fait un clin d'œil.

— Ça arrive aux meilleurs d'entre nous. Et, tu te trompes, je n'étais pas un vrai dragueur, plutôt un cœur d'artichaut persuadé d'avoir trouvé l'âme sœur chaque fois qu'une fille sympa croisait mon chemin.

— Enfin, l'amour n'excuse pas de s'être laissé aller à faire une déclaration aussi ringarde, voire totalement ridicule.

— Mais si on ne prend pas ce genre de risques à Noël, s'exclame-t-il avec un geste emphatique, on ne les prend jamais, et puis *Love Actually* ne sera jamais ringard, il n'y a pas une comédie romantique qui lui arrive à la cheville.

— Je ne suis pas d'accord, mais même si c'était vrai, de là à faire le coup des panneaux dans la vraie vie...

Il éclate de rire.

— J'admets m'être peut-être un peu emballé... Surtout que c'est son père, en pyjama, qui a ouvert la porte. Je n'avais pas du tout envisagé cette éventualité.

— Il a dit quoi ?

Jamie tire la chaise en face de la mienne et s'assoit.

— Mon premier panneau était : « C'est Noël et je voulais te dire que je t'aime. »

— Mais attend, c'était pas notre prof de philo, le père de Sally ?

— Si, et d'ailleurs, je pense que c'est pour ça qu'il a cru que je m'adressais à lui.

— Vraiment ?!

— Oui, puisqu'il est resté interdit quelques secondes avant de me répondre très sérieusement que ce n'était pas réciproque, mais que je pouvais rentrer et en parler autour d'un thé si je le souhaitais.

Je dévisage Jamie, médusée, j'en oublie quelques secondes l'énorme fourchette bacon-saucisse-œuf-haricots-patates que je viens de constituer.

— Tu as réagi comment ?!

— Comme n'importe qui aurait réagi : j'ai éteint le transistor à mes pieds qui braillait *All I want for Christmas Is You* de Mariah Carey et j'ai accepté.

— Mais n'importe quel ado normal serait parti en courant !

— Il faisait un froid de canard et ma mère m'a appris qu'on ne refusait jamais une invitation à boire un thé. D'autre part, il m'a paru nécessaire de lever le malentendu.

Je ne peux m'empêcher de rire. Entre le délicieux petit déjeuner et l'histoire de Jamie, j'ai l'impression d'être vraiment détendue pour la première fois depuis mon retour à Lisborough.

— Il m'a expliqué que c'était normal à mon âge de questionner ma sexualité, qu'il ne fallait pas que j'hésite à en parler au psychologue scolaire, il voulait savoir si mes parents étaient au courant, s'ils étaient ouverts d'esprit et me dire qu'il y aurait toujours une oreille attentive pour moi dans son cours, mais que lui-même n'était pas intéressé et que, de toute façon, il était préférable que je me trouve un jeune homme de mon âge.

— Et tu ne lui as pas expliqué que c'était pour Sally ?

— Si, mais il ne m'a pas cru... Et c'était mon prof de philo, je ne voulais pas le contredire, c'était une des rares matières où j'avais de bonnes notes !

— Et Sally ?

— Sally a bien compris que les panneaux lui étaient destinés et elle en parlé à tout le lycée.

Je me souvenais bien de l'histoire, tout le monde avait bien ri et Jamie aussi d'ailleurs. Déjà, à l'époque, il ne semblait rien prendre très au sérieux.

— Quelle idée aussi ! Alors qu'il suffisait de faire comme tout le monde, d'aller la voir et de lui demander : « Tu veux sortir avec moi ? » Elle aurait sûrement dit « oui », en plus, toutes les filles voulaient sortir avec toi.

Un demi-sourire étire ses lèvres.

— Toutes ? dois-je en déduire que Juliet la rebelle rêvait de moi le soir dans son lit quand elle avait 16 ans ?

Je hausse les épaules, amusée.

— Je n'irais pas jusque-là, mais disons que tu aurais peut-être eu ta chance.

— Si j'avais su… Tu serais peut-être aujourd'hui patronne du *Black Horse* à mes côtés, coincée à Lisborough *ad vitam æternam* au lieu de vivre la belle vie avec ton amoureux sur les plages de Sydney.

— Tu crois que j'ai perdu au change ?

— Évidemment ! Puisque tu aurais droit à ce petit déjeuner exceptionnel tous les dimanches matin…

J'étale en riant de la confiture sur un scone.

— J'avoue que le petit déj est un argument de poids, mais je crois que je préfère mes plages ensoleillées.

Il sourit gentiment.

— Si tu es heureuse, c'est une bonne chose qu'on se soit loupés.

Je songe à notre appartement de Sydney, il n'est pas très grand mais rempli de lumière. Au loin, on aperçoit la mer. Souvent, on s'installe sur le balcon avec Julian et on observe les surfeurs, petits points colorés qui s'élancent à l'assaut des vagues, en buvant tranquillement notre café du matin. Je suis heureuse. Bien plus que je ne l'étais à l'époque. Julian a su m'apporter une chose dont j'ignorais l'existence depuis le décès de ma mère : la sérénité. Il y a eu des moments de grande solitude au début quand j'ai débarqué dans cette ville inconnue. Mais aujourd'hui, je me suis construit une vie qui me convient. J'ai toujours pensé que je n'avais besoin de rien d'autre, seulement de Julian et du soleil matinal qui réchauffe mon visage. Alors pourquoi est-ce que je me surprends à penser que la perspective d'une vie avec Jamie ne serait pas si désagréable ? Il est plutôt beau, drôle et gentil sous ses faux airs de dragueur. Lisborough a ramené à la surface des souvenirs que j'avais volontairement enfouis. Et plus ils reviennent, plus je me demande si je n'ai pas perdu une légèreté et une insouciance qui faisaient partie intégrante de ma personnalité. Je me suis barricadée dans une armure de raison et de pondération, pour être à la hauteur de Julian, pour qu'il soit fier de moi. Je suis devenue une adulte, moi qui n'avais jamais vraiment fait le deuil d'une enfance trop triste. Mais est-ce qu'en renonçant totalement à cette part de spontanéité et d'enfance qui me caractérisait à l'époque, je n'ai pas perdu quelque chose au change ? Jamie aurait sans doute l'effet inverse sur moi, il rendrait la vie plus légère, un peu plus folle, et... Je réalise qu'il m'observe de son regard clair et attentif, et je détourne les yeux, subitement gênée. Je divague. Je me force à penser à Julian qui m'attend à Londres, qui m'a accompagnée jusqu'ici, qui supporte mes failles depuis des années, sans jamais me faire de reproches. Malgré tout, dans ma bouche, le scone à la confiture a pris le goût de la trahison.

*

Lisborough, juin 2004

— Je ne pars plus, Tom m'a demandé de rester.

Natalie m'a annoncé la nouvelle comme elle m'aurait dit « ce midi j'ai mangé des pâtes », les yeux dans le vague, un sourire niais sur le visage. Oubliés, les serments d'amitié, les

« rien ne changera jamais » ; envolés, les rêves d'aventure et de déserts rouges brûlés par le soleil. La vie de Natalie s'est réduite à un unique centre d'intérêt, une seule préoccupation : Tom. Le reste du monde peut désormais crever la bouche ouverte devant son regard transi, elle ne s'en rendrait même pas compte. Je suis demeurée muette, avec l'impression qu'un parpaing venait de me tomber sur la tête, pulvérisant au passage et le rêve de mon enfance et la confiance aveugle que j'avais toujours mise dans les promesses de mes meilleurs amis. Elle me laisse tomber la veille du grand départ, alors que mes bagages sont prêts, mon passeport dans la poche droite de mon sac à dos et mon billet dans la gauche. Tom lui a demandé de rester. À elle, mais pas à moi.

Il y a trois semaines, quand Tom nous a annoncé qu'il était pris à l'université de Cambridge, qu'il ne pouvait pas repousser son admission d'un an et qu'il ne partirait donc pas avec nous, j'avais ressenti un étrange soulagement. Je nourrissais l'espoir qu'un an à l'autre bout du monde ferait oublier à Natalie sa lubie d'amour fou pour Tom. Elle rencontrerait probablement un surfeur bronzé sur une plage de rêve et, quand on rentrerait, tout redeviendrait comme avant, l'humanité de nouveau séparée en deux groupes : nous trois d'un côté, le reste du monde de l'autre. Mais Tom et Natalie, seule barrière entre moi et la férocité du monde, me laissent tomber. Comme Emily, qui ne rentrera jamais de Londres, comme mon père coincé à tout jamais devant son poste de télévision. Elle a beau n'avoir jamais échangé ne serait-ce qu'un baiser avec Tom, elle a la certitude que ses sentiments sont réciproques et, de toute façon, m'explique-t-elle, elle est incapable de partir loin de lui.

Elle a rangé les guides touristiques sans même se préoccuper de savoir si je pourrais me faire rembourser, vingt-quatre heures avant le départ, le billet pour lequel j'ai dû travailler tout l'été trois années consécutives. Ses parents à elle, évidemment, lui avaient payé le sien sans discuter. Elle ne m'a même pas demandé si j'avais l'intention de partir malgré tout. Elle s'en fout. Je n'existe plus. Le monde s'est effondré sur moi ; j'ai l'impression de vivre dans une boule à neige secouée compulsivement par un enfant hyperactif. Je sors en état de choc de chez Natalie, prétextant une urgence. Je me souviens de cette invitation d'une fille de ma classe pour fêter la fin de l'année scolaire. Je m'y rends en mode pilote automatique, décidée à boire à en tomber par terre.

Il n'est pas 19 heures et j'en suis à ma troisième bière, j'en saisis une quatrième dans le réfrigérateur et me fraye un passage entre les corps en sueur qui encombrent la cuisine pour rejoindre le salon. J'ai pris ma décision, je ne partirai pas non plus. Je n'ai jamais pris l'avion, jamais mis les pieds dans un pays étranger. Qu'est-ce que j'irais faire, toute seule, à l'autre bout du monde ? Tant pis pour le billet, l'auberge de jeunesse réservée à l'arrivée et tous les salaires de jobs d'été, soigneusement économisés au fil des années pour ce voyage.

Je parle à des inconnus, je flirte, je rigole. J'ai l'air de la fille qui sait s'amuser, la fille que rien n'atteindra jamais. Pourtant, mon cœur n'est plus qu'un cimetière de rêves fracassés et d'amitiés brisées. Pour la première fois de ma vie, j'en veux à Natalie. Elle a tout, elle a toujours tout eu. La famille parfaite, la réussite scolaire, la belle maison, les beaux vêtements et, bientôt, un amoureux parfait. Moi je n'avais qu'elle, Tom et l'Australie. Et elle m'a pris les trois. J'aurais dû savoir que, pour elle, ce n'était qu'un voyage parmi tous ceux qu'elle a déjà faits – on ira une autre fois, l'année prochaine ou jamais... Ça lui est bien égal.

Je dois me reprendre. Je ne peux pas m'effondrer devant la moitié du lycée alors que tout le monde fête les vacances et le début d'une nouvelle vie : notre vie d'adulte. Je vais faire comme d'habitude : je vais trouver un garçon dans les bras duquel se cache peut-être un peu de consolation et, demain, ça ira mieux. J'allume une cigarette, mon regard parcourt le salon, à la recherche d'une cible facile parmi les adolescents présents qui boivent, fument, s'embrassent et rigolent tandis que Nirvana envahit chaque recoin de la pièce de ses notes tristes. Je repère Jamie Thornton ; vu son palmarès, le challenge n'en est pas vraiment un, mais il est plutôt mignon et assez drôle. Ou alors Alan Fisher, tellement désespéré de se trouver une copine, malgré sa timidité maladive, qu'il m'accueillera probablement comme le Messie. Je coince la cigarette entre mes dents, et sors une pièce de ma poche.

Face, Jamie, pile, Alan.

Face. C'est le jour de chance de Jamie. Je lui adresse un sourire depuis l'autre bout de la pièce et une œillade un peu suggestive. Il hausse un sourcil et me fait un léger signe de la main, l'air surpris de cette subite marque d'intérêt. Je me décolle de mon mur, prête à traverser la pièce pour aller lui parler quand une main se pose sur mon épaule.

— Qu'est-ce que tu joues encore à pile ou face, ma Juliet ?

Je sursaute et me retrouve nez à nez avec Tom. Il a l'air aussi ivre que moi. Ses yeux bruns sont flous et tendres dans la demi-obscurité et il est obligé de s'accrocher au chambranle pour ne pas tomber. Il est beau. Pour la première fois, je le vois comme Natalie le voit, pas comme un frère, mais comme un homme. Il soupire, entoure mes épaules de son bras.

— Vous allez tellement me manquer l'année prochaine, je crois que j'aurais préféré être recalé à Cambridge et pouvoir partir avec vous.

J'ai l'impression de dessaouler sous le choc. Il n'est pas au courant que Natalie ne part pas. Et tout à coup, je me demande si elle m'aurait menti. Est-ce qu'il lui a vraiment demandé de rester ou est-ce que ce n'est qu'une excuse pour justifier son choix ? Un mélange amer de chagrin et de colère m'envahit. Je serre les poings à me faire mal et la pièce toujours serrée au creux de ma paume comme un talisman s'incruste dans ma chair.

Je la relance. Il la suit des yeux en riant, j'ai l'impression qu'elle retombe au ralenti, je la plaque sur le dos de ma main gauche avant de relever mes doigts un par un, lentement.

Je fixe le profil d'Elizabeth II qui me nargue, gravé dans le métal.

Face.

Je me tourne vers lui et plante mon regard dans le sien.

— Tu as joué quoi ? demande-t-il en riant.

— Toi.

Et je l'embrasse.

*

J'ai passé une partie de l'après-midi avec Jamie, à raviver les souvenirs de nos années lycée et à décorer son pub. Le réveillon de Noël a lieu demain et comme il n'a pas de famille pour le fêter, il a décidé de garder le *Black Horse* ouvert. Je ne peux nier que quelque chose, chez lui, me plaît et m'attire. La possibilité d'une autre vie, peut-être. Je chasse ces idées idiotes. Je repars à Londres dans quelques heures et à Sydney dans deux jours, ce n'est pas comme si ça servait à quoi que ce soit de se poser ce genre de questions maintenant.

Je boucle ma valise au moment où le téléphone sonne. Je décroche et j'écoute le message de la fille de la réception. Il me faut quelques secondes pour répondre.

— Dites-lui que je descends tout de suite.

Natalie m'attend à la réception, élégante dans son manteau noir et ses bottes à talons. Elle semble avoir repris contenance depuis la veille, mais son maquillage soigné n'arrive pas à dissimuler sa pâleur ni le tic nerveux qui fait trembler ses lèvres.

Quelques minutes plus tard, nous sommes attablées devant deux tasses de thé fumantes dans la salle de restaurant vide de l'hôtel. Je croque machinalement dans un sablé à la cannelle, plus pour me donner une contenance qu'autre chose, le petit déjeuner de Jamie m'ayant calée pour les deux jours à venir.

— Tu n'en veux pas ?

— Je n'ai pas faim, répond Natalie.

Elle place ses mains autour de sa tasse sans pour autant faire mine de boire.

— Je suis désolée pour Tom, dis-je doucement, ça doit être terrible pour toi et pour ta fille... Je n'ose même pas imaginer.

— Merci... Pour être honnête, je crois que je ne réalise pas encore vraiment... Tout est allé si vite et il a fallu organiser l'enterrement, tous ces trucs administratifs... Je n'ai pas eu le temps d'y penser jusqu'ici et, maintenant, la seule raison de ne pas m'effondrer c'est notre fille, Laurie.

Instinctivement, je pose ma main sur la sienne.

— Tu as toujours été si forte, Natalie... Ça prendra du temps mais tu te relèveras et Laurie aussi.

Elle fixe ma main quelques secondes et murmure subitement :

— Je suis désolée, je sais que c'est tard pour te dire ça, j'ai mis du temps à comprendre ton départ brutal et ton silence. Avec le recul, je me rends compte que j'ai été formidablement égoïste. J'étais tellement obsédée par Tom et tu attendais ce voyage depuis tellement d'années... Après, franchement, Juliet, j'aurais compris que tu fasses la tête quelque temps, que tu me hurles dessus, mais partir du jour au lendemain, sans nous prévenir, à l'autre bout du monde... Ne plus jamais répondre au moindre de nos appels, de nos e-mails, de nos multiples messages... Tu ne crois pas que j'aurais mérité une explication ? On devait être témoins de nos mariages respectifs, marraines de nos enfants... J'ai eu le cœur brisé. Et Tom aussi, même s'il ne voulait pas en parler. J'aurais préféré que tu m'insultes, que tu me traites de petite conne égoïste... N'importe quoi plutôt que ça.

— C'est moi qui suis désolée, Natalie, je...

Elle lève son regard clair vers moi et j'y lis une détresse qui me fend le cœur.

— Avant que tu partes, interrompt-elle, je ne pensais pas que quelqu'un pouvait me manquer autant. Si tu savais, au fil des années, le nombre de fois où ma main se posait par réflexe sur mon téléphone pour t'appeler, parce que j'avais quelque chose à te raconter, et puis, je me souvenais que tu ne décrochais plus, que tu m'avais rayée de ta vie du jour au lendemain... Même quand Tom est tombé malade, tu étais la seule personne à qui j'avais envie de parler. Je n'ai jamais été capable de reconstruire une amitié comme la nôtre.

J'avale une gorgée de thé brûlant pour ne pas avoir à la regarder dans les yeux. Moi non plus, je n'ai plus jamais eu d'amis comme Natalie et Tom. Elle n'a pas l'air d'être au courant, Tom n'a jamais dû lui raconter ce qui s'était passé entre nous ce soir-là. Je pose ma tasse lentement et cherche les bons mots. Je ne veux pas la blesser, mais elle a raison : elle mérite une explication.

— Je ne suis pas partie parce que je te faisais la tête, je me suis enfuie parce que je n'étais pas capable de te dire la vérité.

— Quelle vérité ?

Je la regarde saisir un sucre du bout des doigts et plonger la cuillère dans la tasse fleurie. Le frottement léger de l'argent sur la porcelaine me crispe imperceptiblement. Je prends une grande inspiration.

— La veille de mon départ, ça a... dérapé... entre Tom et moi...

La cuillère lui échappe et tinte contre le rebord de la tasse. Elle me dévisage, incrédule. Je poursuis en détournant les yeux, pour me donner le courage d'aller au bout.

— C'était une erreur, un moment d'égarement... Je n'ai jamais été amoureuse de Tom et il n'a jamais été amoureux de moi. Mais je ne savais pas comment te l'avouer sans te détruire, et je ne supportais pas l'idée de te faire du mal, alors je suis partie. C'était le meilleur moyen pour que lui et toi ayez un avenir ensemble.

— Mais... si c'était avant ton départ... On n'était pas encore ensemble, Tom et moi ?

— Non... et, honnêtement, nous n'avons jamais eu aucun sentiment amoureux l'un pour l'autre, mais je savais que ça te briserait le cœur.

Natalie déglutit, comme si elle avait du mal à avaler la nouvelle.

— Il ne me l'a jamais dit...

— Parce que ça n'avait pas la moindre signification, ni pour lui ni pour moi. On était complètement saouls, il ne savait même pas que tu étais amoureuse de lui, et moi... Moi je n'ai pas d'excuses, j'ai fait le premier pas, je l'ai embrassé...

Je me revois, le lendemain de cette soirée, me réveillant avec la pire gueule de bois de ma vie, réalisant avec horreur la trahison que j'avais commise. Mon sac pour l'Australie me narguait sur la chaise en face de mon lit, symbole de la seule fuite possible. J'ai retourné dans ma tête toutes les possibilités, terrorisée à l'idée de faire du mal à Natalie et j'ai tiré à pile ou face : pile, j'avoue tout ; face, je monte dans cet avion pour Sydney et je les laisse vivre heureux sans moi. Quand la pièce est retombée sur face, j'ai ressenti un soulagement immense. C'était la bonne décision. Je suis partie.

Je n'ai jamais pu reparler à Natalie. Je n'ai jamais répondu à ses appels sur Skype ou à ses e-mails. Tom a été moins insistant, je crois qu'il se sentait coupable, lui aussi, et il avait été clair sur le fait que ses sentiments pour moi ne seraient jamais autre chose qu'amicaux. Quelques mois plus tard, j'ai vu fleurir sur Facebook les photos d'elle et Tom, main dans la main, heureux. Pendant longtemps, j'ai été incapable de me regarder dans une glace. Puis, après des mois de solitude et de larmes, Julian est entré dans ma vie. Ce fut une évidence, un cadeau du ciel. Lui seul pouvait me guérir des regrets, du manque et de la culpabilité que je trimbalais au quotidien. J'ai longtemps galéré dans des jobs mal payés et sans avenir, terrifiée à l'idée de me retrouver à la rue, à des milliers de kilomètres de tous les gens que je connaissais. Mais je n'ai jamais baissé les bras, je me suis construit une vie que j'aime et que je n'échangerais pour rien au monde. Les années ont passé à une vitesse folle. Sur Facebook, je suivais la vie de Tom et Natalie, leur mariage, leur déménagement, leurs vacances, leurs anniversaires, la naissance et l'évolution de leur fille, Laurie, leurs avancées professionnelles... Comme quand j'étais petite et que j'étudiais les photos de famille de ma meilleure amie dans les cadres en argent sur la cheminée. C'était ma seule consolation, contempler de loin le bonheur évident des deux personnes que j'aimais le plus au monde et dont je ne méritais plus l'amitié.

Natalie reste silencieuse un long moment. Je n'ose pas relever la tête. Puis, elle saisit un gâteau, croque dedans et pousse un soupir.

— J'aurais fini par te pardonner, tu sais. Je savais bien que le sexe, à l'époque, avait peu de signification pour toi et je n'étais même pas encore avec Tom.

— Tu n'as pas idée du nombre d'e-mails que j'ai écrits et que je n'ai jamais osé t'envoyer. Les premiers mois sont passés tellement vite et après... après c'était trop tard, tu as arrêté d'écrire et j'ai décidé de reconstruire une vie, d'être une personne différente, raisonnable et moins impulsive.

Contre toute attente, Natalie sourit.

— Moi j'aimais que tu sois impulsive... Tu étais le grain de fantaisie de notre trio.

Il y a tellement de douceur dans sa voix que je me lève et la serre dans mes bras. Elle éclate en sanglots sur mon épaule, s'accroche à moi comme à un radeau de secours. Et je sais qu'elle m'a pardonnée. Parce qu'on s'est toujours tout pardonné, c'est comme ça.

— Raconte-moi, dit-elle en se rasseyant, Sydney, l'Australie, ta vie... Je veux tout savoir.

Je commence à parler, et c'est comme reprendre une conversation qu'on aurait entamée la veille, comme si les seize années précédentes n'avaient jamais existé. Puis, elle évoque sa vie avec Tom, son mariage en mode *Love Actually* (le concert surprise s'est transformé en une cacophonie infâme, mais ils avaient tellement ri que c'était son meilleur souvenir de cette journée), la naissance de Laurie qui a maintenant 13 ans.

Elle me parle avec douceur du bonheur qu'ils ont vécu tous les trois, la joie de voir grandir leur fille dans une famille petite mais unie, même si certains critiquaient leur choix de ne vouloir qu'un seul enfant. Je hausse les épaules.

— Les gens ont toujours des opinions arbitraires sur tout. Ce n'est pas le nombre de personnes qui la composent qui fait qu'on est une vraie famille ou pas. Regarde, toi et Tom, vous avez longtemps été ma famille, au fond...

Elle sourit.

— Je sais, je ne regrette rien. C'est merveilleux de voir grandir Laurie, de l'avoir tout à nous et qu'elle nous ait tout à elle.

Je ne relève pas le « nous » et le présent. Il est trop tôt encore pour qu'elle parle de Tom au passé. Je la laisse s'exprimer, j'écoute son flot de paroles et je sais que j'ai pris la bonne décision en partant, et surtout en décidant de ne pas revenir. Ils étaient faits l'un pour l'autre, ils ont connu le bonheur pendant des années, malgré la fin tragique de leur histoire. L'idée qu'ils ont été heureux me réchauffe le cœur.

— Et puis, Tom est tombé malade... C'est arrivé tellement vite... Je n'ai pas vraiment eu l'impression de lui faire mes adieux moi non plus. Peut-être que si on avait su plus tôt... Il avait maigri, il n'était pas en forme. J'aurais dû me douter que quelque chose n'allait pas, le forcer à consulter...

— Oh, Natalie... Tu n'y es pour rien... Et puis, à moins qu'il ait beaucoup changé, je doute que tu aies réussi à emmener Tom chez le médecin sous le seul prétexte qu'il avait maigri... Tu te souviens quand il s'est cassé la rotule à vélo dans la côte de Willsbury ? Sa mère a réussi à le traîner à l'hôpital seulement trois jours après... D'après lui, il avait juste un gros bleu !

Ce souvenir arrache un faible sourire à Natalie malgré les larmes qui ont embué son regard. Je ne sais pas combien de temps nous restons assises, à nous resservir du thé, mais quand le silence revient, la nuit est tombée depuis longtemps.

— Tu rentres à Londres ce soir ? Tu devrais commander ton taxi, murmure Natalie. Avec la neige, tu risques d'en avoir pour un moment.

Je hoche la tête. Je n'ai pas envie de la quitter, mais demain, c'est Noël, Julian et Emily m'attendent. Je pousse un soupir et nous nous dirigeons vers la réception. Ils ont descendu ma valise qui attend près du comptoir verni. Je paye ma chambre et leur demande d'appeler un taxi. Natalie enfile son manteau noir, noue la ceinture avec l'élégance naturelle qui ne l'a jamais quittée.

— Tu repars quand en Australie ?

— Le 26 décembre.

Elle a une moue déçue.

— Oh... C'était rapide, comme séjour, j'aurais bien aimé qu'on se revoie un peu plus.

J'ai une boule dans la gorge. Moi aussi, j'aurais aimé qu'on se voie plus, beaucoup plus même.

— Tu ne veux pas décaler ton billet ? me demande-t-elle pleine d'espoir, rester un peu plus longtemps ?

J'ouvre la bouche, mais rien n'en sort. Il y a un silence.

— Votre taxi est là, Miss Campbell, m'annonce la réceptionniste.

Par la fenêtre, j'aperçois les phares jaunes du véhicule qui s'est arrêté devant la porte. Je voudrais une pièce pour m'aider à prendre une décision, mais je n'en ai pas sous la main. Je n'ai que moi et ma conscience. Je regarde Natalie, son regard franc et sincère. Je me dis que c'est Noël, et qu'il n'y aura jamais meilleur moment pour pardonner. Je place ma valise dans le coffre du taxi et me tourne vers ma meilleure amie.

— Après tout, pourquoi pas... Mais à une condition...

Et enfin, je trouve le courage de dire à Natalie la vraie raison de mon séjour à Lisborough. Elle m'écoute attentivement, sans m'interrompre. Quand j'ai terminé, elle chuchote, en état de choc.

— Je… je crois que c'est mieux que tu partes… Qu'on ne se revoie plus.

Et sans un mot de plus, elle tourne les talons.

*

Dans le joli salon londonien d'Emily, le sapin clignote, protégeant les cadeaux colorés de ses branches alourdies de décorations. Je sirote mon thé sur le canapé en attendant l'heure du champagne, en essayant d'oublier le fiasco de mes adieux avec Natalie. Qu'est-ce qui m'a pris de lui révéler la vérité à la dernière minute ? Je m'attendais à quoi exactement ? Pour l'occasion, mon père a pu sortir de la maison de repos où il vit dorénavant. Il a beaucoup de problèmes de santé. J'ai beau lui parler par FaceTime trois fois par semaine, je n'ai pu m'empêcher de pleurer d'émotion quand je suis allée le chercher, un peu plus tôt dans l'après-midi. Mes neveux surexcités courent autour des paquets, les soupèsent, les secouent et y collent leur oreille pour tenter d'en deviner le contenu, ce qui fait sourire leur grand-père. L'odeur de la dinde préparée par Emily a envahi l'appartement, je l'entends rire sous cape avec son mari dans la cuisine. Elle a refusé que je les aide. Il a fallu que j'insiste pour qu'elle me laisse mettre la table. Ma grande sœur a décidé que j'avais besoin de repos. Julian a eu l'air heureux de me voir la veille, mais depuis ce matin, il a à peine prononcé trois mots et s'est enfermé dans la chambre d'amis sous prétexte qu'il avait du travail.

Je laisse la douce ambiance de Noël m'envahir. Les bougies, les décorations scintillantes, l'idée de la bûche au chocolat dans le congélateur et les yeux brillants de mes neveux donnent à cette fête une saveur particulière. Je me sens heureuse, malgré tout. Cela fait des années que je n'ai pas eu ce genre de Noël, un Noël traditionnel, avec la neige qui tombe dehors, et ma famille élargie autour de moi. La sonnette retentit et je sursaute.

— Juliet, tu peux aller ouvrir ? crie Emily depuis la cuisine, j'ai les mains pleines de sauce !

Derrière la porte, à ma grande surprise se tiennent Natalie, sa fille Laurie et... Jamie, tous les trois couverts de neige.

— J'ai réfléchi..., annonce Natalie mal à l'aise, j'étais en état de choc hier, après ce que tu m'as avoué, mais j'ai changé d'avis et j'ai décidé d'accepter ta proposition d'hier et quand j'ai raconté ton histoire à Laurie, elle a voulu venir aussi pour rencontrer Julian.

Emily sort à ce moment-là de la cuisine, en s'essuyant les mains sur un tablier et un sourire immense éclaire son visage quand elle reconnaît ma meilleure amie.

— Natalie ! Ça fait tellement longtemps !

— Je suis désolée de débarquer comme ça, on ne va pas rester longtemps, mais je voulais rencontrer Julian et revoir Juliet avant qu'elle ne refasse un trou dans la lune... Et ma voiture n'a pas voulu démarrer, Jamie a proposé de m'accompagner... Je ne voulais pas non plus laisser Laurie toute seule. Mes parents fêtent Noël dans la belle-famille de mon frère et on ne s'est jamais très bien entendus avec eux, alors...

Emily lève une main pour interrompre ce flot ininterrompu d'explications.

— Il n'y a aucun problème, on va rajouter trois assiettes, vous êtes évidemment les bienvenus !

— C'est adorable, mais on ne veut pas vous déranger, répond Jamie qui semble à la fois gêné et touché par l'invitation.

— Je ne veux rien entendre, rétorque ma sœur d'un ton autoritaire, vous dînez avec nous ! Ça fera plaisir à Juliet d'avoir ses amis d'enfance avec elle.

Je hoche la tête, un peu sonnée par ce débarquement imprévu. Emily prend les manteaux, mon beau-frère leur serre la main avec chaleur. Laurie reste en retrait et me fait un sourire timide. Prise dans l'agitation environnante, j'oublie l'espace d'un instant qu'il manque quelqu'un pour que nous soyons au complet.

— Viens, dis-je résolument à Natalie en la prenant par la main.

Je remonte le couloir jusqu'à la chambre d'amis et j'ouvre la porte.

— Tu pourrais frapper ! râle Julian alors que je fais irruption dans la pièce.

Il dissimule précipitamment un gros paquet rouge et doré sous son lit. Sans doute mon cadeau de Noël. À cette idée, l'émotion m'envahit. Voilà la raison pour laquelle il est resté enfermé dans cette pièce toute la journée.

Je me retourne et constate que Natalie fixe Julian, les yeux brillants de larmes. La ressemblance avec Tom à 16 ans est tellement frappante, que même si je ne lui avais rien dit la veille, avant de monter dans mon taxi, elle aurait immédiatement compris pourquoi je n'ai jamais rappelé, pourquoi je ne pouvais pas rentrer. Julian. La seule décision de ma vie que je n'ai pas tirée à pile ou face. La plus importante. Celle que je n'ai jamais regrettée une seconde. Je souris et je murmure :

— Natalie, je te présente Julian, mon fils et le fils de Tom. Julian, je te présente Natalie, ta marraine et Laurie, ta demi-sœur.

La veille, j'avais enfin trouvé le courage d'avouer à Natalie ce que j'aurais dû révéler à Tom il y a bien longtemps : qu'à cette soirée, seize ans plus tôt, j'étais tombée enceinte de lui et que Julian était né neuf mois plus tard. Il avait fallu vingt-quatre heures à Natalie pour digérer la nouvelle, ce que je pouvais aisément comprendre.

*

Plus tard, après un repas joyeux, la dinde et la bûche au chocolat englouties au son des rires et des souvenirs d'adolescence que Jamie prend un malin plaisir à raconter à Julian. Vient le temps de l'ouverture des cadeaux. Mon fils me tend alors le gros paquet qu'il tentait de dissimuler.

— Joyeux Noël, M'man.

Et il me serre dans ses bras. Je ferme les yeux dans cette étreinte et inspire l'odeur familière de son shampoing, le même depuis qu'il est tout petit. Il a 16 ans, ces démonstrations de tendresse se font de plus en plus rares, même si je sais que c'est normal. Après tout, élever ses enfants, c'est leur apprendre à s'éloigner de nous. J'ai l'impression qu'entre un petit « plus » sur un test de grossesse fait en catastrophe dans une auberge de jeunesse de Sydney par l'ado que j'étais encore à l'époque et ce jeune homme qui me dépasse d'une tête, il y a eu à peine quelques précieuses minutes, trop rapidement envolées.

Je déchire le paquet ; à l'intérieur, un gros album photo en cuir. Je l'ouvre, émue. Les photos ont été collées à la main, une par une dans l'ordre chronologique. Des images de moi et Julian à la maternité, le jour de sa naissance, avec Emily, venue pour que je n'accouche pas seule, ses premiers pas, la première fois qu'il s'est baigné dans l'océan, sa première glace au chocolat, son premier jour d'école, celui où j'ai décroché mon premier job de graphiste, après des mois de cours du soir, en parallèle de mon travail de serveuse dans un restaurant de Sydney. Julian, du haut de ses six ans, était encore plus fier que moi. Première fois que nous montons sur un surf tous les deux, et que nous tombons évidemment dans l'eau, Julian de plus en plus grand, de plus en plus indépendant, si beau et si heureux sur toutes ces images de notre vie qui défile... Je tourne les pages, les larmes aux yeux.

— C'est magnifique, je murmure, le plus beau cadeau de Noël qu'on m'ait jamais fait.

Sur la dernière page, il y a une photo que je ne connais pas. Un selfie de Julian, son lycée en arrière-plan. Il pose avec une jeune fille de son âge, une brune souriante d'origine asiatique que je n'ai encore jamais rencontrée. Il a son bras autour de son cou et elle l'embrasse sur la joue. Leur bonheur saute aux yeux.

— C'est Kellie, dit Julian timidement, ma copine.

Je lève les yeux vers lui et réalise qu'il attend ma réaction avec angoisse. Je ris et le serre contre moi.

— Oh, Julian, c'est super, j'ai tellement hâte de la rencontrer !

Dans notre étreinte, je sens le soulagement qui l'envahit instantanément.

Un peu plus tard, dans la cuisine, je l'interroge avec douceur. Il me raconte comment il a rencontré Kellie, ils sont ensemble depuis six mois. C'est pour ça qu'il n'avait pas très envie de quitter Sydney : elle lui manque.

— Je suis content que tu sois heureuse pour moi, dit-il.

— Je suis toujours heureuse pour toi, mon chéri. Ton bonheur me rend heureuse...

— Je sais, mais... quand je pense à tout ce que tu as sacrifié pour moi, pour m'élever toute seule, je ne voudrais pas que tu penses que je te laisse tomber, tu vois...

Je le dévisage avec stupéfaction, une assiette sale à la main.

— Mais, Julian... J'espère bien que tu vas me laisser tomber ! Que tu auras ta propre vie, tes rêves à réaliser et ta propre famille un jour. Si ça n'arrivait pas, c'est que j'aurais échoué. Et je n'ai rien sacrifié pour toi, jamais. Ces seize dernières années ont été les plus belles de ma vie. Tu m'as offert ce dont je rêvais depuis que ma propre mère est morte : la famille unie et épanouie que nous formons, toi et moi.

— Alors pourquoi tu n'as pas refait ta vie avec quelqu'un ?

Je réfléchis à sa question, j'ai toujours été parfaitement honnête avec mon fils, y compris en ce qui concerne son père, et je ne veux pas répondre un mensonge.

— Parce que, jusqu'à récemment, je n'en avais jamais vraiment éprouvé l'envie. Mais tu vois, depuis quelque temps, parce que tu es grand maintenant, je commence à me reposer la question et peut-être que je suis enfin prête à rencontrer quelqu'un... C'est bête, mais moi aussi, j'avais peur que tu penses que je te laisse tomber !

Nous éclatons de rire.

— Qu'est-ce qui est si drôle ? demande Emily qui fait irruption dans la cuisine avec le reste de la bûche.

— Rien, réplique Julian, un truc de famille.

— Juliet, tu raccompagnes Papa à la maison de retraite ? Ils avaient dit minuit au plus tard. Jamie propose de t'emmener...

Elle me jette un coup d'œil lourd de sous-entendus.

— Oh, mais je devais y aller avec Julian, dis-je, mal à l'aise.

Mon fils a un petit sourire en coin.

— Tu sais quoi, M'man, je crois que je vais aller me coucher en fait, je suis crevé.

Emily dissimule un sourire.

— C'est bon, chuchote-t-elle à mon oreille, j'ai bien vu comment il te regardait... Ils vont dormir ici de toute façon, hors de question que je les laisse reprendre la route jusqu'à Lisborough à cette heure-là avec cette neige !

*

Je dis au revoir à mon père, le cœur serré. Je suis des yeux l'infirmière qui pousse le fauteuil roulant jusqu'à ce qu'ils disparaissent. Jamie pose une main réconfortante sur mon épaule.

— Il avait l'air vraiment heureux de passer Noël en famille.

La nuit de Noël, une heure du matin, peut-être le seul moment de l'année où Londres se tait enfin. Les voitures se font rares, les bus rouges invisibles et la neige qui tombe devant les devantures éteintes étouffe le ronronnement des quelques taxis noirs qui ramènent chez eux les derniers fêtards.

— Tu veux rentrer à pied ? demande Jamie, j'ai envie de prendre l'air et je peux revenir chercher la voiture demain.

— Avec plaisir.

Nous marchons doucement tout en discutant dans les rues silencieuses. Je suis étrangement à l'aise avec lui, plus que je ne l'ai été avec quiconque depuis des années.

— J'avais un cadeau pour toi, dit-il soudain.

Il sort une enveloppe de sa poche et me la tend.

— Je ne pensais pas que tu repartirais aussi vite, j'imaginais que tu profiterais d'être en Europe pour rester un peu...

Je sors deux invitations de l'enveloppe, des tickets pour une projection exceptionnelle de *Love Actually*, au Grand Rex, à Paris.

— J'avais envie de te prouver que c'était le meilleur film de Noël de tous les temps. J'ai une copine française, Doria, elle travaille au Grand Rex. Elle m'a offert ces places, c'était l'occasion rêvée... Je sais que tu repars, qu'on habite à des milliers de kilomètres l'un de l'autre et que tu as Julian. Mais, hier soir, quand tu es repartie du pub, j'ai réalisé que j'avais envie d'aller à cette projection avec toi. Certes, c'est un peu ringard, voire complètement ridicule, mais si on ne prend pas ce genre de risques à Noël, quand est-ce qu'on les prend ?

Je souris tout en inspirant l'air glacé de la nuit londonienne.

— Je suis déçue, j'espérais que tu me ferais le coup des panneaux, comme à Sally Price.

Un sourire amusé étire ses lèvres et allume une étincelle dans ses yeux.

— J'y ai pensé, mais la première fois, ça ne s'est pas passé comme je l'espérais.

Nous sommes face à face dans la lumière d'un réverbère. Les flocons s'accrochent dans ses cheveux ébouriffés et ses yeux bleus pétillent comme ceux d'un adolescent. Je me souviens de cette soirée, il y a seize ans, où j'ai failli traverser la pièce pour l'embrasser. Je n'ai jamais rien regretté, même pas d'avoir trahi Natalie, parce que toutes ces décisions remises au hasard ont formé les étapes du chemin qui m'a menée à

Julian. Mais je ne peux m'empêcher de me demander comment la soirée se serait terminée si j'avais embrassé Jamie, ce jour-là.

— Tu n'aurais pas une pièce ?

— Une pièce ?

— Oui, une pièce, n'importe laquelle…

Surpris, il fouille dans la poche de son blouson et en sort une pièce d'une livre, qu'il me tend. Je la pose sur mon ongle et l'envoie en l'air. Nous levons la tête en même temps pour la regarder tournoyer dans la nuit froide.

Je n'attends pas qu'elle retombe. Je franchis la distance qui nous sépare et viens poser mes lèvres sur celles de Jamie Thornton.

J'entends le cliquetis de la pièce qui rebondit dans le caniveau et je ferme les yeux. Pile ou face, ça n'a plus d'importance…

31 décembre

De tout temps, deux camps se sont affrontés. Il y a ceux pour qui fêter le passage à la nouvelle année est une hérésie et, en face, ceux pour qui il serait sacrilège de ne pas profiter d'un alibi pareil pour festoyer. Et puis il y a les autres, au centre du terrain, versatiles, changeant d'avis et de cartel au gré des propositions qui leur seront faites, selon qu'ils sont en couple, célibataires, et plus ou moins d'humeur festive.

En cette fraîche soirée, les individus qui nous intéressent convergent en direction d'un bâtiment à la flamboyante façade art déco, situé au 1, boulevard Poissonnière dans le 2e arrondissement de Paris pour une soirée bien particulière, attendue de longue date. Sur les dalles lumineuses du Grand Rex, l'affiche ornée d'un nœud rouge du film *Love Actually* s'étale, les noms des acteurs défilent, la présence de Mariah Carey est annoncée : l'heure de la grand-messe approche.

L'ouvreur à l'imposante moustache a pesté pour la forme lorsqu'il s'est vu imposer un bonnet de Père Noël. Il n'est pas parvenu à poser cette semaine en congés au magasin, mais n'a pas eu le cœur de priver sa petite famille du séjour à la montagne planifié, alors il a accepté cet extra pour dépanner Doria, la directrice de la communication du Grand Rex qui avait besoin d'un Père Noël bienveillant mais suffisamment costaud en cas de problème. Il faut dire que c'est un sacré événement. Plus les minutes passent et plus il est intrigué, amusé même. Les spectateurs semblent particulièrement impatients, certains serrent leur billet contre leur cœur comme s'il s'agissait là d'un pass pour le paradis. Il y a de tout, des jeunes et des moins jeunes, des couples, des bandes d'amis, et des solitaires armés de pop-corn.

Il met quelques secondes à la reconnaître.

— Miss Électrodes ?!

La jeune femme marque à son tour un temps d'arrêt, avant de lancer à l'ouvreur d'un soir un clin d'œil complice.

— Ah ! Moustache ! Votre conseil pour ce soir ? demande-elle comme si elle le prenait pour un oracle.

Moustache détaille celui qui l'accompagne. Il ne s'agit absolument pas de Simon Cochella, et ça lui paraît être une très bonne chose. Amusé, il répond de sa voix grave :

— *Love is all around!* L'amour est partout... pour celui qui sait voir !

Le jeune homme en question paraît un peu perdu et manque de chuter sur la dernière marche du palier en lâchant un juron hors d'âge, tandis qu'Elsa, hilare, s'installe aux places qui leur sont attribuées : A et B, rang 8 de la grande salle mythique avec ses profonds fauteuils en cuir.

Allons donc, on aura tout vu. Qu'est-ce qu'ils font, ces deux-là, avec leur gros chien ?

— C'est interdit, messieurs dames.

Moustache aimerait être autoritaire, intraitable. Pourtant, ce grand gaillard aux cheveux longs et sa petite copine minuscule, solidement agrippés l'un à l'autre comme si leur vie en dépendait, lui sourient jusqu'aux oreilles. Quant à l'animal, il se met à couiner doucement pour le faire craquer. On dirait bien que ces trois-là se sont trouvés. Bon, c'est d'accord. Moustache gardera le chien pendant la projection. Au point où il en est. Sam et Isabelle le remercient chaleureusement, dix fois, vous verrez il est très gentil, monsieur, joyeux Noël, joyeux Noël, enfin bonne année ! Ils rient pour tout et rien, s'embrassent et tentent de lui coller deux bises à lui aussi. Non mais, ça suffit. Et puis ils s'assoient en sautillant d'impatience. Rang 8, places C et D.

Moustache s'en va installer le chien dans le bureau de Doria. Le toutou, qui s'appelle Ice, renifle les lieux d'un air circonspect, puis grimpe sur le canapé et se roule en boule en fermant les yeux. En voilà un qui va piquer un gros roupillon, se dit-il en refermant la porte.

À peine est-il remonté que l'œil de lynx de Moustache repère un couple devant l'entrée, l'air assez euphorique. Seraient-ils bourrés... ou pire ? La directrice de la com a bien précisé qu'elle ne voulait pas de souci. Mais non ! Ces deux-là sont juste follement joyeux... et amoureux ! À ce que comprend Moustache, ils sont tombés, en voiture, sur une chanson de Céline Dion à la radio qui les a plongés dans un fou rire dont ils ont toutes les peines du monde à s'extraire. Tous deux tentent de retrouver leur calme aux abords de la salle.

« *Love is all around* » récite Louison en se penchant à l'oreille de son cavalier. Tiens, c'est la phrase qu'il a choisie pour sa Miss Électrodes, l'une des premières phrases du film, reconnaît Moustache en prenant leurs billets. La jeune femme arbore un sourire radieux en entrant dans la salle. Elle ôte son manteau avant d'arriver au rang 8 et Florian lui enlève des bras prestement.

— Tu es mon Hugh Grant, chuchote-t-elle.

— Mmmmh, plutôt Colin Firth, répond Florian.

— Va pour Colin, admet Louison.

— Rang 8, Places E et F ! lance Moustache.

C'est alors qu'il repère un type qui fixe, inquiet, la dernière rangée de fauteuils. Intrigué, l'ouvreur remonte l'allée dans sa direction.

— Je peux vous aider ?

Le gars parle un franglais terriblement new-yorkais. Il explique qu'il attend une fille. Que c'est un rendez-vous très important. *A big step.* Une grosse étape. Pour la première fois de sa vie, elle a accepté de voir *Love Actually* au cinéma. Déjà, il ne restait plus de pop-corn salé... Alors, il a vraiment, vraiment besoin de réserver les deux fauteuils en haut à gauche sous les balcons. Parce que la fille qu'il attend croit aux rituels. Du coup, elle arrivera quand la séance sera commencée. Moustache est désolé, mais c'est une séance spéciale. Justement, la fille qu'il attend bosse. Son article sur les films de Noël et surtout sa philosophie : « La meilleure comédie romantique de Noël est celle qu'on écrit soi-même » a attiré l'attention de l'équipe du film. Au moment où ils se parlent, elle doit terminer son interview avec Mariah Carey. Il peut l'aider ?

Moustache considère le gars. Il a l'habitude de scanner le genre humain. En deux secondes, il décèle les malhonnêtes et en trois, les psychos. Là, il n'a besoin que d'une seconde pour déceler un gars amoureux. Il fait un signe de tête pour dire qu'il accepte. Mais, comment il la reconnaîtra ? Le gars sort son portable et lui montre une vidéo. Une fille drapée dans une cascade de boucles blondes est pendue à son cou. Ils s'embrassent dans l'aérogare de l'aéroport d'Heathrow, puis ils hurlent en direction d'une grand-mère au look ultra punk : « *Love actually!* »

— Moustache, c'est toi ?!

Il se retourne et découvre Mira, qu'il a déjà croisée à plusieurs événements organisés au Grand Rex. C'est une amie de Doria qui lui file souvent des invitations. Ce soir, Moustache la trouve particulièrement en beauté. Elle porte un corsage bleu nuit qui met son buste et sa taille fine en valeur. Ses yeux pétillent et ses nombreux bracelets tintent joyeusement à ses poignets. Elle est accompagnée d'un homme mince aux cheveux blancs et au sourire d'enfant qui lui tient amoureusement la main. Moustache est prêt à parier que c'est lui qui fait briller les yeux de Mira. Décidément ce soir, *love is all around* !

— Dis, tu es sûre qu'elle sera bien là, Mariah ? Parce qu'on m'a déjà bien eue avec le top bleu.

— Sûr et certain ! Elle est en ce moment même dans sa loge et d'ailleurs elle ne devrait pas tarder à monter sur scène, répond Moustache sans bien comprendre pourquoi elle lui parle d'un top bleu. D'ailleurs c'est quoi, un top ?

Il les accompagne jusqu'à leur place, rang 8, places G et H.

— Ah, génial ! lance Mira. Tu viens, Dimitri ? Elle va bientôt chanter.

— Je suis sûr qu'elle va au moins attendre que tu sois assise ! répond le Dimitri en question.

Amusé, Moustache les regarde se glisser en s'excusant devant Elsa et son nouveau gars, les fans de Céline Dion et les maîtres du gros chien Ice.

— Dimitri !!! La voilà !!! hurle Mira proche de l'hystérie.

En effet, les lumières de la grande salle se sont éteintes et le tintement des clochettes de Noël retentit pendant que toute la salle se met debout comme un seul homme avec des étoiles plein les yeux. Même Moustache est obligé de reconnaître que ça lui fait quelque chose au cœur quand Mariah Carey s'avance sur scène vêtue d'un très sexy costume de Mère Noël en velours rouge bordé de fourrure blanche. La voix exceptionnelle s'élève en même temps que les premières notes de musique. Tout le Grand Rex est debout et chante en chœur les célèbres paroles...

« *I... don't want a lot for Christmas:*
There is just one thing I need.
I don't care about the presents
Underneath the Christmas tree.
I just want you for my own,
More than you could ever know.
Make my wish come true.
All I want for Christmas is you[1]*!* »

---

1. « Je ne veux pas beaucoup de choses pour Noël : il y a une seule chose dont j'ai besoin./Je me fiche des cadeaux sous le sapin./Je te veux juste pour moi, plus que tu ne l'imagines./Fais que mon vœu devienne réel./Tout ce que je veux pour Noël c'est toi ! »

En plein milieu du deuxième couplet, un couple, en retard, se faufile dans la salle. Moustache prend un air sévère peu crédible pour leur signifier qu'ils gênent les spectateurs, mais face à leurs excuses en anglais et leur air de gamins pris en faute, il s'attendrit. De toute façon, tout le monde est bien trop occupé à observer Mariah Carey pour se soucier d'eux.

— *I'm Jamie, nice to meet you*, dit l'homme en lui serrant la main avec vigueur comme s'il était à un cocktail entre amis.

Puis il explique dans un français plus qu'approximatif qu'il était le correspondant anglais de Doria au lycée. Moustache hoche la tête et leur indique les deux dernières places du rang 8 avec bonhomie. Il ne comprend pas vraiment l'anglais, mais à la façon dont ils pouffent, leurs mains soudées l'une à l'autre comme des collégiens amoureux, il devine un couple naissant.

À la dernière note, la lumière se rallume et toute la salle explose en applaudissements frénétiques. Il faut quelques minutes à l'assistance pour se remettre de la performance de la diva, puis l'obscurité se fait à nouveau et les rideaux se lèvent, laissant apparaître l'écran géant de la salle de cinéma historique. Le film commence : des parents et leurs enfants, des femmes et leurs maris, ou encore des amis de longue date se retrouvent dans le hall des arrivées de l'aéroport d'Heathrow, à Londres. Ils s'embrassent, se prennent dans leurs bras, courent les uns vers les autres. Leurs visages rayonnent de bonheur. Moustache observe la salle dans la demi-pénombre et ne peut retenir un sourire en s'apercevant que tous les spectateurs du rang 8, spontanément, viennent de se saisir les mains, leurs yeux brillants d'émotion levés vers la scène d'ouverture de *Love Actually*. Et malgré lui, Moustache sent une petite larme se frayer un chemin le long de sa joue. Comme le démontre si bien la plus belle comédie romantique de Noël jamais réalisée : l'amour, en effet, est partout, y compris dans une salle de cinéma remplie d'inconnus à l'aube d'une nouvelle année.

Petit réveillon entre amies

*

Tonie Behar

Nina

Le bateau tanguait doucement sur la mer gelée. Cette enclave du port de New York réservée aux yachts et voiliers de plaisance ressemblait à une mini-station balnéaire à laquelle ses échoppes fermées donnaient un air boudeur. En cette saison, le brouillard se glissait entre les embarcations comme une écharpe de mousseline grise et le thermomètre était bloqué sur zéro degré. Ange rejoignit Nina sur la plage arrière du bolide marin où il lui avait fixé rendez-vous pour la soirée et posa un seau à champagne sur la table. Malgré le froid, il était tête nue et des milliers de petites gouttes de buée auréolaient ses boucles brunes. Son sourire à lui seul réchauffait plus que le soleil et, malgré le froid polaire, Nina se sentit fondre.

Ce Corse au tempérament latin avait quitté son île de Beauté pour venir se cailler avec elle à New York, c'était quand même une sacrée preuve d'amour. En quelques années, sa minuscule entreprise de location de bateaux s'était développée et Ange disposait maintenant d'une belle flotte de hors-bords dont raffolaient les New-Yorkais fortunés pour rejoindre les différents ports des Hamptons en évitant les embouteillages monstrueux de la sortie de la ville chaque week-end. Elle le regarda déboucher habilement la bouteille et verser le vin pétillant dans des flûtes givrées par le froid.

— À nous deux, mon amour, et à nos cinq ans de bonheur fou !

Elle lui sauta au cou et tenta de l'embrasser, mais ses dents claquaient tellement que c'était mission impossible.

— J'en peux plus, de tes plans romantiques par moins douze ! L'année prochaine, c'est moi qui organise notre anniversaire et, crois-moi, on ne va pas se transformer en Mr. et Mrs Freeze !

Tous les ans, le soir du 23 décembre, Nina et Ange fêtaient l'anniversaire de leur rencontre qui avait eu lieu un soir de Noël à Paris, sous les toits de Montmartre, dans des circonstances ubuesques. Afin de passer le réveillon en famille, ils célébraient la naissance de leur amour la veille de Noël. Ange, mort de rire, contemplait le champagne qui givrait dans sa flûte.

— Viens à l'intérieur, j'ai mis le chauffage à fond dans la cabine, et le lit est une bouillotte géante !

Elle le suivit en souriant dans la grande cabine aux murs d'acajou verni. Il referma la porte et l'enveloppa entre ses bras. Le monde extérieur disparut immédiatement. Oublié le froid, oubliée la ville, oublié le cabinet d'avocats et l'affaire complexe sur laquelle elle travaillait depuis des mois. Seuls comptaient le grand lit moelleux et Ange, ses yeux limpides comme l'eau d'une crique corse, sa bouche brûlante et sa peau mate qui faisait si bien vibrer la peau sombre et satinée de Nina.

Pour une maniaque du contrôle comme Nina, c'était un défi quotidien de vivre avec Ange qui n'aimait rien tant que profiter des cadeaux inattendus de la vie. Mais certains événements du passé de la jeune femme lui avaient appris à se méfier de l'imprévu. C'est pourquoi, quand un peu plus tard, Ange évoqua son projet « faramineux » pour le réveillon du Nouvel An, Nina dressa l'oreille, tous ses sens en alerte.

— Un homme d'affaires russe a souhaité réserver un bateau pour passer la nuit du 31 en mer. Je lui ai dégoté au pied levé un gigantesque yacht de soixante-quinze mètres, je te raconte pas la marge qu'on va se faire !

— Tu peux m'expliquer comment un milliardaire russe peut te commander un truc de la taille d'un porte-avions alors que les bateaux dispos sur ton site font vingt mètres maxi ?

Ange imposa à ses yeux verts un irrésistible regard de chien battu dans une tentative assez vaine d'amadouer Nina. Il y avait une limite que son avocate de copine lui avait demandé de ne pas franchir, et il flirtait dangereusement avec…

— C'est mon oncle Anto qui m'a chaleureusement recommandé, avoua-t-il assez penaud.

Elle bondit hors du lit comme une furie et lui lança, les mains sur les hanches :

— Je t'avais bien dit de ne JAMAIS mêler ton oncle à notre vie.

Nina avait de bonnes raisons d'insister : l'oncle Antoine Paoli était un trafiquant de cocaïne bien connu des services de police français qui n'avaient jamais réussi à le coincer.

— Bébé, je sais ce que tu penses, mais je te jure, il n'y a rien de louche là-dedans. C'est une location en bonne et due forme, déclarée, enregistrée. En plus, on sera à bord pour surveiller que tout se passe bien.

— Tu comptes me faire passer le réveillon avec la mafia russe ?

— Mais puisque je te dis que c'est juste un homme d'affaires. Tout est réglo !!

— Sans moi ! hurla Nina.

Et c'est ainsi qu'au lendemain de cette soirée désastreuse, quand Nina découvrit l'invitation dans sa boîte aux lettres, elle décida d'accepter sur-le-champ.

Isa

Le feu crépitait dans la cheminée du salon. À l'extérieur de la vieille maison de pierre illuminée comme une attraction de Disneyland, un vent breton et rageur se cognait contre les fenêtres. Ice, le labrador géant, étendu de tout son long sur le canapé, ronflait comme un bienheureux. À côté de lui, serrés l'un contre l'autre pour lui laisser toute la place nécessaire, Isa et Sam célébrait leur premier Troël en amoureux en regardant *Love Actually*, leur film préféré.

Dans la famille de Sam, Troël, le Noël avant Noël, se fêtait le 23 décembre. C'était une façon pour sa sœur Florence et son beau-frère Olivier de prolonger la magie de Noël pour leurs jumeaux Oscar et Adrien. Ils réveillonnaient plusieurs jours de suite, c'était beaucoup plus sympa !

Florence, Olivier et les garçons vivaient désormais au Canada. À minuit, ils allaient tous se connecter sur Zoom pour se souhaiter un joyeux Troël, le premier que les jumeaux passaient loin de la maison de leur enfance.

Isa avait eu l'idée d'instaurer ce petit cérémonial familial. Elle qui était toute la journée en visioconférence avec des clients aux quatre coins du globe, maîtrisait parfaitement ces outils technologiques. Pour le moment, scotchés devant leur film fétiche avec des sourires béats, Sam et Isa se récitaient les répliques par cœur, le défi étant d'être parfaitement synchrone avec les acteurs. La dernière scène, quand tout le monde se retrouve à l'aéroport, était en train de s'achever en apothéose quand Sam bondit pour se connecter à l'ordinateur. Il était minuit !

Aussitôt, sur l'écran, apparurent les quatre figures réjouies et émues de la partie canadienne de la tribu.

— Joyeux Troël, mes neveux ! prononça Sam d'une voix qu'il aurait souhaitée plus bourrue.

L'émotion de voir les frimousses enjouées d'Oscar et Adrien, passant Troël loin de lui pour la première fois depuis leur naissance, avait fait grimper la fin de sa phrase dans les aigus. Il se racla la gorge avant d'ajouter avec toute la nonchalance dont il était capable :

— Salut, Flo ! Salut, O !

Sam, l'adolescent attardé, le je-m'en-foutiste cynique, le rebelle aux cheveux longs était au fond un grand sensible qu'Isa avait fait craquer en un battement de cils il y avait tout juste un an. Mais ses neveux n'étaient pas dans la même humeur sentimentale. Du moins pas à son sujet.

— Pousse-toi, on veut voir Ice ! hurla Adrien.

— Ice, viens là ! Viens, mon beau chien ! s'époumonait Oscar.

Le vieux labrador consentit à descendre de son canapé pour venir flairer l'écran. Il poussa quelques jappements, remua la queue puis retourna s'étaler sur son canap'. Les humains restèrent quelques instants encore à s'échanger des nouvelles et à se regarder avec des yeux brillants d'une douce nostalgie. Puis l'écran s'éteignit, et Sam et Isa montèrent dans leur chambre pour finir de célébrer leur premier Troël à leur façon.

Le lendemain, Isabelle avait retrouvé son poste, c'est-à-dire son bureau, placé devant la fenêtre du salon. Elle était en visioconférence avec des clients chinois, Ice ronflant paisiblement à ses pieds, quand elle vit Jacques le facteur poser son vélo contre un arbre, pousser la barrière bleue du jardin et se diriger vers la porte d'entrée. D'habitude il se contentait de glisser le courrier (composé de factures et de prospectus) dans la boîte aux lettres située près du portail.

Elle se demanda s'il n'avait pas besoin de se réchauffer un moment et lui ouvrit la porte. Ce jour-là des flocons de neige voletaient dans le ciel blanc et l'air était glacé.

— J'ai une lettre pour toi ! lança-t-il essoufflé quand il arriva sur le seuil.

Elle l'invita à entrer et lui proposa un café. Ice se leva lourdement et vint le saluer en remuant mollement la queue.

Isa appuya sur le bouton de la machine à expresso, une des rares choses qu'elle avait apportées de Paris quand elle avait emménagé dans ce coin perdu et magnifique de Bretagne près d'un an plus tôt. Elle consommait un peu trop de café (bon d'accord, elle le prenait quasi en intraveineuse), mais étant donné l'amélioration notable de son alimentation et le quasi-arrêt de la cigarette, Isa estimait qu'elle pouvait se le permettre.

Jacques dégusta la boisson corsée avec délice. Il posa la tasse sur le buffet et sortit le courrier de sa sacoche. Il n'y avait qu'une lettre. Une grande enveloppe élégante marquée du logo d'un hôtel et traversée par une écriture régulière et inconnue. Isa s'en empara avec curiosité, la soupesa (elle était lourde), la retourna. En découvrant le nom inscrit à l'arrière, la jeune femme pâlit et reposa vivement l'enveloppe sur le buffet.

— Tu ne l'ouvres pas ? demanda le facteur.

— Oh, c'est juste une pub pour un hôtel où je suis allée il y a quelques années.

— Ça a l'air d'être le grand luxe.

— Ouais, c'est pas mal.

Elle avait envie qu'il s'en aille. Un grand froid l'avait saisie. Tout un pan de son passé venait de lui exploser au visage. Ce passé qui l'avait hantée pendant des années avait contribué à la transformer en cette personne solitaire se nourrissant quasi exclusivement de pizzas et de nouilles sautées commandées en ligne, capable de rester sans voir âme qui vive des jours entiers. Jusqu'à ce qu'elle rencontre Ice, puis Sam, et qu'elle s'autorise enfin à être heureuse. Elle avait quitté son deux-pièces parisien et était venue s'installer ici, dans la maison du bonheur, avec le chien et l'homme de sa vie. Tout allait enfin bien pour elle. Et puis la lettre était arrivée. Et maintenant Isa tremblait.

Jacques parti, elle retourna à ses clients chinois, à ce boulot qu'elle aimait et décida d'oublier l'enveloppe blanche pour le moment. Quoi qu'elle contienne, elle savait déjà qu'elle ne se défilerait pas.

Audrey

Il faisait un froid de gueux ce jour-là à Paris. Le visage et les bras couverts de peinture rouge, Audrey manifestait contre le massacre des dindes de Noël. De nombreuses associations de défense pour les animaux s'étaient réunies pour dénoncer la surconsommation de volaille pendant la période des fêtes. Chaque année, en décembre, deux millions et demi de dindes, soit quarante et une par minute, étaient sacrifiées sur l'autel de Santa Claus et des repas de famille (avec les chapons, poulets, poulardes… on atteignait les dix millions de volailles cruellement tuées en un mois… rien qu'en France).

En rangs serrés sur les grands boulevards, des milliers de manifestants défilaient, brandissant des pancartes couvertes de photos terribles dénonçant les atroces conditions de vie et de mort des dindes d'élevage industriel.

Sur le passage du cortège, des contre-manifestants étaient venus huer les défenseurs de la cause animale. Insultes et pierres pleuvaient sous le regard impassible des CRS qui ne voulaient pas charger.

— Vegan cassez-vous ! Vous nous cassez les couilles !

— Végétariens bande de chiens !

— Laissez-nous bouffer en paix.

Son petit visage fermé, Audrey tentait d'avancer en restant sourde et aveugle aux provocations. Le cœur brisé, elle se demandait pourquoi des gens qui manifestaient simplement de la compassion pour les animaux et souhaitaient vivre en accord avec leurs principes suscitaient tant de haine.

Depuis des années, elle se battait pour ouvrir les yeux à ceux qui trouvaient plus confortable de les garder fermés. L'animal n'était pas considéré comme un être vivant, capable de ressentir l'amour, la peur, la douleur, mais comme un simple objet inanimé qu'on pouvait torturer à loisir.

Prise d'un sursaut de rage, elle brandit plus haut sa pancarte et se mit à scander encore plus fort les slogans des défenseurs des animaux : « Stop au massacre », « Un ami pas un aliment », « Laissons les animaux hors de nos assiettes ».

C'est alors qu'une pierre tomba pile sur son arcade sourcilière. La voyant s'effondrer sur le pavé, Suzanne, présidente de l'association AEMPRASMH (l'Animal Est une Merveille Par Rapport Aux Sous-Merdes Humaines), qui avait le sang chaud hurla :

— Bande d'enfoirés couillocrates !

Aussitôt, ce fut l'émeute entre les défenseurs des animaux et ceux de la boucherie. Les pierres se mirent à pleuvoir, les manifestants, pris sous le jet des gaz lacrymogènes, ripostèrent de plus belle, certains en profitèrent pour casser des vitrines, les CRS chargèrent.

Une heure plus tard, Audrey se retrouvait menottée et pissant le sang au commissariat du 9e arrondissement, à insulter les flics tant qu'elle pouvait.

— CRS SS !

— Mademoiselle, nous sommes dans l'obligation de vous donner une amende pour insulte à agent.

— Mort au patriarcat policier !

— Veuillez décliner vos nom, date de naissance et adresse.

— Je ne parlerai qu'en présence de mon avocat. Appelez-le immédiatement !

— Ça m'étonnerait que votre avocat se dérange le jour de Noël. Il doit être en train de déguster de la dinde.

— Ta gueule, le poulet ! le coupa-t-elle en lui tendant un numéro de téléphone. Appelle Stan. Je connais mes droits.

Évidemment, il était venu la chercher, comme toujours. Quand elle vit dans l'embrasure de la porte la haute stature de l'homme qui l'avait séduite quelques années plus tôt en susurrant à son oreille « je déteste la souffrance animale », elle se jeta à son cou, toute menottée qu'elle était. En quelques phrases apaisantes, Stan retourna la situation, la faisant passer d'élément perturbateur à victime, menaçant calmement de porter plainte pour non-assistance à personne en danger. Les policiers les laissèrent repartir en s'excusant presque.

Une fois la porte de leur appartement refermée, Audrey s'effondra contre lui en sanglotant. C'était trop injuste, trop cruel. Quand les gens allaient-ils enfin comprendre que ce n'était pas elle, la méchante ? Quand allaient-ils enfin ouvrir les yeux sur l'horreur cachée derrière les hauts murs des abattoirs ? Stan referma les bras sur elle et la consola avec de doux baisers sur sa blessure. C'est sûr qu'elle avait la tête près du bonnet, sa guerrière activiste animaliste et féministe, mais c'était ainsi qu'il l'aimait. Rebelle, passionnée et entière, à la fois forte et bouleversante, animée des meilleures intentions et l'insulte facile à la bouche. Pour rien au monde il n'aurait renoncé à elle. Et il serait toujours là pour la sortir de ses galères.

— Il y a une lettre qui est arrivée pour toi ce matin. Je me suis dit que ça pourrait te consoler.

Curieuse, Audrey décacheta avec vivacité l'enveloppe qu'il lui tendait et son visage s'éclaira.

— Tu crois que Cassandra pourrait me payer le billet aussi ?

Elsa

La nuit tombait sur le château de Chambord. Sur le plateau, l'assistant-réalisateur fit claquer le clap de fin. C'était le dernier jour de tournage avant la nouvelle année. Dans la réserve à costumes, Elsa s'activait. Déjà les figurants affluaient dans un joyeux brouhaha. Il fallait les accueillir en ordre, récupérer les tenues Renaissance de gentes dames et gentilshommes de la cour du roi François Ier, vérifier leur état puis les suspendre, bien classés avant la prochaine utilisation. La chef costumière vint vérifier comment elle s'en sortait. C'était la première fois qu'Elsa travaillait sur une série internationale de cette envergure. Une grosse production HBO qui se présentait comme le nouveau *Game of Thrones*, rien de moins ! Elle était à la fois heureuse et terrifiée par cette nouvelle expérience professionnelle.

Peu à peu, les courtisans de Chambord, troquant culottes bouffantes et longues robes de velours se transformaient en citoyens lambda en jeans, baskets et doudounes. Le téléphone d'Elsa sonna. C'était Baptiste qui la prévenait de son arrivée à leur hôtel. Ils avaient décidé de profiter de la présence d'Elsa dans la région des châteaux de la Loire pour s'offrir un séjour en amoureux dans une jolie maison d'hôte des environs. Baptiste devant travailler à l'hôpital où il exerçait le 31 décembre, ils s'étaient organisés un week-end à deux, romantique à souhait, pour contrebalancer leurs nombreux réveillons catastrophe respectifs, avant leur rencontre miraculeuse l'année précédente dans un ascenseur en panne.

Elsa montra ses vêtements bien alignés et classés par taille à Dorothée, la cheffe costumière. Celle-ci inspecta les portants d'un œil sévère puis la félicita pour son organisation. Elsa sourit. Elle en avait fait du chemin en un an ! Lassée de galérer sans percer, l'ex-comédienne avait décidé de changer de voie. À la faveur d'une expérience de figurante en costume, elle s'était prise de passion pour ce métier qui lui permettait de gagner sa vie tout en restant dans le monde du cinéma. Soutenue par Baptiste, elle s'était mise à étudier l'histoire du vêtement… puis avait cherché du travail. Et c'est là où les choses s'étaient gâtées ! Car des costumières, il y en avait beaucoup.

Au volant de sa voiture, la radio branchée sur une radio locale qui diffusait de vieux tubes de Noël, Elsa se remémorait cette année incroyable, en roulant à toute berzingue vers Baptiste qui l'attendait à quelques kilomètres de là.

Alors qu'elle désespérait de trouver du boulot, le salut était venu de son ex, la star de téléréalité Simon Coachella qui l'avait engagée pour son show : « Simon Coachella à Marseille ». Certes, la recherche de jeans déchirés, tee-shirts moulants et baskets dernier cri n'était pas exactement le genre de mission dont elle avait rêvé pour ses débuts, mais cela avait eu le mérite de lui mettre le pied à l'étrier. Et voilà que, quelques mois plus tard, elle se trouvait sur le tournage d'une superproduction hollywoodienne ! *Tout ça, c'est grâce à Baptiste, mon fortune cookie d'amour*, s'attendrit Elsa. Sans son soutien sans faille et sa confiance inébranlable en ses capacités, elle n'en serait pas là, c'était sûr et certain. Depuis qu'elle l'avait rencontré, sa malchance légendaire avait foutu le camp.

Baptiste avait réservé une petite table dans la salle à manger de la maison d'hôte, près de la haute cheminée en bois ouvragé où crépitait un feu d'enfer. Elle se jeta dans ses bras, heureuse de le retrouver après une semaine de séparation.

— Saperlipopette, tu m'as manquée, sourit-il.

— Diantre, toi aussi ! répliqua-t-elle en riant.

C'était un de leurs jeux, un truc qui ne faisait sans doute rire qu'eux : utiliser le maximum d'expressions désuètes dans la conversation courante. Ils commandèrent du champagne et trinquèrent.

— La première fois qu'on en a bu ensemble, c'était dans ce foutu ascenseur en panne, tu te souviens ? demanda-t-elle.

— Tu veux dire dans ce maudit garnement d'ascenseur en panne ?

Elle éclata de rire.

— Au fait, tu as reçu cette lettre à Paris. Je te l'ai apportée car elle m'a semblé assez inhabituelle.

Elsa prit la grande enveloppe blanche qu'il lui tendait avec curiosité. Elle pâlit à la vue du nom inscrit au dos. Les mains légèrement tremblantes, elle ouvrit le courrier puis le montra à Baptiste.

— Tu vas y aller ? demanda-t-il.

Quelque temps plus tôt, elle lui avait tout raconté.

— Je crois que je n'ai pas le choix.

Charlie

Ah, il était bien fini, le temps où Charlie écrivait ses romans d'aventure sans quitter son deux-pièces de Brooklyn ! L'amour avait eu raison de sa phobie des voyages. D'aventurière en chaussons, elle était passée à romancière de l'extrême. Pour finaliser son dernier roman, *Tourmente en Alaska*, elle était allée sur place suivre les traces de son héroïne, Juliette Laflèche. Son agente littéraire et meilleure amie Kate l'avait pourtant prévenue : la fiction finissait toujours par influencer la réalité.

Et sa réalité depuis deux ans avait pris le visage de Matthew Graham, explorateur aux yeux bleu glacier et aux cheveux bruns qui voyageait d'un continent à l'autre comme d'autres passent de la rive gauche à la rive droite de l'Hudson River.

Enfermée dans sa chambre d'hôtel avec vue imprenable sur la banquise, vêtue d'une doudoune extra-longue par-dessus son pyjama et de gants thermiques tactiles et antidérapants, elle apportait les dernières corrections à son texte. Même si la chambre était raisonnablement chauffée, Charlie avait l'imagination hyperactive. La seule vue de la glace lui donnait froid.

Elle contempla son manuscrit orné d'un nombre impressionnant de Post-it multicolores. Chaque couleur correspondait à une catégorie d'informations à vérifier avant l'envoi définitif du texte à son éditrice.

Jaune : les noms propres
Bleu : les dates et la chronologie
Violet : les informations géographiques
Rouge : les faits historiques
Vert : les termes scientifiques

Fort heureusement pour Charlie, il ne lui restait que cette dernière section à vérifier, et elle voyait avec bonheur approcher le moment où elle pourrait enfin appuyer sur la touche envoi et être débarrassée de Juliette Laflèche jusqu'au prochain épisode. Deux heures plus tard, elle avait enfin terminé. Pressée d'annoncer la nouvelle à l'aventurier de son cœur, elle entreprit de s'habiller pour affronter le froid en appliquant la technique de l'oignon. Ainsi que le lui avait expliqué Matt : plus il faisait froid, plus il fallait superposer les couches. Elle enfila donc un collant technique, un jogging puis un pantalon de ski ainsi que deux tee-shirts thermiques et deux polaires avant de remettre sa doudoune extra-longue. Parée comme un bibendum, les pieds chaussés de boots à chauffage électrique intégré car elle ne plaisantait pas avec le froid, Charlie se dirigea laborieusement vers la porte. Ses mains gantées de moufles extra-molletonnées réussirent à tourner la poignée après la troisième tentative : un exploit ! Une fois dehors, le froid faillit une nouvelle fois la terrasser. Fin décembre au nord du Groenland, près de l'océan Arctique, il faisait en moyenne moins trente-cinq degrés.

Charlie aurait adoré gambader avec légèreté jusqu'à son amoureux qui effectuait des repérages photographiques dangereusement proches de l'océan, mais elle avait bien conscience d'avoir plutôt la grâce d'un pingouin asthmatique (ou bien était-ce un manchot ?). Elle réussit néanmoins à freiner pile devant les membres de son équipe sans effectuer de roulé-boulé fâcheux : un autre exploit.

Les yeux bleu glacier de Matthew Graham pétillèrent de gaieté, mais il s'abstint de tout commentaire.

— J'ai terminé mon roman !

— Fantastique ! Et nous, on l'a enfin localisé !

— Quoi ? Tourmente au Groenland ?

— Non, le *Somniosus microcephalus* ! Un spécimen unique.

— Ah, génial ! le félicita-t-elle.

— Merci, on est tellement heureux. Depuis le temps qu'on le guette.

— Du coup, ça veut dire qu'on peut rentrer à New York pour le réveillon du 31 ?

Il la regarda, atterré, comme si le froid lui avait congelé les neurones

— Mais, enfin, le 31, on plonge à trois cents mètres de fond pour le filmer !

— Pourquoi filmer un microphallus au fond de l'océan ? demanda-t-elle sans oser ajouter que ça devait être beaucoup plus facile à trouver… surtout par ces températures.

Il éclata de rire.

— Un *Somniosus microcephalus* ! communément nommé requin du Groenland. C'est l'un des plus gros requins de la planète et sans doute le seul requin des eaux polaires de l'Atlantique Nord. Mais c'est surtout un vertébré d'une longévité impressionnante : il peut vivre plusieurs siècles. Celui qu'on a repéré mesure plus de sept mètres, ce qui en fait un spécimen exceptionnel ! Comme le *Somniosus* grandit d'environ six centimètres par an, celui-ci est sans doute âgé de cinq cents ans. Tu imagines ??

Elle imaginait surtout très mal son réveillon du Nouvel An.

— Et qu'est-ce que tu as prévu pour moi pendant que tu seras sous l'eau ?

— Mais tu seras à bord avec nous, bien sûr ! Sur le pont avec une couverture de survie, tu seras au top.

C'est alors que l'hélicoptère arriva. Celui qui leur apportait une fois par semaine l'approvisionnement et le courrier de New York. Le pilote se posa sur la glace. Un homme descendit de l'appareil pour leur livrer les caisses de nourriture et de matériel. Il se tourna vers Charlie.

— Charlotte P. Carré ?

— Oui ? C'est moi.

— Une lettre pour vous.

Elle ôta ses moufles pour décacheter la grande enveloppe blanche.

C'était une invitation de Cassandra Martin pour aller passer le réveillon à l'hôtel des Monts enneigés, un petit hôtel de grand luxe situé dans les Alpes françaises. Charlie ne prit pas le temps de se demander pourquoi une fille qu'elle n'avait pas revue depuis près de vingt ans l'invitait soudain à une fête. La perspective de températures clémentes, du confort européen, et du spa super classe firent fondre toutes ses réticences.

— Oh, Matt, je suis tellement désolée ! J'aurais adoré passer la nuit avec vous sur le bateau à guetter ton requin microphallus, mais une amie d'enfance m'invite pour le réveillon, et ça serait vraiment impoli de refuser. Je crois qu'il vaut mieux que je te laisse avec tes gars…

Matthew Graham se mordait les lèvres pour ne pas exploser de rire.

— Effectivement, te connaissant, je crois que le choix est cornélien. Je sais que cette décision te brise le cœur, mais je la respecte. On se retrouve à la maison dès nos missions respectives terminées.

Elle se jeta à son cou, puis héla le type de l'hélicoptère.

— Attendez-moi ! Je repars avec vous.

Cassandra

Dans le silence feutré d'une salle à manger privée de l'hôtel des Monts enneigés, Cassandra mettait la dernière main à la décoration de la table. Tout était prêt. Le feu flambait dans la cheminée, le couvert étincelait, des bougies et des tiges de houx étaient disposées avec art sur la nappe d'un blanc immaculé comme la poudreuse. Pour tromper son angoisse, elle modifia l'arrangement d'un bouquet de fleurs dans lequel elle avait piqué des branches de sapin.

Elles étaient toutes venues, ce qui constituait un véritable miracle. Isa, Elsa, Audrey, Nina, Charlie et elle-même, Cassandra, se trouvaient réunies sous le même toit pour la première fois depuis vingt ans jour pour jour. La première étape était franchie. Et ça n'avait pas été une mince affaire. Elle se rappela les démarches entreprises pour retrouver la trace de chacune des filles présentes ce jour-là. Heureusement les réseaux sociaux permettaient beaucoup de choses, mais Cassandra avait quand même dû faire preuve de persuasion et parfois même de ruse pour convaincre les proches de chaque fille de lui communiquer son adresse sans mettre l'intéressée au courant. Il lui avait fallu une bonne dose de ténacité. Ça lui avait coûté du temps, de l'énergie, et avait même réveillé quelques cauchemars oubliés. Parfois elle se demandait si tout cela en valait la peine, puis elle posait la main sur son ventre arrondi et souriait, certaine d'avoir pris la bonne décision. Avant de donner la vie, Cassandra voulait solder tous les vieux dossiers de la sienne.

Elle sursauta quand la porte de la salle à manger silencieuse s'ouvrit doucement. C'était Alex, le père de son futur enfant, qui venait voir si elle allait bien.

— Waouh ! c'est magnifique ! s'exclama-t-il.

— Merci. J'espère que la soirée ne va pas tourner au pugilat.

— Mais non. Tu t'es donné tellement de mal. Ça ne peut que bien se passer. Tout finit toujours par s'arranger à l'hôtel des Monts enneigés !

Elle éclata de rire et se pressa contre lui. Oui, ça s'était bien terminé pour eux un certain Noël 2015, et pourtant ce n'était pas gagné, entre Alex qui faisait semblant de ne pas la reconnaître et elle qui s'était foulé la cheville en tentant de le fuir en motoneige ! Sept ans plus tard, elle se sentait plus heureuse que jamais.

Heureuse d'avoir retrouvé le seul homme qu'elle avait jamais aimé, son meilleur ami, son pote d'enfance, son premier amour : Alexandre Pelletier. Heureuse d'être venue s'installer avec lui à Morini, le village de montagne de leur enfance. Heureuse de vivre à l'hôtel des Monts enneigés, ce vieux chalet abandonné qu'Alex avait transformé en petit établissement de luxe fréquenté à l'année par une clientèle d'habitués. Et surtout heureuse d'exercer son métier d'architecte en construisant des chalets contemporains et respectueux de l'environnement à Morini et ses environs. Et voilà qu'à ce bonheur viendrait bientôt s'ajouter l'arrivée de ce bébé si longtemps attendu. C'était pour lui aussi qu'elle faisait tout ça.

— Elles sont toujours dans leurs chambres ? demanda-t-elle à Alex.

— Oui et, pour l'instant, on a réussi à éviter qu'elles se croisent. Ce qui n'est pas évident.

— OK, je préviens Gérard pour qu'il leur dise de descendre. J'ai peur !

Alex déposa un baiser sur ses lèvres avant de s'éclipser pour la laisser gérer la suite. Cassandra ferma les yeux, prit une grande inspiration et posa la main sur son ventre afin de se donner du courage.

— Ah, c'est un dîner assis ? Je croyais que c'était une grande soirée ! s'exclama Nina en pénétrant dans la pièce.

Cassandra ouvrit grand les yeux. La gamine espiègle et casse-cou de ses souvenirs s'était transformée en bombasse américaine aussi magnétique que Beyonce. Tirée à quatre épingles de la pointe de ses stylettos dorés à ses ongles manucurés de rouge ornés de flocons de neige, Nina Samba était éblouissante.

— Bonsoir, Nina.

La chevelure de miel passa en ondulant d'une épaule à l'autre et un sourire chaleureux s'épanouit sur le visage de la jeune femme.

— Cassandra ! Pardon, c'est la surprise qui me fait perdre mes bonnes manières. Quel plaisir de te revoir après tout ce temps. Merci pour cette invitation et félicita…

Les mots moururent sur ses lèvres alors que la porte s'ouvrait à nouveau pour laisser entrer Isa, les cheveux bruns relevés en un chignon décoiffé, jolie et menue en robe de velours noir et Converses.

— Quelle surprise…, commença Nina qui ne put continuer.

Isa se dirigea d'un pas décidé vers Cassandra et lui prit les mains avec émotion.

— Cela fait si longtemps ! Merci de me permettre de vous revoir toutes les deux… Puis elle se tourna en souriant vers Nina : Salut, petit écureuil !

Nina, pourtant jamais à court de reparties, ne parvenait plus à prononcer un mot. Elle fit un pas vers Isa et lui tomba dans les bras. Une émotion plus forte que la parole les étreignit. Elles restèrent un long moment sans bouger. La voix incrédule d'Elsa les sépara :

— Isa ? Nina ? Cassandra ? balbutia-t-elle sans oser les approcher.

Cassandra se tourna pour découvrir sa super copine d'adolescence immobile devant la porte, les yeux écarquillés par la surprise. Puis elle fit un pas vers elles, ses talons aiguilles s'enfoncèrent dans la moquette épaisse, elle se tordit la cheville, tenta de se retenir au sapin de Noël et fit tomber une boule étincelante qui roula sur le sol sans se briser.

— Saperlipopette !

Dissimulant un sourire, Cassandra ramassa la boule et la fixa sur le sapin.

— Bienvenue à l'hôtel des Monts enneigés, murmura-t-elle.

— Légèrement plus chic que le chalet des Mourillons et sa fameuse chambre 4 pleine de courants d'air.

— Oui, mais c'était la chambre des meilleures.

Elsa ébaucha un sourire triste.

— Les meilleures… jusqu'à un certain jour où on a été sacrément mauvaises.

Cassandra n'eut pas le temps de lui répondre. Audrey venait d'entrer dans la pièce, un sourire fanfaron aux lèvres et une lueur d'inquiétude dans le regard.

— Putain, mais ce n'est pas un réveillon, c'est Festen !!!

Elle se dirigea vers Cassandra et lui claqua une bise sur chaque joue.

— Je ne sais pas dans quel plan tu nous entraînes… Mais, quoi qu'il arrive, ça me fait quand même hyper plaisir de vous revoir.

Cassandra ne parvenait plus à contrôler le trop-plein d'émotions inattendues qui la submergeait en revoyant les filles de la chambre 4.

— Ouh là ! Pas très fair-play de nous piéger comme ça. On n'est pas dans un roman d'Agatha Christie, là. C'est la vraie vie, Cassandra. On dispose de moyens technologiques très évolués pour se parler !

Charlie la tornade rousse venait de les rejoindre. Elles étaient au complet.

— C'est une caméra cachée, c'est ça ? Un coup de Simon Coachella ? J'ai déjà dit que je n'apparaîtrais jamais dans une émission de téléréalité ! s'emporta Elsa qui avait enfin réussi à maîtriser le plantage de talon sur moquette épaisse.

Cassandra se racla la gorge.

— Je vous remercie d'être toutes venues ce soir, vingt ans jour pour jour après notre dernière rencontre. Je sais que ça ressemble à un piège, mais je vous jure que ça n'en n'est pas un. Enfin euh… pas tout à fait.

— On peut savoir pourquoi tu as organisé toute cette mise en scène ? demanda Nina.

— Je propose qu'on s'installe à table, ce sera plus cool, suggéra Cassandra.

Elles s'assirent en silence, s'observant les unes les autres avec curiosité. Elles s'étaient quittées adolescentes (sauf Isa qui était un peu plus âgée) et se découvraient femmes. Malgré le traumatisme, chacune avait suivi son chemin, s'était construite, avait un métier, des projets, des convictions, peut-être un conjoint, peut-être même, comme Cassandra, une (future) famille.

— Alors, c'est quoi, l'idée ? demanda Audrey, toujours prête à mettre les pieds dans le plat. On se tient la main et on se parle de notre vécu ? Genre groupe de parole post-traumatique. Il semblerait qu'on ait eu le temps de se remettre.

— Sans moi !! s'écria Charlie en secouant ses boucles rousses. C'est pas du tout mon truc. Je vous informe que j'ai quitté une passionnante expédition d'étude du requin polaire à micropénis au Groenland pour venir. Donc, si l'idée c'est de se flageller ensemble sur ce qui s'est passé ce jour-là, je repars illico en hélico !

Gérard, le majordome imperturbable de l'hôtel, s'approcha pour remplir les flûtes de champagne frappé. Cassandra profita de ce moment de calme pour intervenir :

— Pas d'affolement, ce n'est pas du tout le projet de cette soirée. À vrai dire, si c'est moi qui vous ai invitées, cette soirée n'est pas vraiment mon initiative…

— Que veux-tu dire ? demanda Isa.

Gérard, toujours efficace et stylé, ouvrit alors cérémonieusement les deux battants de la porte. Un homme d'environ quarante ans au look d'aventurier, teint bronzé, barbe de trois jours et sourire bienveillant entra alors dans la pièce en faisant glisser son fauteuil roulant de ses bras musclés.

À sa vue, Isabelle se mit à pleurer.

— C'est Fabrice qui m'a demandé d'organiser cette réunion, prononça Cassandra d'une voix enrouée.

Fabrice

Amusé et plus ému qu'il ne voulait l'admettre, Fabrice les contemplait l'une après l'autre, cherchant à retrouver dans leurs visages de trentenaires ceux des adolescentes pour lesquelles sa vie avait basculé le 31 décembre 2007.

Elles passaient alors leurs vacances dans une sorte de colo pour jeunes sportifs. Isa était la monitrice, à peine plus âgée que les autres, et, lui, Fabrice, leur professeur de ski. Il était celui qui les poussait à se dépasser, à dévaler les pistes noires, sauter sur les bosses, foncer tout schuss ou slalomer en godillant comme des fusées. Dans leurs yeux éblouis, il se voyait comme le champion qu'il rêvait d'être. Il savait aussi qu'elles le trouvaient beau, comme on craque à quinze ans pour le charmant prof de ski qui en a vingt-cinq, et il s'en amusait, un peu flatté quand même, par leurs attentions de gamines.

C'était le dernier jour de vacances. Le lendemain elles rentraient toutes chez elles. Il les avait emmenées très haut, pour atteindre une piste noire qu'elles connaissaient bien et qu'elles appréciaient pour sa technicité. En descendant des œufs, elles avaient rechaussé les skis. À droite s'étendait la piste noire. À gauche, s'étalait sous leurs yeux le versant hors piste de la montagne, couvert d'une poudreuse épaisse et vierge de toute trace qui scintillait sous le soleil. Un véritable appel à la glisse. C'est alors qu'elles s'étaient tournées vers lui.

— On y va ?

— Elle est trop belle !

— Ça donne trop envie !

— Alleeez, Fabrice ! C'est le dernier jour en plus.

— Tu nous avais promis qu'on ferait du hors-piste !

Il avait tenté d'être ferme. Avait juré que c'était dangereux, qu'il les emmènerait l'année prochaine, mais elles ne voulaient rien entendre, frémissant d'envie d'éprouver les joies de la glisse et de la vitesse, de sentir la neige céder sous leur spatule. Il s'était tourné vers Isa, qui hésitait comme lui, partagée entre l'appel de la poudreuse et le sens des responsabilités.

— Allez quoi, demain on ne sera plus là !

Ce dernier argument avait eu raison de sa volonté. Il s'était élancé en hurlant de joie. Elles l'avaient suivi. La neige était merveilleuse.

Quelques mètres plus bas, un rocher caché par la poudreuse. Un vol plané. Le corps qui retombe violemment sur la roche. Le dos brisé. Le blanc de la neige. Puis le noir total.

Fabrice s'était réveillé à l'hôpital. Les filles avaient pris le train du retour et retrouvé leurs vies. Il avait perdu l'usage de ses jambes, perdu sa raison de vivre. Perdu sa jeunesse.

Elles avaient souvent appelé pour prendre de ses nouvelles, à tour de rôle. Il refusait systématiquement de leur parler. Il ne voulait plus parler à personne. Il n'était que douleur et rage et regrets.

Peu à peu, les appels s'étaient espacés. Isa avait été la plus assidue. Celle qui s'était accrochée le plus longtemps. Elle était la plus âgée, la mono de la colo. Elle se sentait encore plus responsable que les autres. Puis elle avait finalement compris que c'était peine perdue. Un jour elle n'avait plus appelé.

Et puis, l'année dernière, par hasard, Fabrice avait croisé Cassandra dans les rues de Morini où il était venu passer le week-end. Elle l'avait reconnu, avait tenté de lui parler mais il avait continué à avancer. Elle l'avait suivi et avait glissé de force son numéro de téléphone dans sa main. Et, un jour, il l'avait rappelée.

Fabrice roula vers la table, s'installa entre Cassandra et Isa, là où Gérard avait prévu un couvert sans chaise. Il les regarda l'une après l'autre en souriant, posa doucement sa main sur celle d'Isa qui ne semblait pas se remettre du choc.

— Je suis heureux de vous revoir, les filles.

Un murmure parcourut la table. Elles bafouillaient des mots parfaitement inintelligibles qui traduisaient la confusion de leurs sentiments. Il avait souffert, oui, mais il avait compris en revoyant Cassandra qu'elles aussi avaient toutes été profondément marquées par son accident. Alors il reprit la parole :

— J'ai demandé à Cassandra de vous réunir et je la remercie infiniment d'avoir organisé de si magnifiques retrouvailles. J'ai voulu vous revoir, après toutes ces années, parce que je sais que toutes, dans un coin de votre tête, vous avez continué à vous sentir coupable de ce qui m'était arrivé. Vous n'êtes pas coupables. J'étais l'adulte, le prof. Je connaissais les risques. Je les ai pris. Parfois ça passe. Ce jour-là, j'avais rendez-vous avec un rocher. C'est vrai que j'ai souffert, mais je ne vous en ai jamais voulu. Je voulais vous rassurer à ce sujet. Aujourd'hui je suis heureux. J'ai une femme, des enfants, et surtout je vis une vie intense, alignée avec mes valeurs. Je suis prof de ski pour des jeunes handicapés. Les voir découvrir les joies de la glisse, profiter des beautés de la montagne me rend heureux. Le sport est une thérapie formidable. Aujourd'hui je suis serein et je vous souhaite, du fond du cœur, d'avoir une vie aussi riche et satisfaisante que la mienne.

Un long silence suivit sa déclaration. Il leur fallait le temps d'enregistrer les informations, de comprendre leur signification et leur portée profonde. Isa se racla la gorge et réagit la première :

— Je suis sincèrement heureuse de ton bonheur et soulagée que tu ne nous juges pas responsables. J'aurais simplement adoré que tu nous le dises avant. Après ton accident je me suis coupée du monde, j'ai construit ma vie autour du boulot. Sans ma rencontre merveilleuse avec Ice et Sam, je serais encore en train de me nourrir de pizzas dans mon studio et de passer à côté de la vie.

— Moi, je suis devenue une control freak, ajouta Nina. L'imprévu me terrifie.

— C'est comme si je m'étais interdit d'avoir de la chance, renchérit Elsa. Des années de galère à me tirer des balles dans le pied dès qu'un truc bien se présentait.

— Je suis devenue une trouillarde de première catégorie qui ne pouvait vivre l'aventure qu'au travers de mes héroïnes, prononça Charlie.

Fabrice les écoutait avec attention.

— D'après les informations que m'a données Cassandra, j'ai pourtant l'impression que vous êtes toutes plutôt heureuses aujourd'hui. Vous avez juste dû apprendre à surmonter cette épreuve. Comme moi.

— Et c'est vrai, on s'en est plutôt bien sorties, admit Cassandra.

Gérard entra au même moment, poussant une table roulante sur laquelle trônait un plat mystérieusement surmonté d'une grande cloche argentée.

— Et voilà ! c'est reparti pour une dinde ! grinça Audrey. Vous savez combien de dindes sont tuées en France au mois de décembre ? Deux millions cinq cent mille ! C'est-à-dire quarante et une dindes par minute. Ne comptez pas sur moi pour participer au massacre !

— Qui t'a dit que c'était de la dinde ? C'est du risotto aux truffes ! réagit Cassandra qui s'était donné du mal pour satisfaire toutes les sensibilités.

En effet, un délicieux fumet truffé s'échappait du plat.

— Alors nous sommes sauvés ! s'exclama Fabrice.

— Je vous signale qu'il est minuit, les informa Gérard en soulevant cérémonieusement la cloche.

— Bonne année ! lança Cassandra en levant sa flûte de champagne.

— Bonne année ! renchérit Nina. Finalement, je le trouve très sympa, ce petit réveillon entre amis !

À propos de la Team RomCom

Isabelle Alexis

Autrice et scénariste, Isabelle Alexis a publié de nombreux romans, dont *Tu vas rire mais je te quitte !* et *Tu peux garder un secret ?* (Plon, 2002 et 2004) qui ont été adaptés au cinéma. Plus récemment, elle a publié *Comme dans un film noir* et *Ta vie est belle* aux éditions Flammarion (2012 et 2014). Elle est également l'autrice du scénario de *Moi et ses ex*, une comédie pour M6 qui a reçu le prix Coup de cœur au festival de Luchon. Elle a écrit deux pièces de théâtre et actuellement, elle travaille sur une série pour la télévision qui se déroule dans l'univers des cabarets de danse.

Retrouvez-la sur...

Facebook : http://www.Facebook.com/isabelle.alexis.5

Tonie Behar

Tonie Behar est née à Istanbul, a un passeport italien, un diplôme américain, un mari breton et trois enfants du pays des merveilles... mais se sent avant tout parisienne.

Elle a écrit six romans, dont le dernier, *La Chanson du Rayon de lune*, est paru en 2021.

Le cadre de ses romans est souvent le 19 bis boulevard Montmartre, un immeuble imaginaire des Grands Boulevards peuplé de personnages fantasques que l'on croise d'une histoire à l'autre.

Sous l'humour de la comédie romantique, elle mène au fil de ses romans une réflexion de fond sur des sujets de société comme la condition féminine, les rapports hommes/femmes ou l'écologie.

Ancienne journaliste, elle effectue pour chacun de ses livres des recherches minutieuses sur les différents sujets abordés.

Son prochain roman paraîtra au printemps 2022, toujours chez Charleston.

Spécialiste de la comédie romantique, Tonie Behar a créé le site de référence comedieromantique.com.

Retrouvez-la sur...

Facebook : TonieBehar

Instagram : @toniebehar

Twitter : @TonieBehar

Son site : toniebehar.com

Adèle Bréau

Autrice de la trilogie initiée avec *La Cour des grandes*, Adèle Bréau a ensuite publié *L'Odeur de la colle en pot*, un roman doux-amer aux couleurs des années 1990, puis en 2020 *Frangines*, et en 2021, *Haute saison* tous aux éditions Jean-Claude Lattès et au Livre de Poche. Elle écrit aussi sur son blog, où elle sonde et traduit avec humeur les affres, espoirs et coups de gueule des femmes d'aujourd'hui. Elle pleure chaque fois (nombreuses) qu'elle revoit *Pretty Woman*, ne rate pas un épisode de *Koh-Lanta*, mange trop à Noël, lit chaque année *Scarlett, si possible* et pense que, définitivement, on ne devrait jamais laisser Bébé dans un coin. Ni aucune femme amatrice de comédie romantique, d'ailleurs.

Retrouvez-la sur...

Twitter : @Theadele32

Instagram : @adelle.fr

Son blog : https://adeledebrief.wordpress.com

Sophie Henrionnet

Sophie Henrionnet est autrice, scénariste et mojito crash-testeuse.

Dans une autre vie, elle a été dentiste. Dans celle-ci, elle jongle avec son MacBook, ses Moleskine et sa batterie.

Retrouvez-la sur...

Facebook : https://fr-fr.facebook.com/sophiehenrionnet/

Twitter : @so_henrionnet

Instagram : @sophiehenrionnet

Son site : https://sophiehenrionnet.com

Son blog : http://sixinthecity.eklablog.fr

Marianne Levy

Née au XXe siècle, Marianne Levy est une autrice hybride. Elle est romancière, scénariste et journaliste. Après des années passées à couvrir des événements sportifs majeurs (oui, les JO), la journaliste a bifurqué vers les coulisses de la télé. Critique, Marianne écrit sur les séries pour plusieurs médias nationaux. Elle a signé trois comédies romantiques *La Malédiction de la zone de confort* (2017), *Chaussures à son pied* (2019) et *Dress Code et petits secrets* (2019) aux éditions Pygmalion. Ainsi que *Ces héros qui ratent leur vie pour que tu réussisses la tienne,* le premier livre de série-thérapie, paru en 2020, chez le même éditeur. On peut la retrouver sur son blog *I love TV So What ?* Et, très souvent aussi, devant le meilleur cheesecake de Paris.

Retrouvez-la sur...

Facebook : Marianne Levy auteure

Twitter : @Marian_Levy

Instagram : @marianlevy

Son site : http://MarianneLevy.co

Marie Vareille

Née en 1985, Marie Vareille est diplômée de l'ESCP-Europe et de l'université de Cornell, aux États-Unis. Elle a reçu le prix Confidentielles pour son best-seller *Je peux très bien me passer de toi* et de nombreux prix en littérature jeunesse. Elle est l'autrice de cinq romans adultes : *Ma vie, mon ex et autres calamités*, *Je peux très bien me passer de toi*, *Là où tu iras j'irai*, *La Vie rêvée des chaussettes orphelines* (Prix des lectrices Charleston 2020) et *Ainsi gèlent les bulles de savon*, ainsi que d'une trilogie fantastique destinée aux adolescents : *Elia, la passeuse d'âmes*. Elle vit aux Pays-Bas avec son mari et ses filles.

Retrouvez-la sur...

Instagram : @Marie_Vareille

Facebook : facebook.com/vareille.marie

Youtube : youtube.com/c/marielitenpyjama

Son site : marievareille.com

DES MÊMES AUTRICES

« Certains choix nous définissent à tout jamais, celui-ci en fait partie. À partir d'aujourd'hui, je peux bien écrire la neuvième symphonie, sauver le monde d'une troisième guerre mondiale ou inventer le vaccin contre le sida, on ne retiendra de moi que cet acte innommable : j'ai abandonné mon bébé, toi, mon minuscule amour aux joues si douces.

Puisses-tu un jour me pardonner. »

Trois pays, de vibrants portraits de femmes aux destins entrecroisés. Quel est le lien qui les unit ? Quelle est leur véritable histoire ?

De sa plume lumineuse et addictive, Marie Vareille nous offre une merveilleuse histoire d'amour, d'espoir et de résilience.

Américaine fraîchement débarquée à Paris, Alice n'a qu'un objectif : repartir à zéro et se reconstruire. Elle accepte alors de travailler dans une start-up dont le projet se révèle pour le moins… étonnant : réunir les chaussettes dépareillées de par le monde.

Devenue experte dans l'art de mettre des barrières entre elle et les autres, jusqu'à quand arrivera-t-elle à dissimuler son passé ?

Chloé, 28 ans et Parisienne jusqu'au bout des ongles, enchaîne les histoires d'amour catastrophiques. Un jour, elle conclut un pacte avec son amie Constance. Chloé devra s'exiler en pleine campagne avec l'interdiction d'approcher un homme, et réaliser son rêve de toujours : écrire un roman. Constance, incorrigible romantique, s'engagera à coucher le premier soir avec un inconnu. De Paris aux vignobles du Bordelais en passant par Londres, cet étrange pari entraînera les deux amies bien plus loin que prévu…

Juliette a un amoureux, un job, un appartement et trente et une paires de chaussures. Mais du jour au lendemain, elle se retrouve célibataire, chômeuse et sans logement !

Une série de quiproquos rocambolesques la contraint à affronter sa plus grande terreur – l'avion – et à s'envoler pour les Maldives à la poursuite de son ex et de sa mystérieuse nouvelle copine. Évidemment, là non plus, rien de se passe comme prévu…

1860. Joséphine est une grisette, courageuse et mutine, une de ces milliers de petites mains mal payées des coulisses de la mode.

2020. Amanda est une entrepreneuse moderne, qui développe son entreprise de bijoux grâce aux réseaux sociaux.

Un jour, Amanda trouve dans sa cheminée une merveilleuse bague en opale, le Rayon de lune, ainsi qu'un paquet de lettres jaunies qui révèlent la vie mouvementée de la grisette.

Séparées par plus d'un siècle mais réunies par l'immeuble parisien et le métier qu'elles partagent, ces deux héroïnes vont tout faire pour réaliser leurs rêves. Un roman poignant, traversé par des passions amoureuses qui défient le temps.

Violette mène une vie calme et rangée entre son métier d'ophtalmologue et ses jumeaux. Elle a soigneusement posé un couvercle hermétique sur son passé, les blessures, la passion. Jusqu'au jour où Joachim Calderon, son grand amour d'adolescence, sonne à sa porte pour lui demander de cacher cinq millions d'euros en petites coupures. Contre toute raison, Violette accepte de l'aider. Et les ennuis commencent !

Quand elle comprend quelques jours plus tard que Joachim a de nouveau disparu sans laisser d'adresse, Violette décide de partir à sa recherche. Car si Joachim cache un secret… elle aussi !

Olympe a 38 ans, un emploi de photographe culinaire qui ne lui plaît qu'à moitié, une fille de dix ans bien plus mature qu'elle, une famille déjantée, des copines délurées et un ex-mari, Bertrand, qui l'appelle chaton. Et comble de tout, elle vient de perdre son job !

Son meilleur ami tenant une agence de détectives spécialisée dans les arnaques, elle le convainc de l'embaucher en promettant de ne s'occuper que des affaires les plus simples. Mais Olympe n'est pas assez sage pour respecter les consignes, et l'appel des commissions versées à chaque résolution d'affaire est trop fort…

Mais que va-t-il se passer quand les cadavres commencent à s'accumuler et que l'on cherche à l'éliminer à son tour ?

Achevé d'imprimer en septembre 2021
par Liberdúplex
Dépôt légal : octobre 2021
Imprimé en Espagne